ULLSTEIN

Das Buch

Nach dem brutalen Mord an seiner Frau und seiner kleinen Tochter kehrt Excop Charlie Parker zurück nach Maine, ins Haus seines Großvaters, in dem er seine Kindheit verbrachte. Das alte Haus weckt die Geister der Vergangenheit: Alpträume plagen Charlie, ein unheimlicher nächtlicher Besucher beobachtet ihn im Schlaf und hinterlässt mysteriöse Geschenke. Als Rita Ferris, eine Freundin, und ihr kleiner Sohn Donald ermordet aufgefunden werden, hält Charlie es nicht länger aus – er nimmt die Verfolgung des Hauptverdächtigen, Ritas Exmann, auf. Doch je tiefer Charlie in die Vergangenheit des mutmaßlichen Täters eindringt, desto klarer wird ihm, dass noch jemand nach Billy sucht, jemand, der Charlie besser zu kennen scheint als er sich selbst ...

Der Autor

John Connolly, 1968 in Irland geboren, studierte Anglistik und Journalismus. Er lebt in Dublin und schreibt für die *Irish Times*. Sein erster Roman *Das schwarze Herz* war ein phänomenaler Erfolg und stand in den USA, in England, Irland und Australien auf den Bestsellerlisten. Seitdem gilt Connolly als wichtigste Neuentdeckung unter den Thrillerautoren.

Von John Connolly ist in unserem Hause bereits erschienen:
Das schwarze Herz

John Connolly

Das dunkle Vermächtnis

Roman

Aus dem Englischen
von Jochen Schwarzer

Ullstein

Besuchen Sie uns im Internet:
www.ullstein-taschenbuch.de

Umwelthinweis:
Dieses Buch wurde auf chlor- und säurefreiem Papier gedruckt.

Ullstein Verlag
Ullstein ist ein Verlag des Verlagshauses
Ullstein Heyne List GmbH & Co. KG.
Deutsche Erstausgabe
1. Auflage Februar 2003

Published by Arrangement with John Connolly
Titel der englischen Originalausgabe: *Dark Hollow*
(Hodder and Stoughton, a division of Hodder Headline PLC, London)
Übersetzung: Jochen Schwarzer
Dieses Werk wurde vermittelt durch die
Literarische Agentur Thomas Schlück GmbH, Garbsen
Umschlaggestaltung: Thomas Jarzina, Köln
Titelabbildung: Mauritius, Mittenwald
Gesetzt aus der Sabon
Satz: Buch-Werkstatt GmbH, Bad Aibling
Druck und Bindearbeiten: Clausen & Bosse, Leck
Printed in Germany
ISBN 3-548-25533-7

Für meinen Vater

Teil 1

Durch einen finstren Wald bewusster Bosheit
irrt das verlorene Menschengeschlecht
und fürchtet, seinen Vater zu finden.

W.H. Auden, Hier und jetzt

Prolog

Der Dodge Intrepid stand im Schutz der Tannen, die Windschutzscheibe hinaus zur See, die Lichter abgeschaltet, den Schlüssel im Zündschloss, damit die Heizung weiterlief. So weit südlich war noch kein Schnee gefallen, aber Rauhreif bedeckte den Boden. Vom Ferry Beach her hörte man die Brandung, das einzige Geräusch in dieser stillen Winternacht in Maine. Ein schwimmender Landesteg mit aufgestapelten Hummerkisten schaukelte in Ufernähe auf dem Wasser. Vier Boote lagen in Planen hinter dem rothölzernen Bootshaus und an der öffentlichen Anlegestelle war ein Katamaran vertäut. Sonst war der Parkplatz leer.

Die Beifahrertür ging auf und Chester Nash stieg flink in den Wagen, mit klappernden Zähnen, den langen braunen Mantel bis oben zugeknöpft. Chester war klein und drahtig, hatte langes, dunkles Haar und einen schmalen Oberlippenbart, der sich bis um die Mundwinkel zog. Chester fand den Bart männlich. Alle anderen fanden, er sehe damit eher jämmerlich aus, daher auch sein Spitzname »Cheerful«, Frohnatur. Wenn es etwas gab, das Chester Nash garantiert in Rage brachte, dann, wenn ihn jemand Cheerful Chester nannte. Einmal hatte er Paulie Block deswegen eine Pistole in den Mund gesteckt. Paulie Block hatte ihm daraufhin fast einen Arm ausgerissen, obwohl er, wie er Cheerful Chester erklärte, während er ihm mit Riesenpranken ins Gesicht schlug, Chesters Wut durchaus verstehen konnte. Gute Gründe entschuldigten bloß eben nicht alles.

»Du hast dir doch hoffentlich die Hände gewaschen«, sagte Paulie Block, der auf dem Fahrersitz des Dodge saß und sich wahrscheinlich fragte, weshalb Chester nicht wie jeder normale Mensch früher aufs Klo gegangen war, statt nun unbedingt im Küstenwald an einen Baum zu pinkeln und dabei die Wärme aus dem Auto zu lassen.

»Mann, ist das kalt«, sagte Chester. »So eine Scheißkälte hab ich ja noch nie erlebt. Ich hätt mir fast den Schwanz abgefroren. Fehlt nicht viel und ich hätt Eiswürfel gepisst.«

Paulie Block nahm einen tiefen Zug aus seiner Zigarette und sah zu, wie die Spitze rot erglühte und zu grauer Asche erstarrte.

Der Name Paulie Block passte zu ihm. Er war eins neunzig groß, wog hundertdreißig Kilo und sein Gesicht sah aus, als hätte man damit gelegentlich Züge rangiert. Mit seiner Masse schien er die Fahrerkabine schon fast auszufüllen, aber wenn man es recht bedachte, wäre ihm das wohl auch mit einem ganzen Sportstadion gelungen.

Chester sah auf die Digitaluhr im Armaturenbrett. Die grünen Ziffern schienen in der Dunkelheit zu schweben.

»Die sind spät dran«, meinte er.

»Nur die Ruhe«, erwiderte Paulie. »Die kommen schon.«

Er widmete sich wieder seiner Zigarette und sah hinaus aufs Meer. So genau schaute er vermutlich nicht hin; es war nämlich nichts zu sehen, nur Schwärze und in der Ferne die Lichter des Old Orchard Beach. Chester Nash fing an, mit einem Gameboy zu spielen.

Draußen wehte der Wind, brachen die Wellen rhythmisch an den Strand und klangen ihre Stimmen gedämpft über den kalten Boden, bis dorthin, wo andere zusahen und lauschten.

»... Objekt zwei ist wieder im Fahrzeug. Mann, ist das kalt«, sagte der FBI-Agent Dale Nutley und sprach unwillkürlich nach, was er eben von Chester Nash gehört hatte. Neben ihm war ein Richtmikrofon auf eine Ritze in der Bootshauswand gerichtet. Daneben surrte leise ein stimmaktivierter Kassettenrekorder und eine Badger-MkII-Kamera mit Nachtsicht-Optik bewachte den Dodge.

Nutley trug zwei Paar Strümpfe, eine lange Unterhose, eine Jeans, ein T-Shirt, ein Baumwollhemd, einen Wollpullover, eine Skijacke, Thermohandschuhe und eine Alpakamütze mit Ohrschützern, die ihm über die Ohrmuscheln des Kopfhörers hingen. Special Agent Rob Briscoe, der neben ihm auf einem Hocker saß, fand, Nutley sehe mit der Alpakamütze aus wie ein Lamahirte oder der Sänger der Spin Doctors – jedenfalls wie ein Vollidiot. Agent Briscoe, der eiskalte Ohren hatte, wollte die Alpakamütze haben. Wenn es noch kälter wurde, dachte er, musste er Dale Nutley wohl oder übel umbringen, um endlich an diese Mütze zu gelangen.

Das Bootshaus stand rechts am Parkplatz von Ferry Beach und bot freie Sicht auf den Dodge. Dahinter führte eine Privatstraße die Küste entlang zu einem der Sommerhäuser auf dem Prouts Neck. Vom Parkplatz aus schlängelte sich die Ferry Road zur Black Point Road, die nördlich nach Oak Hill und Portland und südlich nach Black Point führte. Die Bootshausfenster waren nur zwei Stunden zuvor mit Spiegelfolie überzogen worden, damit niemand die Männer vom FBI sah. Trotzdem hatten die beiden für einen beklommenen Moment die Luft angehalten, als Chester Nash in ein Fenster gespäht und an den Türen gerüttelt hatte, aber dann war er schnell wieder zum Dodge gelaufen.

Dummerweise verfügte das Bootshaus über keine Heizung, jedenfalls keine funktionierende, und das FBI hatte es nicht für nötig befunden, die beiden Agenten mit einem Heizlüfter auszustatten.

»Wie lange sind wir schon hier?«, fragte Nutley.

»Zwei Stunden«, antwortete Briscoe.

»Ist dir kalt?«

»Was ist denn das für eine Schwachsinnsfrage? Ich bin festgefroren. Natürlich ist mir scheißkalt.«

»Warum hast du keine Mütze dabei?«, fragte Nutley. »Weißt du, dass man die meiste Körperwärme über den Kopf abgibt? Du hättest eine Mütze aufsetzen sollen. Deshalb ist dir jetzt kalt.«

»Weißt du was, Nutley?«, meinte Briscoe. »Ich hasse dich.«

Hinter ihnen surrte leise der Rekorder und nahm über die an den Jacken festgeklemmten Mikros auch das Gespräch der beiden FBIler auf. Alles musste aufgezeichnet werden, das war die Regel bei diesem Einsatz: alles, und sei es auch nur der Streit um die Alpakamütze.

Der Wärter Oliver Judd hörte sie, ehe er sie sah. Ihre Stiefel schlurften über den Teppichboden und sie sprach leise mit sich selbst. Widerwillig erhob er sich in seiner Kabine und ließ seinen Fernseher und den Heizlüfter zurück, der ihm warme Luft auf die Zehen geblasen hatte. Draußen herrschte eine Ruhe, die weiteren Schneefall verhieß. Wenigstens war es noch windstill, was wollte man mehr. Bald würde es erst richtig schlimm werden, so war das im Dezember immer; und hier im Norden wurde es früher schlimm als irgendwo sonst. Manchmal war das Leben im nördlichen Maine wirklich die Hölle.

Eilends ging er auf sie zu. »He, gute Frau! Warum sind Sie denn nicht im Bett? Sie holen sich ja den Tod!«

Beim letzten Wort blieb die alte Frau stehen und sah Judd zum ersten Mal an. Sie war klein und zierlich, hielt sich aber aufrecht, was sie unter den Bewohnern des Altersheims St. Martha zu einer imposanten Erscheinung machte. Judd hielt sie nicht für so alt wie manche andere hier im Heim. Er schätzte sie auf höchstens sechzig. Und er dachte, wenn sie nicht alt war, dann war sie vermutlich gebrechlich und wunderlich, er hielt sie also, schlicht gesagt, für verrückt, für komplett plemplem. Das silbergraue Haar hing ihr über die Schultern und reichte ihr fast bis zur Taille. Ihre strahlend blauen Augen sahen unverwandt durch Judd hindurch in die Ferne. Sie trug braune Schnürstiefel zu ihrem Nachthemd, einen dicken roten Schal und einen langen blauen Mantel, den sie gerade zuknöpfte.

»Ich gehe«, erwiderte sie leise, aber mit absoluter Entschlossenheit, als wäre nichts Ungewöhnliches daran, dass eine Sechzigjährige in einer Nacht, für die noch heftiger Schneefall zu erwarten war, in Nachthemd und dünnem Mantel versuchte, ein Altersheim im nördlichen Maine zu verlassen. Judd hatte keine Ahnung, wie sie an der Schwesternstation vorbeigekommen war und es fast bis zum Haupteingang geschafft hatte. Manche alten Leute waren gerissen wie die Füchse. Kaum kehrte man ihnen den Rücken zu, schon waren sie verschwunden, fort über alle Berge, in ihre Heimat oder zu einer Hochzeit mit einem Liebsten, der seit dreißig Jahren tot war.

»Sie wissen doch, dass Sie nicht rausgehen können«, sagte Judd. »Kommen Sie, Sie müssen zurück ins Bett. Ich rufe eine Schwester. Bleiben Sie, wo Sie sind, und im Handumdrehn ist jemand da, der sich um Sie kümmert.«

Die alte Frau hörte auf, sich den Mantel zuzuknöpfen, und sah Oliver Judd noch einmal an. Da erst bemerkte er, dass sie Angst hatte – nackte, panische Angst. Er wusste nicht, woran er das merkte; vielleicht spürte er es instinktiv, als sie näher kam. Ihre flehentlich blickenden Augen waren aufgerissen und ihr zitterten die Hände, sobald sie nicht mehr mit den Knöpfen beschäftigt waren. Sie hatte solche Angst, dass auch Judd mulmig zumute wurde.

»Er kommt«, sagte die alte Frau.

»Wer kommt?«, fragte Judd.

»Caleb. Caleb Kyle kommt.«

Der Blick der alten Frau hatte fast etwas Hypnotisches und ihre Stimme bebte vor Furcht. Judd schüttelte den Kopf und nahm sie beim Arm.

»Kommen Sie«, sagte er und führte sie zu einem Plastikstuhl vor seiner Kabine. »Sie setzen sich da hin und ich rufe die Schwester.« Wer zum Teufel war Caleb Kyle? Der Name klang vertraut, aber er wusste nicht, woher.

Er wählte die Nummer der Schwesternstation und da hörte er hinter sich ein Geräusch. Er drehte sich um und sah, dass die alte Frau fast über ihm stand, die Augen vor Anstrengung zusammengekniffen, der Mund schlitzschmal. Sie hielt die Hände überm Kopf und er schaute hoch, um zu sehen, was sie da hielt, eben noch rechtzeitig, um die schwere Glasvase zu erblicken, die auf ihn hernieder stürzte.

Dann war alles schwarz.

»Ich kann nichts sehn«, sagte Cheerful Chester Nash. Die Wagenfenster waren beschlagen, was Chester Platzangst einflößte, die Paulie Blocks massige Erscheinung auch nicht linderte, wie er seinem Begleiter soeben klar und deutlich gesagt hatte.

Paulie wischte mit dem Ärmel sein Seitenfenster frei. In der Ferne furchte Scheinwerferlicht den Himmel.

»Still«, sagte er. »Sie kommen.«

Nutley und Briscoe hatten das Scheinwerferlicht ebenfalls gesehen, nur Minuten nachdem Briscoes Funkgerät sie krächzend informiert hatte, dass ein Wagen auf der Old County Road in Richtung Ferry Beach unterwegs sei.

»Ob sie das sind?«, fragte Nutley.

»Kann sein«, erwiderte Briscoe und wischte sich gefrorenes Kondenswasser von der Jacke. Auf der Ferry Road tauchte ein Ford Taurus auf und hielt dann neben dem Dodge. Über Kopfhörer hörten die FBI-Beamten, wie Paulie Block Cheerful Chester fragte, ob er bereit sei. Zur Antwort hörten sie nur ein Klicken, das wie das Entsichern einer Schusswaffe klang.

Im Altersheim St. Martha legte eine Krankenschwester einen kalten Wickel auf Oliver Judds Hinterkopf. Ressler, der Sergeant aus Dark Hollow, stand mit einem zweiten Polizisten dabei, der immer noch leise in sich hineinkicherte. Um Resslers Mund spielte die allerzarteste Andeutung eines Lächelns. In einer anderen Ecke stand Dave Martel, der Polizeichef von Greenville, fünf Meilen südlich von Dark Hollow gelegen, und neben ihm ein Förster.

St. Martha unterstand eigentlich der Gerichtsbarkeit von Dark Hollow, der letzten Stadt vor den riesigen Nutzforsten, die sich bis hinauf nach Kanada erstreckten. Aber Martel hatte von der alten Frau gehört und war gekommen, um, wenn nötig, bei der Suche zu helfen. Er mochte Ressler nicht, aber Sympathie spielte bei dem, was zu tun war, keine Rolle.

Martel, der klug, schweigsam und erst der dritte Polizeichef seit der Gründung der kleinen Dienststelle von Greenville war, fand das, was passiert war, nicht besonders lustig. Wenn man sie nicht bald fand, würde sie umkommen. Es brauchte nicht viel Kälte, um eine alte Frau zu töten, und an Kälte herrschte in dieser Nacht kein Mangel.

Oliver Judd, der immer Polizist hatte werden wollen, dafür aber zu klein, zu übergewichtig und zu dumm war, wusste, dass die Polizisten aus Dark Hollow über ihn lachten. Und sie lachten zu Recht, fand er. Was war das schließlich für ein Wärter, der sich von einer alten Dame bewusstlos schlagen und die neue Smith & Wesson 625 abnehmen ließ?

Der Suchtrupp machte sich bereit, angeführt von Dr. Martin Ryley, dem Leiter des Altersheims. Ryley trug einen Parka mit Kapuze, Handschuhe und gefütterte Stiefel. In einer Hand hielt er einen Erste-Hilfe-Koffer, in der anderen eine große Taschenlampe. Zu seinen Füßen lag ein Rucksack mit warmer Kleidung, Decken und einer Thermoskanne Bouillon.

»Wir sind ihr auf dem Weg hierher nicht begegnet, also geht sie querfeldein«, hörte Judd jemanden sagen. Es klang nach Will Patterson, dem Förster, dessen Frau in Guilford einen Drugstore betrieb und einen Po hatte wie ein knackiger Pfirsich.

»Das ist unwegsames Gelände«, sagte Ryley. »Südlich liegt Beaver Cove, aber Chief Martel hat sie auf dem Weg hier rauf nicht gesehen. Im Westen liegt der See. Sieht ganz so aus, als liefe sie ziellos durch den Wald.«

Pattersons Funkgerät meldete sich und er trat beiseite. Wenig später kam er wieder. »Ein Flugzeug hat sie gesehen. Sie ist gut zwei Meilen nordöstlich von hier und geht weiter in den Wald hinein.«

Die beiden Polizisten aus Dark Hollow, der Förster, Ryley und eine Krankenschwester brachen auf und einer der Polizisten schulterte den Rucksack mit Kleidung und Decken. Chief Martel sah Judd an und zuckte mit den Achseln. Ressler wollte seine Hilfe nicht und Martel würde sich nicht aufdrängen, aber ihm schwante nichts Gutes bei der Sache, gar nichts Gutes. Als er den fünf Personen nachsah, die im Wald verschwanden, fielen die ersten zarten Schneeflocken.

»Ho Chi Minh«, sagte Cheerful Chester. »Pol Pot. Litschi.«

Die vier Kambodschaner beäugten ihn kühl. Sie trugen einheitliche blaue Wollmäntel, blaue Anzüge, dunkle Krawatten und schwarze Lederhandschuhe. Drei von ihnen waren jung, nicht älter als fünfundzwanzig, schätzte Paulie Block. Der vierte war älter, graue Strähnen schlichen sich in sein mit Pomade zurückgestrichenes schwarzes Haar. Er trug eine Brille und rauchte eine filterlose Zigarette. In der Linken hielt er einen schwarzledernen Aktenkoffer.

»Tet-Offensive. Mao Tse-tung. Nagasaki«, fuhr Cheerful Chester fort.

»Hältst du wohl die Schnauze?«, raunzte Paulie Block.

»Die sollen sich doch wie zu Hause fühlen.«

Der ältere Kambodschaner zog ein letztes Mal an der Zigarette und schnippte sie dann in Richtung Strand.

»Können wir dann anfangen, wenn Ihr Freund damit fertig ist, sich zum Affen zu machen?«, sagte er.

»Siehst du?«, meinte Paulie Block zu Cheerful Chester. »So löst man Kriege aus.«

»Dieser Chester ist vielleicht ein Arschloch«, sagte Nutley. Briscoe nickte. Nutley zoomte mit der Kamera auf den Koffer in der Hand des Kambodschaners, schoss ein Foto und zog dann wieder auf, bis er Paulie Block, den Kambodschaner und den Koffer im Bild hatte. Ihre Aufgabe bestand darin, zu beobachten, zu lauschen und aufzuzeichnen. Kein Eingreifen. Das kam später, sobald sich das hier – was auch immer »das hier« war, denn sie kannten nur den Treffpunkt – mit Tony Celli in Boston in Verbindung bringen ließ. Zwei FBIler warteten in einem Wagen in Oak Hill darauf, dem Dodge zu folgen, und ein weiterer Wagen würde die Kambodschaner übernehmen.

Briscoe nahm ein Nachtsicht-Fernrohr und richtete es auf Cheerful Chester Nash.

»Fällt dir an Chesters Mantel was auf?«, fragte er.

Nutley schob das Objektiv etwas nach links.

»Nö«, sagte er. »Doch. Sieht uralt aus. Er hat die Hände nicht in den Taschen, sondern in diesen Schlitzen an der Seite. Ganz schön umständliche Methode, sich warm zu halten, meinst du nicht auch?«

»Ja«, sagte Briscoe. »Ganz schön umständlich.«

»Wo ist sie?«, fragte der ältere Kambodschaner Paulie Block.

Paulie zeigte auf den Kofferraum des Dodge. Der Kambodschaner nickte und gab den Aktenkoffer einem seiner Kollegen. Der öffnete ihn und hielt ihn so, dass Paulie und Chester hineinschauen konnten.

Chester pfiff durch die Zähne. »O Mann«, sagte er.

»O Mann«, sagte Nutley. »Der Koffer ist voller Geld.«

Briscoe richtete das Fernrohr auf die Banknoten. »Mindestens zwei Millionen.«

»Das reicht, um Tony Celli aus jeder Scheiße freizukaufen«, sagte Nutley.

»Locker.«

»Aber wer ist in dem Kofferraum?«, fragte Nutley.

»Tja, mein Lieber, um das rauszufinden, sind wir hier.«

Die Fünfergruppe ging vorsichtig über den gefrorenen Boden und atmete in weißen Schwaden aus. Um sie her ragten die Wipfel der Nadelbäume in den Himmel und empfingen die Schneeflocken mit gebreiteten Ästen. Der Boden hier war felsig und durch den Neuschnee besonders rutschig. Ryley war schon ausgerutscht und hatte sich das Schienbein geschrammt. Am Himmel hörten sie das Motorengeräusch der Cessna, einer Currier-Maschine aus Moosehead Lake, und sahen, dass der Bordscheinwerfer auf etwas vor ihnen gerichtet war.

»Wenn es so weiterschneit, muss das Flugzeug umkehren«, sagte Patterson.

»Wir sind fast da«, sagte Ryley. »In zehn Minuten haben wir sie.«

Ein Schuss ertönte vor ihnen in der Finsternis, dann ein zweiter. Der Lichtstrahl aus dem Flugzeug schwankte und hob sich. Aus Pattersons Funkgerät lärmte ein Wutausbruch.

»O Gott«, sagte Patterson mit fassungslosem Blick. »Sie schießt auf die Cessna.«

Der Kambodschaner hielt sich dicht an Paulie Block, als sie zum Heck des Wagens gingen. Die jungen Männer hinter ihnen öffneten ihre Mäntel und zeigten die Uzis, die sie an Schulterriemen trugen. Alle drei hatten die Hand am Griff, den Zeigefinger knapp außerhalb des Abzugbügels.

»Aufmachen«, sagte der ältere Kambodschaner.

»Ganz, wie Sie wünschen«, sagte Paulie, schob den Schlüssel ins Schloss und langte nach dem Griff des Kofferraumdeckels. »Paulie ist nur hier, um den Kofferraum aufzumachen.« Hätte der Kambodschaner aufmerksamer zugehört, dann wäre ihm aufgefallen, dass Paulie Block plötzlich sehr laut und deutlich sprach.

»Das sind keine normalen Schlitze in seinem Mantel«, sagte Briscoe plötzlich. »Das sind Schießschlitze, verdammt noch mal.«

»Schießschlitze«, wiederholte Nutley. »O Gott.«

Paulie Block öffnete den Kofferraum und trat einen Schritt zurück. Ein Wärmeschwall schlug dem Kambodschaner entgegen. Im Kofferraum lag eine Decke und darunter waren menschliche Umrisse zu erkennen. Der Kambodschaner beugte sich vor und zog die Decke beiseite.

Darunter lag ein Mann – ein Mann mit einer abgesägten Schrotflinte in der Hand.

»Und jetzt?«, fragte der Kambodschaner.

»Und tschüs«, sagte Paulie Block, als die Flintenläufe dröhnten und der Kambodschaner unter dem Aufprall der Schüsse einen Satz nach hinten machte.

»Mist«, sagte Briscoe. »Los! Bewegung!« Er zog seine SIG, lief zur Hintertür, drückte an seinem Funkgerät auf einen Knopf, rief damit die Unterstützung aus Scarborough herbei, schloss die Tür auf und rannte hinaus in die Nacht und auf die beiden Autos zu.

»Was ist mit Nichteinmischung?«, fragte Nutley und folgte dem älteren Mann. So war das nicht geplant. So was war überhaupt nicht vorgesehen.

Cheerful Chesters Mantel flog auf und entblößte die kurzen Doppelläufe zweier Walther-MPK-Maschinenpistolen. Zwei der Kambodschaner hoben schon die Uzis, als er abdrückte.

»Sayonara«, sagte Chester mit breitem Grinsen.

Die 9-mm-Parabellumgeschosse zerfetzten die drei Männer, durchschlugen das Leder der Aktentasche, die teure Wolle ihrer Mäntel, das makellose Weiß ihrer Hemden, die dünne Hülle ihrer Haut. Sie ließen Glas zerplatzen, durchlöcherten das Wagenblech und das Vinyl der Sitze. Es dauerte nicht einmal vier Sekunden, die drei Männer mit vierundsechzig Schuss über den Haufen zu ballern. Ihr warmes Blut taute den Rauhreif an. Der Aktenkoffer war verkehrt herum gelandet und einige der fest gepackten Bündel waren herausgefallen.

Chester und Paulie sahen, was sie getan hatten, und es war gut.

»Worauf wartest du?«, meinte Paulie. »Schnapp dir die Kohle und dann nichts wie weg hier.«

Hinter ihm kletterte Jimmy Fribb, der Mann mit der Schrotflinte, aus dem engen Kofferraum und streckte mit knackenden Kniegelenken die Beine. Chester lud ein neues Magazin in eine der Maschinenpistolen und legte die andere in den Kofferraum des Dodge.

Er bückte sich gerade, um das Geld aufzuheben, als er fast gleichzeitig zwei Stimmen hörte.

»FBI!«, rief die eine. »Sofort die Hände hoch!«

Die andere Stimme sprach nicht ganz so knapp und klang unhöflicher, kam Paulie Block vermutlich aber merkwürdig vertraut vor.

»Hände weg von dem Geld«, rief sie, »oder ich blas eure beschissenen Köppe weg!«

Die alte Frau stand auf einer Lichtung und sah zum Himmel empor. Schnee fiel ihr aufs Haar, auf die Schultern und die ausgestreckten Arme. Den Revolver hielt sie in der rechten Hand. Ihr Mund war aufgerissen und ihre Brust bebte und ächzte von der Anstrengung. Ryley und die anderen schienen sie erst zu bemerken, als sie nur noch zehn Meter entfernt waren. Die Krankenschwester folgte in einigem Abstand. Ryley ging, trotz Pattersons Einwänden, voran.

»Miss Emily«, sagte er gutmütig. »Miss Emily, ich bin's, Dr. Ryley. Wir sind hier, um Sie nach Hause zu bringen.«

Die alte Frau sah ihn an und zum ersten Mal seit sie aufgebrochen waren, hatte Ryley den Eindruck, dass sie nicht verrückt war. Sie betrachtete ihn mit ruhigem Blick, und als er näher kam, lächelte sie beinahe.

»Ich gehe nicht zurück«, sagte sie.

»Es ist kalt, Miss Emily. Sie werden hier draußen erfrieren, wenn sie nicht mitkommen. Wir haben Ihnen Decken und warme Kleidung mitgebracht und ich habe eine Thermoskanne mit Hühnerbrühe. Wir packen Sie schön warm ein und dann bringen wir Sie in Sicherheit.«

Die alte Frau lächelte nun tatsächlich, ein breites Lächeln, gänzlich humorlos und ohne Zutrauen.

»Ihr könnt mich nicht schützen«, sagte sie leise. »Nicht vor ihm.«

Ryley runzelte die Stirn. Jetzt fiel ihm wieder etwas ein, das mit der alten Frau zu tun hatte, ein Zwischenfall mit einem Besucher, und dass eine Schwester in der Nacht zuvor berichtet hatte, Miss Emily habe behauptet, jemand hätte versucht, zu ihrem Fenster hochzuklettern. Man hatte das natürlich als Blödsinn abgetan, nur Judd trug seitdem im Dienst eine Waffe. Diese Alten hatten Angst, Angst vor Krankheiten, vor Fremden, manchmal vor Freunden und Verwandten, sie hatten Angst vor der Kälte, Angst davor hinzufallen, Angst um ihre Habseligkeiten, um ihre Fotos, ihre verblassenden Erinnerungen.

Angst vor dem Tod.

»Bitte, Miss Emily, legen Sie die Waffe weg und kommen Sie mit uns nach Hause. Bei uns sind Sie in Sicherheit. Niemand wird Ihnen etwas tun.«

Sie schüttelte langsam den Kopf. Über ihr kreiste das Flugzeug und warf grellweißes Licht auf die alte Frau, das ihr graues Haar silbern flirren ließ.

»Ich gehe nicht zurück. Ich stelle mich ihm hier draußen. Das ist seine Heimat, diese Wälder. Er ist hier irgendwo.«

Da wandelte sich ihr Gesichtsausdruck. Patterson, der hinter Ryley stand, dachte, nie habe er einen Ausdruck so grenzenloser Angst gesehen. Ihre Mundwinkel krampften sich nach unten, Kinn und Lippen bibberten und dann schlotterte sie am ganzen Leib, ein eigenartiges, krampfhaftes Zittern, fast wie in Ekstase. Tränen liefen ihr über die Wangen.

»Es tut mir so Leid«, sagte sie. »Es tut mir so Leid, so Leid, so Leid ...«

»Bitte, Miss Emily«, sagte Ryley und ging auf sie zu. »Legen Sie die Waffe weg. Wir müssen Sie nach Hause bringen.«

»Ich gehe nicht zurück«, sagte sie wieder.

»Miss Emily, bitte, Sie müssen.«

»Nur über meine Leiche«, sagte sie, richtete den Revolver auf Ryley und drückte ab.

Chester und Paulie sahen erst nach links, dann nach rechts. Links von ihnen, auf dem Parkplatz, stand ein großer Mann in einer schwarzen Jacke, mit einem Funkgerät in der einen und einer SIG in der anderen Hand. Hinter ihm stand ein zweiter, jüngerer Mann, der beidhändig eine SIG hielt und eine graue Alpakamütze mit Ohrschützern trug.

Rechts von ihnen, neben einer kleinen Holzhütte, an der im Sommer Parkgebühren kassiert wurden, stand eine ganz in Schwarz gekleidete Gestalt – von den Stiefelspitzen bis zu der Skimaske, die ihr Gesicht verbarg. Der Mann hielt eine Ruger-Pumpgun und atmete schwer durch das Mundloch der Maske.

»Du übernimmst den«, sagte Briscoe zu Nutley. Nutley schwenkte die SIG von Paulie Block auf die schwarz gekleidete Gestalt am Waldrand.

»Fallen lassen, Arschgesicht«, sagte Nutley.

Die Pumpgun bewegte sich nicht nennenswert.

»Fallen lassen, hab ich gesagt!«, brüllte Nutley.

Briscoe schaute kurz hinüber, um sich den Mann mit der Pumpgun anzusehen. Mehr brauchte Chester Nash nicht. Er wirbelte herum und eröffnete mit der Maschinenpistole das Feuer, traf Briscoe am Arm und Nutley in Brust und Kopf. Nutley war sofort tot, seine Alpakamütze färbte sich schon im Fallen rot.

Briscoe lag auf dem Asphalt und feuerte, traf Chester am rechten Bein und in den Unterleib. Chester stürzte hin und die Maschinenpistole fiel ihm aus der Hand. Vom Waldrand her hörte man die Pumpgun dröhnen und Paulie Block, die Waffe in der rechten Hand, fuhr getroffen zusammen. Die austretenden Kugeln zerschlugen das Wagenfenster hinter ihm. Er sank auf die Knie und fiel dann mit dem Gesicht voran zu Boden. Chester Nash langte mit der Rechten nach der Maschinenpistole, mit der Linken hielt er sich den Unterleib. Briscoe gab noch zwei Schüsse auf ihn ab und da regte er sich nicht mehr. Jimmy Fribb ließ die Schrotflinte fallen und hob die Hände, gerade noch rechtzeitig, sonst hätte Briscoe ihn erschossen.

Briscoe wollte eben aufstehen, da hörte er, wie die Pumpgun nachgeladen wurde.

»Liegen bleiben«, sagte die Stimme.

Er tat, wie ihm befohlen, und legte die SIG neben sich auf den Boden. Ein schwarz gestiefelter Fuß trat die Waffe ins Unterholz.

»Hände über den Kopf.«

Briscoe hob die Hände, der linke Arm tat ihm weh und er sah zu, wie die maskierte Gestalt auf ihn zukam, die Pumpgun immer noch auf ihn gerichtet. Nutley lag neben ihm, seine Augen starrten hinaus auf die See. O Gott, dachte Briscoe, was für eine Scheiße. Hinter den Bäumen sah er Scheinwerferlicht und hörte er näher kommende Autos. Der Mann mit der

Pumpgun hörte es auch und sah sich kurz um, als er das restliche Geld im Aktenkoffer verstaute und ihn schloss. Jimmy Fribb nutzte die Ablenkung, um nach der am Boden liegenden SIG zu greifen, aber der Maskierte tötete ihn, ehe er sie in die Finger bekam, mit einem Schuss in den Rücken. Briscoe hielt sich den Kopf, der verwundete Arm tat ihm weh und er fing an zu beten.

»Liegen bleiben und nicht hochgucken«, bekam er gesagt.

Briscoe tat, wie befohlen, hielt aber die Augen offen. Blut breitete sich unter ihm auf dem Boden aus und er neigte den Kopf etwas, um dem auszuweichen. Als er wieder hochsah, strahlten ihm Scheinwerfer ins Gesicht. Die Gestalt in Schwarz war verschwunden.

Dr. Martin Ryley war 48 und wäre gern auch noch 49 geworden. Er hatte zwei Kinder, einen Jungen und ein Mädchen, und eine Frau namens Joanie, die ihn sonntags mit Schmorbraten verwöhnte. Er war kein sonderlich guter Arzt, deshalb leitete er ein Altersheim. Als Miss Emily Watts auf ihn schoss, warf er sich zu Boden, hielt sich die Hände vor den Kopf und betete und fluchte abwechselnd. Der erste Schuss verfehlte ihn links. Der zweite sprühte ihm feuchten Schmutz und Schnee ins Gesicht. Hinter sich hörte er, wie Waffen entsichert wurden, und er schrie: »Nein, bitte nicht! Nicht schießen!«

Im Wald war es wieder still. Nur das Surren der Cessna war zu hören. Ryley wagte einen Blick hoch zu Miss Emily. Sie weinte ungehemmt. Vorsichtig stand Ryley auf.

»Es ist schon gut, Miss Emily.«

Die alte Frau schüttelte den Kopf. »Nein«, sagte sie. »Es wird nie wieder gut.« Dann richtete sie die Mündung des Revolvers auf ihre linke Brust und drückte ab. Die Wucht der Kugel stieß sie nach hinten, sie stürzte hin, ihre Füße baumelten und das Mündungsfeuer brannte ein Loch in ihren Mantel. Sie zuckte noch einmal und lag dann reglos da, ihr Blut färbte den Boden um sie her, der Schnee fiel ihr auf die offenen Augen und die Leiche wurde von oben beleuchtet.

Der Wald sah schweigend zu. Hin und wieder regten sich Äste und Zweige, um den Schnee durchzulassen.

So fing es für mich an, wie auch für eine andere Generation: Zwei brutale Ereignisse, die fast gleichzeitig in einer Winternacht stattfanden, verbunden durch einen dunklen Faden, der sich in wirren Erinnerungen an weit zurückliegende Gewaltakte verlor. Andere, manche davon mir nahe stehend, hatten lange damit gelebt und waren damit gestorben. Hier ging es um alte Schlechtigkeit und das alte Böse neigt dazu, Familienbande zu durchdringen und die zu behaften, die zu seinem Entstehen nichts beigetragen haben: die Jungen, Unschuldigen, Verletzlichen, Wehrlosen. Es verwandelt Leben in Tod und Glas in Spiegel, es erschafft in allem, was es berührt, ein Abbild seiner selbst.

All das erfuhr ich später, nachdem noch weitere Menschen umgekommen waren, als klar wurde, dass etwas Fürchterliches vorging, dass etwas Altes, Böses aus der Wildnis aufgetaucht war. Und an allem, was sich ereignete, war ich Mitwirkender. Wenn ich zurückschaute, war ich vielleicht immer Mitwirkender gewesen, ohne je recht zu verstehen, inwiefern und warum. Doch in diesem Winter kamen viele Umstände zusammen und alle einzelnen Begegebenheiten waren schließlich doch miteinander verwoben. Sie brachen eine Bahn zwischen dem, was geschehen war, und dem, was nie wieder hätte geschehen dürfen, und bei diesem Zusammenstoß gingen Welten unter.

Ich erinnere mich an all die Jahre und sehe mich, wie ich früher war, in der Vergangenheit verharrend wie eine Gestalt in einer Bilderfolge. Ich sehe mich als kleinen Jungen darauf warten, dass mein Vater von des Tages Mühn aus der Stadt heimkehrt, seine Polizeiuniform schon abgelegt, eine schwarze Sporttasche in der linken Hand, seine einst muskulöse Gestalt nun etwas korpulent, sein Haar grauer, sein Blick etwas matter. Ich laufe ihm entgegen, er nimmt mich in der rechten Armbeuge hoch, seine Finger umfassen behutsam mein Bein und ich bin verblüfft über seine Kraft, über die Muskeln, die sich in seiner Schulter ballen, über die prallen Bizeps. Ich will sein wie, will ihm nacheifern und meinen Körper nach seinem Vorbild formen. Und als sein Leben in die Brüche geht, als sich sein Körper nur als untaugliche Hülle eines labilen Geists erweist, geht auch mein Leben allmählich in Stücke.

Ich sehe mich als Jungen am Grab meines Vaters stehen, nur eine Hand voll Polizisten groß und aufrecht neben mir, so dass auch ich groß und aufrecht sein muss. Das sind seine besten Freunde, die sich nicht genieren zu kommen. An diesem Ort wollen viele nicht gesehen werden: Was geschehen ist, hat in der Stadt für ungute Stimmung gesorgt und nur ein paar loyale Freunde sind bereit, ihren Ruf dem Blitz eines Pressefotografen auszusetzen.

Ich sehe rechts neben mir meine Mutter, vor Gram gebeugt. Der Mann, den sie so lange liebte, ist fort, und mit ihm der liebenswürdige Kerl, der Familienmensch, der Vater, der seinen Sohn wie ein Blatt in die Luft wirbeln konnte. Stattdessen wird man ihn als Mörder und Selbstmörder in Erinnerung behalten. Er hatte einen jungen Mann und eine junge Frau, beide unbewaffnet, erschossen, aus Motiven, die man nie restlos wird ergründen können, Motiven, die in den Tiefen dieser traurig blickenden Augen ruhten. Sie hatten ihn provoziert, der halbgare Schlägertyp, auf dem besten Wege vom Jugend- zum Erwachsenenstrafrecht, und seine Freundin aus der Mittelschicht, mit dem Dreck unter den manikürten Fingernägeln, und er hatte sie umgebracht, hatte mehr in ihnen gesehen, als sie waren, mehr gar, als aus ihnen hätte werden können. Dann hatte er sich seinen Revolver in den Mund geschoben und abgedrückt.

Ich sehe mich als jungen Mann an einem anderen Grabe stehen und zusehen, wie der Sarg meiner Mutter hinabgelassen wird. Neben mir steht nun mein Großvater. Wir sind aus Scarborough in Maine – dem Geburtsort meiner Mutter, wo wir nach dem Tod meines Vaters Zuflucht fanden – zu der Beerdigung angereist, damit meine Mutter neben meinem Vater beigesetzt werden kann, wie sie es sich immer gewünscht hatte, denn sie hatte nie aufgehört, ihn zu lieben. Alte Frauen und Männer haben sich mit uns eingefunden. Ich bin der Jüngste in der Runde.

Ich sehe es im Winter schneien. Ich sehe meinen Großvater altern. Ich verlasse Scarborough. Ich werde Polizist, wie mein Vater und Großvater vor mir. Es besteht ein Vermächtnis und ich werde es antreten. Als mein Großvater stirbt, kehre ich nach Scarborough zurück und schütte selbst sein Grab zu. Schaufelweise fällt Erde auf den Kiefernsarg. Die Morgensonne strahlt auf den Friedhof und ich schmecke die salzige Luft, die aus den Marschen im Osten und Westen herüberweht. In der Nähe jagt ein Goldhähnchen Schmeißfliegen, schmutzgraues Ungeziefer, das seine Eier in Regenwürmern ablegt und vor dem Winter in den Ritzen und Fugen der Häuser Zuflucht sucht. Die ersten Kanadagänse fliegen in den Süden und ein paar Raben flankieren sie, wie schwarze Jagdflugzeuge, die einem Bombergeschwader Geleitschutz geben.

Und als kein Holz mehr zu sehen ist, höre ich vom Kindergarten her, der an den Friedhof grenzt, frohe, schrille Kinderstimmen und muss einfach lächeln, denn schließlich hätte der alte Mann auch gelächelt.

Und schließlich ein weiteres Grab, erneut Gebete, die aus einem verschlissenen Brevier vorgetragen werden, und dieses Grab reißt meine Welt endgültig in Stücke. Zwei Menschen werden beigesetzt, um Seite an Seite zu ruhen, genau wie ich sie immer beieinander fand, wenn ich abends heimkam in unser Haus in Brooklyn, meine dreijährige Tochter friedlich zusammengekuschelt in den Armen ihrer Mutter schlummernd. Vom einen Moment zum anderen war ich kein Ehemann, war ich kein Vater mehr. Ich hatte sie nicht beschützt und sie waren für mein Versagen bestraft worden.

All diese Bilder und Erinnerungen verlieren sich wie die aneinander geschmiedeten Glieder einer Kette im Dunkeln. Man sollte sie beiseite tun, aber die Vergangenheit lässt sich nicht so einfach verleugnen. Unerledigtes, nie Gesagtes – das alles kommt letztlich wieder und sucht uns heim.

Denn diese Welt ist der Widerhall anderer Welten.

1

Billy Purdues Messer schnitt tiefer in meine Wange und Blut rann mir am Gesicht hinab. Er stemmte sich mit aller Kraft gegen mich, presste mit den Ellenbogen meine Arme an die Wand und rammte seine Beine gegen meine, so dass ich ihm nicht in den Unterleib treten konnte. Seine Finger drückten mir den Hals zu und ich dachte:

Billy Purdue. Ganz schön dumm von mir …

Billy Purdue war arm, arm und gewalttätig, und hinzu kam noch eine Prise Verbitterung und Frustration. Und er fackelte nicht lange. Brutalität umwaberte ihn wie ein Nebelschleier, das trübte sein Urteilsvermögen und ließ niemanden kalt. Wenn er eine Kneipe betrat, etwas trank oder ein Queue nahm, um eine Partie Pool zu spielen, dann gab es früher oder später Stunk. Billy Purdue musste gar nicht auf Stunk aus sein. Der Stunk kam von ganz allein.

Das war wie eine Seuche, und selbst wenn es Billy gelang, einem Konflikt auszuweichen, konnte man wetten, dass er den allgemeinen Testosteronspiegel ausreichend geputscht hatte, damit jemand anderes Zoff machte. Selbst bei einem Kardinalskonklave hätte er nur zur Tür hereinschauen müssen und hätte schon eine Schlägerei provoziert. Wie man es auch drehte und wendete: Billy war eine Landplage.

Bisher hatte er niemanden umgebracht und war es niemandem gelungen, ihn umzubringen. Doch je länger eine solche Situation andauert, desto wahrscheinlicher wird ein schlimmes Ende. Manche Leute hatten ihn als menschliche Sollbruchstelle bezeichnet, aber er war mehr als das. Er war eine immer weiter ausufernde Katastrophe. Wie das langsame Sterben eines Sterns glich sein Leben einem einzigen, unaufhaltsamen Sturz in den Mahlstrom.

Ich wusste nicht allzu viel über Billy Purdues Vorleben, jedenfalls damals nicht. Ich wusste, dass er immer Ärger mit der Polizei gehabt hatte. Sein Vorstrafenregister las sich wie ein Katalog minderer Delikte, von Stören des Unterrichts und kleineren Diebstählen bis zu Trunkenheit am Steuer, Hehlerei, Körperverletzung, Landfriedensbruch, ungebührlichem Betragen, Nichtzahlung von Alimenten ... die Liste nahm kein Ende. Er war ein Adoptivkind gewesen und hatte in seiner Kindheit und Jugend eine ganze Reihe von Pflegeeltern gehabt, die ihn jeweils nur so lange behielten, bis sie merkten, dass sie sich mit Billy mehr Ärger eingehandelt hatten, als das Geld von der Fürsorge wert war. So sehen manche Pflegeeltern das: Sie ziehen die Kinder auf wie Vieh oder Geflügel, bis sie einsehen, dass man einem aufmüpfigen Huhn immer noch den Kopf abhacken und es als Sonntagsbraten auftischen kann, dass bei einem straffällig gewordenen Kind die Möglichkeiten aber eingeschränkter sind. Viele Pflegeeltern hatten Billy Purdue erwiesenermaßen vernachlässigt und in zumindest zwei Fällen wurde körperlicher Missbrauch vermutet.

Billy hatte hoch im Norden von Maine bei einem alten Mann und seiner Frau eine Art Zuhause gefunden, einem Paar, das auf Zucht und Ordnung spezialisiert war. Der Mann hatte schon gut zwanzig Pflegekinder hinter sich, als Billy kam, und als er Billy ein bisschen besser kennen lernte, dachte er sich wahrscheinlich, dieser hier sei jetzt einer zu viel. Trotzdem bemühte er sich, Billy auf die rechte Bahn zu bringen, und eine Zeit lang war Billy glücklich – zumindest glücklicher als je zuvor. Dann ließ er sich ein bisschen gehen. Er zog nach Boston und schloss sich Tony Cellis Bande an, trat dort den falschen Leuten auf die Füße und wurde zurück nach Maine verfrachtet, wo er Rita Ferris, die sieben Jahre jünger war, kennen lernte und heiratete. Sie hatten einen Sohn, aber in dieser Familie war stets Billy das eigentliche Kind.

Er war jetzt zweiunddreißig, war gebaut wie ein Stier, hatte Armmuskeln dick wie Vorderschinken und die Finger seiner breiten Pranken wirkten wurstig vor Muskeln. Er hatte Schweinsäuglein und schiefe Zähne, sein Atem stank nach Starkbier und Sauerteigbrot, unter den Fingernägeln hatte er Dreck und am Hals, wo er sich mit einer stumpfen Klinge rasiert hatte, einen eitrigen Ausschlag.

Ich erhielt die Gelegenheit, Billy Purdue aus der Nähe zu betrachten, nachdem ich vergeblich versucht hatte, ihn in den Polizeigriff zu nehmen, und er mich mit voller Wucht an die Wand seines silberfarbenen Airstream-Wohnwagens geknallt hatte, einem ramponierten Zehnmetervehikel draußen in Scarborough Downs, in dem es nach Schmutzwäsche, gammligen Lebensmitteln und schalem Schweiß stank. Mit einer Hand umklammerte er meinen Hals und riss mich hoch, so dass meine Zehen kaum noch den Boden berührten. In der anderen hielt er ein kurzes Messer und schnitt mich damit einen Fingerbreit unterm linken Auge.

Der Polizeigriff war wahrscheinlich keine gute Idee gewesen, und auch wenn ich mich mit aller Kraft wehrte, blieb Billy Purdues Arm doch so starr und reglos wie die Dichterstatue auf dem Longfellow Square. Während mir allmählich dämmerte, was für eine schlechte Idee es gewesen war, den Griff zu probieren, hatte Billy mich nach vorn gerissen, mir mit seiner riesigen Rechten eine Ohrfeige verpasst und mich an die Wohnwagenwand geknallt und seine massiven Unterarme hielten meine Arme fest. Von dem Schlag dröhnte mir der Kopf und das Ohr tat mir weh. Ich dachte, mein Trommelfell sei geplatzt, aber dann nahm der Druck auf meinen Hals zu und mir wurde klar, dass ich mir vielleicht nicht mehr lange Sorgen um mein Trommelfell machen musste.

Das Messer zuckte in seiner Hand und ich spürte einen

neuen, stechenden Schmerz. Das Blut floss nun ungehindert, lief mir vom Kinn in den Kragen meines weißen Hemds. Billys Gesicht war vor Wut hochrot angelaufen, er atmete schwer durch zusammengebissene Zähne und beim Ausatmen nieselte es Speichel.

Er war einzig und allein darauf bedacht, alles Leben aus mir zu quetschen, und ich fuhr mit der rechten Hand in meine Jacke und spürte den kühlen Griff der Smith & Wesson. Ich dachte schon, ich würde ohnmächtig, doch da gelang es mir, die Waffe zu ziehen und den Arm genug zu bewegen, um Billy die Mündung unters Kinn zu halten. Das rote Leuchten in seinen Augen flackerte kurz und erlosch dann allmählich. Der Druck auf meinen Hals ließ nach, das Messer glitt aus der Wunde und ich sackte zu Boden. Mit schmerzendem Hals sog ich flache, rasselnde Atemzüge in meine gierige Lunge. Die Pistole hielt ich auf Billy gerichtet, aber er hatte sich abgewandt. Nun, da sein Zorn verrauchte, schien er sich über die Waffe und über mich keine Gedanken mehr zu machen. Aus einem Päckchen Marlboro nahm er eine Zigarette und steckte sie sich an. Er hielt mir das Päckchen hin. Ich schüttelte den Kopf und da wütete der Ohrenschmerz wieder los. Ich hielt den Kopf lieber still.

»Wieso hast du mich auch angefasst?«, fragte Billy eingeschnappt. Er sah mich an und sein Blick war aufrichtig gekränkt. »Du hättest mir nicht an den Armen rumreißen sollen.«

Der Typ hatte vielleicht Nerven. Ich atmete noch ein paarmal durch, tiefer mittlerweile, und als ich dann sprach, klang meine Stimme heiser und meine Kehle fühlte sich an, als hätte ich Streusand geschluckt. Wäre Billy nicht so ein Kindskopf gewesen, ich hätte ihm gern eine mit dem Pistolengriff verpasst.

»Soweit ich mich erinnere, hast du gesagt, du holst eine Baseballkeule und schlägst mich grün und blau«, sagte ich.

»Ja, weil du unhöflich warst«, sagte er und das rote Leuchten schien wieder kurz aufzuflackern. Ich hatte immer noch die Waffe auf ihn gerichtet, was ihn immer noch nicht zu kümmern schien. Ich fragte mich, ob er mehr über die Pistole wusste als ich. Vielleicht zersetzte der Gestank im Wohnwagen gerade die Munition.

Unhöflich. Ich wollte eben wieder den Kopf schütteln, aber da fiel mir mein Ohr ein und ich fand es alles in allem klüger, den Kopf still zu halten. Mein Besuch bei Billy war eine Gefälligkeit für Rita, die nunmehr seine Exfrau war und mit ihrem zweijährigen Sohn Donald in einer kleinen Wohnung in der Locust Street in Portland lebte. Rita hatte sich ein halbes Jahr zuvor von ihm scheiden lassen und Billy hatte seither keinen Penny Unterhalt gezahlt. Ich kannte Ritas Familie aus meiner Jugendzeit in Scarborough. Ihr Vater war 83 in Bangor bei einem fehlgeschlagenen Banküberfall ums Leben gekommen und ihre Mutter konnte die Familie nicht beisammenhalten. Ein Bruder saß im Knast, nach einem zweiten wurde wegen Drogendelikten gefahndet und Ritas ältere Schwester lebte in New York und hatte jeden Kontakt zu den Geschwistern abgebrochen.

Rita war schlank, hübsch und blond, aber allmählich sah man ihr die stiefmütterliche Art an, in der das Leben mit ihr umsprang. Billy Purdue hatte sie nie geschlagen oder misshandelt, aber er neigte zu Tobsuchtsanfällen und hatte während ihrer Ehe die beiden Wohnungen zerstört, in denen sie lebten. Die eine hatte er nach einer dreitägigen Sauftour durch South Portland in Brand gesteckt. Rita war eben noch rechtzeitig aufgewacht, um ihren damals einjährigen Sohn zu retten, dann den bewusstlosen Billy aus der Wohnung zu schleifen und den Feueralarm auszulösen, um das restliche Gebäude zu evakuieren. Anderntags reichte sie die Scheidung ein.

Nun trat Billy in seinem stromlinienförmigen Wohnwagen auf der Stelle und führte ein Leben am Rande des Elends. Im

Winter arbeitete er hin und wieder als Holzfäller, schlug Weihnachtsbäume und verdingte sich in den Nutzforsten im Norden. Den Rest des Jahres über tat er, was er konnte, und das war nicht viel. Sein Wohnwagen stand auf einem Grundstück, das Ronald Straydeer gehörte, ein Penobscot-Indianer aus Old Town, der sich nach seiner Heimkehr aus Vietnam in Scarborough niedergelassen hatte. Ronald hatte im Krieg dem K9-Korps angehört und mit seiner Schäferhündin Elsa Armeepatrouillen über Dschungelpfade geführt. Der Hund konnte die Vietcong von weitem wittern, erzählte mir Ronald, und als einem Platoon einmal das Wasser ausging, fand er sogar eine Wasserstelle. Als sich die Amerikaner zurückzogen, wurde Elsa der südvietnamesischen Armee als »Restbestand« überlassen. Ronald hatte ein Bild von ihr in seiner Brieftasche, mit heraushängender Zunge und einer Armeehundemarke am Halsband. Er glaubte, die Vietnamesen hätten sie gegessen, sobald die Amerikaner fort waren, und hielt sich nie wieder einen Hund. Stattdessen hatte er ja nun Billy Purdue.

Billy wusste, dass seine Exfrau an die Westküste ziehen und ein neues Leben beginnen wollte und dass sie dazu das Geld brauchte, das Billy ihr schuldete. Aber er wollte nicht, dass sie fortging. Er glaubte immer noch, er könne ihre Beziehung retten, und auch die Scheidung und die gerichtliche Anordnung, seiner Exfrau nicht auf fünfzig Meter nahe zu kommen, taten diesem Glauben keinen Abbruch.

Als Gefälligkeit für Rita hatte ich eingewilligt, an ihn heranzutreten, nachdem sie mich angerufen und ich sie in ihrer Wohnung besucht hatte. Ungefähr an dem Punkt, an dem ich Billy Purdue erzählt hatte, dass sie nicht zu ihm zurückkäme und er gesetzlich verpflichtet sei, ihr das ausstehende Geld zu zahlen, wollte Billy den Baseballschläger rausholen und gerieten die Dinge etwas durcheinander.

»Ich liebe sie«, sagte er, sog an der Zigarette und stieß zwei Rauchsäulen durch die Nasenlöcher aus, wie das Schnauben eines sehr gereizten Stiers. »Wer soll sich in San Francisco denn um sie kümmern?«

Ich krauchte auf die Beine und wischte mir das Blut von der Wange. Mein Jackenärmel wurde feucht dabei. Glücklicherweise trug ich eine schwarze Jacke, aber dass ich das für ein Glück hielt, sagt einiges über diesen Tag.

»Wie sollen sie und Donald denn überleben, Billy, wenn du ihr nicht das Geld zahlst, das der Richter festgesetzt hat?«, erwiderte ich. »Wie soll sie denn ohne das durchkommen? Wenn du dir Sorgen um sie machst, dann musst du ihr das Geld zahlen.«

Er sah mich an und dann zu Boden. Er rieb mit dem großen Zeh über das schmutzige Linoleum.

»Tut mir Leid, dass ich dir wehgetan hab, Mann, aber ...« Er langte sich in den Nacken und kratzte sich das dunkle, strubbelige Haar. »Gehst du jetzt zu den Bullen?«

Wenn ich zu den Bullen ginge, würde ich Billy Purdue das nicht auf die Nase binden. Billys Bedauern war ungefähr so aufrichtig wie das von Exxon nach dem Untergang der Exxon Valdez. Außerdem: Wenn ich zu den Bullen ging, würden sie Billy einbuchten und dann hatte Rita ihr Geld immer noch nicht. Aber im Ton seiner Frage schwang etwas mit, an das ich hätte anknüpfen sollen, es aber nicht tat. Sein schwarzes T-Shirt war schweißgetränkt und an seinen Hosenaufschlägen klebte Dreck. Sein Kreislauf dröhnte ihn so mit Adrenalin voll, dass einem Ameisen dagegen bedächtig vorkamen. Das hätte mir verraten müssen, dass Billy nicht wegen einer Körperverletzung oder nicht bezahltem Unterhalt Angst vor den Bullen hatte. Wie wunderbar, dass man hinterher immer klüger ist.

»Wenn du mit dem Geld rausrückst, ist das Thema für mich erledigt«, sagte ich.

Er zuckte mit den Achseln. »So viel hab ich nicht. Ich hab keine tausend Dollar.«

»Billy, du schuldest ihr fast zweitausend Dollar. Ich glaube, dir ist nicht ganz klar, worum es hier geht.«

Aber vielleicht war es mir ja nicht ganz klar. Der Wohnwagen war ein Dreckloch, er fuhr einen Toyota mit Rostlöchern im Bodenblech und als Lumpensammler und Holzfäller verdiente er hundert, vielleicht auch hundertfünfzig die Woche. Hätte er zweitausend Dollar gehabt, dann wäre er woanders gewesen. Er wäre auch nicht Billy Purdue gewesen, denn Billy Purdue würde nie im Leben zweitausend Dollar besitzen.

»Ich habe fünfhundert«, sagte er schließlich und aus seinem Blick sprach nun billige Gerissenheit.

»Gib sie mir«, sagte ich.

Billy rührte sich nicht von der Stelle.

»Billy, wenn du mir das Geld nicht gibst, kommen die Bullen und sperren dich so lange ein, bis du zahlst. Und wenn du im Knast sitzt, kannst du kein Geld verdienen, um deine Schulden zu bezahlen, und das sieht mir ganz nach einem Teufelskreis aus.«

Das ließ er sich eine Zeit lang durch den Kopf gehen, langte dann am anderen Ende des Wohnwagens unter das völlig verdreckte Sofa und zog einen zerknüllten Umschlag hervor. Er kehrte mir den Rücken zu, zählte fünf Hundertdollarscheine ab und steckte den Umschlag wieder weg. Mit einer schwungvollen Handbewegung überreichte er mir das Geld, wie ein Magier, der nach einem besonders beeindruckenden Trick eine Armbanduhr wieder herbeizaubert. Die Geldscheine waren druckfrisch und fortlaufend nummeriert. Nach dem Aussehen des Umschlags zu urteilen, hatten sie eine Menge Kumpels zurückgelassen.

»Hast du die aus dem Geldautomaten der Fleet Bank, Billy?«, fragte ich. Das wirkte wenig plausibel. Billy Purdue hätte von einem Geldautomaten nur Cash bekommen, wenn er ihn mit einem Bulldozer aus der Wand gerissen hätte.

»Du musst ihr was von mir ausrichten«, sagte er. »Du

musst ihr sagen, dass hier vielleicht noch mehr zu holen ist, hörst du? Sag ihr, dass ich vielleicht nicht mehr so ein Versager bin. Hast du gehört?« Er lächelte hintersinnig, ein Lächeln, wie ein Vollidiot es aufsetzt, der sich einbildet, er wüsste mehr als man selbst. Wenn Billy Purdue irgendwas wusste, dachte ich, dann wollte ich es nicht hören. Das war ein Fehler.

»Ich hab's gehört, Billy. Sag mir, dass du nicht mehr für Tony Celli arbeitest. Das will ich jetzt hören.«

In seinem Blick lag immer noch dümmliche Gerissenheit, aber sein Lächeln schwand ein wenig. »Ich kenne keinen Tony Celli.«

»Dann helf ich dir mal auf die Sprünge. Großer Mafioso aus Boston, nennt sich Tony Clean. Hat als Zuhälter angefangen und sich dann hochgearbeitet. Macht auf Drogen, Pornos, Wucherdarlehen, alles, was verboten ist, und seine Aussichten auf einen Orden für Verdienste um das Gemeinwohl stehen gegenwärtig bei null.« Ich schwieg kurz. »Du hast früher für ihn gearbeitet, Billy. Ich will wissen, ob du das immer noch machst.«

Er neigte den Kopf zur Seite, als hätte er Wasser im Ohr, und schaute dann weg. »Weißt du, ich hab vielleicht 'n paarmal, weißt du, 'n bisschen was für Tony gemacht. Klar hab ich das. Natürlich. Besser als Lumpensammeln. Aber ich hab Tony lange, wirklich lange nicht mehr gesehn.«

»Lüg mich lieber nicht an, Billy, sonst musst du dir von 'ner Menge Leute 'ne Menge unangenehme Sachen anhören.«

Er erwiderte nichts und ich beließ es dabei. Als ich ihm die Geldscheine aus der Hand nahm, bewegte er sich auf mich zu und ich hob wieder die Waffe. Unsere Gesichter waren nur noch Zentimeter voneinander entfernt und die Mündung meiner Pistole ruhte auf seiner Brust.

»Wieso machst du das?«, fragte er und ich roch seinen Atem und sah die Glut dieses hasserfüllten Blicks wieder angefacht. Das Lächeln war verschwunden. »Sie kann sich keinen Privatdetektiv leisten.«

»Aus Gefälligkeit«, sagte ich. »Ich kenne ihre Familie von früher.«

Ich glaube, er hörte mir nicht mal zu.

»Wie will sie dich denn bezahlen?« Er drehte den Kopf beiseite und dachte über seine eigene Frage nach. Dann: »Fickst du sie?«

Ich hielt seinem Blick stand. »Nein. Und jetzt lass mich vorbei.«

Er blieb, wo er war, setzte dann ein finsteres Gesicht auf und wich langsam zurück. »Das will ich dir auch nicht geraten haben«, sagte er, als ich den Wohnwagen verließ und in die Dezembernacht hinausging.

Das Geld hätte mich natürlich stutzig machen müssen. Billy Purdue konnte es unmöglich ehrlich verdient haben und vielleicht hätte ich ihn darauf ansprechen sollen, aber ich war ziemlich fertig und nur froh, ihn los zu sein.

Ich hielt in Oak Hill bei einer Bank und hob am Geldautomaten zweihundert Dollar von meinem Konto ab. Die Schnittwunde unter meinem Auge blutete nicht mehr, aber wenn ich die frische Verkrustung gelöst hätte, hätte sie bestimmt wieder angefangen. Ich fuhr zu Ron Archers Praxis in der Forest Avenue, der zweimal die Woche Abendsprechstunde hatte, und er nähte die Wunde mit drei Stichen.

»Was haben Sie denn angestellt?«, fragte er, als er eine Betäubungsspritze aufzog. Ich wollte schon sagen, das sei nicht nötig, aber dann hätte er gedacht, ich wolle mich wichtig machen. Dr. Archer war ein sechzigjähriger, gut aussehender, vornehm wirkender Mann mit Silbermähne, der so blendend bei seinen einsamen Patientinnen ankam, dass sie ihn am liebsten zu weiteren Doktorspielen in ihr Krankenbett geladen hätten.

»Da hing eine Wimper fest«, sagte ich.

»Dann nehmen Sie doch Augentropfen. Das tut längst nicht so weh und Sie verlieren nicht mal das Augenlicht dabei.«

Er säuberte mit einem Tupfer die Wunde und beugte sich dann mit der Spritze über mich. Als die Nadel einstach, zuckte ich.

»So ein großer, tapferer Junge«, murmelte er. »Wenn du nicht weinst, bekommst du hinterher einen Bonbon.«

»In Umgang mit Patienten hatten Sie im Examen 'ne Eins, was?«

»Mal im Ernst, was ist passiert?«, fragte er und setzte den ersten Stich. »Hier hat Sie doch jemand mit einem Messer geschnitten und am Hals bekommen Sie einen Bluterguss.«

»Ich habe versucht, Billy Purdue in den Polizeigriff zu nehmen. Es war kein großer Erfolg.«

»Purdue? Der verrückte Scheißkerl, der fast seine Frau und sein Kind verbrannt hätte?« Archers Augenbrauen schossen wie aufgescheuchte Krähen in die Höhe. »Sie müssen ja noch durchgeknallter sein als der.« Er nähte weiter. »Als Ihr Arzt muss ich Ihnen sagen: Wenn Sie weiter so einen Blödsinn anstellen, kann ich als Allgemeinmediziner bald nichts mehr für Sie tun.« Noch einmal fuhr er mit der Nadel durch die Haut und schnitt dann den Faden ab. »Aber ich könnte mir vorstellen, dass Ihnen der Übergang in die Senilität nicht schwer fallen dürfte.«

Er trat einen Schritt zurück und betrachtete stolz sein Werk. »Wunderbar«, sagte er seufzend. »Eine schöne Stickerei.«

»Wenn ich in den Spiegel sehe und feststelle, dass Sie mir ein Herz ins Gesicht gestickt haben, muss ich leider Ihre Praxis niederbrennen.«

Er wickelte die benutzten Nadeln sorgfältig ein und warf sie in einen Schutzbehälter. »Der Faden löst sich in ein paar Tagen auf«, sagte er. »Und nicht dran rumspielen. Ich weiß doch, wie ihr Kinder seid.«

Ich überließ ihn seinen Scherzen und fuhr zu Rita Ferris, deren Wohnung sich in der Nähe der Cathedral of the Immaculate Conception und des Ostfriedhofs befand, wo die beiden jungen Trottel Burrows und Blythe begraben lagen. Sie starben während des Kriegs von 1812 vor Monhegan Island bei einer unnötigen Seeschlacht zwischen der amerikanischen Brigg Enterprise und der britischen Boxer, deren Kapitäne sie waren. Nach einem großen Trauerzug durch die Straßen von Portland wurden sie auf dem Ostfriedhof beigesetzt. In der Nähe ihrer Gräber steht ein marmornes Denkmal für Lieutenant Kervin Waters, der in derselben Schlacht verwundet wurde und zwei qualvolle Jahre später starb. Er war gerade sechzehn, als er verwundet wurde, und achtzehn, als er starb. Ich weiß nicht, warum ich daran dachte, als ich zu Rita Ferris fuhr. Nach der Begegnung mit Billy Purdue ging es mir wohl besonders gegen den Strich, wenn junges Leben vergeudet wurde.

Ich bog in die Locust Street und fuhr rechts an der Anglikanerkirche St. Paul und links am Secondhandladen der Gemeinde von St. Vincent de Paul vorbei. Rita Ferris' Wohnblock befand sich am Ende der Straße, gegenüber der Kavanagh School. Es war ein heruntergekommenes, weißes, dreigeschossiges Gebäude; eine Steintreppe führte zur Haustür hoch, an der links eine Klingelleiste mit Wohnungsnummern und rechts eine Reihe unverschlossener Briefkästen befestigt waren.

Eine schwarze Frau mit einem kleinen Mädchen, offenbar ihre Tochter, öffnete, als ich näher kam, die Haustür und schaute mich misstrauisch an.

Ich schenkte ihr mein schönstes Lächeln, um sie zu beruhigen. »Ich möchte zu Rita Ferris. Wir sind verabredet.«

Ihre Gesichtszüge versteinerten noch zusätzlich. Ihr Profil wirkte wie aus Ebenholz geschnitzt. »Wenn Sie verabredet sind, können Sie ja auch klingeln«, sagte sie und schloss die Tür vor meiner Nase. Ich seufzte und drückte auf die Klingel. Rita Ferris meldete sich, der Türöffner summte und ich ging die Treppe hoch zu ihrer Wohnung.

Durch Ritas geschlossene Wohnungstür im zweiten Stock

hörte ich *Seinfeld* aus dem Fernseher und das Husten eines Kleinkinds. Ich klopfte zweimal und die Tür wurde geöffnet. Rita trat beiseite, um mich hereinzulassen. Sie hielt Donald, der einen blauen Strampelanzug trug, rechts im Arm. Ihr Haar war zu einem Knoten hochgebunden und sie trug ein unförmiges blaues Sweatshirt, eine Bluejeans und schwarze Sandalen. Das Sweatshirt war voll gekleckert mit Essen und Kinderspucke. Die Wohnung, die klein und trotz der ramponierten Möbel ordentlich eingerichtet war, roch nach dem Kind.

Ein paar Schritte hinter Rita stand eine Frau. Sie stellte eben einen Karton mit Windeln, Dosengerichten und ein wenig Gemüse auf das kleine Sofa. Eine Plastiktüte mit Secondhandkleidung und ein wenig Kinderspielzeug standen daneben auf dem Boden und ich sah, dass Rita einige Geldscheine in der Hand hielt. Als sie meinen Blick bemerkte, wurde sie knallrot, knüllte das Geld zusammen und stopfte es sich in die Hosentasche.

Die andere Frau sah mich neugierig und, wie ich fand, feindselig an. Sie war vermutlich Ende sechzig, hatte dauergewelltes, silbernes Haar und große braune Augen. Sie trug einen langen Wollmantel, der kostspielig aussah, darunter einen Seidenpullover und eine maßgeschneiderte Baumwollhose. Gold schimmerte diskret an ihren Ohrläppchen, den Handgelenken und ihrem Hals.

Rita schloss hinter mir die Tür und wandte sich dann an sie.

»Das ist Mr Parker«, sagte sie. »Er war für mich bei Billy.« Sie schob die freie Hand in die Gesäßtasche ihrer Jeans und nickte der alten Frau schüchtern zu. »Mr Parker, das ist Cheryl Lansing, eine Freundin von mir.«

Ich reichte ihr die Hand. »Freut mich, Sie kennen zu lernen«, sagte ich. Nach kurzem Zögern schlug Cheryl Lansing ein. Sie griff erstaunlich fest zu.

»Ganz meinerseits«, sagte sie.

Rita seufzte und beschloss, die Vorstellung etwas weiter auszuführen. »Cheryl unterstützt uns«, erläuterte sie. »Mit Essen und Kleidung und so. Ohne sie würden wir nicht durchkommen.«

Jetzt war es an der alten Frau, betreten dreinzuschauen. Sie hob abschätzig die Hand und sagte: »Jetzt sei mal still, Kindchen.« Dann knöpfte sie sich den Mantel zu, küsste Rita im Vorbeigehen auf die Wange und blieb bei Donald stehen. Sie zauste ihm das Haar und der Kleine strahlte.

»Ich komme in ein oder zwei Wochen mal wieder vorbei«, sagte sie zu Rita.

Rita guckte beklommen, als fürchtete sie, ihrem Gast gegenüber irgendwie unhöflich zu sein. »Und Sie wollen auch bestimmt nicht noch bleiben?«, fragte sie.

Cheryl Lansing sah mich an und lächelte. »Nein, danke. Ich habe heute Abend noch einen weiten Weg vor mir und Sie und Mr Parker haben doch bestimmt viel zu besprechen.«

Damit nickte sie mir zum Abschied zu und ging. Ich sah ihr nach, wie sie die Treppe hinunterging. Von der Fürsorge, dachte ich, vielleicht sogar jemand von St. Vincent de Paul. Schließlich waren die gleich nebenan. Rita schien zu erraten, was ich dachte.

»Sie ist eine Freundin, weiter nichts«, sagte sie leise. »Sie kennt Billy von früher, weiß, wie er war und immer noch ist. Jetzt sorgt sie ein wenig dafür, dass es uns gut geht.«

Sie machte die Tür zu, schloss ab und sah sich dann mein Auge an. »War Billy das?«

»Wir hatten eine Meinungsverschiedenheit.«

»Das tut mir Leid. Ich hätte wirklich nicht damit gerechnet, dass er Ihnen etwas tun würde.« Ihrem Gesicht war ungeheuchelte Besorgnis anzusehen und das ließ sie hübsch erscheinen, trotz der dunklen Schatten unter den Augen und der Sorgenfalten, die sich auf ihren Gesichtszügen ausbreiteten wie Risse in altem Verputz.

Sie setzte sich und schaukelte Donald auf einem Knie. Er war ein großes Kind mit großen blauen Augen und einem beständig leicht neugierigen Gesichtsausdruck. Er lächelte mich an, hob einen Finger, ließ ihn dann wieder sinken und schaute seine Mutter an. Sie lächelte zu ihm hinunter und er lachte und hickste.

»Kann ich Ihnen einen Kaffee anbieten?«, fragte sie. »Ich habe leider kein Bier im Haus, sonst würde ich Ihnen welches bringen.«

»Danke, ich trinke nicht. Ich bin nur gekommen, um Ihnen das hier zu geben.«

Ich reichte ihr die siebenhundert Dollar. Sie wirkte etwas bestürzt, bis Donald einen Fünfzigdollarschein nehmen und sich in den Mund stopfen wollte.

»M-m«, machte sie und hielt das Geld außerhalb seiner Reichweite. »Du kostest mich schon genug.« Sie zählte zwei Fünfzigdollarscheine ab und hielt sie mir hin.

»Bitte, nehmen Sie«, sagte sie. »Für das, was passiert ist. Bitte.«

Ich schloss ihre Hände um das Geld und schob es ihr sacht hin.

»Ich will es nicht«, sagte ich. »Wie ich schon sagte – ich mache das aus Gefälligkeit. Ich habe mit Billy gesprochen. Zur Zeit hat er wohl etwas Geld und vielleicht fängt er ja an, seinen Verpflichtungen nachzukommen. Andernfalls ist das Sache der Polizei.«

Sie nickte. »Er ist kein schlechter Mensch, Mr Parker. Er ist nur durcheinander und leidet sehr, aber er liebt Donnie mehr als alles andere auf der Welt. Ich glaube, er würde alles tun, damit ich ihn nicht mit mir nehme.«

Genau darum machte ich mir Sorgen. Dieser hasserfüllte Blick in Billys Augen loderte mir doch etwas zu schnell auf und Billy hatte genug Wut und Groll aufgestaut, um ihn sehr lange am Brennen zu erhalten.

Ich stand auf, um zu gehen. Neben meinem Fuß sah ich auf dem Fußboden ein Spielzeug von Donald, einen roten Plastiklaster mit gelbem Verdeck, der quiekte, als ich ihn aufhob und auf einen Stuhl stellte. Das Geräusch lenkte Donald kurz ab, doch dann schaute er wieder mich an.

»Ich komme nächste Woche vorbei und sehe mal, wie es Ihnen geht.« Ich streckte Donald einen Finger hin und er umschloss ihn mit seiner kleinen Faust. Plötzlich überkam mich die Erinnerung, wie meine eigene Tochter das getan hatte, und eine fürchterliche Traurigkeit stieg in mir auf. Jennifer war tot. Sie war mit meiner Frau von der Hand eines Mörders gestorben, der glaubte, sie wären wertlos genug, um sie in Stücke zu reißen und als Mahnung an andere auszustellen. Auch er war tot, zu Tode gehetzt in Louisiana, aber deshalb ging es mir nicht besser. So einfach ließ sich das nicht ausgleichen.

Ich zog vorsichtig meinen Finger aus Donalds Faust und tätschelte ihm den Kopf. Rita folgte mir zur Tür, Donald nun wieder auf der Hüfte.

»Mr Parker …«, setzte sie an.

»Bird«, sagte ich und machte die Tür auf. »So nennen mich meine Freunde.«

»Bird. Bitte bleiben Sie.« Mit der freien Hand strich sie mir über die Wange. »Bitte. Ich bringe Donald gleich ins Bett. Anders kann ich Ihnen nicht danken.«

Ich nahm behutsam ihre Hand und küsste ihre Handfläche. Sie roch nach Handcreme und nach Donald.

»Tut mir Leid, ich kann nicht«, sagte ich.

Sie wirkte etwas enttäuscht. »Wieso nicht? Bin ich Ihnen nicht hübsch genug?«

Ich strich mit den Fingern durch ihr Haar und sie lehnte den Kopf an meine Hand.

»Das ist es nicht«, sagte ich. »Das ist es ganz und gar nicht.«

Da lächelte sie – nur ein flüchtiges Lächeln, aber immerhin.

»Danke«, sagte sie und küsste mich sacht auf die Wange. Unser kleines Tête-à-Tête wurde von Donald unterbrochen, dessen Gesicht sich verfinstert hatte, als ich seine Mutter berührte, und der nun anfing, mit seiner kleinen Hand nach mir zu schlagen.

»Na!«, sagte seine Mutter. »Lass das!« Aber er schlug weiter und ich ließ sie los.

»Er will mich nur beschützen«, sagte sie. »Er hat wohl gedacht, Sie wollten mir etwas tun.« Donald vergrub den Kopf an ihrer Brust, nuckelte an seinem Daumen und beäugte mich argwöhnisch. Rita stand auf dem dunklen Flur, als ich die Treppe hinunterging, eingerahmt von dem Licht aus ihrer Wohnung. Sie hob Donalds Hand, damit er mir zum Abschied nachwinkte, und ich winkte zurück.

Es war das letzte Mal, dass ich die beiden lebend sah.

2

Am Morgen nach meinem letzten Gespräch mit Rita Ferris stand ich früh auf. Durch die Stille und die lastende Dunkelheit fuhr ich zum Flughafen, um den ersten Flug nach New York zu erwischen. In den Radionachrichten hieß es, in Scarborough sei jemand erschossen worden, es seien aber noch keine Einzelheiten bekannt.

Vom JFK nahm ich ein Taxi zur Ecke Queens Boulevard – 51. Straße. Auf dem Van Wyck Expressway und Queens Boulevard herrschte stockender Verkehr. Vor dem New Cavalry Cemetery hatte sich schon eine kleine Menschenmenge eingefunden: Grüppchen uniformierter Polizisten, die rauchten und sich leise unterhielten, Frauen in Schwarz, sorgsam frisiert und dezent geschminkt, die einander ernst und gemessen zunickten, und junge Männer, manche gerade mal zwanzig, die beklommen herumstanden, in zu enge Kragen gezwängt, die geborgten schwarzen Krawatten schlecht gebunden, die Knoten schief und zu dünn. Einige der Polizisten sahen mich kurz an und nickten mir zu und ich nickte zurück. Viele kannte ich dem Nachnamen nach, ohne ihren Vornamen zu wissen.

Der Leichenwagen, gefolgt von drei schwarzen Limousinen, kam aus Richtung Woodside und bog auf den Friedhof. Die wartenden Menschen folgten langsam zu zweit oder dritt und dann kamen wir an das Grab. Ich sah einen Erdhügel, grüne Matten waren darüber gelegt und daran lehnten Kränze und Blumenschmuck. Hier hatte sich bereits eine größere Menge versammelt: weitere Polizisten in Uniform, andere in Zivil, weitere Frauen, vereinzelt auch Kinder. Ich entdeckte einige Deputy Chiefs, einen Assistant Chief, ein halbes Dutzend

Captains und Lieutenants und sie alle waren gekommen, um George Grunfeld die letzte Ehre zu erweisen, dem alten Sergeant vom 30. Revier, der nur zwei Jahre, bevor er in Ruhestand gegangen wäre, seinem Krebsleiden erlegen war.

Ich hatte ihn als guten Menschen in Erinnerung, als anständigen Polizisten von altem Schrot und Korn, der das Pech gehabt hatte, in einem Revier Dienst zu tun, das jahrelang mit Gerüchten über Gaunereien und Korruption zu kämpfen hatte. Den Gerüchten folgten schließlich Anzeigen: Waffen und Drogen, vor allem Kokain, seien routinemäßig beschlagnahmt und weiterverkauft, Wohnungen illegal durchsucht und Menschen eingeschüchtert worden. Gegen das Revier an der Ecke 151. Straße - Amsterdam Avenue wurden Ermittlungen eingeleitet. Schließlich wurden dreiunddreißig Beamte, die an zweitausend strafrechtlichen Verfolgungen beteiligt gewesen waren, überführt, viele des Meineids, und verurteilt. Nach dem Dowd-Skandal im 75. Revier – auch dort ging es um Drogen- und Waffenhandel und Schmiergelder – warf das ein schlechtes Licht auf die New Yorker Polizei. Und es kam noch schlimmer: Man munkelte, Midtown South wäre in Bedrängnis, und das aufgrund eines Deals, der Officers im Dienst seit längerem Gratissex mit Prostituierten sicherte.

Vielleicht waren deshalb so viele Leute bei Grunfelds Beerdigung erschienen. Er verkörperte etwas Gutes, Grundanständiges und sein Hinscheiden war ein Grund zur Trauer. Ich war aus sehr persönlichen Motiven dort. Meine Frau und mein Kind waren mir im Dezember 1996 genommen worden, als ich noch in Brooklyn bei der Mordkommission war. Die Brutalität und Bösartigkeit, mit der sie aus dem Leben gerissen wurden, und das Unvermögen der Polizei, ihren Mörder zu finden, sorgten dafür, dass sich zwischen mir und meinen Kollegen eine Kluft auftat. Die Morde an Susan und Jennifer hatten mich ihrem Gefühl nach besudelt, zeigten sie doch die Verwundbarkeit auch eines Polizisten und seiner Familie. Sie wollten daran glauben, dass ich die Ausnahme sei, dass ich es, als Trinker, irgendwie provoziert hätte, damit sie nicht über andere Schlussfolgerungen nachdenken mussten. In gewisser Hinsicht hatten sie Recht: Ich hatte es für mich und meine Familie provoziert, aber ich hatte ihnen nie verziehen, dass sie mich gezwungen hatten, mich dieser Einsicht allein zu stellen.

Knapp einen Monat nach den Morden quittierte ich den Dienst. Nur wenige Menschen hatten versucht, mir diesen Schritt auszureden, und einer davon war George Grunfeld gewesen. Wir trafen uns an einem milden Sonntagmorgen im John's in der Second Avenue, in der Nähe des UNO-Hauptquartiers. Wir saßen in einer Nische am Fenster und aßen rosa Grapefruits und englische Waffeln. Auf der Second Avenue war nicht viel Verkehr und nur wenige Fußgänger kamen vorbei. Geduldig und aufmerksam hörte er sich die Gründe für mein freiwilliges Ausscheiden an: die zunehmende Ächtung seitens der Kollegen, der Schmerz, in einer Stadt zu leben, in der mich alles daran erinnerte, was ich verloren hatte, und mein Glaube, ich könnte vielleicht, nur vielleicht, den Mann finden, der mir alles genommen hatte, was mir lieb und teuer war.

»Charlie«, sagte er (er nannte mich nie Bird) und in seinem von dichtem grauem Haar gekrönten Mondgesicht ruhten die Augen dunkel wie Krater, »das sind alles gute Gründe, aber wenn du gehst, bist du allein und dann kann man dir nur noch begrenzt helfen. Bei der Polizei hast du immer noch eine Familie, also bleib bei uns. Du bist ein guter Polizist. Das liegt dir im Blut.«

»Ich kann nicht. Es tut mir Leid.«

»Wenn du gehst, werden bestimmt viele denken, du läufst davon. Manche werden wahrscheinlich froh darüber sein, aber sie werden dich verachten, weil du kapituliert hast.«

»Sollen sie doch. Die sind es eh nicht wert, dass man sich Gedanken um sie macht.«

Er seufzte und trank einen Schluck Kaffee. »Es war nie einfach, mit dir klarzukommen, Charlie. Du warst immer zu klug und zu aufbrausend. Jeden von uns plagt irgendwas, aber du hast es immer so zur Schau getragen. Ich glaube, du hast die Leute nervös gemacht, und wenn ein Polizist irgendwas nicht ausstehen kann, dann ist es, wenn ihn jemand nervös macht. Das geht einem gegen den Strich.«

»Und dich mache ich nicht nervös?«

Grunfeld schob mit dem kleinen Finger seinen Becher auf dem Tisch hin und her. Ich merkte, dass er mit sich haderte, ob er mir etwas sagen sollte oder nicht. Was er gesagt hatte, genierte mich ein wenig und steigerte meine Bewunderung für ihn noch um das Zehnfache, falls das bei einem Mann wie ihm überhaupt möglich war.

»Ich habe Krebs«, sagte er leise. »Lymphosarkom. Sie sagen, nächstes Jahr werde ich richtig krank und dann habe ich vielleicht noch ein Jahr zu leben.«

»Das tut mir Leid«, sagte ich und die Worte waren so klein, dass sie sich bald in der Ungeheuerlichkeit dessen verloren, was ihm bevorstand.

Grunfeld hob die Hand und zuckte mit den Achseln. »Ich hätte gern noch mehr Zeit. Ich habe Enkelkinder. Ich würde gerne miterleben, wie sie aufwachsen. Aber ich habe meine eigenen Kinder aufwachsen sehen und ich kann dir nachfühlen, was du verloren hast. Vielleicht sollte ich das nicht sagen, aber ich hoffe, dass du noch eine zweite Chance bekommst. Das ist schließlich das Schönste, was es auf der Welt gibt.

Und wenn du mich fragst, ob du mich nervös machst – nein, das tust du nicht. Ich sterbe bald, Charlie, und da sieht man die Dinge in einem anderen Licht. Jeden Morgen, wenn ich aufwache, danke ich Gott, dass ich noch lebe und die Schmerzen nicht so schlimm sind. Und dann gehe ich aufs Revier und setze mich an meinen Schreibtisch und sehe zu, wie Leute ihr Leben für nichts und wieder nichts verschwenden, und ich beneide sie um jede Minute, die sie vergeuden. Lass es nicht so weit mit dir kommen, Charlie, denn wenn du wütend und traurig bist und jemandem die Schuld daran geben willst, dann ist es das Schlimmste, sich selbst fertig zu machen. Und das Zweitschlimmste ist, jemand anderen deswegen fertig zu machen. Da kann einem der Dienst und die Routine helfen. Deshalb gehe ich noch arbeiten, sonst würde ich mich und meine Familie fertig machen.«

Er trank seinen Kaffee aus und schob den Becher beiseite. »Aber letztlich wirst du tun, was du tun musst, und nichts, was ich sage, wird dich davon abbringen. Trinkst du noch?«

Die Unverblümtheit der Frage störte mich nicht, denn er hegte keine Hintergedanken dabei. »Ich versuche, damit aufzuhören«, sagte ich.

»Das ist doch schon mal was.« Mit einer Handbewegung bestellte er die Rechnung und dann schrieb er eine Nummer auf eine Serviette. »Ruf mich an, wenn du reden möchtest.« Er zahlte, schüttelte mir die Hand und ging hinaus in den Sonnenschein. Ich habe ihn nicht wiedergesehen.

Am Grab hob jemand den Kopf und ich spürte einen Blick auf mir ruhen. Walter Cole nickte knapp in meine Richtung und widmete seine Aufmerksamkeit dann wieder dem Geistlichen, der aus einem in Leder gebundenen Gebetbuch vorlas. Irgendwo weinte leise eine Frau und am düstren Himmel dröhnte unsichtbar ein Düsenflugzeug durch die Wolken. Und dann war da nur noch die leise Stimme des Priesters, das Rascheln, als die Flagge zusammengelegt wurde, und dann letztendlich der gedämpfte Widerhall, als die ersten Hand voll Erde auf dem Sarg auftrafen.

Ich stand unter einer Weide und die ersten Trauergäste gingen. Ich sah voller Verbitterung, Traurigkeit und Reue, wie Walter Cole mit ihnen fortging, ohne auch nur ein Wort mit mir zu sprechen. Früher hatten wir uns nahe gestanden: Eine Zeit lang waren wir Partner und dann auch Freunde gewesen und von allen Freundschaften, die ich eingebüßt hatte, fehlte mir die zu Walter am meisten. Er war ein gebildeter Mann, liebte Bücher, Filme ohne Steven Segal oder Jean-Claude Van Damme und gutes Essen. Bei meiner Hochzeit war er mein Trauzeuge gewesen und hatte die Schatulle mit den Ringen so fest gehalten, dass sie Kanten auf seiner Handfläche hinterließ. Ich hatte mit seinen Kindern gespielt. Susan und ich hatten bei Walter und seiner Frau Lee gegessen, wir waren gemeinsam ins Theater gegangen und hatten Spaziergänge im Park unternommen. Und ich hatte Stunden um Stunden neben ihm gesessen, in Autos und Kneipen, in Gerichtssälen und Hinterzimmern, und wir hatten den dumpfen, regelmäßigen Puls des Lebens unter unseren Füßen gespürt.

Ich erinnerte mich an einen Fall in Brooklyn, als wir einen Anstreicher beschatteten, den wir in Verdacht hatten, seine Frau ermordet und sich ihrer Überreste irgendwie entledigt zu haben. Wir waren in einer üblen Gegend, gleich nordöstlich der Atlantic Avenue, und Walter roch dermaßen nach Bulle, dass man ein Parfum nach ihm hätte benennen können, aber der Typ schien uns nicht zu bemerken. Vielleicht hatte ihm keiner was gesagt. Wir kamen den Junkies, Dealern und Nutten nicht dumm und waren so offensichtlich von der Polizei, dass es kein verdeckter Einsatz sein konnte, und deshalb dachten die Leute wohl, es sei am besten, uns in Ruhe zu lassen und sich nicht in unsere Vorhaben einzumischen.

Jeden Morgen lud der Typ Farbdosen und Pinsel in seinen Kleinlaster und fuhr zur Arbeit und wir folgten ihm. Dann sahen wir aus der Ferne zu, wie er erst ein Haus anstrich und dann, ein oder zwei Tage später, eine Ladenfassade, und allabendlich brachte er die leeren Farbdosen zum Müll und fuhr nach Hause.

Wir brauchten ein paar Tage, um dahinter zu kommen, was er da machte. Walter war es, der einen Schraubenzieher nahm und den Deckel einer Farbdose aufhebelte, die mit anderen in einer Mülltonne lag. Er musste zweimal ansetzen, denn die Farbe am Rand war getrocknet. Das hatte uns natürlich argwöhnisch gemacht: dass die Farbe an der Dose trocken war und nicht feucht.

In der Dose befand sich eine Hand, eine Frauenhand. Der Ehering steckte noch an einem Finger und der Handstumpf klebte auf der Farbe am Dosenboden und so wirkte es, als würde einem die Hand entgegengestreckt. Zwei Stunden später hatten wir einen Haftbefehl, und nachdem wir die Wohnungstür des Malers eingetreten hatten, fanden wir in einer Ecke des Schlafzimmers Farbdosen bis fast unter die Decke gestapelt und jede enthielt einen Teil des Leichnams seiner Frau. Manche waren mit Fleisch voll gestopft. Ihren Kopf entdeckten wir in einem 7,5-Liter-Eimer mit weißem Lack.

An diesem Abend führte Walter Lee zum Essen aus und daheim im Bett hielt er sie die ganze Nacht lang im Arm. Er schlief nicht mir ihr, erzählte er, er hielt sie nur im Arm und sie verstand es. Ich konnte mich nicht mal erinnern, was ich an diesem Abend gemacht hatte. Das war der Unterschied zwischen uns; zumindest war das früher so. Mittlerweile war ich klüger.

Seither hatte ich einiges getan. Ich hatte gemordet, um den Fahrenden Mann, den Mörder meiner Familie, zu finden und Vergeltung an ihm zu üben. Walter wusste das, hatte es sogar für seine eigenen Zwecke genutzt, weil er spürte, dass ich jeden in Stücke reißen würde, der sich mir in den Weg stellte. Ich glaube, in mancher Hinsicht war es eine Prüfung, die klären sollte, ob sich seine schlimmsten Befürchtungen über mich bewahrheiten würden.

Und das hatten sie.

Ich holte ihn am Friedhofstor ein. Walter unterhielt sich mit einem Captain, der früher beim 83. Revier war: Emerson, der inzwischen bei der Abteilung für Interne Angelegenheiten arbeitete, was vielleicht den Blick erklärte, den er mir zuwarf, als ich näher kam. Der Mord an dem pädophilen Zuhälter

Johnny Friday war mittlerweile kalter Kaffee und ich glaubte nicht, dass sie den Typ je kriegen würden, der ihn getötet hatte. Ich war mir da so sicher, weil ich derjenige war. Ich hatte Friday einige Monate nach dem Tod von Susan und Jennifer in einem Tobsuchtsanfall umgebracht. Am Ende war es mir egal, was Johnny Friday wusste oder nicht wusste. Ich wollte ihn nur dessentwegen töten, was er Hunderten Susans und Tausenden Jennifers angetan hatten. Ich bedauerte die Umstände seines Todes, wie ich vieles bedauerte, aber mein Bedauern machte ihn auch nicht wieder lebendig. Es hatte Gerüchte gegeben, aber es würde sich nie beweisen lassen. Doch Emerson hatte die Gerüchte gehört.

»Parker«, sagte er mit einem Nicken. »Hätte nicht gedacht, dass wir Sie hier noch mal sehen.«

»Captain Emerson«, grüßte ich. »Wie läuft's denn in Ihrer Abteilung? Ist doch bestimmt viel zu tun, könnte ich mir denken.«

»Wir haben immer noch Zeit für zusätzliche Fälle, Parker«, sagte er, ohne zu lächeln. Er winkte Walter zu und verließ den Friedhof, sein Rückgrat von Selbstgerechtigkeit aufrecht gehalten.

Walter schaute zu Boden, die Hände in den Taschen. Dann sah er mich an. Der Ruhestand schien ihm nicht zu bekommen. Er war blass und wirkte beklommen, und wo er sich am Morgen rasiert hatte, sah man Rasierbrand und kleine Schnitte. Vermutlich vermisste er die Polizei und erst recht bei solchen Gelegenheiten.

»Wie er schon sagte«, murmelte er schließlich. »Hätte nicht gedacht, dass wir dich hier noch mal sehn.«

»Ich wollte Grunfeld die letzte Ehre erweisen. Er war ein anständiger Kerl. Wie geht's Lee?«

»Es geht ihr gut.«

»Und den Kindern?«

»Es geht ihnen gut.« Walter und Emerson erwiesen sich

nicht gerade als die Gesprächigsten. »Wo wohnst du jetzt?«, fragte er, aber sein Ton verriet, dass er sich nur aus Verlegenheit erkundigte.

»Ich wohne wieder in Maine. Es ist friedlich dort. Ich habe schon seit Wochen niemanden mehr umgebracht.«

Walters Blick blieb kühl. »Du solltest dort oben bleiben. Wenn's dich in den Fingern juckt, kannst du ja ein Eichhörnchen abknallen. Ich muss los.«

Ich nickte. »Klar. Danke für deine kostbare Zeit.«

Er erwiderte nichts, und als ich ihm nachsah, verspürte ich einen tiefen, erniedrigenden Schmerz und dachte: Sie haben Recht. Ich hätte nicht zurückkommen sollen, nicht einmal an diesem Tag.

Ich fuhr mit der U-Bahn nach Queensboro Plaza und stieg dort auf die Linie N nach Manhattan um. Ich saß einem Mann gegenüber, der ein Bibeltraktat las, und die U-Bahn-Geräusche und -Gerüche lösten eine Kette von Erinnerungen aus und mir fiel etwas ein, das sich sieben Monate zuvor ereignet hatte, Anfang Mai, als die Wärme schon den Sommer ahnen ließ. Damals waren sie seit fünf Monaten tot.

Es war spätabends an einem Dienstag. Ich fuhr mit der U-Bahn vom Café Con Leche in der 81. Straße, Ecke Amsterdam Avenue, zurück zu meiner Wohnung im East Village. Ich muss kurz eingenickt sein, denn als ich erwachte, war außer mir niemand mehr im Wagen und im Nachbarwagen ging die Beleuchtung an und aus, schwarz und gelb und wieder schwarz.

Eine Frau saß dort im nächsten Wagen. Sie schaute auf ihre Hände und ihre Haare verdeckten ihr Gesicht. Sie trug eine dunkle Hose und eine rote Bluse. Sie hatte die Arme ausgebreitet und die Hände erhoben, als würde sie eine Zeitung lesen, nur waren ihre Hände leer.

Sie war barfuß und auf dem Boden zu ihren Füßen sah ich Blut.

Ich stand auf und ging zur Verbindungstür. Ich hatte keine Ahnung, wo wir uns befanden und welcher U-Bahnhof der nächste war. Ich öffnete die Tür, spürte den Wärmeschwall aus dem Tunnel, hatte den Geschmack von Dreck und Rauch im Mund, stieg über die Lücke und betrat den dunklen Wagen.

Die Beleuchtung flackerte und sprang wieder an, aber die Frau war verschwunden, und wo sie nur einen Augenblick zuvor noch gesessen hatte, war kein Blut zu sehen. Drei Personen befanden sich in dem Wagen: eine ältere schwarze Dame, die vier prall gefüllte, große Plastiktüten hielt, ein schlanker, gut gekleideter Weißer mit Brille, der eine Aktenmappe auf dem Schoß hatte, und ein Alki mit zottigem Bart, der schnarchend auf vier Sitzen lag. Ich wollte eben den Geschäftsmann ansprechen, als vor mir kurz eine Gestalt in Schwarz und Rot aufleuchtete. Es war dieselbe Frau, die in derselben Haltung dasaß – mit ausgebreiteten Armen und erhobenen Händen. Sie nahm sogar ungefähr den gleichen Sitz ein, nur saß sie einen Wagen weiter.

Da fiel mir auf, dass die schadhafte Beleuchtung mit ihr weitergewandert zu sein schien, so dass sie wiederum in dem aufflackernden Licht erschien. Die alte Frau neben mir schaute lächelnd hoch, der Geschäftsmann mit der Aktenmappe sah mich unverwandt an und der Betrunkene drehte sich auf den Sitzen um, wachte auf und betrachtete mich mit großen Augen und wissendem Blick.

Ich ging durch den Wagen und kam der Tür immer näher. Etwas an der Frau kam mir vertraut vor, etwas an ihrer Körperhaltung und Frisur. Sie regte sich nicht und sah nicht hoch und ich spürte, wie sich mein Magen zusammenkrampfte. Die Beleuchtung um sie her flackerte wieder und erlosch. Ich betrat den Wagen, den ersten des Zuges, und roch das Blut auf dem Boden. Ich ging einen Schritt weiter, dann noch einen, dann noch einen und dann glitt mein Fuß auf etwas Feuchtem aus und da wusste ich, wer sie war.

»Susan?«, flüsterte ich, aber in der Dunkelheit blieb es still, eine Stille, in der nur der Fahrtwind im U-Bahn-Tunnel und das Rattern der Räder auf den Gleisen zu hören waren. Als im Tunnel Lichter vorbeiblitzten, sah ich ihren Umriss vor der Tür am anderen Ende, mit gesenktem Kopf und erhobenen Händen. Das Licht flackerte für eine Sekunde wieder auf und ich sah, dass sie keine rote Bluse trug. Sie hatte überhaupt nichts an. Da war nur Blut: dickes, dunkles Blut. Licht schimmerte matt durch die Haut, die von ihrer Brust abgezogen und wie ein Umhang über die ausgestreckten Arme drapiert war. Sie hob den Kopf und ich sah verschwommenes Dunkelrot, wo ihr Gesicht gewesen war, und ihre Augenhöhlen waren leer und zerfetzt.

Und dann kreischten die Bremsen und ruckelte der Wagen, als der Zug in den Bahnhof einfuhr. Alles Licht wich aus der Welt und da war nur noch Leere, bis wir in Houston Street einfuhren und Kunstlicht in den Wagen flutete. Der Blutgeruch und ihr Parfum hingen noch in der Luft, aber sie war fort.

Das war das erste Mal.

Die Kellnerin brachte uns Dessertkarten. Ich lächelte ihr zu. Sie lächelte zurück. Was man nicht alle Tage hat, weiß man zu schätzen.

»Sie hat einen Fettarsch«, meinte Angel, als sie fortging. Er trug seine übliche Kluft aus verblichener Jeans, knittrigem Holzfällerhemd und schwarzem T-Shirt darunter und dazu Turnschuhe, die nurmehr ein schmuddeliger Abklatsch ihres ursprünglichen Weiß waren. Eine schwarze Lederjacke hing über seiner Stuhllehne.

»Auf ihren Hintern hab ich nicht geachtet«, sagte ich. »Sie hat ein hübsches Gesicht.«

»Dann ist es das ganz passable Gesicht einer fettärschigen Frau.«

»Genau«, schaltete sich Louis ein. »Sie ist die Sprecherin der Fettärsche, die sie vorschicken, wenn sie im Fernsehen gut aussehen wollen. Die Leute sehen sie und denken: ›Hey, vielleicht sind diese Fettärsche doch nicht so schlimm.‹«

Wie stets sah Louis wie das bewusste Gegenteil seines Lovers aus: Er trug einen schwarzen, einreihigen Armani-Anzug und ein schneeweißes Frackhemd mit offenem Kragen und das jungfräuliche Weiß seines Hemdes stand in krassem Kontrast zu den dunklen Gesichtszügen und dem kahl rasierten, ebenholzfarbenen Kopf.

Wir saßen im J. G. Melon's an der Ecke Third Avenue 74. Straße. Ich hatte die beiden zwar seit über zwei Monaten nicht mehr gesehen, aber der kleine weiße Exeinbrecher und sein rätselhafter, verschwiegener Liebster waren die einzigen Freunde, die mir geblieben waren. Sie hatten mir nach dem Tod von Susan und Jennifer beigestanden und waren auch in den schlimmen letzten Tagen in Louisiana bei mir gewesen, als wir kurz davor waren, den Fahrenden Mann zu stellen. Sie waren Außenseiter – vielleicht standen wir uns auch deshalb so nah – und besonders Louis war ein gefährlicher Mann, ein Auftragskiller, der nun in einem vagen Halbruhestand lebte. Aber sie standen auf der Seite der Engel, auch wenn die Engel wohl nicht recht wussten, ob das eine positive Entwicklung war.

Angel lachte auf. »Sprecherin der Fettärsche«, wiederholte er und schaute dann auf die Speisekarte. Ich warf eine liegen gebliebene Fritte nach ihm.

»Hey, Speckbacke«, sagte ich. »Sieht aus, als könntest du auch mal ab und zu einen Eisbecher auslassen. Wenn du jetzt irgendwo einbrechen wolltest, würdest du in der Tür hängen bleiben. Du könntest nur noch irgendwo einsteigen, wo sie große Fenster haben.«

»Genau, Angel«, sagte Louis mit steinerner Miene. »Vielleicht solltest du dich auf Kathedralen spezialisieren oder auf Opernhäuser.«

»Das Füllige steht mir«, sagte Angel und warf ihm einen kühlen Blick zu.

»Mann, wenn du noch mehr zunimmst, gehst du als ihr Zwillingsbruder durch.«

»Sehr witzig, Louis«, sagte Angel achselzuckend. »Die braucht doch zwei Fahrkarten für die U-Bahn, wenn du verstehst, was ich meine.«

»Was kümmert dich das?«, fragte ich. »Du hast kein Recht, Sprüche über das andere Geschlecht zu kloppen. Du bist schwul. Bei dir gibt's gar kein anderes Geschlecht.«

»Das sind doch bloß Vorurteile, Bird.«

»Mit Vorurteilen hat das nichts zu tun, Angel, wenn man darauf hinweist, dass du schwul bist. Das ist eine schlichte Tatsachenfeststellung. Vorurteile sind es, wenn du die etwas breiteren Mitbürger nervst.«

»Hey«, sagte er. »Das ändert nichts daran, dass wir dir vielleicht helfen können, wenn du Gesellschaft suchst.«

Ich sah ihn verdutzt an und hob eine Augenbraue. »Wohl eher nicht. Wenn's bei mir so weit ist, erschieß ich mich lieber.«

Er lächelte. »Tja, weißt du, du machst einfach so den Eindruck. Ich hab gehört, die Website *Womenbehindbars.com* soll ganz interessant sein.«

»Wie bitte? Frauen hinter Gittern?«, erwiderte ich. Sein Lächeln wurde so breit, dass man ihm eine Scheibe Toastbrot hätte in den Mund schieben können.

»Viele Frauen da draußen suchen einen Typ wie dich.« Er formte mit der rechten Hand eine kleine Pistole und feuerte, mit einer Daumenbewegung, aus dem Zeigefinger auf mich. Es wirkte wie eine Varietényummer aus der Schwulenhölle.

»Was genau ist denn *Womenbehindbars.com*?«, fragte ich. Mir war klar, dass ich verarscht wurde, aber ich spürte, dass sowohl bei Angel als auch bei Louis mehr dahinter steckte. Du bist da oben ganz allein, Bird, wollten sie damit offenbar sagen. Du hast nicht allzu viele Menschen, auf die du dich verlassen kannst, und von New York aus können wir nicht auf dich aufpassen. Manchmal musst du – auch wenn dir gar nicht klar ist, dass du dazu bereit bist – aus dir herausgehen und etwas finden, auf das du bauen kannst. Du brauchst einen Halt, sonst stürzt du und stürzt immer tiefer, bis es um dich her schwarz wird.

Angel zuckte mit den Achseln. »Das ist so eine Partnervermittlung im Internet. An manchen Orten gibt es mehr einsame Frauen als anderswo: in San Francisco, New York, den Bundesgefängnissen …«

»Willst du mir erzählen, es gibt eine Partnervermittlung für Frauen im Knast?«

Er hob beide Hände. »Klar gibt es das. Auch Häftlinge brauchen Liebe. Du gehst einfach auf die Website, schaust dir die Bilder an und suchst dir 'ne Frau aus.«

»Die sitzen im Knast, Angel«, erinnerte ich ihn. »Die kannst du nicht einfach zum Essen oder ins Kino einladen, ohne damit eine Straftat zu begehen. Außerdem könnte ich es gewesen sein, der sie eingebuchtet hat. Ich gehe doch nicht mit einer Frau aus, die ich in den Knast gesteckt habe. Das wäre zu abgedreht.«

»Dann musst du eben auf andere Bundesstaaten ausweichen«, meinte Angel. »Von Yonkers bis rauf zum Lake Champlain ist alles tabu und über die restlichen USA kannst du dich hermachen.« Er prostete mir zu und tauschte einen Blick mit Louis und ich beneidete sie um ihre Vertrautheit.

»Weshalb sitzen diese Frauen denn überhaupt?«, fragte ich und fügte mich in die Rolle des Stichwortgebers.

»Das wird auf der Site nicht erwähnt«, antwortete Angel. »Da steht nur, wie alt sie sind und was für einen Typ sie suchen, und dann kriegst du ein Foto. Eins ohne Nummer drunter«, fügte er hinzu. »Ach ja, und dann steht da noch, ob sie örtlich gebunden sind oder nicht, obwohl das natürlich ziemlich klar ist. Ich meine, sie sitzen schließlich im Knast. Da steht ein Umzug bei ihnen ja wohl an erster Stelle.«

»Was spielt es denn schon für eine Rolle, warum sie sitzen?«, fragte Louis. Ich sah, dass er feuchte Augen bekam. Ich war froh, ihnen etwas Belustigung zu bieten. »Die Damen drehen ein Ding, sitzen ihre Strafe ab und damit ist ihre Schuld beglichen. Solange sie keinem den Schwanz abgeschnitten und an einen Heliumballon gebunden haben, bist du aus dem Schneider.«

»Eben«, meinte Angel. »Du legst nur ein paar Grundregeln fest und dann probierst du's einfach mal. Nehmen wir mal an, sie war eine Diebin. Würdest du mit einer Diebin ausgehen?«

»Die würde mich beklauen.«

»Mit einer Nutte?«

»Der könnte ich nicht vertrauen.«

»Wer wird denn so was sagen.«

»'tschuldige. Vielleicht solltet ihr eine Werbekampagne starten.«

Angel schüttelte gespielt bekümmert den Kopf und wurde dann wieder fröhlicher. »Wie wär's mit Körperverletzung? Ein abgeschlagener Flaschenhals oder vielleicht ein Küchenmesser. Nichts Schwerwiegendes.«

»Ein Küchenmesser soll nicht schwerwiegend sein? Auf welchem Planeten lebst du, Angel? In der Welt der Plastikbestecke?«

»Also gut, dann eben eine Mörderin.«

»Kommt drauf an, wen sie umgebracht hat.«

»Ihren Macker.«

»Und warum?«

»Was weiß denn ich? Meinst du, ich war dabei? Gehst du mit ihr aus oder nicht?«

»Nein.«

»Scheiße, Bird, wenn du dich so anstellst, lernst du nie jemanden kennen.«

Die Kellnerin kam zurück. »Möchten die Herren ein Dessert bestellen?«

Wir lehnten ab und Angel fügte hinzu: »Nee, ich bin schon süß genug.«

»Und käsig genug«, sagte die Kellnerin und lächelte mir kurz zu. Angel wurde rot und um Louis' Mund zuckte die Andeutung eines Lächelns.

»Dreimal Kaffee, bitte«, sagte ich und lächelte zurück. »Sie haben sich eben ein anständiges Trinkgeld verdient.«

Nach dem Essen gingen wir im Central Park spazieren und legten am Modellschiffteich, bei der Skulptur von Alice auf dem Pilz, eine Pause ein. Kinder mit Modellschiffen waren nicht zu sehen, nur ein, zwei Pärchen saßen Arm in Arm am Ufer, von Louis teilnahmslos betrachtet. Angel kletterte auf den Pilz, seine Beine baumelten neben mir herunter und Alice schaute auf ihn herab.

»Wie alt bist du?«, fragte ich.

»Noch jung genug, um an so was Spaß zu haben«, erwiderte er. »Wie geht's dir denn?«

»Ich bin am Leben. Ich habe gute Tage und schlechte Tage.«

»Inwiefern unterscheiden die sich?«

»An den guten Tagen regnet es nicht.«

Er lächelte mitfühlend. »Dann muss Thanksgiving ja ein Prachttag gewesen sein.«

»Ich habe Gott gedankt, dass es nicht geregnet hat.«

»Geht's mit dem Haus voran?« Ich schloss gerade die Renovierung des alten Hauses meines Großvaters in Scarborough ab. Ich war schon eingezogen, aber es blieb noch einiges zu tun.

»Ist fast fertig. Nur das Dach muss noch ausgebessert werden.«

Er schwieg eine Zeit lang. »Wir wollten dich vorhin im Restaurant nur ein bisschen triezen«, sagte er schließlich. »Uns ist klar, dass es wahrscheinlich keine so tolle Zeit für dich ist. Bald ist der erste Jahrestag, nicht wahr?«

»Ja, am zwölften Dezember.«

»Stehst du das durch?«

»Ich werde das Grab besuchen und lasse eine Messe lesen. Ich weiß nicht, wie schwierig das wird.« In Wirklichkeit fürchtete ich diesen Tag. Aus manchen Gründen war es mir wichtig, das Haus bis dahin fertig zu haben und komplett eingerichtet zu sein. Ich brauchte seine Beständigkeit, seine Anklänge an eine Vergangenheit, an die ich mich gern erinnerte. Ich brauchte einen Ort, an dem ich mich zu Hause fühlen und wo ich versuchen konnte, ein neues Leben zu beginnen.

»Sag Bescheid, dann kommen wir mal vorbei.«

»Das wäre schön.«

Er nickte. »Bis dahin musst du selbst auf dich aufpassen. Weißt du, was ich meine? Wenn du zu viel allein bist, drehst du noch durch. Hast du was von Rachel gehört?«

»Nein.« Rachel Wolfe und ich waren eine Zeit lang ein Liebespaar gewesen. Sie war nach Louisiana gekommen, um bei der Jagd nach dem Fahrenden Mann zu helfen, hatte ihre psychologischen Kenntnisse und eine Liebe zu mir mitgebracht, die ich nicht verstand und, zumindest damals, nicht vollkommen erwidern konnte. In diesem Sommer war sie verletzt worden, körperlich und emotional. Seitdem wir aus dem Krankenhaus entlassen waren, hatten wir nicht miteinander gesprochen. Ich wusste bloß, dass sie in Boston war. Eines Tages hatte ich sie sogar über den Unicampus gehen sehen, ihr rotes Haar leuchtete im spätmorgendlichen Sonnenschein, aber ich hatte es nicht fertig gebracht, in ihre Einsamkeit und ihren Schmerz vorzudringen.

Angel streckte sich und wechselte das Thema. »Hast du auf der Beerdigung irgendwen Interessantes getroffen?«

»Emerson.«

»Den Spinner von der internen Abteilung? Das war ja bestimmt ein Vergnügen.«

»Es ist immer ein Vergnügen, Emerson zu treffen. Der hätte mir am liebsten ein Paar Handschellen und eine Sträflingskluft angemessen. Walter Cole war auch da.«

»Hatte er dir was zu sagen?«

»Nichts Gutes.«

»Er ist ein selbstgerechter Kerl und das sind die Schlimmsten. Wo wir gerade von Emerson sprechen: Hast du gehört, dass Mulberry 247 bald zum Verkauf steht? Louis und ich haben überlegt, ob wir es kaufen und da ein Museum der Verbrechensbekämpfung aufmachen.«

Mulberry 247 war die ehemalige Adresse des Ravenite Social Club, des Hauptquartiers von John Gotti Senior, bis Sammy the Bulls Aussage vor Gericht dafür sorgte, dass Gotti sein Unternehmen von einer Gefängniszelle aus weiterführen musste. Sein Sohn John Junior übernahm das Imperium der Gambinos, wurde ebenfalls verhaftet und erwarb sich dabei den Ruf des unfähigsten Paten in der Geschichte der Mafia.

»John Junior, o Mann«, sagte Angel kopfschüttelnd. »Das zeigt doch mal, dass die Gene des Vaters nicht automatisch unversehrt auf den ältesten Sohn übergehen.«

»Da hast du wohl Recht«, sagte ich. Ich sah auf meine Armbanduhr. »Ich muss los. Mein Flug geht bald.«

Louis machte kehrt und kam zu uns zurück. Selbst mit Mantel und Anzug sah man seiner schlanken, fast zwei Meter großen Gestalt an, wie muskulös sie war. »Angel«, sagte er, »wenn ich dich auf einem Pilz finden würde, würde ich die ganze Ernte verbrennen lassen. Alice guckt schon, als müsste sie gleich kotzen.«

»Ach was. Wenn Alice dich sehen würde, würde sie denken, du wolltest sie überfallen. Das weiße Kaninchen bist du jedenfalls nicht.« Ich sah zu, wie Angel herunterrutschte und dabei mit den Händen abbremste. Als er sie hob, waren die Handflächen mit rußigem Schmutz überzogen und damit ging er auf Louis' makellose Erscheinung zu.

»Angel, wenn du mich anrührst, Mann, dann hast du

gleich keine Hände mehr zum Abschiedwinken. Ich warne dich ...«

Ich ging an ihnen vorbei und schaute hinaus in den Park und auf den friedlichen Teich. Ich verspürte eine zunehmende Beklommenheit, für die ich keine Ursache finden konnte, hatte das Gefühl, dass sich, während ich in New York war, anderswo etwas ereignete, das mit mir zu tun hatte.

Auf der Teichoberfläche ballten sich dunkle Wolken und wechselten die Form und Vögel flogen über die seichten Stellen, als wollten sie sich ertränken. Im Dämmerlicht dieser spiegelverkehrten Welt streckten die nackten Bäume tastende Äste in die Tiefen, wie Finger, die tiefer und tiefer in eine nur halb vergegenwärtigte Vergangenheit eintauchten.

3

Das erste Vorzeichen des Winters war für mich immer die Färbung der Papierbirken. Ihr Stamm, normalerweise weiß oder grau, wird im Herbst gelbgrün und das Laub färbt sich farbenträchtig ziegelrot, goldgelb und bernsteinbräunlich. Ich betrachte die Birken und weiß, dass es Winter wird.

Die ersten schweren Novemberfröste verwandeln die Straßen in Rutschbahnen und Grashalme werden zerbrechlich wie Kristallglas, so dass man beim Gehen geisterhafte Spuren hinterlässt, wie ein Marschtrupp verlorener Seelen. Auf kahlen Ästen kauern Sperlingsgrüppchen und Seidenschwänze schwingen sich von Baum zu Baum. In der Dunkelheit gehen Sumpfohreulen auf Beutefang und im Hafenbecken von Portland, das nie gänzlich zufriert, sammeln sich die Stock- und Kragen- und Eiderenten.

Auch im kältesten Winter gibt es Leben im Hafen, auf den Feldern und in den Wäldern. Häher fliegen vorüber, Zaunkönige tschilpen, Finken nähren sich von Birkensamen. Winzige, unsichtbare Lebewesen krabbeln, jagen, leben, sterben. Perlenaugen überwintern unter loser Borke. Waldfrösche schlafen gefroren unter Laubhaufen und Käfer und Wasserbienen, Wassermolche und Salamander, die Schwänze dick von angefressenem Fett, schwimmen im eiskalten Wasser. Holzameisen und Schneeflöhe leben hier, Spinnen und Trauermäntel, die wie Ascheflocken über den Schnee trudeln. Weißfußmäuse und Wühlmäuse und Zwergspitzmäuse huschen durch den Morast, stets auf der Hut vor Füchsen und Wieseln und den heimtückischen Mardern, die Jagd auf Stachelschweine machen. Wenn die Tage kürzer werden, färbt sich das Fell der

Schneehasen weiß. So können sie sich besser vor Räubern verbergen.

Denn die Räuber lauern überall.

Bei Winteranbruch wird es gegen vier Uhr dunkel und alles Leben reduziert sich, um sich den Einschränkungen durch die Natur anzupassen. Die Menschen auf dem Lande kehren zu einer Lebensweise zurück, die ihren Vorfahren in mancher Hinsicht vertraut war – den ersten Siedlern, die auf der Suche nach Holz und Ackerland die großen Flusstäler entlang ins Hinterland vordrangen. Sie halten sich wenig im Freien auf, bleiben in der Wärme ihrer Häuser. Sie schließen ihr Tagewerk ab, eh es dunkel wird. Sie denken an die Saat, an das Wohl der Tiere, der Kinder und Alten. Wenn sie vors Haus gehen, packen sie sich warm ein und ziehen den Kopf ein, damit ihnen der Wind nicht den Sand von der Straße in die Augen weht.

In den kältesten Nächten knackt das Astwerk der Bäume in der Dunkelheit, wird der Himmel von den vorbeieilenden Engeln des Nordlichts erhellt und sterben junge Kälber.

Im Januar herrscht an einigen Tagen Tauwetter und auch im Februar und März, aber die Bäume bleiben kahl. In der Morgenwärme verwandelt sich der Erdboden in Schlamm, der nachts wieder gefriert; Wege werden bei Tag unpassierbar und im Dunkeln gefährlich.

Und die Menschen harren in der Wärme aus und warten darauf, dass im April das Eis bricht.

Am Old Orchard Beach, südlich von Portland, sind die Vergügungsparks verwaist. Die meisten Motels sind geschlossen, schwarze Müllsäcke hüllen die Entlüftung der Klimaanlagen ein.

Die Brandung ist grau und kalt und die Autos rumpeln mit

dumpfem Poltern über die alten Bahngleise an der Hauptstraße. Solange ich zurückdenken kann, seit meiner Kindheit, ist das so.

Sobald sich das Laub färbte und noch ehe die Farbpracht der Papierbirken vom Verfall abgelöst wurde, packte der Gauner Saul Mann seine Taschen und machte sich auf, vom Old Orchard Beach nach Florida zu wechseln.

»Der Winter ist was für Bauern«, sagte er und legte seine Sachen – extravagant gemusterte Krawatten, bunte Sakkos von J. C. Penney, zweifarbige Schuhe – in einen hellbraunen Koffer. Saul war ein kleiner, gepflegt wirkender Mann mit alterslos rabenschwarzem Haar und leichtem Bauchansatz, den man an der etwas spannenden Knopfleiste seiner Weste bemerkte. Er hatte ein absolutes Allerweltsgesicht, das man sofort wieder vergaß, wie gemacht für jemanden wie ihn. Er war stets freundlich und zuvorkommend und nie gierig und ging deshalb nur äußerst selten zu weit. Er nahm den Leuten einen Zehner oder Zwanziger, hin und wieder auch einen Fünfziger, und wenn er glaubte, sie könnten den Verlust verkraften, auch mal ein paar hundert Dollar ab. Normalerweise arbeitete er allein, nur wenn die Masche es erforderte, heuerte er einen Lockvogel an. Wenn es nicht so gut lief, jobbte er bei Schaustellern und Trickbetrügern mit den üblichen manipulierten Spielen.

Saul war Junggeselle geblieben. »Als Ehemann bist du deiner Frau gnadenlos ausgeliefert«, sagte er immer. »Heirate nie, es sei denn, sie ist reicher, dümmer und hübscher als du. Alle anderen nehmen dich aus wie 'ne Weihnachtsgans.«

Da hatte er natürlich Unrecht. Ich hatte eine Frau geheiratet, die mit mir im Park spazieren ging, mit mir schlief und mir ein Kind gebar und die ich nie richtig kennen lernte, und dann war sie fort. Saul Mann kannte diese Freuden nicht: Er hatte solche Angst davor, über den Tisch gezogen zu werden, dass ihn das Leben betrog, ohne dass er es merkte.

Während Saul packte, lag neben ihm, in einer kleineren Tasche aus Lackleder, das Handwerkszeug seiner Branche, das Waffenarsenal des Neppers und Bauernfängers. Da war die Brieftasche voller Zwanzigdollarscheine, die sich bei näherem Hinsehen als ein Zwanzigdollarschein und eine sorgfältig auf dieses Format zurechtgeschnittene halbe Ausgabe des *Maine Sunday* Telegram entpuppte. Der Trickbetrüger »findet« die Brieftasche, fragt sein Opfer, was er damit tun solle, willigt ein, sie ihm zur sicheren Aufbewahrung zu übergeben, bis die gesetzliche Pflicht, sie abzugeben, verstrichen ist, und fordert ihn auf, ihm, als Zeichen des guten Willens und nur damit man sicher sei, dass er niemanden um seinen Anteil an dem Geld betrügen werde, eine Kaution von hundert Dollar zu zahlen, und schon hat der Schwindler achtzig Dollar verdient, abzüglich der Kosten für eine neue Brieftasche und die Zeitung für die nächste Nummer.

Da waren falsche Diamantringe aus Strass und so billigem Metall, dass man eine Woche brauchte, um den grünen Fleck wieder vom Finger zu bekommen, da waren Flaschendeckel fürs Hütchenspiel und dermaßen gezinkte Kartenspiele, dass man eine Schwermetallvergiftung davon bekommen konnte. Außerdem lagen da andere, ausgefuchstere Betrügereien: Papiere voller amtlich wirkender Siegel, die ihrem Inhaber das Blaue vom Himmel versprachen; Lotterielose, die dem Gewinner genau null Prozent von Garnichts garantierten; Scheckbücher für zehn oder zwanzig verschiedene Konten, jedes eben so weit gedeckt, dass man an einem Freitagabend einen Scheck ausschreiben und ihm volle zwei Tage Gültigkeit verschaffen konnte, ehe das Geschäft am Montag unweigerlich platzte.

Während der Sommermonate klapperte Saul Mann die Ferienorte von Maine ab, stets auf der Suche nach Opfern. Gewissenhaft traf er alljährlich am dritten Juli in Old Orchard Beach ein, nahm sich das billigste Zimmer, das er finden konnte, und graste dann eine, höchstens zwei Wochen lang den Strand ab, bis er Gefahr lief, wiedererkannt zu werden. Dann zog er weiter nach Bar Harbour, machte es dort ebenso, blieb immer in Bewegung, hielt sich nie zu lange an einem Ort auf und wählte seine Opfer mit Bedacht. Und wenn er hinreichend Barmittel angesammelt hatte, die Badegäste Mitte September allmählich ausblieben und sich das Laub schon färbte, packte Saul Mann seine Sachen und zog weiter nach Florida, um sich über die Wintertouristen herzumachen.

Mein Großvater mochte ihn nicht, zumindest traute er ihm nicht über den Weg, und Sympathie und Vertrauen waren für meinen Großvater dasselbe. »Wenn er dich bittet, ihm einen Dollar zu leihen, dann mach das bloß nicht«, warnte er mich immer wieder. »Davon siehst du höchstens zehn Cent wieder, wenn überhaupt.«

Aber Saul bat mich nie um etwas. Ich lernte ihn kennen, als ich über den Sommer in den Spielhallen am Old Orchard Beach jobbte und kleinen Kindern Geld abnahm für Plüschtiere, deren Augen von kurzen Nadeln und deren Gliedmaßen nur von der Güte Gottes gehalten wurden. Saul Mann erzählte mir von den Schaustellern und Beschissbuden: vom Basketballwurf mit zu stark aufgepumptem Ball und zu kleinem Ring, vom Pfeilwerfen auf zu weiche Luftballons, von den Schießständen und ihren Luftgewehren mit verbogener Visiereinrichtung. Ich sah ihm zu, wie er mit den Menschen umging, und ich lernte etwas dabei. Er hatte es auf ältere Leute abgesehen, auf Geldgierige, Verzweifelte und auf Menschen mit so wenig Selbstbewusstsein, dass sie dem eigenen Urteilsvermögen weniger trauten als dem eines Fremden. Manchmal knöpfte er sich auch irgendwelche Idioten vor, obwohl er wusste, dass die unangenehm werden konnten, oft nicht genug Bares dabeihatten, damit die Sache profitabel wurde, oder ihre billige Gerissenheit sie instinktiv argwöhnisch machte.

Viel besser aber waren jene, die sich für schlau hielten, in

Städten mittlerer Größe gute Jobs hatten und glaubten, nie im Leben würde ein Schwindler sie hinters Licht führen. Das waren seine Lieblingsopfer und er nahm sie mit Begeisterung aus. Er starb 1994 in einem Altersheim in Florida, inmitten seiner Zielgruppe, und wahrscheinlich mogelte er noch bis zu seinem letzten Atemzug beim Canasta, bis Gott ihm bewies, dass wir, letztendlich, alle Betrogene sind.

Folgendes hat mir Saul Mann gesagt:

Gönne ihnen keine Atempause: Sonst laufen sie weg. Nie Mitleid haben: Mitleid führt zu Barmherzigkeit, wer barmherzig ist, verschenkt Geld und Gauner verschenken kein Geld. Und nie jemanden zu etwas zwingen: Der beste Beschiss ist, wenn sie von sich aus ankommen.

Leg den Köder aus und warte – das zieht garantiert.

In Greenville, Beaver Cove, Dark Hollow und den anderen Städten am Rande der großen Wildnis im Norden kamen die ersten Schneefälle in diesem Dezember früh. Als die ersten Flocken fielen, sahen die Leute zum Himmel und gingen dann schnell weiter; der Frost, den sie schon in den Knochen spürten, beschleunigte ihre Schritte. Feuer wurden entfacht und Kinder bekamen knallrote Schals und regenbogenbunte Fäustlinge angezogen und wurden gemahnt, nicht zu lange draußen zu bleiben und vor Einbruch der Dunkelheit zu Hause zu sein, und auf den Schulhöfen erzählte man sich Geschichten über kleine Kinder, die vom Wege abgekommen und erst im Frühjahr erfroren aufgefunden worden waren.

Und in den Wäldern, zwischen Ahornen und Birken und Eichen, zwischen Fichten und Hemlocktannen und Weymouthskiefern, regte sich etwas. Es ging langsam und bedächtig. Es kannte diese Wälder, kannte sie seit langer, langer Zeit. Sicheren Schritts wich es jedem umgestürzten Baum aus, jede alte Steinmauer, längst von Wald und Gestrüpp überwuchert, war eine Stätte zum Rasten und Luftschnappen, ehe es weiterging.

In der Schwärze des Winters bewegte es sich auf ein neues Ziel zu. Etwas Verlorenes war gefunden, etwas Unbekanntes enthüllt worden, wie durch einen Schleier, von Gottes Hand fortgezogen. Es kam an der Ruine eines alten Farmhauses vorbei, dessen Dach längst eingestürzt war und dessen Gemäuer nur mehr Mäusen Schutz bot. Es kam an einen Hügelkamm und wanderte den Abhang entlang, den Mond hell über sich, die Bäume in der Dunkelheit wispernd.

Und wie es dort ging, verschlang es die Sterne.

4

Ich war seit fast drei Monaten wieder in Scarborough, in jenem Haus, in dem ich, nach dem Tod meines Vaters, meine Jugendjahre verbracht und das mein Großvater mir vererbt hatte. Scarborough änderte sich zusehends, als ich Ende der Siebziger mit meiner Mutter dort hingezogen war. Der allgemeine Wohlstand machte es zu einer Trabantenstadt von Portland. Zwar hielten einige alteingesessene Einwohner an ihrem Land fest, das oft seit Generationen in Familienbesitz war, aber die Makler zahlten Höchstpreise und mehr und mehr Leute verkauften ihre Grundstücke. Trotzdem blieb Scarborough eine Gemeinde, in der man seinen Postboten kannte und wusste, mit wem er verwandt war, und das galt auch umgekehrt.

Vom Haus meines Großvaters in der Spring Street aus konnte ich mit dem Fahrrad in nördliche Richtung nach Portland und in südliche nach Higgins Beach, Ferry Beach, Western Beach und Scarborough Beach fahren oder hinaus auf die Anhöhe von Prouts Neck, von wo man einen Blick auf Bluff Island und Stratton Island und den Atlantik hat.

Prouts Neck ist eine Landzunge, die sich gut zwölf Meilen südlich von Portland in die Saco Bay erstreckt. Hier baute sich der Maler Winslow Homer Ende des 19. Jahrhunderts ein Haus. Seine Familie kaufte einen Großteil des Lands auf dem Neck auf und Homer suchte sich seine neuen Nachbarn sehr sorgfältig aus, denn hauptsächlich wollte er in Ruhe gelassen werden. So sind die Leute auf dem Neck noch immer. Seit 1926 gibt es dort einen schicken Yachtclub und einen privaten Strandclub, in dem nur Mitglied werden kann, wer dort wohnt oder ein Sommerhaus in der Gegend gemietet hat und der Prouts Neck Association angehört. Scarborough Beach ist frei und gratis zugänglich und am Blackpoint Inn kommt man auch auf den Ferry Beach. Da dort am Ferry Beach Chester Nash, Paulie Block und sechs weitere Männer ums Leben gekommen waren, würden die Neckers jede Menge Gesprächsstoff haben, wenn sie im Sommer wiederkamen.

In dem alten Haus hing die Vergangenheit in der Luft wie Staubkörnchen, die nur darauf warteten, in die hellen Lichtstrahlen der Erinnerung zu geraten. Dort, umgeben von Andenken an eine glücklichere Jugend, wollte ich mich daranmachen, alten Geistern eine Ruhestätte zu bieten: Den Geistern meiner Frau und meines Kindes, die mich so lange verfolgt und nun vielleicht eine Art Frieden gefunden hatten, einen Frieden, dem in meiner eigenen Seele noch nichts entsprach; dem Geist meines Vaters; dem Geist meiner Mutter, die mit mir aus der Stadt fortgezogen war, um Frieden für uns beide zu finden; dem Geist von Rachel, die nun für mich verloren schien; und dem Geist meines Großvaters, der mich Pflichterfüllung und Menschlichkeit gelehrt hatte und wie wichtig es ist, sich Feinde zu machen, auf die man stolz sein kann.

Ich war aus dem Inn at St. John in der Congress Street in Portland ausgezogen, sobald ein Großteil des Hauses bewohnbar war. Nachts rüttelte der Wind an den Plastikplanen auf dem Dach und es klang wie das Schlagen dunkler, ledriger Schwingen. Nun musste nur noch das Dach gedeckt werden und deshalb saß ich am nächsten Morgen um neun mit einer Tasse Kaffee und der *New York Times* auf meiner Veranda und wartete auf Roger Simms. Roger war fünfzig, ein kerzengerader Kerl ganz aus Sehnen und Muskeln und mit einem rosenholzfarbenen Gesicht. Er beherrschte so gut wie alles, was einen Hammer und eine Säge erforderte, und hatte die instinktive Fähigkeit eines Handwerkers, Ordnung in das Chaos aus natürlichem Verfall und Vernachlässigung zu bringen.

Er kam pünktlich, sein alter Nissan sprotzte blaue Rauchwolken, die die Luft färbten wie Teer eine Lunge. In einer farbbesprenkelten Altherrenjeans, Jeanshemd und blauem Pullover, der nur mehr eine Lochkollektion war, die von Garn zusammengehalten wurde, stieg er aus dem Wagen. Ein paar rindslederne Arbeitshandschuhe hingen aus der Gesäßtasche seiner Jeans und eine schwarze Schirmmütze hatte er sich über die Ohren gezogen. Darunter lugten dunkle Haarsträhnen hervor wie die Beine eines Einsiedlerkrebses. Zwischen seinen Lippen baumelte eine Zigarette und an ihrer Spitze bildete sich ein der Schwerkraft trotzender Aschestengel.

Ich gab ihm einen Becher Kaffee und er trank ihn schnell aus und beäugte dabei kritisch das Dach, als sähe er es zum ersten Mal. Dreimal schon war er dort oben gewesen, hatte Dachsparren und Balken überprüft und Winkel ausgemessen, und insofern hielt das Dach doch wohl keine Überraschungen mehr für ihn bereit. Er bedankte sich für den Kaffee und gab mir den Becher zurück. »Danke« war das erste Wort, das er seit seiner Ankunft sprach. Roger war ein fabelhafter Handwerker, aber die Menge an Luft, die er auf überflüssige Konversation verschwendete, hätte keiner Mücke zum Leben gereicht.

Es kam mir vor, als würde ich, indem ich das Dach des alten Hauses deckte, meinen angestammten Platz darin behaupten. Von den alten, gesprungenen Schieferplatten befreit und nur mit Plastikplanen bedeckt, die es vor den Elementen schirmten, war es wenig mehr als eine leblose Hülle und die Erinnerungen an vergangene Leben, die es in seinen Mauern barg, schlummerten wie zum Schutz vor dem Wüten der Naturgewalten. Wenn das Dach fertig war, würde das Haus wieder Geborgenheit und Wärme bieten und konnte ich eins werden mit seiner Vergangenheit, indem ich seine Zukunft und meine Anwesenheit darin sicherstellte.

Wir hatten bereits Dachlatten verlegt und mit Holzschutzmittel imprägniert. Die Luft war frisch und es sah nicht nach Regen aus und nun machten wir uns ans Verlegen der Schieferplatten. Diese Arbeit, ihre Rhythmen und wiederkehrenden Handgriffe, hatten etwas von einer Meditationsübung. Wir arbeiteten uns methodisch quer über das Dach vor, ich nahm eine Schieferplatte, legte sie auf die darunter, richtete sie mit einer Kerbe im Stiel meines Schieferhammers aus, drehte den Hammer um, nagelte sie fest, nahm die nächste Platte und fing von vorne an. Es war eine einlullende Tätigkeit und der Morgen verging schnell. Meine meditativen Spekulationen verheimlichte ich Roger lieber. Hauptberufliche Handwerker können es oft nicht ausstehen, wenn sich Amateure groß und breit über ihr Fach auslassen. Roger hätte wahrscheinlich seinen Hammer nach mir geworfen.

Wir arbeiteten vier Stunden lang und ruhten uns hin und wieder kurz aus und dann stieg ich vorsichtig vom Dach und sagte Roger, ich würde zu Seng Thai in der Congress Street fahren, um uns etwas zu essen zu holen. Er grunzte etwas, das ich als Zustimmung auffasste, und ich ließ den Mustang an und fuhr nach South Portland. Wie üblich war auf der Maine Mall Road viel Verkehr, die Leute stöberten bei Filene's Basement, fuhren ins Kino, aßen im Old Country Buffet oder schauten sich die Motels am Strip an. Ich fuhr auf der Johnson Road am Flughafen vorbei und bog schließlich auf die Congress Street. Ich parkte auf dem Hof hinter dem Inn at St. John, zwischen einem Pinto und einem Fiat, ging dann eine Ecke weiter, kaufte das Essen und stellte es auf die Rückbank.

Edgar hatte noch eine Kiste mit Sachen von mir hinter seinem Portierstresen im Inn und ich dachte mir, wenn ich schon mal in der Gegend war, könnte ich die ja gleich mitnehmen. Ich öffnete die Tür und betrat das prunkvolle, altmodische Foyer mit dem alten Radio und den säuberlich aufgestapelten Tourismusbroschüren. Edgar war nicht da, aber ein anderer Typ, den ich nicht kannte, hievte die Kiste hervor, schenkte mir ein Lächeln und addierte dann weiter Rechnungen. Ich ließ ihn damit allein.

Als ich wieder auf den Hof kam, sah ich, dass mich jemand eingeparkt hatte. Ein riesiger schwarzer Cadillac Coupe de Ville, vierzig Jahre alt und ein richtiger Oldtimer, stand hinter dem Mustang und versperrte mir den Weg. Der Wagen hatte Weißwandreifen und aufgearbeitete, hellbraune Polster und die unverwechselbaren Chromteile vorn an der Stoßstange schimmerten ohne jeden Kratzer. Auf der Rückbank lag eine Karte von Maine und der Wagen war in Massachusetts zugelassen, aber davon abgesehen deutete nichts auf den Besitzer hin. Das Auto hätte auch direkt aus einem Museum stammen können.

Ich stellte die Kiste in den Kofferraum des Mustang und ging zurück ins Inn, aber der Typ an der Rezeption sagte, er habe den Cadillac noch nie gesehen. Er bot an, ihn abschleppen zu lassen, aber ich wollte vorher doch lieber versuchen, den Besitzer zu finden. Ich fragte im Pizza Villa auf der anderen Straßenseite, im Dunkin' Donuts und in der Sportsman's Bar, ohne Erfolg, und dann ging ich wieder über die Straße und schlug genervt mit der Hand auf das Dach des Cadillacs.

»Hübscher Wagen«, sagte eine Stimme. Sie klang hoch, fast mädchenhaft und die Worte waren lang gezogen, eher vor Bosheit als Bewunderung.

An der Einfahrt zum Hof des Inn lehnte ein Mann an der Wand. Er war klein und gedrungen, nicht größer als eins fünfundsechzig, und wog um die hundertzwanzig Kilo. Er trug einen beigen Regenmantel, der vorne gegürtet war, eine braune Hose und braune Halbschuhe.

Er hatte ein Gesicht wie aus einem Horrorfilm.

Sein Kopf war vollkommen kahl und rund und lief hinten in Speckfalten aus. Er schien von den Schläfen bis zum Mund breiter und nicht schmaler zu werden und ging dann übergangslos in die Schultern über. Er hatte keinen Hals, oder zumindest nichts, was diese Bezeichnung verdiente. Sein Gesicht war totenbleich, von dem breiten, wulstigen, roten Mund abgesehen, der sich zu einem Grinsen verzog. In seiner großen, platt gedrückten Nase klafften zwei dunkle Löcher und seine Augen waren so grau, dass sie fast farblos wirkten, die Pupillen wie schwarze Stecknadelköpfe, kleine dunkle Welten in einem kalten, feindseligen Universum.

Er stieß sich von der Wand ab und kam langsam auf mich zu und dabei bemerkte ich seinen Geruch. Er war schwach und von einem billigen Rasierwasser kaschiert, aber trotzdem musste ich den Atem anhalten und einen Schritt zurücktreten. Er roch nach Erdreich und Blut, stank nach verfaulendem Fleisch und muffig nach animalischer Angst, wie nach einem langen Arbeitstag auf dem Schlachthof.

»Hübscher Wagen«, sagte er noch mal und eine dicke weiße Hand tauchte aus einer seiner Taschen auf, die Finger wie fette, blasse Schnecken, die zu lange in der Dunkelheit gehaust hatten. Er strich anerkennend über das Dach des Mustang und mir kam es vor, als würde der Lack unter seinen Fingern augenblicklich korrodieren. So fasste ein Pädophiler auf dem Spielplatz ein Kind an, wenn die Mutter nicht hinsah. Aus irgendeinem Grund verspürte ich das Bedürfnis, ihn wegzustoßen, aber ein stärkerer Instinkt riet mir, ihn nicht anzurühren. Ich konnte es nicht erklären, aber er schien etwas Widerwärtiges von ihm auszugehen, das einen von jeder Berührung abhielt. Man würde sich besudeln und irgendeine Ansteckung riskieren.

Aber nicht nur das. Der Mann strahlte etwas absolut Lebensbedrohliches aus, die Fähigkeit, Schmerz und Leid zu bereiten. Es drang ihm aus allen Poren, benetzte eklig seine Haut, schien ihm fast sichtbar von den Fingerkuppen und der Spitze seiner hässlichen, viehischen Nase zu tropfen. Trotz der Kälte schimmerten winzige Schweißperlen auf seiner Stirn und befeuchteten seine wabbligen Gesichtszüge. Wenn du ihn anrühst, dachte ich, versinken deine Finger in seinem Fleisch, die feuchte Haut gibt nach und saugt dich auf.

Und dann würde er dich umbringen, denn das war es, was er tat. Da war ich mir sicher.

»Ihr Wagen?«, fragte er. Die grauen Augen funkelten kühl und eine rosa Zungenspitze tauchte zwischen seinen Lippen auf, wie eine Schlange, die sich aus ihrem Versteck vorwagt.

»Ja, das ist mein Wagen«, antwortete ich. »Ist das Ihr Cadillac?« Er schien die Frage nicht gehört zu haben oder wollte sie nicht hören. Vielmehr strich er noch einmal langsam und zärtlich über das Dach des Mustang.

»Guter Wagen, der Mustang«, sagte er und nickte in sich hinein und das »s« zischte er wie Wasser, das auf eine heiße Herdplatte tropft. »Ich und der Mustang, wir haben viel gemein.«

Er kam näher, als wollte er mir ein großes, auf verquaste Weise amüsantes Geheimnis anvertrauen. Ich konnte seinen Atem riechen, süßlich wie überreifes Obst.

»Nach 1970 war's vorbei mit uns.«

Und dann lachte er, ein dumpfes Zischen, wie Gas, das aus einer Leiche entweicht. »Passen Sie gut auf den Wagen auf, dass nichts damit passiert«, sagte er. »Man muss auf sein Eigentum aufpassen. Ein Mann sollte sich um seine eigenen Angelegenheiten kümmern und die Nase nicht in Dinge stecken, die ihn nichts angehn.« Er ging um das Heck des Wagens und stieg dann in den Cadillac, so dass ich mich umdrehen musste, um ihm nachzusehen.

»Wir sehn uns wieder, Mr Parker«, sagte er. Dann sprang der Caddy mit sonorem, selbstsicherem Brummen an, bog verbotenerweise links auf die Congress Street und fuhr in Richtung Innenstadt davon.

5

ROGER SCHIEN NICHT ALLZU BEGEISTERT, dass er auf sein Essen hatte warten müssen, denn bei meiner Rückkehr waren die Sorgenfalten auf seiner Stirn um etwa einen Zentimeter tiefer geworden.

»Das hat ja gedauert«, murmelte er, als er seine Portion entgegennahm. Es war einer der längsten Sätze, den ich je von ihm gehört hatte.

Ich stocherte in meinem Hähnchen mit Reis herum. Der Appetit war mir vergangen. Der Auftritt des glatzköpfigen Fettsacks in der Congress Street machte mir zu schaffen; ich wusste nicht recht, wieso; und es jagte mir eine Gänsehaut über den Rücken, dass er meinen Namen kannte.

Roger und ich stiegen wieder aufs Dach, ein kalter Wind trieb uns zur Eile an, so dass wir fertig waren, als es eben dunkel wurde. Ich bezahlte Roger, er dankte mit einem Nicken und fuhr zurück in die Stadt. Von der Arbeit auf dem Dach waren mir die Finger steif gefroren, aber es musste eben erledigt werden, ehe die schweren Schneefälle einsetzten, sonst würde ich in einem Eispalast wohnen. Ich duschte heiß, wusch mir den Dreck aus den Haaren und von den Händen und setzte eben eine Kanne Kaffee auf, als ich draußen ein Auto vorfahren hörte.

Ich erkannte sie nicht auf den ersten Blick, als sie aus dem Honda Civic stieg. Sie war gewachsen, seitdem ich sie das letzte Mal gesehen hatte, und ihre Haarfarbe war heller, offenbar getönt. Sie hatte den Körperbau einer Frau, große Brüste und ein breites Becken. Ich genierte mich ein wenig, diese Veränderungen an ihr zu bemerken. Schließlich war Ellen Cole gerade mal Anfang zwanzig und noch dazu Walter Coles Tochter.

»Ellen?« Ich ging die Verandatreppe hinunter und nahm sie in die Arme.

»Schön, dich zu sehen, Bird«, sagte sie zärtlich und ich umarmte sie fest. Ich hatte sie aufwachsen sehen. Ich wusste noch, wie ich auf meiner Hochzeit mit ihr getanzt hatte, erinnerte mich an das schüchterne Lächeln, das sie ihrer jüngeren Schwester Lauren zuwarf, und wie sie Susan im Brautkleid neckisch die Zunge herausstreckte. Und ich erinnerte mich, wie ich mit einem Bier in der Hand auf Walters Verandatreppe saß, Ellen neben mir, die Hände um die Knie geschlungen, und ich versuchte, ihr zu erklären, warum sich Jungs auch den schönsten Mädchen gegenüber manchmal wie Arschlöcher aufführten. Ich bildete mir ein, mich auf diesem Gebiet bestens auszukennen.

Sie war mit Susan befreundet gewesen und Jennifer hatte sie geliebt. Solange Ellen der Babysitter war, hatte meine Tochter nie geweint, wenn Susan und ich sie für einen Abend allein ließen. Sie saß auf ihrem Schoß, spielte mit ihren Fingern und schlief irgendwann friedlich ein. Ellen verfügte über eine Kraft, die aus einem immensen Vorrat an Freundlichkeit und Mitgefühl herrührte und die kleineren Kindern Zutrauen einflößte.

Ganz allein wartete sie im Bestattungsinstitut auf mich, als ich zwei Tage nach Susans und Jennifers Tod dorthin kam, um die Begräbnisarrangements zu treffen. Andere hatten angeboten, mich dorthin zu begleiten, und ich hatte abgelehnt. Damals zog ich mich schon in meine eigene, seltsame Welt der Trauer zurück. Ich wusste nicht, wie lange sie dort auf mich gewartet hatte. Ihr Wagen stand auf dem Hof. Sie kam auf mich zu, hielt mich lange, lange im Arm, stand dann an meiner Seite, als ich mir Bilder von Särgen und Limousinen ansah, und ließ meine Hand nicht los. In ihren Augen sah ich meinen tiefen Schmerz widergespiegelt und ich wusste, dass sie, genau wie ich, den Tod von Jennifer als Fehlen in ihren Armen und Susans Tod als Schweigen in ihrem Herzen empfand.

Und als wir gingen, geschah das Allersonderbarste. Ich saß neben ihr im Wagen und weinte zum ersten Mal seit Tagen. Ellens Ruhe und Gelassenheit holten den ganzen Schmerz und das Leid und die Trauer zutage, wie beim Aufschneiden einer Wunde. Sie umarmte mich wieder und für einen Augenblick klarte der Himmel auf und ich war in der Lage, überhaupt weiterzuleben.

Hinter Ellen stieg auf der Beifahrerseite ein junger Mann aus. Er hatte dunkle Haut und strähniges, schwarzes, schulterlanges Haar. Von seinen Zamberlan-Wanderstiefeln abgesehen, war er auf schlampige Art lässig gekleidet: Jeans, das T-Shirt nicht in die Hose gesteckt und darüber ein offenes Jeanshemd. Er zitterte ein wenig und beäugte mich argwöhnisch.

»Das ist Ricky«, sagte Ellen. »*Riccardo*«, fügte sie, mit leichtem spanischen Akzent, hinzu. »Ricky, darf ich dir Bird vorstellen.«

Er drückte mir fest die Hand und legte dann beschützerhaft einen Arm um Ellens Schulter. Ricky kam mir Besitz ergreifend und unsicher vor, eine üble Mischung. Ich behielt ihn im Blick, als wir ins Haus gingen, nur für den Fall, dass er auf die Idee kam, irgendwie sein Revier zu markieren.

Wir saßen in der Küche und tranken Kaffee aus großen blauen Bechern. Ricky sagte nicht viel, nicht einmal »Danke«. Ich fragte mich, ob er Roger je kennen gelernt hatte. Bring die beiden zusammen und du hast das kürzeste Gespräch der Welt.

»Was macht ihr hier?«, fragte ich Ellen.

Sie zuckte die Achseln. »Wir fahren in den Norden. Ich war noch nie so hoch im Norden. Wir wollen zum Moosehead Lake und uns den Mount Katahdin ansehen und so. Vielleicht leihen wir uns Motorschlitten.«

Ricky stand auf und fragte, wo die Toilette sei. Ich sagte es ihm und er schlurfte davon wie ein Skilangläufer.

»Wo hast du denn den Latin Lover her?«, fragte ich.

»Er ist Psychologiestudent«, erwiderte sie.

»Tatsächlich?« Ich gab mir Mühe, nicht zynisch zu klingen. Vielleicht wollte Ricky zwei Fliegen mit einer Klappe schlagen, indem er Psychologie belegte, um sich selbst analysieren zu können.

»Er ist wirklich lieb, Bird. Er fremdelt nur ein wenig.«

»Du sagst das, als ginge es um einen Hund.«

Zur Antwort streckte sie mir die Zunge heraus.

»Habt ihr Ferien?«

Sie wich der Frage aus. »Ich muss für die Prüfungen lernen.«

»Hm. Worin wirst du denn geprüft? Biologie?«

»Ha ha ha.« Sie lächelte nicht. Ricky hatte ihr vermutlich alle Gedanken an Semesterprüfungen ausgetrieben.

»Wie geht's deiner Mutter?«

»Gut.«

Sie schwieg eine Zeit lang.

»Sie macht sich Sorgen wegen dir und Dad. Er hat ihr erzählt, dass du gestern auf der Beerdigung in Queens warst und dass ihr euch nicht viel zu sagen hattet. Ich glaube, sie möchte, dass ihr euch mal aussprecht.«

»So einfach ist das nicht.«

Sie nickte. »Ich hab ein bisschen gelauscht«, sagte sie leise. »Stimmt es, was er über dich erzählt?«

»Manches schon, ja.«

Sie biss sich auf die Unterlippe und schien dann eine Entscheidung zu fällen. »Du solltest mit ihm reden. Du warst sein Freund und er hat nicht viele Freunde.«

»Das geht den meisten von uns so«, erwiderte ich. »Und ich habe versucht, mit ihm zu reden, Ellen, aber er hat mich gewogen und für zu leicht befunden. Dein Vater ist ein guter Mensch, aber nicht alles, was gut ist, entspricht seinen Vorstellungen.«

Ricky kam zurück ins Zimmer und das Gespräch erstarb.

Ich bot ihnen mein Bett für die Nacht an und war ziemlich froh, als Ellen ablehnte. Angesichts der Vorstellung, wie Ricky darin herumrammelte, hätte ich vermutlich nie wieder darin schlafen können. Sie beschlossen, nicht in Augusta, sondern in Portland zu übernachten, und wollten gleich am nächsten Morgen in die großen Wälder im Norden aufbrechen. Ich empfahl ihnen das Inn at St. John; sie sollten sagen, ich hätte sie geschickt. Davon abgesehen, überließ ich es ihnen und war mir ziemlich sicher, nicht wissen zu wollen, was »es« genau war. Walter Cole bestimmt auch nicht.

Als sie fort waren, stieg ich in den Wagen und fuhr nach Portland, um im Bay Club im One City Center zu trainieren. Das Dachdecken war an sich schon Sport gewesen, aber ich wollte die kleinen Speckpartien wegbekommen, die sich wie bockige Kinder an meine Hüften klammerten. Eine Dreiviertelstunde lang machte ich Zirkeltraining und wechselte regelmäßig zwischen Bein- und Oberkörperübungen ab, bis mein Herz pochte und mein Hemd durchgeschwitzt war. Als ich fertig war, duschte ich und schaute im Spiegel nach, ob die kleinen Fettpölsterchen geschrumpft waren. Ich war fast 35, graue Strähnen schlichen sich in mein schwarzes Haar, und ich war ein einziger, eins achtzig großer und 82 Kilo schwerer Klumpen Unsicherheit. Ich musste endlich mehr aus meinem Leben machen – oder mir das Fett absaugen lassen.

Als ich den Bay Club verließ, leuchteten weihnachtliche Lichterketten in den Bäumen am alten Hafen, so dass es aus der Ferne aussah, als würden sie brennen. Ich ging in die Exchange Street, holte bei Allen Scott's ein paar Bücher ab und setzte mich dann ins Java Joe's, um einen großen Becher Kaffee zu trinken und die Zeitungen zu lesen. Ich blätterte die *Village Voice* durch, um Dan Savages neueste Ansichten über Sex mit Hühnereiern und Natursektspielchen zu erfahren. Diese Woche beschäftigte sich Dan mit einem Mann, der sagte, er sei nicht schwul und schlafe nur gern mit Männern. Dan Savage sah da offenbar keinen Unterschied. Ehrlich gesagt, ich auch nicht. Ich versuchte mir auszumalen, was Angel dem Typ gesagt hätte, und dachte mir dann, dass selbst die *Voice* nicht abdrucken würde, was Angel gesagt hätte.

Es hatte angefangen zu regnen, feuchte Schlieren liefen über die Fensterscheiben, wie Kratzer auf Kristall, und die jungen Leute, die in die Kneipen am alten Hafen gingen, wurden nass. Ich sah dem Regen eine Weile zu und widmete mich dann wieder der *Voice*. In diesem Moment spürte ich, dass jemand auf mich zukam, und ein übler Geruch stieg mir in die Nase. Vor Unbehagen bekam ich Gänsehaut.

»Darf ich Ihnen eine Frage stellen?«, sagte eine unverwechselbare Stimme. Ich sah hoch und fuhr zusammen. Derselbe kalte, belustigte Blick aus dem teigigen Gesicht und Regentropfen glitzerten auf dem kahlen Schädel. Der Geruch von Blut und Rasierwasser war jetzt stärker und ich wich ein Stück vom Tisch zurück.

»Möchten Sie zu Gott finden?«, fuhr er fort, mit dem besorgten Blick, den Ärzte Rauchern zuwerfen, die im Wartezimmer ihre Taschen nach einem Päckchen Zigaretten abtasten. In seiner blassen Hand hielt er ein zerknülltes Bibelpamphlet, auf dem man die grobschlächtige Federzeichnung einer Mutter mit Kind sah.

Ich sah ihn verwirrt an und setzte dann ein neutrales Gesicht auf. Für einen Moment dachte ich, er sei so eine Art Jesus-Freak, aber wenn dem so war, dann rekrutierte Jesus wirklich den letzten Abschaum. »Wenn Gott was von mir will, wird er schon wissen, wo er mich findet«, erwiderte ich und senkte den Blick auf die *Voice*, aber meine Aufmerksamkeit blieb an den Mann vor mir gefesselt.

»Woher wollen Sie denn wissen, dass Gott nicht genau jetzt nach Ihnen sucht?«, fragte er und setzte sich mir gegenüber.

Mir wurde klar, dass ich besser den Mund gehalten hätte.

Wenn er ein religiöser Spinner war, würde es ihn nur ermuntern, dass ich mit ihm sprach. Diese Typen führen sich auf wie Mönche, die übers Wochenende vom Schweigegelübde entbunden sind. Nur dass der Kerl mir nicht wie ein religiöser Spinner vorkam und in seiner Frage offenbar eine Doppeldeutigkeit steckte, die ich nicht ganz verstand.

»Ich hatte immer gehofft, Er wäre größer«, sagte ich.

»Es kommen andere Zeiten«, sagte der Glatzkopf. Sein Blick wirkte nun äußerst ernst. »Dann ist kein Platz mehr für Sünder, für Geschiedene, für Hurenböcke, für warme Brüder und für Frauen, die keine Achtung vor ihrem Mann haben.«

»Das schließt ein paar meiner Hobbies und alle meine Freunde ein«, sagte ich, schlug die Zeitschrift zu und trank widerwillig einen letzten Schluck Kaffee. Es war einfach nicht mein Tag. »Wo die dann landen, da will ich auch hin.«

Er betrachtete mich aufmerksam, wie eine Schlange, die zuschnappen wollte, sobald sich eine Gelegenheit bot. »Dann ist kein Platz mehr für einen Mann, der sich zwischen einen anderen Mann und seine Frau oder seinen kleinen Sohn stellt.« Seinen Worten haftete etwas vernehmlich Drohendes an. Er lächelte und ich sah kleine, gelbe Zähne, wie bei einem Nagetier. »Ich suche jemanden, Mr Parker. Ich glaube, Sie können mir helfen, ihn zu finden.« Seine obszön weichen roten Lippen dehnten sich, bis ich dachte, sie würden platzen und mich mit Blut besprenkeln.

»Wer sind Sie?«, fragte ich.

»Das spielt keine Rolle.«

Ich sah mich im Café um. Der Junge hinterm Tresen hatte nur Augen für das Mädchen am Fenstertisch und sonst saß niemand an diesem Ende des Raums.

»Ich suche Billy Purdue«, fuhr er fort. »Ich hatte gehofft, Sie wüssten vielleicht, wo er ist.«

»Was wollen Sie denn von ihm?«

»Er hat etwas, das mir gehört. Ich will es mir wiederholen.«

»Tut mir Leid. Ich kenne keinen Billy Purdue.«

»Ich glaube, Sie lügen, Mr Parker.« Ton und Lautstärke seiner Stimme änderten sich nicht, aber die Bedrohlichkeit nahm um einen Grad zu.

Ich schlug meine Jacke beiseite und zeigte den Griff meiner Pistole.

»Mister, ich glaube, Sie sind da an den Falschen geraten«, sagte ich. »Ich gehe jetzt, und wenn Sie aufstehen, bevor ich draußen bin, ziehe ich Ihnen mit dieser Waffe eins über. Haben Sie mich verstanden?«

Sein Lächeln schwand nicht, aber aus seinen Augen war aller Glanz gewichen. »Ich habe verstanden«, sagte er, wiederum mit diesem schrecklichen Zischlaut. »Ich glaube, Sie können mir wohl doch nicht helfen.«

»Ich will Sie nicht wiedersehen«, sagte ich.

Er nickte in sich hinein. »Oh, Sie werden mich nicht sehen«, erwiderte er und diesmal war die Drohung klar und deutlich. Ich behielt ihn im Blick, bis ich an der Tür war, und sah zu, wie er das Pamphlet nahm und mit einem Messing-Zippo in Brand steckte. Die ganze Zeit über sah er mir in die Augen.

•

Ich holte meinen Wagen aus dem Parkhaus in der Temple Street und fuhr bei Rita Ferris vorbei, aber es brannte kein Licht bei ihr, und als ich klingelte, meldete sich niemand. Dann fuhr ich raus nach Scarborough Downs zu Ronald Straydeers Grundstück an der Kreuzung Payne Road und Two Rod Road. Ich hielt neben Billy Purdues silberfarbenem Wohnwagen und klopfte an die Tür, aber im Wagen war es still und es brannte kein Licht. Ich schirmte die Augen mit den Händen ab und spähte ins Fenster und drinnen war immer noch ein einziger Saustall. Billys Auto stand rechts neben dem Wohnwagen. Die Motorhaube war kalt.

Ich hörte etwas hinter mir und drehte mich um, schon halbwegs damit rechnend, den seltsamen blassen Kopf zu sehen, der wie eine Eiterbeule aus seinem beigen Regenmantel ragte. Doch vor mir stand nur Ronald Straydeer, gekleidet in eine schwarze Jeans, Sandalen und ein Sea-Dogs-T-Shirt, das kurze dunkle Haar unter einer Baseballkappe verborgen, auf der ein rotes Hummeremblem prangte. Er hielt eine Kalaschnikow auf mich gerichtet.

»Ich dachte, du wärst jemand anderes«, sagte er und schaute betreten auf die Waffe hinunter.

»Wer denn? Ein Vietcong?« Ich wusste, Ronald schwörte auf sein Gewehr. Viele Männer, die in Vietnam gedient hatten, schwörten darauf. Ronald hatte mir mal erzählt, dass das M-1, das zu ihrer Grundausstattung gehörte, im regnerischen Südostasien oft blockierte, und sie die M-1 häufig durch Kalaschnikows ersetzten, die sie gefallenen Vietcongs abnahmen. Ronalds Gewehr sah alt genug aus, um ein Kriegsandenken zu sein, und war es wahrscheinlich auch.

Ronald zuckte mit den Achseln. »Ist sowieso nicht geladen.«

»Ich suche Billy. Hast du ihn gesehn?«

Er schüttelte den Kopf. »Seit gestern nicht. Er war nicht da.« Er schaute traurig, als wollte er noch etwas sagen.

»Hat sonst jemand nach ihm gesucht?«

»Weiß ich nicht. Kann sein. Ich glaube, gestern Nacht hat einer in den Wohnwagen geguckt, aber ich kann mich täuschen. Ich hatte meine Brille nicht auf.«

»Du wirst alt«, sagte ich.

»Ja, alt könnt er gewesen sein«, erwiderte Ronald, der mich offenbar falsch verstanden hatte.

»Was hast du gesagt?«

Aber er hatte schon das Interesse daran verloren. »Hab ich dir mal von meinem Hund erzählt?«, setzte er an und ich dachte mir, dass Ronald mir alles gesagt hatte, was ich nützlich finden konnte.

»Ja, Ronald«, sagte ich und ging zurück zu meinem Wagen. »Vielleicht unterhalten wir uns ein andermal darüber.«

»Das ist nicht dein Ernst, Charlie Parker«, sagte er mit einem Lächeln.

»Stimmt«, sagte ich und lächelte zurück. »Ist es nicht.«

In dieser Nacht prasselte kalter Regen auf mein frisch gedecktes Dach. Es regnete nicht durch, nicht mal an den Stellen, die ich gedeckt hatte. Ich verspürte eine tiefe Genugtuung, als ich in den Schlaf hinüberdämmerte, der Wind rüttelte an den Fenstern und ließ die Bohlen des Hauses knarren und knacken. Viele Jahre lang war ich zum Knarzen dieser Dielen eingeschlafen, zum Murmeln der Stimme meiner Mutter vom Wohnzimmer her, zum rhythmischen Pochen der Pfeife meines Großvaters auf dem Verandageländer. Auf dem Geländer war immer noch eine Delle davon, ein ockergelber Fleck von Tabak und altem Holz. Ich hatte ihn nicht überstrichen, eine sentimentale Anwandlung, die mich erstaunte.

Ich kann mich nicht erinnern, wovon ich erwachte, nur dass ein eindringliches Gefühl der Unruhe durch meinen Tiefschlaf gedrungen war und mich zurück in die Finsternis der Nacht riss. Es hatte aufgehört zu regnen und das Haus wirkte friedlich, aber die Nackenhaare standen mir zu Berge und meine Wahrnehmungen waren sofort rasiermesserscharf, die Benommenheit des Schlafs abgeschüttelt durch das instinktive Wissen um drohende Gefahr.

Ich glitt leise aus dem Bett und zog eine Jeans an. Meine Smith & Wesson lag in ihrem Holster neben dem Bett. Ich zog die Waffe heraus und entsicherte sie. Die Schlafzimmertür stand offen, wie ich sie hinterlassen hatte. Ich zog sie ein Stück weiter auf, die gut geölten Scharniere bewegten sich lautlos, und setzte vorsichtig einen Fuß auf die blanken Dielen im Flur.

Mein Fuß traf auf etwas Weiches und Feuchtes und ich zog ihn sofort zurück. Der Mond schien durch die Fenster neben der Haustür und tauchte den Flur in silbernes Licht. Er beleuchtete einen alten Kleiderhaken, ein paar Farbdosen und eine Leiter, die rechts von mir lag. Und er beleuchtete schmutzige Schuhabdrücke, die von der Hintertür durch die Küche zu meiner Schlafzimmertür und dann ins Wohnzimmer führten. Der Abdruck meines nackten Fußes befand sich auf dem Schuhabdruck, der meiner Tür am nächsten kam.

Ich sah im Wohnzimmer und im Bad nach und ging dann zur Küche. Ich spürte mein Herz pochen und mein Atem stand in weißen Schwaden in der kalten Nachtluft. Ich zählte in Gedanken bis drei und stürmte dann in die Küche, die Waffe quer durch den Raum schwenkend.

Es war niemand dort, nur die Hintertür stand einen Spalt breit offen. Jemand hatte das Schloss aufgebrochen und dann war er – nach der Größe der Schuhabdrücke schloss ich auf einen Mann – durchs Haus gegangen und hatte mir beim Schlafen zugesehen. Mir fiel die kahlköpfige, groteske Gestalt ein, der ich am Tag zuvor begegnet war, und bei dem Gedanken, dieser Mann hätte mich aus der Dunkelheit heraus beobachtet, wurde mir schlecht. Ich machte die Hintertür ganz auf und blickte über den Hof. Das Küchen- und Verandalicht ließ ich aus, zog ein Paar Arbeitsstiefel an, die ich in der Küche neben der Tür aufbewahrte, und ging einmal ums Haus. Auf der Veranda und dem Erdboden davor waren weitere Schuhabdrücke zu sehen. An meinem Schlafzimmerfenster, wo mich der Besucher von draußen beobachtet hatte, machten sie kehrt.

Ich ging zurück ins Haus, kramte meine Taschenlampe hervor, zog mir einen Pulli über und verfolgte dann die Spuren über den Erdboden bis zur Straße. Es war wenig Verkehr gewesen und man sah noch gut, wo sich die Schuhabdrücke auf dem Asphalt abzeichneten. Ich stand auf der leeren Straße, schaute nach links und rechts und ging dann zurück ins Haus.

Erst als ich das Küchenlicht anmachte, fiel mir auf, dass auf dem Tisch in der Ecke etwas lag. Ich hob es mit einem Stück Küchenpapier auf und drehte es um.

Es war ein kleiner Holzclown, der aus einer Reihe bunt bemalter Ringe bestand, die man abnehmen konnte, wenn man den lächelnden Clownskopf abschraubte. Ich saß eine Zeit lang da und schaute ihn an, tat ihn dann behutsam in eine Plastiktüte und legte sie neben die Spüle. Ich verschloss die Hintertür, überprüfte alle Fenster und ging zurück ins Bett.

Irgendwann muss ich in unruhigen Schlaf versunken sein, denn ich träumte etwas. Ich träumte, ich sähe eine Gestalt sich durch die Nacht bewegen, schwarz vor dem Sternenhimmel. Ich sah einen Baum, der allein auf einer Lichtung stand, und darunter bewegten sich Umrisse.

Und ich sah ein Licht erlöschen und ich hörte ein Kind in der Finsternis weinen.

6

Das erste Morgengrauen erschien im Fenster und der Boden war wieder gefroren, als ich aufstand und in die Küche ging. Ich betrachtete die verschwommenen Umrisse des Clowns in der Tüte: Die lange rote Nase ragte unter der weißen Plastikfolie hervor, die Farben waren nur schwach sichtbar, wie nur noch ein Schatten ihrer selbst.

Ich zog mir Joggingsachen an und machte mich auf zum US-Highway 1. Vorher sah ich nach, dass alle Türen und Fenster verschlossen waren, was ich normalerweise nicht tat. Ich ging auf die Spring Street und lief in südliche Richtung zur Kreuzung Mussey Road, linker Hand die roten Ziegelmauern und der weiße, hölzerne Kirchturm der Scarborough First Baptist Church und direkt vor mir der 8 Corners Shop. Ich lief die Spring Street entlang, bis zur 114 und weiter; auf der Straße war es still und über mir wisperten die Fichten. Rechter Hand kam ich an der Scarborough High School vorbei, wo ich nach unserem Umzug nach Maine zur Schule gegangen war und eines Frühjahrs sogar ein paarmal bei den Redskins mitgespielt hatte, als die halbe Mannschaft mit Grippe ausgefallen war. Auf dem Parkplatz des Shop n Save links war es still, aber vorn auf dem schäbigen Abschnitt des Highway 1 war schon Verkehr. Es war dort immer schäbig gewesen; als in den achtziger Jahren die Zoneneinteilung kam, war schon alles zu spät. Aber vielleicht liegt das eben in der Natur des Highway 1, denn er sieht überall gleich aus, wo ich gewesen bin.

Als ich damals nach Scarborough kam, gab es in der Stadt nur ein einziges Einkaufszentrum, das Orion Center. Darin befanden sich Mammoth Mart, ein Kaufhaus, das Woolworths ähnelte, Martin's Obst- und Gemüseladen, ein Waschsalon und ein Wein- und Spirituosengeschäft, das mein Großvater immer »Dr. Green's« nannte, weil diese Läden früher alle nach den Vorschriften der Alkoholkommission des Bundesstaates grün gestrichen waren.

Bei Dr. Green's kauften wir Old Swilwaukee und Pabst Blue Ribbon – den bekam man zwar offiziell erst ab achtzehn, aber darum scherte sich keiner – und tranken ihn am Higgins Beach, am ruhigen Ende, beim Vogelschutzgebiet, wo Regenpfeifer mit glockenhellem Gesang ihr Revier markierten.

Ich erinnere mich, wie ich im Sommer 82 versuchte, Becky Berube rumzukriegen, sich dort mit mir an den Strand zu legen. Ich bekam einen Korb und es war einer jener Sommer, in denen man glaubt, man werde als männliche Jungfrau sterben. Becky Berube hat heute fünf Kinder, also hat sie das mit dem Hinlegen anschließend wohl ziemlich bald gelernt. Wir fuhren Sechzigerjahreautos: Pontiac-Kabrios, MGs, Thunderbirds, Chevy Impalas und Camaros mit großem V8-Motor, einmal sogar ein Plymouth-Barracuda-Kabriolett. Im Sommer jobbten wir bei ClamBake in Pine Point oder kellnerten im Black Point Inn.

Ich erinnere mich an eine Schlägerei im Orion Center, als ein paar von uns eines warmen Sommerabends mit ein paar Jungs aus Old Orchard Beach aneinander gerieten, die den Highway 1 hochgekommen und genau darauf aus waren. Erst hagelte es Beschimpfungen, dann Drohungen, dann Schläge. Ich hatte mich nicht im Griff, jedenfalls damals nicht, und ein Typ, dessen Namen ich nie erfuhr, den wir nie zuvor gesehen hatten und nie wiedersahen, irgendein Vetter aus Chicago, verpasste mir einen heftigen Schlag auf die Nase. Er hatte einen dümmlich-fiesen Blick, das weiß ich noch.

Seine Faust fuhr mit ebensolcher Selbstverständlichkeit auf meinen Nasensattel zu wie eine Abrissbirne auf ein abbruchreifes Gebäude und unter der Wucht des Schlags gab der Knochen nach. Es war ein schlimmer Bruch und ich ging zu Boden, mein Blut warm auf meinem Gesicht. Um mich her prügelten sie weiter, jemand lag zusammengekrümmt am Boden und bekam Tritte in den Bauch und an den Kopf, aber das alles nahm ich nur vage wahr durch einen Nebel aus Schmerz, Furcht und Übelkeit. Irgendwann war der Kampf zu Ende, aber ich blieb auf dem Boden hocken, hielt die Hände um meine gebrochene Nase und Tränen mischten sich mit dem Blut.

Anthony Hutchence, »Tony Hutch« – der schon Ringkämpfer war, ehe er an unsere High School kam, später auch an der University of New England kämpfte und nur wegen einer Rückenverletzung nicht mehr an der Olympiade teilnehmen konnte –, nahm mir behutsam die Hände vom Gesicht, hielt meine Wangen in seinen Handflächen und untersuchte mein Gesicht mit jenem nüchternen Kennerblick, den er seinen Erfahrungen auf und an der Matte verdankte. Dann rief er zwei Jungs zur Hilfe, die mir Arme und Kopf festhielten, und renkte mir mit den Daumen die Nase ein.

Der Schmerz war ein Schock, fuhr mir durch Mark und Bein. Ein Blitz schoss mir durch den Kopf und ich sah nur noch Weiß, dann leuchtendes, grelles Rot. Ich schrie, ich weiß nicht mehr, was ich schrie, nur dass es ein Laut war, wie ich ihn nie zuvor gehört hatte. Dann ging das nadelspitze Stechen in einen dumpfen, drückenden Schmerz über. Tony Hutch ließ los und hatte Blut an den Daumen und ich wusste, dass sich die Linien und Wirbel seiner Daumenabdrücke auf meinem Gesicht abzeichneten.

Doch anschließend hatte ich nie wieder solche Angst, mir die Nase zu brechen. Ich kannte den Schmerz, hatte zwar nicht das Bedürfnis, ihn noch mal zu erleben, aber ich hatte es überstanden und würde es, falls nötig, wieder überstehen. Und diesen Schock, diese Machtlosigkeit, diesen Schmerz sollte ich nie wieder empfinden. Das hatte ich alles hinter mir und es hatte mich stärker gemacht. Als Jennifer und Susan starben, geschah etwas Ähnliches, aber statt mich zu stärken, tötete es diesmal etwas in mir ab, löschte es endgültig etwas in mir aus.

Beim Italiener Amato's überquerte ich den Highway 1 und lief dann die Old County Road entlang, durch die Salzwassermarschen, die einmal monatlich, zu bestimmten Mondphasen, überflutet wurden, und vorbei an der katholischen Kirche Maximilian Kolbe, bis ich zum Friedhof kam. Mein Großvater lag dort am fünften Weg, in der »Fifth Avenue«, begraben, was er meiner Großmutter gegenüber oft scherzhaft erwähnte, nachdem sie die Grabstätte erworben hatten. Nun lagen sie dort beide beerdigt und ich machte eine kurze Pause, rupfte Unkraut und sprach ein kurzes Gebet für sie.

Als ich nach Hause kam, setzte ich eine Kanne Kaffee auf, aß eine Grapefruit und dachte darüber nach, was in der Nacht passiert war. Die Wanduhr zeigte schon fast neun, als Ellis Howard vorfuhr.

Ellis sah aus wie Schweineschmalz, das man in eine bewegliche, entfernt menschliche Form gegossen und erstarren hatte lassen. In einen braunen Schaffellmantel gehüllt, stieg der stellvertretende Chef der Kriminalpolizei von Portland mit einiger Mühe aus seinem Wagen. Die Kriminalpolizei von Portland bestand aus den Abteilungen Rauschgift und Sitte, Personenstraftaten, Eigentumsdelikte und Verwaltung und Ellis leitete das Ganze, assistiert von einem Detective Lieutenant und vier Sergeants, jeder verantwortlich für eine Abteilung. Insgesamt waren es zweiundzwanzig Polizeibeamte und vier Mann Spurensicherung und Erkennungsdienst. Es war eine kleine, effizient arbeitende Polizeieinheit.

Ellis kullerte auf die Veranda wie eine Bowlingkugel, die jemand zum Schutz vor Frost in Fell eingepackt hatte. Er sah nicht so aus, als könne er sich auch nur halb so schnell wie eine Bowlingkugel bewegen oder schnell genug laufen, um sein Leben oder das eines anderen zu retten. Aber Ellis' Aufgabe bestand ja auch nicht im Herumlaufen und der äußere Eindruck kann täuschen. Ellis beobachtete, dachte nach und stellte Fragen und dann beobachtete er wieder und dachte weiter nach. Ihm entging wenig. Er war jemand, der Suppe mit der Gabel essen konnte und dabei keinen Tropfen verschüttete.

Er hatte eine furchteinflößende Frau namens Doreen, die stets so dick geschminkt war, dass man seine Initialen in ihr Gesicht hätte ritzen können, ohne ihr einen Kratzer zuzufügen. Wenn sie lächelte, was nicht allzu oft geschah, war es, als hätte man einen Streifen von einer Orange gepellt. Ellis schien sie zu erdulden wie ein Märtyrer die Streckbank, aber ich vermutete, dass er sie im tiefsten Grunde seines Herzens nicht sonderlich ausstehen konnte.

Stattdessen fand Ellis Trost im Dienst und bei Baseballstatistiken. Ohne mit der Wimper zu zucken, konnte er vom einzigen Spiel in der Geschichte der Major League berichten, in dem zwei Pitcher neun Innings in Folge No-Hitter warfen – am 2. Mai 1917, als Fred Toney von den Reds und Hippo Vaughn von den Cubs neun Innings brauchten, bis Larry Kopf im zehnten einen sauberen Single schlug und über einen Kullerball von Jim Thorpe auf die Home Plate kam –, oder die Einzelheiten von Lou Gehrigs Leistung beim Vierfachtriumph der Yanks bei der World Series 1932 erläuern: drei Homeruns, acht RBIs, eine Trefferquote von 52,9 Prozent und ein Slugging-Schnitt von 1 118. Babe Ruth bekam die Publicity, aber es war Lou Gehrig, an den sich alle erinnerten. Lou hatte seine geliebte Eleanor und Ellis hatte Doreen. Darauf schien es für Ellis hinauszulaufen.

Ich trat beiseite, um ihn ins Haus zu lassen. Ich hatte keine große Wahl. »Gut sehn Sie aus, Ellis«, sagte ich. »Die Donut-Diät zahlt sich wirklich aus.«

»Wie ich sehe, haben Sie das Dach decken lassen«, erwiderte er. »Merkt man gleich, dass Sie Städter sind. Der einzige Mensch in ganz Maine, der im Winter ein Dach deckt. Haben Sie selbst mit angepackt?«

»Ja, das habe ich.«

»O Gott, dann wäre es vielleicht sicherer, wir würden uns draußen unterhalten.«

»Sehr witzig«, sagte ich. Er ließ sich auf einem Küchenstuhl nieder. »Sie sollten vielleicht lieber aufpassen, dass der Fußboden nicht unter Ihnen einbricht.«

Ich schenkte ihm Kaffee ein. Er trank und ich bemerkte, dass sein Gesichtsausdruck ernst, beinahe traurig wurde.

»Stimmt was nicht?«

Er nickte. »Allerdings. Sie kennen Billy Purdue?«

Die Antwort auf diese Frage kannte er vermutlich ohnehin. Ich tastete nach der Narbe auf meiner Wange und spürte die Fäden.

»Ja, den kenne ich.«

»Hab gehört, Sie sind vor ein paar Tagen mit ihm aneinander geraten. Hat er irgendwas über seine Exfrau gesagt?«

»Wieso?« Ich wollte Billy keinen unnötigen Ärger einhandeln, bekam aber bereits ein flaues Gefühl im Magen.

»Weil Rita und ihr Sohn heute Morgen tot in ihrer Wohnung aufgefunden worden sind. Keine Anzeichen für gewaltsames Eindringen und keiner hat was gehört.«

Ich atmete tief aus und verspürte große, quälende Trauer, dachte an Donalds Faust um meinen Finger und erinnerte mich an die Berührung der Hand seiner Mutter an meiner Wange. Glühende Wut auf Billy Purdue wogte in mir auf, weil ich instinktiv von seiner Schuld ausging. Das Gefühl wich bald, aber seine Heftigkeit blieb. Ich dachte: Wieso hat er ihnen nicht beigestanden? Wieso war er nicht für sie da? Vielleicht hatte ich kein Recht, solche Fragen zu stellen; oder vielleicht hatte, nach allem, was im vergangenen Jahr passiert war, niemand eher das Recht dazu.

»Was ist mit ihnen passiert?«

Ellis beugte sich vor und rieb die Hände aneinander.

»Soweit ich weiß, wurde die Frau erdrosselt. Bei dem Jungen weiß ich es nicht. Keine deutlichen Anzeichen für sexuellen Missbrauch bei den beiden.«

»Sie waren noch nicht in der Wohnung?«

»Nein. Ich habe heute eigentlich frei, aber ich bin unterwegs. Der Rechtsmediziner ist schon am Tatort. Pech für ihn, er war in Portland auf einer Hochzeit.«

Ich stand auf und ging ans Fenster. Draußen griff der Wind in die Nadelbäume und ein Schwarzmeisenpaar flog hoch empor.

»Glauben Sie, Billy Purdue hat sein eigenes Kind und seine Exfrau umgebracht?«, fragte ich.

»Kann schon sein. Er wäre nicht der Erste, der so was macht. Sie hat uns vor drei Tagen abends angerufen, weil er draußen betrunken rumlungerte und gebrüllt hat, sie solle ihn reinlassen. Wir haben einen Wagen hingeschickt und ihn mitgenommen, damit er sich beruhigt, haben ihm gesagt, er soll sie in Ruhe lassen oder wir sperren ihn ein. Vielleicht wollte er um jeden Preis verhindern, dass sie ihn verlässt.«

Ich schüttelte den Kopf. »Das würde Billy nicht tun.« Doch schon als ich das sagte, kamen mir Zweifel. Ich erinnerte mich an das rote Glühen in seinem Blick, an die Art und Weise, wie er mich in seinem Wohnwagen fast erwürgt hatte, und an Ritas Glaube, er würde alles unternehmen, um zu verhindern, dass sie ihm seinen Sohn wegnahm.

Ellis hielt Schritt mit meinen Gedanken. »Vielleicht, vielleicht auch nicht«, sagte er. »Sie haben da eine hübsche Narbe auf der Wange. Wollen Sie mir erzählen, wie Sie sich die geholt haben?«

»Ich war bei ihm im Wohnwagen und wollte Unterhaltsgeld von ihm. Er hat gedroht, mich mit einem Baseballschläger zu verprügeln, ich wollte ihn aufhalten und dann ging es etwas drunter und drüber.«

»Hat Rita Sie engagiert, um das Geld zu holen?«

»Es war eine Gefälligkeit.«

Ellis ließ die Mundwinkel sinken. »Eine Gefälligkeit«, wiederholte er und nickte dabei vor sich hin. »Und als sie ihr diese ... *Gefälligkeit* erwiesen, hat er da irgendwas über seine Exfrau gesagt?« Nun klang er ein wenig gereizt.

»Er hat gesagt, er wolle sich um sie kümmern, um sie beide. Dann hat er mich gefragt, ob ich mit ihr schlafe.«

»Was haben Sie geantwortet?«

»Nein.«

»Unter diesen Umständen wohl die richtige Antwort. Haben Sie mit ihr geschlafen?«

»Nein«, sagte ich und sah ihn eindringlich an. »Nein, habe ich nicht. Haben Sie Billy schon gefasst?«

»Er ist verschwunden. Keine Spur von ihm beim Wohnwagen und Ronald Straydeer hat ihn seit vorgestern nicht gesehen.«

»Ich weiß. Ich war gestern Abend selber da.«

Ellis zog eine Augenbraue hoch. »Erzählen Sie mir auch, weshalb?«

Ich erzählte ihm von der Begegnung mit dem blassen Irren vor dem Inn und später im Java Joe's. Ellis holte sein Notizbuch raus und schrieb sich das Kennzeichen des Coupe de Ville auf.

»Wir geben das in den Computer ein und sehn mal, was dabei rauskommt. Sonst noch was, was ich wissen sollte?«

Ich ging zur Spüle und holte ihm die Plastiktüte mit dem Spielzeugclown. »Jemand ist heute Nacht bei mir eingebrochen, als ich schlief. Er hat sich umgesehen, mich eine Zeit lang beobachtet und hat das hier hinterlassen.«

Ich machte die Tüte auf und legte sie vor Ellis hin. Er holte einen Plastikhandschuh aus der Tasche, streifte ihn über, langte hinein und betastete den Clown.

»Es wird sich wohl herausstellen, dass er Donald Purdue gehört.«

Ellis sah mich an. »Und wo waren Sie gestern Abend?«

»Fragen Sie mich das nicht, Ellis.« Ich spürte Zorn in mir aufwallen. »Deuten Sie das nicht mal an.«

»Ganz ruhig, Bird. Erst schreien, wenn's wehtut. Sie wissen, dass ich das fragen muss. Da kann ich es ja auch gleich erledigen.«

Er wartete.

»Nachmittags war ich hier«, sagte ich durch zusammengebissene Zähne. »Gestern Abend bin ich nach Portland gefahren, war beim Training, hab ein paar Bücher gekauft, einen Kaffee getrunken, wollte bei Rita vorbeischaun ...«

»Um welche Uhrzeit?«

Ich überlegte kurz. »Um acht. Spätestens halb neun. Es hat sich keiner gemeldet.«

»Und dann?«

»Bin ich zu Ronald Straydeers Grundstück gefahren, dann nach Hause, hab gelesen und bin ins Bett gegangen.«

»Wann haben Sie das Spielzeug gefunden?«

»Das war etwa um drei. Sie sollten jemanden herschicken, der Abgüsse von den Stiefelabdrücken vor dem Haus macht. Durch den Frost sind sie gut erhalten.«

Er nickte. »Machen wir.« Er stand auf, um zu gehen, und hielt dann inne. »Ich musste das fragen. Das wissen Sie.«

»Ja, ich weiß.«

»Und noch etwas: Die Anwesenheit dieses« – er hob die Tüte mit dem Clown darin – »bedeutet, dass jemand Sie auf dem Kieker hat. Jemand hat zwischen Ihnen und Rita Ferris eine Verbindung hergestellt und mir scheint, dafür gibt es nur einen nahe liegenden Kandidaten.«

Billy Purdue. Aber es passte trotzdem einfach nicht, es sei denn, Billy glaubte, ich sei schuld an den Ereignissen, die zum Tod seines Sohns geführt hatten, und dass ich ihn, indem ich Rita half, zu seinem Tun genötigt hätte.

»Lassen Sie mich mitfahren. Mal sehn, ob mir vor Ort irgendwas einfällt«, sagte ich schließlich.

Ellis lehnte sich an den Türrahmen. »Ich hab gehört, Sie haben in Augusta eine Konzession als Privatdetektiv beantragt.«

Das stimmte. Ich hatte zwar noch etwas Geld übrig aus Susans Versicherung, dem Verkauf unseres Hauses und einigen Aufträgen, die ich in New York erledigt hatte, aber früher oder später musste ich wieder meinen Lebensunterhalt verdienen. Mir waren bereits einige Jobs bei der *Corporate Competitive Intelligence* angeboten worden, ein Blendwort, das die Abwehr von Industriespionage umschrieb. Es klang interessanter, als es war: ein Vertreter, der verdächtigt wurde, entgegen eines Gebietsschutzabkommens Waren eines Mitbewerbers zu verkaufen; Sabotage einer Fertigungsstraße in einer Softwarefabrik in South Portland; durchgesickerte Informationen über Angebote für eine neue Sozialbausiedlung in Augusta. Ich haderte noch mit mir, ob ich irgendwas davon annehmen sollte.

»Ja, die Konzession ist letzte Woche bewilligt worden.«

»Sie können es doch besser. Wir wissen alle, was Sie geleistet haben und wen Sie zur Strecke gebracht haben. So jemanden könnten wir gebrauchen.«

»Was meinen Sie damit?«

«Ich meine damit, dass eine Dienstmarke auf Sie wartet, wenn Sie wollen. Bei uns wird bald eine Stelle frei.«

»Eigentums- oder Personendelikte?«

»Stellen Sie sich nicht so dumm an.«

»Vor einer Minute haben Sie noch angedeutet, ich wäre ein Verdächtiger in einem Fall von Doppelmord. Sie ändern Ihre Meinung ziemlich schnell, Ellis.«

Er griente. »Also, wie ist es damit?«

Ich nickte. »Ich denk drüber nach.«

»Tun Sie das«, sagte er. »Tun Sie das.«

Rita Ferris lag mit dem Gesicht nach unten auf dem Boden ihrer Wohnung, neben dem Fernseher. Die aufgefitzten Enden eines Seils hingen um ihren Hals und eine Ohrspitze, die durch wirre Haarsträhnen lugte, war blau. Ihr Rock war fast bis zur Taille hochgeschoben, aber Strumpfhose und Slip waren nicht angerührt. Ich spürte aufwallendes Mitleid und noch etwas: eine Art Liebe, die aus dem flüchtigen Gefühl herrührte, einen großen Verlust erlitten zu haben. Das zog mir den Magen zusammen und mir brannten die Augen und auf der Wange spürte ich noch einmal ihre letzte, flüchtige Berührung, als hätte ihre Hand ein Brandzeichen hinterlassen.

In dem kleinen Zimmer, das bis auf die Spielsachen und Kleidungsstücke, die Windeln und Sicherheitsnadeln, die alltägliche Schönheit des sich allmählich formenden Lebens ihres Kindes, sauber und aufgeräumt war, führte ich mir ihre letzten Momente vor Augen. Ich spürte – *ich sehe – die verschwommene Bewegung, als ihr das Seil über den Kopf gezogen wird, das plötzliche, instinktive Heben der Hände zum Hals, um die Finger unter das Seil zu schieben, das Brennen auf ihren Fingerkuppen, als es ihr misslingt und das Seil zugezogen wird.*

Es ist ein langsamer Tod, dieses allmähliche Ersticken allen Lebens in ihrem Leib. Es ist ein erbitterter, schrecklicher Kampf gegen das unbarmherzige Zerdrücken ihrer Kehle, die zunehmende Zerstörung des Ringknorpels des Kehlkopfes und den schließlichen sanften Todesstoß, wenn das zerbrechliche Zungenbein zerspringt.

Sie gerät in Panik und ihr Puls steigt; ihr Blutdruck schießt in die Höhe, sie kämpft und ringt um Luft. Sie versucht, nach hinten zu treten, aber der Mörder weicht aus und zieht die Schlinge fester zu. In ihrem Gesicht staut sich das Blut und vor Zyanose wird ihre Haut allmählich blau. Ihre Augen treten vor, sie hat Schaum vorm Mund und sie fühlt sich, als müsste ihr Kopf unter dem Druck zerplatzen.

Dann zuckt ihr ganzer Leib, sie schmeckt Blut im Mund und spürt, wie es ihr aus der Nase über die Lippen rinnt. Jetzt weiß sie, dass sie sterben wird, und unternimmt eine letzte, verzweifelte Anstrengung, um sich zu befreien und ihr Kind zu retten, aber ihr Körper versagt bereits, ihr Geist umnächtigt sich und sie riecht sich selbst, als das Licht erlischt und sie die Kontrolle über ihre Körperfunktionen verliert.

»Sind Sie fertig?«, fragte eine Stimme. Es war der Rechtsmediziner, Dr. Henry Vaughan, der sich an den Polizeifotografen wandte. Vaughan war grauhaarig und gebildet, ebenso Arzt wie Philosoph, und hatte seit über zwanzig Jahren den Posten des hiesigen Rechtsmediziners inne. Diese Stelle wurde für sieben Jahre vergeben, was bedeutete, dass Vaughan im Laufe der Jahre von demokratischen, republikanischen und parteilosen Gouverneuren ernannt oder wiederernannt worden war. Er stand kurz vor dem Ruhestand, das wusste ich, und würde seine Asservatenkammer in Augusta aufgeben, wo in alten Erdnussbutter-, Mayonnaise- und Soßengläsern Partikel menschlicher Überreste lagerten. Er war nicht allzu unglücklich darüber; laut Ellis wollte er »mehr Zeit zum Nachdenken« haben.

Der Fotograf lichtete ein letztes Mal den Knoten ab und nickte dann. Grundlegende Skizzen waren schon angefertigt und die Maße aufgenommen worden. Der für den Raum zuständige Mitarbeiter von der Spurensicherung hatte seine Arbeit um die Leichen her abgeschlossen und widmete sich nun der Umgebung des Tatorts. Zwei Sanitäter warteten in einer Ecke mit einer Trage und kamen dazu, als Vaughan das Wort ergriff.

»Wir drehen sie jetzt um«, sagte Vaughan. Zwei Detectives, die Plastikhandschuhe trugen, stellten sich neben der Leiche auf, einer an den Beinen und einer am Oberkörper, die Füße außerhalb des abgeklebten Leichenumrisses, und Vaughan hielt ihren Kopf.

»Fertig?«, fragte er, und dann: »Und hoch!«

Sie drehten die Leiche vorsichtig und fachmännisch um und

ich hörte einen der Polizisten, einen muskulösen, gut vierzigjährigen Mann mit schütterem Haar, flüstern: »O Gott.«

Ihre Augen waren weit aufgerissen und blutig, wo die zarten Äderchen unter dem Druck des Seils geplatzt waren, die Pupillen wie dunkle Sonnen an einem roten Himmel. Ihre Fingerspitzen waren blau und Nasenlöcher und Mund waren von Blut und getrocknetem weißem Schaum bedeckt.

Und ihre Lippen, jene Lippen, die mich kaum drei Tage zuvor zärtlich geküsst hatten, die einst rot und einladend waren und nun kalt und blau,

sag Auf Wiedersehen

ihre Lippen waren mit dickem, schwarzem Garn zusammengenäht, in einem schiefen Zickzackmuster, an einem Ende hielt ein wirrer Knoten den Faden, damit er sich nicht löste, während die Stiche gesetzt wurden.

Ich trat näher und da erst sah ich das Kind. Die Leiche lag hinter dem Sofa, und als ich näher kam, sah ich die kleinen Füße und dann den Rest des Körpers, bekleidet mit einem lilafarbenen Strampelanzug. Um seinen Kopf herum war Blut, Blut klebte in seinem feinen blonden Haar und Blut war auf der Kante der Fensterbank, wo sein Kopf aufgeschlagen war.

Ellis stand neben mir. »Er hat Schrammen im Gesicht. Wir nehmen an, der Mörder hat ihn geschlagen, vielleicht, weil er geweint hat oder dazwischengekommen ist. Die Wucht des Schlags hat ihn gegen die Fensterbank geschleudert und ihm den Schädel gebrochen.«

Ich schüttelte den Kopf und erinnerte mich, wie der kleine Junge nach mir geschlagen hatte, als ich an jenem Abend seine Mutter berührt hatte.

»Nein«, sagte ich und presste die Augen zu, weil das Brennen zu schlimm wurde. Ich dachte an mein eigenes Kind, das mir nun verloren war, und an all die anderen, die in Plastikfolie eingewickelten Leichen, begraben in der Erde eines muffigen Kellers in Queens, kleine Gesichter in Weckgläsern, eine

Heerschar von Verlorenen, die sich bis in die Dunkelheit erstreckte, Hand in Hand ins Vergessen wandernd.

»Nein, er hat nicht nur geweint«, sagte ich. »Er wollte sie retten.«

Während die Leichen in weiße Leichensäcke gepackt wurden, um zur Obduktion nach Augusta gebracht zu werden, ging ich durch die Wohnung. Es gab nur ein, wenn auch geräumiges Schlafzimmer und darin standen ein Doppelbett und ein Kinderbett mit abnehmbarem Gitter, eine Kiefernholzkommode, ein passender Kleiderschrank und eine Kiste mit Spielsachen neben einem kleinen Regal voller Bilderbücher. In einer Ecke suchte jemand von der Spurensicherung an einer geöffneten Schublade nach Fingerabdrücken.

Und der Anblick der Kleider, die ordentlich zusammengefaltet auf den Regalböden lagen, und des Spielzeugs, das in der Kiste verstaut war, brachte eine Erinnerung hoch, die meinem Herzen einen Stich versetzte. Nicht mal ein Jahr zuvor hatte ich eines Nachts in unserem kleinen Haus in der Hobart Street in Brooklyn gestanden und war die Besitztümer meiner Frau und meines Kindes durchgegangen, hatte aussortiert und fortgelegt, hatte die letzten Spuren ihres Dufts gerochen, der wie ein Schatten ihrer selbst an ihren Kleidern hing. Meine Susan und meine Jennifer: Ihr Blut klebte noch an den Küchenwänden und mit Kreide war auf dem Boden markiert, wo die Stühle gestanden hatten, jene Stühle, an die man sie gebunden hatte und auf denen sie verstümmelt wurden, während der Ehemann und Vater, der sie hätte beschützen sollen, am Tresen einer Kneipe hing.

Und als ich in Ritas Schlafzimmer stand, dachte ich: Wer wird ihre Kleider aussortieren? Wer wird den Baumwollstoff ihrer Bluse zwischen den Fingern spüren und darüber streichen, bis der Stoff seinen Abdruck wie ein Siegel bewahrt? Wer wird ihre Unterwäsche nehmen, ihre rosa BHs ohne Bügel, sie behutsam halten und sich, ehe er sie für immer weglegt, erinnern, wie er den Verschluss mit nur einer Hand öffnete, wie das Gewicht der Brüste die Träger löste, wie die Körbchen sachte sanken?

Wer wird ihren Lippenstift nehmen und mit dem Finger über die Spitze streichen, in dem Wissen, dass nur ihre Lippen diese Stelle je berührt hatten und je berühren würden? Wer wird die flüchtige Spur eines Fingerabdrucks in ihrem Rouge sehen und sorgfältig jedes einzelne Haar aus ihrer Bürste zupfen, als könne er sie dadurch neu erschaffen, Stück um Stück, Atom um Atom?

Und wer wird die Spielsachen des Kindes nehmen? Wer wird an den Rädern des bunten Plastiklasters drehen? Wer wird die Knopfnase und das Glasauge des Teddybärs berühren, den stämmigen Rumpf des weißen Elefanten? Und wer wird diese Kinderkleider fortpacken und die kleinen Schuhe, deren Schnürsenkel die jungen Finger noch nicht zu binden gelernt hatten?

Wer wird all das tun, den Toten diese kleinen Dienste erweisen, jene Akte des Erinnerns, die auf ihre Weise ausdrucksvoller sind als jedes prächtige Denkmal? Wenn man sich von dem trennt, was ihnen einst gehörte, werden sie für einen Moment äußerst gegenwärtig, denn der Geist eines Kindes ist trotz allem immer noch ein Kind und die Erinnerung an eine Liebe ist auch Jahrzehnte später noch Liebe.

Ich stand im kalten, winterlichen Sonnenschein vor dem Haus und sah zu, wie die Leichen herausgetragen wurden. Laut Vaughan waren sie seit allerhöchstens zehn Stunden tot. Wegen der Kälte in der zugigen Altbauwohnung und wegen Rita Ferris' Todesursache würde es länger dauern, den genauen Todeszeitpunkt zu bestimmen. In den kleinen Muskeln der Augenlider, am Unterkiefer und Hals hatte bereits die Totenstarre eingesetzt und breitete sich nun auf die anderen Muskeln der Leichen aus und bei Rita Ferris war dieser Vorgang durch ihren Todeskampf beschleunigt worden.

Die Totenstarre oder Rigor mortis wird durch das Verschwinden der Energiequelle für die Muskelkontraktion hervorgerufen, die Adenosintriphosphat oder ATP genannt wird. ATP löst sich normalerweise binnen vier Stunden nach dem Tod vollkommen auf und hinterlässt die Muskeln starr, bis die Verwesung einsetzt. Hat das Opfer aber vor dem Tod gekämpft, dann sinkt der ATP-Spiegel entsprechend und der Rigor Mortis setzt früher ein. Das musste in Ritas Fall berücksichtigt werden und daher war Vaughan der Ansicht, dass die Leiche von Donald Ferris eine genauere Schätzung des Todeszeitpunktes ermöglichen würde.

An der Unterseite beider Leichen hatten sich Totenflecken gebildet, wo die Schwerkraft das Blut abgesenkt hatte, was normalerweise sechs bis acht Stunden nach dem Tod geschieht, und Druck auf die Totenflecken führte zu keinem »Abblassen«, da das Blut bereits geronnen war, was bedeutete, dass sie seit mindestens fünf Stunden tot waren. Der Tod war demzufolge mindestens fünf und höchstens acht bis zehn Stunden zuvor eingetreten. Totenflecken fanden sich aber nicht auf dem Rücken der Leichen, was bedeutete, dass sie post mortem nicht bewegt worden waren. Sie waren noch am Leben gewesen, als ich Rita am Abend zuvor hatte besuchen wollen. Vielleicht war sie einkaufen gewesen oder hatte Freunde besucht. Wenn ich sie angetroffen hätte, hätte ich sie warnen können? Hätte ich sie, sie beide, retten können?

Ellis kam zu mir, der abseits des Pulks der Schaulustigen stand.

»Fällt Ihnen dazu was ein?«, fragte er.

»Nein«, sagte ich. »Noch nicht.«

»Wenn Sie eine Idee haben, lassen Sie es uns wissen, ja?«

Aber ich hörte kaum noch zu. Zwei Männer in Zivil zeigten dem Polizisten, der die Schaulustigen zurückhielt, ihre

Dienstausweise und betraten das Gebäude. Ich musste nicht sehen, was ihre Brieftaschen enthielten, um zu wissen, wer sie waren.

»FBI«, sagte ich.

Ihnen folgte ein größerer Mann mit rabenschwarzem Haar, der einen konservativen blauen Anzug trug.

»Die Agenten Samson und Doyle«, sagte Ellis. »Und Eldritch von der kanadischen Polizei. Die waren vorhin schon da. Trauen uns wohl nicht.«

Ich sah ihn an. »Worüber bin ich hier nicht im Bilde?«

Er langte in die Tasche und holte eine Klarsichthülle hervor. Sie enthielt vier Hundertdollarscheine, bis auf eine Falte in der Mitte noch druckfrisch.

»Machen wir doch ein Tauschgeschäft«, sagte Ellis. »Wissen Sie etwas hierüber?«

Es war sinnlos, dem Thema auszuweichen. »Die sehen aus wie die Scheine, die mir Billy als Anzahlung für Ritas Unterhalt gegeben hat.«

»Danke«, sagte er und wandte sich zum Gehen. Ich sah, dass er wütend auf mich war, wusste aber nicht so recht, warum.

Ich hielt ihn am Oberarm zurück. Das schien ihm nicht zu gefallen, aber mir war das egal. Mein Handgriff erregte die Aufmerksamkeit zweier uniformierter Polizisten, aber Ellis winkte ab.

»Überanspruchen Sie mein Wohlwollen nicht, Bird«, warnte er mich mit Blick auf seinen Arm. »Wieso haben Sie mir nicht erzählt, dass er Ihnen das Geld gegeben hat?«

Ich ließ nicht los. »Sie schulden mir was«, sagte ich. »Ich konnte ja nicht wissen, dass das Geld wichtig ist.«

Er runzelte die Stirn und erwiderte dann: »Sie wollten mich wohl auf die Probe stellen, was? Lassen Sie jetzt meinen Arm los? Ich spüre schon nichts mehr in den Fingern.«

Ich ließ los und er rieb sich den Arm.

»Wie ich sehe, sind Sie gut in Form.« Er sah zu dem Wohnblock hinüber, aber die FBI-Agenten und der kanadische Polizist waren noch nicht wieder herausgekommen.

»Erinnern Sie sich an die Sache draußen in Prouts Neck vor ein paar Tagen?«, fragte er.

»Ja, ich hab's in den Nachrichten gesehn. Ein toter irischstämmiger FBI-Agent, drei tote Italos und vier tote Kambodschaner – ein Multikultimassaker. Was ist damit?«

»Da hat noch jemand mitgespielt. Hat Paulie Block und Jimmy Fribb mit einer Pumpgun umgelegt. Und dann hat er was mitgehen lassen«

»Und weiter?«

»Auf dem Neck sollte ein Austausch stattfinden: Bargeld gegen irgendwas anderes. Das FBI hat Wind von der Sache gekriegt, als Paulie Block und Chester Nash in Portland aufgetaucht sind. Sie denken, es ging um Lösegeld für jemanden, der schon tot war. Die Polizei von Norfolk County, unten in Massachusetts, hat gestern im Larz Anderson Park eine Leiche ausgegraben, eine kanadische Staatsbürgerin namens Thani Pho. Ein Hund hat sie entdeckt.«

»Lassen Sie mich raten«, unterbrach ich ihn. »Thani Pho war kambodschanischer Abstammung.«

Ellis nickte. »Sie war offenbar Erstsemester in Harvard. Die Obduktion hat ergeben, dass sie vergewaltigt und dann lebendig begraben wurde. Man hat Erdboden in ihrer Kehle gefunden. Das FBI und dieser Eldritch gehen davon aus, dass Tony Cellis Bande das Mädchen entführt, die Kambodschaner reingelegt und dann vor den Augen des FBI umgenietet hat. Der Schwerpunkt der Ermittlungen liegt in Boston. Prouts Neck ist ein Nebenschauplatz und das FBI konzentriert sich auf Tony Celli. Die beiden Agenten klären nur noch ein paar offene Fragen.«

»Wer hat das Lösegeld bezahlt?«

Er zuckte mit den Achseln. »An diesem Punkt hat die FBI-

Auskunft dichtgemacht, aber sie glauben, dass die Geldübergabe mit dem Mord an Thani Pho zusammenhängt, und vielleicht gibt's da auch noch einen kanadischen Aspekt, wenn dieser Eldritch mitmacht. Die Geldscheine kommen von einer Bank in Toronto, ebenso die Scheine aus dem Lösegeld, die auf dem Neck gefunden wurden. Dummerweise ist das restliche Geld verschwunden und hier kommt unser Mann ins Spiel.«

»Wie viel?«

»Zwei Millionen, hab ich gehört.«

Ich strich mir mit den Fingern durchs Haar und massierte meine Nackenmuskeln. Billy Purdue: Der Typ war wie ein höllischer Querschläger, der von Mensch zu Mensch prallte und Leben zerstörte, bis ihm die Puste ausging oder ihn irgendwas aufhielt. Wenn es stimmte, was Ellis erzählte, dann hatte Billy irgendwie von Tony Cellis Deal draußen auf dem Neck erfahren oder war auf niedrigerer Ebene selbst daran beteiligt und wollte nun die ganz große Nummer abziehen, vielleicht in der Hoffnung, seine Exfrau und seinen Sohn zurückzubekommen und anderswo ein neues Leben anzufangen – irgendwo, wo er die Vergangenheit abschütteln konnte.

»Glauben Sie immer noch, dass Billy Rita und seinen eigenen Sohn umgebracht hat?«, fragte ich.

»Durchaus möglich«, sagte Ellis und zuckte mit den Achseln. »Sonst sehe ich weit und breit keinen Verdächtigen.«

»Und er hat ihr den Mund mit schwarzem Garn zugenäht?«

»Ich weiß nicht. Wenn er verrückt genug ist, sich mit Tony Celli anzulegen, ist er auch verrückt genug, seine Frau zuzunähen.«

Aber ich wusste, dass er nicht glaubte, was er da sagte. Das Geld änderte alles. Es gab Leute, die anderen eine Menge Schmerz zufügen würden, um eine solche Summe in die Finger zu bekommen, und Tony Celli gehörte dazu, zumal er wahrscheinlich ohnehin der Meinung war, es wäre sein Geld. Aber die Verstümmelung von Ritas Mund passte nicht ins Bild und auch nicht, dass sie nicht gefoltert worden war. Wer immer sie umgebracht hatte, wollte dabei nichts aus ihr herausbekommen. Sie war ermordet worden, weil jemand ihren Tod wollte, und ihr Mund war zugenäht worden, weil dieser Jemand dem, der sie fand, damit etwas sagen wollte.

Zwei Millionen Dollar: Mit so viel Geld lud man sich einen Höllenärger auf den Hals – von Tony Celli und vielleicht auch von den Leuten, die er versucht hatte reinzulegen. Damals wusste ich nichts davon, aber das Geld hatte auch andere angelockt, Menschen, die es für sich haben wollten und denen es egal war, wen sie dazu umbringen mussten.

Doch Billy Purdue hatte durch sein Tun auch noch jemand anderen angelockt, jemanden, der sich nicht um das Geld scherte oder um die Bande aus Boston, nicht um ein totes Kind oder eine junge Frau, die ein besseres Leben für sich aufbauen wollte. Er war zurückgekommen, um Anspruch zu erheben auf sein Eigentum und sich an allen zu rächen, die es ihm vorenthalten hatten, und Gott mochte jedem beistehen, der ihm in die Quere kam.

Der Winter kam mit Sturmgebrüll aus dem Norden – und er kam mit.

7

Nachdem Ellis gegangen war, blieb ich noch eine Weile stehen und überlegte, ob ich die Sache der Polizei überlassen sollte. Statt einfach nach Hause zu fahren, betrat ich erneut den Wohnblock und ging hoch in den dritten Stock. Die Tür zu Apartment Nr. 5 war frisch hellgelb gestrichen. Kleine Farbspritzer überzogen noch das Türschild aus Messing. Ich klopfte an und die Tür wurde einen Spaltbreit geöffnet, von einer Kette gesichert. In der Lücke erschien ein kleines, dunkles Gesicht, von schwarzen Locken umrahmt, das mit großen, neugierigen Augen zu mir hoch sah.

»Komm da weg, Kind«, sagte eine Stimme und dann füllte eine größere, dunklere Gestalt die Lücke. Auf den ersten Blick erkannte ich die Ähnlichkeit der beiden Gesichter.

»Mrs Mims?«, fragte ich.

»*Miss* Mims«, berichtigte sie mich. »Und ich habe gerade vor zwanzig Minuten mit einem Polizisten gesprochen.«

»Ich bin nicht von der Polizei, Ma'am.« Ich zeigte ihr meinen Ausweis. Sie sah ihn sich ausführlich an, ohne ihn zu berühren, und ihre Tochter stellte sich auf die Zehen, um ihn auch zu sehen, und dann sah sie mir wieder ins Gesicht. »Ich kenne Sie doch«, sagte sie. »Sie waren vor ein paar Tagen abends hier.«

»Das stimmt. Ich kannte Rita. Darf ich für einen Moment reinkommen?«

Sie biss sich auf die Unterlippe, nickte dann und schloss die Tür. Ich hörte, wie die Kette gelöst wurde, und dann ging die Tür auf und gab den Weg frei in einen hellen, hohen Raum. Das blaue Sofa darin war mit einer gelben Wolldecke überzogen und stand auf lackierten Dielen. Rechts und links neben einem alten, fleckigen Marmorkamin waren hohe Regale voller Taschenbücher und neben dem Fenster standen eine tragbare Stereoanlage, ein Fernseher und ein Videorekorder. Das Zimmer duftete nach Blumen und ging rechts auf einen kurzen Flur, der vermutlich ins Schlafzimmer und Bad führte, und links auf eine kleine, reinliche Küche. Die Wände waren frisch hellgelb gestrichen, so dass der Raum wie in Sonnenlicht getaucht wirkte.

»Schön haben Sie's hier. Haben Sie das alles selbst gemacht?«

Sie nickte widerwillig stolz.

»Ich hab geholfen«, meldete sich das Mädchen zu Wort. Sie war vielleicht acht oder neun Jahre alt und zeigte Ansätze einer Schönheit, die jene ihrer Mutter schließlich überstrahlen würde.

»Sie sollten das beruflich machen«, sagte ich. »Ich kenne Leute, die viel Geld für so gute Arbeit zahlen würden. Ich übrigens auch.«

Das Mädchen kicherte schüchtern und die Mutter legte ihr eine Hand auf die Schulter. »Geh schon, Kind. Geh spielen, während ich mich mit Mr Parker hier unterhalte.«

Sie gehorchte und warf noch kurz einen ängstlichen Blick zurück, ehe sie im Flur verschwand. Ich lächelte ihr beruhigend zu und sie lächelte zurück.

»Ein hübsches Mädchen«, sagte ich.

»Kommt nach ihrem Vater«, erwiderte sie mit sarkastischer Miene.

»Das glaube ich nicht. Ist er da?«

»Nein. Das war ein nichtsnutziges Schwein und deshalb hab ich ihn rausgeschmissen. Soweit ich weiß, fällt er gerade der Volkswirtschaft von New Jersey zur Last.«

»Da ist er richtig aufgehoben.«

»Das können Sie laut sagen. Möchten Sie einen Kaffee? Oder einen Tee?«

»Kaffee wäre nett.« Ich wollte eigentlich keinen, dachte aber, es würde die Situation etwas entkrampfen. Miss Mims schien eine ziemlich hartgesottene Frau zu sein. Wenn sie nicht hilfreich sein wollte, würde kein stählerner Schiffsrumpf das Eis brechen.

Ein paar Minuten später kam sie mit zwei Bechern aus der Küche wieder, stellte sie auf einen Untersetzer auf dem Couchtisch aus Kiefernholz und holte dann noch Milch und Zucker aus der Küche. Dann setzten wir uns. Als sie den Kaffeebecher hob, zitterte ihre Hand. Sie bemerkte meinen Blick und hielt den Becher mit der linken Hand still.

»Es ist nicht leicht«, sagte ich leise. »Wenn so etwas passiert, ist es wie ein Stein, der ins Wasser fällt. Es zieht Kreise und bringt alles zum Schwanken.«

Sie nickte. »Ruth hat mich danach gefragt. Ich habe ihr noch nicht gesagt, dass sie tot sind. Ich weiß nicht, wie ich ihr das beibringen soll.«

»Kannten Sie Rita gut?«

»Nur flüchtig. Ich weiß mehr vom Hörensagen. Ich weiß von ihrem Mann, dass er sie einmal fast verbrannt hätte.« Sie hielt inne. »Meinen Sie, dass er es war?«

»Ich weiß es nicht. Ich habe gehört, dass er kürzlich hier war.«

»Ich hab ihn gesehn, ein- oder zweimal, wie er das Haus beobachtet hat. Ich hab's Rita erzählt, aber sie hat nur beim letzten Mal die Polizei gerufen, als er betrunken war. Sonst hat sie sich nicht drum gekümmert. Ich glaube, er hat ihr Leid getan.«

»Waren Sie gestern Abend zu Hause?«

Sie nickte schweigend. »Ich bin früh ins Bett – Frauenleiden, Sie wissen schon. Ich habe zwei Tylenol genommen und ein Glas Whiskey getrunken und bin erst heute morgen wieder aufgewacht. Ich bin runtergegangen, hab gesehn, dass Ritas Tür offen stand, und bin in ihre Wohnung. Da habe ich sie dann gefunden. Ich muss immer denken: Wenn ich keine Tabletten genommen und nichts getrunken hätte ...« Sie schluckte und hielt die Tränen zurück. Ich schaute weg, und als ich mich ihr wieder zuwandte, schien sie sich gesammelt zu haben.

»Ist Ihnen sonst etwas aufgefallen – irgendwas?«, setzte ich wieder an.

Wiederum entstand eine Pause, aber diesmal sprach sie Bände. Ich wartete, aber sie sagte nichts. »Miss Mims ...«, begann ich.

»Lucy«, sagte sie.

»Lucy«, sagte ich sanft. »Nichts, was Sie sagen, kann sie mehr kränken. Und wenn Sie etwas wissen, das dazu beitragen kann, den Mörder zu finden, dann sagen Sie es mir bitte.«

Sie trank einen Schluck Kaffee. »Sie hatte wenig Geld. Das weiß ich, weil sie's mir erzählt hat. Es gab da eine Frau, die ihr geholfen hat, aber es hat trotzdem nicht gereicht. Ich wollte ihr was geben, aber sie hat es abgelehnt, hat gesagt, sie hätte eine Möglichkeit gefunden, ein bisschen was nebenher zu verdienen.«

»Hat sie gesagt, wie?«

»Nein, aber ich hab auf Donnie aufgepasst, wenn sie weg war. Dreimal, und immer ganz kurzfristig. Als sie beim dritten Mal wiederkam, hab ich gesehn, dass sie geweint hatte. Sie sah verängstigt aus, wollte mir aber nicht sagen, was passiert war, nur dass ich nicht mehr auf Donnie aufpassen bräuchte, dass der Job nichts für sie wär.«

»Haben Sie das der Polizei erzählt?«

Sie schüttelte den Kopf. »Ich weiß auch nicht, warum. Es ist nur ... Sie war ein guter Mensch, wissen Sie. Ich glaube, sie hat nur getan, was sie konnte, um über die Runden zu kommen. Und wenn ich der Polizei davon erzählt hätte, hätte es sich anders angehört – unanständig.«

»Wissen Sie, für wen sie gearbeitet hat?«

Sie stand auf und verschwand im Flur und ich hörte ihre Schritte auf den Dielen. Als sie wiederkam, hielt sie ein Stück Papier in der Hand.

»Sie hat gesagt, wenn irgendwas mit Donnie oder Billy ist oder wenn sie nicht rechtzeitig wiederkommt, dann sollte ich diese Nummer anrufen und mit diesem Mann sprechen.« Sie reichte mir den Zettel. Darauf standen in Rita Ferris' schmaler, ordentlicher Handschrift eine Telefonnummer und der Name Lester Biggs.

»Wann war das, als sie geweint hat, Lucy?«

»Vor fünf Tagen«, sagte sie. Das bedeutete, dass Rita mich am Tag darauf angerufen hatte, nachdem sie versucht hatte, Geld zu verdienen, um aus Portland wegzukommen.

Ich hielt den Zettel hoch. »Darf ich den behalten?«

Sie nickte und ich steckte ihn in meine Brieftasche. »Wissen Sie, wer das ist?«, fragte sie.

»Er betreibt in South Portland eine Hostessenagentur«, sagte ich. Es war sinnlos, die bittere Pille zu versüßen. Lucy Mims hatte es ohnehin geahnt.

Zum ersten Mal glitzerten Tränen in ihren Augen. Eine Träne hing an einer Wimper und lief ihr dann langsam die Wange hinunter. Ihre Tochter tauchte aus dem Flur auf, lief zu ihrer Mutter und schloss sie fest in die Arme. Sie schaute mich an, aber ihr Blick war nicht vorwurfsvoll. Sie wusste, dass es nicht meine Schuld war, dass ihre Mutter weinte.

Ich nahm eine Visitenkarte aus meiner Brieftasche und reichte sie Lucy. »Rufen Sie mich an, wenn Ihnen noch etwas einfällt oder wenn Sie einfach reden möchten. Oder wenn Sie Hilfe brauchen.«

»Ich brauche keine Hilfe, Mr Parker«, sagte sie. In ihrer Stimme schwang etwas mit, das jemanden ganz bis nach New Jersey gescheucht hatte.

»Da haben Sie wohl Recht«, sagte ich und öffnete die Tür. »Und die meisten Leute nennen mich Bird.«

Sie stand auf, um die Tür hinter mir zu schließen, und ihre Tochter klammerte sich weiter an sie.

»Sie werden den Mann finden, der das getan hat, nicht wahr?«, fragte sie.

Wolken zogen vor die Wintersonne und schoben Schatten über die Wand hinter mir. Für einen Moment schienen sie menschliche Formen anzunehmen, die Umrisse einer jungen Frau trieben durch den Raum und ich musste den Kopf schütteln, damit es verschwand. Das Bild hielt sich noch kurz und dann zogen die Wolken weiter und es war fort.

Ich nickte. »Ja, ich werde ihn finden.«

Lester Biggs hatte sein Büro am Broadway, über einem Friseursalon. Ich klingelte an der Sprechanlage und wartete eine halbe Minute, bis sich eine Männerstimme meldete.

»Ich möchte zu Lester Biggs«, sagte ich in das Mikrofon.

»In welcher Angelegenheit?«, kam die Entgegnung.

»Wegen Rita Ferris. Mein Name ist Charlie Parker. Ich bin Privatdetektiv.«

Nichts geschah. Ich wollte eben ein zweites Mal klingeln, da summte der Türöffner und ich schob die Tür auf, die in ein schmales Treppenhaus mit einem kleinen, rußigen Oberlicht führte. Die Treppe war mit verblichener, grüner Auslegeware bezogen. Ich ging zwei Stockwerke hoch, bis zu einer offen stehenden Tür, die in ein Büro zur Straße hinaus führte. Der Boden war mit dem gleichen grünen Teppich belegt. Darauf standen ein Schreibtisch mit einem Telefon und zwei Holzstühle ohne Polster. Ein Haufen Pornohefte lag neben zwei Stapeln Videokassetten. An der Wand standen drei Aktenschränke. Unter und neben den beiden großen Fenstern mit Blick auf den Broadway lagerte ein Sortiment verpackter Elektrogeräte: Mikrowellenherde, Föhne, Küchenmaschinen, Stereoanlagen, sogar ein paar Computer, aber die stammten von keiner mir bekannten Firma. Die Aufschrift auf den Kartons sah kyrillisch aus – Lester Biggs war es zuzutrauen, dass er mit russischen Computern handelte.

Hinter dem Schreibtisch, auf einem Ledersessel, saß Lester persönlich und zu seiner Rechten, auf einem der Stühle, saß ein bärtiger Mann mit einem mächtigen Bauch und Bizeps groß wie Melonen. Seine Hinterbacken hingen wie Wasserballons über die Sitzfläche des Stuhls.

Lester Biggs war schlank und einigermaßen gepflegt. Er sah aus wie etwa vierzig und trug einen billigen, dreiknöpfigen Nadelstreifenanzug, ein weißes Hemd und eine schmale rosa Krawatte. Die Haare trug er vokuhila: vorne kurz, hinten lang und dauergewellt. Sein Gesicht war sonnenbankgebräunt und er hatte verquollene Augen, als wäre er eben erst aufgewacht. In der rechten Hand hielt er einen Füller, mit dem er sacht auf den Schreibtisch klopfte, als ich eintrat, wovon das Goldkettchen an seinem Handgelenk klimperte.

Biggs war nach den Maßstäben seiner Branche kein schlechter Mensch, behaupteten einige. Er hatte damit angefangen, gebrauchte Elektrogeräte zu verkaufen, war bald zum An- und Verkauf von Diebesgut übergegangen und hatte sich dann auch in einigen anderen Metiers engagiert. Die Hostessenagentur war eine Neugründung, erst sechs oder sieben Monate alt. Soweit ich wusste, nahm er die Anrufe entgegen, sagte den Mädchen Bescheid, stellte einen Wagen, der sie hinbrachte, und einen Kerl, manchmal den dicken Jim, der da neben ihm saß, der dafür sorgte, dass alles glatt lief. Dafür nahm er fünfzig Prozent. Er war moralisch nicht bankrott, sein Konto war bloß überzogen.

»Die berühmteste Spürnase der Stadt«, sagte er. »Herzlich willkommen! Nehmen Sie Platz!« Er wies mit dem Füller auf den freien Holzstuhl. Ich setzte mich. Die Rückenlehne knarzte und gab nach und ich beugte mich vor, um die Last zu verlagern.

»Wie ich sehe, laufen die Geschäfte blendend.«

Biggs zuckte mit den Achseln. »Ich kann nicht klagen. In meiner Branche lohnt es sich nicht, großen Aufwand zu betreiben.«

»Und Ihre Branche wäre?«

»An- und Verkauf.«

«Von Menschen?«

»Ich biete einen Service an. Ich zwinge niemanden zu irgendetwas. Von Jim hier abgesehen, arbeitet niemand für mich. Alle arbeiten auf eigene Rechnung. Ich trete nur als Vermittler auf.«

»Erzählen Sie mir, wie Sie Rita Ferris vermittelt haben.«

Biggs antwortete nicht, drehte sich nur auf dem Stuhl und sah aus dem Fenster. »Ich habe davon gehört. Es tut mir Leid. Sie war eine nette Frau.«

»Ja, das war sie. Ich versuche herauszufinden, ob ihr Tod irgendwie damit zusammenhängt, was sie für Sie getan hat.«

Er zuckte kurz. »Weshalb sollte Sie das interessieren?«

»Es interessiert mich eben. Und Sie sollte es auch interessieren.«

Er tauschte einen Blick mit Jim, der mit den Achseln zuckte. »Wie haben Sie mich gefunden?«, fragte er.

»Ich bin der Spur der billigen Pornos gefolgt.«

Biggs lächelte. »Manche Männer brauchen nun mal das gewisse Extra, um sich in Fahrt zu bringen. Es gibt 'ne Menge verkorkste Typen da draußen und dafür danke ich Gott jeden Tag.«

»Ist Rita Ferris einem dieser verkorksten Typen begegnet?«

Biggs stieß sich vom Tisch ab und der Stuhl rollte an die Wand. Er sagte nichts, saß nur da und betrachtete mich abschätzig.

»Erzählen Sie's mir oder erzählen Sie's den Bullen«, sagte ich. »Die Sitte würde sich bestimmt gern mit Ihnen über Ihre Geschäftsgrundlagen unterhalten.«

»Was wollen Sie wissen?«

»Erzählen Sie mir von Montagabend.«

Wiederum wechselte er einen Blick mit Jim und fügte sich dann. »Das war ein Spinner, weiter nichts. Der Typ hat aus dem Radisson drüben in der High Street angerufen und wollte ein Mädchen. Ich hab ihn gefragt, ob er irgendwelche Vorlieben hätte, und er meinte: klein, blond, kleine Titten, netter Arsch. Das wär's, was er wollte. Klar, das war Rita. Ich hab sie angerufen und ihr den Job angeboten und sie hat zugesagt. Es war erst ihr drittes Mal, aber sie wollte dringend Geld verdienen. Schnelles Geld für 'ne schnelle Nummer.« Er lächelte vage. »Also hat Jim sie abgeholt und hingebracht, hat den Wagen geparkt und im Foyer gewartet und sie ist rauf aufs Zimmer.«

»Welche Zimmernummer?«

»927. Zehn Minuten später kommt Rita runter, rennt quer durchs Foyer zu Jim und will nach Hause gebracht werden. Jim zieht sie in eine Ecke und versucht sie zu beruhigen und rauszukriegen, was passiert ist. Offenbar hat ihr ein alter Knacker aufgemacht und sie reingelassen. Sie meinte, er wär komisch gekleidet gewesen –« Er schaute Jim um Bestätigung heischend an.

»Altmodisch«, sagte Jim. »Er war altmodisch angezogen, als wär sein Anzug seit dreißig, vierzig Jahren aus der Mode. Roch nach Mottenkugeln, hat sie gemeint.«

Zum ersten Mal wirkte Biggs beklommen. »Es war seltsam, hat sie gesagt. In dem Zimmer waren keine Klamotten, keine Koffer oder Taschen, nur der alte Mann in seinem altmodischen Anzug. Da hat sie's mit der Angst gekriegt. Sie wusste nicht, wieso, aber der Alte hat ihr Angst gemacht.«

»Er hat gestunken«, sagte Jim. »Das hat sie mir erzählt. Nicht wie gammliger Fisch oder faule Eier, sondern als wär irgendwas in ihm vergammelt. Hat gestunken, wie … wie wenn das Böse einen Geruch hätte, dann würde es so riechen.« Seine Ausführungen waren ihm offenbar peinlich und er betrachtete seine Finger.

»Er legt ihr also eine Hand auf die Schulter«, fuhr Lester fort, »und sie will nur noch da raus. Sie stößt ihn weg und er fällt aufs Bett, und als er da liegt, rennt sie zur Tür, aber die ist abgeschlossen und sie verliert ihren Vorsprung. Als sie endlich die Tür aufhat, ist er hinter ihr und sie fängt an zu schreien. Er zerrt an ihrem Kleid und versucht ihr den Mund zuzuhalten und sie haut ihn und trifft ihn am Kopf. Ehe er sich davon erholt hat, hat sie die Tür auf und rennt den Flur runter. Sie hört ihn hinter sich herpoltern und kommt gerade noch rechtzeitig, ehe die Tür des Fahrstuhls zugeht, und hält den Fuß in die Lücke. Da hat sie wohl Glück gehabt. Im Radisson gibt es in dem Flügel nur einen funktionierenden Aufzug.«

Jim betrachtete immer noch seine Hände. Sie waren groß, hatten hervortretende Adern und Narben an den Fingerknöcheln. Vielleicht fragte er sich, ob Rita Ferris noch am Leben wäre, hätte er die Möglichkeit gehabt, damit auf den alten Mann loszugehen. »Ich hab ihr gesagt, sie soll im Foyer auf mich warten, beim Empfangstresen«, sagte er und setzte die Geschichte fort. »Ich bin hoch und die Tür stand offen und das Zimmer war leer. Wie sie gesagt hat, da war kein Gepäck, nichts. Also bin ich wieder runter zum Empfang und hab denen erzählt, ich wär mit ’nem Freund verabredet, der bei ihnen wohnt. Zimmer 927.«

Er verzog den Mund und fuhr mit einem seiner langen Fingernägel über eine der Narben. »Zimmer 927 war unbewohnt«, sagte er schließlich. »Das Zimmer war nicht belegt. Der Alte muss einen vom Personal ausgetrickst haben, um da reinzukommen. Ich bin mit Rita an die Bar, hab ihr ’n Brandy bestellt und zugesehen, dass sie sich ein bisschen beruhigt, und dann hab ich sie nach Hause gefahren. Das ist alles.«

»Sehen Sie eine Möglichkeit, der Polizei von diesem Typ zu erzählen?«

Biggs schüttelte den Kopf. »Wie sollte ich?«

»Sie haben ein Telefon.«

»Ich habe ein Unternehmen«, erwiderte er.

Nicht mehr lange, dachte ich. Biggs war trotz allem Getue nicht besser als eine Schmeißfliege, nistete sich im Leben junger Frauen ein und saugte sie dann von innen aus. »Er könnte es wieder versuchen«, sagte ich. »Vielleicht hat er es wieder versucht und deshalb ist Rita Ferris jetzt tot.«

Biggs schüttelte den Kopf. »Ach was, so was kommt eben vor. Der Spinner ist wahrscheinlich nach Hause gegangen und hat sich stattdessen einen runtergeholt.« Sein Blick verriet mir, dass er nicht an seine eigenen Lügen glaubte. Jim hatte immer noch nicht den Kopf gehoben. Er troff förmlich vor Schuldgefühlen.

»Hat sie ihn beschrieben?«

»Wie gesagt: alt, groß, graue Haare, übler Geruch. Das ist alles.«

Ich stand auf. »Danke. Sie waren mir eine große Hilfe.«

»Jederzeit gern«, sagte er. »Wenn Sie mal einen draufmachen wollen, rufen Sie mich an.«

»Ja, Sie erfahren es als Erster.«

Als ich aus dem Haus kam, fuhr ein Wagen vor: Ellis Howard. Er schien nicht sonderlich froh, mich zu sehen.

»Was machen Sie hier?«, fragte er.

»Das gleiche wie Sie, schätz ich mal.«

»Wir haben einen anonymen Hinweis bekommen.«

»Sie Glücklicher.« Vermutlich hatte Lucy Mims' schlechtes Gewissen doch noch die Oberhand gewonnen.

Ellis rieb sich das Gesicht und zog dabei die Tränensäcke runter, so dass ich das Rot unter seinen Augen sehen konnte. »Sie haben meine Frage noch nicht beantwortet», sagte er. »Woher wussten Sie, dass sie als Prostituierte gearbeitet hat?«

»Vielleicht haben wir ja dieselbe Quelle. Ist doch egal.«

»Aber uns hätten Sie es nicht gesagt?«

»Doch, irgendwann schon. Ich wollte nur nicht, dass sie als Nutte abgestempelt wird, angesichts der ganzen Presse hier. Und ich wollte erst mehr darüber rauszufinden.«

»Ich wusste gar nicht, dass Sie so feinfühlig sind«, sagte Ellis, ohne zu lächeln.

»Stille Wasser sind tief«, erwiderte ich, machte kehrt und ging zu meinem Wagen. »Wir sehn uns, Ellis.«

8

Nach dem Besuch bei Lester Biggs fuhr ich ins Green Mountain Coffee Roasters in der Temple Street, aß dort einen Muffin, trank frisch gerösteten schwarzen Kaffee und sah dem Verkehr auf der Federal Street zu. Eine Hand voll Leute stand an, um sich im Nickelodeon-Kino nebenan billige Filmchen anzugucken, und andere schnappten am Monument Square frische Luft. Auf der Congress Street herrschte reger Betrieb. Diese Gegend hatte gelitten, als der Einzelhandel der Innenstadt den vorstädtischen Einkaufszentren weichen musste, aber nun gab es hier Restaurants und das Keystone-Theatercafé und sie mauserte sich allmählich zu Portlands kulturellem Mittelpunkt.

Portland war eine Stadt der Überlebenden: 1676 und noch einmal 1690 brannten es die Indianer nieder, 1775 bombardierten es die Briten und 1866 warf jemand einen Böller auf den Hof einer Werft in der Commercial Street und der anschließende Brand legte die östliche Stadthälfte in Schutt und Asche. Doch die Stadt überlebte und sie wuchs.

Mir ging es mit Portland wie mit dem Haus in Scarborough: Es war ein Ort, an dem die Vergangenheit lebendig war und man einen Platz für sich finden konnte, solange man einsah, dass man ein Glied in einer Kette war – denn wer von seiner Vergangenheit abgeschnitten ist, treibt haltlos durch die Gegenwart. Vielleicht bestand auch darin Billy Purdues Problem: In seinem Leben hatte es wenig Beständigkeit gegeben. Seine Vergangenheit war eine Folge zusammenhangloser Episoden, geeint nur durch das beklommene Gefühl, mit dem er sich an sie erinnerte. Ein Mensch wie Billy konnte keine glückliche Ehe führen, denn wenn ein unglücklicher Mensch heiratet, geht es normalerweise so aus, dass sich zwei unglückliche Menschen scheiden lassen.

Letztendlich, dachte ich, ging mich Billy Purdue ja nichts an. Was auch immer er Tony Celli angetan hatte und warum, war eine Sache zwischen ihm und Tony. Billy war jetzt ein großer Junge und seine Taten am Ferry Beach zeigten, dass er es mit den anderen großen Jungs aufnehmen wollte. Wenn mich Billy Purdue aber nichts anging, weshalb wollte ich dann versuchen, ihn zu retten?

So besehen gingen mich auch Rita und Donald nichts an, aber das widersprach meinem Gefühl. In ihrer Wohnung, angesichts der beiden Leichen auf dem Boden, erstarrt im Blitzlicht der Kamera, durchfuhr mich etwas, ein Gefühl, das ich von früher kannte, eine Gabe, verliehen von einem anderen Menschen. In dem überfüllten Café, wo die Leute vor der Kälte Zuflucht fanden, sich über ihre Kinder unterhielten und über ihre Nachbarn tratschten, die Hände von Freundinnen und Freunden berührten, strich ich mit den Fingern der linken Hand sanft über meine rechte Handfläche und erinnerte mich an eine Berührung, die intensiver war als die jeder Geliebten, und hatte wieder den üppigen Geruch der Sümpfe Louisianas in der Nase.

Gut acht Monate zuvor hatte ich im Schlafzimmer einer alten, blinden Frau namens Tante Marie Aguillard gesessen, einer massigen, ebenholzfarbenen Gestalt mit toten, blicklosen Augen, deren Bewusstsein durch die Dunkelheit ihres eigenen Lebens und durch das Leben anderer wanderte. Ich wusste nicht recht, was ich bei ihr suchte, nur dass sie angeblich die Stimme eines toten Mädchens hörte, das aus dem Sumpf nach ihr rief. Ich glaubte, dass der Mann, der dieses Mädchen umgebracht hatte, vielleicht auch Schuld am Tod meiner Frau und Tochter war – vorausgesetzt, die alte Frau war nicht verrückt, hatte keine Hintergedanken dabei oder war einfach nur einsam und süchtig nach Aufmerksamkeit.

Doch als sie in dem dämmrigen Zimmer meine Hand berührte, durchfuhr es mich wie ein Stromschlag und ich wusste, dass sie nicht log, dass sie das Mädchen irgendwie inmitten der verfaulenden Vegetation und der tiefen grünen Wasser hatte weinen hören und dass Tante Marie sich bemüht hatte, ihr Trost zu spenden, als sie starb.

Und durch Tante Marie hörte ich auch die Stimmen von Susan und Jennifer, leise, aber deutlich, und ich nahm diese Stimmen mit mir, und eine Woche später erschien mir meine Frau zum ersten Mal in einem U-Bahn-Wagen. Das war Tante Maries Geschenk an mich: Ich sah und hörte meine tote Frau und Tochter und ich sah und hörte auch andere. Später war auch Tante Marie darunter. Das war ihr Geschenk an mich, überreicht mit einer Berührung der Hand, und ich konnte es nicht erklären.

Ich glaube, es handelt sich dabei um eine Art Einfühlungsvermögen, um die Fähigkeit, das Leiden derer nachzufühlen, die schmerzhaft, brutal, gnadenlos aus dem Leben gerissen wurden. Oder vielleicht ist, was ich erlebe, eine Form von Wahnsinn, Ergebnis der Trauer und Schuldgefühle. Vielleicht bin ich geistesgestört und habe Nebenwelten herbeifantasiert, in denen die Toten von den Lebenden Entschädigung fordern. Ich kann es nicht mit Sicherheit sagen. Ich kann nur sagen, dass die Abwesenden dadurch anwesend sind.

Doch manche Gaben sind schlimmer als ein Fluch und die Kehrseite dieser Gabe besteht darin, dass sie es wissen. Die Verlorenen und ihre Nachzügler, die nicht hätten umkommen dürfen und doch umgekommen waren, die Unschuldigen, die sich quälenden, gepeinigten Schattengestalten, die sich füllenden Reihen der Toten – sie wissen es.

Und sie kommen.

Trotz meiner Bedenken ging ich den ganzen Nachmittag von Kneipe zu Kneipe und fragte Leute, die Billy Purdue kannten, ob sie eine Ahnung hätten, wo er stecken mochte. In manchen Fällen war mir die Polizei zuvorgekommen, was dann den Empfang eher frostig ausfallen ließ. Niemand konnte oder wollte mir etwas sagen und ich hatte die Hoffnung schon fast aufgegeben, als ich auf James Hamill stieß.

Hamills Stammbaum bestand vermutlich größtenteils aus ineinander verschlungenen Ästen. Er war ein dürres Stück Abschaum, 55 Kilo Verbitterung, unterdrückte Wut und ressentimentgeladene Hinterwäldler-Mentalität, jemand, der nie freiwillig jemandem helfen würde, wenn er ihm genauso gut schaden konnte. Er nahm eine ziemlich niedrige Position in der Nahrungskette ein; bei ihm galt: fressen oder gefressen werden.

Er spielte allein im Old Port Billiards in der Fore Street, als ich ihn fand, eine umgedrehte Baseballkappe auf dem Kopf, und als er zum Stoß ansetzte, kräuselte sich sein dürrer Schnurrbart vor Konzentration. Er schoss vorbei und fluchte lauthals. Er hätte auch vorbeigeschossen, wenn die Kugel aus Eisen und die Tasche magnetisiert gewesen wäre. So war Hamill eben.

Im Gritty McDuff's hatte man mir erzählt, dass sich Billy Purdue hin und wieder mit Hamill herumtrieb. Ich konnte mir nicht vorstellen, warum. Vielleicht wollte Billy einfach nur mit jemandem zusammen sein, neben dem er gut aussah. »James Hamill?«, fragte ich.

Er kratzte sich am Hintern und hielt mir dann die Hand hin. Sein Lächeln war der Alptraum eines jeden Zahnarztes.

»Erfreut, Sie kennen zu lernen, wer Sie auch sind. Und jetzt verpissen Sie sich.«

Er widmete sich wieder dem Spiel.

»Ich suche Billy Purdue.«

»Dann stellen Sie sich schon mal an.«

»Hat sonst noch jemand nach ihm gefragt?«

»So ziemlich die komplette Bullerei, was man so hört. Sind Sie 'n Bulle?«

»Nein.«

»Privatdetektiv?« Er zog langsam den Queue zurück und wollte eine Halbe in die Mitteltasche befördern.

»Schon eher.«

»Den er engagiert hat?«

Ich hob die Halbe hoch und der Spielball lief direkt in die Tasche.

»Ey!«, sagte Hamill. »Geben Sie mir die Kugel wieder!« Er hörte sich an wie ein verzogenes Gör, aber man hätte vermutlich Probleme gehabt, eine Mutter zu finden, die Anspruch auf Hamill erhoben hätte.

»Billy Purdue hat einen Privatdetektiv engagiert?«, fragte ich.

Der Tonfall verriet mich, denn die absolute Unzufriedenheit auf Hamills Gesicht wich einem gierigen Grinsen.

»Was geht Sie das an?«

»Ich möchte mit jedem reden, der mir helfen kann, Billy zu finden. Wer ist denn der Detektiv?« Wenn Hamill es mir nicht sagte, konnte ich es wahrscheinlich herausfinden, indem ich herumtelefonierte, vorausgesetzt, derjenige, den er engagiert hatte, gab zu, für ihn zu arbeiten.

»Ich will meinem Amigo keinen Ärger machen«, sagte Hamill und rieb sich mit der groben Näherung eines nachdenklichen Gesichtsausdrucks das Kinn. »Was haben Sie damit zu tun?«

»Ich habe für seine Exfrau gearbeitet.«

»Die ist tot. Hoffentlich haben Sie vorher noch Ihr Geld gekriegt.«

Ich hob die Billardkugel und überlegte, sie Hamill an den Kopf zu werfen. Er sah die Absicht auf meinem Gesicht.

»Schaun Sie, ich brauche Geld», sagte er, nun etwas umgänglicher. »Geben Sie mir was, dann sage ich Ihnen den Namen.«

Ich zog meine Brieftasche hervor und legte einen Zwanziger auf den Billardtisch.

»Scheiße, zwanzig Piepen«, spie Hamill. »Sind Sie 'n Schotte oder was? Das ist teurer.«

»Sie bekommen mehr. Ich will den Namen.«

Hamill überlegte einen Moment. »Den Vornamen kenne ich nicht, aber er heißt Wildon oder Wifford oder so ähnlich.«

»Willeford?«

»Ja, genau, das ist er. Willeford.«

Ich dankte mit einem Nicken und zog ab.

»Hey! Hey!«, rief Hamill und ich hörte seine beturnschuhten Füße hinter mir über den Boden schlurfen. »Was ist mit meinem Bonus?«

Ich drehte mich um. »'tschuldigung. Hätte ich fast vergessen.«

Ich legte ein Zehncentstück auf den Zwanziger, zwinkerte Hamill zu und setzte die Billardkugel zurück auf den Tisch.

»Das ist für den Spruch über seine Exfrau. Gönnen Sie sich was davon.«

Ich ließ ihn stehen und ging zur Treppe.

»Hey, Mr Trump!«, rief Hamill mir nach. »Kommen Sie sofort zurück! Ham Sie nich gehört?«

Marvin Willeford war nicht in seinem Büro, einem kleinen Zimmer über einem italienischen Restaurant, gegenüber des Casco-Bay-Fähranlegers. Auf einem handschriftlichen Zettel an seiner Tür hieß es, er sei zum Mittagessen – offenbar eine zeitraubende Angelegenheit. Ich fragte in dem Restaurant nach, in dem Willeford Stammgast war, und der Kellner nannte mir den Namen einer Hafenkneipe, der Sail Loft Tavern an der Ecke Commercial und Silver.

Im 18. und 19. Jahrhundert war der Hafen von Portland ein florierender Fischerei- und Schifffahrtsknotenpunkt gewesen. Damals türmten sich Hölzer für Boston und die Karibik auf den Kais. Bald würde dort wieder Holz verladen, aber nun ging es nach China und in den Nahen Osten. Die Sanierung des Hafens, der Bau neuer Eigentumswohnungen und Geschäfte, die Touristen und junge Berufstätige anlocken sollten, war jedoch weiterhin umstritten. Ein normaler Hafenbetrieb verträgt sich schlecht mit Leuten im Batikhemd, die in Sandalen rumlatschen, sich gegenseitig knipsen und Eis essen. Das Sail Loft wirkte wie ein Relikt aus Vorzeiten, wo sich manche Leute noch richtig zu Hause fühlen konnten.

Ich kannte Willeford vom Sehen, hatte aber nie mit ihm gesprochen und wusste fast nichts über seine Vergangenheit. Als ich ihn in der düsteren Kneipe fand, sah er älter aus, als ich ihn in Erinnerung hatte. Er sah sich die Wiederholung eines Basketballspiels an, auf einem Fernseher an der Wand, der von Seepferdchen und -sternen umgeben war. Er war Anfang sechzig, schätzte ich, und hatte ein Doppelkinn und eine Glatze, auf der ein paar weiße Strähnen klebten wie Seetang auf einem Stein. Seine Gesichtshaut war blass, fast durchscheinend, und feine Äderchen liefen über seine Wangen und die rote Knollennase, die wie ein Marsrelief mit kleinen Kratern überzogen war. Seine Gesichtszüge wirkten schwammig und aufgedunsen, als lösten sie sich allmählich in dem Alkohol auf, der durch seinen Kreislauf sickerte, und verwandelten sich zusehends in eine verschwommene Version ihrer ursprünglichen Form.

Er hielt ein Bier in der Hand, daneben stand ein leeres Whiskeyglas und auf einem Teller vor ihm lagen einige Kartoffelchips und die Reste eines Sandwiches. Aber er hing nicht am Tresen; er saß aufrecht und lehnte sich nur leicht an die Rückenlehne des Hockers.

»Hallo«, sagte ich und setzte mich neben ihn. »Marvin Willeford?«

»Schuldet er Ihnen Geld?«, fragte Willeford, ohne von der Mattscheibe aufzusehen.

»Noch nicht«, antwortete ich.

»Gut. Schulden Sie ihm Geld?«

»Noch nicht«, wiederholte ich.

»Schade. Aber an Ihrer Stelle würde ich es dabei belassen.« Er drehte sich zu mir um. »Was kann ich für Sie tun, junger Mann?«

Es war ein merkwürdiges Gefühl, mit 34 »junger Mann« genannt zu werden. Fast war ich versucht, ihm meinen Ausweis zu zeigen. »Mein Name ist Charlie Parker.«

Er nickte. »Ich kannte Ihren Opa, Bob Warren. Er war ein anständiger Kerl. Und Sie machen sich neuerdings in meinem Revier breit, Charlie Parker?«

Ich zuckte die Achseln. »Kann sein. Ich hoffe, es gibt genug Arbeit für uns beide. Darf ich Sie zu einem Bier einladen?«

Er trank aus und bestellte ein neues. Ich nahm einen Kaffee.

»›Die alte Ordnung weicht und schafft der neuen Platz‹«, sagte Willeford schwermütig.

»Tennyson«, sagte ich.

Er lächelte anerkennend. »Schön zu sehen, dass es immer noch Romantiker gibt.« Willeford hatte mehr zu bieten als lange Mittagspausen in einer dunklen Kneipe. So war das meistens bei diesem Typ Mensch.

Er lächelte und prostete mir mit dem frischen Bier zu. »Wenigstens sind Sie kein vollkommener Banause. Wissen Sie, ich komme schon viel zu lange hierher. Und wenn ich mich so umsehe, frage ich mich, wie lange es das noch geben wird, wo sie jetzt am Hafen doch schicke Wohnungen und schnuckelige Läden bauen. Manchmal glaube ich, ich sollte mich aus Protest an ein Geländer ketten, aber ich habe ’ne schlimme Hüfte und die Kälte schlägt mir auf die Blase.« Er schüttelte schwermütig den Kopf. »Also, was führt Sie in mein Büro, junger Mann?«

»Ich hatte gehofft, sie könnten mir etwas über Billy Purdue erzählen.«

Er führte das Glas zum Mund und schluckte Bier. »Beruflich oder privat? Denn wenn es privat ist, plaudern wir nur unverbindlich. Bei beruflichen Gesprächen aber kommt natürlich die Moral ins Spiel, die Vertraulichkeit, die man dem Klienten schuldet, und dass einem keiner ins Gehege kommt. – Aber das sage ich Ihnen gern privat: Wenn Sie Billy Purdue als Klient übernehmen wollen, sind Sie herzlich dazu eingeladen. Ihm fehlen einige der grundlegenden Merkmale, nach denen ich mir meine Kundschaft aussuche, wie Geld zum Beispiel, und angeblich braucht er ja gerade eher einen Anwalt als einen Privatdetektiv.«

»Dann sagen wir mal, es ist privat.«

»Also gut: privat. Er hat mich engagiert, um seine leiblichen Eltern zu finden.«

»Wann war das?«

»Vor einem Monat ungefähr. Er hat mir 250 Vorschuss gezahlt – in Einern und Fünfern aus einer Keksdose –, und als er nicht mehr zahlen konnte, habe ich ihn fallen lassen. Er war nicht sonderlich erfreut darüber, aber Geschäft ist nun mal Geschäft. Außerdem war der Kerl eine größere Plage als die Gicht.«

»Wie weit sind Sie gekommen?«

»Na ja, ich habe die üblichen Schritte eingeleitet. Ich habe nicht identifizierende Informationen beantragt – Sie wissen schon: Alter der Eltern, Berufe, Geburtsbundesstaaten, ethnische Zugehörigkeit. Kam nichts bei raus, nada. Das Kind wurde unter einem Kohlblatt gefunden.«

»Keinerlei Geburtsurkunde?«

Er hob gespielt erstaunt die Hände und trank dann einen mächtigen Schluck Bier. Vermutlich brauchte er drei Schlucke pro Glas. Und tatsächlich.

»Ich bin nach Dark Hollow gefahren. Sie wissen, wo das ist? Nördlich von Greenville.« Ich nickte. »Ich hatte da oben am Moosehead Lake noch ein paar andere Sachen zu erledigen und hab mir gedacht, tu ich Purdue den Gefallen und mach ein bisschen auf Kosten anderer Klienten für ihn weiter.

Sein letzter Pflegevater wohnt da oben. Er ist ein alter Mann, älter als ich. Payne heißt er, Meade Payne. Er hat mir gesagt, soweit er wüsste, wäre Billy Purdues Adoption privat vermittelt worden, von einer Frau aus Bangor und den Schwestern von St. Martha.«

Der Name St. Martha kam mir irgendwie bekannt vor, aber ich wusste nicht, woher. Willeford schien das zu bemerken. »St. Martha«, wiederholte er. »Wo sich vor ein paar Tagen die alte Dame umgebracht hat, die weggelaufen war. St. Martha war früher ein Kloster und die Nonnen haben Frauen aufgenommen, die, na ja, vom rechten Wege abgekommen waren. Aber inzwischen sind die Nonnen alle tot oder haben Alzheimer im Endstadium und St. Martha ist ein privates Pflegeheim der billigsten Kategorie. Es stinkt nach Urin und verkochtem Gemüse.«

»Es gibt also keine Aufzeichnungen?«

»Nichts. Ich habe durchgesehen, was von den Akten übrig war, und das war nicht viel. Sie hatten Geburtsurkunden und Kopien der wichtigsten Dokumente, aber nichts davon passte zu Billy Purdue. Es lief nicht über die Bücher, oder wenn doch, hat jemand die Spuren verwischt. Und niemand konnte mir sagen, wieso.«

»Haben Sie mit der Frau gesprochen, die die Adoption vermittelt hat?«

»Lansing, Cheryl Lansing. Ja, ich habe mit ihr gesprochen. Sie ist auch alt. Sogar ihre Kinder werden schon alt. Offenbar begegne ich nur noch alten Leuten – alten Leuten und Klienten. Ich glaube, ich brauche mal etwas jugendlichen Umgang.«

Cheryl Lansing war also die Frau, die Billy Purdues Adoption vermittelt hatte. Offensichtlich hegte sie mehr als nur berufliches Interesse an ihm, wenn sie sich drei Jahrzehnte später immer noch bemühte, seiner Exfrau und seinem Sohn zu helfen. Ich dachte an die Tüte mit den Kleidern, den Karton Lebensmittel und das kleine Geldbündel in Rita Ferris' Hand. Cheryl Lansing schien mir eine reizende Frau zu sein. Die Todesnachricht würde sie sehr treffen, dachte ich.

Ich bestellte noch ein Bier und Willeford bedankte sich. Er war mittlerweile ziemlich breit. Ich kam mir richtig toll dabei vor, wie ich ihn so betrunken machte, dass er für den Rest des Tages arbeitsunfähig war und ich meinem Forscherdrang nachgehen konnte.

»Was war mit Cheryl Lansing?«, fragte ich.

»Die wollte nicht über Purdue reden. Ich habe versucht sie auszuquetschen, aber es hat nichts gebracht. Sie hat nur gesagt, die Frau sei aus dem Norden gewesen, sie hätte die Adoption aus Gefälligkeit für die Schwestern vermittelt und nicht mal den Namen der Frau gekannt. Offenbar hat sie ein bisschen Geld damit verdient, für die Nonnen Adoptionen zu vermitteln, und einen Teil der Einnahmen hat sie an die Nonnen weitergeleitet, nur dass es diesmal gratis lief. Sie hatte zwar eine Abschrift der Geburtsurkunde, aber als Eltern waren John und Jane Smith eingetragen. Ich habe mir gedacht, es müsste doch irgendwo eine richtige Geburtsurkunde geben.«

»Was haben Sie gemacht?«

»Na ja, nach dem, was Payne mir sagen konnte, und auch nach Aktenlage waren die meisten Pflegeeltern von Billy Purdue auch aus dem Norden. Der südlichste Ort war Bangor, bis er dann nach Boston ging, als er alt genug war. Also hab ich rumgefragt, Anschläge aufgehängt mit den ungefähren Geburtsdaten, sogar in einigen Lokalblättern annonciert, und dann abgewartet. Aber das Geld war ja sowieso alle und ich wusste nicht, wie Purdue mehr auftreiben wollte.

Dann hat jemand angerufen und gesagt, ich sollte mit einer Frau im Altersheim von Dark Hollow sprechen, und das lenkte meine Aufmerksmakeit wieder auf St. Martha.« Er hielt inne und trank einen großen Schluck Bier. »Ich habe Billy gesagt, dass ich da vielleicht was hätte, und ihn gefragt, ob ich weitermachen soll. Er hat mir gesagt, er hätte kein Geld mehr, also habe ich ihm gesagt, dass ich unsere Geschäftsbeziehungen leider beenden müsste. Da hat er mich angeschrien und gedroht, Kleinholz aus meinem Büro zu machen, wenn ich ihm nicht helfen würde. Ich habe ihm die hier gezeigt –« Er schob sein Jackett auseinander und gab den Blick frei auf einen Colt Python mit langem 8-Zoll-Lauf. Er wirkte damit wie ein ältlicher Revolverheld. »Und da ist er seiner Wege gegangen.«

»Haben Sie ihm den Namen der Frau gegeben?«

»Ich hätte ihm auch mein letztes Hemd gegeben, um ihn loszuwerden. Ich fand, es war Zeit für einen taktischen Rückzug. Wenn ich mich noch schneller zurückgezogen hätte, wäre ich wieder vorwärts gegangen.«

Der Kaffee in dem Becher vor mir war kalt. Ich beugte mich über den Tresen und goss ihn ins Spülbecken.

»Haben Sie ’ne Idee, wo Billy sein könnte?«

Willeford schüttelte den Kopf. »Da ist noch was«, sagte er.

Ich wartete.

»Die Frau in St. Martha. – Ihr Name war Miss Emily Watts, jedenfalls nannte sie sich so. Klingelt bei dem Namen was bei Ihnen?«

Ich dachte kurz nach, aber es fiel mir nichts dazu ein. »Nein. Sollte es?«

»Das ist die alte Dame, die im Schnee gestorben ist. Komische Sache, finden Sie nicht?«

Jetzt fiel mir die ganze Geschichte wieder ein. Der Tod der Männer auf dem Prouts Neck hatte sie aus meinem Gedächtnis verdrängt.

»Glauben Sie, dass Billy Purdue sie besucht hat?«

»Ich weiß es nicht, aber vor irgendwas hatte sie solche Angst, dass sie in den Wald gelaufen ist und sich umgebracht hat, als man sie zurückholen wollte.«

Ich stand auf, bedankte mich bei ihm und zog meinen Mantel über.

»Gern geschehn, Junge. Wissen Sie, Sie sehen Ihrem Opa ähnlich. Wenn Sie sich auch so benehmen, wird niemand bereuen, Sie kennen gelernt zu haben.«

Ich bekam Gewissensbisse. »Danke. Soll ich Sie irgendwohin mitnehmen?«

Er hob sein Glas, um ein weiteres Bier zu bestellen, und orderte dazu noch einen Whiskey. Ich legte für die Getränke zehn Dollar auf den Tresen und er prostete mir mit dem leeren Glas zu.

»Junge«, sagte er. »Ich gehe nirgendwohin.«

Es wurde schon dunkel, als ich aus der Kneipe kam und meinen Mantel zuknöpfte, um mich vor der Kälte zu schirmen. Vom Hafen her blies der Wind, fuhr mit eiskalten Händen durch mein Haar und rieb mir mit eisigen Fingern übers Gesicht. Ich hatte den Mustang auf dem Parkplatz von One India geparkt, einer Ecke von Portland mit dunkler Vergangenheit. An dieser Stelle hatte Fort Loyal gestanden, das die Siedler 1680 errichteten. Es bestand nur zehn Jahre, dann eroberten es die Franzosen und ihre eingeborenen Verbündeten und schlachteten die 190 Menschen darin ab, die sich bereits ergeben hatten. Später wurde an gleicher Stelle der Bahnhof India Street errichtet, der den Meilenpfosten 0,0 der Atlantic and St. Lawrence Railroad, der Grand Trunk Railway of Canada und der Canadian National Railways markierte, als Portland noch ein wichtiger Bahnknotenpunkt war. In One India, heute Sitz eines Versicherungsunternehmens, konnte man noch das Büroschild von Grand Trunk and Steamship über der Tür sehen.

Die Eisenbahn war seit fast drei Jahrzehnten verschwunden, aber es hieß, man werde die Union Station in der St. John Street wieder aufbauen und den Reiseverkehr mit Boston wieder aufnehmen. Schon komisch, wie Dinge aus der Vergangenheit, die man ein für alle Mal verloren glaubte, manchmal wiederbelebt werden sollen.

Die Fenster des Mustang vereisten bereits und ein Nebel, der alle Geräusche dämpfte, hing um die Lagerhäuser und Schiffe im Hafen. Ich war fast beim Wagen angelangt, da hörte ich hinter mir Schritte. Ich wollte mich eben umdrehen, hatte den Mantel schon offen, die rechte Hand langte in Richtung Waffe, da wurde mir etwas ins Kreuz gestoßen und jemand sagte:

»Lass das. Hände hoch.«

Ich hielt die Hände waagerecht vom Körper weggestreckt. Rechts humpelte eine zweite Gestalt herbei, den linken Fuß leicht nach innen gekehrt, und zog meine Pistole aus dem Holster. Er war klein, vielleicht eins sechzig, und vermutlich Ende vierzig. Dichtes schwarzes Haar hing ihm über die braunen Augen und unter dem Mantel zeichneten sich breite Schultern und ein muskulöser Bauch ab. Er hätte richtig gut ausgesehen, wäre da nicht die Hasenscharte gewesen, die seinen weichen Herzmund wie eine Schnittwunde durchzog.

Der zweite Mann war größer und massiger und hatte langes schwarzes Haar, das ihm über den Kragen seines sauberen weißen Hemdes hing. Sein grimmiger Gesichtsausdruck stand im Gegensatz zu der bunten Winnie-the-Pooh-Krawatte, die er, korrekt gebunden, trug. Er hatte einen Quadratschädel, der über einem dicken, muskulösen Hals auf breiten, eckigen Schultern ruhte. Er bewegte sich, wie Kinder eine dieser martialischen Puppen bewegen: hin- und herschwankend, mit großen Schritten und ohne die Knie zu beugen. Ein sauberes Pärchen.

»Jesses, Jungs, ich glaube, mit solchen Halloweenscherzen seid ihr ein bisschen spät dran.« Ich beugte mich vertraulich zu dem Kleineren hin. »Und weißt du«, flüsterte ich, »wenn sich der Nebel lichtet, siehst du immer noch so aus.« Sie waren ziemliche Armleuchter, aber ich mochte es nicht, wenn Leute, die im Nebel herumschlichen, mir eine Waffe an den Rücken hielten. Wie Billy Purdue gesagt hätte: Das war irgendwie unhöflich.

Der kleinere Typ drehte meine Waffe in der Hand und betrachtete die Smith & Wesson der dritten Generation mit Kennermiene.

»Schönes Stück«, sagte er.

»Gib sie mir wieder und ich zeig dir, wie sie funktioniert.«

Er zeigte ein sonderbares, zerklüftetes Lächeln.

»Sie kommen mit uns.« Er winkte in Richtung India Street, wo in der Dunkelheit eben zwei Scheinwerfer aufgeleuchtet waren.

Ich schaute zum Mustang zurück.

»Oje«, sagte Hasenscharte mit gespielter Besorgnis. »Sie machen sich Sorgen um den Wagen?«

Er entsicherte meine Waffe und feuerte auf den Mustang, schoss auf der Fahrerseite beide Reifen platt. In der Nähe ging eine Autoalarmanlage los.

»So«, sagte er. »Jetzt klaut ihn keiner mehr.«

»Ich hab's genau gesehen«, erwiderte ich.

»Sagen Sie Bescheid, wenn ich Ihnen meinen Namen buchstabieren soll.«

Der größere Typ schubste mich in Richtung Wagen, ein silberner Siebener-BMW, der auf uns zukam und rechts von uns hielt. Hinten sprang eine Tür auf. Drinnen saß ein weiterer gut aussehender Teufel mit kurzem braunem Haar und einer Pistole auf dem Schoß. Der Fahrer, jünger als die anderen, machte Kaugummiblasen und hörte im Autoradio einen Mainstream-Rock-Sender. Als ich einstieg, sang Bryan Adams den Titelsong aus *Don Juan de Marco*.

»Könnten wir bitte den Sender wechseln«, fragte ich, als wir losfuhren.

Hasenscharte, der neben mir saß, stieß mich mit seiner Pistole.

»Mir gefällt der Song«, sagte er und summte mit. »Ihnen fehlt einfach das Feeling.«

Ich sah ihn an. Ich glaube, er meinte es ernst.

Wir fuhren zum Regency Hotel in der Milk Street, dem schönsten Hotel von Portland, das auf dem Gelände einer ehemaligen Munitionsfabrik am alten Hafen stand. Der Fahrer parkte auf dem Hinterhof und wir gingen zum Seiteneingang neben dem Fitnessstudio des Hotels, wo uns ein weiterer junger Kerl in schickem schwarzem Anzug die Tür aufhielt und dann einem Mikrofon an seinem Revers ankündigte, dass wir unterwegs seien. Wir fuhren mit dem Fahrstuhl in die oberste Etage und dort klopfte Hasenscharte leise an die letzte Tür rechts. Sie wurde geöffnet, ich wurde hineingeleitet und lernte Tony Celli kennen.

Tony saß auf einem mächtigen Sessel und seine unbeschuhten Füße ruhten auf einer passenden Fußbank. Seine schwarzen Strümpfe waren aus Seide und seine graue Hose war tadellos gebügelt. Er trug ein blau gestreiftes Hemd mit weißem Kragen und eine dunkelrote Krawatte mit verschlungenem, schwarzem Spiralmuster. An seinen weißen Manschetten schimmerte Gold. Er war frisch rasiert und sein schwarzes Haar war säuberlich gescheitelt. Seine braunen Augen ruhten unter dünnen, gezupften Brauen, seine Nase war lang und nie gebrochen, sein Mund ein bisschen weichlich, sein Kinn ein wenig fett. An den Händen, die er gefaltet im Schoß hielt, trug er keine Ringe. Der Fernseher vor ihm zeigte die abendlichen Wirtschaftsnachrichten. Auf einem Tisch neben ihm lag ein Kopfhörer und stand ein Wanzenscanner, was darauf hindeutete, dass der Raum bereits auf Abhörvorrichtungen hin untersucht worden war.

Ich kannte Tony Celli vom Hörensagen. Er hatte sich hochgearbeitet, hatte im Bostoner Rotlichtbezirk Pornoschuppen betrieben und als Zuhälter gearbeitet, hatte seine Schutzgelder stets bezahlt und sich allmählich eine Machtbasis aufgebaut. Er nahm Geld von den Leuten unter sich und zahlte viel davon an die Leute über sich. Er kam seinen Verpflichtungen nach und galt als jemand, mit dem man zukünftig rechnen musste.

Ich wusste, dass er in finanziellen Belangen bereits über eine gewisse Verantwortung verfügte. Man hielt ihn für sehr geschäftstüchtig, eine Ansicht, die er nun mit dem gestreiften Hemd und der Aufmerksamkeit bestärkte, mit der er die Aktienkurse verfolgte, die über den unteren Bildschirmrand liefen.

Ich schätzte ihn auf höchstens vierzig. Er sah gut aus. Er sah wirklich aus wie ein Mann, den eine Frau mit nach Hause bringen konnte, um ihn ihrer Mutter vorzustellen. Bloß dass er die Mutter dann wahrscheinlich gefoltert, vergewaltigt und ihre Überreste im Bostoner Hafen versenkt hätte.

Den Spitznamen Tony Clean trug er aus einer Reihe von Gründen: Sein Äußeres zählte dazu, aber hauptsächlich kam es daher, dass sich Tony nie die Finger schmutzig machte. Andere hatten sich für ihn viel Blut von den Händen gewaschen, hatten zugesehen, wie es rissige Porzellanbadewannen oder Spülen aus rostfreiem Stahl hinunterrann, aber er hatte nie auch nur einen Fleck auf sein Hemd bekommen.

Ich kannte eine Geschichte über ihn, aus der Zeit um 1990, als er noch Zuhälter aufschlitzte, die nicht bedacht hatten, wie hartnäckig Tony sein Revier verteidigte. Ein gewisser Stan Goodman, ein Bostoner Grundstücksmakler, besaß ein Wochenendhaus in Rockport, eine alte Villa mit großen Rasenflächen und einer Eiche, die bestimmt zweihundert Jahre alt war. Rockport ist ein hübscher Ort, ein Fischerdorf am Cape Ann, nördlich von Boston, wo man immer noch für einen Penny parken und sich für vier Dollar pro Tag im Trolleybus durch den Ort kutschieren lassen kann.

Goodman hatte eine Frau und zwei heranwachsende Kinder, einen Jungen und ein Mädchen, und alle liebten sie die Villa. Tony bot Stan Goodman viel Geld für das Haus, aber er lehnte ab. Es habe seinem Vater gehört, sagte er, und sein Vater habe es in den Vierzigern dem ursprünglichen Besitzer abgekauft. Goodman bot an, für Tony Clean in der Nähe ein ähnliches Anwesen zu finden, denn er dachte, wenn er an Tony Cleans gute Seite appellierte, würde schon alles gut gehen. Nur dass Tony Clean keine gute Seite hatte.

Eines Nachts im Juni betrat jemand das Haus der Goodmans, erschoss ihren Hund, fesselte und knebelte die vier Mitglieder der Familie und brachte sie zu dem alten Granitsteinbruch in Halibut Point. Stan Goodman starb vermutlich als Letzter, nachdem man seine Frau, seine Tochter und seinen Sohn umgebracht hatte, indem man ihren Kopf auf einen flachen Stein gelegt und mit einem Vorschlaghammer eingeschlagen hatte. Auf dem Boden war viel Blut, als man sie am nächsten Morgen fand, und die Männer, die sie umgebracht hatten, brauchten vermutlich lange, um es sich abzuwaschen. Tony Celli kaufte einen Monat später das Haus. Andere Bieter gab es nicht.

Dass Tony nach den Ereignissen von Prouts Neck hier war, zeigte, dass er keine Zeit zu verlieren hatte. Er wollte das Geld, er brauchte es dringend und war bereit, dafür Ärger in Kauf zu nehmen.

»Haben Sie die Nachrichten gesehen?«, fragte er schließlich. Er sah nicht vom Bildschirm auf, aber ich wusste, dass die Frage an mich gerichtet war.

»Nein.«

Da sah er mich zum ersten Mal an.

»Sie sehen keine Nachrichten?«

»Nein.«

»Und weshalb nicht?«

»Es deprimiert mich.«

»Dann lassen Sie sich aber leicht deprimieren.«

»Ich habe ein empfindsames Gemüt.«

Er schwieg für einen Moment und verfolgte weiter die Nachrichten, die über den Konkurs einer Bank in Tokio berichteten.

»Sie sehen keine Nachrichten?«, wiederholte er, als hätte ich gerade gesagt, ich hätte für Sex oder chinesisches Essen nichts übrig. »Niemals?«

»Wie Sie schon sagten, ich bin schnell deprimiert. Sogar die Wettervorhersage deprimiert mich.«

»Ja, weil Sie hier wohnen. Versuchen Sie's mal mit Kalifornien. Da wird der Wetterbericht Sie nicht so sehr deprimieren.«

»Da soll ja das ganze Jahr die Sonne scheinen.«

»Ja, da scheint immer die Sonne.«

»Dann würde mich die Eintönigkeit deprimieren.«

»Hört sich an, als wären Sie nie so richtig froh.«

»Da könnten Sie Recht haben, aber ich trage es mit Fassung.«

»Sie sind ja ein richtiger Miesmacher. Langsam werden Sie mir unsymphatisch.«

»Das ist wirklich schade. Ich dachte, wir könnten Freunde werden und vielleicht einen Film ausleihen.«

Die Wirtschaftsnachrichten waren zu Ende. Mit einem manikürten Finger bediente er die Fernbedienung, schaltete den Fernseher ab und wandte mir dann seine ungeteilte Aufmerksamkeit zu.

»Sie wissen, wer ich bin?«, sagte er.

»Ja, ich weiß, wer Sie sind.«

»Gut. Und als intelligenter Mensch wissen Sie dann wahrscheinlich auch, warum ich hier bin.«

»Weihnachtseinkäufe? Oder wollen Sie ein Haus kaufen?«

Er lächelte kühl. »Ich weiß alles über Sie, Parker. Sie waren es, der die Ferreras ruiniert hat.« Die Ferreras waren eine New Yorker Mafiafamilie gewesen, mit Betonung auf »gewesen«. Ich hatte mich in ihre Geschäfte eingemischt und es war schlecht für sie ausgegangen.

»Die haben sich selbst ruiniert. Ich habe nur zugesehen.«

»Da habe ich aber etwas anderes gehört. Viele Leute in New York wären froh, wenn Sie tot wären. Sie finden, es mangele Ihnen an Respekt.«

»Ja, bestimmt.«

»Und warum sind Sie nicht tot?«

»Weil ich etwas Licht in eine dunkle Welt bringe?«

»Wenn die Licht wollen, können sie eine Lampe anknipsen. Nächster Versuch.«

»Weil sie wissen, dass ich jeden umbringe, der auf mich angesetzt wird, und anschließend noch den Auftraggeber.«

»Ich könnte Sie jetzt umbringen. Solange Sie nicht von den Toten auferstehen können, bringt mich diese Drohung nicht um den Schlaf.«

»Ich habe Freunde. Ich würde Ihnen eine Woche geben, vielleicht zehn Tage. Dann wären Sie auch tot.«

Er zog ein Gesicht und ein paar seiner Männer kicherten. »Spielen Sie Karten?«, fragte er schließlich.

»Ich lege nur Patiencen. Ich spiele gern mit jemandem, dem ich trauen kann.«

»Wissen Sie, was ›das Blatt durcheinander bringen‹ bedeutet?«

»Ja, das weiß ich.« Das war etwas, was ungeübte Blackjack-Spieler machten: Sie brachten das Blatt mit dummen Ansagen durcheinander, so dass das Risiko zu verlieren unkalkulierbar wurde. Deshalb spielten manche erfahrenen Zocker auch dann nicht mit Amateuren, wenn die viel Geld hatten.

»Billy Purdue hat mein Blatt durcheinander gebracht und jetzt glaube ich, dass auch Sie dabei sind, mein Blatt durcheinander zu bringen. Das ist nicht gut. Ich will, dass Sie damit aufhören. Aber erst will ich, dass Sie mir erzählen, was Sie über Purdue wissen. Dann bezahle ich Ihnen Ihren Abgang.«

»Ich brauche kein Geld.«

»Jeder braucht Geld. Ich kann Ihnen sämtliche Schulden erstatten und vielleicht ein paar Gläubiger verschwinden lassen.«

»Ich habe keine Schulden.«

»Jeder hat Schulden.«

»Ich nicht. Ich bin schuldenfrei.«

»Vielleicht haben Sie ja Schulden, die mit Geld nicht zu tilgen sind.«

»Wie ausgesprochen tiefsinnig. Und was wollen Sie damit sagen?«

»Damit will ich sagen, dass mir kaum noch eine vernünftige Möglichkeit einfällt, Ihr gegenwärtiges Vorgehen zu beeinflussen, Bird-*man.*« Bei der letzten Silbe senkte er die Stimme und deutete mit zwei Fingern ein Anführungszeichen an. Dann stand er auf. Auch ohne Schuhe war er größer als ich.

»Jetzt hören Sie mir mal zu«, sagte er, als er nur noch Zentimeter vor mir stand. »Passen Sie bloß auf, dass ich Ihnen nicht die Flügel abreiße. Ich habe gehört, dass Sie für Billy Purdues Exfrau gearbeitet haben. Ich habe gehört, dass er Ihnen Geld, mein Geld, für sie gegeben hat. Das macht Sie zu einer sehr interessanten Person, Birdman, denn Sie scheinen einer der letzten Menschen gewesen zu sein, der mit den beiden gesprochen hat, ehe sie dann ihrer Wege gingen. Wollen Sie mir also jetzt erzählen, was Sie wissen, damit Sie zurück in Ihr kleines Vogelhäuschen flattern und sich für die Nacht zusammenkuscheln können?«

Ich hielt seinem Blick stand. »Wenn ich irgendwas Nützliches wüsste und es Ihnen erzählen würde, könnte ich vor Gewissensbissen nicht mehr schlafen«, sagte ich. »Aber wie es der Zufall will, weiß ich nichts – nichts Nützliches und auch sonst nichts.«

»Sie wissen, dass Purdue mein Geld hat?«

»Hat er?«

Er schüttelte fast mitleidig den Kopf. »Sie bringen es so weit, dass ich Ihnen wehtun muss.«

»Haben Sie Rita Ferris und ihren Sohn umgebracht?«

Tony trat einen Schritt zurück und verpasste mir einen heftigen Schlag in die Magengrube. Ich hatte das vorausgesehen und wappnete mich, aber die Wucht war so groß, dass ich in die Knie ging. Ich schnappte nach Luft, hörte hinter mir den

Hahn eines Revolvers spannen und spürte kalten Stahl am Hinterkopf.

»Ich töte keine Frauen und Kinder«, sagte Tony.

»Seit wann denn das?«, erwiderte ich. »Gute Vorsätze zum Neuen Jahr?«

Jemand packte mich bei den Haaren und riss mich auf die Beine, die Waffe immer noch hinter meinem Ohr.

»Wie dumm sind Sie eigentlich?«, meinte Tony und rieb sich die Fingerknöchel der rechten Hand. »Wollen Sie unbedingt sterben?«

»Ich weiß nichts«, sagte ich noch mal. »Ich habe aus Gefälligkeit für seine Exfrau gearbeitet, bin mit Billy Purdue aneinander geraten und dann gegangen. Weiter nichts.«

Tony Clean nickte. »Worüber haben Sie sich mit dem Blödmann in der Kneipe unterhalten?«

»Über was anderes.«

Tony ballte erneut die Faust.

»Da ging es um was anderes«, sagte ich lauter. »Er war mit meinem Großvater befreundet. Ich wollte nur mal bei ihm vorbeischauen, weiter nichts. Sie haben Recht, er ist nur ein Blödmann. Lassen Sie ihn in Ruhe.«

Tony trat einen Schritt zurück und rieb sich immer noch die Fingerknöchel.

»Wenn ich rausfinde, dass Sie mich anlügen, werden Sie grausam sterben. Haben Sie das verstanden? Und wenn Sie klug sind und nicht bloß eine große Schnauze haben, dann halten Sie sich aus meinen Angelegenheiten raus.«

Der Ton seiner Stimme wurde freundlicher, aber seine Miene verdüsterte sich, als er sagte: »Es tut mir Leid, dass wir das mit Ihnen machen müssen, aber ich muss sicher sein, dass Sie verstehen, worüber wir uns unterhalten haben. Wenn Sie dem etwas hinzufügen wollen, was Sie mir gesagt haben, dann stöhnen Sie einfach lauter.«

Er nickte demjenigen zu, der hinter mir stand, und ich wurde wieder in die Knie gezwungen. Man stopfte mir einen Lappen in den Mund, riss meine Arme nach hinten und legte mir Handschellen an. Ich schaute hoch und sah Hasenscharte auf mich zuhumpeln. Er hielt eine schwarze Metallstange in der Hand, an der knisternde blaue Blitze entlangzuckten.

Die ersten beiden Stromschläge stießen mich rückwärts zu Boden, ich zuckte und biss vor Schmerz auf den Lappen. Nach dem dritten oder vierten Schlag verlor ich die Kontrolle über mich und blaue Blitze zuckten durch mein umnachtetes Hirn, bis schließlich alles dunkel und still wurde.

Als ich zu mir kam, lag ich hinter meinem Mustang, vor dem Blick der Passanten verborgen. Meine Fingerkuppen waren wund und auf meinem Mantel glitzerten Eiskristalle. Der Kopf tat mir fürchterlich weh und ich zitterte immer noch am ganzen Leib. Auf den Wangen und vorn auf meinem Mantel war getrocknetes Blut und Erbrochenes. Ich stank. Ich krauchte auf die Beine und sah in meinen Manteltaschen nach. Meine Waffe steckte in der einen, ohne Ladeclip, und in der anderen fand ich mein Mobiltelefon. Ich rief mir ein Taxi, und während ich wartete, rief ich bei einer Autowerkstatt an der Veteran's Memorial Bridge an und bat den Mechaniker, sich um den Wagen zu kümmern.

Als ich zurück nach Scarborough kam, war meine rechte Gesichtshälfte übel geschwollen und ich hatte kleine Brandmale, wo die elektrische Viehgerte die Haut berührt hatte. Dann hatte ich noch zwei oder drei Schrammen am Kopf, eine davon tief. Hasenscharte hatte mir vermutlich zum guten Schluss noch ein, zwei Tritte verpasst. Ich machte mir einen Eiswickel für den Kopf, sprühte etwas auf die Brandwunden, schluckte ein paar Schmerztabletten, zog mir gegen die Kälte eine Trainingshose und ein T-Shirt an und versuchte zu schlafen.

Ich weiß nicht mehr, wovon ich erwachte, aber als ich die Augen aufschlug, schien das Zimmer zwischen Finsternis und Helligkeit zu verharren, als hätte das Universum eine kurze Ruhepause eingelegt, als die ersten Strahlen der Morgensonne durch die dunklen Winterwolken drangen.

Von irgendwo her im Haus hörte ich etwas, das wie kleine Füße klang, die über den Dielenboden tapsten. Ich zog meine Waffe und stand auf. Der Boden war kalt und die Fenster klapperten leise. Ich öffnete langsam die Tür und betrat den Flur.

Rechts bewegte sich eine Gestalt. Ich nahm die Bewegung aus dem Augenwinkel wahr, so dass ich nicht sicher war, ob ich überhaupt eine Gestalt oder nur huschende Schatten in der Küche gesehen hatte. Ich drehte mich um und ging langsam zur Hinterseite des Hauses. Die Dielen knarzten leise unter meinen Füßen.

Dann hörte ich es: leises kindliches Gelächter, ein vergnügtes Kichern und dann wieder tapsende Schritte links von mir. Ich war an der Küchentür angelangt, die Waffe halb gehoben, und drehte mich eben noch rechtzeitig, um eine aufblitzende Bewegung an der Tür von der Küche ins Wohnzimmer wahrzunehmen. Wieder ertönte kindliches Juchzen über dieses Versteckspiel. Ich war mir sicher, dass ich einen Kinderfuß gesehen hatte, der in einem lila Strampelanzug steckte. Und ich wusste, dass ich diesen Fuß schon einmal gesehen hatte, und bei der Erinnerung daran wurde meine Kehle trocken.

Ich betrat das Esszimmer. Etwas Kleines wartete jenseits der Tür am anderen Ende auf mich. Ich erkannte seine Umrisse an den Schatten und dem Blitzen in seinen Augen, aber mehr sah ich nicht. Als ich auf die Gestalt zuging, bewegte sie sich und ich hörte die Scharniere der Haustür knirschen und die Tür gegen die Wand schlagen. Der Wind rauschte durchs Haus, zog an den Vorhängen, ließ Bilderrahmen erzittern und wirbelte im Flur Staubflocken auf.

Ich ging schneller. An der Hautür angelangt, erhaschte ich noch einen Blick auf die kleine Gestalt, ein lila gekleidetes Wesen, das zwischen die Bäume huschte und dann immer weiter in der Finsternis des Waldes verschwand. Ich ging von der Veranda auf den Hof, spürte das Gras unter den Füßen und die Steinchen, die sich in meine Fußsohlen bohrten, und zuckte zusammen, als mir etwas Kleines, Vielbeiniges über die Zehen krabbelte. Ich stand am Waldrand und ich hatte Angst.

Sie wartete dort auf mich. Sie stand reglos da, ihren Körper verbargen Sträucher und Bäume und ihr Gesicht war bald von Zweigschatten verdeckt, bald wieder sichtbar. Ihre Augen waren voller Blut und der dicke schwarze Faden, der sich kreuz und quer über ihre Lippen zog, wirkte wie der plump gestickte Mund einer alten Stoffpuppe. Sie stand da, sagte kein Wort und beobachtete mich aus dem Wald heraus und hinter ihr hüpfte und tanzte eine kleinere Gestalt durchs Unterholz.

Ich schloss die Augen und konzentrierte mich, versuchte zu erwachen, aber die Kälte an meinen Füßen war so real wie der pochende Kopfschmerz und das Gelächter des Kindes, das der Wind herübertrug.

Ich spürte hinter mir eine Bewegung und etwas berührte mich an der Schulter. Fast hätte ich mich umgedreht, aber der Druck auf meine Schultern nahm zu und da wusste ich, dass ich mich nicht umdrehen durfte, dass ich nicht sehen durfte, was dort hinter mir stand. Ich sah nach links, von wo der Druck ausging, und konnte das Schaudern nicht unterdrücken, das mir durch den ganzen Körper lief. Ich schloss sofort die Augen, aber was ich gesehen hatte, war meinem Gedächtnis eingebrannt, wie wenn man direkt in die Sonne sah.

Die Hand war weich und weiß und feingliedrig, mit langen, sich verjüngenden Fingern. Ein Ehering schimmerte in dem eigenartigen Licht vor Morgengrauen.

Bird

Wie oft hatte ich diese Stimme in der Dunkelheit flüstern

hören, als Vorspiel zum sanften Streicheln einer warmen Hand, dem Gefühl ihres Atems auf meiner Wange, meinen Lippen, ihre kleinen Brüste fest an meinen Körper gepresst, ihre Beine wie Efeu mich umschlingend? Ich hatte sie in Zeiten der Liebe und Leidenschaft gehört, als wir glücklich miteinander waren, und in Augenblicken von Wut und Zorn und Traurigkeit, als unsere Ehe in die Brüche ging. Und seither hatte ich sie im Rascheln des Laubs auf dem Rasen gehört und in den Zweigen der Bäume, die sich im Herbstwind aneinander rieben, eine Stimme aus großer Ferne, die aus dem Dunkeln nach mir rief.

Susan, meine Susan.

Bird

Die Stimme klang jetzt nah, fast wie an meinem Ohr, aber ich spürte keinen Atem auf der Haut.

Hilf ihr

Dort im Wald beobachtete mich die Frau, ihre roten Augen starr und weit aufgerissen.

Wie?

Finde ihn

Wen finden? Billy?

Die Finger drückten kräftiger zu.

Ja

Ich bin nicht für ihn verantwortlich.

Du bist für sie alle verantwortlich

Und im Mondlicht zwischen den Bäumen drehten und wandten sich Gestalten, in der Luft schwebend, ihre Füße berührten den Boden nicht und ihre klaffenden Bäuche schimmerten dunkel und feucht. Für sie alle war ich verantwortlich.

Dann ließ der Druck auf meine Schultern nach und ich spürte, wie sie sich fortbewegte. Vor mir hörte ich etwas im Unterholz und die Frau, die Rita Ferris gewesen war, verschwand hinter den Bäumen. Ich erhaschte einen letzten Blick auf etwas Lilafarbenes, das sich flink zwischen den Baumstämmen bewegte, und Gelächter perlte wie Musik zu mir herüber.

Und ich sah noch etwas.

Ich sah ein kleines Mädchen mit langem blondem Haar, das mich mit so etwas wie Liebe ansah, ehe es hinter seinen Spielgefährten her in der Dunkelheit verschwand.

9

Ich erwachte in einem hellen Zimmer. Der Wintersonnenschein drang durch einen Schlitz in der Gardine. Ich hatte Kopfschmerzen und meine Kiefer taten weh und fühlten sich steif an, weil ich die Zähne zusammengebissen hatte, als mich die Stromschläge trafen. Erst als ich mich aufsetzte und der Kopfschmerz zunahm, fiel mir wieder der Traum dieser Nacht ein, wenn es denn ein Traum gewesen war.

Ich hatte ein paar homöopathische Medikamente, die Louis mir empfohlen hatte, und ich nahm sie mit einem Glas Wasser, während ich darauf wartete, dass das Duschwasser heiß wurde. Ich schluckte eine Mischung aus Phosphor, gegen die Übelkeit, und Gelbem Jasmin, der laut Louis gegen Schwächegefühle half. Ich nahm auch etwas Johanniskraut, angeblich ein natürliches Schmerzmittel. Offen gesagt, kam ich mir dabei ein bisschen affig vor, aber es sah ja keiner zu und insofern war das schon in Ordnung.

Ich setzte Kaffee auf, goss einen Becher ein, stellte ihn auf den Küchentisch und sah zu, wie er kalt wurde. Ich fühlte mich hundeelend und überlegte, einen anderen Beruf zu ergreifen – Gärtner vielleicht oder Hummerfischer. Als sich auf dem Kaffee ein hübscher Film gebildet hatte, rief ich Ellis Howard an.

Wenn er sogar persönlich bei Lester Biggs aufgetaucht war, nahm er den Fall wohl sehr ernst. Es dauerte eine Weile, bis er ans Telefon ging. Wahrscheinlich war er immer noch sauer wegen der Sache mit Biggs.

»Sie sind früh auf«, waren seine ersten Worte. Ich hörte,

wie er sich ächzend auf einem Stuhl niederließ und wie der Stuhl empört quietschte.

»Das könnte man von Ihnen auch behaupten«, sagte ich. »Sie haben aber doch schon gefrühstückt, oder?«

»Doppelte Portion Donuts. Wissen Sie schon, dass Tony Celli gestern in der Stadt aufgetaucht ist?«

»Ja. Schlechte Nachrichten verbreiten sich schnell.« Besonders, wenn sie einem mit Stromschlägen in den Unterkiefer geprügelt wurden.

»Er ist heute Morgen wieder abgehauen. Offenbar ist er untergetaucht.«

»Wie schade. Ich dachte, er würde herziehen und hier einen Blumenladen aufmachen.«

Am anderen Ende der Leitung hörte ich, wie die Muschel zugehalten wurde, dann ein gedämpftes Gespräch und Papiergeraschel. »Also, was wollen Sie, Bird?«

»Ich möchte gern wissen, ob es irgendwas Neues über Rita Ferris oder Billy Purdue oder diesen Coupe de Ville gibt.«

Ellis lachte gequält auf. »Nichts bei den ersten beiden, aber der Dritte ist interessant. Der Coupe de Ville ist ein Firmenwagen, zugelassen auf einen gewissen Leo Voss, einen Anwalt aus Boston.« Es entstand eine Pause und mir wurde klar, dass ich wieder mal den Stichwortgeber spielen sollte.

»Und?«, fragte ich schließlich.

»*Und*«, sagte Ellis, »Leo Voss weilt nicht mehr unter uns. Er ist tot, ist vor sechs Tagen gestorben.«

»Ein toter Anwalt, so was aber auch. Bleiben ja nur noch eine Million übrig.«

»Es gibt noch Hoffnung«, sagte Ellis.

»Ist er gefallen oder wurde er gestoßen?«

»Das ist ja das Interessante. Seine Sekretärin hat ihn gefunden und die Polizei gerufen. Er saß an seinem Schreibtisch und hatte noch seine Joggingsachen an – Turnschuhe, Socken, T-Shirt, Trainingshose – und vor sich eine offene Flasche Mineralwasser. Auf den ersten Blick sah es nach einem Herzschlag aus. Seine Sekretärin sagte, er hätte sich schon seit ein, zwei Tage krank gefühlt. Hätte geglaubt, er bekäme ’ne Grippe.

Bei der Obduktion ist man aber auf Anzeichen für eine Nervenentzündung in den Händen und Füßen gestoßen. Er hatte auch etwas Haar verloren, wahrscheinlich erst in den letzten ein, zwei Tagen. In einer Haarprobe wurden Spuren von Thallium nachgewiesen. Wissen Sie, was Thallium ist?«

»Ja, weiß ich.« Mein Großvater hatte es als Rattengift verwendet, solange es noch frei erhältlich war. Es war ein metallisches Element, ähnlich wie Blei oder Quecksilber, nur weitaus giftiger. Seine Salze waren wasserlöslich und fast nicht zu schmecken und lösten ähnliche Symptome aus wie Grippe, Meningitis oder Enzephalitis. Eine tödliche Dosis Thalliumsulfat, ab etwa achthundert Milligramm, wirkte innerhalb von vierundzwanzig bis vierzig Stunden.

»Was hat dieser Leo Voss denn so gemacht?«, fragte ich.

»Ziemlich banale Sachen, hauptsächlich für Firmen, aber es muss ziemlich lukrativ gewesen sein. Er hatte ein Haus in Beacon Hill, ein Sommerhaus auf Martha’s Vineyard und trotzdem noch Geld auf der hohen Kante, wahrscheinlich, weil er ledig war und niemand mit *seiner* Kreditkarte Pelzmäntel bezahlt hat.«

Doreen, dachte ich. Hätte es Ellis sich leisten können, dann hätte er vor den Kirchen Bilder von ihr aufgehängt, um andere zu warnen.

»Sie sehen immer noch seine Akten durch, aber offenbar hatte er eine blütenweiße Weste«, schloss Ellis.

»Was wahrscheinlich das Gegenteil bedeutet.«

»Aber, aber. So jung und schon so zynisch. Jetzt sind Sie aber dran: Ich habe gehört, Sie haben mit Willeford gesprochen.«

»Stimmt. Ist das ein Problem?«

»Könnte sein. Er ist verschwunden und allmählich hab ich’s

satt, irgendwo aufzukreuzen, und Sie waren schon vor mir da. Da fühle ich mich dann unfähig und das krieg ich zu Hause schon genug.«

Ich hielt den Hörer fester. »Als ich ihn zuletzt gesehen habe, saß er im Sail Loft und hielt sich an einem Bier fest.«

»Willeford hat sich nie im Leben an einem Bier festgehalten. Er kippt die so schnell, dass da nichts zum Festhalten übrig bleibt. Hat er was gesagt, dass er wegfährt?«

»Nein, nichts.« Ich erinnerte mich an Tony Cellis Interesse an Willeford und bekam einen trockenen Mund.

»Worüber haben Sie mit ihm gesprochen?«

Ich schwieg kurz. »Er hat für Billy Purdue gearbeitet. Er sollte seine leiblichen Eltern finden.«

»Ist das alles?«

»Das ist alles.«

»Ist es ihm gelungen?«

»Ich glaube nicht.«

Ellis schwieg kurz und sagte dann entschieden: »Verschweigen Sie mir nichts, Bird. Ich mag das nicht.«

»Ich verschweige Ihnen nichts.« Das war nicht richtig gelogen, aber die reine Wahrheit war es auch nicht. Ich wartete, ob Ellis noch etwas sagen würde, aber er ging nicht weiter auf das Thema ein.

»Immer sauber bleiben, Bird«, sagte er noch und legte dann auf.

Ich hatte eben den Tisch abgeräumt und zog mir im Schlafzimmer Stiefel an, da hörte ich draußen ein Auto vorfahren. Durch den Spalt in den Gardinen sah ich das Heck eines goldfarbenen Mercury Sable, der neben dem Haus geparkt stand. Ich nahm meine Smith & Wesson, wickelte sie in ein Handtuch und ging auf die Veranda. Als ich ans kalte Morgenlicht trat, hörte ich eine vertraute Stimme sagen:

»Warum pflanzen die denn so viele Bäume? Wer hat denn

Zeit für so was? Ich komm ja nicht mal dazu, meine Wäsche zu waschen!«

Angel kehre mir den Rücken zu und betrachtete den Wald jenseits meines Grundstücks. Er trug ein Fleecetop, eine braune Cordhose und hellbraune Arbeitsstiefel. Neben ihm stand ein Hartschalenkoffer, der so verschrammt und verbeult war, als hätte man ihn aus einem Flugzeug abgeworfen. Ein blaues Bergsteigerseil und die Laune des Schicksals hielten ihn zusammen.

Angel atmete tief ein und wurde dann von einem Hustenanfall durchgeschüttelt. Er spuckte etwas Großes, Ekliges vor mir auf den Boden.

»Die gute Luft holt dir den ganzen Dreck aus der Lunge«, sagte eine tiefe, schleppend sprechende Stimme. Hinter der geöffneten Kofferraumklappe des Wagens tauchte Louis mit einem Delsey-Koffer und einem passenden Kleidersack auf. Er trug einen grauen Zweireiher und einen schwarzen Boss-Mantel. Sein schwarzes Hemd war bis zum Hals zugeknöpft und sein rasierter Schädel schimmerte. Im Kofferraum sah ich eine längliche Metallkiste. Louis reiste nie ohne sein Spielzeug.

»Ich glaube, das *war* meine Lunge«, sagte Angel und stocherte mit der Stiefelspitze interessiert in dem Zeug, das er ausgestoßen hatte. Es besserte meine Laune, die beiden zu sehen. Ich wusste nicht, weshalb sie hier und nicht daheim in New York waren, aber was immer auch der Grund dafür war – ich war froh. Louis sah mich an und nickte, was bei Louis üblicherweise der erfreuteste Gesichtsausdruck überhaupt war.

»Weißt du, Angel«, sagte ich, »wenn du da so stehst, wirkt die Natur richtig schmuddelig.«

Angel drehte sich um und hob mit einer schwungvollen Geste den Arm.

»Bäume«, sagte er und schüttelte verblüfft lächelnd den Kopf. »So viele Bäume. So viele Bäume hab ich nicht mehr gesehn, seit ich bei den Pfadfindern rausgeflogen bin.«

»Weißt du, ich will, glaub ich, gar nicht wissen, warum du da rausgeflogen bist«, meinte ich.

Angel nahm seinen Koffer. »Die Schweinebande. Und dabei sollte ich doch gerade mein Forscherabzeichen kriegen.«

»Hätte nicht gedacht, dass die Abzeichen vergeben für die Scheiße, die du erforscht hast«, sagte Louis von hinten. »Mit so einem Abzeichen würden sie einen in Georgia in den Knast stecken.«

»Sehr witzig«, meinte Angel. »Es ist doch ein Märchen, dass Schwule keine machomäßigen Sachen machen.«

»Klar. Genau wie es ein Märchen ist, dass alle Schwulen gut gekleidet sind und auf ihren Teint Acht geben.«

»Das ist hoffentlich nicht auf mich gemünzt.«

Es war schön zu sehen, dass sich manches nicht geändert hatte.

»Wie geht's denn so?«, sagte Angel und schob sich an mir vorbei. »Und pack die Knarre weg. Wir bleiben hier, ob's dir passt oder nicht. Du siehst übrigens scheiße aus.«

»Schicker Anzug«, sagte ich zu Louis, der Angel folgte.

»Danke«, erwiderte er. »Denk immer dran: Es gibt keine Brothers ohne Geschmack, es gibt nur Brothers ohne Knete.«

Ich stand noch kurz auf der Veranda und kam mir ziemlich blöd vor mit der ins Handtuch eingewickelten Waffe. Dann dachte ich mir, dass die Sache wohl ohnehin längst beschlossen war, ehe sie nach Maine kamen, und folgte ihnen ins Haus.

Ich führte sie ins Gästezimmer, das nur mit einer Matratze auf dem Boden und einem alten Kleiderschrank möbliert war.

»Jesses«, sagte Angel. »Das Hanoi Hilton. Wenn wir an die Rohre klopfen, kommt vielleicht jemand.«

»Hast du auch Bettwäsche oder müssen wir ein paar Besoffenen die Mäntel klauen?«, fragte Louis.

»Ich kann hier nicht schlafen«, sagte Angel mit Bestimmtheit. »Wenn die Ratten mich fressen wollen, sollen sie sich wenigstens die Mühe machen, einen Bettpfosten hochzuklettern.«

Er schob sich wieder an mir vorbei und Sekunden später hörte ich ihn rufen:

»Hey, das hier ist schon viel besser! Das nehmen wir!«

Dann kam das unverkennbare Geräusch, wie jemand auf meinem Bett herumhopste. Louis sah mich an.

»Vielleicht brauchst du die Knarre doch noch«, sagte er. Dann zuckte er die Achseln und ging dem Quietschen der Bettfedern nach.

Als ich sie endlich aus meinem Schlafzimmer raus und dafür gesorgt hatte, dass aus dem Lagerhaus in der Gorham Road einige zusätzliche Möbel, darunter auch ein Bett, geliefert wurden, saßen wir am Küchentisch und ich wartete, dass sie mir erzählten, was sie zu mir führte. Es hatte wieder angefangen zu regnen, kalte Tropfen, die Schneefall verhießen.

»Wir sind deine guten Feen«, sagte Angel.

»Ich glaube, ganz so wörtlich war das nicht gemeint«, erwiderte ich.

»Vielleicht haben wir ja gehört, dass Portland 'ne angesagte Stadt ist«, fuhr Angel fort. »Alles, was Rang und Namen hat, ist jetzt hier. Ihr habt Tony Celli, ihr habt das FBI, ihr habt Hinterwälder, ihr habt tote Asiaten. Scheiße, das ist ja hier wie bei der UNO, bloß mit Waffen.«

»Was wisst ihr?«, fragte ich.

»Wir wissen, dass du dich schon unbeliebt gemacht hast«, erwiderte er. »Was ist mit deinem Gesicht passiert?«

»Ein Typ mit Hasenscharte hat versucht, mir mit einer elektrischen Viehgerte was einzubläuen, und dann hat er mit seinem Schuh meinen Haaransatz neu gestaltet.«

Angel zog ein mitleidiges Gesicht. »Leute mit Hasenscharte wollen ihre körperlichen Macken eben mit allen Menschen teilen.«

»Das ist Mifflin«, sagte Louis. »War noch ein anderer Typ dabei, der aussieht, als hätte er einen Tresor auf den Kopf gekriegt?«

»Ja«, sagte ich. »Aber der hat mich nicht getreten.«

»Weil die Botschaft wahrscheinlich irgendwo zwischen seinem Hirn und seinem Fuß verloren gegangen ist. Er heißt Berendt. Und er ist dumm wie Brot. War Tony Clean dabei?« Während er sprach, balancierte er eines meiner Tranchiermesser auf der Spitze seines Zeigefingers und vergnügte sich damit, es hochzuwerfen und am Griff zu fangen. Es war ein ziemlich guter Trick.

»Sie sind im Regency abgestiegen«, sagte ich. »Ich habe Tony Celli auf seinem Zimmer besucht.«

»War's nett?«, fragte Angel, strich ostentativ mit der Hand die Unterseite der Tischplatte entlang und betrachtete dann den angesammelten Staub auf seinen Fingerspitzen.

»Ja, ziemlich nett, von den Kopftritten und Elektroschocks mal abgesehen.«

»So ein Arsch. Der sollte mal hier übernachten. So ein bisschen Dreck würde ihn wieder dran erinnern, wo er herkommt.«

»Wenn du noch mal über mein Haus moserst, kannst du auf dem Hof schlafen.«

»Da wär's wahrscheinlich sauberer«, murmelte er. »Und wärmer.«

Louis tappte mit einem langen, schlanken Finger auf die Tischplatte. »Hier in der Gegend wurde angeblich viel Geld fehlgeleitet. Richtig viel Geld.«

»Stimmt.«

»Irgendeine Ahnung, wo es sein könnte?«

»Vielleicht schon. Ich glaube, ein gewisser Billy Purdue hat es.«

»Das hab ich auch gehört.«

»Von Tony Cellis Leuten?«

»Sagen wir mal: von enttäuschten Angestellten. Sie glauben, dieser Billy Purdue ist dermaßen tot, dass man einen Friedhof nach ihm benennen sollte.«

Ich erzählte ihnen von Ritas und Donalds Tod. Angel und Louis tauschten einen Blick und da wusste ich, dass mehr dahinter steckte.

»Hat Billy Purdue Tonys Männer umgelegt?«, fragte Angel.

»Zumindest zwei von denen. Vorausgesetzt, er ist derjenige, der das Geld genommen hat, aber davon gehen Tony Celli und die Bullen aus.«

Louis stand auf und spülte sorgsam seinen Becher ab. »Tony steckt in Schwierigkeiten«, sagte er schließlich. »Er hat sich an der Wallstreet auf ein Geschäft eingelassen, das geplatzt ist.« Ich hatte gerüchteweise gehört, dass sich die Italiener an der Wallstreet breit machten. Sie gründeten Briefkastenfirmen, versorgten sich bei unehrlichen Maklern mit Kapital und zockten dann Investoren ab. Man konnte dort viel Geld verdienen, wenn man es richtig anstellte.

»Tony hat Mist gebaut«, fuhr Louis fort. »Und jetzt sind seine Tage gezählt, und zwar einstellig.«

»Wie schlimm ist es?«

Louis stellte den Becher umgedreht zum Trocknen hin und lehnte sich an die Spüle. »Weißt du, was *PERLS* ist?«

»Klingt wie die Dinger, die man in Austern findet.«

»Bloß dass dich eine Auster keine anderthalb Millionen kostet. Merkt man gleich, dass du nie Geld zum Investieren hattest.«

»Ich führe ein asketisches Leben. Wie Mutter Teresa, bloß ohne Lepra.«

»*PERLS*«, fuhr Louis fort, »steht für *Principal Exchange Rate Linked Securities*. Das ist ein strukturiertes Produkt, ein Wertpapier, das von Investmentbanken verkauft wird. Es ist so verpackt, dass es sicher wirkt, aber in Wirklichkeit ist es so riskant wie Sex mit einem Hai. Der Käufer wettet einen bestimmten Betrag und der Gewinn beruht dann auf den Wechselkursschwankungen bestimmter Währungen. Das ist das Prinzip, und wenn es gut läuft, kannst du einen Riesengewinn machen.«

Ich fand es immer faszinierend, wie Louis die Rolle des einsilbigen schwarzen Pistoleros abstreifen konnte, wenn das Thema es erforderte, aber das sagte ich ihm nicht.

»Tony Celli hält sich also für ein Finanzgenie und ein paar Leute in Boston glauben an ihn«, fuhr er fort. »Er kriegt viel Geld, wäscht es über Offshore-Banken und Briefkastenfirmen und leitet es dann auf die richtigen Konten. Er kümmert sich um die Buchhalter und ist auch die erste Anlaufstelle für Bargeld. Er ist wie die enge Öffnung bei einer Sanduhr: Alles muss durch ihn durch. Und ab und zu steckt Tony das Geld anderer Leute nebenher in irgendwelche Investitionen oder verdient ein bisschen was mit Wechselkursschwankungen und behält das für sich. Das kümmert keinen, solange er nicht zu gierig wird.«

»Lass mich raten«, unterbrach ich ihn. »Tony ist zu gierig geworden.«

Louis nickte. »Tony hat es satt, ein Indianer zu sein. Er will Häuptling werden. Er denkt sich, dass er dafür mehr Geld braucht, als er hat. Also spricht er so einen Derivathändler an, der keinen blassen Schimmer hat, wer er ist. Der hält ihn bloß für einen Spaghettifresser im gestreiften Hemd, der Geld ausgeben will, denn Tony bemüht sich, seine Geschäfte so diskret wie möglich abzuwickeln. Der Händler überredet Tony, eine Variante dieser *PERLS* zu zeichnen, die an den Wertunterschied zwischen einigen südostasiatischen und ausgewählten anderen Währungen gekoppelt ist – US-Dollar, Schweizer Franken, Deutsche Mark, soweit ich weiß –, und steckt dann die Provision ein. Die Sache ist so gefährlich, dass man sie eigentlich ticken hören müsste, aber Tony kauft sich für anderthalb Millionen ein und das meiste davon gehört ihm nicht, denn in dem Geschäft stecken auch noch Versicherungsunternehmen und Pensionsfonds aus dem Mittelwesten drin und Tony glaubt irrigerweise, die wären bloß zu konservativ, um auf so eine riskante Sache zu setzen. Es ist eine ganz kurzfristige Geldanlage und Tony denkt sich, er hätte seinen Reibach gemacht, ehe einer merkt, dass er das Bargeld länger als üblich bei sich behält.«

»Und was ist passiert?«

»Du liest doch Zeitung. Der Yen sackt ab, Banken sind ruiniert, in Südostasien bricht das ganze Finanzwesen ein. Der Wert von Tonys Anlagen fällt binnen zweier Tagen um 95 Prozent, und seine Lebenserwartung sinkt entsprechend. Tony schickt ein paar Leute los, den Händler zu suchen, und sie finden ihn im Zip City in der 18. Straße, als er sich gerade darüber lustig macht, wie er einem Typ das Gesicht abgerissen hätte. So nennen die Händler das, wenn sie jemandem eine geplatzte Geldanlage aufgeschwatzt haben.«

Und mit diesen Worten hatte der Händler, so Louis weiter, sein eigenes Todesurteil unterzeichnet. Als er auf die Toilette ging, wurde er überwältigt, in einen Keller in Queens verschleppt und an einen Stuhl gefesselt. Dann kam Tony rein, packte den Mann unterm Kinn und fing an zu ziehen. Er brauchte keine zwei Minuten, um dem Typ das Gesicht in Stücke zu reißen, und dann luden sie ihn in ein Auto und schlugen ihn später in einem Wald tot.

Louis nahm wieder das Messer, übte auf gut Glück noch ein paarmal seinen Trick und steckte es dann wieder in den Holzblock. Auf seiner Fingerkuppe war trotz des Drucks der Messerspitze kein Blut zu sehen. »Tony sitzt also in der Klemme und braucht dringend Bares und einige Leute weiter oben machen sich allmählich Sorgen, wo denn ihr Geld bleibt. Dann hat Tony Glück: Irgend so ein Vollidiot aus Toronto, der Tony 'ne Menge schuldet, erzählt ihm von diesem alten Kambodschaner, der ganz zurückgezogen in Hamilton, südlich von

Toronto, lebt. Der Alte war offenbar früher ein Roter Khmer, der stellvertretende Leiter des Lagers Tuol Seng in Phnom Penh.«

Ich hatte von Tuol Seng gehört. Es war eine Schule in der kambodschanischen Hauptstadt gewesen und die Roten Khmer machten daraus nach ihrer Machtübernahme ein Folter- und Hinrichtungslager. Tuol Seng wurde von Genosse Deuch geleitet, der gut sechzehntausend Menschen mit Peitschen, Ketten, giftigen Reptilien und Wasser folterte und umbrachte, darunter auch Westler, die der kambodschanischen Küste zu nahe gekommen waren.

»Offenbar hatte der Alte Freunde in Thailand und hat mit Heroinschmuggel viel Geld verdient«, sagte Louis. »Als die Vietnamesen einmarschierten, verschwand er und tauchte dann in Toronto als Gastronom auf. Seine Tochter war gerade in Boston aufs College gekommen, also hat sich Tony die geschnappt und ihrem Vater eine Lösegeldforderung geschickt, die seine Schulden beglichen hätte. Wegen seiner Vergangenheit konnte der Alte nicht zu den Bullen gehen. Tony ließ ihm drei Tage Zeit, aber da war seine Tochter längst tot. Der Alte treibt das Geld auf, schickt seine Männer zur Übergabe runter nach Maine und da – Wumms! – kommt alles durcheinander.«

Das erklärte die Anwesenheit von Eldritch, des Polizisten aus Toronto. Ich erzählte Louis von ihm und er hob einen Finger. »Da ist noch was: Zum gleichen Zeitpunkt, als sich hier die Morde ereigneten, ist das Haus des Alten in Hamilton niedergebrannt, mit ihm, seiner Familie und seinen Leibwächtern. Sieben Leute insgesamt. Tony wollte es clean, denn er ist ja ein cleaner Typ.«

»Auf Tonys Kopf ist also ein Preis ausgesetzt und dann klaut ihm Billy Purdue seinen Freifahrtschein«, bemerkte ich. »Willst du mir jetzt mal erzählen, wieso ihr euch vorhin so komisch angeguckt habt?« Sobald Louis schwieg, hatte Angel ihn wieder auf eine Weise angesehen, die mir verriet, dass es da noch mehr zu erzählen gab, und nichts Gutes.

Louis sah zu, wie Regentropfen ans Fenster platschten.

»Ihr habt noch ganz andere Probleme als Tony und die Bullen«, sagte er leise.

»Wie schlimm?«

»Schlimmer wird's nicht. Hast du mal von Abel und Stritch gehört?«

»Nein. Wer ist das? Eine Seifenfirma?«

»Sie bringen Leute um.«

»Mit Verlaub: Das ist in der gegenwärtigen Situation nun wirklich nichts Ungewöhnliches.«

»Sie haben Spaß daran.«

Und die nächste halbe Stunde lang verfolgte Louis die Lebenspfade zweier Männer, die nur als Abel und Stritch bekannt waren, Pfade, die von Folter, Verbrennungen, Vergasungen, beiläufigen Sexualmorden, der Vergewaltigung und Misshandlung von Frauen und Kindern und von bezahlten und unbezahlten Mordanschlägen gekennzeichnet waren. Abel und Stritch brachen Knochen und vergossen Blut; sie töteten mit Stromschlägen und Schlingen. Ihre Spur zog sich wie Stacheldraht um die ganze Welt, von Asien und Südafrika nach Süd- und Mittelamerika, durch jedes Krisengebiet, wo Menschen dafür zahlten, dass ihre Feinde terrorisiert und ermordet wurden, ganz egal, ob diese Feinde nun Guerillakämpfer, Agenten der Regierung, Bauern, Priester, Nonnen oder Kinder waren.

Louis erzählte mir von einem Fall in Chile, wo eine Familie, die verdächtigt wurde, Mapuche-Indianern Unterschlupf zu gewähren, von Pinochets Geheimdienstagenten verhaftet wurde. Die drei Söhne der Familie, siebzehn, achtzehn und zwanzig Jahre alt, wurden in den Keller eines leer stehenden Bürogebäudes geführt, geknebelt und an Betonpfeiler gebunden. Ihre Mutter und ihre Schwestern wurden hereingeführt und mit vorgehaltener Waffe gezwungen, sich ihnen gegenüberzusetzen. Niemand sprach ein Wort.

Dann tauchte aus der Dunkelheit am anderen Ende des Raums eine Gestalt auf, ein blasser, gedrungener Mann mit Glatze und toten Augen. Ein zweiter Mann blieb im Dunkeln, nur ab und zu sahen sie seine Zigarette aufglühen und sie rochen den Rauch, den er ausatmete.

In der rechten Hand hielt der blasse Mann einen schweren 500-Watt-Lötkolben, so eingestellt, dass die glühende, gut einen Zentimeter lange Spitze zwei- oder dreihundert Grad heiß war. Er ging zu dem jüngsten Sohn, riss ihm das Hemd auf und setzte ihm die Spitze auf die Brust, gleich unter das Brustbein. Die Lötkolbenspitze zischte, als sie ins Fleisch eindrang, und der Geruch von verbranntem Fleisch erfüllte den Raum. Der junge Mann wand sich und die Spitze fuhr immer tiefer und aus seinem Mund erklangen gedämpfte, panische Schmerzenslaute. Der Blick seines Folterers hatte sich gewandelt, war nun strahlend und lebendig, und sein Atmen ging in erregtes Japsen über. Mit der freien Hand öffnete er den Hosenstall des jungen Mannes, langte hinein und hielt ihn fest, während der Lötkolben aufwärts zum Herz des Jungen fuhr. Als er den Herzmuskel durchstieß, packte der blasse Mann noch fester zu und lächelte, während der Junge sich schüttelte und starb.

Die Frau erzählte ihnen, was sie wusste, was nicht viel war, und die beiden anderen jungen Männer starben schnell, auch weil der blasse Mann sich erschöpft hatte.

Und nun waren diese Männer nach Maine weitergezogen.

»Was wollen die hier?«, fragte ich schließlich.

»Die wollen das Geld«, sagte Louis. »Diese beiden morden seit Jahrzehnten und sie haben sich eine Menge Feinde gemacht. Allmählich läuft ihre Zeit ab. Das Geld wäre eine ziemlich coole Alterssicherung. Ich habe so das Gefühl, sie könnten sich an dich wenden, und deshalb sind wir hier.«

»Wie sehen sie aus?«, fragte ich, hatte aber bereits meine Vermutungen.

»Das ist das Problem. Über Abel weiß man nichts, nur dass er groß ist und silbergraues, fast weißes Haar hat. Aber Stritch, der Folterer ... der sieht aus wie aus einem Monstrositätenkabinett entsprungen: klein, breiter, kahler Kopf und ein Mund wie eine klaffende Wunde. Sieht aus wie Onkel Fester von der Addams Family, ist aber nicht so gutmütig.«

Ich dachte an den seltsamen, koboldartigen Mann, der vor dem Inn und später auch im Java Joe's aufgetaucht war und vorgeblich Leute bekehren wollte, dachte an diese grobe Zeichnung einer Mutter mit Kind und an seine leisen, unterschwelligen Drohungen.

»Den habe ich gesehen«, sagte ich.

Louis fuhr sich mit der Hand über den Mund. Er wirkte besorgt. Ich musste immer noch an das Bild denken, wie damals in einem alten Lagerhaus in Queens die Dunkelheit zum Leben erwachte und sich einer der gefürchtetsten Killer der Stadt auf die Zehenspitzen hob und den Mund aufriss, als Louis' Messer in seine Schädelbasis drang. Louis bekam nicht so schnell Angst. Ich erzählte ihm von dem Wagen, der Begegnung im Café und dem Anwalt namens Leo Voss.

»Ich vermute, dass Voss der Kontaktmann war, an den man sich wenden konnte, wenn man Abel und Stritch engagieren wollte«, sagte Louis. »Wenn er tot ist, dann haben sie ihn umgebracht. Sie stellen den Betrieb ein und wollen keine offenen Rechnungen hinterlassen. Wenn Stritch hier ist, dann ist auch Abel hier. Sie arbeiten nicht getrennt. Hat er sonst noch was gemacht?«

»Nein. Ich hatte den Eindruck, er wollte sich nur bemerkbar machen.«

»Man muss schon hart drauf sein, um im Caddy eines Toten rumzufahren«, sagte Angel. »Als wollte man auf sich aufmerksam machen.«

»Oder von jemand anderem ablenken«, sagte ich.

»Er lauert«, sagte Louis. »Und sein Partner auch. Irgendwo. Sie warten ab, ob du sie zu Billy Purdue führen kannst.« Er dachte kurz nach. »Sind die Frau und der Junge gefoltert worden?«

Ich schüttelte den Kopf. »Die Frau wurde erdrosselt. Keine Anzeichen für andere Verletzungen oder Notzucht. Der Junge starb, weil er dazwischenkam.« Ich erinnerte mich an den Anblick von Rita Ferris' Mund, als die Polizisten sie umdrehten. »Da war nur eines: Der Mörder hat der Frau nach ihrem Tod den Mund mit schwarzem Garn zugenäht.«

Angel verzog das Gesicht. »Das ergibt keinen Sinn.«

»Jedenfalls nicht, wenn Abel und Stritch es waren«, stimmte Louis zu. »Die hätten ihr die Finger abgerissen und den Jungen gefoltert, um rauszukriegen, was sie über das Geld wusste.«

»Und auch nicht nach Tony Celli«, fügte Angel hinzu.

»Die Bullen glauben, dass es möglicherweise Billy war«, sagte ich. »Das ist denkbar, aber er hatte trotzdem kein Motiv, ihren Mund zu verstümmeln.«

Wir schwiegen und wogen ab, was wir wussten. Ich glaube, wir kamen zum gleichen Schluss, aber es blieb Louis, ihn auszusprechen:

»Da ist noch jemand im Spiel.«

Draußen hämmerte der Regen auf das Schieferdach und prasselte an die Fensterscheiben. Ich spürte etwas Kaltes an der Schulter, aber vielleicht war es nur die Erinnerung an eine Berührung und die Stimme des Regens schien mir etwas zuzuflüstern, in einer Sprache, die ich nicht verstand.

Einige Stunden später kam der Laster mit den Möbeln. Wir richteten das Gästezimmer ein und legten noch ein paar Vorleger hinein, so dass es als zweites Heim durchging, solange das erste Heim nicht allzu schick war. Dann machten wir uns frisch und fuhren nach Portland, vorbei an dem blau-weiß beleuchteten Weihnachtsbaum auf dem Congress Square und dem zweiten, größeren Baum auf dem Monument Square. Wir parkten und gingen in die Stone Coast Brewing Company in der York Street, wo Angel und Louis hausgebrautes Bier tranken und wir überlegten, wo wir essen sollten.

»Habt ihr hier 'ne Sushi-Bar?«, fragte Louis.

»Ich esse keinen Fisch und keine Meeresfrüchte«, sagte ich.

»Du isst keine Meeresfrüchte?« Louis' Stimme hob sich um eine Oktave. »Was soll das heißen: Du isst keine Meeresfrüchte? Du wohnst in Maine. Die Hummer reichen einem hier förmlich Messer und Gabel und laden dich ein, ihnen den Arsch abzukauen.«

»Du weißt ganz genau, dass ich keine Meeresfrüchte esse«, sagte ich geduldig. »Das ist einfach so.«

»Das ist nicht einfach so, Mann, das ist eine *Phobie.*«

Angel lächelte. Nach dem, worüber wir zuvor gesprochen hatten, tat es gut, auszugehen und sich so aufzuführen.

»Tut mir Leid«, fuhr ich fort. »Aber ich esse nichts, was mehr als vier oder gar keine Beine hat. Du isst doch bestimmt bei den Krabben die Lunge mit.«

»Lunge, Krabbensaft, alles ...«

»Das ist kein Saft, Louis, das ist der Inhalt ihres Verdauungstrakts. Oder warum ist es wohl gelb?«

Wir aßen schließlich im Tony's Thai Taste in der Wharf Street, unten am alten Hafen. Wie der Zufall wollte, saßen drei Tische weiter Samson und Doyle, die beiden FBI-Agenten, die ich in Rita Ferris' Wohnung gesehen hatte, und Eldritch, der Polizist aus Toronto. Sie warfen uns neugierige, aber unfreundliche Blicke zu und widmeten sich dann wieder ihrem Curry.

»Freunde von dir?«, fragte Angel.

»Die Jungs vom FBI und ihr Vetter aus Kanada.«

»Die FBIler haben keinen Grund, dich zu mögen, Bird.

Nicht, dass sie einen Grund bräuchten, um jemanden nicht zu mögen.«

Unser Essen kam: Paradise Chicken für Louis und für Angel und mich zweimal die Empfehlung des Küchenchefs. Es war Rindfleisch mit Paprika, Ananas und Erbsen, gewürzt mit Zitronengras und einer Knoblauch-Chili-Sauce. Als Louis den Knoblauch roch, verzog er die Nase. Vermutlich würden weder Angel noch ich heute Abend einen Gutenachtkuss bekommen.

Wir aßen schweigend. Bald darauf gingen die FBI-Agenten und Eldritch. Ich hatte das Gefühl, dass ich bald wieder von ihnen hören würde. Als sie fort waren, tupfte sich Louis mit einer Serviette sorgfältig den Mund ab und trank sein Tsing-Tsao-Bier aus. »Hast du dir für diese Billy-Purdue-Sache schon eine Strategie überlegt?«

Ich zuckte mit den Achseln. »Ich hab mich umgehört. Er ist untergetaucht. Einerseits denke ich, er ist noch hier, aber andererseits glaube ich, dass er unterwegs nach Norden ist. Wenn er in Schwierigkeiten steckt, wird er sich vermutlich an jemanden wenden, der ihm früher wohl gesonnen war, und solche Leute sind ausgesprochen selten. Oben am Moosehead Lake, in einem Ort namens Dark Hollow, wohnt ein Mann, der eine Zeit lang Billy Purdues Pflegevater war. Könnte sein, dass der was weiß oder von ihm gehört hat.«

Ich erzählte ihnen von meinem Gespräch mit Willeford in der Kneipe und dass er daraufhin verschwunden war. »Ich werde auch Cheryl Lansing besuchen und mal sehn, ob sie dem irgendwas hinzufügen kann, was sie Willeford erzählt hat.«

»Hört sich an, als wäre deine Neugier geweckt«, meinte Angel.

»Kann schon sein, aber ...«

»Aber?«

Sosehr ich ihnen auch vertraute, wollte ich ihnen doch nicht von den Erlebnissen der Nacht zuvor erzählen. Das alles grenzte an Wahnsinn. »Aber ich bin Rita und ihrem Sohn etwas schuldig. Und wie es aussieht, wollen ja auch andere Leute mich da reinziehen, ob ich nun will oder nicht.«

»Ist das nicht immer so?«

»Ja.« Ich langte in meine Brieftasche, zog die Speditionsrechnung hervor und wedelte damit vor Angels Nase herum. »Ist das nicht immer so«, äffte ich ihn nach.

Er lächelte. »Wenn du so drauf bist, reisen wir nie mehr ab.«

»Treib's nicht zu weit, Angel«, warnte ich ihn. »Und bezahl das Essen. Das ist das Mindeste, was du tun kannst.«

10

Ich wachte spät auf und fühlte mich erquickt für die Reise nach Bangor. Angel und Louis lagen noch im Bett, also fuhr ich nach Oak Hill und wollte eigentlich nur bei der Bank halten und noch etwas Geld für die Reise abheben. Als ich das erledigt hatte, fuhr ich doch weiter zur Old County Road, bog in die Black Point Road, fuhr vorbei am White Caps Sandwich Shop und dann in die Ferry Road. Links befand sich der Golfplatz, rechts standen die Sommerhäuser und vor mir war der Parkplatz, wo die Männer umgekommen waren. Der Regen hatte alle Spuren verwischt, nur an einer Schranke flatterten noch ein paar zerfledderte Bahnen Absperrband in der Meeresbrise.

Als ich dort stand und mich umsah, hielt hinter mir ein Streifenwagen der Polizei von Prouts Neck.

Der Polizist stieg aus und fragte: »Alles in Ordnung, Sir?«

»Ja, ich seh mich nur um«, sagte ich. »Ich wohne drüben in der Spring Street.«

Er sah mich abschätzig an und nickte dann. »Jetzt erkenne ich Sie. Tut mir Leid, Sir, aber nach dem, was hier passiert ist, müssen wir vorsichtig sein.«

Ich winkte ihm zu, aber er hatte offenbar Lust zu plaudern. Er war jung, bestimmt jünger als ich, hatte strohblondes Haar und einen sanften und ernsthaften Blick. »Merkwürdige Geschichte«, sagte er. »Sonst ist es immer so still und friedlich hier.«

»Sind Sie hier aus der Gegend?«, fragte ich.

Er schüttelte den Kopf. »Nein, Sir, aus Flint in Michigan. Bin hierher gezogen, nachdem General Motors uns abgezockt hat, und hab neu angefangen. War die beste Idee meines Lebens.«

»Na ja, es war nicht immer so friedlich hier.« Mein Großvater konnte seine Familie bis in die Mitte des 17. Jahrhunderts zurückverfolgen, ein oder zwei Jahrzehnte nachdem Scarborough 1632 oder 1633 gegründet wurde. Damals hieß die ganze Gegend Black Point und die Siedlung wurde zweimal nach Angriffen der Ureinwohner aufgegeben. 1677 griffen die Wabanaki das englische Fort in Black Point zweimal an, töteten über vierzig englische Soldaten und ein Dutzend ihrer indianischen Verbündeten aus der protestantischen Missionsstation von Natick, in der Nähe von Boston. Gut zehn Minuten mit dem Auto von hier war der Massacre Pond, wo Richard Hunnewell und neunzehn andere 1713 bei einem Angriff der Indianer umkamen.

Angesichts der Sommerhäuser und des Yachthafens, des Vogelschutzgebiets und der Tennisplätze vergaß man leicht, dass dies früher eine Stätte der Gewalt gewesen war. Der Boden hier war mit Blut getränkt, Schicht um Schicht. Ich glaubte manchmal, dass Orte ein Gedächtnis hatten – dass Häuser, Länder, Städte, Gebirge die Geister vergangener Geschehnisse bargen – und dass sich die Geschichte auf eine Weise wiederholte, die einen zu der Ansicht verführen konnte, dass diese Orte manchmal wie ein Magnet wirkten, dass sie Unheil und Gewalt anzogen wie Eisenspäne. Insofern war es nur folgerichtig, dass, wenn einmal irgendwo viel Blut geflossen war, dort sehr wahrscheinlich wieder Blut fließen würde.

Wenn das stimmte, dann war es nicht merkwürdig, dass hier acht Männer so blutig ums Leben gekommen waren. Es war alles andere als merkwürdig.

Als ich nach Hause kam, buk ich ein paar Pfannkuchen, kochte Kaffee und frühstückte allein in der Küche, während Angel und Louis duschten und sich anzogen.

Wir hatten am Abend zuvor beschlossen, dass Louis hier bleiben und sich in Portland ein wenig nach Anzeichen von Abel und Stritch umsehen würde.

Von Portland nach Bangor sind es 125 Meilen in nördlicher Richtung auf dem Interstate Highway 95. Im Auto wühlte sich Angel ungeduldig durch meine Kassettensammlung, hörte sich einige Bänder ein oder zwei Stücke lang an und warf sie dann auf den Rücksitz. Die Go-Betweens, die Triffids, die Gourds out of Austin, Jim White und Doc Watson landeten alle auf einem Haufen, so dass der Wagen allmählich wie der Alptraum eines Diskjockeys aussah. Ich schob eine Kassette von Lampchop ein und die zarten, traurigen Akkorde von *I Will Drive Slowly* erfüllten den Wagen.

»Was hast du gesagt, ist das?«, fragte Angel.

»Alternative Countrymusik.«

»Das ist, wenn dein Laster anspringt, deine Frau wiederkommt und dein Hund aufersteht«, kicherte er.

»Willie Nelson würde dir den Hintern versohlen, wenn er das hören würde.«

»Ist das der Willie Nelson, dessen Frau ihn mal in ein Laken gefesselt und mit einem Besenstil bewusstlos geschlagen hat? Wenn der Kiffer was von mir will, komm ich, glaub ich, damit klar.«

Wir einigten uns schließlich auf die Lokalnachrichten auf PBS. Es hieß, weiter nördlich werde der Landvermesser einer Holzfirma vermisst, aber ich hörte nicht sehr aufmerksam hin.

In Waterville fuhren wir ab und hielten auf eine Suppe und einen Kaffee. Während wir auf die Rechnung warteten, spielte Angel mit Kekskrümeln. Er grübelte über etwas nach und es dauerte nicht lange, bis er es aussprach.

»Weißt du noch, wie ich dich in New York nach Rachel gefragt habe?«, sagte er schließlich.

»Ja, das weiß ich noch.«

»Du hattest keine große Lust, darüber zu reden.«

»Hab ich immer noch nicht.«

»Solltest du vielleicht aber.«

Es entstand eine Pause. Ich fragte mich, ob Angel und Louis über Rachel und mich gesprochen hatten, und vermutete, dass das Thema häufiger aufgekommen war. Ich gab ein wenig nach.

»Sie will mich nicht sehen«, sagte ich.

Er verzog den Mund. »Und wie geht's dir dabei?«

»Nimmst du Honorar für so was?«

Er schnippte einen Krümel in meine Richtung. »Beantworte einfach die Frage.«

»Nicht so gut, aber ehrlich gesagt hab ich im Moment andere Sorgen.«

Angel sah kurz zu mir hoch und dann wieder auf den Tisch. »Weißt du, sie hat mal angerufen und sich nach dir erkundigt.«

»Sie hat bei *euch* angerufen? Woher hatte sie denn eure Nummer?«

»Wir stehen im Telefonbuch.«

»Steht ihr nicht.«

»Na, dann haben wir sie ihr wohl gegeben.«

»Ihr seid ja so hilfsbereit«, seufzte ich und fuhr mir mit den Händen übers Gesicht. »Ich weiß nicht, Angel. Die Sache ist völlig verkorkst. Ich weiß nicht, ob ich schon so weit bin, und ich jage ihr ja sowieso Angst ein. Und denk dran: Sie war's, die mich abgewiesen hat.«

»Und du hast dich abweisen lassen.«

Die Rechnung kam und ich legte eine Zehner und ein paar Einer auf den Tisch. »Ja, gut … Ich hatte meine Gründe. Und sie auch.«

Ich stand auf und Angel erhob sich ebenfalls.

»Kann sein«, sagte er. »Nur schade, dass euch keine guten Gründe fürs Zusammenbleiben eingefallen sind.«

Als wir wieder auf den I-95 fuhren, streckte sich Angel behaglich neben mir aus und dabei rutschte ihm der Ärmel seines übergroßen Hemds über den Ellenbogen hoch. Eine weiße, schartige Narbe zog sich über seinen Unterarm, von der Armbeuge bis ein paar Zentimeter vor dem Handgelenk. Sie war gut fünfzehn Zentimeter lang und ich wunderte mich, dass sie mir nie aufgefallen war, aber als ich darüber nachdachte, kam ich darauf, dass es an mehreren Ursachen lag: Angel trug selten nur ein T-Shirt, und wenn doch, dann nur langärmlige; und als wir in Louisiana dem Fahrenden Mann nachjagten, war ich vollauf mit mir selbst beschäftigt; und schließlich neigte Angel überhaupt nicht dazu, über vergangene Qualen zu reden.

Als er bemerkte, dass ich die Narbe ansah, betrachtete er sie selbst und schwieg, als erinnerte er sich an ihre Entstehung.

»Willst du wissen, woher ich die habe?«, fragte er schließlich.

»Willst du's mir erzählen?«

»Muss nicht sein.«

»Dann lass es.«

Eine Zeit lang erwiderte er nichts. Dann: »Es hat was mit dir zu tun, also hast du wohl ein Recht, es zu erfahren.«

»Wenn du mir jetzt gestehst, dass du immer in mich verliebt warst, halte ich an und du kannst zu Fuß nach Bangor gehen.«

Angel lachte. »Du verleugnest dich.«

»Und wie.«

»So gut siehst du auch wieder nicht aus.« Er strich vorsichtig mit dem Zeigefinger der rechten Hand über die Narbe. »Du warst in Rikers, nicht wahr?«

Ich nickte. Ich war im Zuge von Ermittlungen im Zuchthaus Rikers Island gewesen und auch, als Angel dort einsaß. Sein Mithäftling William Vance hatte gedroht, ihn umzubringen, und ich war eingeschritten. Vance war mittlerweile tot. Er war im Oktober an den Verletzungen gestorben, die ihm Unbekannte zugefügt hatten, indem sie ihm Spülmittel in den Rachen gossen, weil sie erfahren hatten, dass er ein mutmaßlicher Sexualmörder war, der aus Mangel an Beweisen nie für seine Verbrechen vor Gericht stehen würde. Ich hatte die Informationen verbreitet, die zu dem Anschlag führten. Ich hatte es getan, um Angel zu retten. Vance war für die Welt kein Verlust und trotzdem lastete die Sache auf meinem Gewissen.

»Als Vance zum ersten Mal auf mich losgegangen ist, habe ich ihm einen Zahn ausgeschlagen«, sagte Angel leise. »Er hatte mich tagelang bedroht, hatte gesagt, er würde Hackfleisch aus mir machen. Der Spinner hatte es einfach auf mich abgesehen, das weißt du ja. Der Schlag war gar nicht schlimm oder so, aber ein Wärter hat gesehn, wie er geblutet hat und ich über ihm stand, und da hab ich zwanzig Tage Bunker gekriegt.«

»Bunker« bedeutete Einzelhaft: Dreiundzwanzig Stunden täglich weggeschlossen und nur eine Stunde Hofgang. Der Hof war im Grunde ein Käfig, nicht viel größer als eine Zelle, und die Häftlinge trugen dort Handschellen. Es gab dort Basketballkörbe, aber keine Basketbälle und in Handschellen hätte ja ohnehin niemand Basketball spielen können. Das Einzige, was die Häftlinge auf dem Hof tun konnten, war, sich zu prügeln, und das taten sie normalerweise auch, wenn sie rausgelassen wurden.

»Erst hab ich die Zelle überhaupt nicht verlassen«, sagte Angel. »Vance hatte zehn Tage gekriegt, nur weil er sich eine blutige Fresse geholt hatte, und ich wusste, dass er mir draußen auflauerte.« Er schwieg und biss sich auf die Unterlippe. »Man denkt ja, das ist ganz einfach – Ruhe und Frieden, kannst pennen und die meiste Zeit bist du sicher und so –, aber so ist das nicht. Du darfst nichts mitnehmen. Sie nehmen dir die Kleidung ab und geben dir drei Overalls. Du kannst nicht rauchen, aber ich hab ein Päckchen Tabak in drei Kondome gestopft und ins Dunkle gefahren und dann hab ich's mit Klopapier gedreht und geraucht. Der Tabak war nach fünf Tagen alle und seitdem rauche ich nicht mehr. Nach diesen fünf Tagen in der Zelle konnte ich den Lärm und das Geschrei nicht mehr ertragen. Das ist psychische Folter. Ich bin zum ersten Mal auf den Hof, Vance ist gleich auf mich losgegangen und hat mich mit den Fäusten an der Schläfe erwischt. Ich bin hingefallen und er hat mich getreten. Er hat mir fünf oder sechs kräftige Tritte verpasst, ehe sie ihn weggezerrt haben, und da wusste ich, dass ich es da nicht mehr aushalten konnte. Das war unmöglich zu ertragen.

Nach der Schlägerei haben sie mich auf die Krankenstation gebracht. Sie haben mich untersucht und festgestellt, dass nichts gebrochen war, und dann haben sie mich wieder in den Bunker gesteckt. Ich hab eine Schraube mitgenommen, gut fünf Zentimeter lang, die ich unten aus einem Arzneischrank gezwirbelt hatte. Und als das Licht aus war, hab ich versucht, mir den Arm aufzuschneiden.«

Er schüttelte den Kopf und lächelte zum ersten Mal, seit er mit der Geschichte angefangen hatte. »Hast du schon mal versucht, dir mit einer Schraube den Arm aufzuschlitzen?«

»Kann ich nicht behaupten, nein.«

»Das ist ganz schön schwierig. Schrauben sind für so was nicht gemacht. Mit viel Mühe hab ich's schließlich geschafft, dass etwas Blut floss, aber wenn ich daran hätte verbluten wollen, dann wären meine zwanzig Tage wahrscheinlich vorher rum gewesen. Aber sie haben mich erwischt und haben mich wieder auf die Krankenstation gebracht. Und von da aus hab ich dich angerufen.

Nach ein bisschen Gerede, einem psychologischen Gutachten und dem, was du ihnen erzählt hast, haben sie mich wieder in den normalen Vollzug gelassen. Wenn sie mich wieder in den Bunker gesteckt hätten, hätte ich eine Möglichkeit gefunden, mich umzubringen«, schloss Angel. »Vielleicht hätte ich es Vance überlassen, nur damit es vorbei gewesen wäre.

Manche Schuld wird man nie begleichen können, Bird, und das ist gar nicht so schlecht. Louis weiß das und ich weiß es auch. Dass du diese Sachen machst, weil sie richtig sind, macht es einem leichter, sich auf deine Seite zu stellen, aber auch wenn du den Kongress in die Luft jagen wolltest, würde Louis die Lunte zünden. Und ich würde währenddessen seinen Mantel halten.«

Cheryl Lansing wohnte in einem adretten, weißen, zweigeschossigen Haus am westlichen Stadtrand von Bangor, umgeben von gepflegten Rasenflächen und zwanzigjährigen Kiefern. Es war eine friedliche Gegend mit Häusern, die nach Wohlstand aussahen, und neuen Autos in den Auffahrten. Angel blieb im Mustang, während ich bei ihr klingelte. Niemand kam an die Tür. Ich schirmte mit den Händen meine Augen ab und spähte durchs Fenster, aber im Haus war nichts zu sehen.

Ich ging um die Ecke in einen ausgedehnten Garten. Gleich neben dem Haus befand sich ein Swimmingpool. Angel folgte mir.

»Die Babyvermittlung scheint sich ja auszuzahlen«, meinte er. Lächelnd winkte er mit einem schwarzen Etui, gut vier mal zwölf Zentimeter groß: das Werkzeug seiner Branche. »Nur für alle Fälle«, sagte er.

»Toll. Und wenn die Bullen vorbeischaun, erzähle ich ihnen, ich hätte dich bei einem Einbruch ertappt und festgenommen.«

Hinten am Haus war ein Wintergarten angebaut, aus dem Cheryl Lansing im Sommer auf ihren grünen Rasen schauen und im Winter dem Schneefall zusehen konnte. Der Pool war lange nicht gereinigt worden und war nicht abgedeckt. Er sah nicht allzu tief aus, vielleicht ein Meter am einen und zwei oder zwei fünfzig am anderen, und war voller Laub und Dreck.

»Bird.«

Ich ging zu Angel hinüber, der ins Haus schaute. Auf einer Seite befand sich ein großzügiger Küchenbereich, gegenüber stand ein großer Eichentisch mit fünf Stühlen und dahinter führte ein Durchgang in ein Wohnzimmer. Auf dem Tisch standen Tassen und Untertassen, eine Kaffeekanne und ein paar Muffins und Brötchen. In der Mitte stand eine Schale Obst. Selbst von hier aus konnte ich den Schimmel auf den Früchten erkennen.

Angel zog ein Paar gefütterte Handschuhe aus der Tasche und probierte es an der Schiebetür. Sie öffnete sich ohne weiteres.

»Willst du dich umsehen?«

»Okay.«

Drinnen roch es nach saurer Milch und vage nach gammligen Lebensmitteln. Wir gingen durch die Küche ins Wohnzimmer, das mit plüschigen Sofas und Sesseln in einem rosaroten Blumendessin eingerichtet war. Ich suchte das Erdgeschoss ab und Angel ging nach oben. Als er mich rief, ging ich schon die Treppe hinauf.

Er stand in einem Raum, der offenbar ein kleines Büro war, mit einem dunklen Holzschreibtisch, einem Computer und einigen Aktenschränken. Auf den Regalen an der Wand standen eine Reihe von Erweiterungskarteien, die mit Jahreszahlen beschriftet waren. Die von 1965 und 66 waren herausgezogen und ihr Inhalt lag über den Boden verstreut.

»Billy Purdue ist Jahrgang 66«, sagte ich leise.

»Glaubst du, er war hier?«

»Irgendjemand war hier.«

Wie dringend wollte Billy Purdue seine Herkunft zurückverfolgen – das fragte ich mich. Dringend genug, um herzukommen und das Büro einer alten Frau zu durchwühlen, um herauszufinden, was sie wusste?

»Schau in den Aktenschränken nach«, sagte ich zu Angel. »Und dann schau nach, ob bei diesen Akten irgendwas dabei ist, das mit Billy Purdue zu tun hat und das wir retten können. Ich sehe mich noch mal im Haus um, ob irgendwas liegen gelassen wurde.«

Er nickte, und ich durchsuchte das ganze Haus, die Schlafzimmer, das Badezimmer und schließlich noch einmal die Zimmer im Erdgeschoss. Das gammlige Obst auf dem Küchentisch war windrosenförmig von vier Gedecken umgeben, zwei mit Kaffeetassen und zwei mit Gläsern mit ranziger Milch.

Ich ging vors Haus. Am östlichen Ende des Gartens stand ein Geräteschuppen und ein offenes Vorhängeschloss hing am Türriegel. Ich ging hinüber, nahm ein Taschentuch und zog den Riegel auf. Drinnen befanden sich nur ein benzinbetriebener Rasenmäher, einige Blumentöpfe und Saatschalen und ein paar kurzstielige Gartenwerkzeuge. Alte Farbdosen standen auf einem Regal neben Weckgläsern mit Nägeln und eingetrockneten Pinseln. Ein leerer Vogelkäfig hing von einem Haken an der Decke. Ich schloss den Schuppen und ging zurück zum Haus.

Plötzlich kam eine Böe auf, schüttelte die Zweige der Bäume durch und strich durch die Grashalme zu meinen Füßen. Der Wind wirbelte in dem verwaisten Swimmingpool das Laub auf und arrangierte es mit einem trockenen Rascheln neu. Inmitten der Grün-, Braun- und Gelbtöne am tiefen Ende zeigte sich etwas Knallrotes.

Ich hockte mich an den Beckenrand und sah mir das an. Es war der Kopf einer Puppe, umgeben von einem roten Haarschopf. Ich konnte ein Glasauge und den Rand rubinroter Lippen erkennen. Der Pool war groß und ich überlegte kurz, ob ich in den Schuppen gehen und ein Werkzeug holen sollte, das lang genug war, um die Puppe damit herauszufischen, aber ich konnte mich nicht erinnern, dort etwas gesehen zu haben, das dazu dienen konnte. Die Puppe musste natürlich nichts bedeuten. Kinder ließen ihre Sachen ständig an den merkwürdigsten

Stellen liegen. Aber ihre Puppen ... Auf ihre Puppen gaben sie Acht. Jennifer hatte eine, die sie Molly nannte, mit dichtem schwarzem Haar und dem Schmollmund eines Filmstars, die beim Essen neben ihr am Tisch saß. Molly und Jenny, eine Freundschaft fürs Leben.

Ich ging zur Hausseite des Swimmingpools, wo eine Leiter ins flache Beckenende führte. Die untere Stiege war von Laub verdeckt. Ich kletterte hinab und ging vorsichtig in den Pool hinein, ängstlich bemüht, auf dem Gefälle nicht auszurutschen. Je weiter ich kam, desto tiefer wurde die Laubschicht, bedeckte erst meine Schuhspitzen, dann meine Hosenaufschläge und ging mir schließlich fast bis zu den Knien. Als ich fast bei der Puppe angelangt war, reichte mir das Laub bis weit die Oberschenkel hinauf; ich spürte die gammlige, feuchte Masse und dass mir Wasser in die Schuhe leckte.

Das Glasauge schaute zum Himmel empor, braunes Laub und Dreck bedeckten die andere Gesichtshälfte der Puppe. Ich langte hinunter, schob die Hand ins Laub und hob den Puppenkopf hoch. Als er sich löste, rutschte das Laub weg und das rechte Auge der Puppe, das durch den Druck geschlossen war, klappte auf. Die Bluse der Puppe war blau und der Rock grün. An den dicken Knien klebten Dreck und verwesende Pflanzenpartikel.

Die Puppe löste sich mit einem leisen, schmatzenden Geräusch aus dem Laub und noch etwas anderes kam frei. Die Hand, die die Beine der Puppe umklammerte, war klein, aber vor Verwesung geschwollen und blaugrau verfärbt. Zwei Fingernägel lösten sich bereits und Risse in der Haut zeigten lange Muskelfasern. Am Ellenbogen, über einer großen Gasblase, erkannte ich das Ende eines verfaulten Ärmels, der einst rosarot und nun vor Mulch, Dreck und getrocknetem Blut fast schwarz war.

Ich wich instinktiv zurück, hielt dabei weiter die Puppe fest und in einem Schwall aus Schock und Angst spürte ich, wie meine Füße auf dem Kachelboden des Beckens wegrutschten. Ich fiel rückwärts ins Laub, meine Füße schossen hoch und ich landete auf etwas Weichem, Feuchtem, Nachgiebigem. Ich hatte Laub im Mund und Verwesungsgestank in der Nase und das Kind hob sich, hochgerissen von meinen strampelnden Beinen und weil ich immer noch die Puppe hielt. Ich ruschte weiter und sah feuchtes Haar und graue Haut und milchige Augen. Mit den Füßen suchte ich nach Halt. In meiner Angst ließ ich die Puppe los und stieß die Kinderleiche instinktiv fort, doch ihr Gestank blieb an meiner Hand haften, als sie zurück ins Laub glitt. Dann wurde mein Hinabgleiten von einer größeren Gestalt aufgehalten, tote Finger berührten meine Wade und da wusste ich, dass sie alle dort unter dem verfaulenden Laub lagen, Verwesung über Verwesung, und wenn ich tiefer ins Laub einsank, würde ich sie sehen und vielleicht nie wieder aufstehen.

Meine rechte Hand wurde gepackt und ich hörte Angel rufen: »Ganz ruhig, Bird! Ganz ruhig!« Ich schaute hoch und sah, dass ich mich fast am rechten Beckenrand befand. Mit Angels Hilfe bekam ich den Rand zu fassen und zog mich hoch. Ich kroch weg vom Pool, lag auf dem kalten, feuchten Rasen und wischte mir die Hände am Gras ab, wieder und wieder, im verzweifelten, vergeblichen Bemühen, den Geruch des armen verlorenen Mädchens von meinen Fingern zu lösen.

»Sie sind da unten«, sagte ich. »Sie sind alle da unten.«

Angel rief Louis an und dann rief ich die Polizei von Bangor an. Angel ging, ehe sie kamen; bei seinem Vorstrafenregister hätte er die Sache nur kompliziert. Ich sagte ihm, er solle ein Taxi nehmen, sich im Days Inn neben dem riesigen Einkaufszentrum vor der Stadt einmieten und dort auf mich warten. Und dann stand ich am Schwimmbecken, das Haar und die Bluse des kleinen Mädchens nun deutlich sichtbar inmitten des Laubs, das sich im Wind drehte, und wartete auf die Polizei.

Vier Stunden später traf ich Angel im Days Inn. Ich hatte der Polizei alles erzählt, auch dass ich das Haus durchsucht hatte. Das gefiel ihnen nicht sonderlich, aber Ellis Howard aus Portland erklärte sich widerwillig bereit, für mich zu bürgen, und bat dann darum, mit mir zu sprechen.

»Sie haben mir also nichts verschwiegen?« Der Hörer bebte förmlich vor dem Groll in seiner Stimme. »Ich hätte dafür sorgen sollen, dass man Sie einsperrt, weil Sie sich an einem Tatort zu schaffen gemacht haben.«

Es war sinnlos, sich zu entschuldigen, also ließ ich es bleiben. »Willeford hat mir von ihr erzählt. Sie hat Billy Purdues Adoption vermittelt. Sie war bei Rita Ferris, ein paar Tage bevor Rita und Donald umgebracht wurden.«

»Erst seine Exfrau und sein Kind und jetzt seine Adoptionsvermittlerin. Sieht so aus, als wäre Billy Purdue auf die ganze Welt böse.«

»Das glauben Sie doch selbst nicht, Ellis.«

»Woher zum Teufel wollen Sie wissen, was ich glaube? Wenn Ihnen das Herz blutet, dann bluten Sie woanders weiter! Wir jedenfalls haben es satt!« Er war so wütend, dass er den Hörer erst beim dritten lautstarken Versuch auf die Gabel bekam. Ich gab den Polizisten meine Handynummer und bot an, auf jede mir mögliche Art zu helfen.

Vier Leichen lagen in dem Schwimmbecken. Cheryl Lansing lag am tieferen Ende, unter ihrer Schiegertochter Louise. Die beiden Enkelinnen Sophie und Sarah lagen, beide im Nachthemd, ein Stück weiter oben. Aus dem ganzen Garten hatte man Laub auf sie gehäuft und es dann mit Mulch von einem Haufen neben dem Werkzeugschuppen abgedeckt.

Allen vieren war die Kehle aufgeschlitzt worden, von links nach rechts. Cheryl Lansings Unterkiefer war durch einen Schlag auf die linke Gesichtshälfte gebrochen und ihr Mund klaffte merkwürdig, als die Rechtsmediziner, die im Pool arbeiteten, ihren Kopf freilegten. Und wie sie da mit offenem

Mund unter der Leiche ihrer Schwiegertochter lag, wurde klar, dass der Mörder ihrem Körper eine letzte Demütigung zugefügt hatte.

Vor ihrem Tod hatte man Cheryl Lansing die Zunge herausgerissen.

Cheryl Lansings Tod zeigte, dass jemand – Billy Purdue, Abel und sein Partner Stritch oder eine noch unbekannte Person – einer Spur zurück durch Billys Leben folgte, einer Spur, die nun offenbar mit den abgebrochenen Ermittlungen über seine Herkunft zusammenhing, die Willeford angestellt hatte. Ich beschloss, im Norden weiterzumachen. Angel bot an, mich zu begleiten, aber ich sagte ihm, er solle am nächsten Morgen zurück nach Portland fliegen und ich würde den Mustang nehmen.

»Bird?«, sagte er, als ich den Wagen anließ. »Du hast mir von Billy Purdue erzählt und von seiner Frau und seinem Sohn. Aber was ich nicht raffe: Wie ist sie denn bei so einem Typ gelandet?«

Ich zuckte die Achseln. Sie kam aus einer kaputten Familie, vermutete ich, und schien den Kreislauf zu wiederholen, indem sie mit Billy Purdue ihre eigene kaputte Familie gründete. Aber es war mehr als das: Rita Ferris trug etwas Gutes in sich, das unberührt und unbeschädigt geblieben war, trotz allem, was ihr zustieß. Vielleicht, nur vielleicht, glaubte sie, etwas Ähnliches auch in Billy zu entdecken, und dachte, dass sie ihn, wenn sie es nur richtig anstellte, retten könne; dass sie ihn dazu bringen könne, dass er sie genauso brauchte, wie sie ihn brauchte, weil sie glaubte, dieses Brauchen wäre dasselbe wie Liebe.

»Sie hat ihn geliebt«, sagte ich schließlich. »Letztlich war es das Einzige, was sie geben konnte, und sie wollte es unbedingt geben.«

»Das ist keine schlüssige Antwort.«

»Ich kenne die Antworten nicht, Angel, ich kann bloß die Fragen anders formulieren.« Dann verließ ich den Parkplatz und fuhr in nördliche Richtung zur Kreuzung des Interstate 95 und des Highway 15, nach Dover-Foxcroft, Greenville und Dark Hollow. Im Nachhinein betrachtet, war es der erste Schritt zu einer Reise, die mich nicht nur zwingen würde, mich meiner eigenen Vergangenheit zu stellen, sondern auch der meines Großvaters; die Geister aufstörte, die man längst zur letzten Ruhe gebettet glaubte; und die mich schließlich dazu brachte, mich dem zu stellen, was so lange in der Dunkelheit der riesigen Wälder hoch im Norden auf mich gewartet hatte.

11

Während eines Grossteils seiner Geschichte bestand Maine aus kaum mehr als einer Reihe von Fischersiedlungen, die sich an der Atlantikküste entlangzogen. Unter dem Meer vor jener Küste lagen die Reste einer anderen Welt, die untergegangen war, als die Wasser stiegen. Maine hat eine zweite, überflutete Küste: Die Inseln waren einst Berge und über den Grund des Ozeans ziehen sich vergessene Landstriche. Die Vergangenheit ruht versunken in der Tiefe und kein Sonnenlicht dringt dorthin vor.

Die Gegenwart entstand also am Abgrund zur Vergangenheit, als sich die Menschen an der Küste niederließen. Wenige nur wagten sich in die Wildnis des Hinterlands vor: französische Missionare, die die Indianer zum Christentum bekehren wollten – es gab hier nie mehr als dreitausend von ihnen und auch sie lebten größtenteils an der Küste –, und Fallensteller, die ihren Lebensunterhalt mit dem Verkauf von Pelzen verdienten. Der Boden über dem Grundgestein der Küste war fruchtbar und die Indianer bebauten ihn und düngten mit fauligem Fisch und dieser Gestank mischte sich mit dem Duft wilder Rosen und Strandnelken. Später dann erntete man die Austernbänke, grub nach Venus- und Sandklaffmuscheln und baute die riesigen Eiskeller, von denen aus das Maine-Eis in alle Winkel der Erde exportiert wurde.

Als man aber die Möglichkeiten witterte, welche die Wälder boten, drangen die Siedler bald immer weiter nord- und westwärts vor. Auf Befehl des Königs schlugen sie alle Weißfichten, deren Stamm an der Basis einen Durchmesser von über sechzig Zentimeter hatte, und machten Schiffsmasten daraus. Die Masten von Admiral Nelsons Schiff HMS Victory, das bei der Schlacht von Trafalgar gegen Napoleons Streitmacht kämpfte, stammten aus Maine.

Anfang des 19. Jahrhunderts dann wurde das Hinterland erforscht und vermessen. In der Wildnis entstanden Fabriken, die Papier, Zellulose und Bauholz produzierten. Schoner segelten den Penobscot hinauf, um Kiefern- und Fichtenholz zu laden, das aus den fernsten Weiten des Nordens flussabwärts transportiert worden war. Sägemühlen säumten die Ufer des Penobscot, Merrimack, Kennebec, Saint Croix und Machias. Immer wieder kamen Menschen ums Leben, wenn es galt, Stockungen zu beheben oder 25 000 Festmeter Baumstämme zusammenzuhalten, bis die Epoche der industriellen Flößerei 1978 zu Ende ging. Das Land wurde nach den Bedürfnissen der Holzbarone umgemodelt: Flüsse wurden umgeleitet, Seen aufgestaut, Dämme errichtet. Brände wüteten auf den trockenen Lichtungen, die die Holzfäller hinterließen, und ganze Ströme starben an verklapptem Sägemehl. Der Urwald aus Kiefern und Fichten ist seit zweihundert Jahren verschwunden; die Harthölzer Birke, Ahorn und Eiche wuchsen nach.

Heute ist ein Großteil des Lands im Norden Nutzforst, der den Holzfirmen gehört, und über die Straßen kurven Laster mit frisch geschlagenen Stämmen. Im Winter schlagen die Firmen hektargroße Schneisen in die Wälder und stapeln die gefällten Bäume dann im März und April auf. Das Holz bildet den Reichtum von Maine und auch mein Großvater zog, wie viele Leute hier an der Küste, Fichten und Tannen, um sie als Weihnachtsbäume zu verkaufen.

Doch trotz aller Nutzwälder gibt es immer noch unberührte Urwaldregionen, wo Tierfährten und Elchlosung zu abgelegenen Wasserstellen führen, gespeist von Sturzbächen, die sich über Felsen und umgestürzte Bäume ergießen. Es ist eine der letzten Gegenden, in der noch Wölfe, Pumas und Karibus leben. Maine zählt immer noch vier Millionen Hektar unbesiedeltes Land und der Bundesstaat ist heute grüner als vor hundert Jahren, als das Auslaugen der dünnen Böden zum Niedergang der Landwirtschaft führte, der Wald sich das Land auf seine Art zurückholte und Mauern, die einst Familien Schutz boten, bald nur noch Hemlocktannen und Kiefern bargen.

Man konnte sich in dieser Wildnis verlieren, wenn man wollte.

Dark Hollow lag gut fünf Meilen nördlich von Greenville, am Ostufer des Moosehead Lake und in der Nähe des achtzigtausend Hektar großen Naturschutzgebiets Baxter State Park, wo der Mount Katahdin am Nordende des Appalachian Trail den Horizont beherrschte. Ich wollte schon fast in Greenville Halt machen – die Straße war dunkel und der Abend kalt –, aber ich wusste, dass es darauf ankam, Meade Payne zu finden. Menschen, die Billy Purdue nahe gestanden hatten – seine Exfrau, sein Sohn und die Frau, die seine Adoption vermittelt hatte –, waren auf brutale Weise ums Leben gekommen. Payne musste gewarnt werden.

Greenville war das Tor zu den Wäldern des Nordens und das Holz hatte lange den Reichtum der Stadt und ihrer Umgebung ausgemacht. Früher gab es hier sogar ein Sägewerk, das den Leuten aus der Gegend Arbeit bot, aber es wurde Mitte der Siebziger geschlossen, als es während der Wirtschaftskrise keinen Profit mehr abwarf. Damals zogen viele Menschen aus der Gegend fort und jene, die blieben, suchten im Tourismus, der Fischerei und Jagd ein neues Auskommen, aber Greenville und die anderen Orte, die es vereinzelt weiter nördlich gab – Beaver Cove, Kokadjo und Dark Hollow, wo die Stromleitungen endeten und die Wildnis erst richtig begann –, waren trotzdem arm. Als der Golfclub von Greenville die Gebühr pro Spiel von zehn auf zwölf Dollar angehoben hatte, hatte das einen Aufruhr ausgelöst.

Ich fuhr die Lily Bay Road hinauf, seit vielen Jahren die Straße, über die im Winter schweres Gerät in die Holzfällercamps gebracht wurde; links und rechts hohe Schneewehen und dahinter die endlosen Wälder; und dann kam ich nach Dark Hollow. Es war eine kleiner Ort, im Zentrum gerade mal zwei Blocks groß, und am nördlichen Ortsausgang befand sich ein Polizeirevier. Dark Hollow bekam etwas von dem Tourismus und der Jagd aus Greenville ab, aber nicht viel. Von hier aus sah man nicht den See, sondern nur das Gebirge und die Wälder. Es gab ein Motel, das Tamara Motor Inn, das mit seiner hohen, gewölbten Fassade und der rot-grünen Neonschrift darauf wie ein Relikt aus den Fünfzigern aussah. Ein oder zwei Kunsthandwerksläden verkauften Duftkerzen und Sitzmöbel, die Borkensplitter auf der Hose hinterließen. Ein Buchladen mit angeschlossenem Café, ein Diner und ein Drugstore bildeten den Großteil des Geschäftszentrums und dort türmten sich vereiste Schneehaufen im Rinnstein und im Schatten der Gebäude.

Nur der Diner hatte noch geöffnet. Er war neckisch in psychedelischen Farben gestrichen und sah aus wie ein Laden, den die Scooby-Doo-Bande eröffnet hatte, nachdem ihre Mystery Machine endgültig den Geist aufgegeben hatte, wie die luftgekühlten VW-Käfer, die spätestens in Santa Fe ausbrannten, wo doch die Hippies in den Sechzigern damit das ganze Land durchqueren wollten.

Drinnen sah man Drucke alter Konzertplakate und Landschaftsbilder offenbar eines örtlichen Malers. In einer Ecke hing das gerahmte Foto eines jungen Mannes in Armeeuniform neben einem älteren Mann, umgeben von einer verblichenen Litze in Rot, Weiß und Blau, aber so genau sah ich mir das nicht an. Ein paar alte Leute saßen in einer Nische, tranken Kaffee und plauderten und vier junge Typen mühten sich, cool und vage bedrohlich auszusehen, ohne dass ihnen die Pickel platzten, wenn sie höhnisch grinsten.

Ich bestellte ein Clubsandwich und einen Becher Kaffee. Es schmeckte gut und für einen Moment vergaß ich fast, was in

Bangor geschehen war. Ich fragte die Kellnerin, die Annie hieß, nach einer Wegbeschreibung zu Paynes Haus, und sie erklärte es mir lächelnd, sagte aber auch, dass Glatteis und weiterer Schneefall erwartet würden und die Straße auch unter günstigeren Umständen schwer passierbar sei.

»Sind Sie ein Freund von Meade?«, fragte sie. Annie hatte offenbar große Lust zu plaudern, mehr als ich. Sie hatte rotes Haar, trug roten Lippenstift und ihre Augen waren dunkelblau geschminkt. Mit ihrem von Natur blassen Teint vermittelte das den Eindruck eines unfertigen Gemäldes, wie etwas, das ein abgelenktes Kind liegen gelassen hatte.

»Nein«, antwortete ich. »Ich möchte mich bloß mit ihm über etwas unterhalten.«

Ihr Lächeln schwand ein wenig. »Es ist doch nichts Schlimmes, oder? Der alte Mann hat's nämlich schon schwer genug gehabt.«

»Nein«, log ich. »Es ist nichts Schlimmes. Tut mir Leid zu hören, dass es Meade nicht so gut ergangen ist.«

Sie zuckte die Achseln und lächelte wieder etwas strahlender. »Er hat vor ein paar Jahren seine Frau verloren und dann ist sein Neffe im Golfkrieg umgekommen. Seitdem hat er sich ziemlich zurückgezogen. Wir sehen ihn hier nicht mehr oft.«

Annie beugte sich herüber und ihre Brüste strichen über meinen Arm, als sie die Reste meines Sandwichs abräumte. »Möchten Sie sonst noch was?«, fragte sie fröhlich und beendete damit das Gespräch über Meade Payne. Ich war mir nicht sicher, ob die Frage doppeldeutig gemeint war, und entschied mich dann dagegen. Das machte das Leben einfacher.

»Nein, danke.«

Mit einer schwungvollen Bewegung rupfte sie die Rechnung von ihrem Block. »Dann lasse ich Ihnen nur das hier da.« Sie strahlte mich noch einmal an und schob die Rechnung unter das Sahnekännchen. »Passen Sie gut auf sich auf, Schätzchen«, sagte sie und stolzierte davon.

»Das werde ich.« Irgendwie war ich erleichtert, als sie fort war. Meade Payne hatte kein Telefon, zumindest war sein Name nicht im Telefonbuch verzeichnet. Widerwillig beschloss ich, erst am Morgen mit ihm zu sprechen. Im Tamara bekam ich ein Zimmer für achtundzwanzig Dollar die Nacht und schlief in einem alten Bett mit einer dicken Matratze und einem Rahmen aus gedrechseltem Holz. In der Nacht wachte ich einmal auf, als der Gestank von gammligem Laub und die gärenden Geräusche von stark Verwesendem, das sich darunter bewegte, unerträglich wurden.

Die Kellnerin hatte Recht gehabt: Als ich am nächsten Morgen das Tamara verließ, war alles mit Rauhreif überzogen und die Grashalme der schmalen Rasenfläche vor dem Motel sahen aus wie Kristalle. Autos fuhren im hellen Morgensonnenschein langsam die Hauptstraße entlang und Leute im Mantel und mit Handschuhen an schnaubten wie Dampfmaschinen vorüber. Ich ließ den Wagen vor dem Tamara stehen und ging zu Fuß zum Diner. Von draußen sah ich, dass die meisten Nischen bereits besetzt waren, und unter denen, die dort saßen, herrschte ein einladendes Gemeinschafts- und Zusammengehörigkeitsgefühl.

Die Kellnerinnen – Annie schien nicht dabei zu sein – flatterten wie Schmetterlinge von Tisch zu Tisch und an der Registrierkasse plauderte ein bärtiger Mann mit einer Schürze vor dem Bauch mit den Gästen. Ich war fast an der Tür angelangt, als eine freundliche, sanfte und vertraute Stimme hinter mir sagte: »Charlie?« Ich drehte mich um und Gegenwart und Vergangenheit fielen in der Erinnerung an einen Kuss zusammmen.

Lorna Jennings war sechs Jahre älter als ich und wohnte eine Meile vom Haus meines Großvaters entfernt. Sie war klein und zierlich, ihr kurzes, dunkles Haar trug sie in einer Bubikopffrisur und sie hatte einen richtigen Kussmund. Ihre Augen waren blaugrün und ihr Teint war weiß wie Porzellan.

Ihr Mann hieß Randall, aber seine Freunde nannten ihn Rand. Er war groß und in seiner Jugend ein vielversprechender Eishockeyspieler gewesen. Rand war Polizist, noch in Uniform, aber darauf aus, zur Kriminalpolizei versetzt zu werden. Er hatte seine Frau nie geschlagen und ihr nie körperlich wehgetan und sie glaubte, eine glückliche Ehe zu führen, bis er ihr dann von seiner ersten und, wie er sagte, einzigen Affäre erzählte. Das war, bevor ich sie kennen lernte und wir ein Liebespaar wurden.

Es war mein erster Sommer nach dem Studium an der University of Maine, wo ich mit Ach und Krach einen Abschluss in Englisch gemacht hatte. Ich war 23, hatte nach der High School ein paar lausige Jobs gehabt und war dann an der Westküste herumgereist, ehe ich aufs College ging. Nun war ich zurück in Scarborough, um dort noch einen letzten Sommer zu verbringen. Ich hatte mich bereits bei der New Yorker Polizei beworben und dafür die wenigen Leute eingespannt, die sich gern an meinen Vater erinnerten. Vielleicht glaubte ich idealistischerweise, durch meine Arbeit dort den Makel von seinem Namen tilgen zu können. Doch stattdessen wühlte ich nur bei manchen Leuten alte Erinnerungen auf – wie jemand, der am Grund eines Teichs im Schlamm stochert.

Mein Großvater besorgte mir einen Job als Bürobote und Mädchen für alles bei einem Versicherungsunternehmen. Ich kochte Kaffee, fegte aus, ging ans Telefon, wischte die Schreibtische ab und bekam genug über diese Branche mit, um zu wissen, dass man entweder naiv oder verzweifelt sein musste, wenn man einem Versicherungsvertreter glaubte.

Lorna Jennings war die persönliche Assistentin des Büroleiters. Sie war stets freundlich zu mir, aber anfangs sprachen wir wenig miteinander und nur ein- oder zweimal ertappte ich sie dabei, wie sie mich irgendwie amüsiert ansah, ehe sie weiter Akten studierte oder Briefe tippte. Wir unterhielten uns zum ersten Mal auf der Abschiedsfeier für eine Sekretärin, die in Rente ging – eine große Frau mit silberblau getöntem Haar, die im Jahr darauf in eine Anstalt eingewiesen wurde, weil sie einen ihrer Hunde mit einem Beil erschlagen hatte. Lorna kam zu mir geschlendert, der ich bei einem Bier am Tresen saß und so zu tun versuchte, als hätte ich nicht das mindeste mit der Versicherungsbranche zu schaffen.

»Hallo«, sagte sie. »Du siehst irgendwie einsam aus. Willst du Abstand zu uns halten?«

»Hallo«, erwiderte ich und schob mein Glas hin und her. »Nein, eigentlich nicht.«

Sie hob eine Augenbraue und ich gestand.

»Na gut, vielleicht schon. Aber nicht zu dir.«

Ihre Augenbraue hob sich weiter. Ich fragte mich, ob man so rot werden konnte, dass einem Blutgefäße im Gesicht platzten.

»Ich hab dich heute etwas lesen sehen«, sagte sie und setzte sich auf den Hocker gegenüber. Sie trug ein langes, dunkles Wollkleid, das wie angegossen saß, und duftete nach Blumen: Körperlotion, wie ich später erfuhr. Sie trug selten Parfum. »Was war es denn?«

Ich war immer noch ein wenig verlegen. Ich hatte *Die allertraurigste Geschichte* von Ford Madox Ford gelesen. Ich hatte es gekauft, weil ich es für etwas anderes hielt, als es war: Die Schilderung einiger Figuren, die einander auf ihre jeweilige Weise untreu waren. So wie es mit unserer Beziehung dann später weiterging, kam es mir allerdings eher wie ein Lehrbuch vor als wie ein Roman.

»Ein Buch von Ford Madox Ford. Hast du mal was von ihm gelesen?«

»Nein, ich kenne ihn bloß dem Namen nach. Sollte ich?«

»Ich glaube schon.« Das wirkte nicht wie eine besonders herzliche Empfehlung und als literarische Kritik ließ es zu wünschen übrig, also fuhr ich fort: »Wenn du etwas über schwache Männer und unglückliche Ehen lesen möchtest.«

Sie zuckte leicht zusammen, und obwohl ich damals so gut wie nichts über sie wusste, wäre ich am liebsten im Boden versunken, um meine Beklommenheit zu verbergen. Ich hatte sie irgendwie verletzt, nur dass ich nicht wusste, wie.

»Ach, wirklich?«, sagte sie schließlich. »Vielleicht kannst du's mir ja mal leihen.«

Wir unterhielten uns noch ein wenig über das Büro und meinen Großvater und dann stand sie auf, um zu gehen. Dabei fuhr sie mit der Hand oberhalb des Knies über ihr Kleid, wo sich ein Fussel verfangen hatte. Dadurch spannte sich der Stoff noch enger und sie schaute mich neugierig an, den Kopf zur Seite geneigt, und in ihren Augen war ein Leuchten, wie ich es nie zuvor gesehen hatte. Niemand hatte mich je so angesehen und niemand, dachte ich, würde mich je wieder so ansehen. Sie berührte sacht meinen Arm und die Berührung brannte.

»Vergiss das Buch nicht«, sagte sie.

Dann ging sie.

So fing das alles an. Ich lieh ihr das Buch und es bereitete mir ein seltsames Vergnügen zu wissen, dass ihre Hände mein Buch berührten und ihre Finger zart über die Seiten strichen. Eine Woche später ließ ich den Job sausen. Genauer gesagt wurde mir nach einem Streit mit dem Büroleiter gekündigt. Er hatte mich einen Faulpelz genannt und ich ihn einen Schleimscheißer, was er auch war. Mein Großvater war zunächst sauer, dass ich die Stelle verloren hatte, aber insgeheim gefiel ihm, was ich dem Büroleiter gesagt hatte. Mein Großvater hielt ihn auch für einen Schleimscheißer.

Es dauerte noch eine Woche, bis ich den Mut aufbrachte, Lorna anzurufen. Wir trafen uns in einem kleinen Café in der Nähe der Veterans Memorial Bridge. Sie sagte, das Buch von Ford Madox Ford habe ihr sehr gefallen, obwohl es sie traurig gemacht habe. Sie hatte es mitgebracht und ich schenkte es ihr. Ich wollte glauben, dass sie an mich dachte, wenn sie es ansah. Das macht die Verliebtheit mit einem und aus Verliebtheit wurde bald mehr.

Als wir das Café verließen, bot ich an, sie mit dem MG nach Hause zu fahren, den mir mein Großvater zum Examen geschenkt hatte; ein in Amerika gebautes Modell aus der Zeit, bevor British Leyland das Unternehmen übernommen und alles verhunzt hatte. Es war ein etwas schnöseliger Wagen, aber ich mochte seine Straßenlage. Sie lehnte ab.

»Ich bin mit Rand verabredet«, sagte sie. Ich muss gekränkt geguckt haben, denn sie beugte sich vor und küsste mich zärtlich auf die Wange.

»Lass mich nicht wieder so lange warten«, sagte sie. Und daran hielt ich mich.

Nun trafen wir uns oft, doch erst an einem warmen Juliabend küssten wir einander zum ersten Mal richtig. Wir waren im Kino gewesen und hatten uns einen hundsmiserablen Film angesehen und dann gingen wir zu unseren Autos. Rand mochte keine Filme, ob nun hundsmiserabel oder nicht. Sie hatte ihm nicht gesagt, dass sie mit mir ins Kino gehen würde, und fragte mich, ob das wohl in Ordnung sei. Ich sagte, wahrscheinlich schon, aber wahrscheinlich war es eher nicht in Ordnung. Jedenfalls fand Rand es nicht in Ordnung, als später alles in die Brüche ging.

»Weißt du, ich möchte dich nicht davon abhalten, andere nette Mädchen kennen zu lernen«, sagte sie, ohne mich anzusehen.

»Du hältst mich nicht ab«, log ich.

»Denn ich lasse es auch nicht zu, dass die Sache mit uns irgendwas zwischen Rand und mir ändert«, log sie zurück.

»Dann ist ja alles gut«, log ich wieder.

Wir waren bei den Autos angelangt und sie stand mit ihrem Schlüssel in der Hand da und schaute zum Himmel. Dann schob sie die Hände in die Hosentaschen und senkte den Kopf.

»Komm her«, sagte ich. »Nur ganz kurz.«

Und sie kam.

Wir schliefen zum ersten Mal in meinem Zimmer miteinander, an einem Freitagnachmittag, als Rand zu einer Beerdigung nach Boston gefahren war. Mein Großvater traf sich in der Stadt mit ein paar Polizeikumpels, sie schwatzten von alten Zeiten und brachten sich über die Todesanzeigen auf den neuesten Stand. Im Haus war es ruhig.

Sie kam zu Fuß. Wir waren zwar verabredet, aber ich war trotzdem überrascht, als ich sie dort stehen sah, gekleidet in Jeans und Jeanshemd, mit einem weißen T-Shirt drunter. Sie sagte kein Wort, als ich sie in mein Zimmer geleitete. Wir küssten uns erst unbeholfen, ihr Hemd war noch zugeknöpft, doch bald leidenschaftlicher. Ich hatte Schmetterlinge im Bauch. Ich war mir ihrer Anwesenheit absolut bewusst und ihres Dufts und wie sich ihre Brüste unter dem Hemd anfühlten und wie unerfahren ich war und wie sehr ich mich nach ihr sehnte und, auch damals schon, dass ich sie liebte. Sie löste sich von mir, knöpfte ihr Hemd auf und zog sich das T-Shirt aus. Sie trug keinen BH und ihre Brüste hoben sich bei der Bewegung. Dann stand ich neben ihr und nestelte an ihrer Jeans und sie zog an meinem Hemd, und ich schlang die Zunge um ihre, meine Hüften fest an sie gepresst.

Und im gesprenkelten Sonnenschein eines Julinachmittags verlor ich mich in der Wärme ihrer Küsse und in ihrem weichen, nachgiebigen Fleisch, in das ich eindrang.

Wir verbrachten gut vier Monate miteinander, ehe Rand Wind von der Sache bekam. Ich traf mich mit ihr, wann immer sie sich freimachen konnte. Ich arbeitete mittlerweile als Kellner und hatte nachmittags und, wenn ich wollte, an zwei oder drei Abenden die Woche frei. Wir schliefen miteinander, wo und wann wir nur konnten, und blieben sonst meistens über Briefe und kurze Telefongespräche in Verbindung. Einmal taten wir es am Higgins Beach, was meinen Misserfolg bei

Becky Berube so ziemlich wettmachte, und wir taten es auch an dem Tag, als meine Zusage aus New York kam, und selbst beim Sex spürte ich, wie sie es bedauerte, dass ich fortgehen würde.

Meine Zeit mit Lorna war ganz anders als die anderen Beziehungen, die ich gehabt hatte. Das waren kurze, zum Scheitern verurteilte Liebeleien, erschwert noch durch den kleinstädtischen Mief von Scarborough, wo Typen ankamen und einem erzählten, in was für Stellungen sie deine Freundin durchgebumst hätten, als sie noch ihre Freundin war, und wie toll sie doch blasen würde. Lorna schien über diesen Dingen zu stehen, aber sie war davon auf eine andere Art betroffen, wie sich an der allmählichen Zerrüttung der Ehe eines Paares zeigte, das seit der High School zusammen war.

Es war zu Ende, als ein Freund von Rand uns in einem Café dabei ertappte, wie wir über einen Tisch voller Donutzucker und Milchflecken hinweg Händchen hielten. So banal war das. Sie stritten sich und Rand bot ihr an, mit ihm das Kind zu bekommen, das sie seit langem wollte. Letztlich beschloss sie, sieben Jahre Ehe nicht irgendeines Jungen wegen in den Wind zu schießen. Wahrscheinlich tat sie recht daran, aber der Schmerz, den sie mir zufügte, hielt noch zwei Jahre an und war auch später noch ab und zu spürbar. Ich rief sie nicht an und sah sie nie wieder. Sie war nicht unter den Trauergästen auf der Beerdigung meines Großvaters, obwohl sie fast zehn Jahre lang Nachbarn gewesen waren. Es stellte sich heraus, dass Rand und sie aus Scarborough fortgezogen waren, und ich machte mir nicht die Mühe herauszufinden, wohin.

Die Geschichte hatte noch ein Nachspiel. Etwa einen Monat nach dem Ende unserer Beziehung traf ich mich in einer Kneipe in der Nähe der Fore Street mit ein paar Leuten, die in Portland geblieben waren, während die anderen aufs College gingen, berufsbedingt in andere Bundesstaaten zogen oder heirateten. Ich ging auf die Toilette und wusch mir eben die

Hände, als die Tür hinter mir aufging. Ich schaute in den Spiegel und sah Rand Jennings hinter mir stehen, nicht mehr in Uniform, und hinter ihm lehnte sich ein fetter, stämmiger Kerl an die Tür und hielt sie zu.

Ich nickte seinem Spiegelbild zu; viel anderes blieb mir schließlich nicht übrig. Ich trocknete mir die Hände ab, drehte mich um und bekam seine Faust in die Magengrube. Es war ein heftiger Schlag und er trieb mir alle Luft aus der Lunge. Ich ging in die Knie und hielt mir die Taille und Rand trat mir mit voller Wucht in die Rippen. Und als ich dann auf dem schmutzigen, voll gepissten Boden lag, trat er mich noch mal und noch mal und noch mal: gegen die Beine, in den Hintern, gegen die Arme und in den Rücken. Meinen Kopf sparte er sich bis ganz zum Schluss auf, dann riss er mich an den Haaren hoch und schlug mir ins Gesicht. Die ganze Zeit über sagte er kein Wort und dann ließ er mich dort blutend auf dem Boden liegen, auf dass mich meine Freunde einsammelten. Vermutlich hatte ich Glück – wenn ich das auch damals nicht so sah. Wer sich mit der Frau eines Polizisten einließ, dem konnte auch Schlimmeres passieren.

Und jetzt, in dieser Kleinstadt am Rande der Wildnis, fielen die Jahre von mir ab und Lorna stand wieder vor mir. Ihre Augen sahen ein wenig älter aus und die Fältchen an den Augenwinkeln waren ausgeprägter. Auch um den Mund hatte sie feine Runzeln, als hätte sie zu lange die Lippen zugekniffen. Doch als sie scheu lächelte, erschien derselbe Blick in ihren Augen und da wusste ich, dass sie immer noch schön war und dass man sich in sie verlieben konnte.

»Du bist es, nicht wahr?«, fragte sie und ich nickte. »Was um Gottes willen machst du in Dark Hollow?«

»Ich suche jemanden«, antwortete ich und ihrem Blick sah ich an, dass sie kurz dachte, es ginge um sie. »Trinken wir einen Kaffee?«

Sie schaute sich skeptisch um, wie um sicherzugehen, dass

Rand nicht von irgendwo zusah, und dann lächelte sie wieder. »Klar, gerne.«

Drinnen fanden wir ganz hinten eine freie Nische und bestellten zwei Becher dampfenden Kaffee. Ich aß Toast mit Bacon und sie konnte es sich nicht verkneifen, davon abzubeißen. Für Sekunden fielen zehn Jahre von uns ab und wir saßen wieder in ein Café in South Portland, sprachen über eine Zukunft, zu der es nie kommen würde, und hielten verstohlen Händchen.

»Wie ist es dir ergangen?«, fragte ich.

»Ganz gut. Das ist ein netter Ort zum Leben; ein bisschen ab vom Schuss vielleicht, aber nett.«

»Seit wann wohnst du hier?«

»Seit 88. In Portland lief es nicht gut für uns. Rand wurde bei der Kripo nicht genommen, deshalb hat er hier oben angefangen. Er ist jetzt Polizeichef.«

Ans Ende der Welt zu ziehen, um seine Ehe zu retten, kam mir ziemlich bescheuert vor, aber ich hielt den Mund. Wenn sie so lange zusammengeblieben waren, dachte ich, dann wussten sie ja wohl, was sie taten.

Da täuschte ich mich.

»Ihr seid also immer noch zusammen?«

Zum ersten Mal huschte etwas über ihr Gesicht: Reue oder Wut vielleicht oder das Eingeständnis, dass sie es zwar noch waren, sie aber keine Ahnung hatte, wieso eigentlich. Vielleicht übertrug ich aber auch bloß meine eigenen Erinnerungen an jene Zeit auf sie.

»Ja, wir sind zusammen.«

»Kinder?«

»Nein.« Das brachte sie durcheinander und Schmerz zuckte über ihr Gesicht. Ich dachte an Rands Versprechen, mit dem er sie zurückgewinnen wollte, sagte aber nichts. Sie trank einen Schluck Kaffee, und als sie wieder das Wort ergriff, war der Schmerz verborgen. »Mein Beileid. Ich habe gehört, was mit deiner Familie in New York passiert ist.«

»Danke.«

»Jemand hat dafür bezahlt, nicht wahr?«

Das war eine merkwürdige Art, es auszudrücken. »Eine Menge Leute haben bezahlt.«

Sie nickte und sah mich dann eine Weile mit zur Seite geneigtem Kopf an. »Du hast dich verändert. Du siehst ... älter und irgenwie härter aus. Es ist komisch, dich so zu sehen.«

Ich zuckte die Achseln. »Es ist lange her. Es ist viel passiert, seitdem ich dich zum letzten Mal gesehen habe.«

Dann unterhielten wir uns über andere Dinge: über das Leben in Dark Hollow, über ihre Teilzeitstelle als Lehrerin in Dover-Foxcroft und über meine Rückkehr nach Scarborough. Für Außenstehende müssen wir wie alte Freunde ausgesehen haben, die entspannt plauderten und einander Neuigkeiten erzählten, aber zwischen uns herrschte eine Spannung, die nur zum Teil mit unserer gemeinsamen Vergangenheit zu tun hatte. Vielleicht täuschte ich mich, aber ich merkte Lorna eine Sehnsucht an, etwas Unbestimmtes und Unerfülltes, das sich an irgendetwas entflammen wollte.

Sie trank ihren Kaffee aus. Als sie den Becher absetzte, zitterte ihre Hand ein wenig. »Weißt du«, sagte sie, »nachdem es mit uns aus war, hab ich immer noch an dich gedacht. Ich habe Neuigkeiten über dich aufgeschnappt, was du so getan hast. Ich habe mit deinem Opa über dich gesprochen. Hat er dir das erzählt?«

»Nein, hat er nie.«

»Ich habe ihn darum gebeten. Ich hatte Angst, du könntest das falsch verstehen.«

»Inwiefern falsch?«

Ich wollte es leichthin sagen, aber sie verstand es anders. Ihr Mund spannte sich und sie sah mir mit schmerz- und wuterfülltem Blick in die Augen. »Weißt du, ich habe oft draußen am Neck auf den Klippen gestanden und gebetet, dass eine Welle kommt, ein richtiger Sechsmeterbrecher, und mich wegreißt. Wenn ich an dich und Rand und die ganze Scheiße gedacht habe, habe ich manchmal davon geträumt, ins Wasser zu gehen. Weißt du, was das für ein Schmerz ist?«

»Ja«, sagte ich. »Ja, das weiß ich.«

Da stand sie auf, knöpfte sich den Mantel zu und schenkte mir noch ein halbherziges Lächeln. »Ja«, sagte sie. »Das weißt du wohl. Es war schön, dich zu sehen, Charlie.«

»Und dich erst.«

Die Tür fiel mit einem leisen Knall hinter ihr ins Schloss. Ich sah ihr nach, wie sie nach links und rechts schaute und dann eilends über die Straße ging, die Hände in den Taschen, den Kopf gesenkt.

Und ich hatte sie vor Augen, wie sie auf den schwarzen Klippen am Prouts Neck stand, der Wind ihr Haar zauste, Salzgeschmack auf ihren Lippen; eine Frau, die sich dunkel vor dem Abendhimmel abzeichnete und darauf wartete, dass die See ihren Namen rief.

Meade Payne wohnte in einem Holzhaus mit Blick auf den Ragged Lake. Eine lange, ungepflegte Auffahrt wand sich bis auf den Hof, wo ein alter, vom Rost angefressener Dodge-Pickup stand.

Im Haus war es ruhig und kein Hund schlug an, als ich den Mustang neben dem Dodge parkte. Eisiger Schnee knirschte unter den Reifen.

Ich klopfte an die Tür, aber es kam keine Antwort. Ich wollte schon zur Hinterseite des Hauses gehen, als die Tür geöffnet wurde und ein Mann herausspähte. Er war Ende zwanzig oder Anfang dreißig, hatte dunkles Haar und einen fahles, wettergegerbtes Gesicht. Er hatte etwas Hartes an sich, seine Hände waren kräftig und die Fingerrücken mit Narben überzogen. Er trug keine Ringe und keine Armbanduhr und seine Kleidung sah aus, als würde sie ihm nicht ganz so passen. Sein Hemd spannte etwas an den Schultern und der Brust und seine

Jeans hatte etwas Hochwasser und zeigte dicke Wollsocken in schwarzen Schuhen mit Stahlkappen.

»Kann ich Ihnen helfen?«, fragte er und seinem Tonfall nach hätte er es, auch wenn er es konnte, lieber gelassen.

»Ich suche Meade Payne.«

»Warum?«

»Ich möchte mit ihm über einen seiner Pflegesöhne sprechen. Ist Mr Payne da?«

»Ich kenne Sie nicht«, sagte er. Ohne jeden Anlass wurde sein Ton aggressiv.

Ich beherrschte mich. »Ich bin nicht von hier. Ich komme aus Portland. Es ist wichtig, dass ich mit ihm rede.«

Der junge Mann ließ sich das durch den Kopf gehen, schloss dann die Tür hinter sich und ließ mich im Schnee stehen. Ein paar Minuten später kam ein älterer Mann ums Haus. Er ging langsam und leicht gebeugt und schlurfte ein wenig, als würden ihm die Kniegelenke wehtun, aber ich schätzte, dass er früher so groß gewesen war wie ich, vielleicht sogar über eins achtzig. Er trug eine Latzhose, ein rot kariertes Hemd und schmuddlige weiße Turnschuhe. Eine Chicago-Bears-Kappe war ihm tief ins Gesicht gezogen und darunter lugten graue Haarbüschel hervor. Seine Augen waren hellblau und sein Blick sehr klar. Er hatte die Hände in den Hosentaschen und beäugte mich, den Kopf leicht zur Seite geneigt, als versuchte er mich einzuordnen.

»Ich bin Meade Payne. Was kann ich für Sie tun?«

»Mein Name ist Charlie Parker. Ich bin Privatdetektiv aus Portland. Es geht um einen Ihrer Pflegesöhne, um Billy Purdue.«

Seine Augen wurden etwas größer, als ich den Namen aussprach, und er winkte mich zu zwei alten Schaukelstühlen am Ende der Veranda. Ehe ich mich setzen konnte, zog er einen Lappen aus der Tasche und wischte die Stühle sorgfältig ab. »'tschuldigung, aber ich kriege nicht oft Besuch. Hab immer versucht, das zu verhindern, hauptsächlich der Jungs wegen.«

»Wie meinen Sie?«

Er wies mit einer Kinnbewegung auf das Haus. Seine Gesichtshaut war noch recht straff und rötlich-braun. »Manche von den Jungs, die ich im Laufe der Jahre aufgenommen habe, waren ganz schön schwierig. Die brauchten eine feste Hand und mussten von Versuchungen fern gehalten werden. Da draußen« – er wies mit der Hand auf den See und die Bäume – »gibt's keine Versuchungen, da konnten sie höchstens Kaninchen jagen oder sich einen runterholen. Ich weiß nicht, wie der liebe Gott zu diesen Dingen steht, aber ich schätze mal, im Großen und Ganzen sind sie nicht so wichtig.«

»Seit wann arbeiten Sie nicht mehr als Pflegevater?«

»Seit damals«, sagte er, fügte aber nichts hinzu. Vielmehr streckte er die Hand aus und klopfte mit einem seiner langen Finger auf die Armlehne meines Stuhls. »Also, Mr Parker, sagen Sie mir: Steckt Billy in Schwierigkeiten?«

Ich erzählte ihm so viel, wie ich vertreten konnte: Dass seine Exfrau und sein Sohn ermordet worden waren; dass er der Morde verdächtigt wurde, ich aber nicht an seine Schuld glaubte; das gewisse kriminelle Elemente glaubten, er hätte ihnen Geld geklaut, und ihn notfalls umbringen würden, um es wiederzubekommen. Der alte Mann hörte sich alles schweigend an. Der feindseelig wirkende gesinnte junge Mann lehnte am Rahmen der offenen Tür und schaute uns zu.

»Wissen Sie, wo Billy sein könnte?«, fragte Meade Payne.

»Ich hatte gehofft, Sie hätten irgendeine Idee.«

»Ich habe ihn nicht gesehen – wenn es das ist, was Sie wissen wollen«, sagte er. »Und wenn er zu mir kommt, kann ich nur sagen, dass ich ihn nur ausliefere, wenn ich sicher bin, dass er ein faires Verfahren kriegt.«

Ein Motorboot glitt über den See und Vögel stoben auf.

»Da steckt vielleicht noch mehr dahinter«, sagte ich und wog sorgfältig ab, was ich als Nächstes sagte. »Erinnern Sie sich an Cheryl Lansing?«

»Ja, die kenn ich noch.«

»Sie ist tot. Sie wurde zusammen mit drei Verwandten ermordet. Ich weiß nicht genau, wie lange das her ist; sicherlich erst ein paar Tage. Wenn es da eine Verbindung zu Billy Purdue gibt, schweben Sie vielleicht in Gefahr.«

Der Alte schüttelte langsam den Kopf. Er zupfte sich mit den Fingern die Lippen und sagte eine Weile nichts. Dann: »Ich danke Ihnen, dass Sie sich die Zeit genommen haben, hier raufzukommen, Mr Parker, aber wie ich schon sagte: Ich hab von Billy nichts gehört, und wenn ich was höre, werd ich mir lange und gut überlegen, was ich mache. Und was die Gefahr angeht: Ich kann mit Waffen umgehen und ich habe den Jungen bei mir.«

»Ihr Sohn?«

»Caspar. Aber alle nennen ihn Cas. Wir passen auf uns auf und ich habe vor niemandem Angst, Mr Parker.«

Mir blieb weiter nichts zu sagen. Ich gab Meade Payne meine Handynummer und er steckte sich die Karte in eine der Taschen seiner Latzhose. Er schüttelte mir die Hand und ging langsam und steif zurück zur Tür, vor sich hin summend. Es war ein altes Lied. Ich kannte es von irgendwo her, konnte es aber nicht einordnen, etwas über junge Damen und einen gut aussehenden Spieler und Erinnerungen, die einen nicht loslassen. Ich ertappte mich dabei, wie ich es pfiff, während ich im Rückspiegel beobachtete, wie Caspar den alten Mann ins Haus geleitete. Keiner der beiden sah sich um, als ich davonfuhr.

12

Wieder in Dark Hollow, hielt ich beim Diner und sah das Telefonbuch durch. Ich notierte mir Rand Jennings' Adresse und der Koch erklärte mir, wie ich zu dem Haus kam. Rand und Lorna wohnten gut zwei Meilen außerhalb der Stadt in einem zweistöckigen Haus, das gelb und schwarz gestrichen war, mit einem hübschen Vorgarten und einem schwarzen Zaun um das Grundstück. Rauch stieg aus dem Schornstein. Hinter dem Haus floss ein Bach von den Seen her in die Stadt. Ich fuhr langsam vorbei und hielt nicht an. Ich wusste nicht mal, was ich dort wollte, nur dass alte Erinnerungen wachgerufen worden waren. Ich empfand immer noch etwas für sie, das wusste ich, wenn es auch nicht Liebe war. Ich trauerte ihr irgendwie nach, obwohl ich dazu gar keinen Grund hatte. Dann wendete ich und fuhr in südliche Richtung nach Greenville.

Das Polizeirevier von Greenville belegte im Stadthaus in der Minden Street ein reizloses, beige gestrichenes Büro mit grünen Fensterläden und Adventskränzen an den Fenstern, die es ein wenig hübscher machen sollten. Nebenan befand sich das Büro der Feuerwehr und auf dem Hof standen ein Streifenwagen und ein grüner Kleinlaster der Naturschutzbehörde.

Drinnen gab ich bei zwei gut gelaunten Sekretärinnen meinen Namen an und setzte mich dann auf eine Bank gegenüber der Tür. Zwanzig Minuten später kam ein stämmiger Mann mit dunklem Haar, Schnauzbart und braunen, aufmerksamen Augen aus einem Büro weiter hinten am Flur, seine blaue Uniform war frisch gebügelt, und reichte mir die Hand zum Gruß.

»Tut mir Leid, dass Sie warten mussten«, sagte er. »Wir erledigen auch in Beaver Cove die Polizeiarbeit. Ich war fast den ganzen Tag da drüben. Mein Name ist Dave Martel. Ich bin hier der Polizeichef.«

Auf Martels Wunsch verließen wir das Polizeigebäude und gingen an der Union Evangelical Church vorbei ins Hard Drive Café im Sanders Store. Auf dem Parkplatz gegenüber standen einige Autos und dahinter ragte der weiße Rumpf des Dampfers Katahdin auf. Nebel hing über dem See und bildete am Ende der Straße eine weiße Wand, die ab und zu Autos durchbrachen. Im Café bestellten wir Vanillekaffee und setzten uns neben eines der Computerterminals, an denen die Leute ihre E-Mails abriefen.

»Ich habe Ihren Opa gekannt«, sagte Martel, als wir auf den Kaffee warteten. Manchmal vergaß man leicht, wie eng die Bande in dieser Gegend von Maine immer noch geknüpft waren. »Ich kannte Bob Warren schon in Portland, als ich ein kleiner Junge war. Er war ein anständiger Kerl.«

»Sind Sie schon lange hier?«

»Zehn Jahre mittlerweile.«

»Und gefällt es Ihnen?«

»Klar. Das ist ein ungewöhnlicher Ort. In dieser Gegend gibt's 'ne Menge Leute, die sich nicht sonderlich um Recht und Gesetz scheren, vielleicht sogar hierher kommen, weil sie sich nicht gerne reinreden lassen. Das Lustige ist bloß: Hier haben sie mich, hier haben sie die Jagdaufseher, sie haben den Sheriff der Gemeinde und sie haben die Highwaypolizei, und wir alle beobachten sie. Meistens kommen wir gut miteinander klar. Aber auch hier gibt es Kriminalität. Es ist also nicht so, dass ich nichts zu tun hätte.«

»Irgendwas Schwerwiegendes?«

Martel lächelte. »Schwer wiegend ist es, wenn jemand außerhalb der Jagdsaison einen Elch schießt – meinen jedenfalls die Jagdaufseher.«

Ich zuckte zusammen. Schneehühner, Fasane, Kaninchen,

ja sogar Eichhörnchen – das konnte ich verstehen. Eichhörnchen waren wenigstens schnell genug, um eine Herausforderung darzustellen. Aber nicht Elche. Die Elchpopulation von Maine war von gut dreitausend in den dreißiger Jahren auf den heutigen Stand von dreißigtausend gewachsen und im Oktober war die Elchjagd nun eine Woche lang gestattet. Sie brachte Orten wie Greenville viel Geld, zumal zu einer Jahreszeit, in der nicht viele Touristen kamen, aber sie brachte auch jede Menge Arschlöcher. In diesem Jahr hatten sich gut hunderttausend Leute um vielleicht zweitausend Jagdscheine beworben und jeder wollte einen präparierten Elchkopf über dem Kamin haben.

Es ist nicht schwierig, einen Elch zu schießen. Das Einzige, was man noch leichter trifft als einen Elch, ist einen toten Elch. Ihr Geruchssinn und Gehör ist zwar gut, aber sie sehen schlecht und bewegen sich nur, wenn sie müssen. Die meisten Jäger erwischen ihren Elch schon am ersten oder zweiten Tag der Pirsch und geben dann damit vor den anderen Arschlöchern an. Wenn die Jäger mit ihren dicken Motorrädern und orangefarbenen Mützen schließlich verschwunden sind, kann man wieder hingehen und sich die überlebenden Tiere in ihrer ganzen Pracht ansehen, wie sie aus den Bergen kommen und das Salz von den Steinen am Straßenrand lecken, das gegen Glatteis gestreut wurde und stattdessen den Elchen als Nahrungsergänzung dient.

»Aber«, fuhr Martel fort, »wenn Sie wissen wollen, was gerade aktuell ist: Es gibt da einen Mann von einer Holzfirma, ein freiberuflicher Landvermesser namens Gary Chute, der seinen Bericht noch nicht abgeliefert hat.«

Mir fiel die Nachrichtensendung auf PBS ein, aber dort klang die Sache nicht sehr dringend. »Ich habe gehört, wie sie im Radio darüber gesprochen haben«, sagte ich. »Wie ernst ist es denn?«

»Schwer zu sagen. Seine Frau hat ihn offenbar seit längerem

nicht gesehen, aber das ist nicht ungewöhnlich. Er hatte mehrere Projekte laufen und sollte eine ganze Weile verreist sein. Und angeblich hat er drüben in Troy, Vermont, auch 'ne Freundin. Nehmen Sie noch dazu, dass er gerne mal einen über den Durst trinkt, und Sie haben jemanden, der nicht unbedingt der Zuverlässigste ist. Wenn er innerhalb der nächsten vierundzwanzig Stunden nicht auftaucht, müssen wir wohl eine Suche organisieren. Das regeln wahrscheinlich die Jagdaufseher und der Sheriff von Piscataquis, aber vielleicht müssen wir alle mit ran. Aber wo wir grade von ernsten Fällen reden: Ich habe gehört, Sie wollen etwas über Emily Watts erfahren?«

Ich nickte. Ich hatte mir gedacht, es wäre einfacher, zunächst mit Martel und dann mit Rand Jennings zu reden, statt mich bei meinen Nachforschungen allein auf Jennings zu verlassen. Ich dachte, diese Einzelheit könnte ich Martel verheimlichen, aber dafür war er zu schlau.

»Darf ich fragen, warum Sie nicht mit Rand Jannings in Dark Hollow darüber reden?« Ein Lächeln spielte um seine Lippen, aber sein Blick war ruhig und wachsam.

»Rand und ich sind mal aneinander geraten«, erwiderte ich. »Kommen Sie gut mit ihm klar?« Etwas an Martels Ton hatte mir verraten, dass ich da vielleicht nicht der Einzige war.

»Ich muss«, sagte Martel diplomatisch. »Er ist auf seine Art pflichtbewusst. Im Gegensatz zu Ressler, seinem Sergeant. Der hat so viel Scheiße im Kopf, dass seine Augäpfel braun davon sind. Aber den hab ich in letzter Zeit nicht oft gesehen, was mir nur recht ist. Sie hatten viel zu tun, der ganze Ärger um den Tod von Emily Watts und so.«

Draußen fuhr ein Auto im Schneckentempo die Straße in nördliche Richtung hoch. Fußgänger sah man nicht. In der Ferne waren die Umrisse der bewaldeten Inseln im See als dunkle Flecke im Nebel auszumachen.

Unser Kaffee kam und Martel erzählte mir von der Nacht, in der Emily Watts umgekommen war, derselben Nacht, in der

Billy Purdue zwei Millionen Dollar geklaut hatte, wobei weit mehr Menschen ihr Leben lassen mussten. Es war ein seltsamer Tod – dort draußen in den Wäldern. Sie wäre ohnehin erfroren, wenn man sie nicht gefunden hätte; aber sich mit sechzig Jahren in den Wäldern umzubringen ...

»Es war fürchterlich«, sagte Martel. »Aber solche Sachen passieren eben manchmal und so was lässt sich nicht vorhersehen. Wäre der Wärter unbewaffnet gewesen und hätte die Schwester auf der Etage der alten Frau weniger Fernsehen geguckt und wären die Türen besser verschlossen gewesen und wären in dieser Nacht nicht noch ein Dutzend ungünstiger Faktoren zusammengekommen, dann wäre es vielleicht anders gelaufen. Wollen Sie mir erzählen, worin Ihr Interesse bei der Sache besteht?«

»Billy Purdue.«

»Billy Purdue. Na, bei dem Namen wird's einem ja gleich ganz warm ums Herz.«

»Sie kennen ihn?«

»Klar kenne ich den. Den haben sie erst kürzlich einkassiert. Ist gut zehn Tage her. Er war draußen in St. Martha, hat geschrien und um sich getreten, mit 'ner Pulle Whiskey in der Tasche. Hat gesagt, er wolle mit seiner Mama reden, aber dort kannte ihn niemand. Er wurde festgenommen, durfte sich in einer von Jennings Zellen etwas beruhigen und dann haben sie ihn nach Hause geschickt. Sie haben ihm gesagt, wenn er wiederkommt, kriegt er 'ne Anzeige wegen Landfriedensbruch und Ruhestörung. Die Zeitungen hier haben sogar darüber berichtet. Was man so hört, ist er seitdem ja nicht gerade ein anderer Mensch geworden.«

Offensichtlich war Billy Purdue den Informationen nachgegangen, die er von Willeford bekommen hatte. »Wussten Sie, dass seine Exfrau und sein Sohn ermordet wurden?«, fragte ich.

»Ja, ich weiß. Aber ich halte ihn nicht für einen Mörder.«

Er sah mich nachdenklich an. »Sie sehen das auch so, oder?«

»Ich weiß es nicht. Meinen Sie, er könnte die Frau gesucht haben, die sich erschossen hat?«

»Wie kommen Sie darauf?«

»Ich mag keine Zufälle. Gott will uns damit nur sagen, dass wir die Zusammenhänge nicht verstehen.« Außerdem wusste ich ja, dass Willeford Billy Emily Watts' Namen genannt hatte.

»Dann sagen Sie bitte Bescheid, wenn Sie diesen Zusammenhang verstehen, denn ich begreife einfach nicht, warum die alte Frau das getan hat. Vielleicht haben ihre Alpträume sie dazu getrieben.«

»Alpträume?«

»Ja, sie hat den Schwestern erzählt, sie hätte einen Mann gesehen, der zu ihrem Fenster hochgeschaut hätte, und jemand hätte versucht, in ihr Zimmer einzusteigen.«

»Irgendwelche Anzeichen für einen Einbruchsversuch?«

»Nichts. Mann, die alte Frau hat im vierten Stock gewohnt. Da hätte man schon das Regenrohr hochklettern müssen. In dieser Woche war vielleicht jemand unten auf dem Hof, das kommt schon mal vor. Könnte ein Betrunkener gewesen sein, der da hingepinkelt hat, oder spielende Kinder. Am Schluss war die alte Dame vermutlich nicht mehr ganz bei sich, anders lässt sich das nicht erklären, und auch nicht der Name, den sie kurz vor ihrem Tod genannt hat.«

Ich beugte mich vor. »Was für einen Namen hat sie genannt?«

»Sie hat nach dem Schwarzen Mann gerufen«, sagte Martel lächelnd. »Sie hat den Mann gerufen, mit dem Mütter ihren Kindern drohen, wenn sie nicht ins Bett wollen. Den Butzemann.«

»Wie lautete der Name?«, fragte ich und so etwas wie Angst schlich sich in meine Stimme.

Martels Lächeln wich einem verblüfften Blick.

»Caleb«, sagte er. »Sie hat nach Caleb Kyle gerufen.«

Teil 2

Denn was ich gefürchtet habe,
ist über mich gekommen,
und wovor mir graute,
hat mich getroffen.

Hiob

13

Die Jahre wirbeln vorüber wie Laub im Wind, vielgliedrig und geädert, und verbleichen vom Grün der jüngsten Vergangenheit zu den herbstlichen Goldtönen der fernen. Ich sehe mich als Kind, als jungen Mann, als Liebhaber, als Ehemann, als Vater, als Trauernden. Um mich her sehe ich alte Männer in ihren Altemännerhemden und -hosen; alte Männer, die tanzen, die Schritte gekonnt setzen, nach einem Muster, das die Jüngeren nicht mehr beherrschen; alte Männer, die Geschichten erzählen, die altersfleckige Hände vor dem Kaminfeuer reiben, ihre Haut wie knittriges Papier, ihre Stimmen sanft wie das Rascheln loser Maishüllblätter.

Ein alter Mann trägt im August Holz über das saftige Gras und streift mit der behandschuhten Hand lose Borke ab; ein alter Mann, groß und nicht gebeugt, mit einem Heiligenschein aus weißem Haar, wie ein alter Engel, und neben ihm geht ein Hund, auf seine Weise noch älter als der Mann, mit Schaumspritzern vor der graubärtigen Schnauze und heraushängender Zunge, und in der warmen Abendluft wedelt er sacht mit dem Schwanz. Im Laub der Bäume zeigen sich die ersten roten Flecken und das Lärmen der Insekten ist ein wenig verstummt. Die Eschen, die im Frühling als Letzte Blätter treiben, werfen nun als Erste das Laub ab. Fichtennadeln faulen auf dem Waldboden, die Brombeeren sind reif und der alte Mann geht vorüber, im Einklang mit den Rhythmen der Welt um ihn her.

Seine Jacke ist offen, seine festen Schritte hinterlassen deutliche Abdrücke auf dem Boden: Das Holzhacken, die herrliche Schwere der Axt in der Hand, der gezielte Schlag, das frische

Krachen, wenn die Axt den Zuckerahornklotz spaltet, das Aufschlagen mit dem Stahlblatt, das die beiden Hälften voneinander löst, das sorgfältige Platzieren des nächsten Klotzes, das Heben der Axt, das Gefühl, wie sich seine alten Muskeln unter dem Altemännerhemd bewegen und strecken. Dann das Aufstapeln, Scheit um Scheit, das Einpassen, Verschieben und Drehen, so dass der Stapel stabil steht, kein Scheit herausfällt und keiner verloren geht. Schließlich zieht er die Plane darüber, an den Ecken von Ziegelsteinen gehalten – immer dieselben Ziegelsteine, denn er war schon immer ein methodisch vorgehender Mann. Und wenn es dann im Winter Zeit wird, das Feuer zu entfachen, wird er zu seinem Holzstapel zurückkehren und sich bücken, die Gürtelschnalle an seiner Altemännerhose wird in sein Bauchfett drücken und er wird sich erinnern, dass er früher einen straffen Bauch hatte, als er noch ein junger Mann war, dass an seinem Gürtel eine Pistole, ein Schlagstock und Handschellen hingen und seine Dienstmarke schimmerte wie eine silberne Sonne.

Auch ich werde alt werden und werde dieser Mann sein, wenn ich dann noch lebe. Ich werde ein gewisses Glück dabei empfinden, wenn ich seine Bewegungen gekonnt wiederhole, sich der Kreis schließt und ich der werde, der sie machte, die mich machte. Und indem ich tue, was er einst tat, vor demselben Haus und denselben rauschenden Bäumen und mit derselben Axt in der Hand, die mit ihrem Blatt das Holz spaltet, erschaffe ich einen Akt des Gedenkens, der ausdrucksvoller ist als tausend Gebete. Und mein Großvater wird in mir weiterleben und der Geist eines Hundes wird die Luft schmecken und darüber vor Freude kläffen.

Nun sind es seine Hände, die ich vor dem Kaminfeuer sich reiben sehe, und seine Stimme erzählt die Geschichte von Caleb Kyle und dem Baum mit dem seltsamen Obst am Rande der Wildnis. Nie zuvor hat er mir die Geschichte erzählt und nie wird er mir erzählen, wie sie endet, denn sie hat kein Ende, nicht für ihn. Ich werde die Geschichte für ihn zu Ende bringen und ich werde den Kreis schließen.

Judy Giffen war die Erste, die verschwand – 1965 in Bangor. Sie war ein schlankes Mädchen, neunzehn Jahre alt, hatte volles, dunkles Haar und weiche, rote Lippen, mit denen sie die Männer kostete wie Beeren. Sie arbeitete in einem Hutladen und verschwand an einem warmen Aprilabend, der schon den Sommer kündete. Man suchte und suchte, aber man fand sie nicht. Ihr Gesicht schaute aus zehntausend Zeitungen hervor, in ihrer Jugendschönheit konserviert, als wäre sie in Bernstein eingeschlossen.

Ruth Dickinson aus Corinna, eine weitere schlanke Schönheit, mit blondem Haar, das ihr bis zur Taille reichte, war die Nächste, die verschwand, Ende Mai, kurz vor ihrem 21. Geburtstag. Zu diesen Namen kamen noch hinzu: Louise Moore aus East Corinth, Laurel Trulock aus Skowhegan und Sarah Raines aus Portland, und alle verschwanden sie binnen weniger Tage im September. Sarah Raines war Lehrerin und mit zweiundzwanzig die älteste der vermissten Frauen. Ihr Vater, Samuel Raines, war mit meinem Großvater zur Schule gegangen und Sarah war sein Patenkind. Die Letzte, die verschwand, war die achtzehnjährige Studentin Judith Mundy, die in der ersten Oktoberwoche nach einer Party in Monson vermisst wurde. Im Gegensatz zu den anderen war sie ein pummeliges, schlichtes Mädchen, aber mittlerweile hatte man mitbekommen, dass etwas Fürchterliches vorging, und die Abweichung vom üblichen Schema schien nicht so wichtig. Nach Judith Mundy wurde im Norden eine Suche organisiert und viele Leute machten dabei mit, manche davon, wie mein Großvater, ganz aus Portland. An einem Samstagmorgen fuhr er hoch, als man die Hoffnung schon fast aufgegeben hatte. Mein Großvater trat am Sebec Lake, ein paar Meilen östlich von Monson, einem kleinen Suchtrupp bei. Er bestand aus drei Männern, dann nur noch aus zwei und schließlich nur noch aus meinem Großvater.

An diesem Abend nahm er sich in Sebec ein Zimmer und aß in einer Kneipe außerhalb der Stadt zu Abend. Dort wimmelte es von Leuten, die nach Judith Mundy gesucht hatten, von Zeitungsreportern und Polizisten. Mein Großvater saß am Tresen und trank ein Bier, als hinter ihm jemand sagte:

»Haben Sie 'ne Ahnung, was der ganze Aufstand soll?«

Er drehte sich um und sah einen großen, dunkelhaarigen Mann mit einem Mund wie eine Schnittwunde und einem kalten, lieblosen Blick in den Augen. Seine Aussprache hatte einen leichten Südstaateneinschlag, fand er. Eine braune Regenjacke reichte dem Mann bis zu den Waden und die Spitzen seiner schweren schwarzen Stiefel lugten unter den Aufschlägen seiner zu langen Hose hervor.

»Sie suchen nach dem Mädchen, das vermisst wird«, antwortete mein Großvater. Der Mann machte ihn unruhig. Es lag etwas in seiner Stimme, erinnerte er sich, etwas Süß-Saures, wie Sirup mit Arsen versetzt. Er roch nach Erdboden und Wald und noch etwas, das er nicht recht bestimmen konnte.

»Und wird man sie finden?« Ein Leuchten flackerte in den Augen des Mannes auf und mein Großvater meinte, es sei vielleicht Belustigung gewesen.

»Kann schon sein.«

»Die anderen haben sie nicht gefunden.«

Nun beobachtete er meinen Großvater, mit ernstem Gesicht, und in seinem Blick war immer noch ein seltsames Schimmern.

»Nein, haben sie nicht.«

»Sind Sie von der Polizei?«

Mein Großvater nickte. Es wäre sinnlos gewesen, das zu leugnen. Manche Leute witterten das einfach.

»Aber nicht von hier, oder?«

»Nein. Ich bin aus Portland.«

»Portland?«, sagte der Mann. Er schien beendruckt. »Und wo haben Sie gesucht?«

»Drüben am Sebec Lake, am Südufer.«

»Der Sebec Lake ist hübsch, aber mir gefällt der Little Wilson Stream besser, oben an der Elliotsville Road. Es ist nett da, wirklich einen Besuch wert, wenn man Zeit hat. Das Ufer ist ziemlich unzugänglich.« Mit einer Handbewegung bestellte er einen Whiskey, warf ein paar Münzen auf den Tresen und trank das Glas in einem Zug aus. »Suchen Sie morgen weiter?«

»Vermutlich schon.«

Er nickte und wischte sich mit dem Handrücken über den Mund. Mein Großvater sah Narben auf seinem Handteller und Schmutz unter den Fingernägeln. »Na ja, vielleicht haben Sie ja mehr Glück als die anderen, wo Sie doch ganz aus Portland kommen und so. Manchmal sehen andere Augen ja mehr.« Dann ging er.

Dieser Sonntag, der Tag, an dem mein Großvater den Baum mit dem seltsamen Obst entdeckte, begann klar und kühl, Vögel trällerten in den Bäumen und an den schimmernden Wassern des Sebec Lake blühten Blumen. Er ließ seinen Wagen in Packard's Camps am See stehen, zeigte seine Dienstmarke vor und schloss sich einem kleinen Suchtrupp an, der aus zwei Brüdern und einem Cousin von Judith Mundy bestand und zum Nordufer aufbrach. Die vier Männer suchten drei Stunden lang, ohne viel zu reden, und dann fuhr die Familie zum Sonntagsessen nach Hause. Sie luden meinen Großvater ein, aber er hatte in seinem Rucksack ein Hähnchensandwich und eine Thermoskanne Kaffee und deshalb lehnte er ab. Er kehrte nach Packard's Camps zurück, setzte sich zum Essen auf einen Stein, hinter ihm rollten leise die Wellen ans Ufer, und sah den Kaninchen zu, die durchs Gras hoppelten.

Als die anderen Männer nicht wiederkamen, setzte er sich in seinen Wagen und fuhr los. Er nahm die Straße nach Norden, bis er zu einer Stahlbrücke über den Little Wilson kam. Die Fahrbahn bestand aus Gittern, durch die man das braune, rauschende Wasser des Flusses sehen konnte. Hinter der Brücke schlängelte sich die Straße bergauf und führte zu einer Kreuzung, die westlich über die Elliotsville Road zum Onawa und Boarstone Mountain und östlich nach Leighton führte. Zu beiden Seiten des Flusses war dichter Wald. Eine Drossel stürzte sich von einer Birke und segelte über das Wasser. Irgendwo sang eine Grasmücke.

Mein Großvater überquerte die Brücke nicht, sondern parkte den Wagen am Straßenrand und stieg über Steine und Schlamm hinab zum Ufer. Die Strömung war stark, um Felsnasen und heruntergebrochenen Ästen auszuweichen, musste er hin und wieder in den Fluss steigen. Bald sah er am Hang über sich keine Häuser mehr. Das Ufer wurde immer wildwüchsiger und immer häufiger musste er in den Fluss ausweichen, um voranzukommen.

Er war etwa eine halbe Stunde unterwegs, als er die Fliegen hörte.

Am Ufer ragte vor ihm eine riesige Felsplatte auf, deren Rand fast spitz zulief. Er kletterte hinauf, fand mit Händen und Füßen an Vorsprüngen und in Nischen Halt und erreichte schließlich das Plateau. Rechts von ihm war der Fluss und links eine Schneise in den Wald, aus der das Summen nun lauter herüberdrang. Er ging durch diese Lücke, über der sich die Baumwipfel neigten wie der Eingang einer Kathedrale, und kam auf eine kleine Lichtung. Bei dem Anblick, der sich ihm dort bot, blieb er wie angewurzelt stehen und erbrach sein Mittagessen.

Die Mädchen hingen an einer Eiche, einem alten, ausgewachsenen Baum mit dickem, knorrigem Stamm und langen, massiven Ästen wie gespreizten Fingern. Sie drehten sich langsam, schwarz vor der Sonne, ihre nackten Füße wiesen auf den Boden, die Hände hingen herab, die Köpfe waren zur Seite geneigt. Fliegenschwärme umschwirrten sie, angelockt von dem Verwesungsgestank. Als er näher kam, sah er ihre Haarfarbe, sah die Zweige und Blätter, die sich in ihren Haaren verfangen hatten, die gelb verfärbten Zähne, den Hautausschlag und die verstümmelten Bäuche. Einige waren nackt; an anderen hingen noch zerfetzte Kleider. Sie drehten Pirouetten in der Luft, wie die Geister fünfer Tänzerinnen, die nicht mehr an die Schwerkraft gebunden waren. Ein dickes, grobes Seil um den Hals hielt die Mädchen an den Ästen.

Es waren nur fünf. Als man die Leichen heruntergenommen und identifiziert hatte, war Judith Mundy nicht dabei. Und als sie nicht wieder auftauchte und keine Spur von ihr gefunden wurde, beschloss man, dass der Mörder der fünf wahrscheinlich nichts mit Judith Mundys Verschwinden zu tun hatte. Erst über dreißig Jahre später sollte sich das als Irrtum erweisen.

Mein Großvater berichtete der Polizei von dem Mann in der Kneipe und was er gesagt hatte. Die Einzelheiten wurden notiert und es stellte sich heraus, dass ein Mann, auf den die Beschreibung ungefähr zutraf, um die Zeit von Judith Mundys Verschwinden in Monson gesehen worden war. Ähnliche Beschreibungen kamen aus Skowhegan, nur die Meinungen über die Größe des Mannes, seine Augenfarbe und Frisur gingen auseinander. Dieser unbekannte Mann war eine Zeit lang der Hauptverdächtige, bis der Fall eine andere Wendung nahm.

Ruth Dickinsons blutige und schmutzige Kleider wurden in einem Schuppen in Corinna gefunden, der der Familie von Quintin Fletcher gehörte. Fletcher war achtundzwanzig und etwas zurückgeblieben: Er verdiente ein wenig Geld mit dem Verkauf von Bastelarbeiten, die er aus im Wald gefundenem Holz herstellte, reiste mit dem Bus quer durch Maine, immer mit einem Koffer voller Holzpuppen, Spielzeuglaster und Kerzenhalter. Ruth Dickinson hatte sich bei seiner Familie und später auch bei der Polizei darüber beschwert, dass Fletcher ihr ab und zu nachging, sie anstarrte und anzügliche Bemerkungen machte. Nachdem er bei einem Volksfest versucht hatte, ihren Busen zu betatschen, teilte die Polizei seiner Familie mit, sie würden ihn einsperren, wenn er sich Ruth Dickinson noch einmal nähern sollte. Fletchers Name tauchte während der Ermittlungen über den Tod der Mädchen auf. Man verhörte ihn, durchsuchte das Haus und entdeckte die Kleidung. Fletcher fing an zu weinen und behauptete, er wisse nicht, wo die Kleider herkämen, und hätte niemandem etwas getan. Er wurde in Untersuchungshaft genommen und in einen Hochsicherheitstrakt des Staatsgefängnisses von Maine gesperrt, weil man befürchtete, jemand würde sich an ihm vergreifen, wenn er vor Ort inhaftiert würde. Dort wäre er möglicherweise heute noch und würde für den Gefängnisladen am Highway 1 in York Spielzeug und Schiffsmodelle basteln, hätte ihn nicht ein Mithäftling, der mit Judy Giffin entfernt verwandt war und wegen guter Führung gewisse Freiheiten genoss, mit einem Skalpel angegriffen. Fletcher starb vierundzwanzig Stunden später, zwei Tage vor seiner Verhandlung.

Und so ging das aus, zumindest für die meisten Leute: Die Morde hörten mit Fletchers Verhaftung und Tod auf. Doch mein Großvater konnte den Mann in der Kneipe nicht vergessen und das Schimmern in seinen Augen und die Erwähnung der Elliotsville Road. Monatelang ging er beharrlich und mit viel Fingerspitzengefühl gegen die ablehnende Haltung und das Verlangen der Menschen zu trauern und zu vergessen an. Und er bekam einen Namen genannt, den die Leute kannten, aber nicht recht wussten, woher, und in jeder Stadt, in der ein Mädchen verschwunden war, hatte man den Mann aus der Kneipe gesehen. Er stellte eine richtige Kampagne auf die Beine, sprach mit jedem Zeitungs- und Radioreporter, der ihm zuhören wollte, und legte seine Ansicht dar, dass der Mann, der die fünf Mädchen ermordet und einen Baum mit ihnen behangen hatte, immer noch auf freiem Fuß war. Einige Leute konnte er sogar davon überzeugen, aber dann stellte sich die

Familie von Quintin Fletcher auf seine Seite und da wollte niemand mehr von der Sache hören, auch nicht sein alter Freund Sam Raines.

Letztendlich waren die Anfeindungen und die Gleichgültigkeit zu viel für ihn. In die Enge getrieben, quittierte mein Großvater den Polizeidienst und arbeitete erst auf dem Bau und später als Tischler, um seine Familie zu ernähren, baute Lampen, Stühle und Tische und verkaufte sie über den Manufakturversand der Franziskanernonnen von Orland. Er tischlerte jedes Stück mit der Sorgfalt und dem Feingefühl, mit dem er die Familien der Mädchen befragt hatte, die umgekommen waren. Hinterher sprach er nur noch ein einziges Mal von der Sache, an diesem Abend vor dem Kamin, umgeben von Holzduft und dem schlafenden Hund zu seinen Füßen. Die Entdeckung, die er an jenem warmen Tag gemacht hatte, hatte ihm das Leben vergällt. Sie verfolgte ihn bis in den Schlaf – und die Möglichkeit, dass der Mörder dieser Mädchen seiner gerechten Strafe entgangen war.

Nachdem er mir diese Geschichte erzählt hatte, wusste ich, dass er, wenn ich ihn gelegentlich in die Ferne starrend auf der Veranda sitzen sah, die erkaltete Pfeife zwischen den Lippen, daran dachte, was Jahrzehnte zuvor passiert war. Wenn er das Essen fast nicht anrühren mochte, nachdem er in der Zeitung von einem jungen Mädchen gelesen hatte, das eines Tages nicht mehr nach Hause gekommen war und das man noch nicht gefunden hatte, stand er in Gedanken wieder auf der Elliotsville Road, in seinen durchnässten Stiefeln, und flüsterten ihm die Geister toter Mädchen ins Ohr.

Und der Name, auf den er all die Jahre zuvor gestoßen war, war seither in den Städten im Norden zu einer Art Zauberwort geworden, ohne dass jemand sagen konnte, wie es dazu gekommen war. Man jagte ungehorsamen Kindern, die nicht ins Bett gehen wollten oder mit ihren Freunden in die Wälder zogen, ohne jemandem Bescheid zu sagen, Angst damit ein.

Dieser Name wurde abends ausgesprochen, ehe das Licht ausging, eine vertraute Hand über das Haar strich und nach dem letzten Gutenachtkuss noch der Duft eines mütterlichen Parfums in der Luft hing: »Sei jetzt brav und schlaf. Und keine Ausflüge mehr in den Wald, sonst holt dich Caleb Kyle.«

Ich sehe meinen Großvater noch, wie er das Feuer schürt und einen Holzscheit nachlegt, die Funken stieben den Schornstein hinauf, der schmelzende Schnee zischt in den Flammen.

»Caleb Kyle, Caleb Kyle«, stimmt er einen alten Kinderreim an und das Feuer wirft Schatten auf sein Gesicht. »Siehst du ihn, flitz wie ein Pfeil!«

Und der Schnee zischt und das Holz knackt und der Hund wimmert leise im Schlaf.

14

St. Martha stand auf einem Grundstück, das von einer fünf Meter hohen Steinmauer umgeben und durch ein schmiedeeisernes Tor geschützt war, dessen schwarzer Lack abblätterte, um dann langsam auf den Schnee am Boden zu flattern. Der Zierteich lag voller Laub und Müll und die Bäume waren so lange nicht gestutzt worden, dass sich manche Äste mit denen des Nachbarbaums verschlangen und einen Baldachin bildeten, unter dem das Gras wahrscheinlich längst abgestorben war. Das Gebäude selbst wirkte trostlos und anstaltshaft: vier Stockwerke aus grauem Stein und nur das Holzkreuz am Giebel deutete auf seinen religiösen Ursprung hin.

Ich fuhr zum Haupteingang, hielt auf dem Personalparkplatz, ging die Granittreppe hoch und betrat das Altersheim. Seitlich befand sich die Kabine des Wärters, in der die alte Frau Judd bewusstlos geschlagen hatte, ehe sie in den Tod gelaufen war. Geradeaus war ein Empfangstresen, an dem eine Schwester in weißem Kittel damit beschäftigt war, Papiere neu zu sortieren. Dahinter führte eine Tür in ein Büro voller Bücher und Akten. Die Schwester hatte ein Allerweltsgesicht mit blassen, teigigen Wangen und dunklen Schatten unter den Augen, die sie wie aus der Geisterbahn wirken ließen. Sie trug kein Namensschild am Revers. Aus der Nähe betrachtet, war ihr Kittel an der Brust fleckig und weiße Fäden hingen wie Spinnweben von dem ausgefransten Kragen. Willeford hatte Recht gehabt: In dem Heim roch es nach verkochtem Gemüse und Fäkalien und dieser Gestank wurde wenig erfolgreich mit Desinfektionsmittel kaschiert.

»Kann ich Ihnen helfen?«, fragte die Frau. Ihr Gesichtsausdruck war neutral, aber sie hatte den gleichen Ton am Leib wie Meade Paynes Sohn. ›Helfen‹ klang bei ihr wie ein unanständiges Wort. Und ›Ihnen‹ klang nicht viel besser.

Ich nannte ihr meinen Namen und sagte, Chief Martel habe angerufen, um dafür zu sorgen, dass ich mit jemandem über den Tod von Emily Watts sprechen konnte.

»Es tut mir Leid, aber Dr. Ryley, der Direktor, ist bis morgen auf einer Konferenz in Augusta.« Oberflächlich klang das freundlich, aber ihr Gesichtsausdruck verriet mir, dass hier jeder, der sich nach Emily Watts erkundigte, so willkommen war wie Louis Farrakhan auf einem Empfang des Ku-Klux-Klan. »Das habe ich Chief Martel gesagt, aber da waren Sie schon losgefahren.« Nun entsprach ihr Tonfall ihrem Gesichtsausdruck, ergänzt noch um Schadenfreude über die Reise, die ich unnötigerweise unternommen hatte.

»Lassen Sie mich raten«, sagte ich. »Ohne das Einverständnis des Direktors darf ich mit niemandem sprechen, der Direktor ist nicht da und Sie können ihn nicht erreichen.«

»Genau.«

»Freut mich, dass ich Ihnen die Mühe erspart habe, das zu sagen.«

Sie wurde zornig und hielt ihren Stift gepackt, als wollte sie ihn mir ins Auge rammen. Aus der Wärterkabine trat ein rundlicher Typ in einer billigen, schlecht sitzenden Uniform. Er kam auf mich zu und setzte dabei seine Schirmmütze auf, aber nicht schnell genug, um die Narben an seiner Schläfe zu verbergen.

»Alles in Ordnung, Glad?«, fragte er die Frau am Empfang. Glad: Manche Leute glichen wirklich einer Anklage gegen die gesamte Schöpfung.

»Jetzt hab ich aber Angst«, sagte ich. »So ein großer Wärter und keine alte Dame weit und breit, die mich beschützt.«

Er wurde puterrot und zog den Bauch etwas ein.

»Ich glaube, Sie gehen jetzt besser. Wie die Dame schon sagte: Hier kann niemand was für Sie tun.«

Ich nickte und wies auf seinen Gürtel. »Wie ich sehe, haben Sie eine neue Waffe. Vielleicht sollten Sie sich dafür ein Vorhängeschloss besorgen, sonst klaut sie noch irgendein Kind.«

Ich ließ sie am Empfang stehen und ging zurück auf den Hof. Ich schämte mich ein wenig, dass ich Judd getriezt hatte, aber ich war müde und gereizt und es hatte mich aus dem Konzept gebracht, dass nach all den Jahren der Name Caleb Kyle erwähnt worden war. Ich stand auf dem Rasen und sah an der fleckigen, unschönen Fassade des Heims hoch. Laut Martel hatte Emily Watts am westlichen Ende der obersten Etage gewohnt. Die Gardine war zugezogen. Im Zimmer nebenan regte sich eine Gestalt am Fenster und dann sah ich eine ältere Frau, deren Haar zu einem Dutt hochgebunden war, die mich beobachtete. Ich lächelte ihr zu, aber sie reagierte nicht. Als ich fortfuhr, sah ich im Rückspiegel, wie sie immer noch am Fenster stand und mir nachsah.

Ich hatte vorgehabt, noch einen Tag in Dark Hollow zu bleiben, denn ich hatte noch nicht mit Rand Jennings gesprochen. Der Anblick seiner Frau hatte Gefühle in mir geweckt, die ich lange verdrängt hatte: Wut und Reue und die Aschenglut einer alten Sehnsucht. Ich erinnerte mich an die Erniedrigung, auf dem Toilettenboden zu liegen, während Jennings' Schläge auf mich einprasselten, und an das Kichern seines dicken Kumpels, der die Tür zuhielt. Es erstaunte mich, dass etwas in mir nach all den Jahren immer noch die Konfrontation mit ihm suchte.

Auf der Rückfahrt zum Motel versuchte ich mit dem Mobiltelefon, Angel anzurufen, aber ich bekam kein Netz. Also rief ich ihn von einer Tankstelle aus an und hörte zu, wie das eben erst installierte Telefon in meinem Haus in Scarborough fünfmal klingelte, ehe er endlich abnahm.

»Ja?«

»Ich bin's, Bird. Was gibt's Neues?«

»Jede Menge, und nichts Gutes. Während du da oben im Norden die Sherlock-Holmes-Nummer abziehst, ist Billy Purdue hier in einem Lebensmittelladen gesehen worden. Er ist abgehauen, ehe die Bullen ihn einkassieren konnten, aber er ist immer noch irgendwo hier in der Stadt.«

»Aber nicht mehr lange, wenn er gesehen wurde. Was ist mit Tony Celli?«

»Nichts, aber die Bullen haben den Coupe de Ville in einer alten Scheune drüben in Westbrook gefunden. Louis hat das im Polizeifunk gehört. Offenbar hat sich unser Monstermann einen weniger auffälligen Wagen besorgt.«

Ich wollte ihm eben das wenige berichten, was ich erfahren hatte, aber er unterbrach mich.

»Da ist noch was. Du hast Besuch. Ist heute morgen gekommen.«

»Wer?«

»Lee Cole.«

Angesichts meiner zerrütteten Freundschaft zu ihrem Mann war ich schon erstaunt. Vielleicht wollte sie versuchen, die Bande zwischen Walter und mir zu kitten.

»Hat sie gesagt, was sie will?«

Angel klang zögerlich und mir drehte sich sofort der Magen um. »Ja, das hat sie. Bird, ihre Tochter Ellen wird vermisst.«

Ich fuhr sofort zurück, mit konstant achtzig Meilen pro Stunde, sobald ich auf dem I-95 war. Ich war schon fast am Stadtrand von Portland, als mein Handy klingelte. Ich ging ran und rechnete schon damit, dass es Angel war. Er war es nicht.

»Parker?« Ich erkannte die Stimme auf Anhieb.

»Billy? Wo bist du?«

Billy Purdues Stimme klang panisch und verängstigt. »Ich steck in der Scheiße, Mann. Meine Frau hat dir vertraut und jetzt vertrau ich dir auch. Ich hab sie nicht umgebracht, Parker. Das würd ich nicht tun. Ich könnte sie nicht umbringen. Ich könnte meinen kleinen Jungen doch nicht umbringen.«

»Ich weiß, Billy, ich weiß.« Ich bemühte mich, ihn so oft wie möglich mit Namen anzusprechen, um ihn zu beruhigen und sein zögerliches Vertrauen zu mir zu stärken. Ich versuchte, für einen Moment nicht an Ellen Cole zu denken. Damit würde ich mich befassen, sobald ich konnte.

»Die Bullen sind hinter mir her. Die glauben, ich hätt sie umgebracht. Ich hab sie geliebt. Ich hätte ihnen nie was getan. Ich wollte doch nur, dass sie bei mir bleiben«, brabbelte er fast hysterisch.

»Beruhig dich, Billy«, sagte ich. »Sag mir einfach, wo du bist, und dann hole ich dich ab. Wir bringen dich an einen sicheren Ort und dann können wir über die ganze Sache reden.«

»Da war ein alter Mann bei ihrer Wohnung, Parker. Ich hab gesehn, wie er sie beobachtet hat, an dem Abend, als mich die Bullen festgenommen haben. Ich wollte auf sie aufpassen, aber ich konnte nicht.« Ich war mir nicht mal sicher, ob er mein Hilfsangebot gehört hatte, ließ ihn aber weiterreden, während ich an der Ausfahrt nach Falmouth gut drei Meilen vor der Stadt vorbeifuhr.

»Kanntest du ihn, Billy?«

»Nein, den hab ich noch nie gesehn, aber ich würd ihn wiedererkennen.«

»Das ist gut, Billy. Jetzt sag mir, wo du bist, und dann hole ich dich ab.«

»Ich bin in einer Telefonzelle in der Commercial, aber hier kann ich nicht bleiben. Hier sind überall Leute. Ich hab mich auf der Gelände der Portland Company in der Fore Street versteckt, drüben beim Lokomotivenmuseum. Da gibt es ein leer stehendes Gebäude, gleich hinter dem Haupteingang. Kennst du das?«

»Ja. Geh wieder rein. Ich komme, so schnell ich kann.«

Ich rief Angel an und verabredete mich mit ihm und Louis an der Ecke India und Commercial. Lee Cole sollten sie im Java Joe's absetzen. Ich wollte nicht, dass sie im Haus blieb, falls Tony Celli oder sonst jemand zu Besuch kam.

Als ich an die Ecke India und Commercial kam, war niemand zu sehen. Ich fuhr auf den Parkplatz vor dem alten Bahnhof India Street und parkte den Wagen im Schatten eines dreistöckigen Altbaus. Als ich ausstieg, fing es an zu regnen, ein richtiger Wolkenbruch, der auf die Motorhaube prasselte und münzengroße Spritzer auf der Windschutzscheibe hinterließ. Ich ging um das Terminal herum, vorbei an einem Campingtisch und einem rot gestrichenen Bürocontainer, und kam schließlich auf die Hafenseite mit Blick auf die dunkle See. Donner grollte und im Licht eines Blitzes sah man ein Schiff draußen auf der Casco Bay. Vor mir, auf einem restaurierten Gleisabschnitt, auf dem sonst Touristen die Schmalspurzüge vorgeführt bekamen, stand ein Flachwagen mit einem Tank obendrauf und markierte den Beginn der Bahnlinie. Dahinter standen eine Reihe verschlossener Frachtcontainer. Rechts befand sich der Casco-Bay-Fähranleger und darüber erhob sich auf vier spindeldürren Käferbeinen der Saurierleib eines blauen 18-Tonnen-Krans.

Ich wollte eben zurück zum Wagen gehen, als ich hinter mir auf dem Kies ein Geräusch hörte und eine vertraute Stimme sagte: »Schlechtes Wetter für Vögel. Sie sollten lieber zusammengekuschelt in Ihrem Nistkasten hocken.« Das wurde vom Spannen eines Pistolenhahns untermalt.

Ich hob langsam die Hände, drehte mich um und sah Mifflin, Tony Cellis hasenschartigen Schläger, der mich schief angrinste. Er hielt eine Ruger Speed Six, den abgerundeten Griff fest in der wurstfingrigen Faust.

»Wir haben uns doch schon mal gesehen«, sagte ich. »Zukünftig muss ich wohl woanders parken.«

»Ihr Parkplatzproblem ist gleich gelöst. Und zwar dauerhaft. Wie geht's Ihrem Kopf?« Er grinste stur weiter.

»Ein bisschen empfindlich ist er noch. Hoffentlich habe ich Ihrem Fuß nicht wehgetan.«

»Die Sohlen sind speziell dazu gemacht, Stöße abzufedern. Ich hab nichts gespürt.« Er blieb zwei Meter vor mir stehen. Ich wusste nicht, woher er gekommen war; vielleicht hatte er mir die ganze Zeit in der Dunkelheit hinter One India aufgelauert oder war mir zum Treffpunkt gefolgt, aber es war mir unerfindlich, wie er davon hätte erfahren sollen. Hinter mir prasselte der Regen auf die Bucht.

Mifflin wies mit einer Kopfbewegung auf den Parkplatz. »Sie haben ja Ihren Mustang reparieren lassen.«

»Unfälle passieren schon mal. Deshalb bin ich versichert.«

»Das Geld hätten Sie sparen können und besser für 'n paar Mädels angelegt. Sie brauchen kein Auto mehr, es sei denn, die fahren in der Hölle Stock-Car-Rennen.«

Er hob die Waffe und sein Zeigefinger spannte sich um den Abzug. »Für das hier kommt Ihre Versicherung bestimmt nicht auf.«

»Wollen wir wetten?«, sagte ich, als Louis hinter dem roten Bürocontainer auftauchte, mit seiner dunklen Hand Mifflins Schussarm packte und ich nach links auswich. Louis' rechte Hand drückte die Mündung einer SIG unter das Kinn dieses Möchtegern-Attentäters.

»Ganz sachte«, sagte Louis. »Wir wollen doch nicht, dass das Ding losgeht und dir den Unterkiefer wegpustet.«

Mifflin zog den Finger vorsichtig aus dem Abzugbügel und ließ den Hahn langsam los. Angel kam dazu und nahm ihm die Ruger ab.

»Hallo, Süßer«, sagte er und richtete die Waffe auf Mifflins Kopf. »Ganz schön große Knarre für so 'nen kleinen Kerl.«

Mifflin sagte nichts. Louis ließ die SIG sinken und in die Seitentasche seines dunklen Mantels gleiten. Mit der anderen

Hand hielt er immer noch den Arm des Attentäters gepackt. Er machte eine abrupte Handbewegung und man hörte ein durchdringendes Knacken, als er Mifflin den rechten Ellenbogen brach. Dann rammte er Mifflins Kopf zweimal an die Mauer des Gebäudes. Hasenscharte ging zu Boden. Angel verschwand und kam kurz darauf im Mercury wieder. Er öffnete den Kofferraum und Louis warf Mifflin bäuchlings hinein. Dann fuhr Angel zum Ende des Parkplatzes und wir gingen dem Wagen nach. Er hielt an einer Lücke im Zaun, die auf den Kai führte. Louis hob Mifflins leblosen Körper aus dem Kofferraum, schleifte ihn zum Kai und warf ihn ins Meer. Mit einem lauten Platscher traf er auf dem Wasser auf, aber das übertönte der strömende Regen.

Louis hätte mich vermutlich für einen Schwächling gehalten, wenn ich es ausgesprochen hätte, aber mir tat es Leid um Mifflin. Dass er mich umbringen wollte, zeigte natürlich, dass Tony Celli der Ansicht war, mein beschränkter Nutzen hätte sich erschöpft. Hätten wir ihn am Leben gelassen, wäre er wiedergekommen und hätte es erneut versucht, wahrscheinlich mit Verstärkung. Aber die Endgültigkeit dieses Platschers machte mich traurig.

»Sein Wagen steht um die Ecke«, sagte Angel. »Wir haben das hier drinnen auf dem Boden gefunden.« Er zeigte mir einen kleinen 3-Kanal-UKW-Empfänger, der sich an die Autobatterie anschließen ließ. Wenn es einen Empfänger gab, gab es auch einen Sender.

»Sie haben mein Haus verwanzt«, sagte ich. »Wahrscheinlich, als ich in Tony Cellis Hotelzimmer war. Das hätte ich wissen müssen, als sie mich nicht umgebracht haben.«

Angel zuckte die Achseln und warf den Empfänger ins Meer. »Seine Kumpels sind bestimmt schon unterwegs zu dem Industriekomplex«, sagte er. Links wand sich die Fore Street in nördliche Richtung, parallel zum Hafenbecken, und in der Ferne erkannte ich die Umrisse der Gebäude der Portland Company.

»Wir gehen den Gleisen nach und kommen von der Hafenseite«, sagte ich. Ich zog meine Waffe und entsicherte sie und Louis klopfte mir auf die Schulter und holte eine 380er Colt Government Model aus der rechten Manteltasche. Aus der Innentasche nahm er einen Schalldämpfer und schraubte ihn auf. »Wenn du deine Smith & Wesson nimmst und irgendwas geht schief, dann können sie die Spur zu dir zurückverfolgen«, sagte er. »Nimm die hier, die können wir hinterher wegschmeißen. Außerdem ist die viel leiser.« Es wunderte mich nicht, dass sich Louis mit seinen Waffen auskannte: Mit Unterschallmunition bestückte Halbautomatische sind so ziemlich die einzigen Pistolen, die sich sinnvoll mit einem Schalldämpfer verwenden lassen. Wenn die Leute von Hertz gewusst hätten, was für Gepäck Louis in ihrem Auto beförderte, hätten sie einen kollektiven Herzinfarkt erlitten.

Louis reichte Angel seine SIG, zog eine zweite 380er aus der linken Tasche und schraubte auch bei ihr einen Schalldämpfer auf.

Louis und ich folgten den Gleisen und Angel kam hinterher. Rostrote Schienen lagen zu vergessenen Haufen aufgestapelt neben fast schwarzen Holzschwellen voller Astlöcher und Verwachsungen. Hinter den Lagerhöfen, wo ausrangierte Abrissbirnen aufgereiht lagen und Betonpfeiler aus ihrem Innern Rost bluteten, trieben Holzpfähle auf den Wogen, wie die Reste eines Urwalds.

Der Portland-Company-Komplex befand sich gegenüber des Yachthafens und den Eingang markierte der Zug der Sandy-River-Bahn, in dem die Touristen herumfuhren. Die rote Lokomotive und die grünen Waggons standen nun still. Die ganze Anlage hatte früher der Eisenbahn gedient, als die Portland Company hier noch Motoren und Dampflokomotiven baute, war aber in den Siebzigern stillgelegt worden und wurde nun zu einem Industriegelände umgebaut. Auf dem Hof stand eine alte Zugmaschine aus schwarzem Stahl mit einem restaurierten Schornstein. Daneben befand sich der Eingang des Schmalspurbahnmuseums. Wie alle Gebäude auf dem Gelände war es dreigeschossig und aus roten Ziegeln erbaut. In einem ähnlichen, aber größeren Gebäude dahinter, zu dem man über einen überdachten Weg gelangte, war eine Werkzeugmaschinenfabrik untergebracht. Ein lang gestrecktes Gebäude links vom Museum beherbergte, wenn ich mich recht erinnerte, eine Yachtreederei und ein zweites, ähnliches, wurde von einem Glasfaserunternehmen genutzt.

Am Südende des Hofs erhob sich ein größeres, ebenfalls dreigeschossiges Gebäude, dessen Fenster im Erdgeschoss mit Brettern vernagelt und weiter oben mit Drahtgittern versehen waren. Dort hielt sich Billy Purdue versteckt. Auf der Hafenseite kam man nicht hinein, aber am Nordende stand ein schuppenähnlicher Anbau – der Haupteingang. Eine Fahrbahn schlängelte sich daran vorbei hinauf zum Besuchereingang in der Fore Street.

Das ganze Gelände wirkte verlassen und der Regen prasselte unerbittlich. Die Tropfen klangen wie Steine, die auf das Dach des Museums hämmerten. Ein Seiteneingang stand offen. Ich wies schweigend darauf und Louis, Angel und ich betraten das Gebäude.

Unter einer gewölbten Decke standen ausgemusterte Eisenbahnwaggons aufgereiht: grüne Wicasset-Waggons, grün-rote Sandy-River-Waggons aus Franklin County, ein grün-gelber Bridgton & Saco und rechts von uns ein alter Schienenbus mit einem REO-Speedwagon-Fahrgestell der Sandy-River-Bahnlinie.

Neben dem Schienenbus lag zusammengesunken ein Körper, über den wie ein Leichentuch ein dunkler Mantel gebreitet war. Ich zog den Mantel beiseite und rechnete schon mit Billy Purdue. Aber er war es nicht. Stattdessen kamen die verzerrten Gesichtszüge von Berendt, Mifflins quadratschädeligem Kumpel, zum Vorschein. Er hatte eine dunkle, schartige

Austrittswunde auf der Stirn. Ich roch angesengtes Haar und auf dem staubigen Boden des Museums gerann Blut.

Louis beugte sich über ihn. »Billy Purdue?«

Ich schluckte und das Geräusch hallte mir in den Ohren wider. Ich schüttelte den Kopf und er nickte schweigend.

Wir gingen nach links, zwischen zwei Edaville-Waggons hindurch, zum Museumsbüro. Außer uns war niemand in dem Gebäude. Die Stahltür am Vordereingang klapperte lautstark gegen ihren Rahmen, der Wind toste und es goss wie aus Kübeln.

In der Dunkelheit unter dem überdachten Gang zwischen dem Museumsgebäude und der Werkzeugmaschinenfabrik war ein schwarzer Ford geparkt. Der strömende Regen verdeckte seine Fenster. Ich hatte den Wagen nach Rita Ferris' Tod vor ihrer Wohnung gesehen.

»FBI«, sagte ich. »Die müssen Cellis Jungs gefunden haben.«

»Oder die hören dich auch ab«, murmelte Louis.

»Na toll«, sagte Angel. »Ist jetzt noch irgendwer nicht hier? Dieser Billy Purdue ist so beliebt, nach dem sollte man einen Feiertag benennen.«

Die Hintertür des Wagens wurde geöffnet, eine Gestalt in dunklem Mantel trat mit gesenktem Kopf heraus und schloss leise die Tür. Der Mann ging schnell in unsere Richtung, die eine Hand hatte er in der Tasche vergraben und mit der anderen hielt er sich einen schwarzen Regenschirm über den Kopf. Er passierte das Licht aus der Fabrik.

»Und das ist?«, fragte Angel entnervt.

»Eldritch, der kanadische Polizist. Bleibt hier.«

Ich trat aus der Dunkelheit hervor und Eldritch blieb verblüfft blickend stehen und versuchte mich zu erkennen.

»Parker?«, sagte er schließlich. »Wollen Ihre Freunde nicht auch aus dem Dunkeln kommen?«

Louis und Angel tauchten hinter mir auf und stellten sich neben mich. Louis betrachtete Eldritch mit mäßigem Interesse.

»Wollen wir nicht ins Trockene?«, fragte der Kanadier.

»Nach Ihnen, Officer«, erwiderte ich. An dem Ford war mir etwas aufgefallen, als Eldritch aus dem Wagen stieg und die Innenbeleuchtung schummriges Licht auf den Boden warf. Unter der Fahrertür, die einen Spaltbreit offen stand, war eine kleine rote Pfütze, und während ich hinsah, tropfte beständig etwas aus der Lücke.

Eldritch ging an mir vorbei, in einer Hand immer noch den Regenschirm. Man erkannte einen goldenen Manschettenknopf und eine weiße Manschette, auf der sich ein dunkler Fleck ausbreitete. Eldritch drehte sich um und sah mir nach, als ich auf den Wagen zuging.

Ich sah mich zu Louis um, aber der war von etwas anderem abgelenkt.

»Sie haben da was am Kragen, Officer«, sagte er leise, als Eldritch ins Licht trat.

Eldritchs Hemdkragen ragte aus seinem Mantelrevers. Am Rand, knapp über dem Krawattenknoten, hatte er rußschwarze Flecken. Als Louis das sagte, senkte Eldritch den Regenschirm und versuchte mir damit die Sicht zu versperren. Ich sah seine Waffe nur kurz, als er sie mit der rechten Hand aus der Tasche zog. Louis hob bereits seine Pistole, Eldritch wirbelte herum und warf den Regenschirm weg, Angel sah von der Seite zu. Aber ich schoss als Erster. Die Kugel riss ein Loch in den Schirm und traf Eldritch in den Oberschenkel. Der Schalldämpfer und der strömende Regen schluckten den Lärm. Ich feuerte erneut und traf ihn in die Seite. Die Waffe fiel ihm aus der Hand, er strauchelte bis zur Mauer des Museums und rutschte mit dem Rücken daran hinunter. Dann saß er auf dem Boden, die Zähne vor Schmerz zusammengebissen, und presste die Hand auf den roten Fleck, der sich vorn auf seinem Mantel ausbreitete. Louis hob die Waffe auf, indem er einen Stift durch den Abzugbügel schob, und betrachtete sie mit Kennermiene.

»Taurus«, sagte er. »Aus Brasilien. Unser Freund hier hat offenbar Urlaub in Südamerika gemacht.«

Ich ging zu dem Wagen. In der Windschutzscheibe waren zwei sternförmige Einschüsse, umgeben von Sonnenrädern aus Blut. Ich zog mir einen Handschuh an, öffnete die Fahrertür und trat beiseite, als Agent Samson seitwärts zu Boden fiel. Wo die Kugel ausgetreten war, klaffte ein dunkles Loch in seiner zertrümmerten Nase. Agent Doyle lehnte mit der Stirn am Armaturenbrett und Blut sammelte sich zu seinen Füßen. Beide waren noch warm.

Behutsam hob ich Samson in den Wagen, schloss die Tür und ging zurück zu Angel und Louis, die über den blutenden Mann gebeugt standen.

»Abel«, sagte Louis. Trotz seiner Schmerzen betrachtete uns der Mann am Boden aus dunklen Augen mit einem hasserfüllten Blick. Er sagte kein Wort.

»Der kann hier nicht weg«, sagte ich. »Wir packen ihn in den Kofferraum des Ford, und wenn wir hier fertig sind, rufen wir die Bullen.«

Doch Angel und Louis hörten mir anscheinend gar nicht zu. Angel schüttelte vielmehr den Kopf und meinte zu Abel: »Aber, aber. Ein Mann in deinem Alter und färbt sich die Haare. So was Eitles aber auch.«

»Und du weißt ja, was man über Eitelkeit sagt«, fügte Louis leise hinzu. Abel sah zu ihm hoch und bekam große Augen.

»Wer schön sein will, muss leiden«, schloss Louis. Dann erschoss er ihn und der Colt zuckte in seiner Hand. Abels Kopf stieß an die Mauer hinter ihm, die Augen fest geschlossen, und dann sackte ihm das Kinn auf die Brust.

Ich ging auf Louis los – zum ersten Mal in meinem Leben. Ich stieß ihn hart vor die Brust. Er wich zurück, aber sein Gesichtsausdruck änderte sich nicht.

»Warum hast du ihn umgebracht?«, schrie ich. »Mein Gott, Louis, müssen wir denn alle umbringen?«

»Nein«, sagte Louis. »Nur Abel und Stritch.«

Und da wurde mir klar, warum Louis und Angel nach Portland gekommen waren, und diese Einsicht war wie ein Schlag in die Magengrube.

»Du hast einen Auftrag«, sagte ich. »Du bist beauftragt, die beiden umzulegen.« Jetzt wusste ich, warum Leo Voss ermordet worden war und sich Abel und Stritch ausgerechnet diesen Zeitpunkt ausgesucht hatten, um in der Versenkung zu verschwinden. Es hatte nur am Rande mit dem Geld zu tun, das Billy Purdue geraubt hatte. Abel und Stritch waren auf der Flucht – und zwar vor Louis.

Er nickte knapp. Angel sah mich mitfühlend, aber auch entschlossen an. Mir war klar, auf wessen Seite er stand.

»Wie viel?«, fragte ich.

»Einen Dollar«, sagte Louis. »Ich hätte auch fünfzig Cent genommen, aber der Mann hatte es nicht kleiner.«

»*Einen Dollar*?« Fast hätte ich gelächelt. Er hatte einen Dollar dafür genommen, aber ihr Leben war nicht einmal das wert. Ich sah mir Abels Leichnam an und dachte an die beiden Agenten in dem Wagen und an den richtigen Eldritch, der wahrscheinlich nie in Maine angekommen war.

»Das sind fiese Burschen, Bird«, sagte Angel. »Fieser wird's nicht mehr. Wegen denen werden wir uns doch nicht streiten.«

Ich schüttelte den Kopf. »Das hättet ihr mir bloß erzählen sollen. Ihr hättet mir vertrauen sollen.«

Jetzt ergriff Louis das Wort. »Stimmt. Ich wollte es so. Das war ein Fehler.«

Er stand vor mir und wartete, dass ich etwas sagte, und mir wurde klar, warum sie es mir verheimlicht hatten. Schließlich war ich ein ehemaliger Polizist und hatte noch Freunde bei der Polizei. Vielleicht hegte Louis immer noch gewisse Zweifel. Ich hatte Angel das Leben gerettet, als er im Zuchthaus saß, und im Gegenzug hatten sie mir beigestanden, als Jennifer und Susan umgebracht wurden, hatten ihr Leben aufs Spiel gesetzt, um den Mann zu finden, der sie und andere ermordet hatte, und hatten nichts dafür verlangt. Ich hatte keinen Anlass, ihnen nicht zu trauen; ihnen hingegen, einem Einbrecher und einem Berufskiller, konnte man nachsehen, dass sie Zweifel über mich hegten.

»Ich verstehe«, sagte ich schließlich.

Louis nickte knapp und in diesem Nicken und seinem Blick war alles enthalten, was es zu sagen gab.

»Gehn wir«, sagte ich. »Wir müssen endlich Billy Purdue finden.« Wir gingen durch den Regen zu dem leer stehenden Gebäude. Ich sah mich noch einmal zu Abels Leichnam um und es lief mir kalt über den Rücken. Diese zusammengesunkene Gestalt und der tote Berendt im Eisenbahnmuseum waren stumme Zeugen, dass Stritch nicht weit sein konnte.

Gegenüber einer Neubausiedlung aus grauen, halb verklinkerten Holzhäusern weiter oben in der Fore Street standen zwei Autos geparkt. Es war zu dunkel, um zu erkennen, ob noch jemand darin saß. Als wir an den Haupteingang des leer stehenden Gebäudes kamen, war das Schloss bereits aufgebrochen und die Tür stand einen Spaltbreit offen. Ich hielt mich dicht an der Mauer und spähte um die Ecke zur Vorderseite des Gebäudes hinüber. Dort waren die Fenster im Obergeschoss mit Brettern vernagelt und eine Holzplanke führte vom Rasen zu einer geschlossenen Tür im ersten Stock. Wegen der Hanglage befand sich das Erdgeschoss unterhalb der Rasenfläche und dort waren die Fenster vergittert.

Ich ging zurück zu Angel und Louis, die an der Tür auf mich warteten, und wir einigten uns, dass Angel den Mercury holen sollte, damit wir schnell verschwinden konnten, wenn wir mit Billy Purdue herauskamen.

Hinter der Tür befand sich ein staubiges, voller alter Zeitungen liegendes Treppenhaus. Die Treppe führte ins erste Geschoss und in eine Art Abstellraum, von Stahlträgern gehalten. Hinter der Treppe befanden sich leer stehende Büros und Werkstätten. Es war still und nirgends brannte Licht. Im ganzen Lagerhaus hing noch ein leichter Holzgeruch, der aber von Muff und Fäulnis überlagert wurde. Louis hatte eine Taschenlampe dabei, knipste sie aber nicht an, um keine Aufmerksamkeit auf uns zu lenken.

In einer Ecke neben dem Treppenhaus lag stapelweise morsches Holz. Wasser tropfte von der Decke. Es regnete durch das Dach des Lagerhauses und sickerte allmählich durch alle Etagen. Wir gingen um das Treppenhaus herum und betraten die erste einer Reihe von Werkstätten, die, von ein paar Holzbänken und einem kaputten Plastikstuhl abgesehen, leer stand. Ich hörte etwas jenseits der Wand, als wir uns einer offen stehenden Tür näherten. Ich schickte Louis mit einer Handbewegung nach links und ging rechts an der Wand in Stellung, bis ich teilweise in den Raum dahinter sehen konnte. Dann wagte ich mich langsam vor und spähte schnell hinein, und als niemand versuchte, mir den Kopf wegzuballern, ging ich vorsichtig weiter.

Ich befand mich in der Hälfte eines ehemaligen Doppelbüros. Ein leichter Rauchgestank hing im Raum, der von einem schwelenden Holz- und Müllhaufen in der Ecke gegenüber kam. In dieser Ecke regte sich etwas.

Ich wirbelte herum, den Finger am Abzug.

»Nicht schießen«, sagte eine raue, kratzige Stimme und aus der Dunkelheit, wo er gehockt hatte, tauchte allmählich ein Mensch auf. Er trug Plastiktüten an den Füßen, seine Beine steckten in vor Schmutz starrenden Jeans und einen Mantel mit Löchern an den Ellenbögen hatte er sich mit einer Kordel zugebunden. Sein Haar war lang und strubbelig, sein Bart grau und voller gelber Nikotinflecken. »Bitte nicht schießen. Ich hab mir nichts dabei gedacht, als ich Feuer gemacht hab.«

»Gehn Sie nach rechts. Schnell.« Durch eine Ritze in den

Brettern vorm Fenster drang schummriges Licht von einer Straßenlaterne. Der alte Mann ging weiter, bis er im Licht stand. Er hatte kleine, matt blickende Augen. Auch aus vier Meter Entfernung roch ich seine Schnapsfahne und nicht nur das.

Ich behielt ihn noch kurz im Blick, und als Louis in der Tür erschien, wies ich mit der Waffe nach rechts. »Verschwinden Sie hier«, sagte ich. »Sie sind hier nicht sicher.«

»Darf ich meine Sachen einpacken?« Er zeigte auf einen Haufen Habseligkeiten in einem Einkaufswagen.

»Nehmen Sie, was Sie tragen können, und dann hauen Sie ab.« Der Alte dankte mit einem Nicken und fing an, Dinge aus dem Einkaufswagen zu sammeln: ein Paar Stiefel, einige Dosen Limonade, eine Rolle Kupferdraht. Manches legte er wieder zurück, über anderes musste er offenbar noch nachdenken. Als er überlegte, ob er einen einzelnen Reebok-Turnschuh mitnehmen sollte, sagte eine tiefe Stimme hinter mir: »Wenn Sie Ihren Kram nicht in fünf Sekunden hier raushaben, sortieren Ihre Erben das für Sie aus.« Louis' Bemerkung brachte ihn auf Trab.

»Sie klauen doch nichts, oder?«, fragte er Louis noch.

»Nein«, erwiderte Louis. »Die guten Sachen haben Sie ja schon mitgenommen.«

Der Alte nickte froh und Louis schüttelte den Kopf. An der Tür blieb der Alte stehen. »Die anderen sind nach oben«, sagte er und verschwand.

Wir durchquerten die Etage schnell, aber vorsichtig, und kamen am anderen Ende zu zwei Treppen, eine in jeder Ecke. Ich hörte, wie jemand langsam über den Boden der Etage über uns ging. Zwischen den Treppen befand sich eine Doppeltür hinaus auf den Hof. Davor lag eine aufgebrochene Kette und ein halber Ziegelstein hielt eine der Türen offen. Louis übernahm die rechte Treppe, ich die linke. Dabei hielt ich mich nah am Geländer, um nicht auf eine knarzende Stufe zu treten.

Wir fanden uns auf einer Art Zwischengeschoss wieder, von wo aus eine breite Treppe in die erste Etage führte. Louis ging vor. Ich sah zu, wie er eine Pendeltür aufschob, in der in Augenhöhe ein Fenster aus schmutzigem Sicherheitsglas eingelassen war, und anfing, das Stockwerk abzusuchen. Ich wollte eben in die zweite Etage gehen, als ich von unten etwas hörte. Ich beugte mich über das Geländer und sah, wie sich unten ein Mann eine Zigarette ansteckte. Im Licht der Streichholzflamme erkannte ich einen von Tony Cellis Männern aus dem Hotelzimmer wieder. Er sollte offenbar Schmiere stehen. Über mir knarzte leise eine Diele, dann noch eine: Wenigstens einer von Tony Cellis Männern war bis ins Obergeschoss vorgedrungen.

Als ich zusah, wie Tony Cleans Scherge seine Zigarette rauchte, fiel mir links etwas auf. Die Fenster im Zwischengeschoss, die auf den Hof hinausgingen, waren mit Brettern vernagelt und es schien kein Licht herein. Die einzige Beleuchtung drang durch ein schartiges, feuchtes Loch in der Wand, wo das Mauerwerk um eine alte Klimaanlage nachgegeben hatte und mitsamt des Geräts herausgebrochen war. Das Loch sorgte für eine schummrige Stelle zwischen zwei Bereichen, die in tiefster Dunkelheit lagen. In einer dieser dunklen Ecken spürte ich eine Anwesenheit. Eine fahle Gestalt flimmerte auf. Mit pochendem Herzen ging ich darauf zu. Die Waffe lag mir schwer in der Hand.

Aus der Schwärze tauchte ein Gesicht auf. Die Augen waren dunkel, es war kein Weiß darin zu erkennen, und um den Hals schien eine dunkle Kette zu liegen. Langsam wurde der Mund sichtbar und das Zickzackmuster aus schwarzem Garn, das ihn verschloss, und darunter prägte sich das Mal eines Seils tief in die Haut ein. Die Gestalt sah mich für einen Moment an und schien sich dann in sich selbst zurückzuziehen, und dann war an ihrer Stelle alles leer. Ich spürte kalten Schweiß auf meinem Rücken und Übelkeit überkam mich. Ich spähte noch einmal in die dunkle Ecke und machte eben kehrt, als von unten leise ein Schmerzensschrei erklang.

Ich blieb auf einer der ersten Treppenstufen stehen und lauschte. Der Regen strömte und Wasser tropfte von der Decke. Unten hörte ich leises Schlurfen und dann kam auf der rechten Treppe ein kahlköpfiger Mann in einem beigen Regenmantel in Sicht. Stritch hob das eigenartige, wachsbleiche Gesicht und betrachtete mich für einen Moment aus kalten, farblosen Augen. Sein zu breiter Mund zeigte ein gänzlich humorloses Grinsen und dann zog sich Stritch unter das Zwischengeschoss zurück. Ich fragte mich, ob er schon wusste, dass Abel tot war, und für wie gefährlich er mich hielt.

Die Antwort darauf erhielt ich binnen Sekunden, als schallgedämpfte Schüsse durch das weiche, feuchte Holz des Treppengeländers platzten und Splitter durch die Dunkelheit flogen. Ich sprang die übrigen Stufen hoch und die Kugeln folgten mir; Stritch zielte auf das Geräusch meiner Schuhe. Auf dem Treppenabsatz angelangt, spürte ich ein Zupfen an meinen Mantelschößen und wusste, dass er mich nur knapp verfehlt hatte.

Ich betrat die erste Etage und wollte Louis suchen. Hinter der Tür befand sich eine Art Foyer mit einem alten, hohen Empfangstresen auf der rechten Seite und dahinter ein kleiner Lagerraum, der zu einer ganzen Reihe solcher Räume gehörte, die sich, mit einem Durchgang verbunden, bis zum Ende des Gebäudes hinzogen, so dass ich bei entsprechender Beleuchtung quer durch das Lagerhaus hätte sehen können. Von meinem Platz aus sah ich, dass in den Lagerräumen noch ramponierte Schreibtische und kaputte Stühle standen, gammlige Teppichrollen und kistenweise alte Akten. Zwei Korridore gingen hier ab, einer geradeaus und einer nach rechts. Ich vermutete, dass Louis bereits den rechten übernommen hatte, und daher folgte ich dem anderen und schaute mich dabei immer wieder ängstlich um, ob Stritch schon zu sehen war.

Vorn und rechts ertönten Schüsse, gefolgt von zwei leiseren, in schneller Folge abgefeuerten Schüssen. Ich hörte Schreie und Gerenne und der Lärm hallte in dem alten Gebäude wider. An einem Türrahmen rechts lag eine Gestalt in schwarzer Lederjacke zusammengesunken am Boden und eine Blutlache bildete sich um ihren Kopf. Louis hatte bereits Spuren hinterlassen, doch er ahnte nicht, dass Stritch uns folgte, und musste unbedingt gewarnt werden. Ich ging gerade noch rechtzeitig in den Korridor zurück, um hinter dem Empfangstresen etwas Beiges vorbeihuschen zu sehen. Ich ging weiter, vorbei an der Leiche von Tony Cellis Gehilfe, bis ich über den Tresen sehen konnte, aber dort war keine Spur von Stritch. Ich lief zum Eingang des nächsten Lagerraums, spähte um den Türrahmen und hatte plötzlich die Mündung einer Pistole mit Schalldämpfer an der rechten Schläfe.

»Scheiße, Bird, fast hätte ich dir den Kopf weggepustet«, sagte Louis. Im Halbdunkel war er in seiner schwarzen Kleidung kaum zu sehen. Nur seine Zähne und das Weiß seiner Augen waren zu erkennen.

»Stritch ist hier«, sagte ich.

»Ich weiß. Hab ihn kurz gesehen, aber dann hast du mich abgelenkt.«

Unser Gespräch wurde von weiterem Schusslärm unterbrochen. Eine Waffe wurde dreimal abgefeuert, ohne dass das Feuer erwidert wurde. Man hörte wieder Schreie und einen Feuerstoß aus einer automatischen Waffe und dann lief jemand eine Treppe hoch. Louis und ich nickten einander zu und brachen zum anderen Ende des Gebäudes auf. Schließlich kamen wir zu einem offenen Lastenaufzug, in dem ein weiterer von Tony Cellis Männern tot lag. Daneben führte eine Wendeltreppe ins Obergeschoss, wohin Stritch vermutlich verschwunden war. Wir waren eben auf der zweiten Stufe, da hörte ich hinter mir ein leider nur zu vertrautes Geräusch: das Durchladen einer Pumpgun. Wir drehten uns langsam um, die

Waffen ausgestreckt, und sahen Billy Purdue vor uns stehen. Sein Gesicht war schwarz beschmiert, seine Kleidung durchnässt und auf dem Rücken trug er einen schwarzen Tornister.

»Waffen runter«, sagte er. Irgendwie war es ihm gelungen, sich zwischen dem alten Büromobiliar und den Aktenkisten vor uns und seinen Verfolgern zu verstecken. Wir legten die Waffen nieder und behielten dabei Billys Flinte und die Treppe über uns im Blick.

»Du hast die hergebracht«, sagte er mit vor Wut bebender Stimme. »Du hast mich verraten.« Tränen liefen ihm über die Wangen.

»Nein, Billy«, sagte ich. »Wir sind hier, um dich in Sicherheit zu bringen. Nimm die Flinte runter und dann versuchen wir, dich hier rauszubringen.«

»Nein. Du kannst mich mal! Ihr seid doch alle gegen mich!« Damit feuerte er die Flinte ab, wir warfen uns zu Boden und die Schüsse durchlöcherten Holz und Putz hinter uns. Als wir wieder hochsahen, war Billy verschwunden. Ich hörte, wie er in die Richtung fortlief, aus der wir gekommen waren, und Louis sprang auf und rannte ihm nach.

Als ich aufstand, hörte ich auf der Etage über mir weitere Schüsse: automatisches Feuer, gefolgt von einem einzelnen Schuss. Ich stieg langsam die Treppe hoch und reckte den Kopf dabei, meine Hände schweißnass. Auf dem Treppenabsatz, neben dem Fahrstuhl, lag wieder einer von Tony Cellis Männern zusammengesunken in der Ecke. Blut floss aus der Schusswunde in seinem Hals. Und dann war da noch etwas mit ihm, das ich fast übersehen hätte.

Seine Hose stand offen, der Reißverschluss war heruntergezogen und seine Geschlechtsteile waren teilweise entblößt.

Vor mir befand sich eine offene Tür und jenseits des Türrahmens herrschte völlige Finsternis. In dieser Finsternis, das wusste ich, lauerte Stritch. Ich roch sein billiges, widerliches Rasierwasser und den muffigen, erdigen Gestank, den es kaschieren sollte. Ich spürte, dass er aufmerksam auf Beute witterte. Und ich spürte sein Verlangen und die Lust, die es ihm bereitete, zu verletzen und zu töten, die fehlgeleitete Sexualität, die ihn dazu getrieben hatte, den jungen Mann dort in der Ecke zu entblößen und anzurühren, als er im Sterben lag.

Und ich wusste mit absoluter Sicherheit: Wenn ich mich über diese Schwelle wagte, würde Stritch mich umbringen und auch mich anrühren, während ich starb. Ich spürte, dass die Dunkelheit um mich her von Leben erfüllt war, und unten im Dämmerlicht lachte ein Kind. Es schien mich von diesem Abgrund zurückzurufen, aber vielleicht kam mir das in meiner Angst auch nur so vor. Aus welchem Grund auch immer: Ich ließ Stritch in der Dunkelheit und kehrte zurück ans Licht.

Louis kam wieder, als ich die Treppe hinunterging. Seine Hose war an den Knien aufgerissen und er humpelte leicht. »Ich bin ausgerutscht«, stieß er hervor. »Er ist mir entwischt. Was ist mit Stritch?«

Ich wies auf die Etage über uns. »Vielleicht tut dir ja Tony Celli einen Gefallen.«

»Meinst du?«, fragte er argwöhnisch. Er sah mir ins Gesicht. »Alles klar mit dir, Bird?«

Ich ging an ihm vorbei und schämte mich meiner Schwäche, wusste aber auch, was ich gespürt und was ich in den blutroten Augen einer toten Frau gesehen hatte.

»Ich bin nur an Billy Purdue interessiert«, sagte ich. »Wenn Stritch rausfindet, dass sein Kumpel tot ist, geht er nirgendwohin, solange er diese Rechnung nicht beglichen hat. Du bekommst noch eine Chance.«

»Ich würde lieber diese hier nutzen.«

»Es ist stockdunkel da oben. Wenn du da hochgehst, bringt er dich um.«

Louis blieb stehen und sah mich an, sagte aber kein Wort. Ich hörte fernes, schnell näher kommendes Sirenengeheul. Ich sah, wie Louis mit sich haderte und die Risiken Polizei und Dunkelheit gegen die Möglichkeit abwog, Stritch zu erledigen. Dann sah er sich noch einmal zu der Treppe um, die in die Dunkelheit der zweiten Etage führte, und folgte mir.

Wir kamen in den Raum, in dem wir dem alten Mann begegnet waren. »Wenn wir vorne rausgehen, laufen wir vielleicht Tony Cellis Leuten oder der Polizei in die Arme«, sagte ich. »Und wenn Billy da raus ist, ist er längst tot.«

Louis nickte und wir gingen zurück zur Tür an der Hinterseite des Lagerhauses, wo der Mann, den Stritch umgebracht hatte, halb drinnen, halb draußen lag, die Armbeuge vor den Augen, als hätte er direkt in die Sonne geblickt. Jenseits des Hofs sah ich den Mercury. Er sprang an und Angel schoss darin über den Hof, wendete und hielt, um uns einzusammeln.

»Hast du Billy gesehen?«

»Nein. Seid ihr okay?«

»Uns geht's gut«, sagte ich, aber die Angst, die ich im Obergeschoss empfunden hatte, saß mir noch in den Knochen. »Stritch war da drin. Kam von der Hinterseite.«

»Dann bist du wohl der Einzige, der sich nicht bestens in deinen Angelegenheiten auskennt«, meinte Angel, als wir über den Hof rasten und an den Gleisen entlang zurück in Richtung India Street fuhren. Kurz vor dem Ende der Gleise riss Angel das Lenkrad herum und brauste durch das Loch im Drahtzaun auf den Parkplatz von One India. Er schaltete die Scheinwerfer aus, Sirenen heulten und zwei schwarzweiße Streifenwagen jagten die Fore Street hoch. Dann warteten wir ab, ob sich Billy Purdue blicken ließ.

Während wir dort schweigend saßen, versuchte ich mir zusammenzureimen, was passiert war. Das FBI hatte entweder mein Telefon abgehört oder war Tony Cellis Bande auf die Schliche gekommen. Als sie losschlugen, verriet Abel Stritch, wohin es ging, und wollte sich dort mit ihm treffen, nachdem er die Bundespolizisten ausgeschaltet hatte. Und obwohl ihm drei Parteien in einem Gebäude nachgestellt hatten, war es Billy Purdue gelungen zu entkommen.

Und ich dachte an die halb herbeifantasierte Gestalt, die ich in der Dunkelheit erblickt hatte. Rita Ferris war tot und bald würde Schnee auf ihr Grab fallen. Ich litt an Sinnestäuschungen, zumindest hoffte ich das.

Niemand kam zu Fuß von der Anlage her auf uns zu. Wenn einige von Tony Cellis Männern überlebt hatten, würden sie sich vermutlich in Richtung Norden absetzen, statt in die Stadt zurückzukehren und eine Begegnung mit den Bullen zu riskieren.

»Meinst du, er ist noch da drin?«, fragte ich Louis.

»Wer? Stritch? Nur wenn er tot ist, und so fähige Leute hat Tony Celli nicht, wenn von denen überhaupt einer überlebt hat«, antwortete Louis. Mir fiel wieder der nachdenkliche Blick auf, mit dem er mein Gesicht im Rückspiegel betrachtete.

»Aber eins kann ich dir sagen«, meinte er. »Er weiß jetzt, dass Abel tot ist. Und jetzt wird er erst richtig stinkig.«

15

Louis und Angel setzten mich bei meinem Mustang ab und fuhren mir dann zum Java Joe's hinterher. Ich fühlte mich ausgelaugt und mir war schlecht. Ich dachte an den Blick in Abels Augen, ehe er starb, und an den jungen Gangster, der im Augenblick seines Todes vergewaltigt worden war, und an den alten Mann, der mit Turnschuhen und Kupferdraht beladen in die nasskalte Nacht hinausgelaufen war.

Beim Café angelangt, blieben Angel und Louis draußen im Mercury und tranken Mokka aus Pappbechern. Lee Cole saß am Fenster, in Jeans, die sie in wadenhohe, fellgefütterte Stiefel gestopft hatte, und einem weißen Wolloberteil, das sie bis zum Hals zugeknöpft trug. Als sie aufstand, um mich zu begrüßen, schimmerten silberne Strähnen in ihrem Haar. Sie küsste mich zart auf die Wange und umarmte mich. Sie zitterte am ganzen Leib und ich hörte sie an meiner Schulter schluchzen. Ich löste mich sacht aus der Umarmung, hielt sie an den Schultern und sah zu, wie sie geniert den Kopf schüttelte und in ihren Taschen nach einem Taschentuch suchte. Sie war immer noch schön. Walter war ein Glückspilz.

»Sie ist verschwunden, Bird«, sagte sie, als sie sich gesetzt hatte. »Wir können sie nicht finden. Hilf mir.«

»Aber sie war doch erst vor ein paar Tagen bei mir«, sagte ich. »Sie hat mit ihrem Freund hier für ein paar Stunden Halt gemacht.«

Sie nickte. »Ich weiß. Sie hat uns von Portland aus angerufen und erzählt, dass sie mit Ricky weiterfährt. Dann hat sie uns noch mal angerufen, unterwegs zu einem Ort weiter nördlich, und seitdem haben wir nichts mehr von ihr gehört. Sie hatte strikte Anweisung, sich jeden Tag bei uns zu melden, und als wir nichts mehr von ihr gehört haben …«

»Habt ihr euch schon an die Polizei gewandt?«

»Walter hat das gemacht. Die glauben, sie wäre mit Ricky durchgebrannt. Walter hat sich vergangenen Monat deshalb mit ihr gezankt, hat ihr gesagt, sie solle sich lieber aufs Studium konzentrieren, statt Jungs nachzulaufen. Du weißt ja, wie Walter manchmal ist, und der Ruhestand hat ihn auch nicht gerade nachsichtiger gemacht.«

Ich nickte. Ich wusste, wie er manchmal war. »Ruf Agent Ross in der FBI-Außenstelle in Manhattan an, wenn du nach Hause kommst. Grüß ihn von mir. Er wird dafür sorgen, dass Ellen in die *NCIC*-Datenbank aufgenommen wird.« Das *National Crime Information Center* speicherte Daten über gemeldete Vermisstenfälle. »Wenn sie da noch nicht drin ist, dann schlampt die Polizei und auch dabei könnte dir Ross helfen.«

Sie wurde etwas zuversichtlicher. »Ich werde Walter bitten, das zu erledigen.«

»Weiß er, dass du hier bist?«

»Nein. Als ich ihn gebeten habe, sich mit dir in Verbindung zu setzen, hat er sich geweigert. Er war schon da oben und hat versucht, der Polizei dort Dampf zu machen. Die haben ihm gesagt, am besten solle er einfach abwarten – aber du kennst ja Walter. Er ist herumgefahren und hat auch in den anderen Städten nach ihr gefragt, aber keine Spur von ihr. Seit gestern ist er wieder zu Hause, aber ich glaube nicht, dass er lange bleibt. Ich habe ihm gesagt, ich bräuchte einen Tapetenwechsel. Den Flug hatte ich schon gebucht. Ich habe versucht, dich übers Handy zu erreichen, aber ich bin nicht durchgekommen. Ich weiß nicht …« Sie verstummte und setzte dann neu an: »Ich weiß nicht über alles Bescheid, was zwischen euch passiert ist. Ich weiß einiges und manches kann ich mir denken, aber das hat nichts mit meiner Tochter zu tun. Ich habe ihm einen Zettel an den Kühlschrank geheftet. Mittlerweile wird er ihn gefunden haben.« Sie sah aus dem Fenster, als stellte sie sich vor, wie Walter den Zettel entdeckte und wie er darauf reagierte.

»Spricht irgendwas dafür, dass die Polizei Recht hat und sie tatsächlich durchgebrannt ist?«, fragte ich. »Auf den Gedanken wäre ich bei ihr nie gekommen und sie wirkte völlig ausgeglichen, als sie bei mir zu Besuch war, aber junge Leute werden ja komisch, wenn Sex ins Spiel kommt. Bei mir war das jedenfalls immer so.«

Sie lächelte zum ersten Mal. »Ich weiß noch, wie Sex ist, Bird. Ich bin zwar älter als du, aber tot bin ich noch nicht.« Das Lächeln verschwand, als ihre Worte eine Kettenreaktion von Gedanken auslösten, und ich wusste, sie gab sich Mühe, sich nicht auszumalen, was mit Ellen passiert sein mochte. »Sie ist nicht durchgebrannt. Ich kenne sie und das würde sie uns nie antun, wie sehr wir uns auch gestritten haben.«

»Was ist mit dem Jungen – mit Ricky?«

Lee wusste nicht viel über Ricky, nur dass seine Mutter die Familie verlassen hatte, als er drei Jahre alt war, und dass sein Vater ihn und seine drei Schwestern großgezogen und mit zwei miesen Jobs gleichzeitig über Wasser gehalten hatte. Er war Stipendiat – ein bisschen raubeinig und ungehobelt, das sicherlich –, aber sie traute ihm nichts Böses zu und auch nicht, dass er Ellen angestiftet hatte, mit ihm durchzubrennen.

»Wirst du sie suchen, Bird? Ich glaube, sie steckt irgendwo in Schwierigkeiten. Vielleicht waren sie wandern und irgendwas ist schief gegangen oder jemand …« Sie hielt plötzlich inne und nahm meine Hand. »Wirst du sie für mich finden?«, fragte sie.

Ich dachte an Billy Purdue und an die Männer, die ihn jagten, an Rita und Donald und an Cheryl Lansings Enkelin, wie sie aus dem gammligen, feuchten Laub auftauchte. Ich fühlte mich den Toten verpflichtet, der jungen Frau, die mit ihrem

Kind ein besseres Leben beginnen wollte – aber sie war nun einmal tot und Billy Purdue steuerte auf einen Tag der Abrechnung zu, vor dem ich ihn nicht bewahren konnte. Vielleicht sollte ich mich auf die Lebenden konzentrieren.

»Ich werde sie suchen«, sagte ich. »Wo wollte sie denn hin, als sie zum letzten Mal anrief?«

Als sie es aussprach, schien die Welt aus den Angeln zu geraten, fielen fremde Schatten auf vertraute Szenen und verwandelte sich alles in ein Negativ seiner selbst. Und ich verfluchte Billy Purdue, denn irgendwie, auf eine Art, die ich noch nicht durchschaute, war er schuld an dem, was geschehen war. Als Lee die Worte aussprach, verfinsterten einander einst ferne Welten und verschwommene Umrisse vereinten sich, gleich unterirdischer Platten, zu einem neuen, dunklen Kontinent.

»Sie sagte, sie würden nach Dark Hollow fahren.«

Ich brachte sie noch rechtzeitig für ihren Flug nach New York zum Flughafen von Portland und fuhr dann nach Hause. Angel und Louis saßen im Wohnzimmer und guckten sich über Kabel eine schäbige Talkshow an.

»Mann, wo kriegen die bloß das Publikum für diese Sendungen her? Locken sie die mit ’nem Dollarschein aus ihren Trailersiedlungen?« Er drückte auf die Fernbedienung und stellte den Fernseher leise.

»Wie geht’s Lee?«, fragte Angel, plötzlich ernst.

»Sie bewahrt gerade noch so die Fassung.«

»Und was läuft jetzt?«

»Ich muss noch mal nach Norden und ich brauche euch beide dort. Ellen Cole hat unterwegs nach Dark Hollow ein letztes Lebenszeichen von sich gegeben, dem Ort, in dem Billy Purdue eine Zeit lang aufgewachsen ist und wohin er jetzt vermutlich zurückkehrt.«

Louis zuckte die Achseln. »Dann fahren wir da hin.«

Ich setzte mich neben ihn auf einen Sessel. »Es gibt da ein Problem.«

»Hat dieses Problem auch einen Namen?«, erkundigte sich Louis.

»Rand Jennings.«

»Und der ist?«

»Polizeichef von Dark Hollow.«

»Und er kann dich nicht ausstehen, weil du –?«, sponn Angel den Faden weiter.

»Weil ich eine Affäre mit seiner Frau hatte.«

»Du bist echt der Größte«, sagte Louis.

»Es ist lange her.«

»Lange genug, damit Rand Jennings dir verziehen hat?«, fragte Angel.

»Wahrscheinlich nicht.«

»Vielleicht solltest du ihm einen Brief schreiben«, schlug er vor. »Oder ihm Blumen schicken.«

»Keine sehr hilfreiche Idee.«

»Ich habe ja auch nicht mit seiner Frau geschlafen. Was das ›hilfreich‹ angeht, liege ich dir um Längen voraus.«

»Bist du ihm begegnet, als du das letzte Mal da oben warst?«, fragte Louis.

»Nein.«

»Und der Frau?«

»Ja.«

Angel lachte.

»Wir sind uns zufällig über den Weg gelaufen. Es war keine Absicht.«

»Ach du Scheiße. Erzähl das mal Rand Jennings. ›Hallo, Rand, es war keine Absicht. Ich bin gestolpert und schwupps lag ich auf deiner Frau.‹« Ich hörte ihn noch lachen, als er ins Gästezimmer ging.

Louis trank sein Bier aus, nahm die Füße vom Sessel und wollte Angel folgen. »Wir haben's heute Abend vergeigt.«

»Das ist einfach außer Kontrolle geraten. Wir haben getan, was wir konnten.«

»Tony Celli wird nicht lockerlassen. Und Stritch auch nicht.«

»Ich weiß.«

»Willst du mir erzählen, was im Obergeschoss passiert ist?«

»Er hat mir aufgelauert, Louis, das habe ich gespürt. Ich war mir absolut sicher, dass ich sterben würde, wenn ich ihn verfolgt hätte. Und ich will nicht sterben, auch wenn es manchmal so aussieht. Ich wollte mich nicht von ihm umbringen lassen, weder dort noch anderswo.«

Louis blieb an der Tür stehen und ließ sich das durch den Kopf gehen. »Dann war es wohl so«, sagte er schließlich. »Manchmal entscheidet so ein Gespür über Leben und Tod. Aber wenn ich ihn wiedersehe, lege ich ihn um.«

»Nicht, wenn ich ihn zuerst sehe.« Das war mein Ernst, trotz allem, was passiert war, und trotz der Angst.

Louis verzog den Mund zu einem unnachahmlich sardonischen Grinsen.

»Dagegen wette ich einen Dollar.«

»Fünfzig Cent«, entgegnete ich. »Die halbe Gage hast du schon verdient.«

»Das hab ich wohl«, sagte er. »Ja, das hab ich wohl.«

Louis und Angel fuhren früh am nächsten Morgen ab, Louis zum Flughafen und Angel zu Billy Purdues Wohnwagen, um dort nach irgendwas zu suchen, das die Polizei vielleicht übersehen hatte. Ich war eben dabei, das Haus abzuschließen, als Ellis Howards Wagen auf die Auffahrt rumpelte und Ellis sich schwerfällig aus dem Auto löste. Er sah meine Tasche und wies mit dem Daumen darauf.

»Wollen Sie verreisen?«

»Ja.«

»Haben Sie was dagegen, mir zu sagen, wohin?«

»Ja.«

Er klopfte auf die Motorhaube des Mustang, als wollte er seinen Frust am Wagenblech auslassen. »Wo waren Sie gestern Abend?«

»Auf dem Rückweg aus Greenville.«

»Wann waren Sie wieder in der Stadt?«

»Gegen sechs. Brauche ich einen Anwalt?«

»Sind Sie direkt nach Hause gefahren?«

»Nein, ich habe in der Stadt geparkt und mich im Java Joe's mit jemandem getroffen. Noch mal die Frage: Brauche ich einen Anwalt?«

»Nur wenn Sie irgendwas gestehen wollen. Ich wollte Ihnen erzählen, was gestern Abend auf dem Gelände der Portland Company passiert ist, aber vielleicht wissen Sie das ja schon, denn Ihr Mustang stand ja gestern Abend am Hafen.«

Das war es also. Ellis wollte mich aushorchen. Er hatte nichts gegen mich in der Hand und ich würde nicht auf die Knie sinken und um Gnade winseln.

»Wie ich schon sagte: Ich habe mich mit jemandem getroffen.«

»Ist dieser Jemand noch in der Stadt?«

»Nein.«

»Und Sie wissen nicht, was gestern Abend auf dem Gelände passiert ist?«

»Ich schaue möglichst keine Nachrichten. Die sind schlecht für mein Karma.«

»Wenn ich es für nützlich hielte, würde Ihr Karma jetzt in einer Zelle Däumchen drehen. Wir haben vier Leichen in dem Gebäudekomplex gefunden, alles Komplizen von Tony Celli, außerdem zwei tote FBI-Agenten und einen geheimnisvollen Besucher.«

»Einen geheimnisvollen Besucher?«, fragte ich, dachte aber schon an etwas anderes. Es hätten fünf Leichen sein müssen: Einer von Tonys Männern hatte überlebt und war entkommen und nun wusste Tony Celli wahrscheinlich, dass Louis und ich in dem Gebäude gewesen waren.

Ellis betrachtete mich und versuchte einzuschätzen, wie viel ich wusste. Als er antwortete, lauerte er auf eine Reaktion. Er wurde enttäuscht.

»Wir haben Eldritch, den Polizisten aus Toronto, tot aufgefunden. Drei Kugeln aus zwei verschiedenen Waffen. Eine davon ein Hinrichtungsschuss in den Kopf.«

»Ich warte auf das ›Aber‹.«

»Aber das war gar nicht Eldritch. Der Dienstausweis stimmt, aber Fingerabdrücke und Fotos stimmen nicht. Jetzt habe ich die Polizei von Toronto am Hals, deren verschwundenen Mitarbeiter ich finden soll, ich habe einen Haufen FBIler, die sehr daran interessiert sind, wer ihre beiden Agenten umgelegt hat, und ich habe vier Mitglieder der übelsten Gangsterbande von Boston, die im Leichenschauhaus kostbaren Platz wegnehmen. Der Rechtsmediziner überlegt schon, ob er hierher zieht, wo wir doch so gute Kunden sind. Und Tony Celli wurde seit seiner Übernachtung im Regency nicht mehr gesehen.«

»Hat er die Zeche geprellt?«

»Bitte nicht, Bird. Mir ist nicht nach Scherzen zumute. Denken Sie dran: Willeford wird immer noch vermisst, und bis Sie ankamen, wusste er so viel über Billy Purdue wie wir alle.«

Ich ging nicht darauf ein. Ich wollte nicht daran denken, was ich Willeford vielleicht eingebrockt hatte. Stattdessen fragte ich: »Gibt's aus Bangor irgendwas Neues über Cheryl Lansing?«

»Nein, und mit dem Mord an Rita Ferris und ihrem Sohn sind wir auch noch nicht weiter. Was mich zum zweiten Grund meines Besuchs bringt. Wollen Sie mir noch mal erzählen, was Sie in Bangor und dann in Greenville getan haben?«

»Das habe ich der Polizei von Bangor schon gesagt: Billy Purdue hat jemanden beauftragt, seine leiblichen Eltern zu finden. Ich dachte, dass er nun, wo er in Schwierigkeiten steckt, versucht, dieser Spur zu folgen.«

»Und folgt er dieser Spur?«

»Irgendjemand folgt ihr.«

Ellis kam auf mich zu. Seine Masse und vor allem sein Blick wirkten einschüchternd. »Sie sagen mir jetzt, wo Sie hinwollen, Bird, oder ich schwöre bei Gott, dass ich Sie auf der Stelle einbuchte und mir Ihre Waffe mal ganz genau ansehe.«

Mir war klar, dass es Ellis Ernst war. Die Pistolen samt Schalldämpfer lagen zwar mit Mifflin auf dem Grund der Casco Bay, aber ich konnte es mir nicht leisten, die Suche nach Ellen Cole zu verschleppen. »Ich fahre in den Norden, nach Dark Hollow. Die Tochter eines Freundes wird vermisst. Ich will versuchen, sie zu finden. Ihre Mutter war es, mit der ich mich gestern Abend im Java Joe's getroffen habe.«

Die Wut wich ein wenig aus seinem Gesicht. »Ist es ein Zufall, dass Billy Purdue auch aus Dark Hollow kommt?«

»Ich glaube nicht an Zufälle.«

Er klopfte noch mal auf die Motorhaube und kam dann offenbar zu einem Entschluss. »Ich auch nicht. Sie melden sich, Bird, haben Sie gehört?«

Er machte kehrt und ging zurück zu seinem Wagen.

»War's das?«, fragte ich. Ich war erstaunt, dass er so schnell klein beigab.

»Nein, vermutlich nicht, aber ich sehe nicht, was ich noch tun könnte.« Er stand an der offenen Wagentür und sah mich an. »Offen gesagt, Bird, wäge ich die Vorteile ab, die es bringt, Sie einzukassieren und in die Zange zu nehmen – vorausgesetzt, Sie erzählen uns überhaupt was –, gegen die Vorteile, die es bringt, Sie frei herumlaufen und schnüffeln zu lassen. Bisher neige ich eher zur zweiten Möglichkeit, aber es steht auf der Kippe. Denken Sie dran.«

Nach kurzem Schweigen fragte ich: »Soll das heißen, Sie wollen mich nicht mehr einstellen, Ellis?«

Er antwortete nicht. Er schüttelte nur den Kopf und fuhr davon und ich dachte an Tony Celli und an Stritch und an einen alten Mann in einer Hafenkneipe, der Bier trank und darauf wartete, dass ihn die neue Zeit fortfegte.

Ich hatte Ellis die Wahrheit gesagt, aber nicht die ganze Wahrheit. Ich würde nach Dark Hollow reisen und bei Anbruch der Dunkelheit dort sein, doch zuvor mussten Louis und ich noch kurz nach Boston. Es bestand die vage Möglichkeit, dass Tony Celli Ellen Cole entführt hatte, um sie als Faustpfand einzusetzen, sollte ich Billy Purdue vor ihm finden. Auch wenn dem nicht so war, mussten einige Dinge geklärt werden, ehe wir uns erneut gegen Tony Celli stellten. Tony gehörte zur Mafia. Es war entscheidend, dass alle wussten, wie sie künftig zu ihm standen.

Bevor ich mich mit Louis am Flughafen traf, hielt ich am Möbellager. In drei angrenzenden Verschlägen befand sich dort, was ich von den Besitztümern meines Großvaters behalten hatte: etliche Möbel, eine kleine Büchersammlung, einige Silberteller, ein Messingschirm für den Kamin und eine Reihe von Kisten mit alten Schreibarbeiten und Akten. Ich brauchte nur eine Viertelstunde, um zu finden, was ich suchte, und es zurück zum Wagen zu bringen: eine braune Aktenmappe, die von einem roten Band zusammengehalten wurde. Auf dem Etikett standen in der verschnörkelten Handschrift meines Großvaters die Worte »Caleb Kyle«.

16

Al Z hatte sein Büro über einem Comicladen in der Newbury Street. Es war eine sonderbare Lage, aber es kam ihm gelegen, sich in einer Gegend aufzuhalten, wo Touristen todschicke Boutiquen und Galerien besuchten und exotischen Tee tranken. Hier war viel los, die Menschenmengen sorgten dafür, dass niemand wagte, Ärger zu machen, und wenn er wollte, konnte er sich jederzeit aromatisierten Kaffee oder Duftkerzen bringen lassen.

Louis und ich saßen gegenüber des Sandsteingebäudes vor einer Ben-and-Jerry's-Eisdiele, aßen Schokosplitter-Keksteig-Eis und tranken Kaffee aus großen Bechern. Wir waren die einzigen, die draußen saßen, aber schließlich war es auch so kalt, dass mein Eis überhaupt nicht schmolz.

»Ob er uns schon bemerkt hat?«, fragte ich, als meine zitternde Hand den Löffel nicht mehr ruhig halten konnte.

Louis trank nachdenklich einen Schluck Kaffee. »Ein großer, attraktiver Schwarzer und sein weißer Boy sitzen mitten im Winter draußen und futtern Eis? Also irgendwer hat uns bestimmt schon bemerkt.«

»Ich weiß nicht, ob es mir gefällt, Boy genannt zu werden«, sagte ich grüblerisch.

»Da bist du nicht der Erste, Weißer. Was diese Beschwerde angeht, haben wir dreihundert Jahre Vorsprung.«

Hinter einem Fenster über dem Comicladen regte sich ein Schatten.

»Gehn wir«, sagte Louis. »Wenn's nicht so saukalt wäre, würden wir Brothers längst die Welt regieren.«

Oben an der Eingangstreppe, neben dem Ladenschaufenster, befand sich an einer fensterlosen Holztür eine Klingel. Ich klingelte und eine Stimme fragte: »Ja?«

»Ich möchte zu Al Z«, sagte ich.

»Hier gibt's keinen Al Z«, entgegnete die Stimme. Man hörte ein Klicken und die Sprechanlage verstummte.

Louis drückte auf den Klingelknopf.

»Ja?«, fragte dieselbe Stimme.

»Mach einfach die verdammte Tür auf, Mann.«

Die Sprechanlage klickte wieder, dann ertönte der Türöffner und wir gingen hinein. Die verstärkte Tür fiel hinter uns ins Schloss. Wir gingen zwei Etagen hoch, bis wir zu einer schlichten, unlackierten Tür kamen, die offen stand. Dahinter lehnte ein kleiner, stämmiger Mann am Fensterrahmen, die Hand in Brusthöhe, damit er jederzeit seine Waffe ziehen konnte. Den einzigen Wandschmuck im Treppenhaus bildete eine billig aussehende, schwarz-weiße Uhr, die leise tickte. Vermutlich war dahinter die Überwachungskamera verborgen. Diese Vermutung bestätigte sich, als wir das Zimmer betraten und den Monitor auf Al Zs Schreibtisch sahen, der nun ein leeres Treppenhaus zeigte.

Vier Männer befanden sich in dem Raum. Einer war der kleine, stämmige, mit einem Teint so gelb wie Bienenwachs, der uns am Hauseingang beobachtet hatte.

Ein älterer Mann mit Doppelkinn und Lefzen wie ein Basset saß mit übereinander geschlagenen Beinen auf einem ramponierten Ledersofa links neben der Tür. Er trug einen schwarzen Anzug, ein weißes Hemd und eine rote Seidenkrawatte. Eine kleine Sonnenbrille mit runden Gläsern verbarg seine Augen. An der Wand lehnte ein junger Schnösel, die Daumen in den leeren Gürtelschlaufen seiner Hose und das silbergraue Jackett offen, so dass man an seiner Taille den Griff einer halbautomatischen Pistole von Heckler & Koch erkannte. Seine graue Anzughose war oben zu weit und lief unten, über den silbern beschlagenen Cowboystiefeln, in Röhrenform aus. Wo er herkam, war das Achtziger-Jahre-Revival offenbar noch voll im Gange.

Louis sah stur geradeaus, als wäre nur der vierte Mann anwesend, der hinter einem mit grünem Leder bezogenen Teakholz-Schreibtisch saß.

Al Z sah aus wie ein gepflegter Leichenbestatter auf Urlaub. Sein feines, silbriges Haar war von der breiten Stirn mit Pomade nach hinten gestrichen. Sein Gesicht war kantig und faltig, die Augen wie dunkle Opale, die Lippen dünn und trocken, die Löcher seiner langen Nase schmal und merkwürdig länglich, als hätte er einen besonders hochgezüchteten Geruchssinn. Er trug einen dreiteiligen Anzug in herbstlichen Farben, eine fein verwobene Mischung aus Rot-, Orange- und Gelbtönen. Sein weißes Hemd war am Kragen aufgeknöpft, der messerscharf gebügelt war, und er trug keine Krawatte. In der rechten Hand hielt er eine Zigarette, die linke lag flach auf dem Tisch, die Nägel waren kurz und sauber, aber nicht manikürt. Al Z diente als Puffer zwischen den oberen und den unteren Rängen der Organisation. Seine besondere Begabung bestand im Lösen eventuell aufkommender Probleme und Maniküre war sinnlos, wenn man sich ohnehin die Finger schmutzig machte.

Vor seinem Schreibtisch standen keine Sitzgelegenheiten und der Mann im dunklen Anzug füllte das Sofa aus, also blieben wir stehen. Al Z nickte Louis zu und sah mich dann lange prüfend an.

»Na so was, der berühmte Charlie Parker«, sagte er schließlich. »Wenn ich das gewusst hätte, hätte ich mir eine Krawatte umgebunden.«

»Wie willst du denn als Detektiv Geld verdienen, wenn dich alle kennen?«, murmelte Louis. »Da könnte man ja für ’nen Undercover-Einsatz auch gleich Jay Leno engagieren.«

Al Z wartete, bis er ausgesprochen hatte, und sah dann Louis an. »Und wenn ich gewusst hätte, dass Sie ähnlich hochrangigen Besuch mitbringen, Mr Parker, hätte ich dafür gesorgt, dass auch alle anderen Krawatte tragen.«

»Lange nicht gesehn«, sagte Louis.

Al Z nickte. »Ich hab's mit der Lunge.« Er fuchtelte mit der Zigarette. »Die New Yorker Luft bekommt mir nicht. Ich bin viel lieber hier oben.«

Doch das hatte noch andere Gründe: Die italienische Mafia war nicht mehr, was sie einmal gewesen war. Die Welt des *Paten* war längst untergegangen, als der Film herauskam. Bereits ihre Rolle bei der seuchenhaften Verbreitung von Heroin in den Siebzigern hatte das Image der Italiener besudelt und seither hatten es wandelnde Katastrophen wie John Gotti Jr. zusätzlich ruiniert. Neue Gesetze gegen das organisierte Verbrechen hatten der Korruption am Bau, den Müllabfuhrmonopolen und der Mobkontrolle über den New Yorker Fischgroßmarkt einen Riegel vorgeschoben. Heroinschmuggelunternehmen, die sie von Pizzerien aus betrieben, hatte das FBI 1987 auffliegen lassen. Die alten Bosse waren tot oder saßen im Knast.

Währenddessen waren die Asiaten von Chinatown aus über die Canal Street nach Little Italy vorgedrungen und Harlem hatten die Schwarzen und Lateinamerikaner fest im Griff. Al Z hatte den Geruch des Todes gewittert und sich nach Norden und noch weiter in den Hintergrund zurückgezogen. Jetzt saß er in Boston in diesem kahlen Büro und bemühte sich bei den wenigen verbliebenen Geschäften um eine gewisse Beständigkeit. Deshalb war Tony Clean so gefährlich: Er glaubte an die Mafiamythen und sah auch noch in den Resten der alten Ordnung die Möglichkeit, sich Ruhm zu erwerben. Seine Taten drohten seine Geschäftspartner in Gefahr zu bringen, und das zu einem Zeitpunkt, da die Organisation ohnehin geschwächt war. Wenn er so weitermachte, gefährdete er das Überleben aller, die mit ihm zu tun hatten.

Links von uns löste sich der junge Schlägertyp von der

Wand. »Die sind bewaffnet, Al«, sagte er. »Soll ich ihnen das abnehmen?«

Aus dem Augenwinkel sah ich, wie Louis leicht eine Braue hob. Al Z bemerkte es auch und lächelte freundlich.

»Viel Glück dabei«, sagte er. »Ich glaube nicht, dass unsere Gäste ihr Spielzeug so einfach hergeben.«

Das selbstbewusste Grinsen des Schergen schwand etwas, als wusste er nicht, ob er auf die Probe gestellt wurde oder nicht. »So knallhart sehn die gar nicht aus«, sagte er.

»Dann schauen Sie mal genauer hin«, meinte Al Z.

Der Pistolenheld schaute genauer hin, aber sein Wahrnehmungsvermögen ließ einiges zu wünschen übrig. Er warf Al Z noch einen kurzen Blick zu und ging dann auf Louis los.

»Das würde ich an deiner Stelle lassen«, sagte Louis leise.

»Du bist aber nicht an meiner Stelle«, sagte der junge Mann, doch in seinem Tonfall schwang ein gewisser Argwohn mit.

»Stimmt«, sagte Louis. »Wenn ich du wäre, würde ich mich nicht anziehen wie ein Crack-Lude.«

In den Augen des jungen Mannes blitzte es. »Red nicht so mit mir, du verdammter Nig…« Das Wort erstarb in einem Röcheln, als sich Louis' linke Hand um den Hals des jungen Mannes schloss und ihn nach hinten stieß. Mit der Rechten riss er die Pistole aus dem Gürtelholster des Italieners und warf sie zu Boden. Der junge Mann gluckste kurz, als er an die Wand geknallt wurde, und Speichel sprühte von seinen Lippen, während ihm die Luft aus dem Leib gezwungen wurde. Dann hoben sich seine Füße langsam vom Boden; erst die Absätze und dann die Schuhspitzen; bis ihn einzig und allein noch Louis' unnachgiebige Linke aufrecht hielt. Sein Gesicht lief erst rosa, dann tiefrot an. Louis ließ erst los, als sich in Lippen und Ohren Spuren von Blau zeigten; dann öffnete er plötzlich die Hand und der Pistolenheld sank zu Boden. Mit den Händen nestelte er am Hemdkragen herum und er sog schmerzvolle, erstickte Atemzüge in seine schmachtende Lunge.

Die ganze Zeit über hatte sich niemand sonst im Raum gerührt, denn Al Z hatte kein Zeichen dazu gegeben. Er betrachtete den sich mühsam hochrappelnden Mann, wie er auch eine verendende Winkerkrabbe am Strand betrachtet hätte, und sah dann wieder Louis an.

»Sie müssen ihn entschuldigen«, sagte er. »Manche dieser Jungs lernen ihre Manieren und Ausdrücke in der Gosse.« Er sah zu dem wuchtigen Typ an der Tür hinüber und wies mit der Zigarette auf den jungen Mann am Boden, der nun, mit benommenem Blick und offenem Mund, mit dem Rücken an der Wand hockte. »Bring ihn ins Bad und gib ihm ein Glas Wasser. Und dann erklär ihm mal, was er falsch gemacht hat.«

Der stämmige Typ half dem jungen Mann auf die Beine und führte ihn aus dem Zimmer. Der Dicke auf dem Sofa regte sich nicht. Al Z stand auf, ging ans Fenster, blieb dort für einen Moment stehen und schaute auf die Straße hinaus, ehe er sich umwandte und an die Fensterbank lehnte. Wir drei waren jetzt auf einer Augenhöhe und nach dem Zwischenfall fiel mir diese Geste guten Benehmens auf.

»Nun denn. Was kann ich für die Herren tun?«, fragte er.

»Vor ein paar Tagen hat mich ein Mädchen besucht«, setzte ich an.

»Sie Glückspilz. Als mich das letzte Mal ein Mädchen besucht hat, hat mich das fünfhundert Dollar gekostet.« Er lächelte über seinen Scherz.

»Dieses Mädchen ist die Tochter eines Freundes, eines ehemaligen Polizisten.«

Al Z zuckte die Achseln. »Verzeihn Sie, aber ich weiß wirklich nicht, was mich das angeht.«

»Nach dem Besuch des Mädchens hatte ich eine Begegnung mit Tony Clean. Es hat wehgetan, aber ich glaube nicht, dass Tony mehr davon gehabt hat als ich.«

Al Z nahm einen tiefen Zug aus seiner Zigarette und stieß den Rauch dann in einem lautstarken Seufzer durch die Nase aus. »Und weiter?«, fragte er genervt.

»Ich will wissen, ob Tony das Mädchen entführt hat, um sie vielleicht als Faustpfand einzusetzen. Wenn er sie hat, sollte er sie freilassen. Er kann keinen Ärger mit den Bullen gebrauchen. Nicht das auch noch«, fügte ich hinzu.

Al Z rieb sich die Augenwinkel und nickte wortlos. Er sah zu dem dicken Mann auf dem Sofa hinüber. Der Kopf des Dicken bewegte sich kaum merklich. Die Augen waren hinter der Sonnenbrille nicht zu erkennen.

»Damit wir uns recht verstehen«, sagte Al Z schließlich. »Sie wollen, dass ich Tony Clean frage, ob er die Tochter eines ehemaligen Polizisten entführt hat, und wenn er das getan hat, soll ich ihm ausrichten, dass er sie freilassen soll?«

»Wenn Sie es nicht tun«, sagte Louis ganz ruhig, »müssen wir ihn selber dazu bringen.«

»Wissen Sie, wo er ist?«, entgegnete Al Z. Die Atmosphäre im Raum war allmählich geladen.

»Nein«, sagte ich. »Wenn wir das wüssten, wären wir wahrscheinlich nicht hier.« Doch etwas an der Art, wie Al Z die Frage gestellt hatte, verriet mir, dass er es auch nicht wusste und keinen Einfluss mehr auf Tony Clean hatte, und vermutlich war Al Z auch schon vor unserem Kommen damit beschäftigt gewesen, seine Lage einzuschätzen. Deshalb saß der Dicke dort auf dem Sofa und deshalb hatte man ihn nicht aufgefordert, das Zimmer zu verlassen. Das war niemand, der sich aus einem Zimmer komplimentieren ließ. So etwas übernahm er eher selbst. Tony Clean schwammen allmählich die Felle davon und das schien Al Z mit seinen nächsten Worten zu bestätigen.

»Unter den gegebenen Umständen wäre es unklug von Ihnen, sich in diese Angelegenheit einzumischen«, sagte er leise.

»Unter welchen Umständen?«, fragte ich.

Er stieß Rauch aus. »Private Geschäftsbelange, die auch privat bleiben sollten. Wenn Sie nicht nachgeben, müssen wir Sie vielleicht dazu zwingen.«

»Wir könnten uns wehren.«

»Wenn Sie tot sind?«

Ich zuckte mit den Achseln. »Ganz so einfach wird das nicht werden.« Es hörte sich an wie Geplänkel, aber seinem Tonfall merkte man an, dass die Drohung ernst gemeint war. Ich sah zu, wie er die Zigarette mit mehr Kraft als unbedingt nötig in einem Aschenbecher aus geschliffenem Glas ausdrückte.

»Sie werden sich also nicht aus unseren Angelegenheiten heraushalten?«, fragte er.

»Ihre Angelegenheiten interessieren mich nicht. Ich habe andere Sorgen.«

»Das Mädchen? Oder Billy Purdue?«

Das verblüffte mich, aber nur kurz. Wenn es irgendwo einen Puls zu fühlen gab, dann hatte Al Z seinen Finger dran und würde erst wieder loslassen, wenn der Puls aussetzte.

»Denn wenn es um Billy Purdue geht«, fuhr er fort, »dann haben wir da vielleicht den Keim zu einer Meinungsverschiedenheit.«

»Das verschwundene Mädchen ist eine Freundin von mir, aber Rita Ferris, Billys Exfrau, war meine Klientin.«

»Ihre Klientin ist tot.«

»So einfach ist das nicht.«

Al Z kniff den Mund zusammen. Der dicke Mann rechts neben ihm auf dem Sofa blieb so ungerührt wie ein Buddha.

»Sie sind also ein Mann mit Prinzipien«, sagte Al Z. Das Wort ›Prinzipien‹ sprach er aus, als wäre es eine Erdnussschale, die er unter dem Absatz zertrat. »Nun, ich bin auch ein Mann mit Prinzipien.«

Das bezweifelte ich. Prinzipien sind kostspielig im Unterhalt und Al Z wirkte nicht, als hätte er die nötigen moralischen Mittel, um sich welche leisten zu können. Er wirkte eher wie jemand, der nicht mal die moralischen Mittel aufgebracht hätte, an ein brennendes Waisenhaus zu pinkeln.

»Ich glaube nicht, dass Ihre und meine Prinzipien der gleichen Definition entsprechen«, sagte ich schließlich.

Er lächelte. »Mag sein.« Er wandte sich an Louis. »Und wo stehen Sie bei dieser ganzen Sache?«

»An seiner Seite«, sagte Louis und neigte den Kopf leicht in meine Richtung.

»Dann müssen wir ein Übereinkommen treffen«, schloss Al Z. »Ich bin Pragmatiker. Wenn Sie sich in dieser Angelegenheit diskret verhalten, werde ich Sie nur umlegen, wenn ich muss.«

»Ebenso«, sagte ich. »Da Sie ja so gastfreundlich waren.« Dann gingen wir.

Draußen war es kalt und bedeckt.

»Was meinst du?«, fragte Louis.

»Ich glaube, Tony zieht das alleine durch und will die Sache wieder einrenken, ehe Al Z der Geduldsfaden reißt. Glaubst du, dass er Ellen hat?«

Louis antwortete nicht sofort. Als er dann antwortete, war sein Blick kühl.

»Ob er sie hat oder nicht – irgendwie hängt das alles mit Billy Purdue zusammen. Und das heißt, dass es für jemanden ein böses Ende nehmen wird.«

Wir gingen um die Ecke zur Boylston Street und winkten ein Taxi herbei. Als der Wagen hielt, stieg Louis ein und sagte: »Flughafen«. Ich hob die Hand.

»Können wir einen kleinen Umweg machen?«

Louis zuckte mit den Achseln. Der Taxifahrer zuckte ebenfalls mit den Achseln. Es war wie schlechte Pantomime.

»Harvard«, sagte ich und sah Louis an. »Du musst nicht mitkommen. Wir können uns auch am Flughafen treffen.«

Louis hob eine Augenbraue. »Nee, ich komm mit, aber ich mach da nicht das fünfte Rad am Wagen.«

Das Taxi setzte uns an der imposanten William James Hall an der Ecke Quincy und Kirkland Street ab. Ich ließ Louis in der Eingangshalle zurück und fuhr mit dem Fahrstuhl hoch zu Raum 232, wo die psychologische Fakultät ihr Büro hatte. Mein Magen krampfte sich zusammen und meine Hände waren schweißnass. Eine höfliche Sekretärin sagte mir, wo sich Rachel Wolfes Büro befand, aber auch, dass sie heute nicht da sei. Sie war bei einem Seminar außerhalb der Stadt und würde erst am nächsten Morgen zurück sein.

»Möchten Sie eine Nachricht hinterlassen?«, fragte sie.

Ich wollte schon kehrtmachen und gehen, aber dann überlegte ich es mir anders. Ich langte in meine Brieftasche und nahm eine meiner Visitenkarten heraus. Auf die Rückseite schrieb ich die neue Telefonnummer des Hauses in Scarborough und reichte der Sekretärin dann das Kärtchen. »Geben Sie ihr bitte die hier.«

Sie lächelte. Ich bedankte mich und ging.

Louis und ich gingen zurück zum Harvard Square, um ein Taxi zu nehmen. Er sagte erst wieder etwas, als wir unterwegs zum Flughafen waren.

»Hast du das schon mal gemacht?«, fragte er mit dem leichten Anflug eines Lächelns.

»Einmal. Aber so weit bin ich noch nie gekommen.«

»Dann schleichst du ihr also nach?«

»Das ist kein Nachschleichen, wenn man jemanden gut kennt.«

»Ach.« Er nickte tiefsinning. »Danke für diese Einsicht. Den Unterschied hatte ich nie so richtig begriffen.«

Er schwieg eine Weile. »Und was willst du damit erreichen?«

»Ich will versuchen, mich zu entschuldigen.«

»Willst du sie zurückgewinnen?«

Ich tappte mit den Fingern ans Fenster. »Ich will nur nicht, dass es mit uns so weitergeht, das ist alles. Ehrlich gesagt weiß ich nicht, was ich damit erreichen will, und wie ich einer dir nahe stehenden Person schon gesagt habe: Ich bin mir nicht mal sicher, ob ich schon dazu bereit bin.«

»Aber du liebst sie?«

»Ja.«

Er sagte kein Wort mehr.

17

Angel holte uns am Flughafen ab und dann fuhren wir zur Maine Mall, um etwas zu essen, ehe wir nach Norden aufbrachen.

»Scheiße«, meinte Angel, als wir die Maine Mall Road entlangfuhren. »Schau dir das an. Ihr habt Burger King, ihr habt das International House of Pancakes, ihr habt Dunkin' Donuts und die Pizzerien. Da hast du deine vier Hauptnahrungsmittel gleich vor der Haustür. Wenn du hier zu lange wohnst, können sie dich von einem Laden in den nächsten kullern.«

Wir aßen im Einkaufszentrum in einem Chinaimbiss und erzählten Angel von unserem Treffen mit Al Z. Im Gegenzug zog er einen verknitterten Brief hervor, adressiert an Billy Purdue, c/o Ronald Straydeer.

»Die Bullen und das FBI haben das ziemlich gründlich gemacht, aber die wussten nicht, wie sie deinen Kumpel Ronald richtig anpacken müssen«, sagte er.

»Hast du dich mit ihm über seine Hündin unterhalten?«, fragte ich.

»Wir haben über die Hündin geredet und dann haben wir Stew gegessen.« Er sah aus, als wäre ihm ein wenig übel.

»Aus überfahrenen Tieren?« Ich wusste, dass sich Ronald nicht zu schade war, Aas von der Straße aufzusammeln, obwohl das in Maine verboten war. Und ich fand nichts dabei, ein Reh oder Eichhörnchen zu essen, statt es am Straßenrand verwesen zu lassen. Ronald konnte ein ziemlich leckeres Rehsteak zubereiten, mit Rote Bete und Karotten, die er konservierte, indem er sie in Sand eingrub.

»Er hat gesagt, es wäre Eichhörnchen«, sagte Angel. »Aber

es roch nach Stinktier. Es wäre unhöflich gewesen nachzufragen. Dieser Brief ist offenbar vor gut 'ner Woche gekommen und Ronald hat Billy ja schon länger nicht mehr gesehen.«

Der Brief war in Greenville abgestempelt. Er war kurz, enthielt kaum mehr als ein paar gute Wünsche, erzählte von Renovierungsarbeiten am Haus und einem alten Hund, der dort immer noch lebte und den Billy Purdue offenbar als Welpen gekannt hatte. In der krakeligen Handschrift eines alten Mannes war er mit »Meade Payne« unterschrieben.

»Die sind also all die Jahre in Verbindung geblieben«, sagte ich. Das schien zu bestätigen, was ich mir gedacht hatte: Wenn sich Billy Purdue von irgendwem Hilfe erhoffte, dann von Meade Payne.

Wir fuhren ohne Zwischenstopp nach Dark Hollow. Angel und Louis brausten im Mercury voraus. Je weiter wir nach Norden kamen, desto dichter wurde der Nebel, so dass man auf der Reise von Portland nach Dark Hollow wie in eine fremde, geisterhafte Welt vordrang, wo schummriges Licht aus Häusern drang, die Scheinwerferstrahlen etwas Körperhaftes annahmen und Straßenschilder von Orten kündeten, die nichts weiter als verstreute Ansiedlungen ohne Zentrum waren.

Weiterer Schneefall war vorhergesagt, das wusste ich, und bald würden viele Touristen mit Schneemobilen kommen und die Wege abfahren, die den Appalachian Trail bildeten. Doch noch war es still in Greenville, als ich hindurchfuhr, sandiger Schneematsch lag am Straßenrand und auf der von Schlaglöchern übersäten Lily Bay Road nach Dark Hollow kamen mir nur zwei Autos entgegen.

Als ich im Motel ankam, checkten Angel und Louis gerade ein. Die Frau mit dem silberblau getönten Haar, die mich schon beim letzten Mal empfangen hatte, stand auch diesmal hinter dem Portierstresen und sah sich ihre Eintragungen auf der Anmeldekarte an. Neben ihr schlief eine braune Katze, so zusammengekuschelt, dass ihre Nase fast ihre Schwanzwurzel berührte. Angel hatte das Reden übernommen und Louis betrachtete ein paar verknickte Tourismusbroschüren in einem Ständer. Als ich hereinkam, sah er mich kurz an, ließ sich aber nicht anmerken, dass er mich kannte.

»Die Herren teilen sich ein Zimmer?«, fragte die Frau mit dem silberblau getönten Haar.

»Ja, Ma'am«, antwortete Angel mit hausbackener Miene. »Man muss sparen, wo man kann.«

Die Frau schaute Louis an, der in schwarzem Mantel, schwarzem Anzug und weißem Hemd prächtig gekleidet war. »Ist Ihr Freund Prediger?«, fragte sie.

»So in der Art, Ma'am«, sagte Angel. »Er hält sich strikt an das Alte Testament. Auge um Auge und so.«

»Wie schön. Wir haben selten religiöse Menschen zu Gast.«

Louis schaute drein wie ein leidgeprüfter Märtyrer auf der Streckbank.

»Falls es Sie interessiert«, fuhr die Frau fort, »wir haben heute Abend einen baptistischen Gottesdienst. Sie sind herzlich eingeladen.«

»Danke sehr, Ma'am«, sagte Angel, »aber wir halten uns an unsere eigenen Andachtsformen.«

Sie lächelte verständnisvoll. »Solange es ruhig zugeht und andere Gäste nicht gestört werden.«

»Wir werden uns Mühe geben«, mischte sich Louis ein und nahm den Schlüssel.

Die Frau erkannte mich, als ich an den Tresen kam. »Schon wieder da? Ihnen muss es ja hier in Dark Hollow gefallen.«

»Ich möchte es ein bisschen besser kennen lernen«, erwiderte ich. »Vielleicht können Sie mir helfen.«

Sie lächelte. »Gern, wenn ich kann.«

Ich reichte ihr ein Foto von Ellen Cole, ein Passbild aus einem Automaten, das ich mit einem Farbkopierer auf Normalmaß vergrößert hatte. »Kennen Sie dieses Mädchen?«

Die Frau betrachtete das Bild und kniff dabei hinter den dicken Brillengläsern die Augen zusammen. »Ja, die kenne ich. Steckt sie in Schwierigkeiten?«

»Hoffentlich nicht. Sie wird vermisst und ihre Eltern haben mich gebeten, sie suchen zu helfen.«

Die Frau sah sich wieder das Bild an und nickte. »Ja, ich erinnere mich an sie. Chief Jennings hat sich auch nach ihr erkundigt. Sie hat hier mit einem jungen Mann übernachtet. Ich kann Ihnen das Datum nennen, wenn Sie möchten.«

»Das wäre nett.«

Sie nahm die Anmeldekarte aus einem Karteikasten aus grünem Blech und sah sich die Eintragungen an. »Am fünften Dezember«, sagte sie. »Bezahlt mit einer Kreditkarte auf den Namen Ellen C. Cole.«

»Ist Ihnen dabei irgendwas Ungewöhnliches aufgefallen?«

»Nein, eigentlich nicht. Jemand, den sie aus Portland mitgenommen hatten, hat ihnen unser Haus empfohlen. Das ist alles. Sie war nett, das weiß ich noch. Er war mehr so der knurrige Typ, aber so sind Jungs ja oft in dem Alter. Ich muss es wissen – habe selbst vier Söhne großgezogen und die waren alle fies wie die Wanderratten, bis sie 25 waren.«

»Haben sie gesagt, wohin sie anschließend wollten?«

»Nach Norden vermutlich. Vielleicht rauf zum Mount Katahdin. Ich weiß es nicht mit Sicherheit. Ich habe ihnen bloß geraten, wenn sie die Zeit hätten, sollten sie sich den Sonnenuntergang am See anschaun. Die Idee schien ihnen zu gefallen. Ich habe ihnen das Zimmer bis zum Nachmittag gelassen, damit sie nicht in aller Eile aufbrechen mussten.«

»Und sie haben nicht erwähnt, wer ihnen Dark Hollow empfohlen hatte?« Eine merkwürdige Empfehlung, fand ich. In Dark Hollow gab es so gut wie nichts zu sehen.

»Doch, sicher. Es war ein alter Mann, den sie unterwegs

kennen gelernt haben. Sie haben ihn hierher mitgenommen und ich glaube, vor ihrer Abreise haben sie sich noch mal mit ihm getroffen.«

Mein Magen krampfte sich ein wenig zusammen. »Haben sie seinen Namen erwähnt?«

»Nein. Klang aber nicht so, als wäre das jemand hier aus der Gegend gewesen«, sagte sie. Sie zog die Stirn kraus. »Aber wegen dem schienen sie sich keine Sorgen zu machen. Was kann einem ein alter Mann schließlich schon tun?« Die Frage war wohl zunächst rhetorisch gemeint, doch plötzlich klang sie gar nicht mehr so.

Sie entschuldigte sich und sagte, weiter wisse sie nichts. Dann beschrieb sie mir den Weg zum See ein, zwei Meilen außerhalb der Stadt und zeigte ihn mir auf einer Landkarte. Ich bedankte mich, stellte meine Tasche in meinem Zimmer ab und klopfte an die Tür des Nachbarzimmers, das Angel und Louis bekommen hatten. Angel machte mir auf und ließ mich herein. Louis hängte gerade seine Anzüge in einen klapprigen braunen Kleiderschrank.

Ich vertrieb den alten Mann aus meinen Gedanken. Ich wollte keine voreiligen Schlüsse ziehen.

»Womit vergnügen sich denn die Leute hier so?«, fragte Angel und hockte sich auf eines der beiden Doppelbetten des Zimmers. »Hier ist ja weniger los als beim Papst.«

»Sich für den Winter warm einpacken«, sagte ich. »Und auf den Sommer warten.«

»Und was passiert, wenn es Sommer wird?«

»Manchmal wird es nicht Sommer.«

»Und woran erkennt man dann den Unterschied?«

»Im Winter schneit es, statt zu regnen.«

»Erfülltes Leben, wenn man ein Baum ist.«

Louis hatte seine Sachen eingeräumt und wandte sich uns zu. »Hast du was rausgefunden?«

»Die Frau am Empfang erinnert sich an Ellen und ihren

Freund. Sie hat ihnen empfohlen, sich außerhalb der Stadt den Sonnenuntergang anzuschaun. Sie glaubt, sie sind dann weiter nach Norden gereist.«

»Vielleicht stimmt das ja«, sagte Louis.

»Die Rangers im Baxter State Park haben sie, laut Lee Cole, nicht gesehen. Und viel weiter nördlich kommt man auch nicht mehr. Die Frau am Empfang hat auch erzählt, sie hätten einen alten Mann hierher mitgenommen, und dieser alte Mann hätte ihnen empfohlen, in Dark Hollow zu übernachten.«

»Und? Ist das was Schlimmes?«

»Keine Ahnung. Hängt davon ab, wer das war. Es muss nichts bedeuten.« Doch ich dachte an den alten Mann, der Rita Ferris in dem Hotelzimmer aufgelauert hatte, und an den alten Mann, den Billy Purdue angeblich gesehen hatte, kurz bevor ihm seine Familie genommen wurde. Und ich dachte auch an etwas, das Ronald Straydeer gesagt hatte, als wir vor Billy Purdues Wohnwagen standen und über einen Mann sprachen, den er auf seinem Grundstück gesehen hatte.

»Du wirst alt.«

»Ja, alt könnt er gewesen sein.«

»Und was jetzt?«

Ich zuckte bedrückt die Achseln. »Ich muss mit Rand Jennings reden.«

»Sollen wir mitkommen?«

»Nein, für euch habe ich andere Pläne. Ihr fahrt raus zum Haus von Meade Payne und schaut mal, was sich da tut.«

»Ob sich Billy Purdue da blicken lässt, meinst du«, sagte Angel.

»Was auch immer.«

»Und wenn er da ist?«

»Dann fahren wir hin und holen ihn.«

»Und wenn er nicht da ist?«

»Dann warten wir, bis ich davon ausgehen kann, dass Ellen

Cole hier oben nicht in Schwierigkeiten steckt. Und dann …« Ich zuckte die Achseln.

»Warten wir weiter«, schloss Angel.

»Vermutlich schon«, erwiderte ich.

»Gut zu wissen«, sagte er. »Dann weiß ich wenigstens, was ich anziehe.«

Das Polizeirevier von Dark Hollow befand sich gut eine halbe Meile jenseits des nördlichen Ortsausgangs. Es war ein Flachbau aus Ziegeln und hatte einen eigenen Stromgenerator in einem Betonverschlag an der Ostseite. Das Gebäude selbst war recht neu. Ein Brand hatte ein paar Jahre zuvor die alte Polizeiwache an der Hauptstraße zerstört.

Drinnen war es warm und hell erleuchtet und ein Sergeant in Hemdsärmeln stand hinter einem hölzernen Pult und füllte irgendwelche Formulare aus. Auf seinem schimmernden Namensschild stand »Ressler«, also war er wohl der Ressler, der Emily Watts hatte sterben sehen. Ich stellte mich vor und bat darum, den Polizeichef zu sprechen.

»Darf ich fragen, worum es geht, Sir?«

»Um Ellen Cole.«

Er zog die Stirn ein wenig kraus, griff zum Telefon und wählte eine Durchwahlnummer. »Hier ist jemand, der mit Ihnen über Ellen Cole reden möchte, Chief«, sagte er. Dann hielt er die Muschel zu und fragte mich: »Wie war doch gleich Ihr Name?«

Ich nannte ihm noch einmal meinen Namen und er wiederholte ihn ins Telefon. »Ganz richtig, Chief. Parker. Charlie Parker.« Er hörte noch für einen Moment zu und betrachtete mich dann eingehend und abschätzig. »Ja, das stimmt. Klar, natürlich.«

Er legte auf und sah mich nun offenbar mit ganz anderen Augen, sagte aber kein Wort.

»Er kennt mich also noch?«, fragte ich.

Ressler antwortete nicht, aber ich hatte so das Gefühl, dass er seinen Vorgesetzten gut genug kannte, um seinem Tonfall etwas angehört zu haben, das ihn misstrauisch machte. »Folgen Sie mir«, sagte er, schloss seitlich am Pult eine Tür auf und ließ mich herein. Ich wartete, bis er wieder abgeschlossen hatte, und folgte ihm dann zwischen zwei Schreibtischen hindurch in ein kleines Büro mit Glaswänden. Hinter einem metallenen Schreibtisch mit einem Computer und Dokumentablagen darauf saß Randall Jennings.

Er hatte sich nicht groß verändert. Er war natürlich etwas grauer und hatte zugenommen, sein Gesicht war ein wenig aufgedunsen und zeigte Ansätze eines Doppelkinns, aber er war immer noch ein gut aussehender Mann mit scharfen braunen Augen und breiten, kräftigen Schultern. Es musste seinem Selbstbewusstsein einen Stich versetzt haben, dachte ich, als seine Frau eine Affäre mit mir anfing.

Er wartete, bis Ressler gegangen war und die Bürotür hinter sich geschlossen hatte. Er bot mir keinen Platz an und es schien ihn nicht zu kümmern, dass ich stand, obwohl ich so auf ihn herabsehen konnte.

»Ich hätte nicht gedacht, dass ich Ihre Visage noch mal sehe«, sagte er schließlich.

»Nein, nach diesem Abschied wohl nicht. Wundert mich, dass Sie Ihren Sergeant nicht gebeten haben, hier zu bleiben und die Tür zuzuhalten.«

Er entgegnete nichts, ordnete nur die Papiere auf seinem Schreibtisch neu. Ich wusste nicht, ob das ihn oder mich ablenken sollte. »Sie sind wegen Ellen Cole hier?«

»Ja, genau.«

»Wir wissen nichts darüber. Sie hat hier übernachtet und ist dann wieder abgereist.«

Er machte eine hilflose Handbewegung.

»Ihre Mutter sieht das anders.«

»Es ist mir egal, wie ihre Mutter das sieht. Ich sage Ihnen, was wir wissen, und das habe ich auch ihrem Vater gesagt, als er hier war.«

Ich musste Walter Cole knapp verpasst haben. Vielleicht waren wir sogar gleichzeitig in der Stadt gewesen. Es tat mir Leid, dass er aus Sorge um die Sicherheit seiner Tochter gezwungen gewesen war, allein hier raufzukommen. Ich hätte ihm geholfen, hätte ich davon gewusst.

»Die Familie hat eine Vermisstenmeldung aufgegeben.«

»Das ist mir bekannt. Jemand vom FBI hat mich wegen eines fehlenden *NCIC*-Eintrags voll gesülzt.« Er sah mir starr in die Augen. »Ich habe ihm gesagt, dass es weit ist von New York nach Dark Hollow. Hier oben erledigen wir die Dinge auf unsere Weise.«

Ich ging nicht auf diese Revierpisserei ein. »Werden Sie wegen dieser Vermisstenmeldung etwas unternehmen?«, beharrte ich.

Jennings stand auf und stemmte die Fingerknöchel seiner Pranken auf den Tisch. Ich hatte fast vergessen, wie groß er war. In seinem Gürtelholster steckte eine 357er Coonan Magnum aus St. Paul in Minnesota. Sie schimmerte wie neu. Rand Jennings kam hier oben vermutlich nicht groß dazu, sie einzusetzen, es sei denn, er hockte auf seiner Veranda und ballerte auf gut Glück auf Kaninchen.

»Habe ich Schwierigkeiten, mich verständlich zu machen?«, fragte er mit leiser Stimme und gedämpftem Zorn. »Wir haben getan, was wir konnten. Wir haben auf die Vermisstenmeldung hin ermittelt. Unserer Ansicht nach ist das Mädchen mit ihrem Freund durchgebrannt und bisher haben wir keinen Anlass, etwas anderes zu vermuten.«

»Die Moteldirektorin meint, sie seien nach Norden gefahren.«

»Vielleicht sind sie das.«

»Weiter nördlich kommen nur noch Baxter und Katahdin. Und dort sind sie nie angekommen.«

»Dann sind sie woanders hingefahren.«

»Vielleicht hatten sie jemanden bei sich.«

»Ja, vielleicht. Ich weiß bloß, dass sie die Stadt verlassen haben.«

»Kein Wunder, dass Sie es nie zum Detective gebracht haben.«

Er zuckte zusammen und wurde knallrot. »Sie wissen doch überhaupt nichts über mich«, sagte er. Nun war ihm die Wut deutlich anzumerken und die nächsten Worte sprach er langsam und mit besonderer Betonung. »Sie müssen mich jetzt entschuldigen. Wir müssen uns um die richtigen Verbrechen kümmern.«

»Ach wirklich? Hat jemand Weihnachtsbäume geklaut? Oder wollte jemand einen Hirsch vergewaltigen?«

Er ging um den Schreibtisch herum und nah an mir vorbei zur Bürotür und öffnete sie. Vermutlich hatte er halbwegs damit gerechnt, ich würde vor ihm zurückweichen, aber das tat ich nicht.

»Ich hoffe doch, Sie suchen keinen Ärger«, sagte er. Damit hätte er den Fall Ellen Cole meinen können, aber sein Blick verriet mir, dass er dabei jemand anderen im Sinn hatte.

»Ich muss keinen Ärger suchen«, erwiderte ich. »Wenn ich lange genug bleibe, kommt der Ärger schon von ganz allein.«

»Weil Sie eben ein Dummkopf sind«, sagte er und hielt mir immer noch die Tür auf. »Sie achten nicht auf die Lektionen, die das Leben Ihnen erteilt.«

»Sie würden staunen, was ich alles gelernt habe.«

Ich wollte eben sein Büro verlassen, da versperrte er mir mit der linken Hand den Weg. »Denken Sie dran, Parker: Das hier ist meine Stadt und Sie sind nur zu Gast. Missbrauchen Sie dieses Vorrecht nicht.«

»Das Motto ist also nicht: was mein ist, ist auch dein?«

»Nein«, sagte er drohend. »Nein, das ist es nicht.«

Ich verließ das Gebäude und ging zu meinem Wagen und der Wind heulte durch die Bäume und biss in meine bloßen Finger. Der Himmel droben war dunkel. Als ich bei meinem Mustang angelangt war, bog ein alter grüner Datsun Sunny auf den Hof und Lorna Jennings stieg aus dem Wagen. Sie trug eine schwarze Lederjacke mit einem dicken Pelzkragen, eine Bluejeans und dieselben Stiefel wie bei unserer letzten Begegnung. Sie sah mich erst, als sie schon zum Haupteingang ging. Sie blieb kurz wie angewurzelt stehen und kam dann zu mir, wobei sie sich ängstlich zum beleuchteten Eingang umsah.

»Was machst du hier?«, fragte sie.

»Ich habe mit deinem Mann gesprochen. Er war mir keine große Hilfe.«

Sie hob eine Augenbraue. »Wundert dich das?«

»Nein, eigentlich nicht, aber es geht ja auch nicht um mich. Ein junger Mann und eine junge Frau werden vermisst und ich glaube, dass hier vielleicht jemand weiß, was mit ihnen passiert ist. Bis ich das rausgefunden habe, bleibe ich für eine Weile hier.«

»Was sind das für Leute?«

»Die Tochter eines Freundes und ihr Freund. Sie heißt Ellen Cole. Hast du Rand von ihr reden hören?«

Sie nickte. »Er sagt, er hätte getan, was er könnte. Er glaubt, die beiden sind durchgebrannt.«

»Jugendliebe«, sagte ich, »ist was Schönes.«

Lorna schluckte und strich sich mit der Hand durchs Haar. »Er hasst dich, Bird, für das, was du getan hast. Was wir getan haben.«

»Das ist lange her.«

»Für ihn nicht«, sagte sie. »Und für mich auch nicht.«

Ich bereute, von Jugendliebe gesprochen zu haben. Lornas Blick gefiel mir nicht. Er machte mich nervös. Dann verblüffte ich mich selbst, indem ich die nächste Frage stellte.

»Warum bist du noch bei ihm, Lorna?«

»Weil er mein Mann ist. Weil ich nirgendwo anders hinkann.«

»Das stimmt nicht, Lorna. Es gibt immer ein Anderswo.«

»Ist das ein Angebot?«

»Nein, nur eine Bemerkung. Pass auf dich auf.« Ich wollte weitergehen, aber sie legte mir eine Hand auf den Arm und hielt mich auf.

»Nein, pass du auf dich auf, Bird«, sagte sie. »Wie gesagt: Er hat dir nicht verziehen und wird dir nie verzeihen.«

»Hat er dir verziehen?«, fragte ich.

Als sie mir antwortete, war etwas an ihrem Gesichtsausdruck, das mich an unseren ersten gemeinsamen Nachmittag erinnerte und an die Wärme ihrer Haut an meiner. »Ich habe ihn nicht um Verzeihung gebeten«, sagte sie. Dann lächelte sie wehmütig und ging.

Eine Stunde lang wanderte ich durch die Läden und Geschäfte von Dark Hollow und zeigte Ellen Coles Foto allen, die Zeit hatten, es sich anzusehen. Im Diner und im Drugstore erinnerte man sich an sie, aber niemand hatte Ellen und Ricky abreisen sehen und niemand konnte sagen, ob sie noch jemanden bei sich gehabt hatten, und wenn ja, wer das gewesen sein mochte. Es wurde immer kälter und ich raffte den Mantel fest um mich, als ich weiterging. Das Licht aus den Schaufenstern ließ den Schnee gelb schimmern.

Als ich, zumindest vorläufig, sämtliche Auskunftsmöglichkeiten erschöpft hatte, ging ich auf mein Zimmer, duschte, zog mir Jeans, Hemd und Pulli an, zog dann wieder meinen Mantel über und wollte mich mit Angel und Louis zum Abendessen treffen. Angel stand schon draußen, trank Kaffee und stieß weiße Atemwolken aus wie eine marode Dampfmaschine.

»Hier draußen ist es wärmer als im Zimmer«, sagte er. »Ich hab an den Füßen eine Hautschicht weniger, weil der Kachelboden im Bad so kalt ist.«

»Du bist zu empfindlich. Das ist wohl so ein Schwulending.«

»Na klar, ich spiele ja auch Geige und schreibe literarische Meisterwerke, wenn ich auf dem Klo hocke. Weißt du, genau diese Klischees sind es doch, die Schwule davon abhalten …«

»Wovon abhalten? Was genau hast du denn nicht getan, was du absolut dringend tun wolltest?«

»Nach New York zurückfahren?«

»Und dass du schwul bist, hat dich davon abgehalten?«

»Nein, wohl eher nicht. Du hältst mich davon ab.«

»Siehst du? Schwulsein hat nichts damit zu tun. Auch wenn du hetero wärst, würdest du hier festhängen.«

Angel schnaubte unfroh, tippelte auf der Stelle, hielt die Kaffeetasse abwechselnd in der linken und der rechten Hand und schob sich dabei die jeweils freie Hand in die Achselhöhle gegenüber.

»Hör auf«, sagte ich. »Sonst fängt's noch an zu regnen. Hat sich beim Haus von Meade Payne irgendwas getan?«

Er wurde etwas ruhiger. »Nein. Jedenfalls nichts, was wir hätten sehen können, ohne anzuklopfen und um ein paar Kekse und ein Glas Milch zu bitten. Wir haben den jungen Typ und Payne zu Abend essen sehen und sie waren allein, soweit wir das mitbekommen haben. Hattest du bei Jennings mehr Glück?«

»Nein.«

»Wundert dich das?«

»Ja und nein. Er hat keinen Grund, mir zu helfen, aber es geht ja auch nicht um mich. Es geht um Ellen und ihren Freund und ich habe ihm angesehen, dass er sie gegen mich ausspielen würde, wenn er könnte. Ich verstehe ihn nicht. Er hat gelitten. Das weiß ich. Seine Frau hat ihn mit einem Mann betrogen, der gut zehn Jahre jünger war als er, aber er ist immer noch mit ihr zusammen und für beide ist es die Hölle. Rand war ja damals nicht alt oder grausam oder impotent. Er hatte alles zu bieten; zumindest nach seiner Vorstellung. Ich habe ihm etwas weggenommen und das wird er mir nie verzeihen. Aber wie kann man denn kein Mitgefühl mit Ellen Cole und Ricky und ihren Familien haben? Wie sehr er mich auch hasst – um die muss es doch gehen.« Gedankenverloren trat ich nach etwas am Boden. »Entschuldige, Angel. Ich denke nur laut nach.«

Angel kippte den Kaffeerest auf eine verharschte Schneewehe. Ich hörte es leise zischen und dann verfärbte der Kaffee nach und nach die weißen Schneekristalle.

»Es reicht nicht, dass man leidet, Bird«, sagte Angel leise. »Er hat also gelitten. Na toll. Da ist er ja wohl nicht der Einzige. Es reicht nicht, dass man leidet, und das weißt du auch. Es kommt darauf an, dass man einsieht, dass andere auch leiden, und manche schlimmer, als man es je ertragen könnte. Und wenn man was dagegen unternehmen kann, dann macht man's, und zwar ohne rumzuheulen oder sich groß damit aufzuspielen. Sondern weil es sich so gehört.

Was du so erzählst, kennt dieser Rand Jennings überhaupt kein Mitgefühl. Der bemitleidet sich nur selbst und sonst keinen. Schau dir doch bloß mal seine Ehe an. Das ist immer 'ne Sache zwischen zwei Menschen, Bird; und was du auch immer für sie empfunden hast, ist sie doch so lange bei ihm geblieben, und wenn du nicht mir nichts, dir nichts hier aufgetaucht wärst, wäre alles wie immer. Er wäre unglücklich und sie wäre unglücklich und beide wären sie miteinander unglücklich, und wie's aussieht, haben sie sich darauf geeinigt und werden nichts daran ändern.

Er ist ein Egoist, Bird. Er denkt nur an seinen eigenen Schmerz, sein eigenes Leid und gibt ihr und dir und überhaupt der ganzen Welt die Schuld daran. Ellen Cole und Walter und Lee sind ihm völlig schnuppe. Er ist vollauf damit beschäftigt rumzujammern, wie mies ihm das Leben doch mitgespielt hat, und das wird sich nie ändern.«

Ich sah ihn an – das unrasierte Profil, die dunklen, strähnigen Locken, die unter der schwarzen Wollmütze hervorragten, die leere Kaffeetasse, die er immer noch in der Hand hielt. Er war ein einziges Bündel von Widersprüchen. Mir fiel auf, dass ich mir gerade von einem kleinwüchsigen, halbwegs im Ruhestand befindlichen Einbrecher, dessen Lover keine 24 Stunden zuvor einen Mann an einer Ziegelmauer hingerichtet hatte, große Lektionen anhörte. Mein Leben, dachte ich, nahm wirklich merkwürdige Wendungen.

Angel schien meine Gedanken zu erraten, denn er drehte sich zu mir um, ehe er weitersprach. »Wir sind seit langem befreundet, du und ich, vielleicht ohne dass wir's recht gemerkt haben. Ich kenne dich und eine Zeit lang warst du drauf und dran, wie Jennings und eine Million anderer zu werden. Jetzt aber weiß ich, dass es so weit nicht kommen wird. Ich weiß nicht, wie sich das geändert hat, und eigentlich will ich's auch nicht wissen. Ich weiß bloß, dass du ein mitfühlender Mensch wirst, Bird. Das hat nichts mit schlechtem Gewissen oder Reue zu tun oder dass man Gott oder dem Schickal irgendeine Schuld abbezahlen will. Nein, man empfindet das Leid anderer Menschen wie das eigene und versucht was gegen dieses Leid zu tun. Manchmal muss man dazu schlimme Sachen machen, aber so einfach ist das im Leben nun mal nicht. Man kann Böses tun und trotzdem ein guter Mensch sein. Das liegt in der Natur der Sache. Die das anders sehn, tja, das sind nur Opportunisten und die hadern so lange mit ihrem Gewissen, dass gar nichts passiert und nichts sich ändert und die Unschuldigen und Wehrlosen weiter verletzt werden. Letztlich tust du, was du tun kannst, vielleicht tun musst, damit es besser wird. Dein Herz werden sie beim Jüngsten Gericht nicht gegen 'ne Feder aufwiegen, Bird. Vermutlich werden sie's zu 'ner Vergleichsstudie nutzen – sonst enden wir alle in der Hölle.«

Er lächelte mir zu, ein zaghaftes, winterliches Lächeln, das andeutete, dass er wusste, was es kostete, diese Philosophie zu befolgen. Er wusste es, weil er selbst danach lebte: manchmal mit mir und manchmal mit Louis, aber immer nach seinen Grundsätzen. Ich wusste nicht recht, ob das, was er gesagt hatte, auf mich zutraf. Ich fällte bei dem, was ich tat, zwar moralische Urteile, war dazu aber wohl nicht immer berechtigt und hatte die Selbstvorwürfe und die Reue noch längst nicht abgeschüttelt. Ich machte das alles, um meinen eigenen Schmerz zu lindern, und gelegentlich gelang es mir dabei, auch die Schmerzen anderer zu lindern. Näher kam ich, glaube ich, dem Mitgefühl vorläufig nicht.

Vom anderen Ende der Stadt her erklangen näher kommende Sirenen. Rote und blaue Lichter zuckten über die Hausfassaden an der Hauptstraße und ein Streifenwagen bog um die Ecke und raste in unsere Richtung. An der Kreuzung bog er mit quietschenden Reifen nach links ab und brauste davon. Vorn im Wagen erkannte ich Randall Jennings.

»Da gibt's wohl Donuts im Sonderangebot«, meinte Angel.

Ein zweiter, ziviler Wagen kam die Hauptstraße herunter, die Hinterräder brachen an der Kreuzung aus und dann raste er dem Streifenwagen hinterher.

»Und Kaffee gratis dazu.«

Ich warf die Autoschlüssel hoch, fing sie wieder auf und schob Angel von der Motorhaube des Mustang, wo er sich eben niedergelassen hatte. »Ich schau mal nach. Willst du mitkommen?«

»Nee. Ich warte, bis sich der Schwarze Narziss schön gemacht hat. Wir warten auf dich und verbrennen ein paar Möbel, um uns warm zu halten.«

Ich folgte dem Scheinwerferlicht der Autos, das die Bäume streifte, die Äste und Zweige wie ausgestreckte Hände über der Straße. Nach einer Meile holte ich sie ein, als sie über den Privatweg einer Holzfirma in den Wald fuhren. Der Schlagbaum war beiseite geschoben, um die Autos durchzulassen. Neben der Schranke stand ein Mann in einem Parka und mit einer Wollmütze auf. Hinter ihm wand sich am Rande des Waldgrundstücks ein Pfad zu einem kleinen Haus. Vermutlich hatte er die Polizei gerufen.

Ich hielt mich dicht hinter dem zweiten Wagen und folgte seinen Rücklichtern, während er über den schmalen, ausgefurchten Waldweg holperte. Schließlich hielt der Streifenwagen neben einem Ford-Pickup mit einem Motorschlitten hinten drauf, neben dem ein großer bärtiger Mann stand, der eine Wampe hatte wie eine hochschwangere Frau. Jennings stieg aus dem ersten Wagen, Ressler und ein anderer Polizist aus dem zweiten. Taschenlampen blitzen auf und die drei Polizisten gingen zu dem Pickup und schauten auf die Ladefläche. Ich holte meine Maglite aus dem Kofferraum und ging zu ihnen. Den bärtigen Mann hörte ich sagen:

»Ich wollte ihn nicht da draußen liegen lassen. Es schneit bald wieder und dann hätten wir ihn erst im Frühjahr wiedergefunden.«

Als ich näher kam, starrten mich alle an, auch Rand Jennings.

»Was zum Teufel machen Sie hier?«, fragte er.

»Beeren sammeln. Was haben wir denn hier?«

Ich leuchtete mit der Taschenlampe auf die Ladefläche des Pickups, aber was dort lag, brauchte keine Beleuchtung. Es brauchte Dunkelheit und Erdreich und einen Grabstein zwei Meter darüber.

Es war die Leiche eines Mannes, die auf einer Plane lag, den Mund weit geöffnet und voller Laub. Seine Augen waren geschlossen und sein Kopf in einem widernatürlichen Winkel verdreht. Der Mann lag zerschmettert inmitten der Werkzeuge und Plastikschalen auf der Ladefläche des Wagens und sein Kopf reichte bis zu dem leeren Gewehrhalter.

»Wer ist das?«, fragte ich.

Für einen Moment glaubte ich, Jennings würde nicht antworten. Dann seufzte er und sagte: »Sieht nach Gary Chute aus. Er war Landvermesser bei einer Holzfirma. Daryl hier hat ihn gefunden, als er nach seinen Fallen gesehen hat. Seinen Pickup hat er auch gefunden, ein paar Meilen von der Leiche entfernt.«

Daryl schaute, als wollte er das mit den Fallen abstreiten. Er machte den Mund auf und schloss ihn gleich wieder, als er Jennings' Blick sah. Daryl schien mir nicht unbedingt der Hellste. Sein Blick war matt und seine Stirn fliehend und sein Mund war, obzwar geschlossen, permanent in Bewegung, als kaute er innen auf seiner Unterlippe herum.

Ressler, der neben ihm stand, sah die Brieftasche des Toten durch.

»Es ist Chute«, sagte er. »Allerdings kein Bargeld in der Brieftasche. Die Kreditkarten sind noch da. Hast du das Geld genommen, Daryl?«

Daryl schüttelte heftig den Kopf. »Nein, ich hab nichts angerührt.«

»Bist du dir da sicher?«

Daryl nickte. »Klar«, sagte er. »Bestimmt nicht.«

Ressler sah nicht so aus, als glaubte er ihm, sagte aber weiter nichts dazu.

Ich wandte mich an Daryl. »Wie haben Sie ihn gefunden?«

»Er lag unter einem Abhang, fast begraben unter Schnee und Laub«, antwortete Daryl. »Sah aus, als wär er ausgerutscht, wär auf dem Weg nach unten ein paarmal an Felsen und Bäume geknallt und hätt sich dann an einer Wurzel das Genick gebrochen.« Daryl lächelte beklommen, als wüsste er nicht, ob er das Richtige gesagt hatte.

Das klang nicht sonderlich plausibel, zumal angesichts des fehlenden Bargelds. »Sie sagen, er war von Schnee *und* Laub bedeckt, Daryl?«

»Ja, Sir«, sagte Daryl beflissen. »Und auch von Zweigen.«

Ich nickte und leuchtete mit der Taschenlampe noch einmal die Leiche ab. An seinen Handgelenken fiel mir etwas auf und ich sah es mir genauer an und knipste dann die Taschenlampe wieder aus. »Wirklich schade, dass er bewegt wurde«, sagte ich.

Dem musste selbst Jennings beipflichten. »Mensch, Daryl, du hättest ihn da liegen lassen sollen, dann hätte sich die Forstwacht drum gekümmert.«

»Ich konnte ihn nicht da draußen liegen lassen«, sagte Daryl. »Das wäre nicht recht gewesen.«

»Vielleicht hat Daryl Recht. Wenn es schneit, und es wird schneien, dann hätten wir ihn vielleicht erst im Frühjahr wiedergefunden«, sagte Ressler. »Daryl sagt, er hat die Leiche am Island Pond gefunden, hat sie in die Plane eingewickelt und mit seinem Motorschlitten zehn Meilen zurück zu seinem Wagen geschleppt. Bis zum Island Pond ist es ziemlich weit und laut Daryl geht die Straße schon weit vorher in eine einzige Schneewehe über.«

Ich sah Daryl mit Respekt an. Nicht viele Männer hätten die Leiche eines Fremden meilenweit geschleppt. »Da können wir unmöglich in der Dunkelheit hin, wenn wir die Stelle denn überhaupt finden würden«, schloss Jennings. »Und überhaupt ist das Sache der Forstwacht und vielleicht des Sheriffs, aber nicht unsere. Wir lassen ihn morgen früh zur Obduktion nach Augusta bringen.«

Ich sah über die Baumwipfel zum schwarzen Nachthimmel empor. Man spürte etwas Lastendes, Dräuendes. Ressler folgte meinem Blick.

»Wie ich schon sagte. Daryl hat Recht, es wird bald schneien.«

Jennings warf Ressler einen Blick zu, der besagte, dass weitere Einzelheiten nicht vor Daryl und schon gar nicht vor mir besprochen werden sollten. Er klatschte in die Hände. »Also gut. Fahrn wir.« Er beugte sich über die Ladefläche des Pick-ups, deckte Gary Chutes Leichnam mit der Plane zu und beschwerte sie an den Rändern mit Altmetall, einem eisernen Wagenrad und dem Kolben einer Schrotflinte. Mit dem Zeigefinger winkte er den dritten Polizisten herbei.

»Stevie, du fährst auf der Ladefläche mit und passt auf, dass sich die Plane nicht löst.« Stevie, der aussah, als wäre er etwa elf Jahre alt, schüttelte bedrückt den Kopf, kletterte dann vorsichtig auf die Ladefläche und hockte sich neben die Leiche. Ressler ging zurück zu seinem Wagen und ließ Jennings mit mir allein.

»Wir sind dankbar für Ihre Unterstützung, Parker.«

»Komisch, aber ich glaube nicht, dass Sie das ernst meinen.«

»Da haben Sie Recht. Gehen Sie mir und meiner Arbeit aus dem Weg. Das möchte ich Ihnen nicht noch mal sagen müssen.« Er stieß mir einen behandschuhten Finger vor die Brust, machte kehrt und ging davon. Die Autos sprangen fast gleichzeitig an und bildeten mit dem Pickup einen Konvoi und so wurde Gary Chute zurück nach Dark Hollow gebracht.

Laub und Zweige und dann auch noch Schnee hatten, laut Daryl, Chutes Leichnam bedeckt. Das ergab keinen Sinn, wenn er verunglückt war und Daryl ihm das Geld abgenommen hatte. Die Bäume waren kahl und es hatte seit gut einer Woche ziemlich kontinuierlich geschneit. Die Leiche wäre eingeschneit, aber nicht von Laub und Zweigen bedeckt gewesen. Das deutete darauf hin, dass jemand versucht hatte, Gary Chutes Leichnam zu verstecken.

Ich ging zurück zu meinem Wagen und dachte daran, was ich im Licht der Taschenlampe gesehen hatte: rote Striemen an den Handgelenken des Toten. Sie stammten nicht vom Sturz oder von Tieren oder vom Frost.

Sie stammten von Seilen.

Als ich ins Motel zurückkam, waren Angel und Louis fort. Unter meiner Tür steckte ein Zettel, der mir in Angels merkwürdig ordentlicher Handschrift mitteilte, sie würden im Diner auf mich warten. Ich ging ihnen nicht nach. Vielmehr ging ich zum Empfang, schenkte mir zwei Plastikbecher Kaffee ein und kehrte auf mein Zimmer zurück.

Chutes Tod ging mir nicht aus dem Sinn. Es traf sich ungünstig, dass ausgerechnet Daryl die Leiche entdeckt hatte – auch wenn er mit den besten Absichten vorgegangen war. Der Standort von Chutes Pickup konnte wahrscheinlich ungefähr auf den Tatort hindeuten, aber der war nun, da Daryl die Leiche geborgen hatte, unwiderruflich beschädigt.

Vielleicht spielte es ja auch keine Rolle, aber auf einer Landkarte zeichnete ich ein, wo ungefähr am Island Pond Chutes Leiche gefunden worden war. Dieser See lag nordöstlich von Dark Hollow. Man gelangte nur über eine Privatstraße dorthin und dazu brauchte man eine Genehmigung. Wenn jemand Gary Chute umgebracht hatte, musste er über diese Straße zu ihm gelangt und ihm dann in die Wildnis gefolgt sein. Eine zweite Möglichkeit bestand darin, dass der Mörder Chute bereits in der Wildnis aufgelauert hatte. Oder ...

Oder vielleicht hatte Gary Chute das Pech gehabt, etwas oder jemanden zu sehen, das oder den er nicht hätte sehen sollen. Vielleicht war ihm sein Mörder nicht in die Wildnis gefolgt, sondern war aus der Wildnis gekommen. Wenn dem so war, dann würde dieser Mensch als Nächstes nach Dark Hollow gelangen.

Doch das waren alles Spekulationen. Ich musste meine Gedanken ordnen. Auf einer Seite meines Notizbuchs fasste ich zusammen, was seit dem Abend passiert war, als mir Billy Purdue mit seinem Messer in die Wange geschnitten hatte. Wo es Zusammenhänge gab, verband ich die Namen mit gepunkteten Linien. Die meisten Linien führten zu Billy Purdue; nur Ellen Coles Verschwinden und Gary Chutes Tod ließen sich da nicht einordnen.

Und in der Mitte dieser Aufzählung befand sich eine Leerstelle, weiß und rein wie Neuschnee. Die Namen und Ereignisse umgaben sie wie Planeten eine Sonne. Ich verspürte den alten Wunsch, das alte Verlangen, eine Ordnung in Ereignisse zu bringen, die ich noch nicht durchschaute, irgendeine Erklärung zu finden, die mich letztlich zur Wahrheit führen würde. Als ich noch bei der New Yorker Kripo war und mit dem Tod von Menschen zu tun hatte, die ich nicht gekannt hatte und mit denen mich nichts verband außer den dienstlichen Pflichten eines Polizisten, dessen Aufgabe darin bestand herauszufinden, was passiert war, und dafür zu sorgen, dass jemand für das Verbrechen zur Rechenschaft gezogen wurde, folgte ich den einzelnen Spuren der Ermittlung, wie ich sie mir zurechtgelegt hatte, und wenn sie zu nichts führten oder dann auf irrigen Mutmaßungen beruhten, kehrte ich achselzuckend zum Kern der Sache zurück und folgte einer anderen Spur. Ich war bereit, Fehler zu begehen, in der Hoffnung, schließlich etwas herauszufinden, das sich als triftig erwies.

Dieser Luxus, der Luxus der professionellen Distanz, wurde mir genommen, als Jennifer und Susan starben. Nun zählten sie alle – die Verschwundenen, Verlorenen, Toten –, doch Ellen Cole war wichtiger als die meisten anderen. Wenn sie in Schwierigkeiten steckte, dann blieb kein Raum für Fehler und keine Zeit, um Fehler zu begehen, in der Hoffnung, sie würden letztlich zur Lösung des Falls führen. Auch Rita Ferris und ihren Sohn konnte ich nicht vergessen, und als ich an sie dachte, sah ich mich unwillkürlich zum dunklen Rechteck des Fensters um und erinnerte mich an eine Last auf meiner Schulter, kalt aber nachgiebig, die Berührung einer vertrauten Hand.

Es ereignete sich zu viel; zu viele Tode drehten sich um die Leerstelle mitten auf der Seite. Und an diese Stelle setzte ich ein Fragezeichen und zog von dort eine gepunktete Linie zum unteren Seitenende.

Und dorthin schrieb ich den Namen »Caleb Kyle«.

Ich hätte essen gehen sollen. Ich hätte mich zu Angel und Louis gesellen und mit ihnen in eine Bar gehen sollen, wo ich ihnen dabei hätte zusehen können, wie sie tranken und einander neckten. Ich hätte vielleicht sogar etwas getrunken, nur einen einzigen Drink ... Frauen wären vorbeigekommen, leicht schwankend, den Alkohol von ihrem Körper und Geist Besitz ergreifen lassend. Vielleicht hätte eine von ihnen mir zugelächelt und vielleicht hätte ich zurückgelächelt und den Funken gespürt, der überspringt, wenn einem eine schöne Frau Aufmerksamkeit schenkt. Ich hätte noch etwas trinken können, und dann noch etwas, und bald hätte ich alles vergessen gehabt und wäre in irgendeiner Versenkung verschwunden.

Der Jahrestag rückte näher. Ich nahm das wahr wie eine dunkle Wolkenfront am Horizont, die sich unaufhaltsam näherte, um mich in Erinnerungen an Leid und Verlust zu hüllen. Ich sehnte mich nach einem normalen Leben, doch es war mir nicht erreichbar. Ich wusste nicht mal genau, weshalb ich in Rachels Büro gewesen war. Ich wusste nur, dass ich mit ihr zusammen sein wollte, obwohl mich meine Gefühle für sie krank machten vor Gewissensbissen, als würde ich damit irgendwie die Erinnerung an Susan betrügen. Mit diesen Gedanken und nach allem, was in den vergangenen Tagen geschehen war, und nachdem ich meinem Geist gestattet hatte, die Eigenheiten jener Morde zu ergründen, die sich in der jüngeren und ferneren Vergangenheit ereignet hatten, hätte ich nicht allein bleiben sollen.

Müde und so hungrig, dass mir komplett der Appetit vergangen war und nur ein nagendes Unbehagen blieb, zog ich mich aus, legte mich ins Bett, zog mir die Decke über den Kopf und fragte mich, wie lange es wohl dauern würde, bis ich einschliefe. Gerade lange genug, stellte sich heraus, um diesen Gedanken zu denken.

Ich erwachte von einem Geräusch und einem vagen, unangenehmen Geruch, den ich erst nach einer Weile einordnen konnte. Es war der Geruch verrottender Vegetation, der Geruch von faulendem Laub und Mulch und stehendem Wasser. Ich hob den Kopf vom Kissen und rümpfte die Nase, als der Verwesungsgestank stärker wurde. Als ich mich im Zimmer umsah, bemerkte ich etwas Befremdliches an dem Licht, eine ungewöhnliche Färbung, die es nicht hätte haben dürfen.

Aus dem Badezimmer kam Gesang.

Er war leise und klang lieblich, zwei Stimmen sangen dasselbe Lied, ein Lied, das sich wie ein Kinderreim anhörte, und gedämpft klangen die Worte durch die geschlossene Badezimmertür.

Und unter der Tür leckte grünes Licht hindurch und waberte über die billige Auslegeware. Ich schlug die Decke beiseite, stieg nackt aus dem Bett, spürte aber keine Kälte und ging zum Badezimmer. Der Gestank nahm zu. Ich spürte, wie er mir an Haut und Haaren haftete, als würde ich in seiner Quelle baden. Der Gesang wurde lauter und die Worte verständlich und es waren immer wieder dieselben Silben, die von einer hohen, mädchenhaften Stimme wiederholt wurden.

Caleb Kyle, Caleb Kyle

Ich war fast an der Stelle angelangt, bis wohin das Licht durch den Türschlitz auf den Teppich waberte. Hinter der Tür hörte ich leises Wassergeplätscher.

Caleb Kyle, Caleb Kyle

Ich stand für einen kurzen Moment am Rande des grünen Lichts und setzte dann einen nackten Fuß hinein.

Der Gesang verstummte, sobald mein Fuß den Boden berührte, aber das Licht blieb und leckte träge über meine Zehen. Ich packte die Türklinke und drückte sie langsam nieder.

Es war niemand im Bad. Dort waren nur die weißen Oberflächen, der ordentliche Handtuchstapel auf dem Bord über der Toilette, das Waschbecken mit den noch verpackten billigen Seifenstücken, die Gläser in der Seidenpapierhülle. Der mit einem Blumenmuster bedruckte Duschvorhang über der

Badewanne war fast zugezogen, das Licht drang hinter diesem Vorhang hervor, ein fahlgrünes Glimmen, das nur mit einem Bruchteil seiner ursprünglichen Kraft leuchtete, als hätte es sich Schicht um Schicht einen Weg gebahnt. Ich hörte ein leises Kichern, von einer vorgehaltenen Hand gedämpft, dann von einem anderen Kichern erwidert, und das Wasser hinter dem Vorhang plätscherte lauter.

Ich streckte die Hand aus, packte den Plastikvorhang und riss ihn beiseite. Etwas widersetzte sich, aber ich zerrte daran, bis ich die ganze Badewanne sehen konnte.

Das Wasser war voller Laub, das bis zu den Armaturen reichte. Es war grün und rot, braun und gelb, schwarz und golden. Es war Espen- und Birkenlaub, Zedern- und Kirschbaumlaub, Ahorn und Schwarzlinde, Bucheckern und Tannennadeln, alles wild durcheinander, und ihr Gären und Verwesen verpestete das Wasser und ergab einen förmlich sichtbaren Gestank.

Eine Gestalt regte sich unter dem Laub und Luftblasen brachen an die Oberfläche. Die Pflanzenmasse teilte sich und etwas Weißes stieg herauf, ganz langsam, als wäre das Wasser viel tiefer, als es eigentlich sein konnte. Dann schien es sich in zwei Gestalten zu teilen, die sich bei den Händen hielten, und ihr langes Haar wallte, ihre Münder standen offen und ihre Augen waren blind.

Ich zog den Vorhang zu und wollte fort, aber die Kacheln ließen mich im Stich, genau wie an dem Tag, als ich die kleinen Mädchen entdeckte. Und als ich hinfiel, regten sich ihre Schatten hinter dem Vorhang und ich wich auf Händen und Füßen zurück, suchte mit Fingern und Zehen nach Halt, bis ich erwachte, Decke und Laken in einem Knäuel am Fußende des Betts, die Matratze bloß.

Jemand hämmerte an meine Tür.

»Bird! Bird!« Es war Louis' Stimme.

Ich kroch aus dem Bett und merkte, dass ich am ganzen

Leib zitterte. Ich fummelte die Türkette los, nestelte am Riegel und dann war die Tür endlich auf und Louis stand vor mir, in einer grauen Trainingshose und einem weißen T-Shirt und mit seiner Waffe in der Hand.

»Bird?«, sagte er. Er schaute besorgt und irgendwie liebevoll. »Was ist mit dir?«

Ich musste aufstoßen und schmeckte Kaffee und Galle.

»Ich sehe sie«, sagte ich. »Ich sehe sie alle.«

18

Ich sass auf der Bettkante, das Gesicht in den Händen, und wartete, während Louis an den Empfang ging und aus dem Automaten zwei Becher Kaffee holte. Als er an seinem Zimmer vorbeiging, hörte ich, wie er kurz mit Angel sprach, aber als er wiederkam und die Tür vor dem Nachtfrost draußen schloss, war er allein. Er reichte mir den Styroporbecher, ich bedankte mich und trank schweigend. Draußen tappste der Schnee leise ans Fenster. Louis schwieg eine ganze Weile und ich merkte, dass er über etwas nachdachte.

»Habe ich dir mal von meiner Oma Lucy erzählt?«, fragte er schließlich.

Ich sah ihn verblüfft an. »Louis, ich weiß nicht mal deinen Nachnamen«, erwiderte ich.

Er lächelte matt, als könnte er sich selbst nicht mehr daran erinnern. »Wie dem auch sei«, sagte er und das Lächeln verschwand. »Lucy war meine Oma, die Mutter meiner Mutter, und damals war sie nicht viel älter als ich jetzt. Sie war eine schöne Frau: groß und mit einer Haut wie das Abendlicht. Sie trug ihr Haar immer offen. Ich kann mich nicht erinnern, sie je anders gesehen zu haben. Es fiel ihr in dunklen Locken über die Schultern. Sie hat bis zu ihrem Tod bei uns gewohnt und sie ist jung gestorben. Eine Lungenentzündung hat sie hinweggerafft und sie ist zitternd und schwitzend gestorben.

Da lebte ein Mann in unserer Stadt, der hieß Errol Rich. Solange ich ihn kannte, war er keiner, der die andere Wange hinhielt. Wenn du als Schwarzer in so einer Stadt gelebt hast, dann war das das Erste, was du gelernt hast: Du hast immer, wirklich immer die andere Wange hingehalten, denn wenn nicht, hätte kein weißer Sheriff, keine weißen Geschworenen und keine Bande von Redneck-Arschlöchern, die dich am liebsten an die Achse von 'nem Laster gebunden und über die Feldwege geschleift hätten, bis deine Haut ab wär, keiner von denen hätte das anders gesehn, als dass ein Nigger sich für was Besseres hält und für die anderen Nigger ein schlechtes Vorbild abgibt, sie vielleicht aufwiegelt, so dass Weiße, die eigentlich was Besseres zu tun haben, in einer dunklen Nacht rausmüssen und ihnen eine Lektion erteilen, ihnen mal Manieren beibringen.

Aber Errol, der sah das nicht so. Er war ein Mordskerl. Wenn er die Straße runterging, war die Sonne nicht groß genug, um ihm um die Schultern zu scheinen. Er hat Sachen repariert – Motoren, Rasenmäher, überhaupt alles, was bewegliche Teile hatte und irgendwie noch zu retten war. Hat in einer großen Hütte an einer Landstraße gewohnt, lange schon, mit seiner Mama und seinen Schwestern, und wenn er den weißen Jungs in die Augen gesehn hat, dann haben die's mit der Angst gekriegt.

Bis auf das eine Mal. Da fuhr er auf der Route 5 an einer Kneipe vorbei und hörte, wie einer rief: ›Hey, Nigger!‹ Und die Windschutzscheibe von seinem alte Pick-up, die ohnehin schon gesprungen war, die ist einfach zerplatzt. Sie haben ihm eine große Flasche reingeworfen, in die sie alle gepisst hatten. Und Errol, der hat angehalten und saß dann erst mal da, voller Blut und Glassplitter und Pisse, und dann ist er ausgestiegen, hat sich 'ne Latte von der Ladefläche genommen, gut 'n Meter lang vielleicht, und ist rübergegangen, wo die Typen auf der Treppe hockten. Sie waren zu viert und der Kneipenwirt war auch dabei.

›Wer hat die Flasche geworfen?‹, will Errol wissen. ›Hast du die geworfen, Little Tom? Sag's mir lieber gleich, sonst fackel ich dir deine Scheißkneipe ab.‹

Aber keiner hat was gesagt. Die Jungs haben sich eingeschissen. Nicht mal zu viert und hackedicht haben sie sich getraut, sich mit Errol anzulegen. Errol hat sie nur angesehn, vor ihnen auf den Boden gespuckt, die Latte genommen und durch das Kneipenfenster geschmissen und Little Tom konnte nichts dagegen tun. Jedenfalls in dem Moment nicht.

In der Nacht drauf haben sie ihn geholt, drei Pick-ups voller Männer. Sie haben ihn vor den Augen seiner Mutter und seiner Schwestern eingesackt und nach Ada's Field gebracht, wo es einen alten Kastanienbaum gab. Als sie ankamen, war die halbe Stadt schon da. Frauen, sogar ein paar ältere Kinder. Die Leute haben Hähnchen und Kekse gegessen und Limo getrunken und sich übers Wetter und die Ernte und vielleicht auch über die Baseballsaison unterhalten, als wären sie auf der Kirmes und würden darauf warten, dass die Show endlich losgeht.

Und als Errol kam, war er an Händen und Füßen gefesselt und sie haben ihn auf das Dach eines alten Lincoln gehievt, der unter dem Baum geparkt war. Dann haben sie ihm eine Schlinge um den Hals gelegt und zugezogen. Einer hat einen Kanister Benzin über ihm ausgegossen und Errol hat den Kopf gehoben und das erste und letzte Mal was gesagt, seit sie ihn abgeholt hatten.

›Verbrennt mich nicht‹, hat er gesagt. Er hat sie nicht gebeten, ihn freizulassen oder ihn nicht zu hängen. Davor hatte er keine Angst. Er wollte nur nicht verbrennen. Und als er ihnen dann in die Augen gesehn hat, wusste er wohl, dass da nichts zu machen war. Er hat den Kopf gesenkt und angefangen zu beten.

Sie haben das Seil gespannt, bis Errol nur noch auf den Zehenspitzen auf dem Autodach stand, dann ist das Auto weggefahren und Errol hing zuckend in der Luft. Dann kam einer mit einer brennenden Fackel, und wie er da hing, haben sie Errol Rich verbrannt, alle haben ihn schreien hören, bis seine Lunge verbrannt war und er nicht mehr schreien konnte. Und dann ist er gestorben.

Das war um zehn nach neun an einem Juliabend, gut drei

Meilen von unserem Haus entfernt, am anderen Ende der Stadt. Und um zehn nach neun ist meine Oma von ihrem Sessel neben dem Radio aufgestanden. Ich saß zu ihren Füßen. Die anderen waren in der Küche oder schon schlafen gegangen, aber ich war bei ihr. Sie ging zur Tür und raus in die Nacht. Sie hatte nur ihr Nachthemd an und einen Schal um und sie schaute in den Wald. Ich ging hinterher und hab sie gefragt: ›Miss Lucy, was ist denn los?‹ Aber sie antwortete nicht und ging immer weiter, bis sie nur noch ein paar Meter vom Waldrand entfernt war, und da blieb sie stehen.

Draußen in der Dunkelheit, zwischen den Bäumen, sah ich ein Licht. Es sah aus wie Mondschein, aber dann hab ich mich umgesehn und da war gar kein Mond und sonst war es dunkel im Wald.

Ich habe mich zu Oma Lucy umgedreht und ihr in die Augen gesehn.« Louis schwieg und schloss kurz die Augen, wie jemand, der sich an einen Schmerz erinnerte, den er lange vergessen hatte. »Da war Feuer in ihren Augen. In ihren Pupillen sah ich Flammen. Ich sah einen brennenden Mann, als würde er vor uns stehen. Als ich aber in die Dunkelheit sah, war da nur dieser Lichtschein und sonst nichts.

Und Lucy sagte: ›Du armer Junge. Du armer, armer Junge.‹ Und sie fing an zu weinen. Und als sie weinte, war es, als würden ihre Tränen die Flammen löschen, denn der brennende Mann in ihren Augen verschwand allmählich. Und dann war der Lichtschein im Wald auch verschwunden.

Sie hat keinem je erzählt, was da passiert war, und mir hat sie es verboten. Aber ich glaube, meine Mutter wusste davon. Wenigstens wusste sie, dass ihre Mutter eine Gabe hatte, die sonst niemand besaß. Sie fand Tore zur Dunkelheit, die sonst keiner fand. Und sie sah Dinge in dieser Schattenwelt und auch Menschen.«

Er hielt inne. »Ist es das, was du siehst, Bird?«, fragte er leise. »Die Geister?«

Meine Fingerspitzen und Zehen fühlten sich kalt an. »Ich weiß nicht«, sagte ich.

»Denn ich weiß noch, was damals in Louisiana passiert ist, Bird«, fuhr er fort. »Da hast du Dinge gesehen, die kein anderer sah. Ich weiß das. Ich habe es dir angemerkt und es hat dir Angst eingejagt.«

Ich schüttelte lange den Kopf. Ich konnte nicht zugeben, woran ich selbst nicht glauben wollte. Ich dachte manchmal – hoffte vielleicht sogar –, dass ich vor Trauer den Verstand verloren hatte, dass der Verlust meiner Frau und Tochter mich geisteskrank gemacht hatte, dass ich vor Reue und Gewissensbissen so zerknirscht war, dass mich Bilder der Toten heimsuchten, die mein krankes Hirn mir vorgaukelte. Doch ich hatte Jennifer und Susan zum ersten Mal gesehen, nachdem ich damals in Louisiana Tante Marie Aguillard besucht und sie mir erzählt hatte, was mit ihnen geschehen war – was sie unmöglich hätte wissen können. Die anderen kamen dann später und sprachen im Traum zu mir.

Nun, da ich Rita und Donald gesehen hatte und meine Jennifer, da ich Susans Hand gespürt hatte, hoffte ich halbwegs, das Näherrücken des Jahrestags hätte dazu geführt, dass sich die Erinnerung an die Trauer einen Weg in die hintersten Winkel meines Bewusstseins gebahnt hatte und mir erneut den Verstand raubte.

Vielleicht war das alles auch Folge der Schuldgefühle, die ich empfand, weil ich Rachel Wolfe und die Chance wollte, noch einmal von vorn anzufangen.

Es gibt eine Form der Narkolepsie, bei der man buchstäblich tagträumt: die Träume des REM-Schlafs überkommen einen während des täglichen Lebens, so dass sich Wirklichkeit und Geträumtes vermengen und die Welt des Schlafs und die des Wachens zusammenstoßen. Eine Zeit lang glaubte ich, an etwas Ähnlichem zu leiden, doch wenn ich ehrlich war, wusste ich, dass das nicht der Fall war. Auch bei mir stießen zwei

Welten zusammen, aber es waren nicht die Schlaf- und Wachwelt. In diesen Welten schlief niemand und niemand ruhte.

Manches davon erzählte ich Louis, während er mir ruhig zuhörte. Mein nächtlicher Anfall und dass er sich meine Fantastereien anhören musste, war mir peinlich. »Vielleicht leide ich nur unter Alpträumen. Das wird schon wieder, Louis. Danke.«

Er sah mir eindringlich in die Augen, stand dann auf und ging zur Tür. »Jederzeit gern.« Er schloss auf und hielt inne.

»Halt mich bloß nicht für abergläubisch, Bird. Aber ich weiß, was an diesem Abend passiert ist. Es roch verbrannt, Bird. Ich konnte das brennende Laub riechen.«

Und damit kehrte er auf sein Zimmer zurück.

Um mich abzulenken, versuchte ich zu lesen. Ich war eben am Ende einer Biografie des Earl of Rochester angelangt, eines englischen Dandys, der sich zur Zeit von König Karl II. in ein frühes Grab soff und hurte und dabei großartige Gedichte schrieb. Im gelben Lichtschein der Wandlampe las ich im Bett die letzten Seiten. 1676 war Rochester offenbar in einen Polizistenmord verwickelt, musste untertauchen und schlüpfte in die Rolle des Quacksalbers Dr. Alexander Bendo, der Arzneien aus Lehm, Ruß, Seife und Steinstaub an die leichtgläubigen Londoner verkaufte, von denen keiner die wahre Identität dieses Mannes erahnte, dem man die größten Geheimnisse und intimsten Körperpartien der Frauen anvertraute.

Dem alten Saul Mann hätte Rochester gefallen, dachte ich. Er hätte diese Tarnung zu würdigen gewusst – dass man eine andere Identität annahm, um sich zu schützen, und dann eben die Leute hereinlegte, die einen verfolgten. Zum leisen Tapsen des Schnees am Fenster schlief ich ein und träumte von Saul Mann, wie er in seinen Umhang mit Monden und Sternen drauf dastand, die Karten vor sich auf dem Tisch ausgebreitet, und in aller Ruhe abwartete, dass das große Spiel begann.

19

DIE SCHNEEFÄLLE DIESER NACHT waren die ersten schweren dieses Winters. Der Schnee fiel auf Dark Hollow und Beaver Cove, auf den Moosehead Lake und Rockwood und Tarrantine. Er hüllte den Big Squaw Mountain ein und den Mount Kineo, den Baker Mountain und den Elephant Mountain. Er verwandelte die Longfellow Mountains in eine weiße Narbe, die quer durch Piscataquis County verlief. Etliche kleinere Seen froren zu, überzogen sich mit einer Eisschicht, so dünn und heimtückisch wie der Dolch eines Verräters. Der Schnee lastete auf den Nadelbäumen und auf dem Boden darunter war es still und friedlich und nur hin und wieder gaben Äste unter der Last nach und sackten gestauchte Flocken auf die Schneewehen darunter und Schnee empfing Schnee. In meinem unruhigen Schlaf spürte ich den Schnee fallen, spürte die Veränderung in der Atmosphäre, als die Welt in Weiß gehüllt wurde und die Nacht darauf wartete, im ersten Morgengrauen die erhabene Makellosigkeit des Werks des Winters zu enthüllen.

Ziemlich früh hörte ich einen Schneepflug über die Hauptstraße fahren und dann folgte das unverkennbare Geräusch der Schneeketten der ersten Autos, die sich langsam und vorsichtig vorwagten. Im Zimmer war es so kalt, dass das Fenster vor gefrorenen Kondenswassertropfen wie zersplittert aussah und sich auf zauberhafte Weise unter einer Handbewegung wieder zusammenfügte. Ich schaute auf die Reifenspuren der Autos und die ersten Menschen, die über die Straße gingen.

Beklommen näherte ich mich dem Badezimmer, doch es

war still und sauber. Ich duschte unter einem so heißen und kräftigen Wasserstrahl, wie ich es gerade noch ertragen konnte, und trocknete mich dann eilends und mit klappernden Zähnen ab. Ich zog eine Jeans, Stiefel, ein dickes Baumwollhemd und einen dunklen Wollpullover an, dann meinen Mantel und Handschuhe, und ging hinaus an die frische, kalte Morgenluft. Unter meinen Schuhen knirschte der Schnee und ich hinterließ Fußabdrücke darin. Ich klopfte zweimal laut an die Tür des Nachbarzimmers.

»Hau ab!«, brüllte Angel, durch mindestens vier Bettdecken nur leicht gedämpft. Es tat mir Leid, dass ich die beiden nachts aufgeweckt hatte, und ich versuchte, nicht an mein Gespräch mit Louis zu denken.

»Ich bin's. Bird«, erwiderte ich.

»Ich weiß. Hau ab.«

»Ich gehe rüber in den Diner. Wir treffen uns da.«

»Wir treffen uns erst in der Hölle wieder. Es ist kalt draußen.«

»Bei euch im Zimmer ist es kälter.«

»Darauf lass ich's ankommen.«

»In zwanzig Minuten.«

»Mir egal. Hau ab.«

Ich wollte eben zum Diner aufbrechen, als mir an meinem Auto etwas auffiel. Von meinem Zimmerfenster aus hatte es so ausgesehen, als hätte jemand mit der Hand etwas von dem Schnee fortgewischt, der den roten Lack des Wagens bedeckte. Doch das war nicht der Grund, warum an meinem eingeschneiten Wagen rote Streifen sichtbar waren.

Auf der Windschutzscheibe war Blut. Auch auf der Motorhaube war Blut und eine lange Blutspur verlief vom Kühler über die Fahrertür und das Heckfenster und verlor sich dann unter dem Kofferraum. Ich ging durch den Schnee und spürte ihn unter meinen Stiefeln knirschen. Am Heck des Wagens, neben dem rechten Hinterrad, lag ein brauner Fellbalg. Das

Maul der Katze stand offen und ihre Zunge hing über die weißen Zähnchen. In ihrem Bauch klaffte eine rote Wunde und ein Großteil ihres Bluts klebte nun offenbar an meinem Wagen.

Links hörte ich die Empfangstür zuknallen und sah die Motelchefin zu mir kommen. Sie hatte rot geweinte Augen.

»Ich habe schon die Polizei gerufen«, sagte sie. »Als ich das sah, dachte ich erst, Sie hätten sie überfahren, aber dann sah ich das Blut und dachte, das kann doch nicht sein. Wer würde einem Tier denn so was antun? Was für ein Mensch würde ein Tier so quälen?« Sie fing wieder an zu weinen.

»Ich weiß es nicht«, sagte ich.

Doch ich wusste es durchaus.

Nach dreimaligem Klopfen kam Angel an die Tür. Bibbernd stand er da und ich erzählte ihm von der Katze und Louis hörte hinter ihm schweigend zu.

»Er ist hier«, sagte Louis schließlich.

Ich wusste, dass er Recht hatte. Irgendwo ganz in der Nähe lauerte Stritch.

Ich ging allein über die Straße zum Diner. Es war zehn nach acht und der Diner war bereits fast voll. In der warmen Luft duftete es nach frischem Kaffee und Bacon und am Tresen und in der Küche ging es hoch her. Jetzt erst bemerkte ich die Adventsdekoration, den Coca-Cola-Weihnachtsmann, die Girlanden und Sterne. Es würde das zweite Weihnachten ohne meine Familie sein.

Ich war Billy Purdue und vielleicht sogar Ellen Cole fast dankbar, dass sie mir etwas gaben, worauf ich mich konzentrieren konnte. Die ganze Kraft, die ich sonst in die Trauer gesteckt hätte, in Wut und Reue und Angst vor dem Jahrestag, steckte ich nun in die Suche nach diesen beiden Menschen. Doch diese Dankbarkeit war nur ein flüchtiges Gefühl, ein hässlicher Verrat an den beteiligten Personen, und bald genierte ich mich, die Leiden anderer zu nutzen, um meine eigenen zu lindern.

Ich setzte mich in eine Nische und beobachtete die vorbeigehenden Menschen. Als die Kellnerin kam, bestellte ich nur einen Kaffee. Der Anblick der Katze und der Gedanke, dass Stritch uns verfolgte, hatten mir den Appetit verdorben. Ich ertappte mich dabei, wie ich mir die Gesichter der Leute im Diner ganz genau ansah, als hätte Stritch irgendwie mutieren oder ihre Gestalt annehmen können. Mir gegenüber aßen Angestellte einer Holzfirma Eier mit Speck und unterhielten sich bereits über Gary Chute.

Ich hörte zu und erfuhr, dass der Wildnis des Nordens eine große Veränderung bevorstand. Ein Waldgebiet von fast vierzigtausend Hektar, das einem europäischen Papierhersteller gehörte, sollte geschlagen werden. In dem Gebiet waren in den dreißiger und vierziger Jahren zum letzten Mal Bäume gefällt worden und seither war der Wald nachgewachsen. Im Laufe des vergangenen Jahrzehnts hatte das Unternehmen Straßen und Brücken wiederhergestellt, damit die großen Tieflader mit ihren klauenförmigen hydraulischen Kränen in die Wildnis vordringen und Kiefern, Fichten und Tannen, Eichen, Ahorn und Birken abtransportieren konnten. Chute, ein Absolvent der University of Maine in Orono, hatte zu den Männern gehört, die Straßen, Baumwuchs und Grenzen des Holzeinschlags überprüfen sollten.

Die Forstgesetze hatten sich seit dem letzten Einschlag geändert. Damals hatten die Unternehmen den kompletten Baumbestand gefällt, was zu für Fische tödlichen Ablagerungen in den Flüssen, zur Vertreibung der Tiere und zu schwerwiegenden Erosionen geführt hatte. Nun waren sie verpflichtet, nach einem Schachbrettmuster vorzugehen und die Hälfte des Waldes weitere zwanzig oder dreißig Jahre nicht anzurühren, so dass Lebensräume nachwachsen konnten. Auf den ersten neuen Lichtungen nährten sich Hirsche und Elche schon von den Himbeeren, Weiden- und Erlenschößlingen, die einander nun das Licht streitig machten. Und so waren die Tage der unberührten Wildnis des Nordens gezählt und bald würden Menschen und Maschinen in diese riesigen Weiten vordringen. Gary Chute war der Erste von vielen gewesen und dabei fiel mir ein, dass ihn seine Arbeit in Gegenden geführt haben musste, die seit Jahrzehnten nur wenige Menschen betreten hatten.

Auf der anderen Straßenseite stieg Lorna Jennings aus ihrem grünen Nissan. Sie trug eine weiße, wattierte Jacke, eine schwarze Jeans und schwarze, wadenhohe Stiefel. Ich fragte mich, wie lange sie dort wohl schon gesessen hatte: An ihrem Auto waren keine Auspuffgase zu sehen, und obwohl auf der Straße wenig Verkehr war, waren ihre Reifenspuren bereits von mehreren anderen Fahrzeugen überkreuzt worden.

Sie stand am Bordstein, die Hände in den Jackentaschen, und schaute zum Diner hinüber. Sie musterte die Fenster, bis sie mich entdeckte, einen Becher Kaffee in der Hand. Für einen Moment schien sie noch zu überlegen und dann überquerte sie die Straße, betrat den Diner, setzte sich mir gegenüber und knöpfte sich dabei die Jacke auf. Darunter trug sie einen roten Rollkragenpullover, der ihren Busen gut zur Geltung brachte. Ein paar Leute sahen zu uns herüber und es gab Kommentare.

»Du erregst Aufmerksamkeit«, sagte ich.

Sie errötete leicht. »Die können mich mal«, sagte sie. Sie trug einen Hauch rosa Lippenstift. Das Haar fiel ihr frei in den Nacken und eine Strähne hing wie eine dunkle Vogelfeder neben ihrem linken Auge. »Einige von denen wissen, dass du gestern Abend da draußen warst, als sie die Leiche gefunden haben. Die Leute fragen, was du hier willst.«

Sie bestellte und eine Kellnerin brachte ihr Kaffee und einen Bagel und, auf einem separaten Teller, dünne Baconscheiben. Beim Fortgehen sah sie uns verschmitzt an. Lorna aß ihren

Bagel ohne Butter, hielt ihn in der linken Hand und führte mit der rechten anmutig den Bacon zum Mund und knabberte daran.

»Und was antwortest du?«

»Sie haben gehört, dass du nach einem Mädchen suchst. Jetzt überlegen sie, ob du irgendeinen Grund hast, am Verschwinden des Landvermessers interessiert zu sein.« Sie trank einen Schluck Kaffee. »Und? Hast du?«

»Stellst du die Frage? Oder Rand?«

Sie verzog das Gesicht. »Das ist nicht fair und das weißt du auch«, sagte sie leise. »Rand kann selber fragen.«

Ich zuckte die Achseln. »Ich glaube nicht, dass Chute verunglückt ist, aber das muss der Gerichtsmediziner klären. Zwischen ihm und Ellen Cole sehe ich keine Verbindung.« Die ganze Wahrheit war das nicht. Dark Hollow verband sie und auch der dunkle Faden einer Straße durch die Wildnis, an dem Chutes Tod wie eine rote Perle hing.

»Aber es hat noch andere Todesfälle gegeben und manche davon hängen mit einem gewissen Billy Purdue zusammen. Er war früher Pflegekind bei Meade Payne.«

»Und du glaubst, er ist hier?«

»Ich glaube, er wird versuchen, zu Payne zu gelangen. Ein paar Leute sind hinter ihm her, üble Burschen. Er hat Geld genommen, das ihm nicht gehörte, und jetzt ist er auf der Flucht. Ich glaube, Meade Payne ist einer der ganz wenigen Menschen, denen er noch vertrauen kann.«

»Und was hast du damit zu tun?«

»Ich habe für seine Frau gearbeitet. Seine Exfrau. Sie hieß Rita Ferris. Sie hatte einen Sohn.«

Lorna zog die Stirn kraus, schloss kurz die Augen und nickte, als sie sich an den Namen erinnerte. »Die Frau und der kleine Junge, die in Portland ermordet wurden, nicht wahr? Und dieser Billy Purdue war ihr Exmann?«

»Ja.«

»Es heißt ja, er hätte seine Familie umgebracht.«

»Das stimmt nicht.«

Sie schwieg kurz und sagte dann: »Du scheinst dir da sehr sicher zu sein.«

»Er ist nicht der Typ.«

»Und mit diesem ›Typ‹ kennst du dich aus?« Jetzt betrachtete sie mich neugierig. In ihrem Blick lagen widersprüchliche Gefühlsregungen. Das spürte ich, wie ich nachts den Schneefall gespürt hatte. Da waren Neugier und Mitleid und noch etwas, das seit vielen Jahre verschüttet war, ein unterdrücktes Gefühl, das sich nun allmählich Bahn brach. Damit wollte ich nichts zu tun haben. Manches aus der Vergangenheit ließ man besser ruhen.

»Ja, mit diesem Typ Mensch kenne ich mich aus.«

»Weil du solche schon umgebracht hast.«

Ich wartete einen Herzschlag mit der Antwort. »Ja.«

»Machst du das auch jetzt wieder?«

Ich lächelte ausdruckslos. »Das gehört offenbar dazu.«

»Hatten sie es verdient zu sterben?«

»Sie hatten es nicht verdient zu leben.«

»Das ist nicht das Gleiche.«

»Ich weiß.«

»Rand weiß alles über dich«, sagte sie und schob ihr restliches Essen beiseite. »Er hat gestern Abend über dich gesprochen. Nein, eigentlich hat er geschrien und ich habe zurückgeschrien.« Sie trank einen Schluck Kaffee. »Ich glaube, er hat Angst vor dir.« Sie sah hinaus auf die Straße, wollte mir nicht in die Augen sehen und betrachtete stattdessen mein Spiegelbild auf der Fensterscheibe. »Ich weiß, was er damals auf der Toilette mit dir gemacht hat. Ich habe es die ganze Zeit über gewusst. Es tut mir Leid.«

»Ich war jung. Ich hab es weggesteckt.«

Sie sah mich wieder an. »Aber ich nicht«, sagte sie. »Aber damals konnte ich ihn nicht verlassen. Ich habe ihn noch geliebt oder mir das wenigstens eingebildet. Und ich war noch jung genug, um zu glauben, wir hätten eine Chance miteinander. Wir haben versucht, Kinder zu bekommen. Wir dachten, dann wäre alles besser. Ich hatte zwei Fehlgeburten, Bird. Die letzte vor drei Jahren. Ich glaube, ich kann keine Kinder austragen. Ich war so nutzlos. Ich konnte ihm nicht mal ein Kind gebären.« Sie spannte die Lippen und strich sich das Haar aus der Stirn. In ihrem Blick lag eine große Leere.

»Jetzt träume ich davon wegzugehen. Aber wenn ich gehe, gehe ich mit leeren Händen. Das haben wir vereinbart und vielleicht muss das so sein. Er will, dass ich bleibe; das sagt er jedenfalls. Aber ich habe in den letzten Jahren auch viel dazugelernt. Ich habe gelernt, dass Männer hungern. Sie hungern und sehnen sich, aber nach einer Weile sind sie nicht mehr hungrig auf das, was sie haben, und sehen sich woanders um. Ich habe gesehen, wie er andere Frauen anschaut, die Mädchen in ihren engen Kleidern, wenn sie in die Stadt kommen. Er glaubt, eine von ihnen würde erfüllen, wonach er sich sehnt, aber das können sie nicht und dann kommt er wieder an und sagt, es täte ihm Leid und jetzt wüsste er es besser. Aber das weiß er nur, solange er noch Gewissensbisse hat, und wenn die vergangen sind, hungert er wieder.

Männer sind so dumm und auf sich selbst fixiert. Jeder von ihnen hält sich für einzigartig und denkt, dieses Verlangen und diese Leere, die er spürt, wäre etwas ganz Einmaliges und würde irgendwie alles rechtfertigen, was er auch macht. Aber so ist das nicht, und dann gibt er seiner Frau die Schuld, dass sie ihm irgendwie im Wege stünde, als wäre er ohne sie besser, mehr er selbst. Und der Hunger nimmt immer mehr zu und früher oder später wird er unersättlich und dann fällt das alles auseinander, wie Muskeln und Sehnen, die man vom Knochen trennt.«

»Aber hungern Frauen nicht auch?«, fragte ich.

»Und *wie* wir hungern. Meistens *ver*hungern wir fast. Zumindest hier in der Gegend ist das so. Auch du hungerst, Charlie Parker. Und auch du sehnst dich, vielleicht mehr als die meisten anderen. Damals wolltest du mich, weil ich anders war, weil ich älter war und du mich eigentlich nicht hättest haben können und es trotzdem konntest. Du wolltest mich, weil ich dir unerreichbar vorkam.«

Ich ging nicht weiter darauf ein, denn hierbei konnte nichts Gutes herauskommen. »Wie dem auch sei – das ist Vergangenheit. Und die lässt sich nicht mehr ändern.«

Lorna stand auf. »Das lässt sich nicht mehr ändern«, sagte sie und wiederholte meine Worte. »Ist das deine Meinung über uns?«

Die Grenze zwischen unserer Vergangenheit und unserer Gegenwart war irgendwie durchlässig geworden und wir kratzten an alten Wunden, die längst hätten verheilt sein sollen. Als ich nicht antwortete, schlüpfte sie in ihre Jacke, nahm fünf Dollar aus ihrem Portemonnaie und legte sie auf den Tisch. Dann ging sie davon und ließ mich mit einem Hauch ihres Dufts zurück – wie ein noch unerfülltes Versprechen. Es war ihr klar, dass Rand erfahren würde, dass man uns zusammen gesehen hatte und wir uns längere Zeit im Diner unterhalten hatten. Auch damals schon setzte sie ihn unter Druck, glaube ich.

Sie setzte uns beide unter Druck. Ich konnte die Uhr förmlich ticken hören, die die Stunden und Minuten abzählte, bis ihre Ehe endgültig in die Brüche ging.

Vor ihr ging die Tür auf und Angel und Louis betraten den Diner. Sie schauten zu mir herüber und ich nickte ihnen zu. Lorna bekam diese Geste mit und lächelte den beiden im Vorbeigehen flüchtig zu. Sie setzten sich mir gegenüber und ich sah Lorna nach, wie sie in ihrer weißen Jacke über die Straße ging, den Kopf geneigt.

Angel bestellte zwei Becher Kaffee und pfiff dann leise vor sich hin. Er pfiff *The Way We Were.*

Nachdem die beiden gefrühstückt hatten, erzählte ich ihnen ausführlich vom Vorabend und dem Fund von Chutes Leichnam. Dann teilten wir die Arbeit für den Tag ein. Da die Überwachung von Paynes Haus am Vortag nichts ergeben hatte, würde Louis rauf zum See fahren und einen günstigen Aussichtspunkt suchen, von dem aus er weiter observieren konnte. Ehe er dorthin aufbrach, würde er Angel an einer Tankstelle in Greenville absetzen, wo wir für ihn als Mietwagen einen alten Plymouth reserviert hatten. Von Greenville aus würde er nach Rockwood, Seboomook, Pittston Farm, Jackman, West Forks und Bingham fahren, den Städten westlich und südwestlich des Moosehead Lake. Ich würde im Süden und Südosten Monson übernehmen, Abbot Village, Guilford und Dover-Foxcroft. In jeder Stadt würden wir Fotos von Ellen Cole herumzeigen und in Läden und Motels, Cafés und Diners, in Kneipen und bei der Touristeninformation nachfragen. Wo immer möglich, würden wir uns mit der örtlichen Polizei unterhalten und mit den alten Leuten, denen Fremde in der Stadt bestimmt aufgefallen wären. Es würde eine ermüdende und frustrierende Arbeit sein, aber sie musste erledigt werden.

Während des Gesprächs fiel mir auf, dass Louis nervös wirkte. Er sah sich unverwandt im Diner und auf der Straße um.

»Bei Tageslicht wird er uns nicht angreifen«, sagte ich.

»Er hätte uns heut Nacht umlegen können«, erwiderte er.

»Hat er aber nicht.«

»Wir sollen wissen, dass er hier ist. Er genießt die Angst.«

Wir sprachen nicht mehr darüber.

Ehe ich zu den mir zugeteilten Orten aufbrach, wollte ich noch die Strecke abfahren, die Ellen und ihr Freund am Tag ihrer Abreise aus Dark Hollow wahrscheinlich genommen hatten. Unterwegs hielt ich bei einer Werkstatt und ein Mechaniker zog bei meinem Mustang Schneeketten auf. Ich wusste nicht, wie schlecht die Straßenverhältnisse waren, wenn ich weiter nach Norden kam.

Während der Fahrt guckte ich immer mal wieder in den Rückspiegel, aber mir folgten keine Autos und auf der ganzen Strecke kamen mir auch keine anderen Fahrzeuge entgegen. Ein paar Meilen außerhalb der Stadt war der landschaftlich schöne Aussichtspunkt ausgeschildert. Die Straße dorthin führte steil bergauf und der Mustang musste sich in einigen Kurven ziemlich ins Zeug legen. An einer Kreuzung zweigten zwei Straßen ab, die sich weiter in östliche und westliche Richtung schlängelten, aber ich hielt mich an die Hauptstraße und kam bald zu einem kleinen Parkplatz, von dem aus man freien Blick auf ein immenses Gebirgspanorama hatte. Im Westen schimmerte der Ragged Lake und im Nordosten sah man den Baxter State Park und den Mount Katahdin. Der Parkplatz bildete das Ende der öffentlich zugänglichen Straße. Von hier aus führten nur Privatstraßen der Holzfirmen weiter und die hätten die Stoßdämpfer der meisten normalen Autos bald ruiniert. Das Land war unfassbar weiß, kalt und wunderschön. Nun verstand ich, warum die Frau aus dem Motel die beiden hier herauf geschickt hatte, und konnte mir vorstellen, wie schön der See sein musste, wenn er in goldenes Licht getaucht war.

Auf der Rückfahrt kam ich wieder an die Abzweigung und bog auf die schmale Straße nach Osten, die dick zugeschneit war. Sie endete nach einer Meile an umgestürzten Bäumen und in dichtem Unterholz. Beiderseits stand dichter Wald und die Bäume zeichneten sich schwarz vor dem Schnee ab. Ich setzte zurück und nahm die Straße nach Westen, die dann in nordöstlicher Richtung um einen See herumführte. Der See war gut eine Meile lang und eine halbe breit und an seinem Ufer standen kahle Birken und mächtige Fichten. Am Westufer schlängelte sich ein Pfad durch die Bäume. Ich ließ den Wagen stehen und ging zu Fuß weiter und bald waren die Enden meiner Hosenbeine klamm und schwer von Schnee.

Ich war vielleicht zehn Minuten gegangen, als ich Rauch roch und einen Hund bellen hörte. Ich verließ den Pfad und stieg einen bewaldeten Hang hinauf, von dem herab man auf ein kleines Haus sah, das über höchstens zwei Zimmer verfügte. Sein Dach ragte über eine schmale Veranda und es hatte quadratische Butzenglasfenster. Von den Rahmen blätterte der Lack ab. Ursprünglich war das Haus wohl weiß gewesen, doch nun war die Farbe nur noch an einigen Stellen unter dem Dachvorsprung und an den Fensterrahmen zu sehen. An einer Seite des Hauses standen drei, vier große Mülltonnen aus Hartgummi, wie Recyclingfirmen sie verwendeten. Auf der anderen parkte ein alter, gelber Ford-Pick-up. Gleich daneben stand das rostige Wrack eines blauen Oldsmobile, dessen Räder längst abmontiert und dessen Fenster zugedreckt waren. Ich sah, dass sich darin etwas bewegte, und dann sprang ein kleiner, schwarzer Mischlingsköter mit kupiertem Schwanz und gebleckten Zähnen von der Rückbank durch ein offenes Fenster und lief auf mich zu. Er blieb einen Meter vor mir stehen und verbellte mich.

Die Haustür ging auf und ein alter Mann mit einem dünnen Bart erschien. Er trug einen Blaumann und einen langen roten Regenmantel. Sein Haar war lang und verfilzt und seine Hände fast schwarz vor Dreck. Ich konnte seine Hände deutlich sehen, weil sie eine Schrotflinte vom Typ Remington A-70 hielten, deren Mündung auf mich gerichtet war. Als der Hund den Alten kommen sah, bellte er noch lauter und wilder und wedelte wie besessen mit dem Stummelschwanz.

»Was wollen Sie hier?«, fragte der alte Mann etwas unartikuliert. Eine Gesichtshälfte blieb beim Sprechen reglos, er hatte vermutlich irgendeinen Nerven- oder Muskelschaden im Gesicht.

»Ich suche jemanden – eine junge Frau, die vielleicht vor ein paar Tagen hier in der Gegend gewesen ist.«

Der Alte grinste fast und zeigte ein gelbes Gebiss mit zahlreichen Zahnlücken. »Hier kommen keine jungen Frauen her«, sagte er und behielt die Flinte auf mich gerichtet. »So hübsch bin ich nicht mehr.«

»Sie ist blond, etwa eins fünfundsechzig groß. Sie heißt Ellen Cole.«

»Ich hab die beiden nicht gesehn«, sagte der alte Mann und fuchtelte mit der Flinte in meine Richtung. »Und jetzt verschwinden Sie von meinem Grund und Boden.«

Ich wich nicht von der Stelle. Der Hund schnappte nach meiner Hose. Ich war versucht, ihn zu treten, behielt aber den Alten im Blick und ließ mir durch den Kopf gehen, was er gesagt hatte.

»Wieso ›die beiden‹? Ich habe doch bloß von dem Mädchen gesprochen.«

Der alte Mann kniff die Augen zusammen, als er seinen Fehler einsah. Er lud die Flinte durch, was den kleinen Köter rasend machte. Er schnappte sich meinen feuchten Hosensaum und zerrte mit seinen kleinen weißen Zähnen daran.

»Das ist mein Ernst, Mister«, sagte der Alte. »Haun Sie ab und kommen Sie nicht wieder, sonst knall ich sie ab und dann soll mir erst mal einer nachweisen, dass es nicht Notwehr war.« Er pfiff nach dem Hund. »Komm da weg, alter Junge. Wir wollen doch nicht, dass dir was passiert.« Der Hund machte augenblicklich kehrt, lief zum Oldsmobile zurück und sprang mit seinen kräftigen Hinterbeinen durch das offene Fenster hinein. Vom Vordersitz aus sah er mich an und bellte weiter.

»Sorgen Sie nicht dafür, dass ich wiederkommen muss, alter Mann«, sagte ich ganz ruhig.

»Ich habe nicht dafür gesorgt, dass Sie hergekommen sind, und ganz bestimmt sorge ich nicht dafür, dass Sie wiederkommen. Ich habe Ihnen nichts zu sagen. Und jetzt zum letzten Mal: Runter von meinem Grund und Boden!«

Ich zuckte die Achseln, machte kehrt und ging. Wenn ich

nicht riskieren wollte, mir die Rübe wegballern zu lassen, konnte ich hier nichts mehr ausrichten. Ich sah mich noch einmal um und er stand immer noch auf der Veranda, die Schrotflinte in der Hand. Es gab auch noch andere Leute, mit denen ich reden musste, und ich nahm mir vor, wiederzukommen und den alten Mann noch einmal zu besuchen.

Das war mein erster Fehler.

20

Nach dem Zwischenfall mit dem alten Mann fuhr ich nach Süden. Was er gesagt hatte, ließ mich nicht los. Es musste natürlich nichts bedeuten – schließlich konnte er Ellen und Ricky auch zusammen in der Stadt gesehen haben und selbst bis in die Wildnis, in der er wohnte, hatte es sich wahrscheinlich schnell herumgesprochen, dass sich jemand Sorgen machte, dass sie verschwunden waren. Und sollte mehr an der Sache dran sein, wusste ich immerhin, wo ich ihn finden konnte.

Ich absolvierte meine Rundfahrt durch die Städte und hielt mich in Guilford und Dover-Foxcroft länger auf, aber es kam nichts dabei heraus. Ich hielt an einer Telefonzelle und rief Dave Martel in Greenville an und er willigte ein, sich mit mir in St. Martha zu treffen und mich Dr. Ryley, dem Leiter des Altersheims, vorzustellen. Ich wollte mit ihm über Emily Watts sprechen.

Und über Caleb Kyle.

»Wie man hört, haben Sie sich nach dieser Ellen Cole erkundigt«, sagte er, als ich schon auflegen wollte.

Ich schwieg. Ich hatte seit meiner Rückkehr nach Dark Hollow noch nicht mit ihm gesprochen. Er schien meine Verwirrung zu bemerken.

»Hey, das ist hier eine kleine Stadt. Hier spricht sich alles schnell rum. Heute Morgen rief jemand aus New York an und hat nach ihr gefragt.«

»Wer war das?«

»Es war ihr Vater«, fuhr Martel fort. »Er kommt wieder hier rauf. Offenbar hat er sich mit Rand Jennings gestritten und Jennings hat ihm gesagt, wenn er seiner Tochter helfen wolle, dann solle er sich aus Dark Hollow fern halten. Cole hat mich angerufen, um zu erfahren, ob ich ihm irgendwas erzählen könnte, das ihm Jennings verschweigt. Wahrscheinlich hat er auch noch den County-Sheriff angerufen.«

Ich seufzte. Walter Cole ein Ultimatum zu stellen – das war, als würde man dem Regen befehlen, sich zu heben, statt zu fallen.

»Hat er gesagt, wann er kommt?«

»Vermutlich morgen. Ich glaube, er wird hier absteigen, und nicht in Dark Hollow. Soll ich Sie anrufen, wenn er kommt?«

»Nein«, sagte ich. »Das bekomme ich schon früh genug mit.« Ich erzählte ihm ein wenig über die Hintergründe des Falls und dass ich auf Lees und nicht auf Walters Betreiben hin damit zu tun hatte. Martel lachte kurz auf.

»Ich habe gehört, Sie waren auch dabei, als man Gary Chute gefunden hat. Sie führen ein ziemlich kompliziertes Leben.«

»Wissen Sie was Neues darüber?«

»Daryl hat die Förster zu der Stelle geführt, wo er Chute gefunden haben will – ein Höllentrip, was man so hört –, und der Pick-up wird zur Spurensicherung gebracht, sobald sie die Straße geräumt haben. Die Leiche ist unterwegs nach Augusta. Eine Teilzeitkraft, die heute Morgen hier war, hat erzählt, Jennings hätte an der Leiche Prellungen entdeckt, die darauf hindeuten, dass er geschlagen wurde, bevor er starb. Sie werden seine Frau verhören, ob ihr mit ihm der Geduldsfaden gerissen ist und sie jemanden losgeschickt hat, der ihn ermorden sollte.«

»Überzeugt mich nicht.«

»Mich auch nicht«, sagte er. »Wir sehn uns dann im Altersheim.«

Martels Wagen stand schon vor dem Haupteingang von St. Martha, als ich dort eintraf, und er und Dr. Ryley erwarteten mich am Empfang.

Dr. Ryley war ein Mann mittleren Alters mit gesunden Zähnen, einem gut geschnittenen Anzug und den aalglattschleimigen Umgangsformen eines Sargverkäufers. Seine Hand fühlte sich weich und feucht an, als ich sie schüttelte. Anschließend musste ich der Versuchung widerstehen, mir meine an der Jeans abzuwischen. Es war durchaus nachvollziehbar, dass Emily Watts auf ihn geschossen hatte.

Er erzählte uns, wie Leid es ihm täte, was passiert war, und wies uns auf die neuen Sicherheitsmaßnahmen hin, die er daraufhin eingeführt hatte und die anscheinend lediglich darin bestanden, dass man die Türen abschloss und alles versteckte, womit sich ein Wärter niederschlagen ließ. Nach einigem Hin und Her mit Martel willigte er ein, mich mit Mrs Schneider sprechen zu lassen, der Zimmernachbarin der Verstorbenen. Martel wartete lieber im Foyer; wir wollten bei der alten Dame nicht als Doppelgespann auftreten. Er setzte sich, zog mit der Schuhspitze einen zweiten Stuhl heran, legte die Füße darauf und schien auf der Stelle einzuschlafen.

Erica Schneider war eine deutsche Jüdin, die 1938 mit ihrem Mann in die Vereinigten Staaten geflohen war. Er war Juwelier und brachte genügend Edelsteine mit, um in Bangor ein Geschäft zu eröffnen. Sie hatten ein gutes Auskommen, erzählte sie mir, zumindest bis er starb und Rechnungen wieder auftauchten, die er fast fünf Jahre lang vor ihr versteckt hatte. Sie war gezwungen, ihr Haus und einen Großteil ihrer Besitztümer zu verkaufen, und der ganze Stress machte sie krank. Ihre Kinder hatten sie in das Altersheim gesteckt, mit dem Argument, dass die meisten von ihnen ja nah genug wohnten, um sie oft besuchen zu können – was aber nicht bedeutete, so erzählte sie mir, dass auch tatsächlich jemand kam. Sie verbrachte ihre Tage größtenteils vor dem Fernseher oder mit Lektüre. Bei schönem Wetter ging sie auf dem Gelände spazieren.

Ich saß bei ihr in ihrem kleinen, ordentlichen Zimmer mit

dem akkurat gemachten Bett und dem Schrank voller alter, dunkler Kleider. Auf der Frisierkommode stand eine Auswahl Kosmetika, die die alte Frau immer noch gewissenhaft allmorgendlich auftrug. Sie wandte sich zu mir und sagte: »Hoffentlich sterbe ich bald. Ich will hier weg.«

Ich erwiderte nichts. Was hätte ich darauf schon sagen sollen? Stattdessen sagte ich: »Mrs Schneider, ich werde mir große Mühe geben, vertraulich zu behandeln, was wir hier besprechen, aber ich muss eins wissen: Haben Sie einen Mr Willeford in Portland angerufen und mit ihm über Emily Watts gesprochen?«

Sie antwortete nicht. Für einen Moment dachte ich, sie würde anfangen zu weinen, denn sie schaute weg und schien etwas mit den Augen zu haben. Ich sagte: »Mrs Schneider, Sie müssen mir unbedingt helfen. Mehrere Menschen sind umgebracht worden und eine junge Frau wird vermisst und ich glaube, das steht alles irgendwie mit Miss Emily in Zusammenhang. Wenn Sie mir irgendwas sagen würden, das mir dabei helfen könnte, dieser ganzen Sache ein Ende zu bereiten, dann wäre ich Ihnen wirklich sehr dankbar.«

Sie nestelte an der Kordel ihres Morgenrocks und ihr Gesicht zuckte. »Ja«, erwiderte sie schließlich. »Ich habe gedacht, das würde ihr helfen.« Die Kordel spannte sich und ihre Stimme klang verängstigt, als würde sich die Kordel nicht um ihre Hände, sondern um ihren Hals zuziehen. »Sie war so traurig.«

»Warum, Mrs Schneider? Warum war sie traurig?«

Ihre Hände nestelten immer noch an der Kordel. »Eines Abends, vor gut einem Jahr, habe ich sie weinen sehen. Ich bin zu ihr gegangen und habe sie in die Arme genommen und dann hat sie mir davon erzählt. Sie sagte, es sei der Geburtstag ihres Kindes – ihres Sohns, aber sie hätte ihn nicht behalten, weil sie solche Angst hatte.«

»Angst wovor, Mrs Schneider?«

»Angst vor dem Vater des Kindes«, sagte sie. Sie schluckte und sah zum Fenster. »Was soll es jetzt noch schaden, darüber zu sprechen?«, flüsterte sie, mehr zu sich als zu mir, und sah mich dann wieder an. »Sie hat mir erzählt, als sie ein kleines Mädchen war, hat ihr Vater ... Ihr Vater war ein sehr schlimmer Mann, Mr Parker. Er hat sie geschlagen und zu Sachen gezwungen. Sie verstehen? Und auch als sie schon älter war, hat er sie nicht weggelassen und wollte sie immer in seiner Nähe haben.«

Ich nickte und schwieg und jetzt redete sie wie ein Wasserfall.

»Dann kam ein anderer Mann in die Stadt und dieser Mann hat sie in sein Bett geholt und mit ihr geschlafen. Irgendwann hat sie ihm erzählt, dass sie geschlagen wurde, sonst nichts. Doch dieser Mann hat ihren Vater in einer Kneipe gefunden und hat ihn zusammengeschlagen und ihm gesagt, er solle seine Tochter nie wieder anrühren.« Drohend hob sie den Zeigefinger und dehnte zur Betonung jede Silbe. »Er hat zu ihrem Vater gesagt, wenn seiner Tochter irgendwas zustößt, bringt er ihn um. Und deshalb hat sich Miss Emily in diesen Mann verliebt.

Aber etwas stimmte nicht mit ihm, Mr Parker. Hier nicht« – sie berührte ihren Kopf – »und auch hier nicht.« Sie wies auf ihr Herz. »Sie wusste nicht, wo er wohnte und wo er herkam. Er kam zu ihr, wann er wollte. Er verschwand tagelang, manchmal wochenlang. Wenn er wiederkam, roch er nach Holz und Pflanzen und einmal hatte er Blut auf der Kleidung und unter den Fingernägeln. Er sagte ihr, er hätte einen Hirsch überfahren. Ein andermal erzählte er ihr, er wäre zur Jagd gewesen. Er nannte ihr zwei unterschiedliche Gründe dafür und sie bekam es mit der Angst.

Damals ging es los, dass die Mädchen verschwanden, Mr Parker. Zwei Mädchen. Und einmal, als er bei ihr war, roch er nach einer anderen Frau. Sein Hals war zerkratzt, wie von

Fingernägeln. Sie stritten sich und er sagte, sie würde sich das alles nur einbilden und er hätte sich an einem Ast verletzt.

Aber sie wusste, dass er es war, Mr Parker. Sie wusste, dass er es war, der die Mädchen entführte, aber sie konnte nicht sagen, woher sie das wusste. Und jetzt war sie schwanger von ihm und er wusste das. Sie hat sich so vor ihm gefürchtet, aber als er davon erfuhr, hat er sich sehr gefreut. Er wollte einen Sohn haben, Mr Parker. Das hat er ihr so gesagt: ›Ich will einen Sohn.‹

Aber sie wollte mit so einem Mann kein Kind haben, hat sie mir erzählt. Sie bekam immer mehr Angst. Und er wollte das Kind haben, er wollte es unbedingt. Immer und immer hat er sie danach gefragt, hat sie gewarnt, sie sollte nichts tun, was dem Kind schaden könnte. Aber er hatte keine Liebe in sich, oder wenn doch, dann war das eine abartige Liebe, eine böse Liebe. Sie wusste, wenn er könnte, würde er ihr das Kind wegnehmen und dann würde sie es nie wiedersehen. Sie wusste, dass er ein böser Mann war, schlimmer noch als ihr Vater.

Eines Nachts, als sie bei ihm war, in seinem Wohnwagen neben dem Haus ihres Vaters, hat sie ihm gesagt, sie hätte Schmerzen. Draußen in der Toilette hatte sie eine Zeitung liegen und in der Zeitung waren« – sie suchte nach Worten – »Innereien und Blut. Verstehen Sie? Und sie hat geschrien und sich mit dem Blut beschmiert und es auch in die Toilettenschüssel getan. Sie hat ihm gesagt, sie hätte das Kind verloren.«

Mrs Schneider hielt wieder inne, nahm eine Decke vom Bett und legte sie sich um die Schultern. »Als sie ihm das erzählt hatte«, fuhr sie fort, »dachte sie, er würde sie umbringen. Er hat geschrien wie ein Tier und sie an den Haaren gezogen und geschlagen, immer wieder. Er hat gesagt, sie sei ›schwach‹ und ›wertlos‹. Er hat gesagt, sie hätte sein Kind getötet. Dann ist er weggegangen und sie hat gehört, wie er im Werkzeugschuppen ihres Vaters herumgekramt hat. Und als sie gehört hat, wie er ein Messer nahm, ist sie fortgelaufen in den Wald. Er ist ihr gefolgt und sie hat ihn kommen hören. Sie hat sich versteckt und still verhalten, hat die Luft angehalten und er ist an ihr vorbeigegangen und nicht wiedergekommen, nie mehr.

Später haben sie dann die Mädchen gefunden, die an dem Baum hingen, und sie wusste, dass er das getan hatte. Aber sie hat ihn nie wiedergesehen. Sie ist hier zu den Nonnen von St. Martha gegangen und ich glaube, sie hat ihnen erzählt, warum sie solche Angst hatte. Sie haben sie aufgenommen, bis sie ihren Sohn geboren hatte, und dann haben sie ihr das Kind weggenommen. Hinterher war sie ein anderer Mensch. Viele Jahre später ist sie wiedergekommen und die Nonnen haben sich um sie gekümmert. Als das Heim verkauft wurde, hat sie ihr ganzes Geld dafür ausgegeben, hier bleiben zu können. Das ist hier kein teures Altersheim, Mr Parker. Das sieht man ja.« Sie hob die Hand und wies auf das karge, kleine Zimmer. Ihre Haut war dünn wie Papier. Der Sonnenschein tropfte ihr wie Honig durch die Finger.

»Mrs Schneider, hat Miss Emily Ihnen den Namen des Mannes, des Kindsvaters, genannt?«

»Ich weiß nicht«, antwortete sie.

Ich seufzte leise, doch da fiel mir auf, dass ich sie nicht hatte ausreden lassen und sie noch mehr zu sagen hatte.

»Ich weiß nicht, wie er mit Nachnamen hieß«, fuhr sie fort. »Ich kenne nur seinen Vornamen.« Sie fuhr mit der Hand durch die Luft, als wollte sie den Namen aus der Vergangenheit heraufbeschwören.

»Er hieß Caleb.«

Schnee fiel, drinnen wie draußen – ein Schneesturm von Erinnerungen. Junge Frauen drehten sich im Wind, mein Großvater sieht sie und Wut und Trauer kocht in ihm hoch und ihr Verwesungsgestank hüllt ihn ein wie ein faulender Umhang.

Er betrachtete sie, Vater und Ehemann, der er war, und dachte an all die jungen Männer, die sie nicht küssen würden, die Liebhaber, deren Atem sie nachts nicht auf der Wange spüren, die sie nie mit der Wärme ihrer Leibs trösten würden. Er dachte an die Kinder, die sie nie bekommen würden, an ihre Fähigkeit, neues Leben zu erschaffen, die nun unwiderruflich vernichtet war, an die klaffenden Löcher in ihren Bäuchen, wo man ihnen die Gebärmutter zerfetzt hatte. Jede von ihnen hatte nicht auszudenkende Möglichkeiten geborgen. Mit ihrem Tod war eine unendliche Zahl möglicher Leben zunichte gemacht und mit ihrem Hinscheiden schrumpfte die Welt.

Ich stand auf und ging ans Fenster. Durch den Schneefall wirkten das Gelände weniger unwirtlich und die Bäume weniger kahl, aber das täuschte. Die Dinge sind, was sie sind, und wechselnde Wetterverhältnisse können ihr wahres Wesen nur für eine gewisse Zeit verbergen. Ich dachte an Caleb, wie er in die besänftigende Dunkelheit des Waldes vordrang, rasend vor Zorn über den Tod seines ungeborenen Kindes, verraten vom zu dünnen, zu schwachen Leib der Frau, die er erst beschützt und dann geschwängert hatte. Nach ihr nahm er drei in schneller Folge, ließ seinem Zorn freien Lauf, bis er verraucht war, und hängte sie dann wie Zierrat an einen Baum, wo sie von einem Mann entdeckt wurden, der ihm nicht ähnelte, einem Mann, der so gänzlich anders war, dass er den Tod der jungen Frauen als persönlichen Verlust empfand. Denn in Calebs Welt schlugen die Dinge in ihr Gegenteil um: Schöpfung in Zerstörung, Liebe in Hass, Leben in Tod.

Fünf Todesfälle, aber sechs vermisste Mädchen. Ein Fall blieb ungeklärt. In der Handakte meines Großvaters stand der Name dieses Mädchens auf einem Bündel Seiten, auf denen er ihren Tagesablauf am Tag ihres Verschwindens minutiös rekonstruiert hatte. Ein Foto von ihr war an den Rand des Bündels geheftet: die pausbäckige, reizlose Judith Mundy, mit einer Strenge im Gesicht, ihr von Generationen weitervererbt, die mit harter Arbeit auf kargem Boden Fuß zu fassen und daraus einen Lebensunterhalt zusammenzukratzen hatten. Judith Mundy, verloren und vergessen, nur nicht von ihren Eltern, die ihr Fehlen stets wie einen Abgrund empfinden würden, in den sie ihren Namen riefen, ohne dass je auch nur ein Echo zurückscholl.

»Warum hat dieser Mann den Mädchen so etwas angetan?«, hörte ich Mrs Schneider fragen. Ich wusste darauf keine Antwort. Ich hatte Menschen ins Gesicht gesehen, die jahrzehntelang ungestraft gemordet hatten, und kannte trotzdem die Gründe für ihr Tun nicht. In diesem Moment tat es mir wieder Leid, dass ich Walter Cole als Kollegen verloren hatte. So etwas konnte Walter: Er konnte in sich hineinsehen und, dank seiner angeborenen Rechtschaffenheit, ein Bild dessen heraufbeschwören, was nicht recht war, einen winzigen Tumor der Bosheit und des bösen Blutes, wie die erste Zelle, die von einem Krebs befallen wird, und von dort aus konnte er die gesamte Krankengeschichte rekonstruieren. Er glich einem Mathematiker, der, wenn er auf einem Blatt Papier ein schlichtes Quadrat vor sich hatte, es jenseits dieser zweidimensionalen Existenz in andere Dimensionen, andere Sphären des Seins extrapolierte, ohne dass ihm diese Arbeit irgend nahe ging.

Das war seine Stärke wie auch, fand ich, seine Schwäche. Letztendlich schaute er dabei nicht tief genug, denn er fürchtete sich davor, was er in sich hätte entdecken können: seine eigene Fähigkeit, Böses zu tun. Er widerstand dem Impuls, sich selbst uneingeschränkt kennen zu lernen, wollte nicht glauben, dass er in irgendeiner Hinsicht fähig war, Verbrechen zu begehen. Als ich etwas getan hatte, das er für moralisch inakzeptabel hielt – als ich Verbrecher zur Strecke gebracht und dabei selbst Verbrechen begangen hatte –, hatte sich Walter von mir abgewandt, obwohl er mich zuvor genutzt hatte, um diese Personen zu finden, und wusste, was ich mit ihnen tun würde, wenn ich sie fand. Deshalb waren wir nicht mehr befreundet: Ich erkannte meine Schuld und meine schwerwiegenden Charaktermängel an – die Verletztheit, die Wut, die Reue, die Rachegelüste –, aber ich nahm all das an und nutzte es. Vielleicht tötete ich dabei jedes Mal einen kleinen Teil meiner selbst; vielleicht war das der Preis, den ich zu zahlen hatte. Aber Walter war ein guter Mensch und wie bei vielen guten Menschen bestand sein Fehler darin, dass er sich für jemand Besseren hielt.

Mrs Schneider ergriff wieder das Wort. »Ich glaube, die Mutter war schuld daran«, sagte sie leise.

Ich lehnte mich an die Fensterscheibe und wartete, dass sie weitersprach.

»Einmal, als dieser Mann, dieser ›Caleb‹ betrunken war, hat er Miss Emily von seiner Mutter erzählt. Sie war eine strenge Frau, Mr Parker. Der Vater hatte sie aus Angst verlassen und fiel im Krieg. Sie hat den Jungen geschlagen, mit Stöcken und mit Ketten, und hat auch noch schlimmere Dinge getan. Nachts, Mr Parker, kam sie zu ihm, ihrem eigenen Sohn, ins Bett und hat ihn angerührt und mit ihm geschlafen. Und hinterher, wenn sie fertig war, hat sie ihm wehgetan. Sie hat ihn an den Beinen oder Haaren herumgezerrt und ihn getreten, bis er Blut spuckte. Sie hat ihn draußen angekettet wie einen Hund, nackt, ob es nun regnete oder schneite. Das alles hat er Miss Emily erzählt.«

»Hat er erzählt, wo das war?«

Sie schüttelte den Kopf. »Vielleicht im Süden. Ich weiß es nicht. Ich glaube …«

Ich unterbrach sie nicht. Sie zog die Stirn in Falten und die Finger ihrer rechten Hand tanzten vor mir durch die Luft.

»*Medina*«, sagte sie schließlich mit triumphierendem Blick. »Er hat Miss Emily irgendwas von einem Ort namens Medina erzählt.«

Ich schrieb mir den Namen auf. »Und was ist aus seiner Mutter geworden?«

Mrs Schneider drehte sich auf ihrem Sessel um und sah mich an. »Er hat sie umgebracht«, sagte sie einfach so.

Hinter mir wurde die Tür geöffnet und eine Schwester brachte, vermutlich auf Anweisung von Dr. Ryley, eine Kanne Kaffee, zwei Tassen und einen Teller Kekse. Mrs Schneider wirkte erst ein wenig überrascht und schlüpfte dann in die Rolle der Gastgeberin, schenkte mir Kaffee ein und bot mir Zucker und Sahne an. Sie drängte mir förmlich die Kekse auf und ich lehnte ab, da ich mir dachte, sie würde sich später bestimmt darüber freuen. Sie nahm sich einen, packte die übrigen in zwei Servietten und verstaute sie in der untersten Schublade ihrer Frisierkommode. Und dann, als sich die Schneewolken wieder am Himmel zusammenzogen und es draußen schon dunkel wurde, erzählte sie mir mehr von Emily Watts.

»Sie war keine Frau, die viel geredet hat, Mr Parker, nur dieses eine Mal«, sagte sie in ihrem sorgfältig betonten Englisch, dessen Akzent doch immer noch auf ihre Herkunft hindeutete. »Sie sagte ›Hallo‹ und ›Gute Nacht‹ und redete über das Wetter und das war's. Sie hat nie mehr über ihren Sohn gesprochen. Wenn man die anderen hier fragt oder auch nur kurz ihr Zimmer betritt, erzählen sie einem sofort von ihren Kindern, ihren Enkelkindern, ihren Männern, ihren Frauen.« Sie lächelte. »Genau wie ich hier mit Ihnen, Mr Parker.«

Ich wollte etwas sagen – dass es mich nicht störte und dass es interessant gewesen sei –, das mindeste, was ich tun konnte, etwas nicht ganz ernst und doch gut Gemeintes, aber sie hielt mich mit einer Handbewegung davon ab. »Erzählen Sie mir bloß nicht, dass es Sie interessiert hat. Ich bin kein junges Mädchen mehr, dem man schmeicheln muss.« Dabei lächelte sie weiter. Sie hatte etwas an sich, Relikte vergangener Schönheit, das mir verriet, dass ihr in ihrer Jugend viele Männer geschmeichelt hatten, und zwar gern.

»Über so etwas hat sie also nicht gesprochen«, fuhr sie fort.

»In ihrem Zimmer gab es keine Fotos und keine Bilder, und seit ich hier bin, seit fünf Jahren, hat sie nur zu mir gesagt: ›Hallo, Mrs Schneider‹, ›Guten Morgen, Mrs Schneider‹ und ›Schönes Wetter, Mrs Schneider‹. Das war alles, sonst nichts, bis auf das eine Mal, und ich glaube, hinterher war es ihr peinlich oder sie hatte Angst deswegen. Sie bekam nie Besuch und sprach erst wieder davon, als dieser junge Mann kam.«

Ich beugte mich vor und sie ahmte die Bewegung nach, so dass sich unsere Gesichter sehr nahe kamen. »Er kam, einige Tage nachdem ich bei Mr Willeford angerufen hatte, weil ich seine Annonce in der Zeitung gesehen hatte. Ganz plötzlich hörte man unten Geschrei und Gerenne. Ein junger Mann – ein großer Kerl mit großen, wilden Augen – lief an meiner Tür vorbei und platzte in Miss Emilys Zimmer. Ich hatte Angst um sie und mich, also habe ich meinen Stock genommen« – sie wies auf einen Gehstock mit einem geschnitzten Griff in Vogelform und einer Metallspitze – »und bin ihm nachgegangen.

Als ich in ihr Zimmer kam, saß Miss Emily am Fenster, genau wie ich jetzt, aber ihre Hände waren ... ihre Hände hielt sie so.« Mrs Schneider legte sich ihre Hände flach an die Wangen und riss schockiert den Mund auf. »Und der junge Mann hat sie angesehen und nur ein Wort gesagt. Er sagte: ›Mama?‹ Genau so, wie ein Frage. Aber sie hat nur den Kopf geschüttelt und ›Nein, nein, nein‹ gesagt. Immer wieder. Der junge Mann hat die Hände nach ihr ausgestreckt, aber sie ist vor ihm zurückgewichen, immer weiter, bis sie in der Ecke auf dem Boden kauerte.

Dann habe ich hinter mir die Schwestern gehört. Sie kamen mit dem dicken Wärter, den Miss Emily niedergeschlagen hat, in der Nacht, als sie fortlief, und mich haben sie aus dem Zimmer bugsiert und den jungen Mann abgeführt. Ich habe dabei zugesehen, Mr Parker, und er sah aus ... Ach, er sah aus, als hätte er gerade jemanden sterben sehen, jemanden, den er liebte. Er hat geweint und immer wieder ›Mama! Mama!‹ gerufen, aber sie hat nicht geantwortet.

Die Polizei ist gekommen und hat den jungen Mann festgenommen. Eine Schwester ging zu Miss Emily und hat sie gefragt, ob es stimmen würde, was der junge Mann gesagt hatte. Sie hat nur ›Nein‹ gesagt, sie wüsste nicht, worüber er redete, und sie hätte keinen Sohn, kein Kind.

Aber in dieser Nacht habe ich sie so lange weinen hören, dass ich dachte, sie würde gar nicht mehr wieder aufhören. Ich bin zu ihr gegangen und habe sie im Arm gehalten. Ich habe ihr gesagt, sie sollte keine Angst haben und sie sei in Sicherheit, aber darauf hat sie nur eines geantwortet.«

Sie hielt inne und ich sah, dass ihre Hände zitterten. Ich nahm ihre Hände und sie schloss die Augen und legte ihre rechte Hand auf meine und hielt sie fest. Dann schlug sie die Augen auf und ließ meine Hand los. Ihre Hände zitterten nicht mehr.

»Mrs Schneider«, sagte ich behutsam. »Was hat sie gesagt?«

»Sie hat gesagt: ›Jetzt bringt er mich um.‹«

»Wen meinte sie damit? Billy? Den jungen Mann, der sie besucht hat?«, fragte ich, ahnte aber wohl schon die wahre Antwort.

Mrs Schneider schüttelte den Kopf. »Nein, den anderen. Den, von dem sie immer befürchtet hat, dass er sie finden würde, und dann könnte ihr niemand helfen und niemand könnte sie vor ihm retten.

Sie meinte den, der dann später kam«, schloss die alte Dame. »Er erfuhr, was passiert war, und dann kam er.«

Ich wartete. Etwas strich sacht an der Fensterscheibe entlang und ich sah eine Schneeflocke hinabgleiten und dabei schmelzen. »Das war in der Nacht bevor sie weglief. Es war eine kalte Nacht. Ich weiß noch, dass ich um eine zweite Decke gebeten habe, weil es so kalt war. Als ich aufwachte, war es dunkel, schwarz und kein Mond schien. Und ich hörte draußen ein Geräusch, ein Kratzen.

Ich stieg aus dem Bett und der Boden war so kalt, dass ich – ah! – zusammengezuckt bin. Ich ging zum Fenster und zog den Vorhang etwas beiseite, aber ich konnte nichts sehen. Dann war da wieder dieses Geräusch und ich schaute nach unten und …«

Sie war starr vor Schreck. Das strahlte sie regelrecht aus: eine fortwährende Furcht, die sie bis ins Mark erschüttert hatte.

»Da war ein Mann, Mr Parker, und der kletterte das Regenrohr hoch. Er hatte den Kopf gesenkt und mir abgewandt, so dass ich sein Gesicht nicht sehen konnte. Und es war ohnehin so dunkel, dass ich nur einen Schatten sah. Aber dieser Schatten kam an dem Fenster von Miss Emily an und ich sah, wie er mit der Hand dagegen drückte und es aufschieben wollte. Ich hörte Miss Emily schreien und ich schrie auch und lief auf den Flur und rief nach einer Schwester. Und die ganze Zeit über hörte ich Miss Emily schreien und schreien. Doch als sie kamen, war der Mann verschwunden, und sie konnten auf dem ganzen Gelände keine Spur von ihm finden.«

»Was war das für ein Mann, Mrs Schneider? War er groß? Klein? Dick? Dünn?«

»Ich sage doch: Es war dunkel. Ich konnte ihn nicht deutlich sehen.« Sie versuchte sich zu erinnern und schüttelte verzweifelt den Kopf.

»Hätte es Billy sein können?«

»Nein.« Da war sie sich ganz sicher. »Er hatte eine andere Figur. Er war nicht so groß.« Sie hob die Hände und deutete Billys breite Schultern an. »Als ich der Schwester von dem Mann erzählte, dachte sie wahrscheinlich, ich würde mir Sachen einbilden und wir wären nur zwei alte Frauen, die sich gegenseitig einen Schrecken einjagen. Aber das stimmt nicht. Ich konnte den Mann zwar nicht deutlich sehen, aber ich konnte ihn *spüren*. Es war kein Dieb, der alte Frauen beklauen wollte. Er war auf etwas anderes aus. Er wollte Miss Emily wehtun, wollte sie bestrafen für etwas, das sie vor langer Zeit getan hatte. Der junge Mann, Billy, der sie ›Mama‹ nannte, hat durch sein Kommen etwas ausgelöst. Vielleicht, Mr Parker, habe ich das alles verursacht, indem ich diesen Willeford anrief. Vielleicht ist es alles meine Schuld.«

»Nein, Mrs Schneider«, sagte ich. »Was immer das ausgelöst hat, ist vor langer Zeit passiert.«

Da schaute sie mich mit einer gewissen Zärtlichkeit an und legte mir eine Hand aufs Knie, um zu betonen, was sie als Nächstes sagte. »Sie hatte Angst, Mr Parker«, flüsterte sie. »Sie hatte solche Angst, dass sie lieber sterben wollte.«

Ich ließ sie allein – allein mit ihren Erinnerungen und ihrer Schuld. Der Winter, der Dieb des Tageslichts, brachte in der Ferne Lichter zum Funkeln, als Martel und ich zu unseren Wagen gingen.

»Haben Sie was rausbekommen?«, fragte er.

Ich antwortete nicht sofort. Vielmehr schaute ich nach Norden, in den Wald und die Wildnis hinein. »Könnte ein Mensch da draußen überleben?«, fragte ich.

Martel runzelte die Stirn. »Hängt davon ab, wie lange, mit welcher Kleidung und welchen Vorräten –«

»Das meine ich nicht«, unterbrach ich ihn. »Könnte man da draußen lange überleben, jahrelang vielleicht?«

Martel überlegte kurz. Als er dann antwortete, machte er sich nicht über die Frage lustig, sondern beantwortete sie gewissenhaft und dadurch stieg er in meiner Achtung. »Ich wüsste nicht, was dagegen spricht. Dort draußen haben Menschen gelebt, seit dieses Land besiedelt wurde. Das beweisen die Überreste alter Farmhäuser. Es wäre kein einfaches Leben, und hin und wieder müsste man zurück in die Zivilisation, aber man könnte es schaffen.«

»Und dort draußen würde einen niemand stören?«

»Ein Großteil des Landes ist seit fast fünfzig Jahren nicht mehr angerührt worden. Wenn Sie weit genug in den Wald vordringen, werden Ihnen nicht mal mehr Jäger und Förster begegnen. Glauben Sie, dass da jemand in den Wald gezogen ist?«

»Ja, das glaube ich.« Ich schüttelte ihm die Hand und öffnete die Tür des Mustang. »Und das Problem ist: Wahrscheinlich hat er den Wald jetzt wieder verlassen.«

21

Nun hatte ich Witterung aufgenommen und allmählich beschlich mich auch eine Ahnung, wer er war, aber ich brauchte mehr, wenn ich ihn durchschauen und zur Strecke bringen wollte, ehe er Billy Purdue fand und erneut mordete. Ich war ganz nah dran, den Zusammenhang herzustellen. Er entschwand mir immer wieder – wie der Titel eines Songs, an den man sich nur halb erinnerte. Ich brauchte jemanden, der meine vagen Verdachtsmomente zu einem schlüssigen Ganzen formte, und ich kannte nur eine Person, der ich das zutraute.

Ich musste mit Rachel Wolfe sprechen.

Ich fuhr zurück nach Dark Hollow, packte eine Reisetasche und legte die Akte über Caleb Kyle oben hinein. Als ich wieder aufbrach, kehrten Louis und Angel gerade zurück. Ich erklärte ihnen, was ich vorhatte, und fuhr dann los nach Bangor, um den Flug nach Boston zu erwischen.

Gleich hinter Guilford entdeckte ich drei Wagen vor mir einen gelben Ford-Pick-up, dessen Auspuff Dreckwolken auf die Straße sprotzte. Ich gab Gas, überholte ihn und sah dabei kurz zum Fahrer hinüber. In der Fahrerkabine saß der alte Mann, der mich mit seiner Schrotflinte bedroht hatte. Ich hielt mich eine Weile vor ihm und bog dann in Dover-Foxcroft auf den Hof einer Tankstelle, um ihn vorbeizulassen. Während der ganzen Fahrt nach Orono hielt ich mich immer vier oder fünf Fahrzeuge hinter ihm und dort bog er auf den Parkplatz eines heruntergekommenen Einkaufszentrums und hielt vor einem Laden namens »Stuckey Trading«. Ich sah auf meine Armbanduhr. Wenn ich mich noch länger aufhalten würde, würde ich meinen

Flug verpassen. Ich sah zu, wie der alte Mann ein paar schwarze Säcke von der Ladefläche des Pick-ups nahm und damit in den Laden ging. Ich schlug frustriert aufs Lenkrad und brauste weiter nach Bangor und zum Flughafen.

Ich wusste, dass Rachel Wolfe in Harvard Seminare gab. Das Harvard College finanzierte ihre Forschungen über den Zusammenhang zwischen abnormer Gehirnstruktur und kriminellem Verhalten. Sie praktizierte nicht mehr und erstellte, soweit ich wusste, auch keine kriminalistischen Profile mehr.

Rachel war von der New Yorker Kripo bei einer Reihe von Fällen als inoffizielle Beraterin herangezogen worden, auch im Fall des Fahrenden Mannes. So hatte ich sie kennen gelernt, so waren wir ein Liebespaar geworden und so waren wir schließlich auch auseinander gerissen worden. Rachel, deren Bruder Polizist gewesen und von ertappten Bankräubern erschossen worden war, glaubte durch ihre Abeit verhindern zu können, dass anderen ähnliche Tragödien widerfuhren. Doch der Fahrende Mann hatte in keines ihrer Schemata gepasst und die Jagd nach ihm hätte Rachel beinahe das Leben gekostet. Sie hatte mich wissen lassen, dass sie mich nicht wiedersehen wollte, und bis kürzlich hatte ich diesen Wunsch respektiert. Ich wollte ihr kein weiteres Leid zufügen, doch nun wusste ich nicht, an wen sonst ich mich wenden sollte.

Ehrlich gesagt steckte mehr dahinter. Zweimal in den vergangenen drei Monaten war ich mit der Absicht nach Boston gereist, sie zu finden oder zu versuchen, an alte Zeiten anzuknüpfen, und jedes Mal war ich heimgekehrt, ohne mit ihr gesprochen zu haben. Dass ich bei meinem letzten Besuch meine Visitenkarte hinterlassen hatte, war das Äußerste, was ich unternommen hatte, um mich mit ihr in Verbindung zu setzen. Vielleicht würde Caleb Kyle irgendwie die Kluft zwischen uns überbrücken, würde einen beruflichen Kontakt herstellen, neben dem ein persönlicher bestehen konnte.

Während des Flugs trug ich, was ich von Mrs Schneider

erfahren hatte, sorgsam in die Akte meines Großvaters ein. Dabei sah ich die Fotos durch und betrachtete die jungen Frauen, die schon so lange tot waren. Mein Großvater hatte nach ihrem Tod ihr Leben ausführlicher dokumentiert, als irgendwer es zu ihren Lebzeiten getan hatte. In vieler Hinsicht kannte er sie so gut und sorgte sich so sehr um sie wie ihre eigenen Eltern; in manchen Fällen sogar mehr. Er hatte seine eigene Frau um dreizehn und seine Tochter um zwölf Jahre überlebt. Er hatte in seinem Leben viele Frauen betrauert, dachte ich.

Mir fiel etwas ein, das er mir gesagt hatte, als ich gerade Polizist geworden war. Ich saß neben ihm in dem Haus in Scarborough, vor uns auf dem Tisch Kaffeebecher aus einem Service, und ich sah zu, wie er meine Dienstmarke betrachtete und sich das Licht auf seinen Brillengläsern spiegelte, während er sie in der Hand drehte und wendete. Draußen schien die Sonne, aber im Haus war es dunkel und kühl.

»Das ist schon ein eigenartiger Beruf«, sagte er schließlich. »Diese Vergewaltiger und Mörder, Räuber und Dealer – wir brauchen sie zum Überleben. Ohne die wären wir überflüssig. Sie geben unserem Berufsleben einen Sinn.

Und gerade darin besteht die Gefahr, Charlie. Denn eines Tages wirst du einem begegnen, der sich nicht an die Spielregeln hält und den du nicht zurücklassen kannst, wenn du an Feierabend deine Dienstmarke ablegst. Du musst dagegen ankämpfen, sonst werden auch deine Freunde und deine Familie unter dieser Bedrohung zu leiden haben. Ein solcher Mann macht dich zu seinem Geschöpf. Dein Leben ist dann nur noch ein Anhängsel seines Lebens, und wenn du ihn nicht findest und zur Strecke bringst, wird er dir für den Rest deines Lebens keine Ruhe lassen.«

Das hatte ich verstanden oder bildete es mir wenigstens ein. Auch damals noch, an seinem Lebensabend, ließ ihn sein Kontakt zu Caleb Kyle nicht los. Er hoffte, mir würde so etwas erspart bleiben, aber es kam anders. Ich hatte die fixe Idee meines Großvaters geerbt, sein Gespenst, seinen Dämon.

Als ich mit den neuen Einträgen fertig war, blätterte ich die Akte noch einmal durch und versuchte mich in meinen Großvater und, durch ihn, in Caleb Kyle hineinzuversetzen. Am Ende der Akte befand sich ein zusammengefaltetes Zeitungsblatt. Es war eine Seite aus dem *Maine Sunday Telegram* von 1977, zwölf Jahre nachdem der Mann, den mein Großvater unter dem Namen Caleb Kyle kannte, von der Bildfläche verschwunden war. Darauf war ein in Greenville aufgenommenes Foto zu sehen, auf dem ein Abgesandter der Scott Paper Company, die einen Großteil der Wälder nördlich von Greenville besaß, dem Moosehead-Schifffahrtsmuseum den Dampfer Katahdin zur Restaurierung übergab. Im Hintergrund lächelten und winkten Leute und noch weiter entfernt sah man einen Mann, der das Gesicht der Kamera zugewandt hatte und eine Kiste trug, die möglicherweise Vorräte oder Proviant enthielt. Auch aus der Ferne wirkte der Mann groß und drahtig, die Arme, die die Kiste hielten, waren lang und dünn, die Beine schlank, aber kräftig. Das Gesicht war nur verschwommen zu erkennen und mit rotem Filzstift umkringelt.

Mein Großvater hatte den Ausschnitt mit dem Gesicht vergrößert und noch mal vergrößert und wieder vergrößert und die Vergrößerungen sukzessive hintereinander geheftet. Und aus den Bildern wuchs ein Gesicht hervor, das die Ausmaße und die Form eines Totenschädels annahm, die Druckfarbe verwandelte die Augen in dunkle Löcher und das Gesicht in ein Gebilde aus weißen und schwarzen Punkten. Der Mann auf dem Bild war zu einem Gespenst geworden und nur mein Großvater erkannte noch seine Gesichtszüge. Denn mein Großvater hatte in jener Kneipe neben ihm gesessen, hatte ihn gerochen und hatte zugehört, wie ihm dieser Mann den Weg zu jenem Baum beschrieb, an dem sich junge Frauen im Winde drehten.

Dieser Mann, so glaubte mein Großvater, war Caleb Kyle.

Vom Flughafen aus rief ich bei der psychologischen Fakultät von Harvard an, nannte meine Ausweisnummer und erkundigte mich, ob Rachel Wolfe heute unterrichtete. Mir wurde gesagt, Miss Wolfe würde um achtzehn Uhr ein Psychologie-Seminar abhalten. Es war Viertel nach fünf. Sollte ich Rachel auf dem Campus verpassen, dann konnte mir bestimmt jemand ihre Privatadresse geben, aber das würde Zeit kosten und Zeit, das wurde mir zusehends klar, hatte ich einfach nicht. Ich winkte ein Taxi herbei. Auf mein Drängen hin nahm der Fahrer den mautpflichtigen Ted-Williams-Tunnel und so umfuhren wir den schlimmsten Feierabendverkehr und kamen bald nach Cambridge, Massachusetts.

Vor dem Pub Grafton hing ein Transparent für die Wahlen zum Studentenparlament und viele junge Leute auf der Straße trugen Wahlkampfbuttons an Taschen und Mänteln. Ich lief über den Campus, zur Ecke Quincy und Kirkland. Dort setzte ich mich, gegenüber der William James Hall, in den Schatten der Church of the New Jerusalem und wartete.

Eine Minute vor sechs erschien auf der Quincy Street eine Gestalt in einem schwarzen Wollmantel, schwarzer Hose und Stiefeletten. Sie hatte ihr rotes Haar mit einem schwarzweißen Band zurückgebunden. Rachel war immer noch schön und ich sah, wie ein, zwei Studenten ihr nachschauten. Nur um sicherzugehen, dass sie das Seminar nicht einfach absagte und wieder ging, folgte ich ihr in einigem Abstand in die Eingangshalle der William James Hall und eine Treppe hinauf zum Seminarraum 6. Sie betrat den Raum und schloss hinter sich die Tür und ich setzte mich draußen auf einen Plastikstuhl und wartete.

Eine Stunde später ging die Tür auf und Studenten strömten heraus. Die meisten hielten großformatige Notizbücher mit Spiralheftung vor der Brust oder hatten welche in der Tasche. Für Notizbücher mit Spiralheftung hatte Rachel ein Faible. Ich ging beiseite, ließ auch noch den letzten Studenten vorbei und betrat dann den kleinen Seminarraum, der von einem großen Tisch beherrscht wurde, um den herum und an den Wänden Stühle standen. Am anderen Tischende, vor einer Tafel, saß Rachel Wolfe. Sie trug einen dunkelgrünen Pulli und darunter ein weißes Herrenhemd, den Kragen hochgeschlagen. Wie stets war sie dezent geschminkt und trug dunkelroten Lippenstift.

Sie schaute erwartungsvoll hoch, mit dem Anflug eines Lächelns auf den Lippen, das gefror, sobald sie mich sah. Ich schloss leise hinter mir die Tür und setzte mich auf den ersten Stuhl am Tisch, so weit von ihr entfernt wie möglich.

»Hallo«, sagte ich.

Ganz bedächtig verstaute sie ihre Stifte und Aufzeichnungen in einem ledernen Aktenkoffer, stand auf und begann, ihren Mantel anzuziehen. »Ich hatte dich doch gebeten, mich in Ruhe zu lassen«, sagte sie und fand nicht recht in den linken Ärmel. Ich stand auf, ging zu ihr und half ihr in den Mantel. Ich kam mir schäbig vor, verspürte aber auch einen Anflug von Groll: Rachel war nicht die Einzige, die in Louisiana bei der Jagd nach dem Fahrenden Mann verletzt worden war. Der Groll verflog schnell und an seine Stelle trat mein schlechtes Gewissen, als ich mich an das Gefühl erinnerte, wie ich sie in den Armen hielt, ihr ganzer Leib von Schluchzern durchgeschüttelt, nachdem sie gezwungen gewesen war, auf dem Friedhof von Metairie in New Orleans einen Mann zu erschießen. Ich sah sie wieder die Waffe heben, sah, wie sich ihr Finger um den Abzug krümmte, wie die Mündung Feuer spuckte und die Waffe in ihrer Hand zuckte. Ein tiefer, unauslöschbarer Überlebensinstinkt war an diesem furchtbaren Sommertag durchgebrochen und hatte ihr Handeln bestimmt. Ich glaube, als sie mich sah, fiel ihr wieder ein, was sie getan hatte, und sie bekam Angst davor, was ich für sie darstellte: die Fähigkeit, Gewalt auszuüben, die auch in ihr für kurze Zeit aufgelodert war und deren Glut noch rot in ihren hintersten Gehirnwinkeln glühte.

»Keine Sorge«, sagte ich, nicht ganz aufrichtig. »Ich bin aus beruflichen Gründen hier, nicht aus privaten.«

»Dann will ich erst recht nichts davon hören.« Sie machte kehrt, den Aktenkoffer unterm Arm. »Entschuldige mich, ich habe zu tun.«

Ich streckte eine Hand aus und wollte ihren Arm berühren und sie funkelte mich zornig an. Ich zog die Hand zurück. »Rachel, warte. Ich brauche deine Hilfe.«

»Lass mich bitte vorbei. Du stehst mir im Weg.«

Ich trat beiseite und sie schob sich mit gesenktem Kopf an mir vorbei. Sie hatte schon die Tür geöffnet, als ich wieder das Wort ergriff. »Rachel, hör mir zu, nur für einen Moment. Wenn nicht um meinetwillen, dann um Walter Coles.«

Sie blieb stehen, sah sich aber nicht um. »Was ist mit Walter?«

»Seine Tochter ist verschwunden. Ich weiß es nicht mit Sicherheit, aber es könnte etwas mit dem Fall zu tun haben, in dem ich gerade ermittele. Es könnte auch etwas mit Thani Pho zu tun haben, der Studentin, die ermordet wurde.«

Rachel hielt inne, holte tief Luft, schloss die Tür und setzte sich auf den Stuhl, auf dem ich zuvor gesessen hatte. Dementsprechend setzte ich mich auf ihren Platz.

»Ich gebe dir zwei Minuten«, sagte sie.

»Du musst eine Akte studieren und mir deine Meinung dazu sagen.«

»So etwas mache ich nicht mehr.«

»Ich habe gehört, dass du an einer Studie über den Zusammenhang zwischen Gewaltverbrechen und Gehirnanomalien arbeitest, etwas, das mit Computertomographien von Gehirnen zu tun hat.«

Ich wusste noch etwas mehr. Rachel war an Forschungen beteiligt, die sich mit Fehlfunktionen in zwei Gehirnbereichen beschäftigten: der Amygdala und des Stirnlappens. Soweit ich verstanden hatte, was sie in einem Artikel in einer psychologischen Fachzeitschrift geschrieben hatte, erzeugt die Amygdala, eine kleine Region im limbischen System, Gefühle, die es uns ermöglichen, auf das Leiden und die Not anderer zu reagieren. Im Stirnlappen werden Gefühle registriert, bildet sich Selbstbewusstsein und entstehen Vorhaben. Dieser Teil des Gehirns steuert auch unsere Impulse.

Sie zog die Stirn in Falten. »Du scheinst ja eine ganze Menge über mich zu wissen. Ich weiß nicht, ob mir der Gedanke gefällt, dass du mir nachspionierst.«

Wieder spürte ich Groll. Er war so stark, dass ich unwillkürlich den Mund verzog. »Ich spioniere dir nicht nach. Aber wie ich sehe, erfreut sich dein Selbstbewusstsein guter Gesundheit.«

Rachel lächelte flüchtig. »Der Rest von mir ist nicht ganz so robust. Mit diesen Narben bin ich fürs Leben gezeichnet, Bird. Ich gehe zweimal wöchentlich zur Therapie und ich musste meine eigene Praxis aufgeben. Ich denke immer noch an dich und du jagst mir immer noch Angst ein. Zumindest manchmal.«

»Es tut mir Leid.« Vielleicht bildete ich mir das nur ein, aber in dieser Pause und diesem »manchmal« schwang etwas mit, das besagte, dass sie auch anders an mich dachte.

»Ich weiß. Erzähl mir von der Akte.«

Und das tat ich. Ich schilderte ihr eine knappe Chronologie der Morde, fügte einiges von dem hinzu, was mir Mrs Schneider erzählt hatte, und manches, was ich selbst vermutete. »Das meiste davon steht hier drin.« Ich hob die ramponierte Mappe. »Ich möchte gern, dass du es dir ansiehst und mir sagst, was dir dazu einfällt.«

Sie streckte die Hand aus und ich schob ihr die Akte quer über den Tisch. Sie blätterte schnell die handschriftlichen Aufzeichnungen, Durchschläge und Fotos durch. Darunter befand sich auch ein Tatortfoto, das am Ufer des Little Wilson aufgenommen war. »O Gott«, flüsterte sie und schloss die Augen. Als sie sie wieder aufschlug, lag ein Leuchten in ihrem Blick, das Funkeln beruflicher Neugier, aber auch noch etwas, das mich damals sehr zu ihr hingezogen hatte. Mitgefühl.

»Das könnte ein paar Tage dauern«, sagte sie.

»So viel Zeit habe ich nicht. Ich brauche es heute Abend.«

»Unmöglich. Es tut mir Leid, aber bis dahin kann ich nicht einmal damit anfangen.«

»Rachel, kein Mensch glaubt mir. Kein Mensch wird akzeptieren, dass es diesen Mann überhaupt je gegeben hat und, schlimmer noch, dass es ihn immer noch gibt. Aber er ist da draußen. Ich kann ihn förmlich spüren, Rachel. Ich muss ihn verstehen, in wie bescheidenem Umfang auch immer. Ich brauche etwas, irgendetwas, um ihn aus dieser Akte hervorzuholen und in die Wirklichkeit zu versetzen, um ein erkennbares Bild von ihm zu formen. Bitte. Ich habe nur dieses Wirrwarr von Einzelheiten im Kopf und jemand muss mir helfen, das zu ordnen. Ich kann mich an niemanden sonst wenden und außerdem bist du die beste Kriminalpsychologin, die ich kenne.«

»Ich bin die *einzige* Kriminalpsychologin, die du kennst«, sagte sie und ihr Lächeln kehrte wieder.

»Das kommt noch hinzu.«

Sie erhob sich. »Heute Abend kann ich unmöglich noch etwas für dich tun, aber treffen wir uns doch morgen früh um, sagen wir mal, elf Uhr im Co-Op-Buchladen. Dann erzähle ich dir, was mir dazu einfällt.«

»Danke«, sagte ich.

»Gern geschehen.« Und mit diesen Worten war sie verschwunden.

Ich übernachtete, wo ich in Boston immer übernachtete: im Nolan House in der G Street in South Boston. Es war eine ruhige Frühstückspension mit antikem Mobiliar und einigen Restaurants in der Nähe. Ich rief bei Angel und Louis an, aber in Dark Hollow hatte sich nichts getan.

»Hast du Rachel getroffen?«, fragte Angel.

»Ja, ich habe sie besucht.«

»Wie hat sie reagiert?«

»Sie schien nicht allzu erfreut, mich zu sehen.«

»Du weckst schlimme Erinnerungen.«

»So ist das bei mir immer. Vielleicht wird sich ja eines Tages jemand freuen, wenn er mich sieht.«

»Nie im Leben«, sagte er. »Bleib cool und grüß sie von uns.«

»Mach ich. Hat sich beim Haus von Payne was getan?«

»Der junge Typ ist in die Stadt gefahren und hat Milch und Gemüse eingekauft. Weiter nichts. Keine Spur von Billy Purdue, Tony Celli oder Stritch, aber Louis führt sich immer noch komisch auf. Stritch ist hier irgendwo, so viel ist klar. Je schneller du zurückkommst, desto besser.«

Ich duschte, zog ein sauberes T-Shirt und eine Jeans an und entdeckte dann zwischen den Reiseführern und Zeitschriften im Foyer des Nolan House einen Gousha-Straßenatlas von 1995. Darin fanden sich acht Medinas – in Texas, Tennessee, Washington, Wisconsin, New York, North Dakota, Michigan und Ohio – und ein Medinah in Illinois. Ich ließ alle Städte im Norden beiseite, in der Hoffnung, mein Großvater hätte mit seiner Vermutung Recht, Caleb Kyle stamme aus den Südstaaten. So blieben nur noch Tennessee und Texas übrig. Ich versuchte es zunächst in Tennessee, aber im Büro des Sheriffs von Gibson County erinnerte sich niemand an einen Caleb Kyle, der in den Vierzigern auf einer Farm möglicherweise seine Mutter umgebracht hatte – was aber, wie mir ein Deputy dankenswerterweise erläuterte, nicht bedeutete, dass es sich nicht so ereignet hatte, sondern nur, dass sich niemand daran erinnerte. Ich rief auch bei der State Police von Tennessee an, nur für alle Fälle, erhielt aber die gleiche Antwort: kein Caleb Kyle.

Es war schon fast halb neun, als ich in Texas anrief. Medina, stellte sich heraus, befand sich in Bandera County, nicht in Medina County und deshalb brachte mich mein Anruf beim Sheriff von Medina County nicht groß weiter. Aber beim zweiten Anruf hatte ich Glück, richtiges Glück, und ich konnte es mir nicht verkneifen, mir vorzustellen, wie sich mein Großvater wohl gefühlt hätte, wäre er der Wahrheit über Caleb Kyle so nah gekommen.

22

Der Sheriff hieß, wie mir ein Deputy sagte, Dan Tannen. Ich wartete und wurde ins Büro des Sheriffs durchgestellt. Es klickte ein paarmal in der Leitung und dann sagte eine Frauenstimme: »Hallo?«

»Sheriff Tannen?«, fragte ich. Gut geraten.

»Ja, das bin ich«, sagte sie. »Sie klingen ja gar nicht erstaunt.«

»Sollte ich?«

»Man hat mich schon öfters für die Sekretärin gehalten. Das geht mir ziemlich auf den Zeiger, das kann ich Ihnen sagen. Dan steht für Danielle, falls es Sie interessiert. Sie haben sich also nach Caleb Kyle erkundigt?«

»Ja, richtig«, sagte ich. »Ich bin Privatdetektiv in Portland, Maine. Ich –«

Sie unterbrach mich mit der Frage: »Wo haben Sie diesen Namen gehört?«

»Caleb?«

»Ja, aber vor allem Caleb *Kyle*. Wo haben Sie diesen Namen gehört?«

Das war eine gute Frage. Wo sollte ich anfangen? Bei Mrs Schneider? Bei Emily Watts? Bei meinem Großvater? Bei Ruth Dickinson und Lauren Trulock und den drei anderen Mädchen, die schließlich an einem Baum am Ufer des Little Wilson hingen?

»Mr Parker, ich habe Ihnen eine Frage gestellt.« Allmählich hatte ich so das Gefühl, dass Sheriff Tannen ihren Posten noch eine ganze Weile innehaben würde.

»Entschuldigung«, sagte ich. »Das ist ziemlich kompliziert.

Ich habe diesen Namen zum ersten Mal von meinem Großvater gehört, als ich ein kleiner Junge war, und jetzt habe ich ihn im Verlauf dieser Woche zweimal gehört.« Und dann erzählte ich ihr, was ich wusste. Sie hörte zu, ohne etwas zu sagen, und als ich mit meiner Geschichte fertig war, entstand eine lange Pause.

»Das war vor meiner Zeit«, sagte sie schließlich. »Na ja, größtenteils. Der Junge lebte drüben in Hill Country, gut vier Meilen südlich von hier, ganz allein mit seiner Mutter. Er wurde, soweit ich das weiß, ohne in den Akten nachzusehen, 1928 oder 29 geboren, und zwar als Caleb Brewster. Sein Vater war ein gewisser Lyall Brewster. Er ist gegen Hitler in den Krieg gezogen und schließlich in Nordafrika gestorben und dann mussten sich die beiden, Caleb und seine Mutter, alleine durchschlagen. Außerdem hatte Lyall Brewster Bonnie Kyle, die Mutter, nie geheiratet. Verstehn Sie, deshalb werde ich hellhörig, wenn Sie *Caleb Kyle* sagen. Es gibt nicht viele Leute, die ihn unter diesem Namen kennen. Ich habe nie gehört, dass er so genannt wurde. Hier war er immer Caleb Brewster, die ganze Zeit über, bis er dann seine Mutter umgebracht hat.

Sie war ein Drachen und ein absolutes Miststück – sagen jedenfalls die, die sie kannten. Lebte sehr zurückgezogen und ließ den Jungen nicht von ihrer Seite. Und der Junge war klug, Mr Parker: In der Schule war er seinen Klassenkameraden im Rechnen und Lesen und den meisten anderen Fächern bald voraus. Dann gefiel es seiner Mutter nicht mehr, dass er so viel Beachtung fand, und sie nahm ihn von der Schule. Hat behauptet, sie würde ihn selbst unterrichten.«

»Glauben Sie, dass sie ihn missbraucht hat?«

»Es gab da so Geschichten, ja. Ich erinnere mich, dass mir jemand erzählt hat, man hätte ihn nackt an der Landstraße nach Kerrville aufgegriffen, von Kopf bis Fuß in Schweinekot. Die Polizei hat ihn in eine Decke gehüllt und zurück zu seiner Mutter gebracht. Da muss der Junge vierzehn oder fünfzehn gewesen sein. Sie haben ihn schreien gehört, sobald die Tür hinter ihm zu war. Sie hat ihn bestimmt mit ’nem Stock verprügelt, aber was alles andere angeht …«

Sie hielt wieder inne und am anderen Ende der Leitung hörte ich sie etwas Flüssiges schlucken. »Wasser«, sagte sie, »falls Sie sich wundern.«

»Durchaus nicht.«

»Wie dem auch sei. Von sexuellem Missbrauch weiß ich jedenfalls nichts. Das wurde während des Prozesses angesprochen, aber beim Verfahren um die Menendez-Brüder kam das ja auch auf und sehen Sie nur, wohin sie das geführt hat. Wie ich schon sagte, Mr Parker: Caleb war klug. Mit sechzehn, siebzehn Jahren war er schon klüger als die meisten Leute hier in der Stadt.«

»Glauben Sie, er hat sich das ausgedacht?«

Sie antwortete erst nach einer Weile. »Ich weiß es nicht, aber er wäre klug genug gewesen, um sich zu seiner Verteidigung darauf zu berufen. Sie müssen bedenken, Mr Parker, dass man damals über so etwas nicht so offen sprach.

Caleb Brewster zeichnete sich aber nicht nur durch seine Intelligenz aus. Die Leute hier erinnern sich, dass er bösartig war, und mehr als das. Er hat Tiere gequält und hat die Kadaver dann an Bäumen aufgehängt: Eichhörnchen, Kaninchen, ja sogar Hunde. Man konnte ihm nie etwas nachweisen, verstehen Sie, aber die Leute wussten einfach, dass er es war. Und vielleicht hatte er ja keine Lust mehr, Tiere umzubringen, und wollte auf Größeres hinaus. Da sind auch noch andere Sachen passiert.«

»Was meinen Sie damit?«

»Na, einfach mal der Reihe nach. Wir wissen, dass er seine Mutter umgebracht und an die Schweine verfüttert hat. Zwei oder drei Tage nach dem Zwischenfall auf der Straße wollten Sheriff Garrett und ein Deputy mal nach dem Jungen sehen. Sie fanden ihn vor, wie er auf der Veranda saß und aus einem

Krug saure Milch trank. In der Küche war Blut: an den Wänden und auf dem Boden. Die Dielen waren regelrecht durchtränkt davon. Der Junge hatte das Messer noch neben sich liegen. Bonnie Kyles Kleider und einige Knochen fand man im Schweinepferch. Viel mehr hatten die Schweine nicht von ihr übrig gelassen.«

»Was ist mit Caleb passiert?«

»Er wurde nach Erwachsenenstrafrecht verurteilt und ins Gefängnis gesteckt.«

»Lebenslänglich?«

»Zwanzig Jahre. Er kam 1963 oder 64 wieder raus, glaube ich.«

»Hat man ihn rehabilitiert?«

»Rehabilitiert? Wie stellen Sie sich das vor? Er war ja wohl schon neben der Spur, bevor er sie umbrachte, und daran hat sich auch anschließend nichts geändert. Aber angesichts der mildernden Umstände hielt es irgendjemand für angemessen ihn aus der Haft zu entlassen. Er hatte seine Strafe abgesessen und sie konnten ihn nicht auf ewig wegsperren, wie klug das auch gewesen wäre. Und er war ja auch nicht dumm. Ist im Knast sauber geblieben. Sie dachten, er hätte sich gebessert. Ich glaube, er hat bloß abgewartet.«

»Kam er zurück nach Hill Country?«, fragte ich.

Wiederum entstand eine Pause. Und diesmal dauerte sie sehr lange an.

»Das Haus stand noch«, setzte Tannen an. »Ich erinnere mich, wie er im Greyhound-Bus zurück in die Stadt kam. Ich war damals zehn oder elf. Caleb ging zum Haus seiner Mutter und die Leute wechselten die Straßenseite und sahen ihm dann nach. Ich weiß nicht, wie lange er dort blieb. Höchstens ein paar Tage, aber ...«

»Aber?«

Sie seufzte. »Ein Mädchen starb. Lillian Boyce. Angeblich war sie das schönste Mädchen im ganzen County. Man fand sie draußen am Hondo Creek, in der Nähe von Tarpley. Sie war übel aufgeschlitzt. Aber das war noch nicht das Schlimmste.«

Ich wartete und mir kam es vor, als wüsste ich schon, was jetzt kommen würde.

»Sie hing an einem Baum«, sagte sie. »Als ob jemand wollte, dass sie gefunden wurde. Als wäre sie eine Warnung an uns alle.«

Das Handy glühte förmlich in meiner Hand, als Sheriff Tannen ihre Geschichte zu Ende erzählte. »Als wir sie fanden, war Caleb Brewster schon wieder verschwunden. Gegen ihn besteht immer noch Haftbefehl, soweit ich weiß, und ich hätte nicht gedacht, dass der noch jemals zum Einsatz kommen würde.

Zumindest nicht bis heute.«

Nachdem ich aufgelegt hatte, saß ich noch lange auf meinem Bett. In dem Bücherregal in meinem Zimmer lag ein Kartenspiel und plötzlich saß ich da und mischte Karten, so schnell, dass sie vor meinen Augen verschwammen. Ich sah die Herzdame und zog sie aus dem Blatt. *Hanky-Poo* – so nannte Saul Mann das –, »Finde die Dame«. Er stand hinter seiner mit Filz bezogenen, aufgebockten Tischplatte und schien ins Selbstgespräch vertieft, während er die Karten vor sich auslegte und eine mit dem Rand einer anderen umdrehte. »Fünf gesetzt, zehn gewonnen. Zehn gesetzt, zwanzig gewonnen.« Die Spieler, die sich, angelockt von seinen sicheren Handbewegungen und der Aussicht auf einen schnellen Gewinn, bald bei ihm einfanden, schien er gar nicht zu bemerken, aber er blieb immer wachsam. Er beobachtete und wartete ab und allmählich, ganz allmählich kamen sie zu ihm. Der alte Saul Mann war wie ein Jäger, der weiß, dass der Hirsch ganz bestimmt irgendwann seinen Pfad kreuzt.

Und ich dachte auch an Caleb Kyle, wie er die Überreste

der Mädchen betrachtete, die er aufgeschlitzt und in Bäume gehängt hatte. Ich erinnerte mich an eine Legende, die man sich über Kaiser Nero erzählte. Angeblich befahl Nero, nachdem er seine Mutter, Agrippina die Jüngere, umgebracht hatte, ihre Leiche zu öffnen, damit er sehen konnte, woher er kam. Was ihn dazu bewegte, ist nicht ganz klar – morbide Faszination vielleicht oder die inzestuösen Neigungen, die ihm antike Chronisten nachsagten. Vielleicht hoffte er auch, sich selbst, sein Wesen, besser verstehen zu lernen, wenn er den Ort seiner Herkunft betrachtete. Einst musste er sie geliebt haben, dachte ich, ehe er nur noch Wut und Zorn und Hass empfand und es fertig brachte, ihr das Leben zu nehmen und ihre Überreste zu zerfetzten.

Ich sah Schatten aus den Baumwipfeln vor mir. Ich sah eine Gestalt, die immer weiter nach Norden vordrang, als würde sie einer Kompassnadel folgen. Natürlich: Er wäre nach Norden gegangen. Der Norden war von Texas aus der fernste Ort, an den er gelangen konnte, nachdem er Vergeltung an der Gemeinde geübt hatte, die es für richtig gehalten hatte, ihn dafür, was er mit seiner Mutter getan hatte, ins Gefängnis zu stecken.

Doch es steckte wohl mehr dahinter. Als mein Großvater ein kleiner Junge war, so hatte er mir erzählt, predigte der Pfarrer das Evangelium von der Nordseite der Kirche aus, denn der Norden, so glaubte man, hatte das Licht Gottes noch nicht gesehen. Aus diesem Grunde beerdigte man auch Ungetaufte, Selbstmörder und Mörder nördlich außerhalb der Kirchhofmauern.

Denn der Norden war das dunkle Land.

Der Norden, das war die Finsternis.

Am nächsten Morgen wimmelte es in dem Buchladen von Studenten und Touristen. Ich bestellte mir einen Kaffee und las eine *Rolling Stone*, die jemand auf einem Stuhl hatte liegen lassen, bis Rachel kam, wie üblich zu spät.

Sie trug wieder ihren schwarzen Mantel und heute eine Bluejeans und einen himmelblauen Pullover mit V-Ausschitt. Das blau-weiß gestreifte Oxford-Hemd darunter war bis oben zugeknöpft. Das Haar trug sie offen.

»Kommst du eigentlich jemals zu früh?«, fragte ich, nachdem ich ihr einen Kaffee und einen Muffin bestellt hatte.

»Ich habe bis fünf Uhr früh über deiner verdammten Akte gebrütet«, erwiderte sie. »Wenn ich dir das in Rechnung stellen würde, könntest du es dir nicht leisten.«

»Entschuldige«, sagte ich. »Ich kann mir kaum den Kaffee leisten.«

»Mir bricht das Herz«, sagte sie. Sie wirkte nicht mehr ganz so voreingenommen wie am Tag zuvor, aber vielleicht war das auch nur Wunschdenken meinerseits.

»Bist du bereit?«, fragte sie.

Ich nickte. Bevor sie anfing, erzählte ich ihr, was ich vom Sheriff von Medina erfahren hatte und dass Caleb den Namen seiner Mutter angenommen hatte, um seiner Vergangenheit zu entfliehen.

Sie nickte gedankenverloren. »Das passt«, sagte sie. »Das passt alles ins Bild.«

Der Kaffee kam und sie gab Zucker hinein, packte den Muffin aus, zerpflückte ihn in mundgerechte Stücke und fing an zu sprechen.

»Das sind jetzt größtenteils Vermutungen und Spekulationen. Jeder anständige Polizeiermittler würde mich auslachen und rausschmeißen, aber da du weder anständig noch Polizeiermittler bist, musst du nehmen, was du bekommst. Und außerdem beruht alles, was du mir da gegeben hast, ebenfalls auf Vermutungen und Spekulationen und dazu noch aus einer Prise Aberglauben und Paranoia.« Sie schüttelte ratlos den Kopf und schlug dann mit ernster Miene ihr Notizbuch auf. Vor ihr lag nun Zeile um Zeile klein geschriebener Text, hier und da mit gelben Merkzetteln überklebt. »Das meiste davon, was ich dir jetzt erzählen werde, weißt du wahrscheinlich schon. Ich kann es dir bloß näher erläutern und vielleicht ein wenig Ordnung hineinbringen.

Bird, wenn es diesen Menschen wirklich gibt, wenn dieser Mann, Caleb Kyle, für alle diese Morde verantwortlich ist, dann hast du es hier mit einem psychopathischen Sadisten wie aus dem Lehrbuch zu tun. Nein, eigentlich ist es noch schlimmer, denn so etwas ist mir weder in der Forschungsliteratur noch in der klinischen Praxis je untergekommen, zumindest nicht in dieser Kombination. Diese Akte verzeichnet übrigens seit 1965 keinen Mord mehr. Wenn wir das Zeitungsfoto mal außer Acht lassen – hast du die Möglichkeit in Betracht gezogen, dass er tot ist oder vielleicht wegen anderer Verbrechen eine Haftstrafe verbüßt? Beides würde das plötzliche Ende der Mordserie erklären.«

»Es ist durchaus möglich, dass er tot ist«, gestand ich. »In diesem Fall wäre das alles Zeitverschwendung und hätten wir es hier mit etwas ganz anderem zu tun. Aber gehen wir mal davon aus, dass er nicht im Gefängnis war: Wenn der Sheriff Recht hat und Caleb wirklich so klug war, dann wäre er nicht wieder in den Knast gegangen. Außerdem hat mein Großvater das damals überprüft – das steht auch in der Akte – und ich weiß, dass er sich in den folgenden Jahren immer mal wieder erkundigt hat. Allerdings hat er dabei nach Caleb Kyle gefragt, nicht nach Caleb Brewster.«

Sie zuckte die Achseln. »Dann haben wir da zwei weitere Möglichkeiten: Entweder hat er weitergemordet und seine Opfer wurden nur als vermisste Personen geführt, wenn sie denn überhaupt vermisst wurden, oder …«

»Oder?«

Rachel klopfte mit ihrer Füllerkappe neben einem rot umkringelten Wort auf ihr Notizbuch. »Oder er hatte eine Ruhephase. Die Möglichkeit, dass manche Serienmörder solche Ruhephasen durchleben, wird von den Profilern des FBI ernsthaft in Betracht gezogen. Es ist nur eine Theorie, aber sie erklärt, warum manche Mordserien einfach abreißen, ohne dass ein Täter gefasst wurde. Aus irgendeinem Grund kommt der Mörder an einen Punkt, an dem das Bedürfnis, ein Opfer zu finden, nicht mehr so übermächtig ist, und dann hört er auf zu morden.«

»Wenn er bis jetzt eine Ruhephase durchlebt hat, dann hat ihn irgendwas daraus aufgeweckt«, sagte ich. Ich dachte an den Landvermesser der Holzfirma, der in die Wildnis vorgedrungen war, um den Weg für die Zerstörung des Waldes zu ebnen, und fragte mich, was ihm dort im Wald begegnet sein mochte. Ich dachte auch an Mrs Schneiders Geschichte, ausgelöst durch eine Zeitungsannonce, und an Willefords altmodische Ermittlungsmethoden, im Zuge derer man überall anklopfte, Anschläge aufhängte und hoffte, es würde sich schließlich bis zu der Person herumsprechen, die man erreichen wollte. Und ich dachte an den Zeitungsartikel über Billy Purdues Festnahme in St. Martha. Wenn man Honig offen hinstellt, muss man sich nicht wundern, wenn die Wespen kommen.

»Das ist noch recht dünn, aber das sind die Möglichkeiten, die du in Betracht ziehen musst«, fuhr Rachel fort. »Schaun wir uns doch mal die ursprünglichen Morde an. Zunächst einmal – auch wenn das nur ein Nebenaspekt ist – spielte der Ort, an dem die Leichen gefunden wurden, eine wichtige Rolle. Dieser Caleb Kyle hat selbst bestimmt, wie bald, wo und von wem sie entdeckt werden sollten. Das war seine Methode, die Suche zu kontrollieren und an ihr teilzuhaben. Die ursprünglichen Morde mögen chaotisch verlaufen sein – das werden wir nie mit Sicherheit wissen, da wir nicht wissen, wo sie sich ereignet haben –, aber die Zurschaustellung der Leichen war ausgesprochen geordnet. Er wollte in irgendeiner Form an der Entdeckung teilhaben. Ich vermute, dass er deinen Großvater die ganze Zeit über beobachtet hat, bis er schließlich die Frauen fand.

Was nun die Morde selbst angeht, so hat Kyle bereits während seiner Beziehung zu Miss Emily gemordet – wenn es denn stimmt, was Mrs Schneider dir erzählt hat, was wiederum davon abhängt, ob es stimmt, was Miss Emily ihr erzählt hat. Die fünf Leichen waren in unterschiedlichem Maße verwest: Judy Giffen und Ruth Dickinson wurden als Erste ermordet, im zeitlichen Abstand von fast einem Monat zueinander. Laurel Trulock, Louise Moore und Sarah Raines hingegen wurden in schneller Folge umgebracht – das gerichtsmedizinische Gutachten deutet darauf hin, dass Trulock und Moore binnen vierundzwanzig Stunden starben und Raines höchstens einen Tag später.

Ich vermute, dass jedes dieser Mädchen – und ganz bestimmt die letzten drei – Emily Watts körperlich ähnelte. Es waren schlanke, zarte Mädchen, vielleicht passiver als Emily, die stark sein konnte, wenn es darauf ankam, aber doch der gleiche Typ Frau. Du hattest doch bestimmt mit Vergewaltigungen aus Rache zu tun, als du noch bei der Polizei warst, oder?«

Ich nickte. Ich wusste, was sie meinte.

»Ein Mann streitet sich mit seiner Frau oder Freundin, stürmt dann aus dem Haus und lässt seine Wut an einer Wildfremden aus«, fuhr Rachel fort. »Seinem Empfinden nach sind alle Frauen kollektiv schuld an den als solche empfundenen Fehlern der einen Frau und deshalb lässt sich auch jede beliebige Frau bestrafen für die eingebildete oder tatsächliche Kränkung oder Beleidigung oder das Überschreiten dessen, was der Vergewaltiger unter akzeptablem weiblichem Verhalten versteht.

Caleb Kyle ist nun auch ein solcher Mann, aber diesmal ging es viel weiter. Der Rechtsmediziner hat bei den drei letzten Opfern keine Anzeichen für eine Vergewaltigung entdeckt, aber – und hier bewegen wir uns jetzt auf dem Terrain der klassischen Angst vor weiblicher Sexualität – die Geschlechtsorgane waren verstümmelt worden, vermutlich mit dem gleichen Werkzeug, von dem die Stichwunden im Bauch der Opfer stammen und mit dem ihnen die Gebärmutter herausgeschnitten wurde. Aufschlussreich hieran ist, dass er Giffen und Dickinson Stichwunden versetzt hat, als sie bereits fast einen Monat tot waren, wahrscheinlich nachdem er die drei anderen Mädchen ermordet hatte oder kurz davor.«

»Er ist zu ihnen zurückgekehrt, nachdem er glaubte, das Kind verloren zu haben.«

»Genau. Er hat sie bestraft, weil Emily Watts' Körper ihn betrogen hatte, indem sie sein Kind verlor: Viele Frauen werden für die Fehler der einen bestraft. Ich vermute, dass er auch früher schon andere Frauen bestraft hat, vielleicht aus anderen Gründen.«

Sie aß ein Stück Muffin und trank einen Schluck Kaffee. »Wenn wir jetzt wieder in das gerichtsmedizinische Gutachten schauen, finden wir Beweise dafür, dass jedes der Mädchen vor ihrem Tod gefoltert wurde. Es fehlten Fingernägel, Zehen und Finger waren gebrochen und Zähne ausgeschlagen, Zigaretten waren auf der Haut ausgedrückt worden und man sah Prellungen, die von einem Kleiderbügel stammten. Das könnte auf etwas hindeuten, führt uns aber vorläufig nicht weiter. Bei den drei letzten Opfern war die Folter jedoch wesentlich extremer. Diese Mädchen haben vor ihrem Tod sehr gelitten, Bird.« Rachel sah mich ernst und traurig an und ich sah das Leid in ihren Augen – Mitleid mit den Mädchen und die Erinnerung an ihre eigenen Qualen.

»Nach den Opferprofilen, die dein Großvater zusammengetragen hat, waren es alles sanftmütige junge Frauen aus guten Elternhäusern. Die meisten waren schüchtern und sexuell unerfahren. Judy Giffen scheint einige sexuelle Erfahrungen gehabt zu haben. Ich vermute, dass sie ihn um ihr Leben angefleht haben, weil sie dachten, sich so retten zu können. Aber das war genau, was er wollte: Er wollte, dass sie weinten und schrien. Es gibt da vielleicht einen Zusammenhang zwischen der Aggression und der sexuellen Erfüllung: Ihr Flehen regte ihn sexuell an, aber er hasste sie auch dafür, dass sie ihn anflehten, und deshalb mussten sie sterben.«

Jetzt strahlten ihre Augen, und dass sie es aufregend fand, sich in das Bewusstsein dieses Mannes vorzutasten, war ihren Handbewegungen anzumerken, der Schnelligkeit, mit der sie sprach, ihrem intellektuellen Vergnügen daran, erstaunliche, unerwartete Zusammenhänge aufzuzeigen, gedämpft aber durch ihre Abscheu vor den Taten, über die sie sprach. »O Gott«, sagte Rachel. »Ich sehe sein Hirntomogramm förmlich vor mir: Abnormitäten der Schläfenlappen, die man mit sexueller Devianz assoziiert; Verletzungen des Stirnlappens, was zu gewalttätigem Verhalten führt; geringer Austausch zwischen limbischem System und Stirnlappen, was zu einem fast völligen Fehlen von Reue und schlechtem Gewissen führt.« Sie schüttelte den Kopf. »Aber asozial ist er nicht. Diese Mädchen mögen schüchtern gewesen sein, aber sie waren nicht dumm. Es muss ihm irgendwie gelungen sein, ihr Vertrauen zu gewinnen, also passt die Intelligenz gut ins Bild.

Nun zu Kyles sozialem Background. Wenn es stimmt, was er Emily Watts erzählt hat, dann wurde er in seiner Kindheit körperlich und wahrscheinlich auch sexuell von einer Mutter missbraucht, die ihm während des Missbrauchs oder kurz darauf sagte, dass sie ihn liebte, und ihn dann anschließend dafür bestrafte. Er wurde kaum gefördert oder behütet und wahrscheinlich auf die harte Tour zur Selbständigkeit erzogen. Als er alt genug dazu war, wandte er sich gegen seine Peinigerin und brachte zunächst sie und später dann auch andere um. Mit Emily Watts war es dann anders. Sie war selbst Missbrauchsopfer und dann wurde sie schwanger. Vermutlich hätte er sie in jedem Fall ermordet, sobald das Kind geboren wäre. Nach dem, was sie erzählt hat, wollte er nur das Kind.«

Sie trank einen Schluck Kaffee und ich nutzte die Gelegenheit und hakte da ein.

»Was ist mit Rita Ferris und Cheryl Lansing? Hat er die möglicherweise auch umgebracht?«

»Durchaus denkbar«, sagte Rachel. Sie sah mich ganz ruhig an und wartete, dass ich einen Zusammenhang entdeckte. »Du vergisst die Verstümmelung der Münder. Die Verletzung der Gebärmutter dieser Mädchen sollte eine Botschaft übermitteln. Die Verletzungen sollten ein Zeichen sein. Wir haben es schon mal erlebt, dass Mordopfer auf diese Weise zugerichtet wurden, Bird.« Ihr Lächeln verschwand und ich nickte: der Fahrende Mann.

»Wir haben also drei Jahrzehnte später wiederum Verstümmelungen, diesmal am Mund der Opfer, und in jedem der Fälle sollen sie etwas anderes bedeuten. Rita Ferris' Mund war zugenäht. Was soll das bedeuten?«

»Dass sie den Mund hätte halten sollen?«

»Wahrscheinlich«, sagte Rachel. »Das ist nicht sehr subtil, aber wer auch immer sie umgebracht hat, war an Subtilität ohnehin nicht interessiert.«

Ich ließ mir kurz durch den Kopf gehen, was Rachel gesagt hatte, und dann ging mir auf, was es bedeutete. »Sie hat wegen Billy Purdue die Bullen gerufen und die haben ihn festgenommen.« Das konnte bedeuten, dass er in jener Nacht das Haus beobachtet hatte und dann der alte Mann wäre, den Billy angeblich gesehen hatte, bevor Rita und Donald umgebracht wurden, und vielleicht auch der alte Mann, der Rita in dem Hotel angegriffen hatte.

»Bei Cheryl Lansing«, fuhr Rachel fort, »war der Kiefer gebrochen und die Zunge herausgetrennt. Ich wage mich hier ein bisschen weit vor, aber ich vermute, sie wurde dafür bestraft, dass sie *nichts* gesagt hat.«

»Weil sie daran beteiligt war, die Geburt des Kindes zu verheimlichen.«

»Das klingt nach einer plausiblen Erklärung. Letztendlich ist Caleb Kyle – ungeachtet seiner Kindheitstraumata und dieser Zeichen und all des Grolls, den er wahrscheinlich hegt – eine absolut erbarmungslose Killermaschine.«

»Aber der Verlust seines Kindes ist ihm doch nahe gegangen.«

Rachel wäre fast vom Stuhl aufgesprungen. »*Ja!*« Sie strahlte mich an wie eine Lehrerin den Klassenprimus. »Das Problem oder vielmehr der Schlüssel ist das sechste Mädchen, das nie gefunden wurde. Aus einer Vielzahl von Gründen – und die meisten dieser Argumente würden wahrscheinlich meine Ächtung im Kollegenkreis nach sich ziehen, wenn ich das veröffentlichen würde – glaube ich, dass dein Großvater Recht hatte mit seiner Vermutung, dass auch sie ein Opfer war. Er hat sich bloß darin geirrt, in welcher Hinsicht sie ein Opfer war.«

»Ich kann dir nicht folgen.«

»Dein Großvater hat angenommen, dass sie ebenfalls ermordet, aber aus irgendeinem Grund nicht zur Schau gestellt wurde.«

»Und du siehst das anders.« Aber ich ahnte schon, worauf sie hinauswollte, und bei diesem Gedanken krampfte sich mir der Magen zusammen. Ich hatte ihn schon seit einiger Zeit im Hinterkopf und vielleicht war es meinem Großvater auch so ergangen. Wahrscheinlich hätte er dann gehofft, dass sie tot war, denn die andere Möglichkeit war schlimmer.

»Nein, ich glaube nicht, dass sie ermordet wurde, und da sind wir wieder bei der Folter, die diese Mädchen erdulden mussten. Sie sollte diesem Mann nicht einfach nur sexuelle Befriedigung verschaffen, nein, es war auch ein Test. Er hat getestet, wie stark sie waren, und wusste dabei, wahrscheinlich ohne es sich einzugestehen, dass sie diesen Test nicht bestehen würden, weil sie einfach zu schwach dazu waren.

Schauen wir uns nun aber das Profil von Judith Mundy an.

Sie war stark, kräftig gebaut, eine dominante Persönlichkeit. Sie hat nicht so schnell geweint und konnte sich wehren. Sie hätte so einen Test bestanden und er hätte ihr wahrscheinlich nicht groß wehtun müssen, um zu sehn, dass sie anders war.«

Rachel beugte sich vor und ihr Gesicht zeigte nun tiefe Trauer. »Er hat sie nicht genommen, weil sie schwach war, Bird. Er hat sie genommen, weil sie stark war.«

Ich schloss die Augen. Jetzt wusste ich, was mit Judith Mundy passiert war und weshalb man sie nicht gefunden hatte, und Rachel wusste, dass ich es jetzt verstand.

»Sie wurde zur Zucht ausgewählt, Bird«, sagte sie leise. »Er hat sie genommen, um sich mit ihr fortzupflanzen.«

Rachel bot an, mich zum Flughafen zu fahren, aber ich lehnte ab. Sie hatte schon genug für mich getan, ja mehr noch, fand ich, als ich von ihr verlangen durfte. Als ich neben ihr über den Harvard Square ging, spürte ich eine Liebe zu ihr, die dadurch nur umso stärker wurde, dass ich glaubte, sie entferne sich immer weiter und weiter von mir.

»Glaubst du, dieser Caleb könnte etwas mit dem Verschwinden von Ellen Cole zu tun haben?«, fragte sie. Ihr Arm strich an meinem entlang, und zum ersten Mal seit ich in Boston war, wich sie der Berührung nicht aus.

»Ich weiß es nicht mit Sicherheit«, erwiderte ich. »Vielleicht hat die Polizei Recht: Vielleicht sind wirklich die Hormone mit ihr durchgegangen und sie ist mit Ricky durchgebrannt und in diesem Fall wüsste ich nicht so recht, was ich tun sollte. Aber ein alter Mann ist auf sie gestoßen und hat sie nach Dark Hollow gelockt, und wie ich ja immer sage, glaube ich nicht an Zufälle.

Ich habe so ein Gefühl, was diesen Mann angeht, Rachel. Er ist zurückgekommen und ich glaube, er ist wegen Billy Purdue wieder hier und um sich an allen zu rächen, die daran beteiligt waren, ihn zu verstecken. Ich glaube, er war es, der Rita

Ferris und ihren Sohn ermordet hat. Es mag aus Eifersucht geschehen sein oder um Billy loszulösen, so dass er keine anderen Familienbande mehr hatte, oder weil sie ihn verlassen hatte und den Jungen mitnehmen wollte. Ich glaube nicht, dass er vorhatte, den Jungen umzubringen. Es ist einfach aus dem Ruder gelaufen.«

Als wir den Platz überquert hatten, gab ich ihr zum Abschied die Hand. Ich küsste sie nicht, denn ich hatte nicht das Gefühl, das Recht dazu zu haben. Sie nahm meine Hand und hielt sie.

»Bird, dieser Mann hält sich für berechtigt, an jedem Vergeltung zu üben, der ihm in die Quere kommt, weil er glaubt, dass ihm Unrecht geschehen sei. Damit habe ich ihn jetzt als Psychopathen klassifiziert.« In ihrem Blick lag Besorgnis, aber nicht nur das.

»Mit anderen Worten: Und was ist dein Vorwand?« Ich lächelte, aber das ging nicht über meinen Mund hinaus.

»Sie sind tot, Bird. Susan und Jennifer sind tot, und was ihnen und dir geschehen ist, ist schrecklich, wirklich schrecklich. Aber jedes Mal, wenn du jemand anderes dafür bezahlen lässt, was man dir angetan hat, verletzt du dich selbst und läufst Gefahr, zu dem zu werden, was du hasst. Verstehst du das, Bird?«

»Es geht hier nicht um mich, Rachel«, entgegnete ich leise und eindringlich. »Zumindest nicht nur. Jemand muss diesen Menschen Einhalt gebieten. Jemand muss sich dafür verantwortlich fühlen.« Da war wieder dieses Echo: *Du bist für sie alle verantwortlich.*

Ihre Hand strich sacht über meine, Finger um Finger, ihr Daumen rieb zärtlich über meinen Handteller und dann berührte sie mit der freien Hand mein Gesicht. »Weshalb bist du hier? Was ich dir gesagt habe, hättest du dir größtenteils auch selbst zusammenreimen können.«

»So klug bin ich nicht.«

»Einer Blufferin wie mir kannst du doch nichts vormachen.«

»Dann stimmt es also, was man über Psychologen sagt.«

»Nur bei den New-Age-Typen. Du weichst der Frage aus.«

»Ich weiß. Du hast Recht: Manches davon habe ich schon vermutet oder geahnt, aber ich musste es von jemand anderem hören, sonst hätte ich befürchtet, verrückt zu werden. Aber ich bin auch hier, weil du mir immer noch viel bedeutest. Als du mich verlassen hast, hast du einen Teil von mir mitgenommen. Ich dachte, es wäre vielleicht eine Möglichkeit, dir näher zu kommen. Ich wollte dich wiedersehen. Vielleicht ging es im Grunde nur darum.« Ich wich ihrem Blick aus.

Sie hielt meine Hand fester. »Ich habe gesehen, was du damals in Louisiana getan hast. Du warst nicht dort, um den Fahrenden Mann zu finden. Du warst dort, um ihn umzubringen, und jeder, der dir dabei in die Quere kam, wurde verletzt, und zwar schlimm. Deine Gewalttätigkeit hat mir Angst gemacht. Du hast mir Angst gemacht.«

»Ich wusste nicht, was ich sonst hätte tun sollen. Damals nicht.«

»Und heute?«

Ich wollte eben antworten, als sie mit dem Finger über die Narbe auf meiner Wange strich, die Billy Purdues Messer hinterlassen hatte. »Wie ist das passiert?«, fragte sie.

»Jemand hat mich mit einem Messer verletzt.«

»Und was hast du daraufhin getan?«

Ich wartete kurz mit der Antwort. »Ich bin weggegangen.«

»Wer war das?«

»Billy Purdue.«

Sie bekam große Augen und es war, als würde sich etwas, das sich in ihr schützend zusammengekauert hatte, allmählich wieder vorwagen. Ich sah es ihr an und spürte es an ihrer Berührung.

»Er hat nie eine Chance gehabt, Rachel. Er hatte von Anfang an die Arschkarte.«

»Wenn ich dir jetzt eine Frage stelle, wirst du sie mir dann aufrichtig beantworten?«, fragte sie.

»Ich habe mir immer Mühe gegeben, ehrlich zu dir zu sein«, erwiderte ich.

Sie nickte. »Ich weiß, aber das ist jetzt wichtig. Ich brauche Sicherheit.«

»Dann frag.«

»Brauchst du die Gewalt, Bird?«

Ich dachte über die Frage nach. In der Vergangenheit hatte mich persönliche Vergeltung motiviert. Dessentwegen, was man Susan und Jennifer und mir angetan hatte, hatte ich Menschen verletzt und umgebracht. Doch mittlerweile hatte diese Rachgier nachgelassen, schwand Tag um Tag mehr und an ihre Stelle trat der Gedanke an Wiedergutmachung. Ich trug einige Schuld daran, was Susan und Jennifer widerfahren war. Vermutlich würde ich mich nie einfach mit diesem Wissen abfinden können, aber ich konnte versuchen, es ein wenig wettzumachen und mit meinem damaligen Versagen klarzukommen, indem ich es nutzte, um die Gegenwart etwas besser zu gestalten.

»Eine Zeit lang habe ich sie gebraucht«, gestand ich.

»Und wie ist es heute?«

»Ich brauche sie nicht, aber wenn es sein muss, werde ich sie einsetzen. Ich sehe nicht tatenlos zu, wie unschuldige Menschen verletzt werden.«

Rachel küsste mich zart auf die Wange. Ihr Blick war liebevoll, als sie sich von mir löste.

»Du bist also der Racheengel«, sagte sie.

»So was in der Richtung«, erwiderte ich.

»Na dann, auf Wiedersehen, Racheengel«, flüsterte Rachel zärtlich.

Sie machte kehrt und ging davon, zurück in die Bibliothek und an ihre Arbeit. Sie sah sich nicht um. Sie hatte den Kopf gesenkt und ich konnte die Last ihrer Gedanken spüren, als sie sich unter die Menschenmenge mischte.

Das Flugzeug hob in Boston – Logan ab und flog durch die kalte Luft nach Norden und schwere Wolken hüllten es ein wie der Atem Gottes. Ich dachte an Sheriff Tannen, die mir versprochen hatte, die aktuellsten Bilder von Caleb Kyle zu besorgen. Sie würden zwar dreißig Jahre alt sein, aber immerhin. Ich nahm das unscharfe Zeitungsfoto von Caleb aus der Handakte meines Großvaters und betrachtete es immer wieder. Er war wie ein Skelett, das allmählich mit Fleisch ausgekleidet wurde, als würde die Verwesung ganz langsam rückgängig gemacht. Eine Gestalt, die kaum mehr als ein Name gewesen war, ein Umriss, den man kurz im Dämmerlicht gesehen hatte, nahm nun greifbare Formen an.

Ich kenne dich, dachte ich. Ich *kenne* dich.

23

Ich landete am frühen Nachmittag in Bangor, holte meinen Wagen vom Flughafenparkplatz und fuhr zurück nach Dark Hollow. Ich fühlte mich, als würde ich in zehn verschiedene Richtungen gezogen, die mich alle, auf je eigenem Wege, an denselben Ort und zur selben Schlussfolgerung zurückführten: Caleb Kyle war wieder da. Er hatte kurz nach seiner Haftentlassung in Texas ein Mädchen ermordet, wahrscheinlich, um sich an einer ganzen Gemeinde zu rächen. Dann hatte er den Namen seiner Mutter angenommen und war nach Norden gegangen, weit nach Norden, und war schließlich in der Wildnis verschwunden.

Wenn Emily Watts Mrs Schneider die Wahrheit gesagt hatte – und es gab keinen Grund, daran zu zweifeln –, dann hatte sie ein Kind geboren und es versteckt, weil sie seinen Vater für einen Frauenmörder hielt und spürte, dass dieser Mann das Kind für seine eigenen Zwecke wollte. Der erforderliche Gedankensprung bestand nun darin zu akzeptieren, dass dieses Kind Billy Purdue sein mochte und dass sein Vater Caleb Kyle war.

Ellen Cole und ihr Freund wurden weiterhin vermisst und Willeford auch. Tony Celli war untergetaucht, suchte aber zweifellos weiter nach einer Spur von Billy. Er hatte keine andere Wahl: Wenn er Billy nicht fand, konnte er das Geld nicht ersetzen, das er verloren hatte, und sie würden ihn töten, um ein Exempel zu statuieren. Ich hatte so den Verdacht, dass es für Tony Clean bereits zu spät war, dass es schon in dem Moment zu spät gewesen war, als er die Wertpapiere erworben hatte, vielleicht schon seit dem Augenblick, als ihm die Idee in den Sinn gekommen war, mit dem Geld anderer Leute seine Zukunft zu sichern. Tony würde Himmel und Hölle in Bewegung setzen, um Billy zu finden, aber alles, was er unternahm, die Gewalttaten, die er verübte, und die Aufmerksamkeit, die er dadurch auf sich und seine Herren zog, machte es nur umso unwahrscheinlicher, dass man ihm gestatten würde zu überleben. Er glich einem Mann, der sich, in einem dunklen Tunnel eingeschlossen, auf das einzige Licht konzentriert, das er vor sich sieht, und nicht ahnt, dass, was er für seine Rettung hält, in Wirklichkeit das Feuer ist, das ihn letztlich verzehren wird.

Es gab auch noch andere Gründe dafür, auf der Hut zu sein. Irgendwo in der Dunkelheit lauerte Stritch. Vermutlich wollte er immer noch das Geld, aber vor allem wollte er Vergeltung für den Tod seines Partners. Ich dachte an die Angst, die ich verspürt hatte, an die Gewissheit, dass ich mich in dieser Dunkelheit dem Tod überantwortet hätte, hätte ich es gewollt.

Und da war auch noch der alte Mann im Wald. Es bestand immer noch die Chance, dass er mehr wusste, als er mir gesagt hatte, dass seine Bemerkung über die beiden jungen Leute auf mehr beruhte als nur auf Klatsch, den er in der Stadt aufgeschnappt hatte. Und deshalb musste ich auf dem Weg nach Dark Hollow noch einen Zwischenstopp einlegen.

Der Laden in Orono hatte noch geöffnet. Auf dem Schild über der Tür stand in Schreibschrift »Stuckey Trading«, von unten beleuchtet. Drinnen roch es muffig und war es drückend warm und die Klimaanlage hörte sich an, als würde sie Glas mahlen, während sie die abgestandene Luft im Raum umwälzte. Ein paar Typen in Bikerkutten schauten sich gebrauchte Flinten an und eine Frau in einem Kleid, das zu Woodstock-Zeiten neu gewesen war, sah eine Kiste Achtspurbänder durch. In Vitrinen lagen alte Armbanduhren und Goldketten und auf einem Bord hinterm Ladentresen standen einige Jagdbögen.

Ich wusste nicht so recht, wonach ich hätte suchen sollen, und deshalb sah ich mich um und schaute mir alles an, von alten Möbeln bis zu fast neuen Sitzbezügen fürs Auto, bis mir etwas ins Auge stach. In einer Ecke, neben einem Ständer mit Schlechtwetterkleidung – größtenteils alte Regenjacken und verblichenes, gelbes Ölzeug – standen zwei Reihen Schuhe und Stiefel. Die meisten waren ramponiert und ausgelatscht, aber die Zamberlan-Stiefel fielen mir sofort auf. Es waren Männerstiefel, relativ neu und erheblich teurer als ihre Nachbarn, und augenscheinlich hatte man sich erst kürzlich viel Mühe mit ihnen gegeben. Jemand, vermutlich der Ladeninhaber, hatte sie geputzt und imprägniert, bevor sie hier zum Verkauf ausgestellt wurden. Ich hob einen an und schnupperte hinein. Es roch nach Lysol und nach noch etwas: nach Erdboden und verwesendem Fleisch. Ich hob den zweiten Stiefel und nahm den gleichen vagen Geruch wahr. Ricky hatte Zamberlans getragen, als die beiden mich besuchten, fiel mir ein, und so edle Stiefel tauchten nur selten in einem so abgelegenen Secondhandladen auf. Ich nahm das Paar Stiefel und ging damit an den Ladentresen.

Der Mann an der Kasse war klein und trug ein dickes, dunkles Haarteil, das von einer Schaufensterpuppe zu stammen schien. Hinten im Nacken spähten unter der Perücke Büschel seines eigenen mausgrauen Haars hervor, wie verrückte Verwandte, die man auf den Dachboden verbannt hat. Eine Nickelbrille hing an einer Schnur um seinen Hals und verlor sich in seiner Brustbehaarung. Sein knallrotes Hemd war zur Hälfte aufgeknöpft und ich sah Narben auf seiner Brust. Seine Hände waren schmal und wirkten kräftig und an der linken Hand fehlten ihm, gleich hinter dem ersten Glied, der kleine und der Ringfinger. Die Nägel der verbliebenen Finger waren ordentlich geschnitten.

Er ertappte mich dabei, wie ich seine verstümmelte linke Hand betrachtete, und hielt sie sich vors Gesicht und durch die beiden fehlenden Finger sah die Hand aus wie eine Pistole, wie kleine Kinder sie auf dem Schulhof formen.

»Hab ich im Sägewerk verloren«, erklärte er.

»Wie unvorsichtig.«

Er zuckte die Achseln. »Die Säge hätte mir fast auch noch die anderen Finger abgeschnitten. Haben Sie mal in einem Sägewerk gearbeitet?«

»Nein. Ich fand immer, dass meine Finger gut an meiner Hand aussehen. Ich mag sie so.«

Er betrachtete nachdenklich die Fingerstümpfe. »Schon komisch. Ich kann sie fühlen, so als wären sie immer noch da. Sie wissen wahrscheinlich nicht, wie sich das anfühlt.«

»Doch, das weiß ich«, sagte ich. »Sind Sie Stuckey?«

»Ja, Sir. Und das ist mein Laden.«

Ich stellte die Stiefel auf den Verkaufstresen.

»Das sind gute Stiefel«, sagte er und hob mit der unversehrten Hand einen auf. »Dafür will ich mindestens sechzig Dollar haben. Die hab ich vor nicht mal zwei Stunden persönlich geputzt und imprägniert.«

»Riechen Sie mal dran.«

Stuckey kniff die Augen zusammen und neigte den Kopf zur Seite. »Wie bitte?«

»Ich sagte: Riechen Sie mal dran.«

Er sah mich für einen Moment komisch an, nahm dann einen Stiefel und schnupperte zögerlich am Schaft und dabei zuckten seine Nasenlöcher wie die eines Kaninchens.

»Ich rieche nichts«, sagte er.

»Lysol. Sie riechen doch Lysol, oder?«

»Na klar. Ich desinfiziere die natürlich, bevor ich sie verkaufe. Will ja keiner stinkende Stiefel tragen.«

Ich beugte mich vor und hielt ihm den zweiten Stiefel hin. »Sehn Sie«, sagte ich leise, »das ist genau meine Frage. Wie haben sie denn gerochen, bevor Sie sie geputzt haben?«

Er war niemand, der sich leicht einschüchtern ließ. Er reckte seinen ganzen Körper vor, stemmte sechs Fingerknöchel auf dem Tresen und hob eine Augenbraue. »Sind Sie nicht ganz dicht?«

In einem Spiegel hinterm Tresen sah ich, dass sich die Biker umgedreht hatten, um sich die Show nicht entgehen zu lassen. Ich sprach leise weiter. »Diese Stiefel waren mit Erde verkrustet, als Sie sie gekauft haben, nicht wahr? Und sie haben nach Verwesung gestunken, nach menschlicher Verwesung?«

Er wich einen Schritt zurück. »Wer sind Sie?«

»Ein ganz normaler Kunde.«

»Wenn Sie ein ganz normaler Kunde wären, hätten Sie die blöden Stiefel längst gekauft und die Biege gemacht.«

»Wer hat Ihnen die Stiefel verkauft?«

Jetzt wurde er streitlustig. »Das geht Sie einen Scheißdreck an, Mister. Und jetzt raus aus meinem Laden.«

Ich rührte mich nicht von der Stelle. »Hören Sie mal zu, Freundchen. Sie können mit mir reden oder Sie können mit den Bullen reden, aber reden werden Sie, verstanden? Ich will Ihnen keinen Ärger machen, aber ich werde es tun, wenn es nicht anders geht.«

Stuckey starrte mich an und sah ein, dass ich es ernst meinte. Eine Stimme unterbrach uns, ehe er antworten konnte. »Hey, Stuck«, sagte einer der Biker. »Alles paletti bei dir?«

Er hob die verstümmelte linke Hand, um anzudeuten, dass alles in Ordnung sei, und wandte sich dann wieder mir zu. Als er dann sprach, war ihm keine Bitterkeit anzumerken. Stuckey war Pragmatiker – in seiner Branche musste man das sein – und er wusste, wann er klein beizugeben hatte.

»Das war ein alter Kerl aus dem Norden«, seufzte er. »Der kommt etwa einmal im Monat vorbei und bringt Kram, den er gefunden hat. Das meiste ist Müll, aber ich gebe ihm ein paar Dollar dafür und dann zieht er wieder Leine. Manchmal bringt er auch was Gutes.«

»Hat er die Stiefel kürzlich gebracht?«

»Ja, gestern erst. Ich hab ihm dreißig Mäuse dafür gegeben. Er hat auch einen Rucksack gebracht, einen Lowe Alpine. Den bin ich sofort wieder losgeworden. Das war's. Sonst hatte er nichts anzubieten.«

»Kommt dieser alte Mann aus Richtung Dark Hollow?«

»Ja, das stimmt. Dark Hollow.«

»Wissen Sie, wie er heißt?«

Er kniff wieder leicht die Augen zusammen. »Sagen Sie mal, Mister, wer sind Sie? So 'ne Art Zivilbulle?«

»Wie ich schon sagte: ein ganz normaler Kunde.«

»Für einen ganz normalen Kunden stellen Sie aber ziemlich viele Fragen.« Stuckey wurde wieder aufmüpfiger.

»Ich bin von Natur aus neugierig«, sagte ich, zeigte ihm aber trotzdem meinen Ausweis. »Der Name?«

»Barley. John Barley.«

»Ist das sein richtiger Name?«

»Woher soll ich denn das wissen?«

»Hat er sich irgendwie ausgewiesen?«

Stuckey hätte fast losgelacht. »Wenn Sie den gesehen hätten, wüssten Sie, dass das kein Typ ist, der einen Ausweis dabeihat.«

Ich nickte einmal, zog meine Brieftasche hervor und zählte sechs Zehndollarscheine auf den Ladentresen. »Ich brauche eine Quittung«, sagte ich. Stuckey schrieb schnell eine aus, in schrägen Großbuchstaben, stempelte sie und zögerte dann, ehe er sie mir gab.

»Wie ich schon sagte, ich will keinen Ärger«, sagte er.

»Wenn Sie mir die Wahrheit gesagt haben, kriegen Sie auch keinen.«

Er faltete die Quittung einmal und legte sie in die Plastiktüte zu den Stiefeln. »Nehmen Sie's nicht persönlich, Mister, aber ich schätze mal, Sie finden ungefähr so leicht Freunde wie ein Skorpion.«

Ich nahm die Tüte und steckte die Brieftasche zurück in

meinen Mantel. »Wieso?«, fragte ich. »Haben Sie hier auch Freundschaft zu verkaufen?«

»Nein, Mister, ganz bestimmt nicht«, sagte er mit Entschiedenheit. »Aber ich schätze mal, selbst dann würden Sie keine kaufen.«

24

Es war schon dunkel, als ich weiter nach Dark Hollow fuhr. Es herrschte Schneetreiben auf der Strecke nach Beaver Cove und auch dahinter, wo die schmale, gewundene, von Bäumen gesäumte Straße nach Dark Hollow führte. Der Schnee schien im Scheinwerferlicht zu leuchten, kleine goldene Lichter purzelten herab, als hätte sich der ganze Himmel aufgelöst und fiele zur Erde. Ich versuchte Angel und Louis per Handy zu erreichen, gab es aber bald wieder auf. Wie sich dann herausstellte, waren sie schon im Motel, als ich dort eintraf. Louis kam an die Tür. Er trug eine schwarze Hose mit einer messerscharfen Bügelfalte und ein cremefarbenes Hemd. Es war mir immer ein Rätsel, wie er es schaffte, stets so gepflegt gekleidet zu sein. Manche meiner Hemden hatten schon in der Verpackung mehr Knitterfalten als die, die Louis tagaus, tagein trug.

»Angel duscht gerade«, sagte er, als ich an ihm vorbei ins Zimmer trat. Im stumm gestellten Fernsehen sprach Wolf Blitzer auf dem Rasen des Weißen Hauses.

»Was man nicht alle Tage hat, weiß man doch richtig zu schätzen.«

»Das kannst du laut sagen. Wenn es Sommer wäre, würde er schon die Fliegen anlocken.«

Das stimmte natürlich nicht. Angel mochte vielleicht aussehen wie jemand, der mit Wasser und Seife nur flüchtig Bekanntschaft geschlossen hatte, aber in Anbetracht aller Umstände war er erstaunlich reinlich. Er sah einfach bloß verknautschter aus als die meisten Menschen. Ja, er sah verknautschter aus als irgendjemand sonst, den ich kannte.

»Hat sich beim Haus von Payne was getan?«

»Nichts. Der alte Mann ist rausgekommen und wieder reingegangen. Der Junge ist rausgekommen und wieder reingegangen. Nach dem vierten oder fünften Mal war das nicht mehr besonders spannend. Keinerlei Anzeichen von Billy Purdue oder sonst jemandem.«

»Haben die mitbekommen, dass ihr da draußen wart?«

»Kann schon sein. Sie haben sich aber nicht so verhalten, was ja alles Mögliche bedeuten kann. Hast du was Neues?«

Ich zeigte ihm die Stiefel und erzählte ihm von meinem Gespräch mit Stuckey. In diesem Moment kam Angel aus dem Bad, in vier Handtücher gewickelt.

»Scheiße, Angel«, sagte Louis. »Für wen hältst du dich? Für Mahatma Gandhi? Wozu brauchst du denn die ganzen Handtücher?«

»Es ist kalt«, jammerte er. »Und ich habe Druckstellen am Arsch von dem Autositz.«

»Du kriegst gleich Druckstellen am Arsch von meiner Schuhspitze, wenn du mir nicht frische Handtücher holst. Trockne deinen dürren weißen Arsch ab, schaff ihn rüber an den Empfang und bitte die Dame um frische Handtücher. Und pass ja auf, dass sie schön flauschig sind. Ich rubbel mir den Rücken nicht mit Schmirgelpapier ab.«

Während sich Angel abtrocknete und anzog und dabei leise vor sich hin murmelte, erzählte ich den beiden ausführlich von meinen Gesprächen mit Rachel, Sheriff Tannen und Erica Schneider und dann, was ich über Billy Purdues Besuch in St. Martha erfahren hatte.

»Sieht so aus, als würden wir jede Menge Informationen ansammeln, ohne zu wissen, was sie bedeuten«, meinte Louis abschließend.

»Wir wissen, was einige davon bedeuten«, sagte ich.

»Und du glaubst, dass es diesen Caleb wirklich gibt?«, fragte er.

»Er war real genug, um seine Mutter umzubringen und wahrscheinlich gut zwei Jahrzehnte später ein Mädchen von dort. Und außerdem wurden die Mädchen, die 1965 starben, nicht von einem geistig Behinderten umgebracht. Die Zurschaustellung der Leichen war vieles – eine Geste der Verachtung, ein bewusster Schock –, aber sie war auch der Versuch, es wie die Tat eines Irren aussehen zu lassen. Ich glaube, es sollte den Leuten suggerieren, dass nur ein Verrückter zu so etwas fähig wäre, und das untergeschobene Stück Stoff im Haus der Fletchers lieferte ihnen dann den Verrückten, den sie suchten.«

»Wo ist er also hin?«

Ich ließ mich auf einem der Betten nieder. »Ich weiß es nicht«, sagte ich. »Aber ich glaube, er ist nach Norden gegangen, in die Wildnis.«

»Und wieso hat er nicht weitergemordet?«, fragte Angel.

»Das weiß ich auch nicht. Vielleicht hat er gemordet und wir wissen bloß nichts davon.« Ich wusste, dass Wanderer auf dem Appalachian Trail ermordet worden waren, und ich hatte davon gehört, dass andere auf Nimmerwiedersehen verschwunden waren. Vielleicht hatten sie, in der Hoffnung auf eine Abkürzung, den Wanderweg verlassen und dann war ihnen Schlimmeres begegnet, als sie es sich je hätten vorstellen können.

»Oder vielleicht hat er gemordet, ehe er überhaupt nach Maine kam, und niemand hat ihn mit diesen Todesfällen in Verbindung gebracht hat«, fuhr ich fort. »Rachel meint, dass er möglicherweise eine Ruhephase durchlebt hat und ihn die jüngsten Ereignisse irgendwie daraus aufgeweckt haben.«

Angel nahm einen der Zamberlan-Stiefel und betrachtete ihn. »Tja, wir wissen ja wohl, was es bedeutet, wenn die Ellen Coles Freund gehört haben.« Er sah mich traurig an. Ich wollte nicht darauf eingehen und auch die Möglichkeit nicht eingestehen, dass, wenn Ricky tot war, Ellen ebenfalls tot war.

»Irgendwelche Anzeichen von Stritch?«, fragte ich.

Louis schnaubte. »Ich kann ihn förmlich riechen«, sagte er. »Die Frau am Empfang ist immer noch ziemlich aus dem Häuschen wegen ihrer Katze. Die Bullen glauben, irgendwelche Kinder hätten das getan.«

»Und was jetzt?«, fragte Angel.

»Ich gehe John Barley besuchen«, sagte ich. Louis schüttelte den Kopf.

»Das ist eine schlechte Idee, Bird«, sagte er. »Es ist dunkel und er kennt sich im Wald besser aus als du. Wenn er dir abhaut, kriegst du nie raus, woher er diese Stiefel hat. Und außerdem ist da noch dieser verdammte Hund: Der wird den Alten warnen und dann fängt er an rumzuballern und dann musst du vielleicht zurückschießen. Und tot nützt er uns nichts.«

Er hatte natürlich Recht, aber das machte es mir auch nicht leichter. »Na dann gleich morgen früh«, sagte ich widerwillig. Unausgesprochen blieb die Möglichkeit, dass ich Caleb Kyle bereits begegnet war und ihn zurückgelassen hatte, weil er mich mit einer Waffe bedroht hatte.

»Gleich morgen früh«, stimmte Louis zu.

Ich ließ sie allein, ging auf mein Zimmer und rief bei Walter und Lee in Queens an. Lee nahm nach dem dritten Läuten ab und in ihrer Stimme lag diese Mischung aus Hoffnung und Angst, die ich in den Stimmen Hunderter Eltern, Freunde und Verwandter gehört hatte, die alle auf ein Lebenszeichen einer vermissten Person warteten.

»Lee, hier ist Bird.«

Für einen Moment schwieg sie und ich hörte ihre Schritte, als ginge sie mit dem Telefon außer Hörweite einer anderen Person. Vermutlich war es Lauren. »Bird? Hast du sie gefunden?«

»Nein. Wir sind in Dark Hollow und suchen nach ihr, aber bisher ohne Erfolg.« Ich erzählte ihr nichts von Rickys Stiefeln. Wenn ich mich darin irrte, was ihm widerfahren sein mochte, oder ihm die Stiefel gar nicht gehört hatten, dann hätte sie das nur unnötig geängstigt. Und wenn ich Recht hatte, würden wir alles Übrige noch früh genug erfahren.

»Hast du Walter getroffen?«

Ich verneinte. Er war wahrscheinlich mittlerweile in Greenville, aber ich wollte ihn nicht sehen. Er würde alles nur noch komplizierter machen und ich fand es ohnehin schon schwer genug, meine Gefühle in Zaum zu halten.

»Bird, er war sehr wütend, als er herausgefunden hat, was ich gemacht habe.« Lee brach in Tränen aus und ihr versagte die Stimme. »Er hat gesagt, wenn du beteiligt bist, kommt es zu Blutvergießen. Bitte, Bird, sorg dafür, dass ihr nichts geschieht. Bitte.«

»Ihr geschieht nichts, Lee. Ich melde mich wieder. Mach's gut.«

Ich legte auf und fuhr mir mit den Händen übers Gesicht und durchs Haar, bis ich bei meinen Schulterblättern war. Walter hatte Recht. Es war zu Blutvergießen gekommen, wenn ich mich eingemischt hatte, aber daran waren die entsprechenden Personen meistens selbst schuld gewesen. Man kann Menschen hin und wieder zu etwas verleiten, aber die wichtigsten Schritte unternehmen sie auf eigene Initiative.

Walter hatte Prinzipien, war aber nie in eine Situation gekommen, in der er diese Prinzipien hätte opfern können, um die zu schützen, die er liebte, oder sie zu rächen, wenn sie ihm genommen worden wären. Und jetzt war er ganz in der Nähe von Dark Hollow und eine Situation, die ohnehin schon schwierig und kompliziert war, würde wahrscheinlich nur noch schlimmer werden. Ich saß eine Zeit lang mit dem Gesicht in den Händen da, zog mich dann aus und duschte, mit gesenktem Kopf, so dass der Wasserstrahl meine verspannten Nackenmuskeln massieren konnte.

Das Telefon klingelte, als ich mich abtrocknete. Angel war

dran. Sie warteten auf mich und wollten essen gehen. Ich hatte keinen Appetit und meine Sorge um Ellen ließ mich nicht mehr klar denken, aber trotzdem willigte ich ein mitzugehen. Als wir zum Diner kamen, teilte ein Schild an der Tür mit, dass er vorzeitig geschlossen hatte. In der Roadside Bar fand so eine Art Wohltätigkeitsveranstaltung zugunsten der High-School-Band statt und daran nahmen alle teil. Angel und Louis schauten einander tieftraurig an.

»Müssen wir hier erst der Schülerband spenden, wenn wir was essen wollen?«, fragte Louis. »Was ist denn das für ein Scheißkaff? Und bei wem müssen wir zahlen, wenn wir Bier trinken wollen? Beim Eltern-Lehrer-Ausschuss?« Er betrachtete das Schild näher. »Hey, das ist ja eine Countryband. Larry Fulcher and the Gamblers. Na, vielleicht ist diese Stadt doch nicht ganz so scheiße.«

»O Gott, nein«, sagte Angel. »Keine Bauernmucke mehr. Wieso kannst du nicht einfach Soulfan sein – wie alle anderen Angehörigen deiner ethnischen Gruppe auch? Du weißt schon: Curtis Mayfield, vielleicht noch Wilson Pickett. Das sind deine Leute, Mann, nicht die Louvin Brothers oder Kathy Mattea. Und außerdem haben sie diese Countryscheiße vor gar nicht langer Zeit noch als Hintergrundmusik gespielt, wenn sie deine Leute aufgeknüpft haben.«

»Angel«, sagte Louis geduldig. »Zu einer Platte von Johnny Cash ist noch nie ein Schwarzer gelyncht worden.«

Uns blieb nichts anderes übrig, als zur Roadside Bar zu fahren. Wir gingen zum Motel zurück und ich holte meinen Autoschlüssel. Als ich aus meinem Zimmer kam, hatte sich Louis einen schwarzen Cowboyhut aufgesetzt, mit einem Hutband mit silbernen Sonnen drauf. Angel hielt sich den Kopf und fluchte lauthals.

»Hast du die restlichen Village People auch dabei?«, fragte ich und konnte mir ein Lächeln nicht verkneifen. »Du bist mit Charley Pride aber ziemlich allein auf weiter Flur mit dieser schwarzen Countrynummer. Wenn die Brothers dich so sehen, wirst du ein paar rüde Sprüche ernten.«

»Brothers haben dieses großartige Land mit aufgebaut und diese ›Bauernmucke‹, wie unser hiesiger Kulturtheoretiker es nennt, war für Generationen von Arbeitern der Lebenssoundtrack. Nicht nur Spirituals und Paul Robeson. Und außerdem mag ich diesen Hut.« Er schnippte neckisch unter die Krempe.

»Ich hatte irgendwie gehofft, ihr beide würdet euch unauffällig verhalten, solange wir hier sind – es sei denn, etwas anderes wäre unbedingt nötig«, sagte ich, als wir uns in den Mustang setzten.

Louis seufzte vernehmlich. »Bird, ich bin von hier bis Toronto der einzige Brother. Solange ich mir auf der Fahrt zu diesem High-School-Band-Beschiss nicht noch die Weißfleckenkrankheit hole, kann ich mich unmöglich unauffällig verhalten. Also halt die Klappe und fahr.«

»Ja, Bird, fahr«, sagte Angel von der Rückbank aus. »Sonst hetzt dir unser Cleavon Little hier noch seine Bande auf den Hals. The Cowpokes with Attitude vielleicht oder Prairie Enemy ...«

»Angel«, scholl es vom Beifahrersitz. *»Halt die Schnauze.«*

Das Roadside war ein großer, alter Laden aus dunklem Holz. Es hatte eine breite, eingeschossige Front, in deren Mitte, über dem Eingang, der Giebel wie ein Kirchturm aufragte. Auf dem ganzen Hof und seitlich bis zum Waldrand stapelten sich die parkenden Autos förmlich. Das Roadside befand sich am westlichen Stadtrand; dahinter kam nur noch dunkler Wald.

An der Tür zahlten wir fünf Dollar Eintritt – »Fünf Dollar!«, zischte Angel. »Ist das ein Abzockerschuppen hier, oder was?« – und gingen dann hinein. Es war ein langer, höhlenartiger Saal, in dem es fast so dunkel war wie draußen in der Nacht. Schummrige Funzeln hingen an den Wänden und der

Tresen war eben so hinreichend beleuchtet, dass die Trinkenden die Biermarke auf der Flasche entziffern konnten, aber nicht das Haltbarkeitsdatum. Das Roadside war viel größer, als es von außen wirkte, und, vom Tresenbereich und der Mitte der Tanzfläche abgesehen, in fast völlige Dunkelheit getaucht. Das Lokal war vom Eingang bis zur Bühne am anderen Ende vielleicht hundert Meter lang und der Tresen befand sich in der Mitte auf einer Empore. Strahlenförmig rundherum waren Tische aufgestellt, die sich bis in die Dunkelheit der Wände erstreckten, wo es wiederum Sitznischen gab. An den Rändern des Saals war es im Roadside so dunkel, dass nur blasse Mondgesichter zu erkennen waren, und das auch nur, wenn der entsprechende Mensch an einer helleren Stelle stand. Sonst bewegten sich vor den Wänden nur Schattengestalten, wie Gespenster.

»Das ist eine Stevie-Wonder-Kneipe«, meinte Angel. »Die Getränkekarte ist wahrscheinlich in Blindenschrift.«

»Ganz schön dunkel«, stimmte ich zu. »Wenn du hier einen Vierteldollar verlierst, ist er nur noch zehn Cent wert, wenn du ihn wiederfindest.«

»Ja, wie Reaganomics en miniature«, meinte Angel.

»Red nicht schlecht über Reagan«, warnte ihn Louis. »Ich habe nur gute Erinnerungen an Ronnie.«

»Das ist wahrscheinlich mehr, als Ronnie selber hat«, sagte Angel grinsend.

Louis führte uns zu einer Sitznische an der rechten Wand. Auf der Bühne spielten nun Larry Fulcher and the Gamblers. Louis wackelte schon im Rhythmus der Musik mit dem Kopf und wippte mit den Füßen.

Und Larry Fulcher und seine Band waren tatsächlich gar nicht mal so schlecht. Sie waren zu sechst und Fulcher spielte Mandoline, Gitarre und Banjo. Sie spielten *Bonaparte's Retreat* und ein paar Songs von Bob Wills – *Get With It* und *Texas Playboy Rag*. Dann ging es weiter mit der Carter

Family und *Wabash Cannonball* und *Worried Man Blues*, *You're Learning* von den Louvin Brothers und dann mit einem guten Cover von *One Piece at a Time* von Johnny Cash. Es war eine wilde Mischung, aber sie spielten gut und mit ansteckender Begeisterung.

Wir bestellten Hamburger und Pommes Frites. Sie kamen in roten Plastikkörbchen mit mehreren Servietten unten drin, die das Fett auffingen. Angel und Louis tranken Pete's Wicked, ich Mineralwasser.

Die Band legte eine Pause ein und das Publikum strömte an den Tresen und zu den Toiletten. Ich sah mich in der Menge um. Rand Jennings und seine Frau waren nirgends zu sehen und das war wahrscheinlich auch gut so.

»Wir sollten jetzt draußen beim Haus von Meade Payne sein«, sagte Louis. »Wenn Billy Purdue kommt, dann bestimmt nicht tagsüber in einem großen Festumzug.«

»Wenn du jetzt da draußen wärst, würdest du nur frieren und könntest gar nichts sehen«, sagte ich. »Wir tun, was wir können.« Es kam mir vor, als entglitte mir die Situation. Vielleicht war sie mir schon von dem Moment an entglitten, als ich von Billy Purdue fünfhundert Dollar entgegengenommen hatte, ohne ihn zu fragen, wo er die gefunden hatte. Ich war mir immer noch sicher, dass Billy, früher oder später, in Dark Hollow auftauchen würde. Und da Meade Payne nicht mit uns kooperierte, bestand immer noch die Möglichkeit, dass er uns durch die Lappen ging. Vermutlich würde sich Billy eine Zeit lang bei Payne verstecken und mit seiner Hilfe möglicherweise versuchen, nach Kanada zu gelangen. Billys Kommen würde die häusliche Routine bei Payne unterbrechen und ich baute darauf, dass Angel und Louis eine solche Unruhe bemerken würden.

Doch um Billy machte ich mir, neben Ellen Cole, verhältnismäßig wenig Sorgen, auch wenn es, auf eine Weise, die ich noch nicht verstand, einen Zusammenhang zwischen ihnen gab. Ein alter Mann hatte sie hier heraufgelockt, vielleicht derselbe alte Mann, der Rita Ferris Tage vor ihrem Tod beschattet hatte, vielleicht sogar derselbe Mann, den die Einwohner einer texanischen Kleinstadt einmal als Caleb Brewster gekannt hatten. Dark Hollow war einfach ein zu kleiner Ort, als dass solche Vorkommnisse nichts miteinander zu tun hatten.

Wie auf Stichwort drängelte sich jetzt eine Frau durch die Scharen am Tresen und bestellte sich etwas zu trinken. Es war Lorna Jennings. Ihr knallroter Pulli wirkte in der Menschenmenge wie ein Leuchtfeuer. Bei ihr standen noch zwei Frauen, eine schlanke Brünette in einer grünen Bluse und eine ältere Dame mit schwarzem Haar, die ein weißes Baumwolloberteil trug, das mit rosa Rosen bedruckt war. Offenbar hatten heute die Mädels Ausgang. Lorna sah mich nicht oder wollte mich nicht sehen.

Beifall brandete auf und Larry Fulcher und seine Band kamen wieder auf die Bühne. Sie legten los mit *Blue Moon of Kentucky* und die Tanzfläche verwandelte sich augenblicklich in ein wogendes Menschenmeer, tanzende Paare wirbelten umher, mit einem Lächeln auf dem Gesicht, die Frauen drehten sich auf den Schuhspitzen und die Männer führten sie gekonnt. Freunde und Nachbarn standen grüppchenweise plaudernd beieinander, mit einem Bier in der Hand, und genossen einen Abend unter ihresgleichen. Im Halbdunkel küssten sich verstohlen junge Pärchen, während ihre Eltern auf der Tanzfläche Vorspiel praktizierten. Die Musik schien lauter zu werden; die Menschenmenge bewegte sich schneller; vom Tresen her hörte man splitterndes Glas und geniertes Auflachen. Lorna stand an einer Säule und ihre Freundinnen hörten schweigend der Musik zu. Ich sah einem Mann und einer Frau zu, die Lorna gegenüber am Tresen saßen und sich leidenschaftlich küssten. Man sah ihre Zungen und die Hand der Frau glitt verstohlen an dem Mann hinab, weiter und immer weiter ...

Bis dorthin, wo ein Kind vor ihnen stand, in einem Lichtzirkel, der aus dem Nirgendwo zu kommen schien. Während Pärchen ganz nah vorbeikamen und sich Männer mit Biertabletts durch die Menschenmenge schoben, blieb das Kind unbehelligt und niemand kam ihm nah oder durchbrach die Lichthülle, die es umgab. Sie schien auf sein blondes Haar, brachte das Lila seines Strampelanzugs zum Leuchten, ließ die Nägel seiner winzigen Hände schimmern, als es seine linke Hand hob und in die Dunkelheit wies.

»Donnie?«, flüsterte ich.

Und aus der Dunkelheit am anderen Ende des Saals tauchte eine weiße Gestalt auf. Stritch lächelte, seine wulstigen Lippen spalteten das ganze Gesicht und seine Glatze schimmerte im Halbdunkel. Er ging in die Richtung, in der Lorna Jennings stand, sah zu mir herüber und fuhr sich dann mit dem rechten Zeigefinger quer über die Kehle.

»Stritch«, zischte ich und sprang von meinem Platz auf. Louis erhob sich ebenfalls, suchte die Menge ab und langte schon nach seiner SIG.

»Ich seh ihn nicht. Bist du sicher?«

»Er ist auf der anderen Seite des Tresens. Er ist hinter Lorna her.«

Louis ging rechts herum, die Hand unter dem schwarzen Jackett an der Waffe. Ich ging links herum. Die Leute standen dicht gedrängt. Ich schob mich durch die Menge, die Menschen gingen beiseite und schrien, wenn sie ihr Bier verschüttet hatten. Ich gab mir Mühe, Lornas roten Pulli im Blick zu behalten, aber im Gedränge verlor ich sie aus den Augen. Rechts sah ich eben noch Louis, der sich an den Paaren am Rande der Tanzfläche vorbeidrängelte und dabei neugierige Blicke auf sich zog. Links bahnte sich Angel in weitem Bogen einen Weg um den Tresen.

Als ich dem Tresen näher kam, standen dort Männer und Frauen dicht gedrängt, riefen Bestellungen, winkten mit Geldscheinen, lachten und schmusten. Ich schob mich weiter, stieß dabei ein Tablett mit Getränken herunter und ein dünner, junger Mann mit Akne im Gesicht ging in die Knie. Hände langten nach mir und zornige Stimmen wurden laut, aber ich achtete nicht darauf. Ein Barkeeper, ein fetter, dunkelhäutiger Kerl mit Vollbart, hob eine Hand, als ich auf den Tresen stieg und fast auf dem feuchten Holz ausgerutscht wäre.

»Hey! Runter da!«, rief er und hielt dann inne, als er die Smith & Wesson in meiner Hand sah. Er wich zurück und ging zum Telefon neben der Kasse.

Jetzt sah ich Lorna ganz deutlich. Sie drehte den Kopf zu mir um, als ich über ihr auftauchte, und auch andere Leute schauten sich um und bekamen große Augen. Ich wirbelte herum und sah, wie Louis sich seinen Weg durch die Meute am Tresen bahnte und sich dabei im Saal nach dem weißen Glatzkopf umsah.

Ich sah ihn als Erster. Etwa zwanzig Menschen standen noch zwischen ihm und Lorna und er ging immer noch auf sie zu. Ein, zwei Leute starrten ihn an, doch dann lenkte es sie ab, dass ich auf dem Tresen stand und eine Waffe in der Hand hielt. Stritch lächelte mir zu und etwas blitzte in seiner Hand auf: eine kurze, gekrümmte Messerklinge mit perfide spitzem Ende. Ich sprang vom Tresen in den Mittelgang, zwischen die Kasse und die Flaschen und mit einem zweiten Sprung war ich fast bei Lorna. Ich trat Gläser herunter, die am Boden zersplitterten. Die Leute wichen vor mir zurück und ich hörte Schreie.

»Du musst weg hier«, sagte ich. »Du bist in Gefahr.«

Sie lächelte beklommen und runzelte die Stirn, doch dann sah sie die Waffe in meiner Hand. »Was? Wovon redest du?«

Ich schaute an ihr vorbei zu der Stelle, an der ich Stritch zuletzt gesehen hatte, aber er wich zurück und verschwand in der Menschenmenge. Dann tauchte ein Kopf auf und Louis stand geduckt auf einem Tisch und versuchte sich nicht zum

Ziel für einen Schuss zu machen. Er drehte sich zu mir um und wies auf den mittleren Ausgang. Auf der Bühne spielte die Band weiter, aber ich sah sie besorgte Blicke tauschen.

Links kamen kräftige Kerle in T-Shirts auf uns zu. Ich packte Lorna bei der Schulter. »Bleib mit deinen Freundinnen hier am Tresen. Das ist mein Ernst. Ich erklär's dir später.« Sie nickte einmal und das Lächeln war aus ihrem Gesicht gewichen. Ich glaube, ich wusste, warum. Ich glaube, sie hatte einen Blick auf Stritch erhascht und in seinen Augen gesehen, was er mit ihr vorhatte.

Ich drängelte mich zum Mittelausgang durch. Eine kleine Treppe führte hinauf und ich sah eine Kellnerin an der Tür, ein hübsches Mädchen mit langem, dunklem Haar, die unsicher die Stirn runzelte, während sie zusah, was sich am Tresen abspielte. Dann tauchte neben ihr eine Gestalt auf und der weiße Glatzkopf fing an zu lächeln. Eine blasse Hand verschwand in ihrem Haar und die Klinge blitzte neben ihrem Kopf auf. Die Kellnerin versuchte sich loszumachen und fiel dabei auf die Knie. Ich wollte die Waffe heben, aber die Leute drängelten sich um mich und Köpfe und Arme nahmen mir die Sicht. Jemand, ein junger Mann mit der Figur eines Footballspielers, versuchte meinen rechten Arm zu packen, aber ich rammte ihm meinen Ellenbogen ins Gesicht und er wich zurück. Gerade als es so aussah, als müssten wir ohnmächtig mit ansehen, wie dem Mädchen die Kehle aufgeschlitzt wurde, wirbelte ein dunkler Gegenstand durch die Luft und zerplatzte an Stritchs Kopf. Links von mir stand Angel auf einem Stuhl und hatte noch die Hand gehoben, mit der er die Flasche geworfen hatte. Ich sah, wie Stritch rückwärts strauchelte, aus mehreren Platzwunden am Kopf und im Gesicht blutend. Die Kellnerin riss sich von ihm los, fiel die kleine Treppe hinunter und ließ ein dickes Haarbüschel in der Hand ihres Angreifers zurück. Die Tür hinter Stritch flog auf und er huschte hinaus in der Nacht.

Louis und ich folgten ihm nur Sekunden später. Wir kamen fast gleichzeitig an der Treppe an. Hinter uns am Haupteingang tauchten blaue Uniformen auf und ich hörte Rufe und Geschrei.

Draußen standen Bierfässer neben der Tür aufgestapelt und gegenüber eine grüne Mülltonne. Vor uns war der Waldrand, beleuchtet von den Laternen, die an dieser Seite der Bar angebracht waren. Etwas Weißes lief hinaus in die Dunkelheit und wir liefen hinterher.

25

Im Wald war es erstaunlich still, als hätte der Schnee die Natur zum Schweigen gebracht, alles Leben erstickt. Es ging kein Wind und keine Nachtvögel waren zu hören, nur das Knirschen unter unseren Schuhen und das leise Knacken ungesehener Zweige, die wir zertraten.

Ich schloss die Augen, um sie an die Dunkelheit im Wald zu gewöhnen, und hielt mich dabei an einem Baumstamm fest. Um uns her, größtenteils verborgen unter Schneewehen, schlängelten sich Baumwurzeln über den kargen Erdboden. Louis war bereits einmal hingefallen und sein Mantel war vorn weiß gesprenkelt.

Hinter uns kam Lärm und Gebrüll aus Richtung der Bar, aber noch folgte uns niemand. Es war schließlich immer noch nicht klar, was passiert war: Ein Mann hatte mit einer Pistole herumgefuchtelt; ein zweiter Mann hatte eine Flasche geworfen und damit einen dritten Mann verletzt; manche Leute meinten, ein Messer gesehen zu haben, was die Kellnerin sicherlich bestätigen konnte. Sie würden einige Zeit brauchen, um Taschenlampen zu holen und bis die Polizei eine Verfolgung organisiert hatte. Ab und an tauchte hinter uns ein matter, gelblicher Lichtschein auf, doch bald war er zwischen den immer dichter stehenden Bäumen nicht mehr zu sehen. Nur der matte Mondschein, der müde durch die Äste über uns drang, spendete etwas Licht.

Louis war in Sichtweite. Ich hob eine Hand und wir blieben stehen. Vor uns war nichts zu hören, was entweder bedeutete, dass Stritch seine Schritte sehr vorsichtig setzte oder dass er stehen geblieben war und uns in der Dunkelheit auflauerte.

Ich dachte wieder an die Tür auf dem Industriegelände in Portland und daran, wie sicher ich mir gewesen war, dass er mir dort auflauerte, um mich umzubringen. Diesmal, beschloss ich, würde ich nicht klein beigeben.

Dann hörte ich links etwas. Es war ganz leise und hörte sich wie Tannennadeln an, die über Kleidung strichen, und dann wie das Zusammenpressen des Schnees unter einer Schuhsohle. Louis' Gesicht sah ich an, dass er es auch bemerkt hatte. Ein zweiter Schritt war zu hören, dann ein dritter und sie bewegten sich nicht auf uns zu, sondern von uns fort.

»Könnten wir ihn überholt haben?«, flüsterte ich.

»Glaub ich nicht. Vielleicht ist das jemand aus der Bar.«

»Ohne Taschenlampe und es ist nur einer, keine Gruppe.«

Aber es war noch etwas seltsam daran: Das Geräusch wirkte achtlos, fast provokativ. Als wollte uns jemand wissen lassen, dass er oder sie dort draußen war.

Ich hörte mich trocken schlucken. Louis' Atem zog kurz einen dünnen Nebel über seine Gesichtszüge. Er sah mich an und zuckte die Achseln.

»Lausch weiter, aber wir sollten jetzt los.«

Er kam hinter dem Stamm einer Tanne hervor und ein Schuss durchbrach die Waldesstille und jagte neben seinem Gesicht Borke und Holzfetzen in die Luft. Er warf sich zu Boden und rollte nach rechts, bis er in einer Mulde verschwunden war, vor der eine stumpfe Felskante aus dem Schnee ragte.

»Das war knapp«, hörte ich ihn sagen. »Ich kann diese Profis nicht ab.«

Ich fragte mich, wie lange Stritch uns schon beobachtet und darauf gelauert hatte zuzuschlagen. Lange genug, um mich mit Lorna zu sehen und zu erkennen, dass zwischen uns irgendwelche Bande bestanden. »Wieso wollte er sie in aller Öffentlichkeit angreifen?«, fragte ich mich laut.

Louis riskierte einen Blick über die Felskante und es erklangen keine Schüsse. »Er wollte der Frau wehtun und er wollte, dass du ihn dabei siehst. Und außerdem wollte er uns hierher locken.«

»Und wir haben mitgemacht?«

»Wir wollen ihn ja nicht enttäuschen«, erwiderte Louis. »Ich sag dir was, Bird: Dem Mann ist das Geld mittlerweile scheißegal.«

Ich war es allmählich Leid, die riesige Tanne zu umarmen. »Ich gehe jetzt los und seh mal, wie weit ich komme. Willst du noch mal aus deinem Loch gucken und mir Deckung geben?«

»Du bist der Boss. Leg los.«

Ich atmete tief durch und lief geduckt im Zickzack los, stolperte dabei zweimal fast über verborgene Wurzeln, schaffte es aber, nicht hinzufallen, während Stritchs Waffe zweimal aufbellte und neben meinem rechten Fuß Schnee und Erdreich aufwirbelte. Es folgte ein Feuerstoß aus Louis' SIG, der Zweige zerfetzte und an Felsen Querschläger produzierte, aber auch dafür zu sorgen schien, dass Stritch den Kopf einziehen musste.

»Siehst du ihn?«, rief ich, als ich mich hinhockte, mit dem Rücken an einer Fichte, große Atemwolken ausstoßend. Endlich wurde mir ein bisschen wärmer, aber selbst in dieser Dunkelheit sahen meine Hände und Finger krebsrot aus. Ehe Louis antworten konnte, wirbelte etwas fahl Weißes durch ein Gestrüpp vor uns und ich eröffnete das Feuer. Die Gestalt zog sich in die Dunkelheit zurück. »Vergiss es«, fügte ich hinzu. »Er ist etwa zehn Meter nordöstlich von dir und geht weiter in den Wald hinein.«

Louis rückte schon vor. Ich erkannte seine dunkle Gestalt, die sich vor dem Schnee abzeichnete. Ich spähte, zielte und feuerte vier Schüsse dorthin ab, wo ich Stritch zuletzt gesehen hatte. Das Feuer wurde nicht erwidert und Louis war bald mit mir auf gleicher Höhe und gut drei Meter neben mir.

Und dann, wiederum links von mir, doch diesmal weiter

entfernt, hörte ich Bewegungen im Wald. Jemand ging schnell und sicheren Schritts auf Stritch zu.

»Bird?«, sagte Louis. Ich hob schnell eine Hand und deutete in die Richtung der Schritte. Er schwieg und wir warteten ab. Etwa eine halbe Minute lang passierte gar nichts. Man hörte nichts, nicht einen Schritt und auch nicht fallenden Schnee von den Bäumen. Ich hörte nur mein Herz pochen und den Puls in meinen Ohren.

Dann erklangen schnell hintereinander zwei Schüsse und dann hörte es sich an, als würden zwei Körper aufeinander prallen. Louis und ich liefen gleichzeitig los. Uns froren die Füße. Wir rissen die Knie hoch, damit wir nicht im Schnee stecken blieben.

Wir liefen, bis wir das Wäldchen durchquert hatten, mit ausgestreckten Armen, um die Zweige abzuwehren, und dann fanden wir Stritch.

Er stand auf einer kleinen, felsigen Lichtung, in silbrigen Mondschein gehüllt, mit dem Rücken zu uns, seine Zehen berührten kaum noch den Boden und seine Hände umschlangen den Stamm einer großen Fichte. Aus dem Rücken seines beigen Regenmantels ragte etwas Dickes, Rotes, das im Mondschein dunkel glänzte. Als wir näher kamen, schüttelte sich Stritch und schien den Baumstamm fester zu packen, wie um sich von dem angespitzten Aststumpf zu befreien, auf dem er aufgespießt war. Ein feiner Sprühnebel aus Blut kam ihm aus dem Mund und er stöhnte und sein Griff wurde schwächer. Er drehte den Kopf, als er uns kommen hörte, seine Augen waren vor Schock weit aufgerissen, wie auch seine wulstigen, feuchten Lippen vor den zusammengebissenen Zähnen. Er versuchte weiter, sich aufrecht zu halten. Blut floss aus seinen Kopfwunden, lief ihm in dunklen Bächen über die blassen Gesichtszüge.

Als wir fast bei ihm waren, riss er den Mund auf und schrie und schüttelte sich ein letztes Mal am ganzen Leib. Sein Griff ließ nach und sein Kopf sank nach vorn und lehnte schließlich an der Baumrinde.

Und während er starb, sahen Louis und ich uns auf der Lichtung um und uns beiden war genau bewusst, dass uns außerhalb unseres Gesichtsfelds jemand beobachtete und dass dieser Jemand eine gewisse Freude bei dem empfand, was er sah und was er getan hatte.

26

Ich sass in Rand Jennings' Büro im Polizeirevier von Dark Hollow und sah zu, wie es in der frühmorgendlichen Dunkelheit an die Fensterscheibe schneite. Jennings saß mir gegenüber, hatte die Handflächen aneinander gepresst und seine Fingerspitzen ruhten an seinem schmalen Doppelkinn. Hinter mir stand Ressler und draußen vor dem Büro liefen uniformierte Polizisten, größtenteils einberufene Teilzeitkräfte, auf dem Korridor auf und ab und rempelten einander an, wie Ameisen, deren Duftstoffe man manipuliert hatte.

»Erzählen Sie mir, wer er war«, sagte Jennings.

»Das habe ich Ihnen doch schon erzählt.«

»Dann erzählen Sie's mir noch mal.«

»Er nannte sich Stritch. Er war freischaffend tätig – Mord, Folter, Anschläge, was gerade so kam.«

»Und wieso greift er dann in Dark Hollow, Maine, Kellnerinnen an?«

»Keine Ahnung.« Das war gelogen, aber wenn ich ihm erzählt hätte, dass sich Stritch für den Tod seines Partners hatte rächen wollen, dann hätte Jennings gefragt, wer diesen Partner denn umgebracht hatte und welche Rolle ich bei der ganzen Sache spielte. Und wenn ich ihm das erzählt hätte, dann hätte er mich höchstwahrscheinlich in eine Zelle gesperrt.

»Fragen Sie ihn nach dem Neger«, sagte Ressler. Instinktiv spannten sich meine Nacken- und Schultermuskeln und ich hörte Ressler hinter mir kichern. »Stört Sie das Wort, Mister Wichtig? Sie mögen es wohl nicht, wenn man jemanden einen Neger nennt, und schon gar nicht, wenn es ein Freund von Ihnen ist?«

Ich atmete tief durch und beherrschte mich. »Ich weiß nicht, worüber Sie reden. Und ich möchte es gerne mal erleben, dass Sie in Harlem so eine dicke Lippe riskieren.«

Jennings löste seine Hände voneinander und fuchtelte mit dem Zeigefinger vor meiner Nase herum. »Und wieder nenne ich Sie einen Lügner, Parker. Ich habe Zeugen, die einen Farbigen gesehen haben, der Ihnen nachgelaufen ist, und eben dieser Farbige hat zusammen mit einem Weißen am Tag Ihrer Ankunft im Motel eingecheckt und hat das Zimmer bar im Voraus bezahlt, das Zimmer, das er sich mit ebendem Weißen geteilt hat, der diesem Stritch eine Flasche an den Kopf geknallt hat, und ebendieser Farbige ...« Seine Stimme erhob sich zum Gebrüll. »Ebendieser verdammte Farbige hat jetzt das Motel verlassen und ist mit seinem Kumpel wie vom Erdboden verschluckt. Haben Sie mich verstanden?«

Ich wusste, wo Angel und Louis waren. Sie waren im India Hill Motel an der Route 6, außerhalb von Greenville. Angel hatte eingecheckt und Louis ließ sich erst mal nicht mehr blicken. Sie aßen nebenan bei McDonald's und warteten auf einen Anruf von mir.

»Wie ich schon sagte: Ich weiß nicht, wovon Sie reden. Ich war allein, als ich Stritch fand. Vielleicht ist mir ja jemand gefolgt, weil er dachte, ich bräuchte Hilfe dabei, diesen Typ zu fangen, aber wenn dem so war, dann habe ich ihn nicht gesehen.«

»Sie lügen doch, dass sich die Balken biegen, Parker. Wir haben drei oder vier Schuhabdrücke, die auf diese Lichtung zu laufen. Ich frage Sie noch einmal: Warum geht dieser Typ in meiner Stadt auf Kellnerinnen los?«

»Ich weiß es nicht«, log ich noch einmal.

»Hören Sie doch auf. Sie haben den Typ entdeckt. Sie sind ihm gefolgt, ehe er überhaupt auf das Mädchen losgegangen ist.« Er schwieg. »Vorausgesetzt, es war überhaupt Carlene Simmons, von der er was wollte.« Sein Gesicht nahm einen nachdenklichen Ausdruck an, aber er ließ mich nicht aus dem Blick. Er stand auf und ging ans Fenster und dort starrte er eine Zeit lang in die Schwärze hinaus. »Sergeant«, sagte er schließlich. »Würden Sie uns bitte entschuldigen?«

Hinter mir hörte ich Ressler sein Gewicht verlagern und dann leise, bedächtige Schritte, als er zur Tür ging und sie sacht hinter sich schloss. Jennings wandte sich zu mir um und ließ die Fingerknöchel seiner rechten Hand knacken, indem er seine rechte Faust in der linken quetschte.

»Wenn ich Ihnen jetzt eine verpassen würde, würde niemand außerhalb dieses Zimmers versuchen, mich davon abzuhalten, nicht mal, wenn er wollte. Niemand würde sich einmischen.« Er sprach ganz ruhig, aber seine Augen glühten.

»Wenn Sie versuchen mich zu schlagen, Rand, dann sollten Sie hoffen, dass sich jemand einmischt. Sie könnten Hilfe gut gebrauchen.«

Er setzte sich mir gegenüber auf die Schreibtischkante, die rechte Faust immer noch in der linken Hand, die nun auf seinem Oberschenkel ruhte. »Ich habe gehört, man hat Sie in der Stadt mit meiner Frau gesehen.« Jetzt sah er mich nicht mehr an. Vielmehr schien seine ganze Aufmerksamkeit auf seine Hände gerichtet. Er betrachtete jede Narbe und Falte, jede Ader und Pore. Es waren die Hände eines alten Mannes, dachte ich, älter als sie hätten sein sollen. Jennings haftete eine gewisse Müdigkeit an, ein Lebensüberdruss. Mit einer Frau zusammen zu sein, die einen nicht liebt, und das nur, damit kein anderer sie haben kann – das zehrt an einem Mann. Es zehrt auch an der Frau.

Ich erwiderte nichts darauf. Ich wusste, was er dachte. Manchmal holen einen die Dinge wieder ein. Nenne man es nun Schicksal, Vorsehung, Gottes Wille. Nenne man es Pech, wenn man versucht, eine scheiternde Ehe einzufrieren, damit sie sich nicht weiter zersetzt – wie die Egomanen, die sich nach ihrem Tod in flüssigem Stickstoff einfrieren lassen, in der

Hoffnung, die medizinische Technik wäre Jahrhunderte später so weit fortgeschritten, dass man sie wiederbeleben kann, als wollte man dann in der Gegenwart unbedingt die wandelnden Leichen der Vergangenheit sehen. Ich glaube, Rands Ehe war so ähnlich – etwas, das künstlich am Leben erhalten wurde, in einer Wunschwelt eingefroren, und auf das Wunder wartete, das es wieder zum Leben erwecken würde. Und dann war ich gekommen, wie das Tauwetter im April, und er hatte mit ansehen müssen, wie das ganze Gebilde zu schmelzen begann. Ich hatte seiner Frau nichts zu bieten, zumindest nichts, was ich auch geben wollte. Ich wusste nicht recht, was sie in mir sah. Vielleicht hatte es weniger mit mir als mit dem zu tun, was ich für sie darstellte: verpasste Gelegenheiten, unbeschrittene Wege, eine zweite Chance.

»Haben Sie gehört, was ich gesagt habe?«, fragte er.

»Ja, das habe ich.«

»Und? Ist das wahr?« Da sah er mich an und er hatte Angst. Er hätte es nicht so genannt, hätte es sich nie eingestanden, aber es war Angst. Vielleicht liebte er, tief in seinem Innersten, seine Frau immer noch, wenn auch auf eine so seltsame Weise, auf eine Art, die so gar nichts mit dem normalen Leben zu tun hatte, dass es für sie beide keinerlei Bedeutung mehr hatte.

»Wenn Sie fragen, wissen Sie es doch schon.«

Ich stand auf und trat einen Schritt vor, so dass wir uns direkt gegenüberstanden. Wenn er versucht hätte, mich zu schlagen, hätte er keinen Platz zum Ausholen gehabt. Ich sprach leise und deutlich. »Sie werden gar nichts tun. Wenn Sie mir hier in die Quere kommen, lege ich Sie um.«

Ich ließ ihn stehen, ließ mir vorne meine Waffe aushändigen und ging hinaus zu meinem Mustang. Ich war gereizt und fühlte mich schmutzig und meine Füße waren immer noch kalt und klamm. Ich dachte an Stritch, wie er zuckend an dem Baum hing, auf Zehenspitzen, und sich vergeblich mühte zu überleben. Und ich dachte an die Kraft, die es gekostet haben musste, ihn auf diesem Aststumpf aufzuspießen. Stritch war ein gedrungener, kräftiger Mann gewesen, mit einem niedrigen Schwerpunkt. Solche Menschen sind schwer zu bewegen. Der Kragen seines Regenmantels war zerfetzt gewesen, wo der Mörder ihn gepackt, sein eigenes Körpergewicht gegen ihn eingesetzt und den nötigen Schwung geholt hatte, um ihn an dem Baum aufzuspießen. Wir suchten also nach jemandem, der stark und flink war und Stritch als Bedrohung für sich empfand.

Oder für jemand anderen.

Ein kalter Wind pfiff über die Hauptstraße von Dark Hollow und sprühte den Wagen mit Schnee ein, als das Motel in Sicht kam. Ich ging zu meinem Zimmer und steckte den Schlüssel ins Schloss, aber es war bereits aufgeschlossen. Ich ging am rechten Türrahmen in Deckung, zog meine Waffe und schob die Tür langsam auf.

Lorna Jennings saß auf meinem Bett, barfuß und die Knie unters Kinn gezogen, und das Zimmer wurde hauptsächlich von der Nachttischlampe beleuchtet. Sie hatte die Hände um die Unterschenkel gelegt und die Finger ineinander geschlungen. Im Fernsehen lief eine Talkshow, aber der Ton war kaum zu hören.

Sie sah mich mit fast so etwas wie Liebe an und mit fast so etwas wie Hass. Die Welt, die sie sich hier geschaffen hatte – ein Kokon aus Gleichgültigkeit, umgeben von abgestorbenen Gefühlen und den Resten einer schwierigen Ehe –, brach um sie her zusammen. Sie schüttelte den Kopf, den Blick immer noch starr auf mich gerichtet, und schien den Tränen nah. Dann schaute sie weg, hinüber zum Fenster, durch das bald fahles Winterlicht ins Zimmer scheinen würde.

»Wer war das?«, fragte sie.

»Sein Name war Stritch.«

Neben ihren nackten Füßen schob sie mit Daumen und

Zeigefinger ihren Ehering bis zur Fingerspitze und drehte ihn dort, vor und zurück, ehe sie ihn abzog und dann in den Fingerspitzen hielt. Ich hielt das für kein gutes Zeichen.

»Er wollte mich umbringen, nicht wahr?« Ihre Stimme wirkte sachlich, aber darunter bebte etwas.

»Ja.«

»Warum? Ich habe ihn noch nie gesehen. Was habe ich ihm getan?« Sie ließ ihre linke Wange auf ihrem Knie ruhen und wartete auf meine Antwort. Ihr liefen Tränen übers Gesicht.

»Er wollte dich umbringen, weil er glaubte, du würdest mir etwas bedeuten. Er wollte sich rächen und hat darin eine Möglichkeit gesehen.«

»Und bedeute ich dir etwas?« Es war nun fast nur noch ein Flüstern.

»Ich habe dich einmal geliebt«, sagte ich.

»Und jetzt?«

»Du bedeutest mir immer noch genug, dass ich nicht zulasse, dass dir jemand wehtut.«

Sie schüttelte den Kopf, hob ihn von ihren Knien und legte sich den rechten Handballen ans Gesicht. Jetzt weinte sie ungehemmt.

»Hast du ihn getötet?«

»Nein. Jemand ist mir zuvorgekommen.«

»Aber du hättest ihn getötet?«

»Ja.«

Sie verzog vor Leid und Kummer den Mund, Tränen tropften von ihrem Gesicht aufs Bett. Ich nahm aus der Schachtel auf dem Nachttisch ein Taschentuch, reichte es ihr und setzte mich dann zu ihr auf die Bettkante.

»O Gott, warum musstest du bloß herkommen?«, sagte sie. Sie wurde am ganzen Körper von Schluchzern durchgeschüttelt, die auch ihren Sprachfluss hemmten. »Manchmal habe ich wirklich wochenlang nicht an dich gedacht. Als ich hörte, dass du geheiratet hast, hat es fürchterlich wehgetan, aber ich dachte, das wäre gut, das würde die Wunde ausbrennen. Und das hat es auch, Bird. Das hat es wirklich. Aber jetzt …«

Ich berührte sie an der Schulter und sie wich zurück. »Nein«, sagte sie. »Nicht.« Aber ich hörte nicht auf sie. Ich kniete mich neben sie aufs Bett und zog sie an mich. Sie wehrte sich und schlug mir mit der flachen Hand vor die Brust, ins Gesicht, gegen die Arme. Und dann ruhte ihr Gesicht an meiner Brust und sie sträubte sich nicht mehr. Sie schlang ihre Arme um mich, presste ihre Wange an mich und zwischen ihren zusammengebissenen Zähnen klang es hervor fast wie Geheul. Ich fuhr mit den Händen über ihren Rücken und meine Fingerspitzen strichen über den BH-Träger unter ihrem Pulli. Der Pullover reichte nicht ganz bis zur Hose und entblößte so einen Streifen nackter Haut über der Spitzenborte ihrer Unterhose und der blauen Jeans.

Ihr Kopf bewegte sich sacht unter meinem Kinn, sie strich mit ihrer Wange an meinem Hals empor, bis ihre Wange an meiner lag. Ich spürte Lust in mir aufwallen. Mir zitterten die Hände – das rührte ebenso noch von der Jagd auf Stritch her wie von ihrer Nähe. Es wäre so leicht gewesen, der Stimmung nachzugeben.

Ich küsste sie sacht auf die Schläfe und zog mich dann zurück.

»Entschuldige«, sagte ich. Ich stand auf und ging ans Fenster. Hinter mir hörte ich, wie sie ins Bad ging und die Tür hinter sich schloss, dann rauschendes Wasser. Für einen kurzen Moment war ich wieder ein junger Mann gewesen, der sich nach etwas verzehrte, worauf er kein Recht hatte. Doch nun war der junge Mann fort, und der an seine Stelle getreten war, empfand nicht mehr die gleichen intensiven Gefühle für Lorna Jennings.

Draußen fiel der Schnee wie Kalenderblätter und bedeckte die Vergangenheit mit dem makellosen Weiß ungeahnter Möglichkeiten.

Ich hörte, wie die Badezimmertür wieder geöffnet wurde. Als ich mich umdrehte, stand Lorna nackt vor mir.

Ich sah sie kurz an. Ich ging nicht auf sie zu.

»Willst du denn nicht mit mir zusammen sein?«, fragte sie.

»Ich kann nicht, Lorna. Es wäre aus den ganz falschen Gründen und ehrlich gesagt glaube ich nicht, dass ich mit den Konsequenzen umgehen könnte.«

»Nein, das ist es nicht«, sagte sie. Eine Träne lief ihr die Wange hinab. »Ich bin alt geworden. Ich bin nicht mehr so wie damals, als du mich kennen gelernt hast.«

Es stimmte: Sie war anders, als ich sie in Erinnerung hatte. Und doch hatten die Jahre, die sie verwandelt hatten und noch verwandelten, ihrer Schönheit nichts anhaben können. Vielmehr schien sich mit dem Alter ihre Weiblichkeit verstärkt zu haben. Die zarte Schönheit ihrer Jugend hatte den harten Wintern des Nordens und den Widrigkeiten ihrer Ehe durch Anpassung getrotzt, nicht durch Verblassen und diese Kraft drückte sich in ihrem Gesicht und ihrem Körper aus und verlieh ihrem Aussehen eine Würde und Reife, die sich früher nur gelegentlich in ihren Gesichtszügen gezeigt hatte. Als ich ihr in die Augen sah und unsere Blicke einander begegneten, wusste ich, dass die Frau, die ich geliebt hatte und für die ich immer noch fast so etwas wie Liebe empfand, innerlich unversehrt war.

»Du bist immer noch schön«, sagte ich. Sie sah mich aufmerksam an und wollte sichergehen, dass ich sie nicht mit geschwindelten Schmeicheleien abspeisen wollte. Als sie sah, dass ich es ernst meinte, schlug sie den Blick nieder, als hätte sie etwas zutiefst berührt und als wüsste sie nicht, ob es ihr Schmerz oder Vergnügen bereitete.

Sie hielt sich die Hände vors Gesicht, schüttelte den Kopf und ging zurück ins Badezimmer. Als sie wiederkam, ging sie schnurstracks zur Zimmertür. Ich holte sie ein, als sie schon die Hand auf der Türklinke hatte. Sie drehte sich um und legte mir eine Hand an die Wange. »Ich weiß es nicht, Bird«, sagte sie und lehnte die Stirn für einen Moment an meine Schulter. »Ich weiß es einfach nicht.«

Dann schlüpfte sie aus dem Zimmer hinaus ans Morgenlicht.

Ich schlief ein wenig, duschte dann und zog mich an. Ich sah auf meine Armbanduhr, als ich sie mir umband, und ein Schmerz schoss mir durch den Magen wie nichts, was ich in den vergangenen Monaten gespürt hatte. Ich klappte zusammen, die Arme um mich geschlungen, am ganzen Körper durchgeschüttelt von quälenden, stechenden Schmerzen. Bei all dem, was passiert war – die Suche nach Spuren von Caleb Kyle, die Begegnung mit Rachel, Stritchs Tod –, hatte ich das Datum aus den Augen verloren.

Es war der elfte Dezember. Nur ein Tag noch.

Es war nach drei, als ich im Diner trockenen Toast aß und Kaffee trank und an Susan dachte und an den Zorn, den ich gegen die ganze Welt empfunden hatte, weil sie es zugelassen hatte, dass mir meine Frau und Tochter genommen wurden. Und ich fragte mich, wie ich mit all diesem Schmerz und der Trauer, die sich in mir ballten, jemals von vorn anfangen sollte.

Aber ich wollte Rachel, das wusste ich, und wie sehr ich sie wollte, überraschte mich. Ich hatte es gespürt, als ich ihr am Harvard Square gegenübersaß, ihrer Stimme lauschte und ihren Handbewegungen zusah. Wie oft hatten wir es getan? Zweimal? Und doch hatte ich bei ihr einen Frieden gefunden, der mir so lange verwehrt gewesen war.

Ich fragte mich auch, was ich auslösen mochte, wenn sich unsere Beziehung weiterentwickelte. Ich war ein Mann, der verfolgt wurde vom Geist seiner Frau. Ich hatte um sie getrauert und trauerte immer noch um sie. Ich hatte ein schlechtes Gewissen wegen meiner Gefühle für Rachel und dessentwegen, was wir getan hatten. War es Verrat an der Erinnerung an Susan, wenn ich von vorn anfangen wollte? So viele Gefühle, so viele Akte der Vergeltung und Versuche der Wiedergutmachung waren in den vergangenen zwölf Monaten zusammengekommen. Das alles hatte mich ausgelaugt und mich quälten die Bilder, die ungebeten in meine Träume und mein waches Leben schlichen. Ich hatte Donald Purdue in der Bar gesehen. Ich hatte ihn so deutlich gesehen, wie ich die nackte Lorna vor mir gesehen hatte, so deutlich, wie ich Stritch an dem Baum aufgespießt gesehen hatte.

Ich wollte von vorn anfangen, aber ich wusste nicht, wie. Ich wusste nur, dass ich dem Abgrund immer näher kam und irgendeine Möglichkeit finden musste, mich zu binden, damit ich nicht fiel.

Ich verließ den Diner und fuhr nach Greenville. Der Mercury stand hinter dem Motel unter einigen Bäumen geparkt und war von der Straße aus fast nicht zu sehen. Ich glaubte nicht, dass Rand Angel und Louis verfolgen würde, solange er mich hatte, aber Vorsicht ist besser als Nachsicht. Als ich parkte, öffnete Angel die Tür von Zimmer sechs, trat dann beiseite, um mich hereinzulassen, und schloss hinter mir die Tür.

»Na, schau dich an«, sagte er mit breitem Grinsen.

Louis lag auf einem der beiden Doppelbetten und las die neueste Ausgabe der *Time*. »Da hat er Recht, Bird«, sagte er. »Du bist echt der Größte. Bald steckst du mit Michael Douglas in irgend so ’ner Spezialklinik für Sexsüchtige und dann lesen wir in *People* über dich.«

»Wir haben sie kommen sehen, als wir abgehaun sind«, sagte Angel. »Sie war ziemlich durch den Wind. Ich musste sie einfach reinlassen.« Er setzte sich zu Louis. »Und ich weiß, dass du uns jetzt erzählen wirst, dass du dich mit dem Chief hingehockt hast und ihr die ganze Sache besprochen habt, und er hat gesagt: ›Na klar dürfen Sie mit meiner Frau schlafen, denn eigentlich liebt sie ja Sie und nicht mich.‹ Denn wenn nicht, bist du da bald noch weniger willkommen als jetzt schon. Und ehrlich gesagt bist du da zur Zeit so willkommen wie eine Leiche im Sommer.«

»Ich habe nicht mit ihr geschlafen«, sagte ich.

»Hat sie sich an dich rangemacht?«

»Hast du schon mal was von Feingefühl gehört?«

»Das wird überbewertet. Ich fasse das mal als Ja auf und gehe davon aus, dass du nicht darauf eingegangen bist. Mannomann, Bird, du hast echt die Selbstbeherrschung eines Heiligen.«

»Themawechsel, Angel. Bitte.«

Ich setzte mich ihnen gegenüber auf die Bettkante und hielt mir den Kopf. Ich atmete tief durch und kniff die Augen zu. Als ich sie wieder aufschlug, saß Angel neben mir. Ich hob eine Hand, um anzudeuten, dass mit mir alles in Ordnung sei. Ich ging ins Bad, klatschte mir kaltes Wasser ins Gesicht und setzte mich dann wieder zu ihnen.

»Was den Chief angeht: Noch hat er mich nicht aus der Stadt vertrieben«, sagte ich und nahm damit unser Gespräch wieder auf. »Ich bin Zeuge und Verdächtiger im Fall der Ermordung eines nicht identifizierten Mannes in den Wäldern von Maine. Jennings hat mich gebeten, mich zur Verfügung zu halten. Und er hat mir noch etwas gesagt: Der Gerichtsmediziner hat sein Gutachten zwar noch nicht offiziell eingereicht, wird aber wahrscheinlich bestätigen, dass Chute kurz vor seinem Tod zusammengeschlagen wurde. Nach den Spuren an seinen Handgelenken sieht es so aus, als hätte man ihn dazu an einen Baum gehängt.« Nach Stritchs Tod nun auch noch das. In Dark Hollow würde es am nächsten Morgen vor Medienleuten und zusätzlichen Polizisten nur so wimmeln.

»Louis hat ein bisschen rumtelefoniert und sich bei ein paar Kollegen umgehört«, sagte Angel. »Er hat rausgefunden, dass Al Z gestern Abend mit einem Trupp Irregulärer aus Palermo in Bangor gelandet ist. Sieht so aus, als wäre Tony Cellis Zeit abgelaufen.«

Sie zogen also das Netz um ihn zusammen. Die Abrechnung stand bevor. Ich konnte es spüren. Ich ging zur Tür und sah hinaus auf die friedliche India Hill Mall, mit dem Waffenladen und der Touristeninformation und dem verwaisten Parkplatz. Louis kam zu mir und stellte sich neben mich.

»Du hast gestern Abend in der Bar den Namen dieses Jungen gerufen, kurz bevor du Stritch gesehen hast«, sagte er.

Ich nickte. »Ich habe etwas gesehen, aber ich weiß nicht, was es war.« Ich öffnete die Tür und ging nach draußen. Er ging nicht weiter auf das Thema ein.

»Und was jetzt?«, fragte Louis. »Du bist ja angezogen wie ein Polarforscher.«

»Ich besuche den alten Mann und versuche rauszufinden, wie er dazu kommt, Rickys Stiefel an Stuckey zu verkaufen.«

»Sollen wir mitkommen?«

»Nein. Ich will ihm keinen unnötigen Schrecken einjagen und ihr haltet euch besser mal 'ne Weile aus Dark Hollow fern. Wenn ich mit ihm gesprochen habe, können wir uns überlegen, wie wir weiter vorgehen. Das kriege ich alleine hin.«

Da täuschte ich mich.

Teil 3

Auf der Mitte meines Lebenspfades
fand ich mich in einen finstren Wald verschlagen.

Dante, Inferno

27

Als ich zum Haus des alten Mannes fuhr, den ich unter dem Namen John Barley kannte, hatte ich wieder das Bild vor Augen, wie Stritch an dem Baum aufgespießt war. Er hatte von Caleb Kyle nichts wissen können, hatte nicht ahnen können, dass er von zwei Seiten gejagt wurde. Er hatte Louis und mich umbringen wollen und hätte damit sowohl seinen Partner gerächt wie auch den Killer ausgeschaltet, der auf ihn angesetzt war. Von Caleb jedoch hatte er nicht die leiseste Ahnung gehabt.

Ich war mir sicher, dass Caleb Stritch umgebracht hatte, wusste aber nicht, wie er von seiner Existenz erfahren hatte. Vermutlich war er Stritch begegnet, als sie beide nach Billy Purdue suchten. Vielleicht lief letztlich alles darauf hinaus, dass Caleb Kyle ein Raubtier war und Raubtiere nicht nur ihre Beute wittern, sondern auch andere Räuber, die ihnen gefährlich werden könnten. Caleb hätte ohne ein feines Gespür für drohende Gefahr nicht über drei Jahrzehnte lang überlebt. In diesem Fall hatte Stritch eine möglicherweise tödliche Gefahr für Billy Purdue dargestellt und Caleb hatte ihn aufgespürt. Billy war der Schlüssel zu Caleb Kyle, der Einzige, der ihn gesehen und es überlebt hatte, der Einzige, der übrig war und sein Aussehen beschreiben konnte. Doch als ich der Straße zu John Barleys Hütte näher kam, wusste ich, dass Billys Beschreibung überflüssig sein mochte. Ich hielt die Waffe schon in der Hand.

Es war schon dunkel. In einem der Fenster brannte Licht. Ich ging den Hügel hinauf, der auf seinen Hof führte. Ich kam aus westlicher Richtung, ging gegen den Wind und achtete darauf, dass das Haus zwischen mir und dem Hundehüttenauto blieb. Ich war schon fast an der Haustür angelangt, als aus dem Auto schrilles Gebell erklang und eine Gestalt über den Schnee huschte. Der Hund hatte mich endlich doch gewittert und versuchte mich nun abzufangen. Augenblicklich ging die Haustür auf und zeigte sich der Lauf einer Schrotflinte. Ich packte die Waffe und riss den alten Mann aus dem Haus. Der Hund wurde wild, sprang hoch und schnappte nach meinem Gesicht, dann nach meinen Hosenbeinen. Der alte Mann lag am Boden, die Flinte noch in der Hand. Der Sturz hatte ihm den Atem verschlagen. Ich schlug wild nach dem Hund und setzte dem Alten meine Pistole ans Ohr.

»Lassen Sie die Flinte los oder ich schwöre bei Gott, dass ich Sie auf der Stelle abknalle«, sagte ich. Er nahm den Finger aus dem Abzugbügel und ließ dann langsam den Schaft der Flinte los. Er pfiff und sagte: »Sachte, Jess! Ganz ruhig! Guter Junge.« Der Hund jaulte noch ein wenig, zog sich dann etwas zurück und begnügte sich damit, um uns herum zu laufen und zu knurren, als ich dem alten Mann auf die Beine half. Ich wies auf einen Stuhl auf der Veranda und er ließ sich darauf nieder und rieb sich den linken Ellenbogen, den er sich beim Sturz gestoßen hatte.

»Was wollen Sie?«, fragte John Barley. Er sah mich nicht an, sondern behielt den Blick auf seinen Hund gerichtet. Der kam vorsichtig zu seinem Herrchen, knurrte mich dabei böse an und ließ sich dann neben dem Alten nieder, der ihn liebevoll hinter den Ohren kraulte.

Ich setzte meinen Rucksack ab und warf ihn ihm hin. Er fing ihn auf und sah mich nun zum ersten Mal sprachlos an.

»Aufmachen«, sagte ich.

Er zögerte einen Moment, öffnete dann den Rucksack und spähte hinein.

»Kennen Sie die?«

Er schüttelte den Kopf. »Nein, ich glaube nicht.«

Ich spannte den Hahn der Pistole. Der Hund knurrte eine Oktave höher.

»Alter Mann, ich nehme das persönlich. Sie wollen mir in dieser Angelegenheit bestimmt nicht dumm kommen. Ich weiß, dass Sie diese Stiefel in Orono an Stuckey verkauft haben. Er hat Ihnen dreißig Dollar dafür gegeben. Würden Sie mir jetzt erzählen, wie Sie an diese Stiefel gekommen sind?«

Er zuckte mit den Achseln. »Die muss ich wohl gefunden haben.«

Ich ging auf ihn zu und der Hund erhob sich, mit gesträubtem Nackenfell. Er bleckte die Fänge. Ich hielt die Waffe auf den alten Mann gerichtet und ließ sie dann langsam in Richtung Hund sinken.

»Nein«, sagte Barley, hielt den Hund zurück und hielt ihm eine Hand vor die Brust. »Bitte nicht meinen Hund.«

Ich kam mir mies vor, wie ich da den Hund bedrohte, und ich fragte mich, ob dieser alte Mann Caleb Kyle sein konnte. Ich ging davon aus, dass ich Caleb erkennen würde, wenn ich ihm begegnete, dass ich seinen wahren Charakter erraten würde. Bei John Barley aber spürte ich nur Angst – Angst vor mir und, vermutete ich, vor noch etwas anderem.

»Sagen Sie mir die Wahrheit«, sagte ich leise. »Sagen Sie mir, woher Sie diese Stiefel haben. Nach unserem letzten Gespräch haben Sie gleich versucht, sie loszuwerden. Ich will wissen, warum.«

Er blinzelte und schluckte und biss sich auf die Unterlippe, bis er dann offenbar zu einem Entschluss kam.

Er sagte: »Die habe ich dem toten Jungen abgenommen. Ich habe ihn ausgegraben, die Stiefel genommen und ihn dann wieder eingegraben.« Er zuckte mit den Achseln. »Hab auch seinen Rucksack mitgenommen. Den brauchte er ja sowieso nicht mehr.«

Fast hätte ich ihm eine mit dem Pistolengriff verpasst. »Und das Mädchen?«

Der Alte schüttelte zweimal den Kopf, als wollte er ein Insekt aus seinem Haarschopf vertreiben. »Ich hab sie nicht umgebracht«, sagte er und für einen Moment dachte ich, er würde anfangen zu weinen. »Ich tu keinem was. Ich wollte doch nur die Stiefel haben.«

Mir war speiübel. Ich dachte an Lee und Walter, an Tage mit ihnen und Ellen. Ich wollte ihnen nicht die Nachricht vom Tod ihrer Tochter überbringen müssen. Wieder bezweifelte ich, dass dieser abgerissene alte Mann, dieser Aasgeier, Caleb Kyle sein konnte.

»Wo ist sie?«, fragte ich.

Er streichelte den Hund jetzt kräftig und rhythmisch, vom Kopf bis zu den Hinterbacken. »Ich weiß bloß, wo der Junge ist. Das Mädchen – ich weiß nicht, wo es sein könnte.«

Im Licht aus dem Fenster schimmerte das Gesicht des Alten mattgelb. Er sah krank und mürbe darin aus. Seine Augen waren feucht, die Pupillen kaum größer als Stecknadelköpfe. Er zitterte und die Angst ergriff endgültig Besitz von ihm. Ich ließ die Waffe sinken und sagte: »Ich tue Ihnen nichts.«

Der Alte schüttelte den Kopf und bei dem, was er als Nächstes sagte, bekam ich eine Gänsehaut. »Mister«, flüsterte er, »Sie sind es auch nicht, vor dem ich Angst habe.«

Er hatte sie in der Nähe des Little Briar Creek gesehen, erzählte er mir, das Mädchen und der Junge vorn im Wagen und eine Gestalt, fast nur ein Schatten, auf der Rückbank. Er war mit seinem Hund unterwegs, auf dem Rückweg von der Kaninchenjagd, als er den Wagen unter sich halten sah. Der Motor hörte sich an, als knirschte Kies darin. Es war noch nicht Abend, aber schon dunkel. Er sah die beiden jungen Leute kurz, wie sie durchs Scheinwerferlicht des Wagens gingen, das Mädchen in Bluejeans und leuchtend rotem Parka, der Junge ganz in Schwarz, in einer Lederjacke, die trotz der Kälte offen stand.

Der Junge klappte die Motorhaube des Wagens auf, spähte hinein und leuchtete mit einer kleinen Taschenlampe über den Motor. Barley konnte sehen, wie er den Kopf schüttelte. Er hörte ihn etwas Unverständliches zu dem Mädchen sagen und dann laut in der Waldesstille fluchen.

Eine Hintertür des Wagens ging auf und der dritte Mitfahrer stieg aus. Er war groß und etwas verriet Barley, dass er alt war, älter noch als Barley selbst. Der Hund winselte leise. Der Mann neben dem Auto blieb stehen und sah sich im Wald um, wie um festzustellen, woher das Geräusch kam, das er gehört hatte. Barley tätschelte seinen Hund. »Leise, Junge, leise.« Er sah, wie der Hund schnüffelte, und spürte das Tier zittern. Was auch immer er dort witterte – es hatte ihm einen mächtigen Schrecken eingejagt und die Beklommenheit des Hundes ging auch auf sein Herrchen über.

Der große Mann lehnte sich auf der Fahrerseite in den Wagen und die Autoscheinwerfer erloschen. »Hey!«, sagte der Junge. »Was machen Sie da? Sie haben das Licht ausgeschaltet.« Der Lichtschein seiner Taschenlampe bewegte sich und schien erst dem näher kommenden Mann ins Gesicht und dann auf etwas Schimmerndes, das er in der Hand hielt.

»Hey«, sagte der Junge wieder, leiser diesmal. Er stellte sich vor das Mädchen, drängte sie zurück, beschirmte sie vor dem Messer. »Tun Sie das nicht«, sagte er.

Die Klinge stach zu und die Taschenlampe fiel zu Boden. Der Junge strauchelte rückwärts und Barley hörte ihn sagen: »Lauf, Ellen! Lauf!« Dann war der alte Mann über ihm, wie eine dunkle Wolke, und Barley sah, wie das Messer auf und nieder fuhr, auf und nieder, und hörte es vor dem leisen Rauschen der Bäume schneiden.

Und dann lief der Mann dem Mädchen nach. Barley hörte sie unbeholfen durch den Wald stolpern. Sie kam nicht weit. Er hörte einen Schrei, gefolgt von etwas, das sich wie ein mächtiger Schlag anhörte, und dann war es wieder still. Der

Hund neben ihm war unruhig und gab leise Klagelaute von sich.

Es dauerte einige Zeit, bis der Mann wiederkam. Das Mädchen hatte er nicht dabei. Er packte den Jungen unter den Armen, schleifte ihn um den Wagen und warf ihn in den Kofferraum. Er öffnete die Fahrertür und schob den Wagen ganz langsam den Waldweg hinab, der zum Ragged Lake führte.

Barley band seinen Hund an einem Baum an und wickelte ihm sein Taschentuch um die Schnauze. Dann folgte er dem Knirschen der Autoreifen auf dem Waldweg.

Gut eine halbe Meile weiter, kurz vor dem Ragged Lake, kam er auf eine Lichtung, bei einem kleinen Sumpf mit einer Biberburg und toten Bäumen, die umgestürzt im dunklen Wasser lagen. Auf der Lichtung war eine Grube ausgehoben worden und rundherum lagen, wie auf einem Friedhof, Haufen frisch aufgeworfener Erde. An einem Rand führte eine Schräge in die Grube und darüber schob der alte Mann das Auto hinab in die Erde. Es versank beinahe vollständig in der Grube; nur rechts hinten ragte es ein wenig hervor. Dann stieg der Mann aufs Wagendach und ging von dort zum anderen Rand der Grube. Barley hörte, wie ein Spaten aus der Erde gezogen und dann tief wieder hineingestoßen wurde, und dann hörte er die erste Spatenladung Erde auf dem Wagendach landen.

Der alte Mann brauchte fast eine Stunde dafür, den Wagen zu vergraben. Bald wäre alles eingeschneit und würden Schneewehen jede Bodenunebenheit verbergen. Er schaufelte methodisch und mit stetem Rhythmus und legte kein einziges Mal eine Atempause ein.

Doch eben als der alte Mann fertig war und sein Werk begutachtete, hörte Barley in der Nähe Hundegebell, gefolgt von lang gedehntem Jaulen und da wusste er, dass es Jess gelungen war, sich die Binde von der Schnauze zu streifen. Der Mann blieb stehen, lauschte mit geneigtem Kopf, schleuderte dann den Spaten in den Sumpf, hastete auf seinen langen Beinen den Hang hinauf und lief in Richtung des Hundes.

Doch Barley war längst losgelaufen. Er stieg über umgestürzte Baumstämme und folgte Wildpfaden und Elchfährten, um den Mann nicht durch frisch abgeknickte Zweige auf sich aufmerksam zu machen. Er kam zu seinem Hund, der an der Leine zerrte, wedelte und vor Freude und Erleichterung kläffte. Er wehrte sich ein wenig, als ihm Barley wieder das Tuch um die Schnauze band. Dann machte er ihn los, nahm ihn auf den Arm und lief nach Hause. Einmal blieb er stehen und sah sich um, weil er fast sicher war, jemanden gehört zu haben, der ihm folgte, konnte aber nichts erkennen. Zurück in seiner Hütte, verschloss er die Tür, lud seine Flinte, setzte sich auf einen Stuhl und hielt bis zum Morgengrauen Wache.

»Wieso haben Sie niemandem erzählt, was Sie da gesehen haben?«, fragte ich ihn. Ich wusste immer noch nicht, ob ich ihm glauben sollte oder nicht. Wie sollte ich glauben, dass er der war, für den er sich ausgab, und dass eine solche Geschichte wahr sein konnte? Doch als ich ihm in die Augen sah, lag kein Fünckchen Arglist oder Tücke in seinem Blick, nur die Angst eines alten Mannes vor dem nahenden Tod. Der Hund lag nun neben ihm und schaute hin und wieder, dass ich mich auch ja nicht bewegte, während der alte Mann seine Geschichte erzählte.

»Ich wollte keinen Ärger«, antwortete er. »Aber ich bin wieder hingegangen, um zu sehen, ob da von dem Mädchen irgendeine Spur war, und wegen den Stiefeln. Das waren gute Stiefel und vielleicht wollte ich sicher sein, dass ich mir das alles nicht nur eingebildet hatte. Ich bin ein alter Mann und manchmal kommt einem schon was durcheinander. Aber ich hatte mir das nicht eingebildet, auch wenn das Mädchen verschwunden war und nirgends eine Blutspur zu sehen. Ich wusste, dass ich mir das nicht eingebildet hatte, als ich die Senke im Boden sah und mit dem Spaten auf Metall traf. Ich wollte die Stiefel und den Rucksack behalten, hab noch überlegt, ob ich sie zur Polizei bringe, damit die mich nicht für plemplem halten, wenn ich ihnen die Geschichte erzähle. Aber …« Er hielt inne. Ich wartete.

»Am Abend drauf saß ich hier mit Jess auf der Veranda und plötzlich hat er gezittert. Er hat nicht gebellt oder so, hat nur gezittert und gewinselt. Er hat in den Wald gestarrt, genau dahin.«

Er hob die Hand und wies auf eine Stelle, an der sich das Astwerk zweier Ahornbäume fast berührte, wie Liebende, die einander im Dunkeln die Hände reichten. »Und da stand jemand und hat uns beobachtet. Hat sich nicht geregt und nichts, hat nichts gesagt, stand einfach nur da und hat geguckt. Und da wusste ich, dass er es war. Das hab ich tief in mir gespürt und der Hund hat es auch gewittert. Und dann ist er einfach so im Wald verschwunden und ich habe ihn nie wiedergesehen.

Aber ich wusste, was er wollte. Es war eine Warnung. Ich glaube nicht, dass er genau weiß, was ich gesehen habe, und solange er das nicht weiß, wird er mich nicht umbringen. Aber da habe ich mir gewünscht, ich wäre nie zurückgegangen, um die Stiefel zu holen. Und wenn ich irgendwas erzähle, dann kriegt er das raus und kommt und bringt mich um. Das wusste ich. Und dann sind Sie gekommen und haben Fragen gestellt und da wusste ich, dass ich die Sachen loswerden musste. Ich hab den Rucksack ausgeleert und mit den Stiefeln an Stuckey verkauft und war froh darüber, was er mir dafür gegeben hat. Die Klamotten von dem Jungen habe ich hinterm Haus verbrannt. Sonst war da nichts drin.«

»Hatten Sie diesen Mann schon mal gesehen?«, fragte ich.

Barley schüttelte den Kopf. »Noch nie. Er war nicht hier aus der Gegend, sonst hätte ich ihn erkannt.« Er beugte sich vor. »Sie hätten nicht herkommen dürfen, Mister.« Er klang völlig resigniert. »Er kriegt das raus und dann kommt er. Jetzt bringt er uns beide um.«

Ich schaute hinaus in die Nacht, in die Dunkelheit des Waldes. Am Himmel waren keine Sterne zu sehen und den Mond verdeckte eine Wolke. Weiterer Schneefall war vorhergesagt; fünfundzwanzig Zentimeter im Laufe der nächsten Woche, vielleicht sogar mehr. Und plötzlich bereute ich, dass ich meinen Wagen unten an der Straße abgestellt hatte, und bedauerte, dass wir durch die Finsternis des Waldes dorthin gehen mussten.

»Haben Sie schon mal den Namen Caleb Kyle gehört?«, fragte ich den Alten.

Er blinzelte, als hätte ich ihm eine Ohrfeige verpasst, wirkte aber nicht richtig überrascht. »Klar hab ich das. Der ist aus einem Märchen. Einen Mann mit diesem Namen hat es nie gegeben, wenigstens nicht hier in der Gegend.« Aber indem ich die Frage gestellt hatte, hatte ich da bei ihm Zweifel geweckt und ich konnte förmlich zusehen, wie ihm ein Licht aufging und er große Augen bekam, als es ihm klar wurde.

Caleb hatte also Ellen und Ricky verfolgt und sich in ihr Vertrauen geschlichen. Er war es gewesen, der ihnen geraten hatte, Dark Hollow zu besuchen, genau wie es mir die Motelchefin erzählt hatte, und ich hatte keinen Zweifel, dass es auch Caleb Kyle gewesen war, der den Motor des Wagens sabotiert und ihnen geraten hatte, am Straßenrand zu halten, ganz in der Nähe des Ragged Lake, wo ihr Grab bereits auf sie wartete. Ich verstand bloß nicht, warum er das getan hatte. Es ergab keinen Sinn, es sei denn …

Es sei denn, er hatte mich die ganze Zeit über beobachtet, seit ich begonnen hatte, Rita Ferris zu helfen. Jeder, der sich auf Ritas Seite stellte, richtete sich damit seiner Ansicht nach automatisch gegen Billy. Hatte er Ellen Cole entführt, vielleicht sogar, wie ihren Freund, ermordet, um mich dafür zu bestrafen, dass ich mich in die Angelegenheiten eines Mannes einmischte, den er für seinen Sohn hielt? Wenn Ellen noch am Leben war, dann beruhte jede Hoffnung, sie zu finden, darauf, dass man Caleb Kyles Gedankengänge verstand und, vielleicht, Billy Purdue fand. Ich dachte an Caleb, wie er mir beim Schlafen zusah, nachdem er Rita und Donald umgebracht und das Kinderspielzeug auf meinen Küchentisch gelegt hatte. Was hatte er sich damals dabei gedacht? Und warum hatte er mich nicht umgebracht, als sich ihm die Gelegenheit dazu bot? Irgendwo, zum Greifen nah, gab es eine Antwort auf diese Fragen. Ich ballte frustriert die Faust, dass ich es nicht verstand, und dann ging es mir auf.

Er wusste, wer ich war, und vor allem, wessen Enkel ich war. Es würde ihm gefallen, dachte ich, den Enkel zu quälen, wie er den Großvater gepeinigt hatte. Dreißig Jahre später fing er das Spiel von neuem an.

Ich gab John Barley einen Wink. »Kommen Sie. Wir müssen los.«

Er stand zögerlich auf und schaute zum Waldrand hinüber, als erwartete er, dort wieder diesen Mann zu sehen. »Wohin gehen wir?«

»Sie werden mir zeigen, wo der Wagen vergraben ist, und dann werden Sie Rand Jennings erzählen, was Sie mir erzählt haben.«

Er regte sich nicht und schaute verängstigt zum Wald hinüber. »Ich will da nicht wieder hin, Mister«, sagte er.

Ich beachtete ihn nicht, nahm seine Flinte, entlud sie und warf sie ins Haus. Ich gab ihm einen Wink, er solle vorangehen. Ich hatte immer noch meine Waffe in der Hand. Nach kurzem Zögern ging er los.

»Sie dürfen Ihren Hund mitnehmen«, sagte ich. »Wenn da draußen etwas ist, merkt er es eher als wir.«

28

Der erste Schnee fiel, sobald wir das Haus des alten Mannes aus den Augen verloren hatten, dicke Schneekristallklumpen, die die Straße bedeckten und auf den älteren Schneeschichten lasteten. Als wir zum Mustang kamen, waren unsere Schultern und Haare weiß und der Hunde tollte neben uns her und schnappte nach den Schneeflocken. Ich ließ den Alten auf dem Beifahrersitz Platz nehmen, holte aus dem Kofferraum ein Paar Handschellen und fesselte dann seine linke Hand an die Armlehne seiner Tür. Ich wollte sichergehen, dass er mir nicht im Wagen einen Schlag versetzte oder bei erstbester Gelegenheit in den Wald davonlief. Der Hund sprang auf die Rückbank und hinterließ schmutzige Pfotenabdrücke auf den Polstern.

Man sah nicht sehr weit und die Scheibenwischer hatten mit dem Schneefall zu kämpfen. Ich fuhr zunächst fünfzig, bremste dann auf vierzig ab, dann auf dreißig. Bald war vor mir nur noch ein weißer Schleier zu sehen und die Riesengestalten der Bäume, der Tannen und Fichten, erhoben sich beiderseits wie Kirchturmspitzen aus dem Schnee. Der alte Mann schwieg, saß beklommen neben mir und hielt sich mit der rechten Hand am Armaturenbrett fest.

»Sie haben mich hoffentlich nicht angelogen, John Barley«, sagte ich.

Sein Blick war ausdruckslos und nach innen gekehrt, wie bei jemandem, dem man gerade sein Todesurteil verlesen hatte und der wusste, dass es unwiderruflich war.

»Ist auch egal«, sagte er und hinter ihm fing der Hund an zu winseln. »Wenn er uns findet, spielt's keine Rolle, was Sie glauben.«

Dann sah ich vielleicht fünfzehn Meter vor uns – das Schneetreiben brachte die Perspektive durcheinander – etwas, das nach Autoscheinwerfern aussah. Als wir näher kamen, tauchten die Umrisse zweier Autos auf, die quer auf der Straße standen und uns den Weg versperrten. Hinter uns, jedoch nicht so nah, leuchteten weitere Scheinwerfer auf, und als ich weiterfuhr, schienen sie sich zu entfernen und dann zu verschwinden. Ihr Leuchten wurde nun von den Bäumen rechts von mir zurückgeworfen und da wurde mir klar, dass der Wagen hinter uns sich quer gestellt hatte und wir eingekeilt waren.

Ich blieb gut sieben Meter vor den beiden Autos stehen. »Was ist da los?«, fragte der Alte. »Vielleicht hat's da 'n Unfall gegeben.«

»Kann sein«, sagte ich.

Drei Gestalten, dunkel vor dem Schnee und den Scheinwerfern, kamen auf uns zu. An dem Mann in der Mitte und wie er sich bewegte, kam mir etwas vertraut vor. Er war klein. Ein Regenmantel hing ihm lose über die Schultern und darunter ragte sein rechter Arm in einer Schlinge hervor. Als er ins Licht der Scheinwerfer trat, sah ich die dunklen Fäden der Naht auf seiner Stirn und die hässlich verzogene Hasenscharte.

Mifflin grinste. Ich langte schon mit einer Hand nach den Schlüsseln der Handschellen und zog mit der anderen meine Smith & Wesson aus dem Holster. Der alte Mann merkte, dass wir in Schwierigkeiten steckten, und fing an, an den Handschellen zu zerren.

»Machen Sie mich los!«, schrie er. »Machen Sie mich los!«

Hinten bellte der Hund. Ich warf dem Alten die Schlüssel hin und er bückte sich, um seine Hand zu befreien, und ich legte den Rückwärtsgang ein und trat aufs Gas, die Waffe am Lenkrad, und hoffte, den hinteren Wagen beiseite rammen zu können. Wir prallten aufeinander, man hörte Metall knirschen und Glas splittern und wir wurden nach vorn gerissen und die Sicherheitsgurte fingen uns auf. Der Hund flog zwischen die Sitze und knallte aufjaulend ans Armaturenbrett.

Von vorn kamen jetzt fünf Gestalten durch den Schnee auf uns zu und hinter uns hörte ich, wie eine Autotür geöffnet wurde. Ich legte den Vorwärtsgang ein und machte mich bereit, wieder aufs Gas zu treten, aber der Mustang soff ab und wir saßen in völliger Stille da. Ich drehte den Zündschlüssel und da machte der alte Mann schon die Tür auf und der Hund auf seinem Schoß wollte schon auf die Lücke los. Ich wollte die beiden noch zurückhalten – »Nein! Nicht!« –, da platzte die Windschutzscheibe und ein schwarz-roter Sprühregen, sternenübersät von Glassplittern, füllte das Wageninnere, spritzte mir ins Gesicht und vor die Brust und blendete mich. Als ich mir die Augen freigeblinzelt hatte, sah ich, wie das zerschossene Gesicht des Alten auf mich zuglitt. Auf dem Schoß hatte er noch die Überreste seines Hundes. Ich stieß meine Tür auf und sprang geduckt aus dem Wagen, während weitere Schüsse in die Motorhaube und das Wageninnere einschlugen und das Heckfenster platzte. Links hinter mir nahm ich eine Bewegung wahr, wirbelte herum und feuerte. Ein Mann in einer dunklen Bomberjacke, mit erstauntem Gesichtsausdruck und Blut auf der Wange, fuhr im Schnee zusammen und stürzte drei Meter vor mir zu Boden. Ich schaute zu der Stelle hinüber, wo der Mustang mit ihrem Dodge Neon zusammengeprallt war, und sah die Leiche eines zweiten Mannes aufrecht eingezwängt zwischen der Fahrertür und der Karosserie des Dodge, zerquetscht, als er beim Aufprall aus dem Wagen entkommen wollte.

Ich machte kehrt und rannte zum Straßenrand, schlitterte den Hang hinab und in den Wald und Kugeln schlugen in die Straße über mir und in den Schnee und das Erdreich um mich her ein und Schreie und Rufe folgten mir, als ich mich zwischen den Bäumen wiederfand, Zweige unter meinen Füßen brachen, Äste mir übers Gesicht kratzten, knorrige Wurzeln mir ein Bein stellten. Der Lichtschein von Taschenlampen drang durch die Nacht und dann folgte das Stakkatoknattern einer automatischen Waffe, das rechts über mir Zweige und Laubwerk durchschlug. Ich lief weiter. Ich spürte das Blut des alten Mannes von meinem Gesicht tropfen, schmeckte es im Mund.

Ich rannte weiter, die Waffe in der Hand, laut keuchend in der Nachtstille. Ich wollte die Laufrichtung ändern und zurück zur Straße gelangen, aber links und rechts leuchteten fast auf gleicher Höhe Taschenlampen auf und sie kamen, mir den Weg abzuschneiden. Immer noch schneite es und der Schnee verfing sich in meinen Wimpern und schmolz mir auf den Lippen. Er ließ meine Hände frieren und blendete mich fast, wenn er mir in die Augen wehte.

Und dann änderte sich das Terrain und ich stolperte über einen Felsblock, verrenkte mir schmerzhaft das Fußgelenk und schlitterte halb aufrecht einen letzten Abhang hinunter, bis meine Füße in eiskaltes Wasser platschten und ich nun plötzlich auf die dunkle Fläche eines Teichs hinausschaute, in dessen Schwärze das Winterlicht ertrank. Ich sah mich nach einem Ausweg um, aber die Lichter und Schreie kamen näher. Ganz links sah ich ein Licht und ein anderes näherte sich rechts zwischen den Bäumen hindurch und da wurde mir klar, dass ich eingekreist war. Ich atmete tief durch und zuckte vor Schmerz zusammen, als ich meinen Fußknöchel abtastete. Ich zielte auf das Licht rechts von mir, hielt etwas niedriger und feuerte. Ein Schmerzschrei erscholl, dann hörte ich jemanden stürzen. Ich feuerte noch zweimal auf die Männer, die sich mir aus der Dunkelheit näherten, und hörte einen rufen: »Licht aus! Licht aus!«

Automatisches Feuer bestrich das Ufer, als ich ins Wasser stieg, die Waffe ausgestreckt auf Schulterhöhe haltend. Der Teich war nicht tief, dachte ich. Auch in der Dunkelheit konnte ich eine Kette aufragender Felsblöcke erkennen, die an der schmalsten Stelle des Teichs gut eine halbe Meile weit ins Wasser führte. Doch das täuschte. Ich war gut zehn Meter vom Ufer entfernt und watete quer durch den Teich auf das anderen Ufer zu, als der Teichgrund plötzlich steil abfiel und ich mit lautem Klatschen den Halt verlor. Ich tauchte nach Luft schnappend wieder auf und der Lichtstrahl einer Taschenlampe strich über mich hinweg, kehrte dann zurück und blieb starr auf mich gerichtet. Ich atmete noch einmal tief ein und tauchte unter, während Schüsse wie ein Platzregen auf die Wasseroberfläche prasselten. Ich spürte die Geschosse an mir vorbeijagen, während ich tiefer und tiefer in die schwarzen Wasser sank, mir die Lunge fast platzte und mir so kalt war, dass es sich wie eine Verbrennung anfühlte.

Und dann zerrte etwas an meiner Seite und eine Taubheit breitete sich aus, die langsam in einen neuen, knallroten Schmerz überging, der mir durch den ganzen Körper fuhr. Ich zuckte wie ein Fisch an der Angel und warmes Blut floss aus meiner Seite ins Wasser. Vor Schmerz riss ich den Mund auf und kostbarer Sauerstoff blubberte an die Oberfläche und die Waffe glitt mir aus der Hand. Ich geriet in Panik, kämpfte mich wie wild nach oben und konnte mich gerade so weit beruhigen, dass ich nicht schrie, als ich die Wasseroberfläche erreichte. Ich holte tief Luft, hielt den Kopf so tief wie möglich und der Schmerz brach über mich herein. Meine Beine, meine Arme, meine Fingerspitzen fühlten sich taub an. Die Schusswunde brannte, aber nicht so schlimm, wie sie außerhalb des Wassers gebrannt hätte.

Am Ufer regten sich Gestalten, aber nur ein Licht war jetzt noch zu sehen. Sie warteten, dass ich auftauchte, hatten immer noch Angst vor der Waffe, die ich längst verloren hatte. Ich holte Luft und tauchte wieder, schwamm knapp unter der Oberfläche einhändig von ihnen fort. Ich tauchte erst wieder auf, als meine Hand in Ufernähe über den Teichgrund strich. Meine verletzte Seite oben haltend, schleppte ich mich durchs Flache und suchte nach einer Stelle, an der ich sicher an Land klettern konnte. Die Automatik meldete sich wieder, doch diesmal schlugen die Kugeln weit hinter mir ein. Andere Schüsse erschollen, aber sie zielten aufs Geratewohl und hofften auf einen Glückstreffer. Ich arbeitete mich weiter vor und konzentrierte mich auf die Finsternis des Waldes vor mir.

Rechts sah ich eine Lücke im Ufer und Wasser, das über Steine plätscherte: der Fluss. Und dieser Fluss, das wusste ich, floss durch Dark Hollow. Ich hätte zum anderen Ufer waten und von dort aus in den Wald gehen können, aber wenn ich im Wald gestürzt wäre oder die Orientierung verloren hätte, dann hätte ich höchstens noch auf den Tod durch Erfrieren hoffen können, denn von Tony Cellis Männern abgesehen, hätte mich dort niemand vermutet. Und wenn die mich gefunden hätten, hätte ich mir auch wegen der Kälte keine Sorgen mehr machen müssen.

Ich fand Halt an der Mündung des Flusses, stand aber nicht auf, sondern zog mich lieber weiter, bis mir ein kleiner Hain hinreichend Deckung bot, dass ich aufstehen und in den Fluss waten konnte. Meine Seite tat mir jetzt fürchterlich weh und jede Bewegung jagte einen neuen Schmerzschwall durch meinen ganzen Körper. Das Wasser ergoss sich über einen schmalen Felswall und ich fand erst beim zweiten Versuch mit den Füßen Halt. Ich zog mich hoch und lag im Wasser, als wieder einmal der Strahl einer Taschenlampe vorbeistrich und in meine Richtung schien, ehe er dann weiter über die Flussmündung fuhr. Ich zählte bis zehn und strauchelte ans Ufer.

Der Schneefall hatte etwas nachgelassen, als der Wind abgeflaut war. Es war kein Schneetreiben mehr, aber der Schnee fiel immer noch in dicken Flocken und der Boden um mich her war vollständig eingeschneit. Der Schmerz in meiner linken Seite nahm zu, als ich mich durch den Tiefschnee kämpfte, und ich hielt an einem Baumstamm an, um mir die Wunde anzusehen. Hinten in meiner Jacke war ein schartiges Loch, wie auch in dem Pullover und dem Hemd darunter, und in der

Nähe der zehnten Rippe ein kleiner Einschuss und eine größere Austrittswunde vorn, mehr oder weniger auf gleicher Höhe. Es tat fürchterlich weh, aber die Wunde war nicht sehr tief – zwischen Ein- und Ausschuss kaum mehr als zwei Zentimeter. Blut tropfte mir durch die Finger und sammelte sich unter mir im Schnee. Das hätte mich alarmieren müssen, aber ich war verängstigt und verletzt und nicht so vorsichtig wie sonst. Ich bückte mich, keuchte dabei vor Schmerz und nahm zwei Hand voll Schnee. Ich packte den Schnee auf die Wunden und rutschte und schlitterte weiter am Ufer entlang und hielt mich nah am Wasser, damit ich mich nicht verlief. Ich schnatterte ungehemmt mit den Zähnen und die Kleidung klebte mir klamm am Körper. Meine Finger brannten von dem eiskalten Wasser und mir war schlecht vor Schock.

Erst als ich ein gutes Stück zurückgelegt und mich dabei hin und wieder an einem Baum ausgeruht hatte, konnte ich mich orientieren. Rechts voraus, gut zweihundert Meter entfernt, sah ich die Lichter eines Hauses. Ich hörte Stromschnellen rauschen und sah vor mir das Stahlskelett einer Brücke und da wusste ich, wo ich war und wo ich hinkonnte.

Licht brannte bei den Jennings' im Küchenfenster. Ich stürzte an ihre Hintertür. Drinnen hörte ich einen Laut und dann fragte Lornas Stimme panisch: »Wer ist da?« Die Gardine an der Tür wurde ein Stück beiseite gezogen und Lorna bekam große Augen, als sie mein Gesicht sah.

»Bird?« Dann hörte ich das Umdrehen eines Schlüssels im Schloss und dann wurde mir der Halt der Tür genommen und ich stürzte nach vorn. Während sie mir auf einen Stuhl half, wies ich sie an, auf Zimmer sechs des India Hill Motels anzurufen und sonst nirgends, und dann schloss ich die Augen und ließ den Schmerz über mich hinwegbranden.

Blut blubberte aus dem Ausschuss, als Lorna die Wunde säuberte. Die Haut rundherum war abgetupft und mit einer sterilen Pinzette hatte sie Gewebefasern aus der Wunde entfernt. Sie fuhr mit einem Tupfer darüber und dann war das Brennen wieder da und ich zuckte auf dem Stuhl zusammen.

»Halt still«, sagte sie. Und das tat ich. Als sie fertig war, musste ich mich umdrehen, damit sie sich dem Einschuss widmen konnte. Sie wirkte etwas mitgenommen, hielt sich aber tapfer.

»Bist du sicher, dass ich das tun soll?«, fragte Lorna, als sie fertig war.

Ich nickte.

Sie nahm eine Nadel und goss kochendes Wasser darüber.

»Das wird ein bisschen wehtun«, sagte sie.

Das war untertrieben. Es tat höllisch weh. Ich spürte, wie mir bei dem stechenden Schmerz Tränen in die Augen traten, als sie die Wunden mit je zwei Stichen nähte. Es war nicht gerade ärztliche Pflege wie aus dem Lehrbuch, aber ich musste ja auch einfach nur die nächsten Stunden überstehen. Als sie fertig genäht hatte, legte sie mir einen Druckverband an, nahm dann eine längere Mullbinde und wickelte sie mir um den Unterbauch.

»Das wird halten, bis wir dich in ein Krankenhaus bringen«, sagte sie. Sie schenkte mir ein kurzes, nervöses Lächeln. »Erste-Hilfe-Kurs beim Roten Kreuz. Du kannst froh sein, dass ich aufgepasst habe.«

Ich nickte, um ihr zu zeigen, dass ich verstand. Es war ein sauberer Durchschuss. Das war so ziemlich das einzig Gute, was sich von Hochgeschwindigkeitsgeschossen behaupten ließ: Sie verformten sich beim Aufprall nicht, rissen das Fleisch nicht auf, sondern setzten fast ungehindert und intakt ihre Flugbahn fort.

»Magst du mir erzählen, was passiert ist?«, fragte Lorna. Ich stand vorsichtig auf und da erst sah ich das Blut auf dem Kachelboden.

»Mist«, sagte ich. Eine Woge der Übelkeit brach über mich herein und ich hielt mich am Tisch fest und schloss die Augen, bis es vorbei war. Lorna legte mir einen Arm um den Oberkörper.

»Du musst dich setzen, Bird. Du bist schwach und du hast Blut verloren.«

»Ja«, sagte ich, löste mich vom Tisch und schwankte hinüber zur Hintertür. »Genau das macht mir Sorgen.« Ich hob die Gardine und schaute hinaus. Es schneite immer noch und im Licht des Küchenfensters sah ich die verräterische rote Spur, die vom Fluss her zur Küchentür verlief. Die Bluspur war so dick und dunkel, dass sie den fallenden Schnee einfach aufsog.

Ich drehte mich zu Lorna um. »Es tut mir Leid. Ich hätte nicht herkommen sollen.«

Sie schaute ernst und kniff die Lippen zusammen und dann schenkte sie mir noch ein zaghaftes Lächeln. »Wohin hättest du denn sonst gehen sollen?«, fragte sie. »Ich habe deine Freunde angerufen. Sie sind unterwegs.«

»Wo ist Rand?«

»In der Stadt. Sie haben diesen Mann gefunden, diesen Billy Purdue, den sie gesucht hatten. Rand hält ihn bis morgen früh fest. Dann kommt das FBI und eine Menge anderer Leute, die ihn vernehmen wollen.«

Deshalb waren Tony Cellis Männer hier. Die Nachricht von Billy Purdues Festnahme musste sich bei den ermittelnden Diensten und Polizeieinheiten wie ein Lauffeuer verbreitet haben und Tony Celli hatte mitgehört. Ich fragte mich, wie bald nach ihrer Ankunft sie mich entdeckt hatten. Sobald sie den Mustang gesehen hatten, musste ihnen alles klar gewesen sein und sie hatten beschlossen, dass sie mich besser umbrachten, als zu riskieren, dass ich mich einmischte.

»Die Männer, die auf mich geschossen haben, sind hinter Billy Purdue her«, sagte ich leise. »Und sie werden Rand und seine Männer umbringen, wenn sie ihn nicht ausliefern.«

Etwas flimmerte im Fenster wie der Widerschein einer Sternschnuppe. In Sekundenschnelle war mir klar, was es war:

der Lichtschein einer Taschenlampe. Ich packte Lorna bei der Hand und zog sie zur Vorderseite des Hauses. »Wir müssen hier raus«, sagte ich. In der Diele war es dunkel und rechts ging das Esszimmer ab. Ich hielt mich, trotz der Schmerzen in meiner Seite, geduckt und spähte durch die Lücke zwischen den Jalousien hinaus in den Vorgarten.

Zwei Gestalten standen am Rande des Gartens. Eine hielt eine Flinte. Die andere hatte einen Arm in einer Schlinge.

Ich kam zurück in die Diele. Lorna schaute mir kurz ins Gesicht und fragte: »Sie sind auch vorne, nicht wahr?«

Ich nickte.

»Weshalb wollen Sie dich töten?«

»Sie glauben, dass ich mich einmische, und sie wollen mir etwas heimzahlen, das in Portland passiert ist. Du musst doch eine Waffe im Haus haben.«

»Oben. Rand hat eine in der Anrichte.«

Sie ging vor, die Treppe hoch und in ihr Schlafzimmer. Dort stand ein großes Kiefernholzbett ländlichen Stils mit einer gelben Tagesdecke und gelben Kissen. Neben einem großen Kleiderschrank stand eine dazu passende Kiefernholzkommode. In einer Ecke gab es ein schmales Regal voller Bücher. In einer anderen Ecke spielte leise ein Radio. The Band sang *Evangeline* und Emmylou Harris' Stimme hob sich immer wieder vor dem Chor ab. Lorna zog Socken, Herrenunterhosen und T-Shirts aus einer Schublade und warf sie auf den Fußboden, bis sie den Revolver fand. Es war ein Charter Arms Undercover 38er mit einem 3-Zoll-Lauf, eine richtige Gesetzeshüterwumme. Alle fünf Kammern waren geladen und daneben lag ein Schnellladeclip, ebenfalls voll bestückt. In einem Propex-Holster befand sich eine zweite Waffe, eine Pistole vom Typ Ruger Mark 2 mit sich verjüngendem Lauf. »Die nimmt Rand manchmal fürs Zielschießen«, sagte Lorna und wies auf eine fast leere Schachtel langer 22er Randfeuerpatronen in einer Ecke der Schublade.

»Gott segne die Paranoiden«, sagte ich. Auf dem Nachttisch stand eine große, fast leere Plastikflasche Wasser. Ich hielt mich an der Anrichte fest. In dem Spiegel vor mir sah mein Gesicht leichenfahl aus. Unter meinen Augen waren tiefe Ringe und mein Gesicht war pockennarbig von Glassplittern und beschmiert mit Baumsaft und dem Blut des alten Mannes. Ich konnte ihn an mir riechen. Und seinen Hund roch ich auch.

»Hast du Klebeband?«

»Unten vielleicht. Im Badezimmerschrank ist eine Rolle Heftpflaster. Geht das auch?«

Ich nickte, folgte ihr in das gelb-weiß gekachelte Bad und lud dabei die Ruger. Sie öffnete den Schrank und reichte mir die Rolle Heftpflaster. Ich goss das restliche Mineralwasser ins Waschbecken, führte den schlanken Lauf der Ruger in den Flaschenhals und klebte ihn fest, indem ich das Pflaster mehrmals darum wickelte.

»Was machst du da?«, fragte Lorna.

»Ich baue einen Schalldämpfer«, sagte ich. Ich dachte mir, wenn Cellis Männer das Haus durchsuchten, konnte ich einen mit der schallgedämpften 22er erledigen, wenn es denn sein musste, und uns dadurch fünf, vielleicht zehn Sekunden Vorsprung verschaffen. Und bei einer Schießerei in engen Räumlichkeiten sind zehn Sekunden eine Ewigkeit.

Von unten hörte man, wie die Hintertür eingetreten wurde, dann klirrendes Glas und das Öffnen der Haustür. Ich schob mir die 38er in den Hosenbund und entsicherte die Ruger.

»Leg dich in die Badewanne und zieh den Kopf ein«, flüsterte ich. Sie zog sich die Sandalen aus und stieg lautlos in die Badewanne. Ich zog mir ebenfalls die Schuhe aus, ließ sie auf dem Kachelboden stehen, ging leise hinaus auf den Treppenabsatz und zurück ins Schlafzimmer. Das Radio war noch an und statt The Band spielten sie jetzt Neil Young und die hohen, schwermütigen Klänge hallten im Zimmer wider.

»Don't let it bring you down …«

Ich stellte mich in die dunkle Ecke neben dem Fenster. Nach der Smith & Wesson fühlte sich die Ruger merkwürdig in der Hand an, aber wenigstens war es eine Waffe. Ich spannte den Hahn und wartete.

»It's only castles burning …«

Ich hörte ihn auf der Treppe, sah, wie sein Schatten ihm voranging, sah ihn dann stehen bleiben und, von der Musik angelockt, ins Schlafzimmer kommen. Ich spannte den Finger um den Abzug und atmete tief ein.

»Just find someone who's turning …«

Er schob mit dem Fuß die Tür auf, wartete einen Moment lang ab und schnellte dann mit erhobener Flinte ins Schlafzimmer. Ich schluckte und atmete aus.

»… And you will come around.«

Ich drückte mit der 22er ab. Der Flaschenboden platzte und es hörte sich an wie eine knallende Papiertüte. Es war ein sauberer Schuss, mitten durchs Herz. Ich ging vor und feuerte noch mal und er strauchelte an die Wand, rutschte dann zu Boden und hinterließ dabei eine dunkelrote Schmierspur auf der cremefarbenen Wand. Seine Flinte, eine Mossberg mit Pistolengriff, glitt ihm aus der Hand und ich nahm sie ihm ab. Die 22er ließ ich liegen, stieg über die Leiche und ging lautlos auf Socken zurück auf den Treppenabsatz.

»Terry?«, rief von unten eine Stimme und ich sah die Hand eines Mannes, die eine 44er Magnum hielt, und dann seinen Arm, den ganzen Körper, sein Gesicht. Er schaute hoch und ich schoss ihm in den Kopf und die Flinte dröhnte wie eine Kanone. Seine Gesichtszüge lösten sich in einen roten Dunst auf und er taumelte rückwärts. Ich lud durch und war schon auf der Treppe, als neben meinem linken Ohr eine Kugel in der Wand einschlug und in der Dunkelheit des Esszimmers Mündungsfeuer aufflammte. Ich feuerte, lud durch, feuerte, lud durch: zwei Kugeln in die Dunkelheit. Glas splitterte und

Putz bröckelte und es kamen keine weiteren Schüsse. Die Haustür stand jetzt einen Spalt breit offen. Was von ihrem Fenster noch übrig war, zersprang nun und Holzsplitter flogen umher, als weitere Schüsse aus der Küche kamen. Ich blieb auf der Treppe, schob die Flinte durch die Geländerstreben, drehte sie nach hinten und feuerte die letzte Kugel ab.

In der Küche löste sich ein Schatten von der Wand, bewegte sich an den Anfang der langen Diele und gab dabei ein Sperrfeuer ab, das das Holzgeländer zerpflückte, gelben Putzstaub aus der Wand jagte und dabei immer näher kam. Ich packte die 38er, riss sie aus meinem Gürtel und feuerte dreimal. Ich hörte einen Schmerzschrei und aus dem Augenwinkel sah ich Bewegung an der Haustür. Das lenkte mich ab, und als ich mich umdrehte, zeigte sich der verletzte Schütze in der Küche und kam mit erhobener Waffe in die Diele. Mit der anderen Hand hielt er sich die Schulter. Er fletschte die Zähne und dann ertönte ein Knall, lauter als jeder Schuss, den ich je gehört hatte, und er hatte ein Loch in der Brust, groß genug, um notfalls eine Faust hindurchzustecken. Ich meinte, dadurch die Küche sehen zu können, die Glassplitter auf dem Fußboden, die Spüle, die Kante eines Stuhls. Der Schütze blieb noch für den Bruchteil einer Sekunde aufrecht stehen und sackte dann zu Boden, wie eine Marionette, der man die Strippen gekappt hatte.

An der Tür stand Louis, eine mächtige Flinte Typ Ithaca Mag-10 Roadblocker in Händen, den Gummischaft noch an der Schulter. »Das war ein Händeschütteln Kaliber 10«, meinte er. Hinter dem Haus hörte man weitere Schüsse und dann ein Auto, das einen Kavalierstart hinlegte. Louis sprang über die Leiche, ich hinterher und wir liefen durch die zerstörte Küche auf den Hinterhof. Angel stand am Tor, eine Glock Kaliber 9mm in der Hand, und zuckte mit den Achseln, als er uns sah.

»Er ist entkommen, die hässliche Sau. Ich hab ihn erst gesehn, als er schon im Wagen saß.«

»Mifflin«, sagte ich überdrüssig.

Louis sah mich an. »Die Missgeburt lebt noch?« Er schüttelte ungläubig den Kopf.

»Vielleicht können wir ihn ja ins Weltall schießen und hoffen, dass er beim Wiedereintritt verglüht«, meinte Angel.

Ich fröstelte in der Kälte, nur mit dem Verband auf dem Oberkörper. Er war bereits rot getränkt. Die Ohren klangen mir von den Schüssen im Haus. Louis zog sich den Mantel aus und hängte ihn mir über die Schultern. Trotz der Kälte war mir brennend heiß.

»Weißt du«, sagte Angel, »du solltest dich vorsehen. Du holst dir noch den Tod.«

Wir drei zuckten bei einem Geräusch von hinten zusammen, aber es war nur Lorna, die aus dem Haus kam. Ich ging zu ihr und legte ihr einen Arm um die Schultern.

Sie schlang sich die Arme um den Oberkörper und sah unverwandt mich an und nicht die Leichen hinter ihr auf dem Boden. »Was wirst du jetzt tun?«

»Wir fahren zurück nach Dark Hollow. Ich brauche Billy Purdue lebendig.«

»Und Rand?«

»Ich werde tun, was ich kann. Ruf ihn besser an und erzähl ihm, was passiert ist.«

»Hab ich schon versucht. Unser Telefon ist tot. Die müssen die Leitung durchgeschnitten haben, ehe sie ins Haus gekommen sind.«

»Dann ruf von einem Nachbarn aus an. Mit ein wenig Glück sind wir kurz darauf in Dark Hollow.« Vorausgesetzt, die Telefonleitungen waren nicht schon außerhalb der Stadt gekappt, so dass ganz Dark Hollow abgeschnitten war.

Es war Zeit zu gehen, aber Lorna hob eine Hand. »Warte«, sagte sie und ging dann nach oben. Als sie wiederkam, brachte sie ein dickes Baumwollhemd, einen Pullover und eine Daunenjacke mit und dazu eine Schachtel Munition für die 38er.

Sie half mir, die Sachen anzuziehen, und nahm dann zärtlich meine Hand.

»Pass auf dich auf, Bird.«

»Du auch auf dich.«

Hinter mir ließ Angel den Mercury an. Louis saß auf dem Beifahrersitz. Ich stieg hinten ein und wir fuhren los. Ich sah mich um und Lorna stand auf ihrem Hof und sah uns nach, bis wir aus ihrem Blick verschwanden.

29

Die Straßen waren wie leer gefegt, die Stille um uns her durchbrach nur der schnurrende Motor des Mercury und die Schneeflocken, die leise auf der Windschutzscheibe auftrafen. Der Schmerz in meiner Seite brannte fürchterlich und ein-, zweimal schloss ich die Augen und war für ein paar Sekunden weggetreten. Ich hatte Blut an den Fingern und auf der Hose einen ockerfarbenen Fleck vom Unterleib bis runter zur Wade. Ich bekam mit, dass mich Louis ab und zu besorgt im Rückspiegel ansah, und ich hob eine Hand, um ihnen zu zeigen, dass ich noch unter den Lebenden weilte. Es hätte vielleicht überzeugender gewirkt, wäre meine Hand nicht blutbeschmiert gewesen.

Als wir auf den Parkplatz vor dem Polizeirevier einbogen, standen dort zwei Streifenwagen, ein orangefarbener Trans-Am, Baujahr 74, der aussah, als würde er sich nur durch ein Wunder noch einmal starten lassen, und ein paar eingeschneite Fahrzeuge, darunter ein gemieteter Toyota aus Bangor. Von Tony Celli oder seinen Männern war nichts zu sehen.

Wir gingen durch die Vordertür hinein. Ressler stand hinter dem Pult und untersuchte die Telefonbuchse. Hinter ihm stand ein zweiter, jüngerer Streifenpolizist, den ich nicht kannte, wahrscheinlich eine Teilzeitkraft, und hinter ihm, gegenüber den beiden Arrestzellen, stand Jennings selbst. Auf einem Stuhl neben seinem Schreibtisch saß Walter Cole. Er wirkte bestürzt, als er mich sah. Ich war mit mir selbst auch nicht sonderlich zufrieden.

»Was zum Henker wollen *Sie* denn?«, fragte Jennings, was Ressler veranlasste, aufzustehen und einen argwöhnischen

Blick zunächst auf Louis und Angel und dann auf mich zu werfen. Er wirkte nicht allzu erfreut, als er unsere Waffen erblickte, und fuhr mit der Hand zum Holster seiner Dienstpistole. Dann bekam er große Augen, als er die Wunden und Flecken in meinem Gesicht und das Blut auf meiner Kleidung sah.

»Was ist mit den Telefonen?«, entgegnete ich.

»Defekt«, antwortete Ressler nach kurzem Zögern. »Die ganze Telekommunikation ist lahm gelegt. Könnte am Wetter liegen.«

Ich ging an ihm vorbei zu den Zellen. Eine war leer. In der anderen saß Billy Purdue, den Kopf in den Händen. Seine Kleidung war schmutzig und seine Stiefel schlammverkrustet. Er hatte den gehetzten, verzweifelten Blick eines Tieres, das in einer Falle steckte. Er summte vor sich hin, wie ein kleiner Junge, der die Außenwelt ausblenden will. Ich bat Rand Jennings nicht um Erlaubnis, mit ihm zu sprechen. Ich wollte Antworten und er war der Einzige, der sie mir geben konnte.

»Billy«, rief ich ihm zu.

Er sah zu mir hoch. »Ich hab verkackt«, sagte er. »Nicht wahr?« Dann summte er sein Lied weiter.

»Ich weiß nicht, Billy. Du musst mir von dem Mann erzählen, den du gesehen hast, dem alten Mann. Beschreib ihn mir.«

Jennings rief von hinten: »Parker! Halten Sie sich von dem Gefangenen fern!«

Ich ignorierte ihn. »Hörst du mich, Billy?«

Er schaukelte vor und zurück, immer noch summend, und hatte sich die Arme um den Leib geschlungen. »Ja, ich höre dich.« Er verzog vor Konzentration das Gesicht. »Das ist schwer. Ich hab ihn kaum gesehn. Er war … alt.«

»Gib dir Mühe, Billy. Klein? Groß?«

Er fing wieder an zu summen und hielt dann inne. »Groß«, sagte er während dieser Pause. »Vielleicht so groß wie ich.«

»Schlank? Korpulent?«

»Dünn. Er war dünn, aber mehr so der drahtige Typ.« Er stand auf, interessiert jetzt, und versuchte sich die Gestalt vorzustellen, die er gesehen hatte.

»Und sein Haar?«

»Scheiße, von seinem Haar weiß ich nichts ...« Er fing wieder an mit seinem Lied, aber jetzt fügte er auch den Text hinzu, sang einige Wörter nicht mit, als würde er es nicht richtig auswendig kennen.

»*Come all you fair and tender ladies*
Take warning how you court your man ...«

Und endlich erkannte ich das Lied: *Fair and Tender Ladies.* Gene Clark hatte es gesungen, mit Carla Olson, aber der Song war viel älter. Und als ich den Song erkannte, fiel mir auch ein, wo ich ihn zuletzt gehört hatte: Meade Payne hatte ihn gesummt, als er zurück ins Haus gegangen war.

»Billy«, sagte ich. »Warst du bei Meade Payne?«

Er schüttelte den Kopf. »Ich kenne keinen Meade Payne.«

Ich umklammerte die Gitterstäbe der Zelle. »Billy, das ist wichtig. Ich weiß, dass du zu Meade wolltest. Du bringst ihn nicht in Schwierigkeiten, wenn du das zugibst.«

Er sah mich an und seufzte. »Ich bin nicht hingekommen. Sie haben mich geschnappt, eh ich überhaupt in der Stadt war.«

Ich sprach leise und deutlich und versuchte mir die Anspannung nicht anmerken zu lassen. »Wo hast du dann dieses Lied gehört, Billy?«

»Was für 'n Lied?«

»Das Lied, das du summst. *Fair and Tender Ladies.* Wo hast du das gehört?«

»Weiß ich nich mehr.« Er schaute weg und ich wusste, dass er sich durchaus erinnerte.

»Gib dir Mühe.«

Er fuhr sich mit den Händen durchs Haar und packte seine wirren Nackenlocken, als hätte er Angst, was seine Hände anstellen würden, wenn er sie nicht beschäftigte, und schaukelte wieder vor und zurück. »Der alte Mann, den ich vor Ritas Haus gesehen habe, der hat's vielleicht gesummt, so vor sich hin. Ich krieg das Scheißding nicht mehr aus dem Kopf.« Er fing an zu weinen.

Ich spürte, wie ich einen trockenen Mund bekam. »Billy. Wie sieht Meade Payne aus?«

»Was?«, fragte er. Er schaute völlig verdutzt. Hinter mir hörte ich Jennings sagen: »Ich warne Sie zum letzten Mal, Parker. Halten Sie sich von dem Gefangenen fern.« Seine Schritte hallten hinter mir, als er auf mich zukam.

»Das ist Meade da drüben, auf dem Bild an der Wand«, sagte Billy und stand auf. Er wies auf ein gerahmtes Foto dreier Männer, das neben dem Pult an der Wand hing, ganz ähnlich wie das Bild, das im Diner hing, dort aber mit zwei Gesichtern statt drei. Ich ging zu dem Bild und stupste Rand Jennings dabei beiseite. In der Mitte stand ein junger Mann in der Uniform der US Marines, hatte den rechten Arm um Rand Jennings gelegt und den linken um einen älteren Mann, der stolz in die Kamera grinste. Auf einer Plakette unter dem Bild stand: »Patrolman Daniel Payne, 1967-1991«.

Rand Jennings. Daniel Payne. Meade Payne. Nur dass der alte Mann auf dem Bild klein war, höchstens eins siebzig, einen krummen Rücken hatte und einen sanftmütigen Blick, und ein weißer Haarkranz seine Halbglatze umgab, auf der Leberflecken zu sehen waren. Sein Gesicht war von Hunderten Runzeln und Falten überzogen.

Er war nicht der Mann, den ich beim Haus von Payne kennen gelernt hatte.

Und so allmählich ging mir ein Licht auf.

Alle hatten sie Hunde. Meade Payne hatte das in seinem Brief an Billy erwähnt, aber ich hatte keinen Hund gesehen, als ich dort draußen gewesen war. Ich dachte an die Gestalt, die Erika Schneider das Regenrohr hatte heraufklettern sehen.

Ein alter Mann konnte kein Regenrohr hinaufklettern. Ein junger Mann schon. Und ich erinnerte mich daran, was Rachel über Judith Mundy gesagt hatte, dass sie zur Fortpflanzung auserwählt worden sei.

Fortpflanzung.

Einen Sohn.

Und ich erinnerte mich an den alten Saul Mann, wie sich seine Hände über die Spielkarten bewegten, wie er flink die Dame im Ärmel verschwinden ließ oder eine Erbse beim Hütchenspiel verschob, um irgendeinem Blödmann fünf Dollar abzuknöpfen. Er nötigte sie nie und rief sie nie herbei, denn er kannte sich aus.

Caleb wusste, dass Billy zu Meade Payne zurückkommen würde. Vielleicht hatte er Meades Namen von Cheryl Lansing erfahren, ehe er sie umgebracht hatte, oder er war durch Willefords Nachforschungen darauf gestoßen. Wie auch immer er das herausgefunden hatte – Caleb wusste, dass sich Billy, wenn er alle Hindernisse und Ausweichmöglichkeiten beiseite räumte, an Meade Payne wenden musste.

Denn Caleb verstand, was Trickbetrüger und Jäger verstehen: Dass es manchmal besser ist, einen Köder auszulegen, abzuwarten und das Wild, das Opfer kommen zu lassen.

Ich drehte mich zu Jennings um, der jetzt seine Coonan auf mich gerichtet hielt. Offenbar hatte ich ihn einen Augenblick zu lange ignoriert. »Ich hab Ihre Scheiße satt, Parker. Sie und Ihre Kumpels geben sofort die Waffen ab und legen sich auf den Boden«, sagte er. »Und zwar zack zack.«

Ressler zog nun auch seine Waffe und in dem hinteren Büro hielt der junge Streifenpolizist bereits eine Remington-Pumpgun im Anschlag.

»Sieht ganz so aus, als wären wir in einen Gesprächskreis für nervöse Bullen geraten«, meinte Angel.

»Jennings, für so was hab ich keine Zeit«, sagte ich. »Sie müssen mir zuhören –«

»Schnauze«, sagte Jennings. »Ich sage es Ihnen zum letzten Mal, Parker. Legen Sie …« Dann hielt er plötzlich inne und starrte die Waffe in meinem Gürtel an.

»Wo haben Sie diese Waffe her?«, fragte er und ein drohender Unterton schlich sich in seine Stimme. Er spannte den Hahn der Pistole und kam drei Schritte auf mich zu. Seine Waffe war nur noch eine Handbreit von meinem Gesicht entfernt. Jetzt hatte er auch die Jacke und den Pullover erkannt. Hinter mir hörte ich Angel laut seufzen.

»Sie sagen mir jetzt, woher Sie die Waffe haben, oder ich lege Sie auf der Stelle um.«

Ich konnte ihm ohnehin nicht schonend beibringen, was passiert war, und deshalb versuchte ich es erst gar nicht. »Ich bin auf der Straße in einen Hinterhalt geraten. Der alte Mann, der draußen am See gewohnt hat, John Barley, er ist tot. Er ist in meinem Wagen gestorben. Sie haben mich verfolgt und ich habe es bis zu Ihrem Haus geschafft und Lorna hat mir eine Waffe gegeben. Sie werden ein paar Leichen in Ihrem Wohnzimmer finden, wenn Sie nach Hause kommen, aber Lorna ist in Sicherheit. Hören Sie mir zu, Rand, das Mädchen –«

Rand Jennings ließ langsam den Hahn sinken, sicherte die Pistole und verpasste mir dann mit dem Lauf einen heftigen Schlag auf die linke Schläfe. Ich taumelte rückwärts und er holte aus, um mich noch mal zu schlagen, aber Ressler ging dazwischen und packte ihn beim Arm.

»Ich bring dich um, du Schwein. Ich bring dich um.« Sein Gesicht war vor Zorn hochrot angelaufen, aber es lag auch großes Leid darin und das Wissen, dass jetzt nichts mehr sein konnte wie zuvor, dass sein Schneckenhaus endgültig zerbrochen war und sich das Leben, das er bis dahin geführt hatte, in diesem Moment in Luft auflöste.

Ich spürte Blut meine Wange hinunterlaufen und der Kopf tat mir entsetzlich weh. Im Grunde tat mir alles weh und ich sagte: »Vielleicht haben Sie keine Gelegenheit mehr, mich umzubringen. Die Männer, die mich überfallen haben, arbeiten für Tony Celli. Er will Billy Purdue.«

Jennings atmete wieder etwas ruhiger und nickte Ressler zu, der vorsichtig seinen Arm losließ. »Niemand holt sich meinen Gefangenen«, sagte Jennings.

Dann ging das Licht aus und dann war die Hölle los.

Für ein paar Momente war es stockfinster im Polizeirevier. Dann sprang die Notbeleuchtung an und spendete mit vier Leuchtstofflampen an den Wänden schummriges Licht. Aus der Arrestzelle hörte ich Billy Purdue rufen: »Hey! Hey, ihr da! Was ist los? Sagt mir, was los ist! Was ist mit dem Licht?«

Hinten im Polizeirevier hörte man es dreimal laut knallen, wie Hammerschläge, gefolgt von dem Geräusch einer Tür, die gegen eine Wand knallte. Louis stürzte los, die mächtige Roadblocker-Büchse in der Hand. Er lief an Billy Purdues Zelle vorbei und ging an dem Korridor in Stellung, der zur Hintertür führte. Er zählte lautlos bis drei, das merkte ich, drehte sich dann um, hielt sich in Deckung und feuerte zwei Schüsse in den Flur ab. Dann verschwand er aus unserem Blickfeld, feuerte noch einen Schuss ab und kam dann wieder zurück. Jennings, Ressler und ich liefen zu ihm, um ihm beizustehen, während der junge Polizist und Angel die Vordertür verriegelten und Walter ihnen half.

Im Korridor lagen zwei tote Männer, die Gesichter unter schwarzen Skimasken verborgen. Beide trugen sie schwarze Jeans und schwarze Jacken.

»Die haben sich die falsche Tarnkleidung ausgesucht«, sagte Louis. »Hätten sich vorher mal den Wetterbericht anhören sollen.« Er zog einem die Maske ab und fragte mich: »Kennst du den?«

Ich schüttelte den Kopf und Louis ließ die Maske los. »Wahrscheinlich auch nicht wert, dass man ihn kennt«, sagte er.

Wir rückten vorsichtig zur offen stehenden Tür vor. Schnee

wehte in den Korridor. Louis nahm einen Besen und schob damit die Tür zu, deren Schloss zerschossen war. Es kamen keine Schüsse mehr. Dann half er Ressler, aus dem Büro einen Schreibtisch dorthin zu tragen, und damit blockierten sie die Tür. Wir ließen Louis als Wache an der Tür zurück und gingen wieder ins große Büro, wo Angel und der junge Polizist seitlich am Fenster standen und versuchten, die Männer draußen zu erspähen. Es konnten nicht mehr sehr viele übrig sein, dachte ich, aber Tony Celli war noch unter ihnen.

Walter stand weiter hinten. Ich sah, dass er seine alte 38er in der Hand hielt. Ich bildete mir jetzt ein zu wissen, wo Ellen war, vorausgesetzt, sie war noch am Leben, aber wenn ich Walter davon erzählt hätte, wäre er wie ein Irrer auf Tony Cellis Männer losgegangen, um zu ihr zu kommen, und das hätte gar nichts gebracht, und er wäre nur dabei umgekommen.

Eine Stimme erklang. »Hey, ihr da drinnen. Wir wollen keinem was tun. Schickt einfach nur Purdue raus, dann sind wir weg.« Es klang nach Mifflin.

Angel sah mich an und grinste. »Was auch passiert, versprich mir bloß, dass du die humpelnde Hasenscharte diesmal ein für alle Mal erledigst.«

Ich ging neben ihm in Stellung und schaute hinaus in die Dunkelheit. »Der kann einem schon auf die Nerven gehen«, pflichtete ich bei. Ich drehte mich um und sah, dass Louis neben mir stand.

»Die Tür dürfte halten. Wenn sie noch mal versuchen reinzukommen, hören wir sie, bevor sie irgendwelchen Schaden anrichten können.« Er sah kurz aus dem Fenster. »Mann, ich hätte nie gedacht, dass ich das mal sage, aber ich komme mir vor wie John Wayne.«

»In *Rio Bravo*«, sagte ich.

»War das der mit James Caan?«

»Nein, mit Ricky Nelson.«

»Mist.«

Hinter uns schienen Jennings und Ressler damit beschäftigt, einen Schlachtplan zu entwerfen. Es war, als würde man zwei Kindern dabei zusehen, wie sie mit den Zehen versuchten, Essstäbchen zu halten.

»Haben Sie ein Funkgerät?«, fragte ich.

Es war Ressler, der auf die Frage einging. »Wir bekommen nur Rauschen rein, sonst nichts.«

»Die haben einen Störsender.«

Jennings meldete sich zu Wort. »Wir bleiben hier drin. Dann geben die auf. Das ist hier kein Grenzfort. Die können nicht einfach ein Polizeirevier überfallen und einen Gefangenen entführen.«

»Das ist hier durchaus ein Grenzfort«, sagte ich. »Und die können tun, was sie wollen. Die werden nicht ohne ihn abziehen, Chief. Celli will das Geld wieder, das Billy ihm geklaut hat, oder seine eigenen Leute werden ihn kaltmachen.« Ich hielt inne. »Aber Sie könnten ihnen auch einfach das Geld geben.«

»Er hatte kein Geld dabei, als wir ihn gefunden haben«, sagte Ressler. »Er hatte nicht mal 'ne Tasche.«

»Sie könnten ihn fragen, wo es ist«, schlug ich vor. Ich sah, dass mich Billy Purdue neugierig anschaute. Ressler sah Jennings an, zuckte mit den Achseln und ging zu den Arrestzellen. In diesem Moment duckte sich Angel seitwärts und Louis stieß mich zu Boden. Ich schrie, als ich mit meiner verwundeten Seite auf dem Teppichboden landete.

»In Deckung!«, rief Angel.

Das Vorderfenster des Polizeireviers implodierte und Kugeln schlugen in die Wände, Schreibtische, Aktenschränke, Lampenhalterungen ein. Sie zerschlugen gläserne Trennwände, sprengten den Wasserspender und verwandelten Berichte und Akten in Konfetti. Ressler stürzte zu Boden, ein Bein hinten bereits zerfetzt und rot. Neben mir erhob sich Angel und eröffnete mit der Glock das Feuer. Louis' Roadblocker dröhnte auf, als er neben ihm in Stellung ging.

»Die zerpflücken uns hier!«, schrie Angel. Draußen wurde das Feuer eingestellt. Hinter uns hörte man nur, wie Papier zu Boden segelte, Glas knirschte und Wasser aus den Überresten des zerstörten Spenders tropfte. Ich sah Louis an. »Wir könnten den Kampf zu ihnen tragen«, sagte ich.

»Könnten wir tun«, sagte er. »Bist du fit?«

»So gut wie«, log ich. Jennings hockte auf dem Boden und schnitt Ressler das Hosenbein auf, um an die Wunde zu gelangen. »Haben Sie hier ein Fenster, durch das man an eine dunkle Stelle kommt, vielleicht hinter einen Baum oder so?«, fragte ich.

Jennings sah zu uns hoch und nickte. »Das Fenster vom Männerklo hinten im Flur. Das ist gleich neben der Außenmauer. Die Lücke ist zu eng, als dass einer durchkommen könnte, aber man kann von da aus auf die Außenmauer steigen.«

»Klingt gut«, sagte Louis.

»Und was ist mit mir?«, fragte Angel.

»Du leistest hier doch prima Arbeit mit der Glock«, erwiderte Louis.

»Findest du?«

»Ja. Wenn du mal tatsächlich jemanden triffst, dann fange ich an, an Gott zu glauben. Aber du jagst Tonys Jungs eine Heidenangst ein.«

»Soll ich euch helfen?«, fragte Walter. Es waren die ersten Worte, die er seit der Beerdigung in Queens an mich richtete.

»Bleib hier«, sagte ich. »Ich glaube, ich weiß da was.«

»Über Ellen?« Bei dem Kummer in seinem Blick zuckte ich zusammen.

»Nicht, solange Tony Cellis Männer da draußen sind. Wir unterhalten uns, wenn das vorbei ist.«

Wir machten kehrt und wollten gehen, doch Rand Jennings' Waffe war immer noch auf mich gerichtet.

»Sie gehen nirgendwohin, Parker.«

Ich sah ihn an und ging einfach weiter. Die Mündung seiner Pistole folgte mir, als ich an ihm vorbeiging.

»Parker …«

»Rand«, sagte ich. »Halt die Schnauze.«

Und erstaunlicherweise tat er das.

Damit ließen wir sie allein und gingen zur Herrentoilette. Das Fenster war aus Milchglas und befand sich über zwei Waschbecken. Wir lauschten aufmerksam, ob sich draußen etwas regte, legten dann den Griff um, zogen das Fenster auf und traten einen Schritt zurück. Es erschollen keine Schüsse und Sekunden später stiegen wir über die Mauer und kamen auf ein Stück Brachland nördlich des Polizeireviers. Die Munition in Louis' Manteltaschen klimperte dumpf, als er auf dem Boden landete. Louis wollte weitergehen und ich hielt ihn noch zurück.

»Louis, der alte Mann, der im Haus von Meade Payne wohnt – das ist Caleb Kyle.«

Er wirkte fast erstaunt. »Was sagst du da?«

»Er hat Billy dort aufgelauert. Wenn mir etwas zustößt, musst du dich darum kümmern.«

Er nickte und fügte dann hinzu: »Mann, darum kannst du dich selber kümmern. Wenn sie dich bisher nicht umgebracht haben, dann bringen sie dich nie um.«

Ich lächelte und wir trennten uns, gingen langsam in einer Zangenbewegung zur Vorderseite des Polizeireviers und auf Tony Cellis Männer zu.

30

Ich erinnere mich an vieles nicht mehr sehr deutlich, was geschah, nachdem ich in die Dunkelheit hinaustorkelte. Ich weiß noch, dass ich unablässig zitterte, sich meine Haut aber heiß anfühlte und mein Gesicht schweißgebadet war. Ich hatte zwar Jennings' Waffe, aber sie fühlte sich immer noch eigenartig und ungewohnt in der Hand an. Ich trauerte der Smith & Wesson ein wenig nach. Ich hatte damit getötet, und indem ich das tat, hatte ich auch etwas in mir getötet, aber es war meine Waffe und ihre Geschichte der vergangenen zwölf Monate spiegelte meine eigene Geschichte wider. Vielleicht war es am besten, dass sie nun tief unter Wasser begraben lag.

Der Schnee fiel und die Welt war stumm. Sie hatte den Mund voller Schneeflocken. Meine Füße sanken tief ein, als ich an der Mauer entlangging, das Polizeirevier zu meiner Linken, und die Kälte drang durch meine Stiefel und betäubte meine Zehen. Auf der anderen Seite des Reviers, das wusste ich, tastete sich Louis vor, die große Büchse im Anschlag.

Ich blieb stehen, wo die Mauer an der Ecke des Gebäudes endete und in eine ein Meter hohe Parkplatzeinfriedung überging. Ich spähte hinaus auf den Hof, konnte keine Regung entdecken und ging hinter einem neueren Ford in Deckung. Meine Reaktionen waren träge und ich machte viel mehr Lärm als nötig. Mir zitterten jetzt ununterbrochen die Hände, so dass ich den Pistolenlauf mit der linken Hand ruhig halten musste. Meine Seite schmerzte unvermindert. Als ich hinuntersah, entdeckte ich einen frischen Blutfleck auf meinem Pullover.

Den Schnee trieb ein Wind voran, der neue Kraft gesammelt zu haben schien, als die Nacht hereinbrach. Weiße Schwaden wehten mir ins Gesicht und Schneeflocken sammelten sich auf meiner Zunge. Ich versuchte Louis' dunkle Gestalt zu erkennen, konnte aber nicht über den Parkplatz hinaus sehen. Ich kniete mich hin, schwer atmend und hundeelend. Für einen Moment glaubte ich, ohnmächtig zu werden. Ich nahm eine Hand voll Schnee, ging dazu vorsichtig in die Hocke und rieb mir damit das Gesicht. Das half nicht großartig, rettete mir aber das Leben.

Links über mir bewegte sich hinter einem der Streifenwagen eine Gestalt. Ich sah, wie sich ein schwarzer Lacklederschuh aus dem Schnee hob. Schneeflocken hafteten noch an den Aufschlägen der dunklen Hose darüber und blaue Mantelschöße tanzten und schlappten im Wind. Ich erhob mich und die Waffe erhob sich mit mir, höher und höher, bis mein Kopf und die Waffe über die Motorhaube des Ford ragten. Und als sich der Mann umdrehte, weil er die Bewegung bemerkt hatte, schoss ich ihm in die Brust und sah teilnahmslos zu, wie er in die Schneewehe fiel, die sich an der Mauer gebildet hatte. Dort blieb er zusammengesunken liegen, das Kinn auf der Brust, und sein Blut färbte den Schnee schwarz.

Und in diesem Moment geschah etwas mit mir. Meine Welt wurde so dunkel wie der blutgetränkte Schnee und mein Geist trübte sich. Das Universum verschwamm von den Rändern her und ließ mir nur eine Art Tunnelblick übrig. Und während meine Welt kurz aus den Angeln sprang, schien ich sowohl zu spüren als auch zu hören, wie eine Messerklinge in Fleisch eindrang, und dann hörte es sich an, als würde eine Melone mit einem Schnitt halbiert. Ich folgte meinem Tunnelblick über die Mauer und die Straße zu einem schmalen Abhang, der hinunter in den Wald führte. Im Schnee lag ein zusammengesunkener Mann. Er war von der Brust bis zum Bauchnabel aufgeschlitzt und Schneeflocken sammelten sich auf seinem zertrümmerten Kopf. Um die Leiche her waren tiefe, kräftige

Schuhabdrücke. Die Schritte führten von der Leiche fort in Richtung Stadt und ihnen folgte eine zweite Spur von jemandem, der hinkte. Zwischen Mifflins Schuhabdrücken war Blut. Als ich den Spuren folgte, erklangen vom Polizeirevier her weitere Schüsse, darunter auch aus Louis' Waffe.

Ich ging fünf oder zehn Minuten lang in südliche Richtung, vielleicht auch ein wenig länger, und fand mich dann am Ende einer Wohnstraße wieder. Eine Frau und ein Mann, beide schon etwas älter, standen, dick in Mäntel und Decken eingepackt, auf ihrer Veranda, und der alte Mann hatte der Frau einen Arm um die Schultern gelegt. Jetzt waren keine Schüsse mehr zu hören, aber sie warteten ab und lauschten. Als sie mich sahen, wichen sie instinktiv zurück. Der alte Mann zog seine Frau oder vielleicht auch Schwester zurück ins Haus und schloss die Tür. Mich ließ er dabei die ganze Zeit über nicht aus den Augen. In einigen anderen Häusern brannte ebenfalls Licht und hier und da bewegten sich die Vorhänge. Ich sah Gesichter, von schummrigem Licht umrahmt, aber es kam niemand auf die Straße.

Ich kam an die Ecke Spring und Maybury Street. Die Spring Street führte weiter ins Stadtzentrum und am Ende der Maybury war es dunkel, und in diese Richtung führten die beiden Spuren. Auf halber Strecke trennten sie sich. Die Spur des Hinkenden führte weiter in die Dunkelheit und die zweite Spur führte in nordwestliche Richtung über die Grenze zwischen zwei Grundstücken. Vermutlich war Mifflin zuerst hier angelangt und hatte sich in der Dunkelheit eine Stelle gesucht, von der aus er die Straße überblicken konnte, und sein Verfolger hatte das erraten und schlich sich nun von hinten an. Ich bog nach Süden ab und ging an der Rückseite der Häuser entlang, bis ich zum westlichen Waldrand kam. Dort blieb ich stehen.

Gut zehn Meter weiter, am Rand einer hellen Stelle, die von der letzten Laterne an dieser Straße stammte, bildete sich eine

Wolke und löste sich wieder auf. Etwas bewegte sich, aufgeschreckt und verängstigt. Ein Gesicht blickte nach links, dann nach rechts und eine Gestalt spähte hinter einem Baum hervor. Es war Mifflin, einen Arm immer noch in einer Schlinge. Als ich im Schutz der Dunkelheit und fast lautlos auf dem Schnee näher kam, sah ich, wie ihm Blut von den Fingern tropfte und sich in einer Lache zu seinen Füßen sammelte. Ich war schon fast bei ihm angelangt, als er irgendwas hörte und sich umdrehte. Er riss die Augen auf und fuhr hoch und ein Messer blitzte in seiner gesunden Hand auf. Ich schoss ihm in die rechte Schulter und er wirbelte herum, stürzte rücklings hin und stieß einen lauten Schmerzschrei aus. Ich lief schnell zu ihm, die Waffe weiterhin auf ihn gerichtet. Er blinzelte zu mir hoch. Das Licht schien mir nun ins Gesicht.

»Du«, sagte er schließlich. Er versuchte sich zu erheben, hatte aber keine Kraft mehr. Er hob nur den Kopf, bis auch diese Anstrengung zu viel für ihn war und er zurück auf den Schnee sank. Als ich ihn ansah, bemerkte ich, dass in seinem Mantel ein langer Schlitz klaffte. Darunter schimmerte es feucht.

»Wer war das?«, fragte ich.

Er versuchte zu lachen, aber es kam nur ein Keuchen und Blut spritzte ihm aus dem Mund und färbte seine Zähne rot. »Ein alter Mann«, sagte er. »Ein beschissener alter Mann. Er ist wie aus dem Nichts aufgetaucht, hat mich aufgeschlitzt und dann Contorno erledigt, ehe wir überhaupt wussten, was vor sich geht. Ich bin gerannt, Mann. Scheiß auf Contorno.« Er versuchte den Kopf zu bewegen und sich zur Stadt umzusehen. »Er ist jetzt irgendwo da draußen und beobachtet uns. Das spüre ich.«

Auf der Maybury Street war es still, aber er hatte Recht: Die Dunkelheit hatte etwas Wachsames an sich, als würde irgendwo da im Finstern jemand mit angehaltenem Atem lauern.

»Es wird bald Hilfe kommen«, sagte ich, obwohl ich in diesem Moment überhaupt nicht wusste, ob sich die Dinge im Polizeirevier zu unseren Gunsten entwickelt hatten. Wenigstens hatten wir Louis, dachte ich, sonst wären wir alle längst tot. »Wir besorgen dir einen Arzt.«

Er schüttelte kurz den Kopf. »Nein, keinen Arzt«, sagte er. Er starrte mich an. »Es ist hier zu Ende. Mach schon, du Sackgesicht! Mach schon!«

»Nein«, sagte ich leise. »Es reicht.«

Aber er ließ es sich nicht nehmen. Mit letzter Kraft langte er in die Innentasche seines Mantels und biss dabei vor Anstrengung die Zähne zusammen. Ich reagierte, ohne nachzudenken, und tötete ihn auf der Stelle, aber als ich ihm die Hand aus dem Mantel zog, war sie leer. Wie hätte es auch anders sein können, da er doch nur ein Messer zu seiner Verteidigung hatte?

Und als ich mich wieder erhob, schien etwas in der Dunkelheit auf der anderen Straßenseite aufzuflackern, und dann war es verschwunden.

Ich ging zurück zum Polizeirevier und war schon fast dort angelangt, als rechts eine Gestalt auftauchte. Ich zuckte in diese Richtung, aber eine Stimme sagte: »Bird, ich bin's.« Louis tauchte aus der Dunkelheit auf, die Büchse wie ein schlafendes Kind in den Armen. Er hatte Blutspritzer im Gesicht und sein Mantel war an der linken Schulter aufgerissen.

»Du hast dir den Mantel aufgerissen«, sagte ich. »Dein Schneider wird mit dir schimpfen.«

»Der Mantel ist sowieso vom letzten Jahr«, sagte Louis. »Kam mir schon wie ein Penner vor, dass ich den überhaupt noch trage.« Er kam mir näher. »Du siehst nicht so gut aus.«

»Ist dir bewusst, dass ich angeschossen wurde?«, sagte ich mit schmerzerfüllter Stimme.

»Du wirst doch immer angeschossen«, erwiderte er. »Wenn sie dich nicht anschießen, zusammenschlagen oder mit Elektroschocks behandeln würden, würdest du doch gar nichts mehr merken. Meinst du, du schaffst es noch?« Er schlug einen anderen Ton an und jetzt kamen wohl die schlechten Nachrichten.

»Erzähl schon«, sagte ich.

»Billy Purdue ist weg. Ressler hatte anscheinend einen Kollaps wegen seinen Verletzungen und Billy hat ihn an den Hosenbeinen zur Zelle gezogen, als Angel und die anderen abgelenkt waren. Er hat ihm die Schlüssel abgenommen, sich dann ein Gewehr geschnappt und ist abgehauen. Wahrscheinlich ist er auf dem gleichen Wege raus wie wir.«

»Wo war Angel? Ist er okay?«

»Ja. Angel und Walter geht es gut. Sie haben Jennings geholfen, die Hintertür zu verteidigen. Scheint so, als hätten die letzten von Tonys Jungs einen zweiten Versuch unternommen, als wir weg waren. Billy ist einfach so rausspaziert.«

»Nachdem wir ihm geholfen und den Weg frei gemacht haben.« Ich fluchte wütend und erzählte ihm dann von Mifflin und dem toten Mann im Schnee.

»Caleb?«, fragte Louis.

»Er ist es«, sagte ich. »Er ist gekommen, um seinen Sohn zu holen, und er bringt jeden um, der ihn oder seinen Sohn bedroht. Mifflin hat ihn gesehen, aber Mifflin ist tot.«

»Hast du ihn umgelegt?«

»Ja«, sagte ich. Mifflin hatte mir keine andere Wahl gelassen, als ihn umzubringen, aber er hatte in seinen letzten Momenten durchaus etwas Würdevolles gehabt. »Ich muss zum Haus von Meade Payne.«

»Wir haben dringendere Probleme«, sagte Louis.

»Tony Celli.«

»Mmmh. Es muss hier enden, Bird. Sein Wagen ist gut eine halbe Meile östlich von hier geparkt, gleich am Stadtrand.«

»Woher weißt du das?«, fragte ich, als wir in diese Richtung losgingen.

»Ich habe mich erkundigt.«

»Deine Überredungskünste müssen immens sein.«

»Ich bin einfach nur freundlich zu den Leuten.«

»Und du hast eine große Kanone.«

Ein Lächeln zuckte um seine Lippen. »Eine große Kanone kann nie schaden.«

Ein schwarzer Lincoln Towncar stand in einer Seitenstraße, nur das Standlicht eingeschaltet. Dahinter waren zwei weitere Autos geparkt, große Fords, ebenfalls nur mit Standlicht, und zwei schwarze Chevy-Lieferwagen. Vor dem Lincoln kniete eine Gestalt im Schnee, den Kopf gesenkt, die Hände auf den Rücken gebunden im Schnee. Ehe wir noch näher kommen konnten, wurde hinter uns der Hahn einer Pistole gespannt und eine Stimme sagte: »Waffen weg, Jungs.«

Wir taten, wie uns befohlen, drehten uns aber nicht um.

»Jetzt könnt ihr weitergehen.«

Die Fahrertür eines Fords wurde geöffnet und Al Z stieg heraus. Als die Innenbeleuchtung ansprang, sah ich einen zweiten Mann, dick und silberhaarig, mit einer dunklen Brille auf der Nase und einer Zigarette in der Hand. Dann verschwand er wieder im Dunkeln, als Al Z die Tür schloss. Er ging zu der knienden Gestalt und dem anderen Ford entstiegen drei Männer und stellten sich abwartend dazu. Die kniende Gestalt hob den Kopf und Tony Celli sah uns aus toten Augen an.

Al Z behielt die Hände in den Taschen seines grauen Mantels und sah uns entgegen. Wir kamen näher. Als wir noch drei Meter von Tony Celli entfernt waren, hob er eine Hand und wir blieben stehen. Al Z wirkte beinahe amüsiert.

Aber nur beinahe.

»Ich hatte Sie doch gebeten, sich aus unseren Angelegenheiten herauszuhalten«, sagte er.

»Wie ich Ihnen schon sagte: mit Ihren ›Angelegenheiten‹

habe ich auch kein Problem«, erwiderte ich. Ich schwankte und zwang mich stillzustehen.

»Nein, Sie haben ein Problem mit Ihren Ohren. Sie hören schlecht. Sie hätten sich einen anderen Ort aussuchen sollen, um zu Ihrem moralischen Kreuzzug zu blasen.«

Er zog die rechte Hand aus der Tasche und hielt darin eine Heckler & Koch 9 mm, schüttelte dann sacht den Kopf und sagte in seiner leisen, abgehackten Art: »Ihr dummen Arschgesichter«, und schoss Tony Celli in den Hinterkopf. Tony sank mit dem Gesicht voran zu Boden, das linke Auge noch offen und mit einem Loch im Kopf, wo zuvor das rechte gewesen war. Dann traten zwei Männer vor, einer mit einer Plastikplane über dem Arm. Sie wickelten Tony Celli darin ein und legten die Leiche in den Kofferraum eines der Autos. Ein dritter Mann tastete den Schnee ab, bis er die Kugel fand, steckte sie, zusammen mit der Patronenhülse, ein und folgte dann seinen Kameraden.

»Er hatte das Mädchen nicht«, sagte Al Z. »Ich habe ihn gefragt.«

»Ich weiß«, sagte ich. »Es gibt da noch jemanden. Er hat zwei von Tonys Männern aufgeschlitzt.«

Al Z zuckte mit den Achseln. Das Geld war nun seine Hauptsorge, nicht das Schicksal derer, die Tony Celli gefolgt waren. »Wie ich mir das so denke, haben Sie mehr auf dem Gewissen«, sagte er.

Ich ging nicht darauf ein. Wenn Al Z beschlossen hatte, uns dafür umzubringen, was wir mit Tony Cellis Apparat angestellt hatten, dann hätte ich nicht viel sagen können, was ihn davon abgebracht hätte.

»Wir wollen Billy Purdue«, fuhr er fort. »Sie liefern ihn aus und wir vergessen, was hier passiert ist. Wir vergessen, dass Sie Männer umgebracht haben, die Sie nicht hätten umbringen dürfen.«

»Sie wollen nicht Billy«, entgegnete ich. »Sie wollen das Geld, um das zu ersetzen, was Tony verloren hat.«

Al Z zog die linke Hand aus der Tasche und machte damit eine Geste à la »Wie dem auch sei«. Was ihn anging, waren Diskussionen über die Umstände der Wiedererlangung des Geldes pure Wortklauberei.

»Billy ist weg. Er ist in dem ganzen Durcheinander entkommen, aber ich werde ihn finden«, sagte ich. »Sie bekommen Ihr Geld, aber ich werde ihn nicht ausliefern.«

Al Z überlegte es sich und schaute dann zu der Gestalt im Auto hinüber. Die Zigarette bewegte sich in einer geringschätzigen Geste. Al Z wandte sich wieder uns zu.

»Sie haben vierundzwanzig Stunden. Anschließend wird Sie auch Ihr Freund hier nicht mehr retten können.« Er ging zurück zum Wagen, die Männer um ihn her verteilten sich auf die unterschiedlichen Fahrzeuge und dann fuhren Sie in die Nacht davon und ließen im Schnee nur Reifenspuren und einen Fleck aus Blut und Gehirnmasse zurück.

31

Das Polizeirevier sah aus, als wäre es von einer kleinen Armee angegriffen worden. Die Frontfenster waren fast komplett zerstört. Die Tür war von Einschüssen durchsiebt. Angel machte uns auf, als wir kamen, und Glas fiel klirrend zu Boden. Walter stand hinter ihm. Hinter uns näherten sich einige der mutigeren Einwohner vom nördlichen Stadtrand her.

»Jetzt müssen wir Caleb finden«, sagte Louis. Ich schüttelte den Kopf.

»Das FBI wird bald hier eintreffen. Wenn die kommen, will ich nicht, dass du oder Angel hier seid.«

»Quatsch«, sagte Louis.

»Nein, das ist kein Quatsch und das weißt du. Wenn die euch hier finden, werden alle Erklärungen der Welt nicht reichen, um euch aus Schwierigkeiten rauszuhalten. Und außerdem ist das hier persönlich – für mich und für Walter. Bitte geht jetzt.«

Louis hielt für einen Moment inne, als wollte er noch etwas sagen, und nickte dann. »Tonto!«, rief er. »Wir haun ab.« Angel kam zu ihm und gemeinsam gingen sie zum Mercury. Walter stand neben mir und beide sahen wir ihnen nach. Ich hatte vermutlich noch eine Stunde, vielleicht auch anderthalb, bis ich zusammenbrechen würde.

»Ich glaube, ich weiß, wo Ellen ist«, sagte ich. »Bist du bereit, sie zu holen?«

Er nickte.

»Wenn sie noch am Leben ist, werden wir Menschen töten müssen, um sie zurückzubekommen.«

»Wenn es denn sein muss«, sagte er.

Ich sah ihn an. Ich glaube, er meinte es ernst.

»Gut. Aber fahr du besser. Es war nicht unbedingt mein bester Tag am Steuer.«

Wir stellten den Wagen eine Viertelmeile vor dem Haus von Payne ab, näherten uns von der Rückseite und nutzten dabei die Bäume als Deckung. Drinnen brannten zwei Lichter, eins im vorderen Zimmer, eins oben im Schlafzimmer. Es war immer noch kein Lebenszeichen zu erkennen, als wir die Grundstücksgrenze erreichten, wo eine kleine Wellblechhütte vor sich hin rottete. Im Schnee waren Schuhabdrücke zu sehen, die der Neuschnee noch nicht vollständig verdeckt hatte. Jemand war erst kürzlich hier herumgelaufen und die Motorhaube des Pick-ups, der ganz in der Nähe geparkt stand, war noch warm.

Ein Geruch drang aus der Hütte – der trostlose Gestank verwesenden Fleisches. Ich ging bis zur Ecke, langte herum und hob vorsichtig den Riegel an der Tür. Das machte Lärm, aber nur minimal. Ich öffnete die Tür und der Geruch wurde stärker. Ich schaute Walter an und sah alle Hoffnung aus seinem Blick schwinden.

»Bleib hier«, sagte ich und schlüpfte in den Schuppen.

Der Gestank war jetzt so übermächtig, dass er mir Tränen in die Augen trieb und sich bereits in meiner Kleidung einnistete. In einer Ecke stand eine lange Gefriertruhe, deren Ränder von Rost angefressen waren und deren nicht eingestecktes Stromkabel sich wie ein Ringelschwanz um einen der Stützfüße wand. Ich hielt mir den Mund zu und öffnete den Deckel.

In der Truhe lag die zusammengekugelte Leiche eines Mannes. Er war mit einem Blaumann bekleidet, seine Füße waren nackt, an einer Hand hinter dem Rücken waren die verwesenden Finger gespreizt und die andere war vom Körper verdeckt. Das Gesicht war aufgedunsen und die Augen waren weiß. Es waren die Augen eines alten Mannes. Die Kälte hatte ihn einigermaßen konserviert und trotz der Verheerungen an seinem

Körper erkannte ich ihn als Meade Payne, der Mann auf dem Foto im Polizeirevier, der Mann, der gestorben war, damit Caleb Kyle seine Stelle einnehmen und hier auf Billy Purdue warten konnte. Unter seiner Leiche sah ich schwarzes Fell und einen Schwanz: die Überreste seines Hundes.

Hinter mir hörte ich die Tür in den Angeln quietschen. Walter kam zögerlich herein. Sein Blick folgte meinem in die Gefriertruhe. Er konnte seine Erleichterung nicht verhehlen, als er die Leiche des alten Mannes sah.

»Ist das der Typ auf dem Foto?«, fragte er.

»Ja.«

»Dann ist sie noch am Leben.«

Ich nickte, sagte aber nichts. Es gab Schlimmeres, als umgebracht zu werden, und ich glaube, insgeheim wusste Walter das auch.

»Von vorn oder hinten?«, fragte ich.

»Von vorn.«

Ich folgte ihm nach draußen und atmete tief durch. »Dann mal los.«

Im Haus roch es streng, als ich leise die Hintertür öffnete und die geräumige Küche betrat. Dort stand ein Kiefernholztisch mit vier passenden Stühlen. Schimmliges Brot lag auf dem Tisch. Die Milch in den offen stehenden Tüten hatte nicht mal die Kälte im Raum daran hindern können, schlecht zu werden. Dann gab es dort noch etwas Aufschnitt, trocken und wellig an den Rändern, ein Dutzend leere Bierdosen Marke Mickey's Big Mouth und eine halb volle Flasche billigen Bourbon. In einer Ecke stand ein schwarzer Müllsack, aus dem es infernalisch stank. Vermutlich enthielt er verdorbene Lebensmittel von über einer Woche.

Durch die offene Küchentür sah ich Walter das Haus betreten. Als er den Geruch wahrnahm, verzog er das Gesicht. Er ging nach rechts, mit dem Rücken an der Wand entlang, und schwenkte mit seiner Waffe das Esszimmer vor sich ab, das über eine geschlossene Tür mit der Küche verbunden war. Ich ging weiter und tat das Gleiche mit dem Fernsehzimmer links im Haus. Beide Zimmer waren übersät mit leeren Kartoffelchipstüten, Bierflaschen und -büchsen und halb leer gegessenen Tellern. Im Fernsehzimmer stand auch ein grüner Tornister, gepackt und zugeschnürt. Ich wies auf die Treppe und Walter ging voran und hielt sich dabei an der Wand, um eventuell knarzenden Treppenstufen auszuweichen, die Waffe beidhändig im Anschlag.

Am ersten Treppenabsatz befand sich ein Badezimmer, in dem es nach Urin und Fäkalien stank. Auf der Toilette und dem Boden lagen feuchte, schmutzige Handtücher. Zwei Stufen höher befand sich das erste Schlafzimmer. Das Bett war nicht gemacht und weitere verstreute Lebensmittel lagen auf dem Boden und einer Anrichte, aber sonst gab es keine Anzeichen, dass es in letzter Zeit bewohnt gewesen war. Es gab dort weiter keine Kleidung, keine Schuhe, keine Taschen oder Koffer. Und in diesem Schlafzimmer brannte Licht.

Ellen Cole lag auf dem Bett im zweiten Schlafzimmer. Ihre Hände waren mit Tauen an das Bettgestell gefesselt. Ein schwarzer Lappen war ihr vor Augen und Ohren gebunden und darunter war Mull gestopft, damit sie nichts hören konnte. Ihren Mund verbarg ein Klebestreifen, der in der Mitte ein kleines Loch hatte. Sie war doppelt zugedeckt. Auf einem kleinen Nachttisch stand eine Plastikflasche Wasser.

Ellen regte sich nicht, als wir das Zimmer betraten, aber als wir näher kamen, schien sie uns wahrzunehmen. Walter streckte eine Hand aus und berührte sie und sie wich mit einem leisen, verängstigten Winseln vor ihm zurück. Ich zog behutsam die Decken beiseite. Sie war bis auf die Unterwäsche entkleidet, anscheinend aber nicht verletzt. Ich ließ die beiden allein und durchsuchte das dritte Schlafzimmer. Auch dort war niemand, aber in dem Bett hatte augenscheinlich jemand geschlafen. Als ich ins zweite Schlafzimmer zurückkam, hielt Walter behutsam Ellens Kopf und löste ihre Augenbinde. Sie blinzelte und kniff selbst in dem verhältnismäßig dunklen Zimmer die Augen zusammen. Als sie ihn sah, brach sie in Tränen aus.

»Niemand hier«, sagte ich.

Ich ging zum Bett und schnitt mit meinem Taschenmesser die Taue durch, mit denen sie gefesselt war, und Walter löste das Klebeband. Er hielt sie in den Armen und sie weinte und schluchzte an seiner Brust. Ich fand ihre Kleidung in einem Haufen neben dem Fenster.

»Hilf ihr, sich anzuziehen«, sagte ich zu Walter. Ellen hatte immer noch nichts gesagt. Während Walter ihre Füße in die Hosenbeine der Jeans führte, nahm ich ihre Hand und machte sie auf mich aufmerksam.

»Ellen, die sind doch nur zu zweit, nicht wahr?«

Sie brauchte einen Moment für die Antwort und dann nickte sie. »Zwei«, sagte sie. Ihre Stimme klang unnatürlich nach so langem Schweigen und ihre Kehle war trocken. Ich reichte ihr die Wasserflasche und sie trank mit dem Trinkhalm einen kleinen Schluck.

»Haben sie dir wehgetan?«

Sie schüttelte den Kopf und fing dann wieder an zu weinen. Ich umarmte sie und ließ sie dann los und Walter zog ihr einen Pullover über. Er legte ihr einen Arm um die Schultern und half ihr vom Bett hoch, aber ihr knickten fast sofort die Beine ein.

»Alles wird gut, Schatz«, sagte er. »Wir bringen dich nach unten.«

Wir wollten eben zur Treppe gehen, als wir von unten hörten, wie die Haustür geöffnet wurde.

Mein Magen krampfte sich zusammen. Wir lauschten für einen Moment, aber auf der Treppe war nichts zu hören. Ich wies Walter mit einer Geste an, Ellen loszulassen. Wenn wir versuchten, sie zu bewegen, würde man es unten hören. Sie gab ein leises Wimmern von sich, als er sich von ihr löste, und versuchte ihn zurückzuhalten und er küsste sie sacht auf die Wange, um sie zu beruhigen, und folgte mir dann. Die Haustür stand offen und Schnee wehte aus der Dunkelheit herein. Als wir auf den letzten Treppenstufen angelangt waren, regte sich rechts in der Küche ein Schatten. Ich drehte mich um und hielt mir den Zeigefinger vor den Mund.

Eine Gestalt bewegte sich jenseits der Küchentür und schaute dabei nicht in unsere Richtung. Es war der junge Mann, den ich bei meinem ersten Besuch hier kennen gelernt hatte: Caspar, den ich für Calebs Sohn hielt. Ich schluckte trocken, ging weiter und hob eine Hand, um Walter anzudeuten, dass er in der Nähe der Haustür zurückbleiben sollte. Ich zählte bis drei und betrat dann mit erhobener Waffe, nach links gerichtet, die Küche.

In der Küche war niemand, aber nun stand die Verbindungstür zum Esszimmer offen. Ich machte einen Satz zurück, wollte Walter warnen und sah eben noch eine Gestalt hinter ihm auftauchen und ein Messer im Dämmerlicht aufblitzen. Als er meinen Gesichtsausdruck sah, wich er sofort zurück, aber das Messer hatte ihn bereits an der linken Schulter erwischt und er krümmte den Rücken und riss vor Schmerz den Mund auf. Er hob die Waffe und feuerte unter seinem linken Arm hindurch, aber das Messer hob sich wieder und erwischte ihn noch einmal, diesmal mit einem Schnitt quer über den Rücken, während er hinfiel. Caspar stieß Walter von hinten und sein Kopf knallte an das untere Ende des Treppengeländers. Er sank auf Hände und Knie, Blut lief ihm das Gesicht hinunter und sein Blick wirkte benommen.

Der junge Mann drehte sich zu mir um, das Messer mit der Klinge nach unten in der rechten Hand haltend. Er hatte eine frische Schusswunde an der Hüfte, die seine schmuddlige Chinohose tiefrot färbte, schien aber keinen Schmerz zu spüren. Vielmehr kauerte er sich zusammen und stürzte dann über den Korridor auf mich zu. Er bleckte die Zähne und riss das Messer hoch.

Ich schoss ihm in die Brust und er blieb abrupt stehen und schwankte auf seinen Schuhsohlen. Er legte eine Hand auf die Wunde und betrachtete das Blut, als könnte er erst dadurch glauben, dass er angeschossen war. Er sah mich noch einmal an, legte dann den Kopf auf die Seite und machte Anstalten, wieder auf mich loszugehen. Ich feuerte einen zweiten Schuss ab. Diesmal traf ihn die Kugel mitten durchs Herz und er stürzte rücklings auf den Dielenboden und sein Kopf blieb ganz in der Nähe der Stelle liegen, von der aus Walter versuchte, sich von Händen und Knien zu erheben. Ich glaube, er war tot, ehe er auf dem Boden ankam. Über mir hörte ich Ellen »Daddy!« rufen. Sie tauchte oben am Treppenabsatz auf und schleppte sich dann zu ihm.

Ellens Schrei rettete mir das Leben. Als ich mich umdrehte, um zu ihr hochzusehen, hörte ich hinter mir ein Zischen und sah, wie sich auf dem Boden vor mir ein Schatten bewegte. Etwas versetzte mir einen schmerzhaften Streifschlag gegen die Schulter und verfehlte meinen Kopf nur um Zentimeter und dann sauste das Blatt eines Spatens an mir vorbei. Ich packte den Holzgriff mit der linken Hand und schlug mit der rechten um mich. Ich spürte, wie ich einen Kiefer traf, nutzte den Schwung des Spatens, um den Mann hinter mir nach vorn zu zerren, und stellte ihm dabei mit rechts ein Bein. Er strauchelte nach vorn und fiel auf die Knie. Für ein paar Sekunden blieb er auf allen vieren hocken, dann stand er auf und sah mich an, von der Nacht in der offenen Tür hinter ihm umrahmt.

Und ich wusste, dass dies, endlich, Caleb Kyle war. Er verstellte sich nicht mehr als gebeugter, von Arthritis geplagter Mann, sondern stand groß und aufrecht da, seine dünnen, drahtigen Gliedmaßen in einer Bluejeans und einem blauen

Hemd. Er war ein alter Mann, aber ich konnte seine Kraft, seinen Zorn, seine Fähigkeit, Schmerz und Leid zuzufügen, förmlich spüren. Er schien das auszustrahlen wie Hitze und die Hand, in der ich die Waffe hielt, fing davon an zu zittern. Er blickte grimmig und in seinen Augen glühte ein tiefrotes Feuer und instinktiv musste ich an Billy Purdue denken. Ich dachte auch an die jungen Frauen, die an einem Baum gehangen hatten, und an die Schmerzen, die sie von seiner Hand erlitten hatten, und an meinen Großvater, den Träume von diesem Mann bis an sein Lebensende verfolgt hatten. Welches Leid Caleb selbst auch immer erlitten hatte – er hatte es der Welt hundertfach heimgezahlt.

Caleb sah seinen toten Sohn zu seinen Füßen liegen, sah dann mich an und die Heftigkeit seines Hasses erschütterte mich. Seine Augen glühten vor Bosheit und Gerissenheit. Er hatte uns alle getäuscht, war jahrzehntelang der Ergreifung entgangen und hätte es beinahe wieder geschafft, uns zu entkommen, doch diesmal hatte es seinen Sohn das Leben gekostet. Was jetzt auch immer geschehen mochte – ein geringes Maß an Gerechtigkeit war nun jenen Mädchen widerfahren, die an dem Baum gehangen hatten, und Judith Mundy, die, geschändet und allein, irgendwo in den großen Wäldern des Nordens gestorben war.

»Nein«, sagte Caleb. »Nein.«

Erst da begriff ich, weshalb er unbedingt einen Jungen hatte zeugen wollen. Wenn Judith Mundy eine Tochter geboren hätte, dann hätte ihn sein Hass bestimmt dazu verleitet, das Kind zu töten und es erneut zu versuchen, bis ein Sohn dabei herausgekommen wäre. Er wollte, was so viele Männer wollen: sich selbst auf Erden wiederholt zu sehen; zu sehen, wie seine besten Seiten ihn überlebten. Nur dass in Calebs Fall das, was überdauern sollte, abscheulich und bösartig war und Menschenleben verzehrt hätte, genau wie sein Vater zuvor.

Caleb kam einen Schritt auf mich zu und ich spannte den

Hahn der Pistole. »Zurück«, sagte ich. »Und lass die Hände, wo ich sie sehen kann.«

Er schüttelte den Kopf, ging dann aber ein paar Schritte zurück, die Hände seitwärts ausgestreckt. Er sah nicht mich an, sondern unverwandt auf seinen toten Sohn. Ich ging vor und stellte mich zu Walter, der sich in eine sitzende Haltung hochgearbeitet hatte und mit der unverletzten rechten Schulter an der Wand lehnte. Sein Gesicht war blutverschmiert. Er hielt seine Waffe lose in der rechten Hand, war aber nicht in der Lage, sich zu konzentrieren, und litt augenscheinlich äußerste Schmerzen. Mir selbst ging es nicht viel besser. Ellen war mittlerweile halbwegs die Treppe herunter und ich hielt eine Hand hoch und wies sie an, nicht näher zu kommen. Ich wollte sie nicht in der Nähe dieses Mannes haben. Sie hielt inne und ich hörte sie weinen.

Caleb ergriff das Wort. »Du wirst sterben für das, was du mit ihm gemacht hast«, spie er. Seine Aufmerksamkeit galt nun ungeteilt mir. »Ich reiß dich mit bloßen Händen in Stücke und dann ficke ich die Fotze tot und leg sie in den Wald, dass die Tiere sie fressen.«

Ich ließ mich nicht provozieren. »Immer schön weiter nach hinten, alter Mann«, sagte ich. Ich wollte nicht mit ihm in einem Raum sein; nicht in der Diele und nicht auf der Veranda. Er war gefährlich. Das spürte ich, obwohl ich eine Waffe in der Hand hatte.

Er wich weiter zurück und ging dann die Treppe hinunter, bis er auf dem Hof stand und der Schnee auf seinen unbedeckten Kopf und die ausgestreckten Arme fiel und das Licht aus dem vorderen Zimmer ihn matt vergoldete. Er hielt die Hände vom Körper weg und hinten aus seinem Gürtel sah ich den Griff einer Faustfeuerwaffe ragen.

»Umdrehen«, sagte ich.

Er regte sich nicht.

»Dreh dich um oder ich schieße dir die Beine weg.« Ich konnte ihn nicht umbringen. Noch nicht.

Er warf mir einen hasserfüllten Blick zu und drehte sich dann nach rechts.

»Und jetzt greifst du mit Daumen und Zeigefinger den Griff der Waffe und wirfst sie dann auf den Boden.«

Er tat, wie ich ihm befohlen hatte, und warf die Waffe in gestutzte Rosensträucher unter der Veranda.

»Jetzt dreh dich wieder um.«

Er drehte sich um.

»Du bist es, nicht wahr?«, sagte ich. »Du bist Caleb Kyle.«

Er lächelte, ein graues, winterliches Etwas von einem Lächeln, wie eine Fäule auf den lebendigen Organismen um ihn her. »Das ist nur ein Name, Kleiner. Caleb Kyle ist so gut wie jeder andere.« Er spuckte wieder aus. »Hast du Angst?«

»Du bist ein alter Mann«, erwiderte ich. »*Du* solltest Angst haben. In dieser Welt wird man streng über dich urteilen, aber längst nicht so streng wie beim Jüngsten Gericht.«

Er machte den Mund auf und gab dabei ein schmatzendes Geräusch von sich. »Dein Großvater hatte Angst vor mir«, sagte er. »Du bist ihm wie aus dem Gesicht geschnitten. Du siehst ängstlich aus.«

Ich ging nicht darauf ein. Vielmehr wies ich mit einer Kopfbewegung auf den Toten hinter mir auf dem Boden. »Dein toter Sohn – war Judith Mundy seine Mutter?«

Er fletschte die Zähne und wollte auf mich losgehen und ich feuerte eine Kugel in den Boden vor seinen Füßen. Sie wirbelte Dreck und Schnee auf und brachte ihn zum Stehen.

»Tu das nicht«, sagte ich. »Antworte mir. Hast du Judith Mundy entführt?«

»Ich schwöre, dich mach ich kalt«, zischte er. Er starrte an mir vorbei zu der Stelle, wo sein toter Sohn lag, und seine Kiefernmuskeln spannten sich, als er vor Kummer die Zähne zusammenbiss. Er sah aus wie ein antiker Dämon. Seine Halssehnen zeichneten sich wie Kabelstränge ab, seine Zähne waren lang und gelblich. »Ich hab es genommen, um mich zu vermehren, als ich dachte, mein Junge wär futsch, ein Scheißhausrohr runtergespült.«

Es. »Ist sie tot?«

»Ich wüsste nicht, was dich das angeht, aber es ist verblutet, als es den Jungen hatte. Ich hab es bluten lassen. Es hatte sowieso keine Bedeutung.«

»Und jetzt bist du wieder da.«

»Ich bin wiedergekommen, um meinen Sohn zu holen, den diese Hure vor mir versteckt hat, den Sohn, den alle diese Huren und Hurenböcke vor mir versteckt haben.«

»Und du hast sie alle umgebracht.«

Er nickte. »Alle, die ich finden konnte.«

»Und Gary Chute? Den Waldarbeiter?«

»Ich verschone keinen, der mir in die Quere kommt.«

»Und deinen eigenen Enkelsohn?«

Sein Blick wurde für einen Moment unruhig und fast so etwas wie Bedauern lag darin. »Das war ein Versehen. Er ist dazwischengekommen.« Dann: »Er war schwach. Er hätte da, wo wir hingegangen wären, ohnehin nicht überlebt.«

»Du kannst nirgends mehr hin. Sie holzen den Wald ab. Du kannst nicht jeden umbringen, der in den Wald kommt.«

»Ich kenne mich aus. Es gibt immer Stellen, wo man noch hinkann.«

»Nein, nicht mehr. Du gehst nur noch an einen Ort.«

Hinter mir hörte ich auf der Treppe eine Bewegung. Ellen hatte nicht auf mich gehört und war zu Walter gegangen. Eigentlich hatte ich nichts anderes erwartet.

Caleb sah sie über meine Schulter hinweg an. »Ist das deine?«

»Nein. Wolltest du dich auch mit ihr ›vermehren‹?«

Er schüttelte den Kopf. »Sie war für den Jungen. Für meine beiden Jungs. Du wirst bezahlen, für das, was du mit meinem Jungen gemacht hast.«

»Nein«, sagte ich. »Fahr zur Hölle.« Ich hob die Waffe und richtete sie auf seinen Kopf.

Hinter mir hörte ich Walter stöhnen und Ellen schrie mit ihrer seltsamen, brüchigen Stimme »Bird!« Etwas Kaltes berührte meinen Hinterkopf. Billy Purdues Stimme sagte: »Wenn du abdrückst, ist es das Letzte, was du jemals tun wirst.«

Ich zögerte für einen Augenblick, ließ dann den Abzug los, zog den Zeigefinger aus dem Abzugbügel und hob dabei die Waffe, um ihm zu zeigen, was ich da tat.

»Du weißt ja, was du damit zu tun hast«, sagte er.

Ich sicherte die Waffe und warf sie auf die Veranda.

»Auf die Knie«, sagte er.

Der Schmerz in meiner Seite war jetzt fast unerträglich, aber ich kniete mich hin und er ging um mich herum, mit Walters Waffe im Hosenbund und einer Remington-Flinte in den Händen. Er trat ein paar Schritte zurück, so dass er uns beide im Blick behalten konnte.

Caleb Kyle sah ihm voller Bewunderung zu. Nach allem, was geschehen war, und nach allem, was er getan hatte, war sein Sohn zu ihm zurückgekehrt.

»Mach ihn kalt, Junge«, sagte Caleb. »Er hat deinen Halbbruder getötet, hat ihn abgeknallt wie einen Hund. Blut muss mit Blut vergolten werden, das weißt du.«

Billy war ein einziges Bündel aus Verwirrung und starken, widersprüchlichen Gefühlen. Das sah man. Die Flinte bewegte sich in meine Richtung. »Stimmt das?«, fragte er.

Ich antwortete nicht. Er blähte die Nasenlöcher und schlug mir den Flintenschaft vor den Kopf. Ich stürzte nach vorn und vor mir hörte ich Caleb lachen. »Gut so, Junge. Bring das Schwein um.« Dann verklang sein Gelächter, und benommen wie ich war, sah ich ihn einen Schritt vortreten.

»Ich bin wegen dir zurückgekommen, Junge. Ich und dein Bruder, wir sind zurückgekommen, um dich zu finden. Wir haben gehört, dass du uns suchst. Wir haben von dem Mann gehört, den du bezahlt hast, dass er mich findet. Deine Mama hat dich vor mir versteckt, aber ich hab nach dir gesucht und jetzt ist der verlorene Sohn heimgekehrt.«

»Du?«, sagte Billy in einem leisen, verwunderten Ton, den ich von ihm noch nie gehört hatte. »Du bist mein Daddy?«

»Ich bin dein Daddy«, sagte Caleb lächelnd. »Und jetzt mach ihn alle für das, was er mit deinem Bruder gemacht hat, den Bruder, den du nie kennen gelernt hast. Bring ihn um für das, was er mit Caspar gemacht hat.«

Ich erhob mich auf die Knie, stützte mich auf die Fingerknöchel und sagte: »Frag ihn, was *er* getan hat, Billy. Frag ihn, was mit Rita und Donald passiert ist.«

Caleb Kyles Augen funkelten und Speichel sprühte ihm aus dem Mund. »Du hältst die Schnauze, Mister. Deine Lügen werden mich und meinen Jungen nicht entzweien.«

»Frag ihn, Billy. Frag ihn, wo Meade Payne ist. Frag ihn, wie Cheryl Lansing gestorben ist und ihre Schwiegertochter und ihre kleinen Enkelinnen. Frag ihn das, Billy.«

Caleb sprang die Treppe hoch und trat mir mit dem rechten Fuß in den Mund. Ich spürte Zähne herausbrechen und mein Mund füllte sich mit Schmerz und Blut. Ich sah den Fuß wieder vorschießen.

»Halt!«, sagte Billy. »Hör auf. Lass ihn.« Ich sah hoch und der Schmerz in meinem Mund kam mir nichtig vor verglichen mit der Qual, die sich auf Billys Gesicht abzeichnete. Die Verletzungen eines ganzen Lebens brannten in seinem Blick, die Verlassenheit, die Verluste, der Kampf gegen eine Welt, die ihm letztlich dann doch immer über war, die Versuche, ein Leben zu führen, das weder eine Vergangenheit noch eine Zukunft hatte, nur eine zermürbende, schmerzliche Gegenwart. Jetzt war ein Schleier beiseite gezogen und es bot sich ihm ein Blick darauf, was hätte sein können, was immer noch sein konnte. Sein Vater war zu ihm zurückgekehrt und alles, was er getan hatte, alles Leid, das dieser Mann anderen zugefügt hatte, hatte er aus Liebe zu seinem Sohn getan.

»Bring ihn um, Billy, damit das erledigt ist«, sagte Caleb, aber Billy regte sich nicht, sah weder ihn noch mich an, sondern starrte tief in sich selbst hinein, wo alles, was er je befürchtet hatte, und alles, was er je herbeigesehnt hatte, nun miteinander rang.

»*Töte ihn*«, zischte der alte Mann und Billy hob die Waffe. »Mach, was ich dir sage, Junge. Du hörst auf mich. Ich bin dein Daddy.«

Und in Billy Purdues Augen starb etwas. »Nein«, sagte er. »Du bedeutest mir nichts.«

Die Flinte dröhnte und der Lauf zuckte in seiner Hand. Caleb Kyle krümmte sich und strauchelte rückwärts, als hätte er einen Schlag in die Magengrube bekommen, nur dass dort jetzt nur noch ein dunkler, sich ausbreitender Fleck war, in dem Eingeweide schimmerten und aus dem Gedärme quollen wie Hydraköpfe. Er stürzte hin und lag auf dem Rücken und versuchte mit den Händen das Loch in der Mitte seines Seins zuzuhalten und dann, langsam und qualvoll, kämpfte er sich auf die Knie und starrte Billy Purdue an. Sein Mund stand offen und Blut perlte ihm über die Lippen. Sein Gesicht zeigte Verletztheit und Unverständnis. Nach allem, was er getan hatte, nach allem, was er erduldet hatte, richtete sich sein eigener Sohn gegen ihn.

Ich hörte, wie die Flinte nachgeladen wurde, und sah, wie Caleb Kyle die Augen aufriss, und dann verschwand sein Gesicht und eine warme, rote Hand nahm mir die Sicht und das Winterlicht tanzte darin.

Aus Dark Hollow kam Sirenengeheul, durch die kalte Luft getragen wie das Jaulen verletzter Tiere. Es war 0.05 Uhr am zwölften Dezember.

Meine Frau und mein Kind waren seit genau einem Jahr tot.

Epilog

Es ist der zwanzigste Dezember und bald ist Weihnachten. Scarborough ist eine Welt aus Eiscremeweiten und Zuckerwattebäumen, mit bunten Lichtern in den Fenstern der Häuser und Adventskränzen an den Türen. Ich habe im Hof eine Tanne geschlagen, die mein Großvater im Jahr seines Todes gepflanzt hatte, und habe sie im vorderen Zimmer des Hauses aufgestellt. An Heiligabend werde ich sie mit kleinen weißen Kerzen schmücken, zum Gedenken an meine Tochter, damit sie, wenn sie aus der Dunkelheit zwischen den Bäumen zusieht, die Lichter sehen kann und weiß, dass ich an sie denke.

Auf dem Kamin steht eine Karte von Walter und Lee und ein kleines Geschenkpaket von Ellen. Daneben steht eine Ansichtskarte aus der Dominikanischen Republik, nicht unterschrieben, aber mit einer Nachricht in zwei unterschiedlichen Handschriften: »Denn wenn sich ein Mann seinen Freunden anvertraut, so hat das zwei gegensätzliche Wirkungen; es verdoppelt die Freuden und halbiert das Leid.« Ein Zitat ohne Quellenangabe. Ich werde sie anrufen, wenn sie zurück sind und sich das Interesse daran, was in Dark Hollow passiert ist, allmählich gelegt haben wird.

Und schließlich ist da eine Briefkarte. Ich habe die Handschrift auf den Umschlag erkannt, als sie kam, und mein Herz schlug schneller, als ich sie öffnete. Auf der Karte steht einfach nur: »Ruf mich an, sobald du kannst.« Unter diese Zeile hatte sie ihre Privatnummer und die Nummer ihrer Eltern notiert. Unterschrieben war es: »Herzliche Grüße – Rachel.«

Ich sitze am Fenster und denke wieder an die Toten des Winters und an Willeford. Er ist zwei Tage zuvor gefunden worden und ich hatte die Nachricht seines Todes mit frischem, grausamem Schmerz aufgenommen. Nachdem er verschwunden war, hatte ich den alten Privatdetektiv eine Zeit lang verdächtigt. Ich hatte ihm Unrecht getan und ich glaube, in gewisser Hinsicht bin ich schuld an seinem Tod. Seine Leiche lag in einem flachen Grab hinten auf seinem Grundstück. Laut Ellis Howard war er vor seinem Tod gefoltert worden, aber sie hatten keine Indizien dafür, wer das getan haben mochte. Es hätte Stritch sein können, dachte ich, oder einer aus Tony Cellis Bande, aber im Grunde glaube ich, dass er wegen Caleb Kyle gestorben ist, und vermutlich hat ihn Calebs Sohn Caspar umgebracht.

Wenn die alte Frau, Mrs Schneider, Willeford finden konnte, dann konnte Caleb es auch und Caleb hätte alles wissen wollen, was Willeford wusste. Ich hoffte, dass der Alkohol den Schmerz gedämpft und ihm ein wenig die Angst genommen hatte, als das Ende kam. Ich hoffte, dass er so schnell wie möglich alles erzählt hatte, was er wusste, aber mir war klar, dass das wahrscheinlich eine unbegründete Hoffnung war. Willeford hatte etwas von dem alten Ehrempfinden und der alten Tapferkeit an sich gehabt. Er hätte den Jungen nicht so einfach verraten. Ich sah ihn vor mir, wie er im Sail Loft saß, seinen Whiskey und das Bier dazu vor sich, ein alter Mann, der haltlos durch die Gegenwart trieb. Er hatte gedacht, der Fortschritt würde sein Ende bedeuten und nicht irgendein Dämon aus der Vergangenheit, den er heraufbeschworen hatte, indem er einem verlorenen, bekümmerten jungen Mann einen Gefallen tat.

Und ich denke an Ricky und an das Knirschen der Kofferraumklappe, als sie geöffnet wurde, und wie er aussah, als er da neben dem Ersatzreifen lag, und wie er im letzten Moment seines Lebens noch versucht hatte, Ellen zu retten. Ich wünsche ihm Frieden.

Lorna Jennings hat Rand und Dark Hollow verlassen. Sie rief mich an, um mir zu sagen, dass sie nach Illinois führe, um Weihnachten bei ihren Eltern zu verbringen und sich dann nach einem neuen Ort zum Leben umzusehen. Der Anrufbeantworter nahm die Nachricht entgegen, obwohl ich zu Hause war, als sie anrief, und ihre Stimme zum leisen Surren des Bandes hören konnte. Ich nahm nicht ab. Es war besser so, fand ich.

Und der Mann, der sich Caleb Kyle nannte, war in einem Armengrab nördlich eines Kirchhofs außerhalb von Augusta beigesetzt worden, neben dem jungen Mann, den er Caspar genannt hatte, und man hatte für ihre Seelen gebetet. Ein paar Tage darauf hatte man einen Mann an ihrem Grab gesehen, einen großen Mann mit traurigen Augen. Er stand im Schnee und betrachtete die frisch aufgeworfene Erde. Links von ihm verblich die Sonne am Himmel und ließ rote Streifen in den Wolken zurück. Der Mann hatte einen kleinen Rucksack auf dem Rücken und ein Blatt Papier dabei, auf dem ihm sein Kautionsbürge das Datum seines Erscheinens vor Gericht notiert hatte. Er würde nie dort erscheinen und sein Bürge wusste das. Etwas von Al Zs Geld hatte seine Komplizenschaft und sein Schweigen erkauft. Und Al Z konnte diesen Verlust verkraften, dachte ich.

Es war der zweite Friedhof, den Billy Purdue an diesem Tag besuchte, und man würde ihn dort nie wiedersehen. Billy Purdue würde man nirgends je wiedersehen. Er würde verschwinden und niemand würde je eine Spur von ihm finden.

Aber ich glaubte zu wissen, wohin Billy ging.

Er ging nach Norden.

Zwei Tage nach dem Jahrestag ging ich in St. Maximilian Kolbe zur Messe und hörte zu, wie die Namen Susan und Jennifer Parker vom Altar verlesen wurden. Am Tag darauf, am Fünfzehnten, besuchte ich ihr Grab. Es lagen frische Blumen darauf – von Susans Eltern, vermutete ich. Wir hatten seit ihrem Tod nicht mehr miteinander gesprochen und ich glaube, sie gaben mir immer noch die Schuld an allem, was passiert war. Ich gab mir auch selbst die Schuld daran, aber ich leistete Wiedergutmachung. Das war alles, was ich tun konnte.

In der Nacht des Fünfzehnten kamen sie zu mir. Ich erwachte, als ich die Geräusche hörte, die sie im Wald machten – Laute, die keine Laute waren, sondern die mähliche Verknüpfung von Welten innerhalb von Welten –, und ich ging auf die Veranda und stand dann dort, ging aber nicht zu ihnen hinunter.

In der Dunkelheit hinter den Bäumen regten sich mannigfache Gestalten. Zunächst hätte es auch das flirrende Licht sein können, als der Wind die Zweige bewegte, Truggestalten von Händen und Gesichtern, denn sie blieben stumm, während sie vortraten, auf dass ich sie sah. Es waren junge Frauen und ihre Kleider, einst zerfetzt und blutig und schmutzig, waren jetzt wieder ganz und leuchteten aus sich heraus und umschlossen weiche, leicht gerundete Bäuche, die vielleicht einmal vor langer Zeit junge Männer dazu gebracht hatten, sich auf den Sitzen ihrer knallroten Autos nach ihnen umzudrehen, ihnen aus ihrer Sitznische im Diner heraus hinterherzupfeifen, sich vorzubeugen und ihnen etwas zuzuflüstern, ihnen zum Spaß den Weg zu versperren, während sie sich im Licht ihrer Augen sonnten. Das Mondlicht schien auf ihre zarten Innenarme, die sanfte Bewegung ihrer Haare, das feine Glitzern auf ihren Lippen; die Mädchen in ihren Sommerkleidern, vereint im frischen Schnee.

Und weiter hinter ihnen sammelten sich andere: alte Frauen und alte Männer, ihre Nachthemden flatternd wie Motten, Latzhosen mit Lackflecken drauf, ihre knotigen Hände von dicken Adern überzogen, wie knorrige Baumwurzeln, die sich an die Erde unter ihren Füßen klammern. Junge Männer traten für sie beiseite und hielten ihre Frauen bei der Hand; da waren Eheleute und junge Liebespaare, einst gewaltsam getrennt und nun wieder vereint. Kinder liefen zwischen ihren Beinen herum, ernst und wachsam, gingen vorsichtig bis zum Waldrand vor; Kinder, deren gebrochene Fingerknochen nun auf zauberhafte Weise geheilt waren; Kinder, die man in dunklen, schmerzgeladenen Kellern zerfetzt hatte und die nun in ihrer alten Schönheit erstrahlten, ihre Augen strahlend hell, mit ahnungsvollem Blick, in der Dunkelheit des Winters.

Eine wahre Menge von Toten versammelte sich vor mir und ihre Zahl reichte weit, weit in die Dunkelheit, in die Vergangenheit zurück. Sie sagten nichts und sahen mich nur an und ein Frieden umfing mich, als hätte mich die Hand einer jungen Frau zärtlich in der Nacht berührt und als hätte sie mir zugeflüstert, dass ich schlafen solle.

erst einmal schlafen

Und am Verandageländer, an dem der alte Mann mit seinem Hund gesessen hatte, an dem meine Mutter gelehnt hatte, trotz ihrer Jahre immer noch schön, stand ich und spürte ihren Blick auf mir ruhen. Eine kleine Hand nahm die meine, und als ich hinunterschaute, konnte ich sie fast sehen, strahlend und neu, eine kleine Schönheit, die sich vor der zarten Helligkeit des Schnees abzeichnete.

Und eine Hand strich über meine Wange und zarte Lippen berührten meine und eine Stimme sagte:

Schlaf

Und ich schlief.

Danksagung

Bei der Arbeit an diesem Buch haben mir einige Personen mit Rat und Informationen beigestanden. Besonders möchte ich mich bedanken bei Rodney Laughton, Historiker und Inhaber des Breakers Inn in Higgins Beach, Scarborough; beim Bullwinkle's Guide Service in Greenville, Maine; bei Chief Duane Alexander vom Greenville Police Department; bei der Kriminalpolizei von Portland; und bei den Mitarbeitern von Qüark Inc. in New York, die mich in Einzelheiten der Sicherheitstechnologie einweihten. Bernd Heinrichs *A Year in the Maine Forest* (Addison-Wesley, 1994) [*Ein Jahr in den Wäldern von Maine*. Ü: I. Strasmann. List, 1996], *The Coast of Maine* von Louise Dickinson Rich (Down East Books, 1993) und *Fiasco* von Frank Portnoy (Profile, 1997) [*Fiasko*. Ü: A. R. Götzenberger. Ueberreuter, 1998] erwiesen sich als besonders hilfreich. Etwaige Fehler stammen von mir.

In persönlicher Hinsicht möchte ich mich bei Anne und Catherine bedanken, die erste Fassungen dieses Buchs gelesen haben, und bei Ruth für ihren Rat und ihre Unterstützung. Wie stets schulde ich Sue Fletcher, meiner Lektorin bei Hodder & Stoughton, Dank, ebenso ihrer Assistentin Rhiannon Davies und schließlich Kerith Biggs und meinem Freund und Agenten Darley Anderson.